陈源斌 著

世事家常

济南出版社

图书在版编目（CIP）数据

世事家常 / 陈源斌著 . -- 济南：济南出版社，
2025.1. -- ISBN 978-7-5488-6800-2

Ⅰ . I247.5

中国国家版本馆 CIP 数据核字第 20240YJ671 号

世事家常
SHISHIJIACHANG

陈源斌　著

出 版 人　谢金岭
图书策划　贾英敏　李圣红
责任编辑　李文展　林小溪
装帧设计　周伟伟

出版发行　济南出版社
地　　址　山东省济南市二环南路 1 号（250002）
总 编 室　0531-86131715
印　　刷　山东新华印务有限公司
版　　次　2025 年 1 月第 1 版
印　　次　2025 年 1 月第 1 次印刷
开　　本　160mm×230mm　16 开
印　　张　37.5
字　　数　520 千字
书　　号　ISBN 978-7-5488-6800-2
定　　价　79.00 元

如有印装质量问题　请与出版社出版部联系调换
电话：0531-86131736

版权所有　盗版必究

世事即家常，家常亦世事。

一

　　何寿天退休这天，得知父亲病重，随即带着妻子邵亚芳，赶回家乡看望。

　　弟弟何寿地等在家旁边的通济古石桥上，说：

　　"开始以为是受了凉，没有当回事。咳了两天，没有减轻，反而重了。过了一个星期，更加重了。不肯去市里，到镇医院查了一下，片子上有这么个吓人的东西。"

　　何寿天问：

　　"市医院姚院长怎么说？"

　　何寿地说：

　　"看片子时，脸色一紧，没有吭声。估计是等明天去市里，看南京专家的诊断。"

　　说了几句，天近傍晚，太阳从前方斜射下来，光芒落在桥下的河里，水面像铺满了金色的碎片，一闪一闪。举头望去，远处的高山黑中透青，近处的树林青中透黑，而阳光照耀的地方，青与黑的边缘中，透着一种紫。看着看着，心里多了一种说不清的滋味。

　　却见一束阳光射在通济古桥北侧的正中石栏上，是小时候无数次见过的那块石栏，上面雕刻着一座房子图案。当地人称，这是土地老爷庙。庙门两侧有一副对联，在夕阳的余晖里，显得格外分明：

　　　　非赤子不闻世事
　　　　是真佛只说家常

看了几眼，听弟弟何寿地说了明天的具体安排，转身回家。

母亲祝菊英和弟媳魏兰娟正忙着。邵亚芳洗了手，上前相帮。菜逐一摆上桌来，却是一盘清蒸白鲹鱼，一盘煎藕夹，一砂锅樱桃肉，一海碗狮子头，一钵干菜蹄髈，一盆雪花鱼圆，一罐炖公鸭，一碟白切凤鸡，一碟红糟老鹅，一碟蛋皮拌腊菜，一盘清口豌豆苗，一盅糖醋蒜瓣。数了一数，总共十二个汤菜。

父亲何万年上座，右肩下何寿天、邵亚芳夫妇，左肩下何寿地、魏兰娟夫妇，下首是母亲祝菊英。都坐好了。父亲举起筷子画了一画，说：

"人生一世，草木一秋。有生，必有死。有死，才有生。我活了八十五岁，不但够本，还赚了。是福就享，是祸不躲。你们兄弟俩不必担心，该怎么做，就怎么做吧。"

说到这里，被母亲祝菊英拦住了。全家人按下心事，吃饭。

第二天早起，何寿地从市里赶过来，丢了个眼色。兄弟俩到外边说话。

何寿地说：

"南京专家来一次不容易，领队是国内领军人物，还是姚院长的老师，机会难得。我想，不如带妈一起去看看。"

回屋跟母亲商量。母亲说：

"一个人是人情，两个人也是人情。我就搭你爸的顺风车，借着姚院长的人情，走一趟吧。"

到了市医院，姚院长等着。南京专家领队看了镇医院片子，眉头一皱。开了单子，分头去做检查。有姚院长陪着，一路顺畅。不过两个小时，都做好了。

先把父母送回家，再赶回市里，却见南京专家组的车子已经发动，领队专家站在车门口，见兄弟俩过来，把手招了招，又朝姚院长一指，上车去了。

一道进了院长办公室，坐下。客气几句，转到正题。

姚院长说：

"领队专家是我老师，也知道我当年受你的提携，所以实话实说了：两位老人家，一位好，一位不好。"

有人送了茶来。抿了一口，听姚院长细说。

姚院长说：

"一位好，是老父亲；一位不好，是老母亲。"

何寿天听见这说，心里一沉，看见弟弟脸色也变了。

何寿地说：

"那镇医院的片子？"

姚院长说：

"镇医院片子是错的，可能是设备太陈旧了，也可能拍片子时，衣服里有什么物品。市医院设备刚刚添置，是最先进的。检查结果，干干净净，什么也没有。我老师判断，应该是受凉，再过几天，自然没有事了。"

又抿了一口茶，等姚院长往下说。姚院长说：

"老母亲，不但不好，而且是非常不好。已经是晚期，可能回天无力了。"

何寿地说：

"我母亲除了吃饭少一点，其他方面，比我父亲要精神得多。再说，我母亲饭量虽有减少，减得并不是很厉害。如果是外人，或者不细心的话，根本看不出来。"

姚院长点头说：

"这就是这个病的特征了。在剩下的时间里，前面也看不出什么异常。到了后面，特别是最后两个月，就非常凶险了。"

向姚院长请教，专家留下的两个建议，一是开刀手术，二是保守治疗。结果怎样？

姚院长说：

"开刀手术，如果非常成功，预后也好，存活期应该在十个月左右；

保守治疗，如果善后预备得好，七八个月，没有问题。"

感谢一番，起身告辞。

回返途中，何寿天跟弟弟商量说：

"开刀手术特别成功，预后很好，也不过比保守治疗多存活两个月。妈到了这个年纪，开肠剖肚，到底值不值得？何况手术台上，风险叵测！"

议论了一会儿，何寿天说：

"到了这个阶段，倒是需要认真想一想，妈还有什么未了心愿。"

何寿地说：

"不用多想，也只有一个：就是无虑的婚姻大事。"

中饭桌上，通报上午检查结果和南京专家诊断，都正常无事。父亲母亲听了，脸色和缓下来。

父亲说：

"我要提一件头等大事：就是无虑。所谓男大当婚，女大当嫁，道理你们明白的。寿天，你和亚芳已经退休，即将长住上海伴着无虑，务必要有空敲锣，无空擂鼓，盯紧一点。"

母亲顺着这个话题，往深处说：

"无虑年纪说大不大，说小不小，难道没有动静？"

何寿天摇头说：

"当下流行这种风气，女孩子懒洋洋的，男孩子更懒洋洋的。无虑目前状况大差不离，风不起，浪不花。"

母亲说：

"你们呢，也没有头绪？"

何寿天说：

"头绪倒有两个，只是拿不准能不能兑现。"

见两位老人提起精神，何寿天详细说道：

"第一个头绪，是我北大校友的一个女儿，比无虑小三岁，正在同济读研，打算毕业留上海。另一个头绪，是邵亚芳同年下乡知青的一个女儿，比无虑小两岁，在上海已经上班。"

母亲笑道：

"既有头绪，还不动作，你们打算等待何时？"

何寿天说：

"已经在动作了：前几天跟我校友商量过，设了一个局，这个周日，就是明天，上午在世纪公园假装偶然碰上，帮两个孩子牵线搭桥。有没有缘分，得靠他们自己了。"

说到这里，父亲插话催促道：

"不用说了，你们抓紧吃饭，放了饭碗，就赶回上海吧。"

二

何寿天、邵亚芳当晚赶到上海，时间刚过七点。儿子无虑等着，没有吃晚饭。叫了外卖，坐下来，一边吃饭，一边通报情况。再三叮嘱无虑，跟爷爷奶奶通电话时，千万不能说漏嘴，捅破真相。

无虑点头答应，问：

"原定明天上午逛世纪公园的，爸妈赶了两天的路，想必累了，要不要另换时间？"

邵亚芳说：

"逛公园又不是干重活，累什么？原计划不变，你还是陪我和你爸去吧。"

商量已定，收拾好碗筷，各回房间休息。

第二天早晨起床，洗漱好，吃过早饭，何寿天、邵亚芳并儿子何无虑，下楼去世纪公园。原来离居住的小区，只隔了三条马路。第一条马路是交通主干道，车辆急速簇拥，川流不息。就像一道堑沟，挡住了去路。三个人从附近地铁站的过街通道，上到马路对面。往前走了一阵。接下来的两条马路，十分僻静。除了行人，偶尔看见一两辆汽车。走了十几分钟，到了世纪公园二号大门跟前。

原来世纪公园一年前就免票了。径直进门，往前走了一段路，见到一个圆状喷泉，正逢周末开放。四边早围了人，随着那水流直射天空，掠起阵阵惊叫。转过去，是偌大一座人工湖。水面上零星几只水鸟，随波逐浪。抬起眼睛，对岸高低树木，影影绰绰。那人工湖的左边，沿水一侧，是一条十多米宽阔的花岗岩铺成的步道。右侧弯转，便是儿童游乐园。扫眼一看，无非是小火车、小飞机、旋转木马、空中飞轮、海盗船、碰碰车、水上漂，诸如此类的常见项目。此刻已是人声嘈杂，各个地方都排出长长的队伍。走了过去，见价目表都张贴在外面，价格并不悬殊。那高的，不过四十元上下；那低的，二十元左右。

看了一会儿，朝前走，翻过一座拱形石桥，却是鸽子房。鸽群飞上飞下，或聚或散，或收或放。有一个窗口，专门卖喂食的玉米粒。也有人排队。跟着队伍，一会儿到了近前，问价格，十元一包。买了三包，三人各拿了一包在手里。原来那鸽群久习成惯，见人手里拿着的食物袋是鼓鼓囊囊的，便蜂拥不离。见袋子空瘪，吃食发完了，便一哄而走，另觅他客。

一家人笑了一会儿，转弯抹角，再走了一会儿，前面河湾相错，水道交陈，都从那座人工湖引伸而来。两旁岸上，栽种的都是垂丝长柳，别无杂树。见许多人倚水而钓。近前打听，那些钓竿是租借的，每一根押金一百元，用后全额退还。垂钓费用半天四十元。钓上来的鱼，论斤付款，比菜场里面贵了许多。这一处却热闹异常，不断有钓钩出水，鱼儿腾空。见钓上来的那些鱼儿，十分齐整：鲫鱼每尾七八两；白鲢血鱅，三四斤；金鲦银鲹，两三斤；偶有少量青鲲草鲲出水，竟有二三十斤。不免纳闷，这些狭窄河湾里，怎么能存得下这么多鱼？立刻有钓客释疑说，这几条水道，包括相关的钓具，都是对外承包的。那水底的鱼，大家心知肚明，是承包人从渔场买好，趁着凌晨，投放进水里的。这些河湾与人工湖之间，架设了拦网，防止这里的鱼逃进人工湖里。如果不是这样，承包人势必家底亏光，靠什么吃赚呢？人们到这里下钩，心里要的，不是鱼，并不在乎价格高低，也不计较鱼的家养野生，而是提竿拎鱼的那一刹那间的各种快乐。

听钓客说完，又朝前走，边走边看。看了一片绿茵草坪，一丛黑松林，一排白果树，一地怒开的春梅，一墒新芽初发的花菜。前面转弯，有一座前低后高的参差建筑，照例红瓦白墙，门口写着"公园餐厅"四个大字。看看时间，近十点三刻了。

何无虑说：

"我以前来过几次，十二点之前，餐厅位置是很空的。过了十二点，就要排长队了，有时候一等甚至要一到两个小时。我们现在就进去吧，等点好菜，估计十一点过了。吃好饭回家，爸正好午睡。"

三

走到公园餐厅跟前，正要进去，忽见儿子无虑停了下来，说：

"那边有人正在朝我们招手。我刚才就看到这个人朝我们招手了，因为我们身边有别的人，我以为是招呼别人的。现在我们身边没有其他人了，这个人还在招手，是不是遇到爸的熟人了？"

转过头去，见一辆双排四座游客自行车上，三个人坐在上面，脸都朝着这边看。

何寿天说：

"还真遇到了熟人。坐在自行车前排正在招手的那个男的，是我在北大校友会上认识的韩庆初，你妈也见过面的。坐在韩庆初旁边的，是他的妻子姚迪芸，我以前见过的。单独坐在后排的姑娘，想必是他们的女儿，以前没有见过。"

走到跟前招呼。两家人走到一起说话。

韩庆初说：

"我从远处一眼就看出是谁了。我说：'前面走在马路旁边的那个男的，不是我在北大校友会认识的何寿天吗？'我爱人说：'何寿天住在杭州市，怎么会在上海浦东的世纪公园里呢？你不要把手乱招，万一弄错人了，岂不是要出洋相？'我说：'我跟你不一样。你是近视眼，我是远视眼。看近的，我不如你。看远的，你不如我。'我们两个还打了一个赌，让女儿韩黛青当见证人。看看，是我赢了吧？"

说笑了几句，原来韩庆初一家也准备进餐厅吃饭。一起走了进去，里面果然很空。选了一个靠近南窗的桌子，分头坐下。何寿天和韩庆初并肩坐在窗户旁边，邵亚芳和姚迪芸对面坐着。何无虑和韩黛青椅子靠着，稍稍留了一点空隙。

有服务生拿了菜单走过来，韩庆初和何寿天同时伸出手去接，争着请客。

韩庆初说：

"我女儿韩黛青在上海同济读博，马上就要毕业了，准备留在上海。我和姚迪芸过两三年办了退休，也要长住上海的。从这个角度看，今天我是主，你是客，今天当然是我请客了。"

何寿天说：

"我上次说过，也许你忘记了：我儿子就在上海工作。还有个新情况你更不知道：我刚刚办了退休手续，我爱人前几年就提前内退了，两个人都空闲下来，已经过来跟儿子一起住，移居上海浦东了。说起来，我才是主，你才是客呢。"

于是不再争了，由何寿天点菜。点了菜，各人看了一遍，没有添加。把菜单交给服务生。话题转到了两个孩子。

何寿天说：

"我儿子叫何无虑，是一九九五年出生的。我们家族中他们这一辈，名字的排行是'无'，取名'无虑'。"

韩庆初说：

"我女儿叫韩黛青，是一九九八年出生的，比无虑小三岁。我们家族的家谱早就失传了，没有排行字。她是天蒙蒙亮出生的，起名字的时候，就用出生时天空的颜色，起了'黛青'两个字。"

一边等着上菜，一边继续说话。

何寿天说：

"说起来，我跟庆初认识，时间不长，是在两年之前。我俩也算有缘。第一次，是在北大校友会上，会后聚餐，安排在一张桌子，恰好肩靠肩坐在一起。时隔不久，在同乡会聚餐时，又碰上了，说巧不巧，又被安排在一张桌子上，虽不是肩靠肩，却是对面相望。也才知道，虽然是同一个大学毕业，却不是一个专业，我中文，他数学。也没有隔多长时间，在全省引进重要人才茶话会上，我们两个人又碰上了。"

目光落在儿子无虑身上，接着说：

"无虑，你这位韩伯伯，北大毕业后，转考了清华应用物理专业，一路硕博连读。随后回家乡工作，成了本行业响当当的人物。现在供职的这家全国锅炉界领头羊企业，十多年前，花了很大一笔钱，当初可算一笔巨款，三请四邀，才把他挖过来的。"

略作停顿，又说：

"你这位姚阿姨，在家乡是全市排名第一、全省排名前二的市一中多届高考班的班主任，手里连出过一男三女全省英语状元。也是被她现在任教的这所民办中学，花巨款挖过来的。这所民办中学，遐迩闻名，就靠几位名师支撑着门面。姚阿姨是其中的台柱子之一。"

又看了一眼无虑身边的韩黛青，说：

"你韩伯伯和姚阿姨的女儿韩黛青，更是青出于蓝而胜于蓝。不但从小就聪明过人，是闻名的学霸，个性还很要强。从小学、中学到大学，一路保送。好几所名校要她，她按照自己心愿，选了同济的建筑。又在那里硕博连读，已经拿到了硕士，读了一大半博，过不多久，就拿到博士了。"

说到这里，话头被韩庆初截住了。

韩庆初说：

"寿天老弟客气了，我们两个人再厉害，所谓'天外有天，人外有人',跟你们一比较,就矮下去一大截了。我女儿再好,还在读书呢。你儿子不一样,已经工作了。听说你儿子当初同时报考了银行和现在的这个单位,笔试、面试都得了第一名。两个单位都在争他。后来选了现在这个直属北京的单位,无论工作性质、单位福利,都是好得不能再好了。就说工资一项,你的工资已经很高了,听说你儿子工资比你要高好几倍呢。这样的好地方,现在是少之又少。哪怕打着灯笼,普天之下也是很难找到的。"

说到此处,菜陆续上齐了。两家人都饿了,客气一声,动筷吃了起来。半个小时过去,都吃好了。

何寿天说:

"我们就住在附近,只隔着三条马路,步行十几分钟就到了。按照道理,应该请你们到家里吃饭的。因为不知道你们来,事先没有准备,回去也来不及做饭了,就在公园餐厅里请你们吃了这顿便饭,有点不像样子。现在饭吃好了,不妨散散步消消食,到我家坐一坐,喝一杯茶,也顺便认个门吧。"

韩庆初说:

"我们跟你们是不一样的,你们已经解脱了,我们还被绳子拴得牢牢的。明天是周一,要上班呢。我们马上要赶回去,这次就不去你家了,改下一次吧。"

又说:

"无虑、黛青,我们两家大人是朋友,你们两个,都是独生子女,没有兄弟姐妹,孤单长大。今天在这个地方意外碰面,真正是巧上加巧,也是一种缘分。你俩今天已经认识了,今后互相之间要多走一走,联系不要断,双方有个照应。好吗?"

又说了几句客气话,告辞分手。

四

午睡起床，说世纪公园的事。却见无虑笑道：

"爸妈和韩黛青爸妈联手设的这个局，不但我，包括韩黛青，第一眼就识破了。"

何寿天听了，吃了一惊。看了看邵亚芳，也是一脸意外。

听邵亚芳问儿子说：

"是局也罢，不是局也罢，我看你和韩黛青吃好饭后，单独聊了好一会儿，双方好像说了个不亦乐乎。我想问一句：你们两个人之间，感觉怎样？会不会有戏？"

无虑把头直摇说：

"什么感觉？什么戏？韩黛青把底牌都摊开，明明白白告诉我了：她有男朋友，是大她三届的校友，租房同居两年多了。只因男朋友父母是穷乡僻壤的农民，他本人虽然留在了上海，却属于工薪阶层，不符合她父母择婿标准，至今没有公开说，所以闹出了上午世纪公园这个乌龙。"

感叹几句，听儿子无虑说：

"今天上午，爸，还有韩黛青的爸，转弯抹角说了那么多绕舌头的话；妈，还有韩黛青的妈，装模作样，一本正经扮听众。要说你们的演技，确实十分精彩；要说你们的动机，也算一片苦心。其实，从得知奶奶病情那一刻起，我也明白了。无论从爷爷奶奶的角度，从爸妈的角度，还是从我年纪的角度，我的婚姻大事，已经刻不容缓。爸妈只管放心，从今往后，我会把这件事，当作第一件大事，摆在日程上的。"

何寿天听了，悬心落下。邵亚芳说：

"无虑，妈正要跟你商量一件事呢。有一位同年下乡插队落户的知青熟人，前些时插友聚会时碰上了。我知道她生了一个女儿，她也知道我生了一个儿子。我跟她谈得热络，一时兴起，约定找个机会，两家人坐在一起吃个饭。大人分别多年，叙叙旧情。也让你们两个孩子，减去陌生，相互熟悉。这件事情，在此之前，我一直放在心里，不敢贸然开口，只怕把你惹毛了。差不多绞尽脑汁，想编个什么样的合适借口跟你说呢。现在应该不用了。我的想法，宜早不宜迟，宜急不宜缓，不妨在最近几天，把这顿饭定下来，怎样？"

一番话说完，儿子无虑点头同意了。又趁热打铁，回复了那边，把两家人碰面的时间，敲定在这个周五下班以后。

何寿天、邵亚芳周二早起，去西南方向的豆香园散心。走了十分钟左右，看到一片绿地，停住脚，向迎面走来的一个戴着胸牌的女子打听。这人把嘴巴努了一努，抬脚朝地下跺了一跺，再伸出一根食指，往自己脸上指了一指，说，这就是豆香园，她就是这个公园的管理员。

按女管理员所指，向前转过一丛竹林，到了一个拐弯处，路边有三只木条长靠椅。原来这儿是个敞开式公园。立脚之处，正是制高点，可以把整个豆香园一望而收。何寿天夫妇就在这里停住，拿眼四看。见到一口被几道不规则斜土坡包裹着的水塘，足有五六个球场大小。水塘也呈不规则形状，南北狭窄，东西宽阔，卧伏在坡底。几个斜土坡，各不相同。坐西北面朝东南的那个最大的土坡，种了绿茵草皮，看似一张墨青色巨毯；斜横着坐南朝北的土坡，分成三截，一截种了低矮灌木，一截种了贴地韭叶草，另有一截，翻挖出了裸土，等待下种。水塘的北面，背靠灵山路不远，有一座建筑，五六间。紧靠西头的两间，看得出来，是公共厕所。往东的三间或四间，想必是公园的管理室。有一个偌大的亲水平台，建在水塘的北岸，直伸到水面上方。那平台上，一半用花岗岩砌就，一半用枕木铺成。但见平台上面，停了许多儿童推车。四五个幼童，并照看孩子的老人和保姆，统共十几个人，多数都在平台上玩耍。也有一两只推车，顺着斜坡顶端的水泥路面上，缓走慢行。透过各种林树掩映，细看慢瞧，原来这座豆香园，在几个角落里，分布着公园里应有的儿童乐园、篮球场、读报栏，各种设施，并不缺少。

便在路边的长椅坐下来，半闭了眼睛，放开心情，慢慢欣赏这一种无边的静谧。

不一会儿，戴着胸牌的女管理员从刚才方向走来，经过何寿天夫妇坐着的长条椅。见她本要向前走，却打了个犹豫，停住，站在原地，看了邵亚芳一眼，转回头来，又看了一眼。

女管理员说：

"这位大姐，听你说话腔调，想必是上海知青回城。不知道是不是在一个名叫金银桥的地方住过？"

邵亚芳点头说是。女管理员说：

"我一定是认对人了！金银桥80号，你姓邵，对不对？"

接着说道：

"我小时候，是你的隔壁邻居，顺着弄堂往南，隔着一户烧水炉卖开水姓金的，就是我家。我姓李，小名二妹，大名李二妹。我从小喜欢说话，每次张开嘴巴，就停不下来。别人给我编了一个顺口溜：'吃的多，说的多，嘴巴活啰唆。'我年龄比你大，只因有一年秋天发高烧，拖了几个月没好，接着又咳了大半年，身体亏损，耽误了，降了年级读的书，跟你妹妹同班了。你妹妹叫邵亚芬。你的名字我也记起来了，大名邵亚芳。你的小名，大家喊你亚芳。"

见邵亚芳正要开口，那李二妹却就近在木条椅上坐下，径自又说了起来：

"你插队落户走后，过了不久，金银桥拆迁，邻居四分五散，从此天南海北。几十年不见，不要说碰面不认识，就是叫着名字，也怕弄错人的。说起来，也算是缘分，就在前不久，我参加小学同学聚会，大家开始都不敢相认了，只好拿着当年毕业照片，逐人对比，一个又一个，但凡活着的，都对上号，弄清谁是谁了。你们姐妹两个，长得特别像。刚才碰面，看见你这一张脸，我想：'这不是一个活生生的邵亚芬吗？难不成是她的那个下乡插队落户的姐姐？'没想到竟然是真的。"

继续说：

"除此之外，还有当年的一件事情：你跟开水炉金家女儿金小曼，一道逛浦东公园——当时的浦东公园,刚造好不久,现在早已填平了,上面盖了高楼大厦——你们两个半大小人手拉手,在水塘岸边走,脚下一滑,跌进了水里。据说水深四五米,曾经有几个成年人,先后跌落到那个水塘里面,都没有救上来。你俩命大,其中一个,用另外一只手,死抓住岸边石头棱角,把另一个伙伴,也拖救了上岸。你俩回家以后,都挨了父母一顿饱打。这个事故,众所周知。不过,大家说来说去,传的不一样。有说是金小曼用一只手抓住石头,另一只手拉着你,救了你的命;有说是你用一只手抓住石头,另一只手拉着金小曼,救了金小曼的命。这个疑团,我当年听在耳里,存在心底,一直没有解开。今天看见你,突然从脑子里迸出来了。顺便问一句,不知道当年到底是金小曼救了你呢,还是你救了金小曼?"

邵亚芳说:

"其实我俩都蒙了,一阵手脚乱抓。我的印象里,是她的手抓住石头,拉我上岸,救了我的命;她的印象里,是我的手抓住石头,拉她上岸,救了她的命。两个人,回忆了半天,把脑子都想疼了,也没有弄明白到底是谁救了谁。"

何寿天见她俩意外相逢,说得热闹,便站起身,准备走开去,活动一下筋骨。刚走了两步,忽然看见李二妹朝这边看了看,做了个动作,回过头,朝邵亚芳问了一句话。

李二妹问:

"这是你插队落户找的乡下老公?"

见邵亚芳正要回答,那边李二妹站起身来,举手朝着一个方向,用力挥了几挥,嘴里大声喊了起来。顺着望去,见一个人骑着自行车,沿着斜坡顶端的水泥路,朝这边来。

李二妹说:

"公园里是不准骑车的,我得过去制止一下。"

说着,快步走了。

五

周五傍晚，准备去跟夏望娣全家吃饭之前，邵亚芳说：

"当年上山下乡的知青，虽说已经熬过了那一段艰难岁月，如今仍然苦的多，甜的少。比较起来，我们家这种情况，算是幸运的，百人千人万人十万人当中，也不会有几个。我思来想去，觉得还是低调一点好，免得事情谈不成，反而给人留下故意炫耀的印象。"

斟酌一番，特地找出两套干净的旧衣裳，夫妇俩穿在身上。又打电话给儿子无虑，让他不必脱换正装，就穿上班的衣服，直接赶过去。

一家三口人，在约定地点旁边的一幢大楼底下聚齐，邵亚芳说：

"无虑，我有个提醒，我跟夏望娣虽说当初一道插队落户，后来她找关系迁移到别的地方，失去联系了。几十年过去，她究竟怎样，我究竟怎样，互相都不摸底。这次两家人见面，目的是什么，虽然双方心里有数，却隔着一层窗户纸，没有捅破。夏望娣那边，没有说她的目前状况，我也不方便寻根问底。我也不方便主动介绍自己，说过得怎样怎样。大家各留一个余地，当作退路。"

无虑听了，点点头说：

"妈的意思，我明白了。先做表面文章，就是吃一次饭。家庭背景倒在其次，关键是我们两个年轻人。如果我跟夏望娣的女儿对上了眼，不妨顺其自然，往前走。如果对不上眼，那就是吃一顿饭而已，一切到此为止。"

略站一站，时间正好到了，这才朝那边转过去。看见夏望娣已等站在那里。身上衣着倒还一般，却把头发做过了，烫熨成一团栗黄色的花朵，蓬勃在头顶。那张脸也做了修饰，淡妆轻抹，略施粉彩，看起来，倒也并不十分碍眼。

见面招呼，说是已经定好餐桌，就在楼上。顺着台阶上去，到了地点，原来是二楼一个整层做成的大餐厅，乍看起来，有点像是工厂里的大食堂。水泥地坪，白灰粉墙，由东向西，排列着一张张长方形桌子。每张桌子，可坐六到八个人。桌子的周边，放的不是椅子，而是没有靠背的方凳。夏望娣定好的，是紧靠窗户的一张最大餐桌，容得下十至十二个人。这张最大的餐桌四周，放的也是方凳。已经有人在那里坐等，是一个年纪稍大一点的女性，也做了头发，修饰了脸，另穿了一身海蓝色的簇崭新衣服，上面的牌子，似曾相识，有点儿眼熟，又不能肯定。到了跟前，互相介绍，原来这是夏望娣的姐姐，名叫夏招娣。

夏招娣说：

"你们来了？我一大早就过来……"

说到这里，被妹妹夏望娣截住了话头。夏望娣说：

"我姐姐一大早过浦西来办事。下午路过这里，顺便看我，我告诉她晚上请客，请她留下来，一道相陪了。"

又说，自己租的门店，还有半个小时才打烊，说不定会有一两笔生意，漏掉了，怪可惜的。让姐姐陪着何寿天一家，稍等片刻。说完，走了。

寒暄几句，问答了几件事。服务员送来菜单，夏招娣并不翻看，从口袋里掏出一张纸条，上面写着一排菜名，照着报了一遍。服务员抄在订单上，又转问何寿天这边，有没有要添加的。何寿天看看夏招娣，夏招娣便客气地把菜单递过来。何寿天细瞧写在纸条上的菜：一份熏鸭舌，一盘卤鸡胗，一碗红烧排骨，一盘蒜蓉凉拌黄瓜，一盘酒喷草头，一盆茼蒿蛋汤，连菜加汤，总共六个。在心里默算了一下，两家各三口，加上夏招娣，总共七个人，菜有些少了。又将菜单翻看了一遍，加了一个白斩鸡，一个红烧羊肉，一个清烫芥蓝。

服务员拿着菜单走了。只见那夏望娣的姐姐夏招娣，眼睛转来转去，一副有话要说却说不出来的样子。何寿天看看邵亚芳，邵亚芳便主动介绍说：

"我和孩子他爸，都离开了岗位，到上海跟儿子一起住了。我是大前年办的内退，我老公刚办了手续。到上海浦东这边才落脚，还没有多长时间呢。"

夏招娣听了，一脸恍然，嘴里说：

"怪不得，我刚才心里就在疑惑，看你俩的模样，还没有到退休年龄，怎么不上班，跟儿子一起住了。原来提前办了手续。当年插队的这一辈人，说来命真是苦，先是离乡背井，举目无亲。后来又中途下岗，穷困潦倒。有句老话，'宁要浦西一张床，不要浦东一套房'。你们住在浦东，也是没有办法的办法。我这个妹妹望娣，虽说也跟你们一样，早年企业效益不好，垮了，买断工龄，提前办了手续。可是，她头脑灵光，人吃得了苦，又肯做事，租了个门面，生意虽然小一些，这么多年下来，积少成多，聚沙成塔，攒下了一些财产，活得比相同境遇的一茬人，滋润风光。我这个妹夫，父母浦西老城厢有房子，五十平米出头，两个房间，共用厨卫。我妹夫兄弟两个，他父母一碗水端平，临去世时，把房子一分为二，给了两兄弟。在浦西老城厢，有这样的一间房子，加上有厨卫可以共用，十分稀罕的。我这个侄女，很争气的，上班三年，已经在部门里做到组长了，手下管着三四个人呢。她模样长得又好，如花儿一般的年龄，说不清有多少人家仰慕。或者明里暗里，托人来求；或者亲自登门，直接开口。千挑万选，眼花缭乱，真正是吃香得很呢。"

又说：

"现在上海办婚事，不是一般讲究，有些风行的规矩，也叫作底线。过了底线，谈也不要谈的。我住的小区有一家女儿，结婚之前，先跟男方约法三章：房子原来是父母的名字，立即公证，不但把父母名字去掉，改成儿子名字，还同时加了女方的名字；我有个同事的一位亲戚，就是他的三姨妈，女儿跟男方谈定了婚事，那男方父母是个接翎子懂道理的，把房产公证转给一对年轻人，还另去郊区租了地方，小两口单独居住；我有个初中女同学，她的娘舅的一个同学的老街坊邻居，做得更彻底了，父母把房产上的名字抹掉了，公证的时候，没有加上儿子，却单独改成了女方一个人。"

说：

"婚姻大事，一个人一生一世也就这么一回，马虎不得的。接亲那天，所有礼节，一个也不能少。就说婚车，奔驰，宝马，法拉利，兰博基尼，奥迪，劳斯莱斯，等等，虽说是租用的，但是，面子上的账，档次不能低，品类不能少……"

何寿天听到这里，觉得小肚子有些憋胀，便起身去卫生间。方便已毕，洗了手，正往外走，忽见夏招娣跟夏望娣姐妹俩，正站在过廊里说话，就打了个迟疑，停顿下来。

见夏望娣已经把衣服换过了，也是上下一身簇崭新。跟她姐姐夏招娣差不多，牌子似曾相识，虽然眼熟，却不能确定。

夏望娣说：

"今朝是阿拉花铜钿请客，几样小菜不是早就写好给侬了吗？啥体多加了两荤一素两只菜呢？一只白斩鸡，一盘红烧羊肉，价厘格巨；另一只芥蓝，中看不中吃，价厘也是贵得来！岂不是让阿拉浪费铜钿？"

夏招娣说：

"不关阿拉格事体，是伊拉加额。阿拉虚应应场面，跟伊拉岗岗客气艾窝，若是脑子拎得清，当然晓得格是不好算数的。哪能想到，伊拉就当了真，一本正经加到纸头上头。阿拉想挡，也来不及，呒法挡额。"

听了一会儿，又听夏望娣问，刚才交谈时，有没有打探清楚，这家人的情况到底怎么样。夏招娣回答说，能怎么样？不太灵光哟。跟你们夫妻俩一样，未到退休年龄，提前办了手续，想必是下岗，或是买断了工龄。房子不在市里，在浦东，没问面积大小。看那个男孩，身上穿着的，一看就是单位发的上班制服，可怜连个见客的正装也没有。他父母两个人，身上的衣裳，都是旧的。这家人平常过的什么日子，可想而知，肯定很局促的。

听见夏望娣往下说的话，满嘴失望又后悔不迭，称今天这顿饭菜，还有两个人做头发、做脸，包括几身新衣服，一大叠钞票，白白丢进水里去了。

却听一个男人的声音。侧眼看去，看他说话的站位及姿势，像是夏望娣的丈夫。听他说，女儿正从那边朝这边赶呢。夏望娣对姐姐解释说，上次有人介绍了一个男的，条件说不上怎么好，却也说不上怎么差。放弃呢，有点可惜；敲定呢，又怕再遇到好的，将来后悔。今天重新约定，是两个孩子单独见面，互相再探一探，把底牌弄弄清楚。恰好遇到今天这个女插友全家来见面，本来打算，脚踩两只船，两头之中，一头都不能滑掉，都抓住再说。因此决定，让女儿先来冒个泡，找个借口离开，赶去那边。早知道这样寒酸，索性去见那一个，不用两边跑得这么辛苦了。

说到这里，两个女的回餐桌那边，男的却径自向厕所这边来。何寿天担心迎头撞着，过一会儿餐桌上见面，怀疑自己刚才暗处偷听别人说话，不免尴尬。可是，欲走不能，想退无路。眼光回转，还好，两只蹲坑的门，都大敞着。一时慌不择路，退进一个里面，把门关上。就穿着裤子，两只脚叉在蹲坑两边，矮下身体，屏住呼吸，侧耳细听。听到小便池那边一片响声。随后，水龙头那儿一片响声。接着，是咚咚咚咚脚步声，一步一步，出了厕所。打了个停顿，试探着伸头，看了一看。见人果然走了，这才推门，洗了手。又怕露出破绽，被人看破是从厕所里出来的，自口袋里摸出一包餐巾纸，拆开，取出两张，把手仔细擦擦干。顺着台阶走到楼下，再换了一个靠近吃饭桌的楼道，爬上二层，收神定绪，调整呼吸，慢慢回到大餐桌那里。

这边人在等着，坐下来，互相介绍。刚才看到的，果然是夏望娣丈夫，叫赵时裕。他女儿也到了，叫赵胜男。介绍完毕，菜上齐了，大家提起筷子，客气几句，一边吃，一边说话。

夏望娣说：

"那年离开上海，我跟邵亚芳在火车上座位挨着座位，并排坐了两天一夜。到了地点，分到相邻的两个县，写了一封信，地址不对，退了回来，从此断了联系。我在乡下，干了三年农活，因为表现好，经推荐上了技校，读了一年半，分配回去，进了当地的电视元件厂。那个时候，这个厂可是好得不能再好，但凡是人，头挤破了，求爷爷拜奶奶，都要往里面钻。人有前眼没有后眼，谁也没有想到，潮起潮落，河东河西，行业陡然之间不景气，企业垮了，买断工龄走人。厂里一分钱都拿不出，就用积压下来的，一种叫高压包的电视元件，折成钱款，大鬼唬小鬼，打发我们。绝大多数人，当它是废品。我留了个心眼儿，将其他人手里的高压包，三文不值两文，折价统统买了下来。回到上海，摆了个地摊。确实不出我的料想，国产电视机，还在风行，最容易坏的，就是高压包。结果，销路一直看好。这里面还有一个奥妙，我手里的这种高压包，长的只能用一年，短的只有半年。别人不懂，修理电视机的，最爱的就是这种。拿这种高压包修理电视机，用个一年半载，又坏了，再来修，反反复复，那修理电视机的人，财源不断，赚钱到手。最初一段时间，我家赵时裕，担心电视机更新太快，这种质量不过关的高压包，用不了多久。我心里有数得很，这批过时的国产电视机，城里人不用了，却被收废品的倒卖到了郊区。郊区更新时，又被倒卖到了农村。最后，又倒卖到了交通不便的穷乡僻壤。几番折腾，等老式电视机彻底报废，再也不能用的时候，我的高压包已经卖得大差不离，口袋里也有了些许积蓄。用作本钱，租了个门面，正式做起了这个行业的生意，虽说是蝇头小利，也一直撑到了今天。"

说到这里，夏望娣收住话头，让女儿赵胜男先走。

夏望娣说：

"我女儿胜男她很忙的，有个重要会议，老总亲自主持，部署一个重要项目，一般员工没有资格与会，她不能不去参加的。"

接着说：

"我外太婆，就是我妈妈的外婆，她很迷信，在世还活着的时候，对我说过一番话。说，我们这一茬人，可能是上辈子干了一些不好的事，作了孽，所以今世报应，少小离家，远别父母，下到泥里水里，吃苦受累。依照她的观点,那些经受了乡村的磨难,现在仍然活得不好的,极有可能是前世欠下的债,至今没有还完,只能继续往下还,直到宿孽消除,旧债清零,才能出头。像我这一类的,前世干的坏事可能不是太多,作孽也许小一点,报应有限,这才先苦后甜——还剩不到一年,我和赵时裕按照规定,可以把户口迁回上海。那个时候,算是落叶归根,真正功德圆满了。"

何寿天听到此处,觉得差不多了,便起身,去柜台那儿,把这顿饭结了账,回来打个招呼,朝邵亚芳并儿子无虑示意,一家人起身,告辞要走。

夏望娣说:

"今天说好是我请客,怎么能让你买单呢?没有这个道理的!相比你们,我的经济条件要好一些,一顿饭,无论如何,还是请得起的。何况,我是做生意的人,说得出,做得出,尤其要讲究信誉。要不然,今后凭什么跟别人打交道?不如这样,麻烦你把小票给我,我补钞票给你吧。"

邵亚芳说:

"我们已经付过了,说不定以后还要见面,下一次再让你付吧。"

夏望娣说:

"恭敬不如从命,这次你请,下次我请吧。下一次,找个五星级宾馆,提前订一间豪华包厢,全点高官贵人、富豪大款最爱吃的菜,尽情享受。一定要等我电话哦!"

回到家里,换了衣服,洗了手,议论了几句。

邵亚芳说:

"当年并肩坐了两天一夜火车,互相关照,那样质朴,那样纯洁,那样热心。种种情景,好像还在眼前。没想到,岁月无情,造化弄人,眨眼之间,几十年过去,成了现在的样子。心里想想,既有点伤心,又有点害怕了。"

六

第二天上午，何寿天跟妻子邵亚芳去豆香园，既散心，又听李二妹忆说旧事，不免提到金小曼。原来金小曼跟李二妹是同行，在另一个公园当管理员，工资不高，住房不大，老公几年前走了，独生儿子老大不小，婚事还没有着落。李二妹说，金小曼这两三年来，张嘴闭嘴，念念不忘的，都是她儿子的婚事。最近有过几次碰面，金小曼说的话，前说后改，变化不定。第一次碰到，说儿子对象定了，婚宴也定了。第二次碰到，说儿子对象吹了，婚宴取消。第三次碰到，又说儿子对象定了，婚宴照常。前前后后，颠颠倒倒，反复无常，让人听了，脑子一团糨糊。

听到这里，何寿天手机响了，屏幕显示的是弟弟何寿地的号码。走到旁边去接听，原来是父母让打的，照例是问无虑的婚事，又问上次在老家提到的两个头绪，有没有进展。何寿天将两次见面，简略说了。叮嘱弟弟，这两件事，说给父母听时，必须做个加减，只说还在进行中，留个余地，以免父母担心。

又告诉弟弟，那天从世纪公园回来，无虑曾经说了一大段话，声称明白自己的婚姻大事，从爷爷奶奶角度，从爸爸妈妈角度，从自己的年纪角度，都是刻不容缓的，决定把这件事当作第一件大事，摆在日程上。要何寿地一个字儿也不要漏，原原本本转达，让无虑的爷爷奶奶且放宽心。

说了一通，话题转到母亲身上。何寿地说：

"目前还算正常。每顿的饭量，略有减少。要说精神，看上去比爸要好得多。估计一时半刻，不会有事。"

何寿天说：

"不怕一万，就怕万一。保守治疗的善后预备措施，还是要按照南京专家和姚院长的提醒，提前做起来。"

回到木条长椅这边，看看时间不早，准备回家。见李二妹把手挥挥，往前走了几步，似乎想起来什么，又转了回来。

李二妹说：

"亚芳，差点忘记告诉你了：我快到龄了，还有半个多月，就要正式办退休手续。从此以后，我就在家悠闲，想吃就吃，想喝就喝，想睡就睡，想玩就玩，不用在这里吹风经雨、夏晒冬冻了。唯一的遗憾，到了那个时候，不能跟你天天见面说话聊天了。"

往下春雨连绵，足足下了一个多月。中间停了两天，又开始下起来。中间又停了几天，再下起雨来。等天气真正好透了，何寿天、邵亚芳再来豆香园，不见李二妹，总觉得少了什么。静心一想，今天是周六，管理员不上班，于是心下释然。

忽见李二妹朝这边走过来，脚步急促，左手拎着一个包，另一只右手，举在空中，不停摇动。到了近前，坐在长条木椅上，气喘吁吁。

邵亚芳奇怪道：

"今天是周六，你不值班的，怎么来了？"

李二妹说：

"还说呢。你肯定忘记了，我以前说过，正在站最后一班岗，就要到龄退休了。我是上周一上午，到总部人事处办的手续。填好几个表格，交上照片，签过名，我特地赶了过来，找你说话，没有碰到。周二，周三，周四，周五，接连四天，我都赶过来的，还是没有碰到。接替我的管理员，有些不解，问：'你不是退休了吗，怎么还来？'我向几个干活的工人打听你们，告诉我说：'接连好几天，都没有见到你小时候的邻居来了。'今天是周六，我本来是不打算来的，转念一想，下周一，我要到郊区看亲戚，还不知道什么时候回来呢。还是来了。这一趟总算没有白跑，终于见着了。"

继续说：

"古人说过，'千里搭长棚，没有不散的筵席'，'送君千里，终有一别'。本来在我退休之前，已经打过招呼，不用再郑重其事告别了。只因我一不小心，办了一件蠢事，给你添了麻烦，这才三番五次过来，一定要找到你，当面说话，交代清楚的。"

听了这里，不知出了什么事，何寿天和邵亚芳互看了一眼，听李二妹说下去。

李二妹说：

"亚芳，我干的这件蠢事，给你添的这个麻烦，事先也没有想到：周一上午我去总部办退休手续，恰好碰到金小曼，就站在一起，聊了一会儿天。我这个人，最大毛病是爱说话。一旦张开这个嘴巴，就停不下来。周一上午我跟金小曼站着聊天，就是这种情形。我跟金小曼七扯八拉，说呀说呀，不知道说了多长时间。该说的话，我全说了。最后，说了几句不该说的话。我说：'金小曼，告诉你一件事。我在豆香园值班时，遇到一个金银桥的邻居，天天见面说话。这个人，就是当年跟你一起掉进浦东公园深水塘里，差点淹死掉，又一起爬上岸的邵家大女儿，邵亚芳。'接下来的事，我做梦都不敢相信。那位金小曼，说时迟，那时快，动作干脆利索，立即从手头那只包里，先掏出一支墨水笔，再掏出一封大红请柬，摊开来，搁在大腿上，提笔填上你的名字，递到我手里，要我转交给你。"

见李二妹从包里掏出一个信封，递到邵亚芳手里。邵亚芳打开，拿出来，看了看，递给何寿天，是一封结婚请柬：

请　柬

胡忠月（先生）与王兰香（小姐）

缔结百年之好

恭请邵亚芳（先生／女士）携全体家人光临

席设

上海临河大酒店二层袖珍婚宴厅

（临河路888号）

2019年4月30日 18：00

（己亥年戊辰月丁酉日酉时）

何寿天把请柬还给邵亚芳,邵亚芳放回信封,打了两个折,叠成方块,放进口袋里。正要开口,被李二妹又抢了话头。

李二妹说:

"这些日子,我也算目睹,你们夫妻两个,天天穿一身旧衣破裳,可知日子并不富足,有些寒酸。记得我上次嘴巴刹不住车,问是不是你插队落户找的乡下老公。你碍于面子,佯装没有听见,我心里也有数了。你和金小曼,当年做过邻居,包括一起掉进深水塘里,又爬上岸,一起捡了性命。可是,几十年过去了,从来没有见过面、打过交道,大街上迎面相撞,头上碰出一个大包,互相也认不出来,更不要说什么情分了。完全没有必要'打肿脸充胖子','死要面子活受罪',白白出一份礼金,花这笔冤枉钱!你就当这份请柬,从来没有收到过,不去参加这个婚宴,也就罢了。"

看看天色不早,站起身,说了两句"保重",把手挥一挥,走了。

七

当天吃了晚饭,收拾好碗筷,全家坐到客厅沙发上,提起金小曼儿子婚宴请柬,征求儿子无虑的看法,是去,还是不去。

无虑说:

"金小曼是妈几十年前的老邻居。分开不见面,也有几十年了。一般情况下,这个婚礼,参加不参加,无所谓的。不过,这件事有一个特殊之处,就是当年妈和她小时候掉进公园深水塘里,又同时爬上岸,活了下来。事后,有人问起经过情形,妈回忆说,是金小曼一只手抓住了岸边的石头,把两个人拉了上岸,救了自己;金小曼回忆说,是妈一只手抓住了岸边的石头,把两个人拉上了岸,救了自己。我估计,我也相信,在金小曼的心底,不管时间过去多久,生活有多艰难,这件往事,肯定埋藏在她的心灵深处。因此，这个婚宴，妈不但应该参加，爸也应该参加，我也应该参加。我们全家去参加婚宴时，应该穿得正规一点。所出的礼金，虽然不必过于张扬，但是，在场面上，总要拿得出手、说得过去，给她一个十足的面子。"

转眼到了四月三十日，下午五点半，何寿天和妻子邵亚芳、儿子何无虑乘网约车赶到临河大酒店，参加金小曼儿子的婚礼。原来这是一座用旧厂房改造成的专门举办婚宴的地方，上下四层，此刻全部灯火通明。人群从大厅的进口处鱼贯而入。何寿天一家三口进了大门，从第一个楼梯上了二层，向一个接待员打听。接待员问了新郎新娘名字，在前面引着路，拐过两个弯，到了一个门口，带三个人走进去。见是一座小型宴会厅，里面放了六张桌子，其中一张桌子是空的，另有四张桌子，坐满了人。最后一张桌子，也坐了三个人。

接待员介绍说：

"空着的那张桌子，是留给新娘、新郎和家人的。新娘的家人在外地乡下，路途遥远，没有来得及赶过来。新郎新娘正在化妆室里等候，婚礼正式开始，才坐到这张空着的桌子上来。那边四张桌子上坐的都是新娘在上海打工的老乡，是新娘方面的客人。你们面前的这一张桌子，坐着的三个客人，新娘新郎都认识，是双方的客人。你们三位，是新郎方面的客人，也是新郎方面的第一批客人。"

说完，回到门口迎客去了。

坐下来，跟先来的三个人，微笑招呼，互相做了介绍。原来其中一个男的，是金小曼儿子打工酒店的老板，姓孙。坐在孙老板右边一个年纪大一点的女的，是老板娘，姓李。坐在老板左边一个年纪轻一点的女的，是酒店的财务，姓赵。说话间，大厅内灯光先暗后明，由明再暗。音乐声起，婚礼正式开始。主持人说了几句，把手指了一指，一束灯光照耀处，新郎、新娘陪着一个五十多岁的妇女，走上台来。灯光一暗，这三个人退到后面。灯光亮起，主持人重新站到台前，说了几句话，退下。新郎、新娘并肩站到台前，这次由新娘说了几句话，两人退下。那个五十多岁的妇女,站到台前,接着,新郎、新娘走到站在台前的五十多岁妇女的面前,灯光一暗一明,音乐声停,厅内静下来,等着。新娘清了一下喉咙,叫了一声"妈",五十多岁的妇女应了一声"唉"。灯光暗了又亮,厅内所有的灯都亮了起来。主持人重新站到台前,说了几句话,退到一边。台上的新郎、新娘和新郎的母亲,一起走下台,就从紧靠台下的那张桌子开始,敬酒、接礼。

不一会儿,那边的四张桌子敬酒、接礼完毕,到了何寿天等人坐着的最后一张桌子跟前来。先敬孙老板、老板娘和酒店财务小赵,新娘、新郎和新郎的母亲,各把手中的酒杯,放在嘴唇上靠了一靠,象征性地抿了一口酒。这边孙老板、老板娘和酒店财务小赵,端起杯子,把酒喝完。随后,赵老板眼睛朝酒店财务小赵看了一看,财务小赵从身边的一只包里,掏出一个红包,递到孙老板手里。孙老板再递了过去。新郎母亲先接在手里,再递给身边的新娘,新娘随即放进手中的包里。

听孙老板说:

"酒店自开张以来,每位员工的婚礼,我们都会参加。今天来了三个人,我是老板,她是老板娘,小赵是财务,我们酒店的核心,都在这儿了,也是表示一下诚意。礼金总共三千元,算人头,是一人一千,却是从酒店总账上支付的,也算是酒店的祝贺。"

新娘、新郎和新郎的母亲,谢了又谢,转过身子,朝向这边。这边,邵亚芳已经推开座椅,挪身上前,抓住了新郎母亲金小曼的两只手。

邵亚芳说:

"小曼,金小曼,我是亚芳,邵亚芳。"

又说:

"那一年,你十岁,我也是十岁,我们一起到浦东公园玩,手牵着手,在水塘边走。一不小心,两个人都掉了下去。幸好,我俩又爬上岸来,没有淹死,活了下来。这一眨眼,几十年过去了,你还记得吗?"

见金小曼的眼睛里,突然泛出一丝东西,像是泪花一闪,又不见了。

听金小曼说：

"怎么不记得？我还记得，这件事情发生以后，有人说过一句话，'大难不死，必有后福'。那一次，我没有死掉，'后福'是什么呢？'死罪好受，活罪难挨'，吃了这么多年的苦，受了这么多年的活罪。不过，回过头来，静下心，仔细想想那句话，也没有说错，我到底看到了今天儿子的婚礼。"

说了几句，何寿天见差不多了，碰了碰邵亚芳。邵亚芳从随身带着的包里，拿出礼金，递到了金小曼手里。金小曼接过来，看了一眼，又看了一眼，抬眼看看邵亚芳，低头又看手中的礼金，再看了一眼，把头使劲直摇。

金小曼说：

"亚芳，几十年没有见面了，你今天能来，而且是全家都到，已经是给我天大的面子了。你给的礼金，我刚才拿眼看过，上面的银行封条还在，不用数，整整三万块。这个数字，太大了，太多了！我是不能收的。"

又说：

"我们刚才敬酒的四张桌子，有三桌十个人，有一桌九个人，总共三十九人。这三十九个人，大多数是可到可不到的。因为怕参加婚宴的人太少，面子上不好看，硬拉他们来了。礼金最多的，每人两百块；礼金少的，一百块；还有最少的，只有五十块。当然，他们都是我媳妇老家来上海打工的，手头不宽裕，一分一厘，都是从牙齿缝里抠出来的。而且，出的这个数字，已经高出他们家乡很多了。可是，你的这笔礼金，他们的总数，其实也差不多是我儿子婚宴的全部礼金，加在一起，也是远远不能比的。我收了你的这么一大笔礼金，怎么好意思呢？"

再三推辞，见推辞不掉，这才收下了。

又对新娘说：

"媳妇，我们事先有过约定，双方各自客人的礼金，归各自所有。刚才你老家来上海打工的客人礼金，都交给你了。酒店孙老板出的礼金，因为是你们双方的老板,按照道理,应该一半对一半。该我的那一半,我没有拿,也全部交给你了。我手里拿着的这一笔礼金,是我小时候的街坊邻居出的,我就不客气,按照事先约定,收起来了。其实,这笔钱,我是替你们代为保管,我不会花掉一个子儿。将来,还是会用在你们身上的。"

说完这些,打开衣服拉链,把三扎钞票,装进了内衣口袋里。领着新郎新娘,回到主持人身边去了。

却见门口的婚礼接待员,又领了三个人,到了这张桌子跟前。

接待员说:

"这三位,是新郎方面的客人。这也是新郎方面的第二拨客人。"

抬眼细看,新来的是一家人。其中父亲模样的,年纪六十上下;母亲模样的,年纪也在六十上下;一个女儿,二十出头一点。看三个人身上衣服,虽然普通,倒洗得干干净净,十分畅眼。就在何寿天一家对面,挨着酒店孙老板,依次坐了下来。

父亲模样的人说:

"我跟新郎的妈妈金小曼,原来都住在一个叫作金银桥的地方,是街坊邻居。那个地方,很多年前拆迁掉,我们已经几十年没有见过面。这份婚礼请柬,是另一个金银桥的街坊邻居转交给我的。今天就来了。"

八

何寿天听了,看看邵亚芳,见她脸上一片茫然,跟这个人,似乎并不认识。

邵亚芳问:

"你也是金小曼金银桥的邻居?请问尊姓大名?还有,金银桥的最北头,有一口自动压水井,从自动压水井往南数,你是第几家?"

不等对方回答，又解释说：

"哦，对了，我也是金小曼金银桥的邻居，家住在自动压水井边最北的第一家。我姓邵，大名邵亚芳。说实话，我对你，一点印象都没有。不知道你对我，有没有印象？"

父亲模样的人回答说：

"我姓闻，'门'里一个'耳'，大名闻业荣；坐在我旁边的，是我老伴，姓方，大名方慧群；我老伴身边的，是我女儿，闻芳。听你这么说，应该是邵家的大女儿。邵亚芳的名字，我也想起来了。你上面有个哥哥，还有个妹妹。我对你，怎么会没有印象呢？有一年，你和金小曼，就是今天新郎的妈妈，一起去浦东公园玩，那个时候，公园刚造起来没有多长时间，中间挖了一口大水塘，有四五米深。水塘的岸边，石头铺得高低不平，走在上面，磕磕绊绊，一不小心，就会跌跟头，掉进水里。传说有三个人，不小心掉下去，没有救上来，淹死了。那一次，你和金小曼脚下一绊，也掉了下去。后来你们自己爬上了岸。回家被父母骂了一顿，罚跪了半个钟头。事后，大家很好奇，在你们之前，掉下公园水塘淹死的，是三个成年人。你们两个小孩子，同样掉进水里，你们又不会游泳，怎么会自己爬上岸来呢？住在你家和我家之间的一个邻居，叫李福友，他有个女儿，年龄跟你们差不多，名字叫李二妹。李福友有一天碰到你，问那天落水是怎么爬上岸的。你回答说，是金小曼用另一只手，抓住了岸边的石头，救了她自己，也救了你。李福友问你的时候，我就站在旁边，听得清清楚楚。过了几天，李福友碰见金小曼，又问这件事情。金小曼回答说，是你用另一只手，抓住了岸边的石头，救了你自己，也救了她。也是碰巧不巧，李福友问金小曼的时候，我恰好从旁边路过，便停住脚，同样听得清清楚楚。我当时很纳闷，为什么两个人的记忆，完全相反，都认为别人救了自己呢？"

说到这里，进入证婚程序。证婚人，就是酒店孙老板。厅内全暗，只留台上一束光亮。孙老板走上台，站在光束里，掏出一张纸，一字一句，读了起来。读毕，厅内灯光亮起，孙老板回到了座位上。桌上各人继续说话。

闻业荣说：

"我家住在金银桥的最南头，不是正规房屋，是搭在正屋南墙上的一个偏厦。我父亲叫闻永道，在世时，是紧靠黄浦江边的第二机床厂锉工车间的工人，偏厦是给我家临时过渡的房子。我在金银桥前后住了五年多一点。有一年，就是你和金小曼掉进浦东公园水塘的第二年的夏天，特大台风过境上海，雨大风更大，把一棵梧桐树刮倒了，压下来，偏厦撑不住，垮塌掉，我家就搬到另一个地方去了。从此以后，我再也没有见过金小曼。她儿子结婚的请柬，是李福友的女儿李二妹，转交给我的。说起来，有点儿弯弯绕。我有个小弟弟，跟我没有血缘关系，是我母亲去世后，我父亲重新结婚的姨娘'拖油瓶'带来的。这个小弟弟，很多年以前，他还没有离婚的时候，跟李二妹住在同一个小区。有一天，碰在一起，李二妹喜欢跟人说话，不管是谁，只要搭上茬，就会说个不停。那天，李二妹跟我继母带来的小弟弟，碰在一起，说来说去，不知怎么提起了金银桥。当时，我父亲还活着，我小弟弟就说，他的继父原来也住在那个地方。李二妹听了，记住了这件事。过了不久，我父亲让我送一样东西给我的小弟弟，正好在楼下碰到李二妹，互相介绍，三个人站着，说了一会儿话。大约半个月前，李二妹突然揿按我家的门铃，说有一次碰到金银桥的邻居金小曼，提起了我。金小曼就托她转交儿子结婚的请柬。李二妹还提醒说，我跟金小曼之间，已经几十年没有见过面，这个婚宴，可以参加，也可以不参加。我拿着这份请柬，在心里掂量了一回。突然想起来，当年台风刮倒梧桐树，压垮我家偏厦时，金小曼看见了，吓得哇哇大哭，还告诉大人，说好像里面有一个人。邻居都惊动了，有人去厂里找我父亲，有人赶紧在废墟里翻扒，最终把我救了出来。说起来，我这条命侥幸活下来，金小曼还是有功的。想到这里，就全家三口，一起来参加婚宴了。"

说到这里，闻业荣起身去交了礼金，回到桌上来。此时婚礼程序完成大半，各个桌上，已经开吃。菜也逐渐朝桌上端。

却见服务员左手端着一盘蘑菇青菜，右手托着一盘红烧排骨，从儿子何无虑和闻业荣女儿闻芳相邻的空当，递了过来。一阵手机铃声，是闻业荣女儿闻芳口袋里传出来的。闻芳要接这个电话，下意识地将身下的椅子，往后一挪，人站了起来。她的头，碰在了服务员的右手上，那盘红烧排骨，倾翻下来，落在何无虑的肩膀上。汤汤水水，顺着右边衣襟，一直往下，流到了裤子上面。

一家三口退到一边，整理衣服。再一起下楼，去盥洗室洗了手，又去厕所方便了，再洗了手，走了出来。就站在一楼大厅里，商量说，这场婚宴，全家三口来过了，礼金也送了，饭菜有点凉，没有什么好吃的。天已经晚了，早走晚走，总归要走，不如提前离席，回家算了。

儿子无虑掏出手机找网约车。正逢高峰时刻，约不到。过一会儿再约，还是没有车。如此几次，半个小时过去了。见许多客人已经吃好，三三两两，从楼上下来，朝外面走。

想了一下，建议儿子无虑改约了一辆价格高一些的七座车。这一次顺利，约到了。

一家三口往前走到马路口，等着网约车。抬头看到路边站着三个人，正是刚才坐在一个桌上吃饭的闻业荣一家。问了一声，对方也打了好一会儿出租，打不到，打算步行一段路，找找看附近有没有路线合适的公交车。

何无虑说：

"这个地段有点偏僻，打出租，乘公交，都不方便。我们刚刚订了一辆七座网约车，有空余位置，可以一起坐的。如果你们住得近，就先送你们，再到我们家；如果你们住得远，就先送我们，再送你们。怎么样？"

一道上车，开到小区大门口，请司机就停在这里，三个人下车。

邵亚芳说：

"我家就住在这个小区的 6 幢 601。六楼爬上爬下，天又太晚了，就不请你们去家里坐了。以后有空，欢迎来做客。"

挥手告别。车开走了。

回家洗漱好，各进房间。

邵亚芳说：

"参加这场婚礼，还是值得的。老街坊邻居，几十年不见，借着这个机会碰面，也是难得的缘分。没有今天这个场合，我跟金小曼，虽说有过一场共同的生死经历，但两个人在大街上迎头相撞，她肯定认不出我，我肯定也认不出她。最后来的那个闻业荣，在我的头脑里，更是一丝一毫痕迹都找不到了。听了他的话，过去的一些事情，比如，他家居住的搭在正屋南墙上的那间偏厦，那年过境上海刮倒很多大树和房屋的特大台风，我和金小曼掉进水塘后被父母罚跪，他提到的这些往事，还有他没有提到的其他往事，各种场景，一点一滴，在心里慢慢浮现出来了。"

又说：

"闻业荣和他老伴方慧群，一看就特别憨厚老实。我还想起了闻业荣的父亲，也是这种样子，个子比闻业荣要矮半个头，整天闷声不响，是金银桥公认的木讷人。不过，闻业荣的女儿，就是跟无虑相邻坐着，无意之中碰倒菜盘的那个姑娘，闻芳，一眼看去，有点与众不同。这个姑娘，虽然没有说过一句话，但看人的目光，一片清澄纯正。她的面容神情，形态举止，更透着一种与众不同的高雅气质，根本不像是生活在这种家庭里的人。跟她的父母，截然相反，完全是两个样子。"

九

何寿天夫妇依旧每天往豆香园散心，傍晚等儿子无虑下班，一起吃饭。转眼一个星期过去，这天刚吃过晚饭，有人敲门。打开，却是快递。收了回屋，问邵亚芳和儿子无虑，都说自己没有买过东西。打开外包装，再打开里面的包装，里面还有一层包装，最里面是一个盒子。打开，是一套西装。看了看牌子,有些熟悉。

邵亚芳说:

"这种牌子的西装,无虑有一套。四月三十日晚上参加金小曼儿子婚宴时,穿的就是这套西装。吃到一半的时候,闻业荣女儿闻芳手机响了,她站起身来接电话,碰到服务员手里端着的红烧排骨盘子,一下子倒在无虑肩膀上,汁水从上身淌到下身,把西装弄脏了。难道是闻业荣寄来的?"

何无虑说:

"这套西装价格有点贵,只有几家高档专卖店有卖。因为名气大,低级假冒,高等模仿,时有出现。不过,收到的这套西装,不像是假的。婚宴那天聊天,妈那位金银桥邻居闻业荣,是一个工厂里的退休工人,单位效益不是很好,每月退休金,都够不着中档线。他爱人方慧群,是里弄工厂退休的,更低,差不多触到低档线了。闻业荣的女儿闻芳,去年刚上班,哪怕工资再高,一两年之内,能有多少积蓄?如果是他家买了这套西装,寄过来作补偿的,那就实在勉为其难,十分吃力了。"

有纸落在地上。何寿天捡起来,是一封手写的便信:

何无虑你好:

四月三十日晚上不好意思,弄脏了你的衣服。寄去的这套西装型号,我是根据那天目测,估算出来的,可能会有误差。快递上的这个地址,是你们一家在小区大门口下车时,你妈亲口告诉我爸的,想必不会错。请查收,并再次抱歉。

闻芳

即日

递给儿子无虑,看了一遍。再递到邵亚芳手里,看了一遍。重新递了回来,又看了一遍。见便条上的字迹,横平竖直,框圆架正,不但端庄大气,其中还透着一种难得的娟秀之气,倒是十分罕见。

邵亚芳查看西装型号,小了。让儿子无虑试穿了一下,绷在身上,很紧。

何无虑说：

"如果有发票，型号可以随时调换的。"

邵亚芳说：

"闻业荣收到的婚宴请柬，是李二妹送到他家里去的。李二妹没有退休之前，我和你爸去豆香园散心，隔三岔五跟她见面聊天，不知道说了多少闲话。可是，却忘了问她要手机号码，也没有问她具体住址，真正是疏忽了。"

何无虑说：

"她原来在豆香园上班，豆香园的人，应该知道的。爸妈明天上午过去，问一下，不就得了？"

第二天到豆香园，先问了接替李二妹的管理员。

管理员说：

"我虽然是接替李二妹的，其实并不算太熟悉。而且，我跟她是不一样的。现在实行'老人老办法，新人新办法'。她是老人，有正式编制；我呢，是新人，没有正式编制，干一天，算一天。双方交接不到一起的。"

再问干活的工人。

工人说：

"不好意思。李二妹家住哪里，她从来没有说过，我们也没有问过。"

转了一圈，忽然想了起来。

何寿天说：

"昨天收到快递，我看过闻芳的那张便条以后，又特地扫过一眼外包装上的运单，收件人是无虑的名字，有地址，没有手机号码。寄件人是闻芳的名字，没有地址，有手机号码。拆包装时，因为有好几层，最外面的一层，被随手放到楼梯的下面，后来我用手掏了一下，想一起扔到垃圾袋里，因为在最里面，手臂够不着，没有掏出来。后来急着要做另外一件事情，就忘了。如果还在楼梯下面，看一看运单上留的寄件人手机号码，让无虑打过去，不就得了？"

回家一看，果然在。把运单上的电话号码告诉无虑。不一会儿，接到了儿子的电话。

何无虑说：

"我跟闻芳已经约好，今天下班以后，一道去南京路专卖店。要是来得及呢，我赶回家吃晚饭；来不及呢，就在外面吃了。你们不要等我，先吃吧。"

当晚何无虑回家，两只手是空着的。

何无虑说：

"白跑了一趟。没有型号合适的西装，柜台已经报了进货单，估计一周内到货，让改日再去。"

又说：

"我看天有些晚了，就找了个地方，请闻芳吃了便饭。两个人说了一会儿话。我要把这套西装的钱，还给她。她不肯要。我又说了一遍，她有些生气了，站起身要走。只好不提这件事情，把话题转了。原来闻芳的公司，离我单位很近，就在现在的旧办公楼跟即将搬过去的新办公楼的中间点上。本来，下一次，闻芳可去可不去，我让她不要去了。闻芳说：'是不是合身，镜子里有偏差。有人在旁边看着，才保险。'我俩已经说好，下次去的具体时间，由我约她。"

第七天晚上，儿子无虑带回了调换好的西装。说在专卖店已经试穿过，很合体。又打开，穿在身上，再试了一试。何寿天和邵亚芳，依旧一个站在前面，一个站在后面，又互换角度，看了两次，大小松紧，果然像是量身定做的一样。

何无虑说：

"今天上午约的闻芳。下班后，我跟她碰上头，刚走进店门，柜台里就认出我们来了，说适合的型号已经到货。我试穿完毕，天不早了，到上次吃饭的老地方，吃了个便饭。再打了网约车，先送闻芳回家。到了地方,原来她家是一楼,她父母隔着窗户,看见了,迎到门外,说了很多客气话,再三邀请,要我进屋看看。我不好意思拒绝,又看不用上楼下楼,耽搁太长时间,就进屋里转了一圈。她家的房子,是当年的拆迁安置老公房,小得不可想象,面积不到三十平。主屋一室半,做成两个卧室。一室做了大卧室,是闻芳父母住的。只有我们家大卧室的一小半大,里面一张大床,加一个老式电视柜,再没有空间了。半室是闻芳住的,还不到我们家最小卧室的一半大,除了一张单人床,连脚都放不下。晚上睡觉,要从门口直接爬到床上去。两个卧室,倒挺干净。闻芳的卧室,除了干净,非常讲究,井井有条,一眼看上去,很舒服,很温馨。厨房不太正规,是用北阳台改的。一个小厅,其实就是个过道,放了一张小桌子,有一面靠着墙,另三面放着三只没有靠背的小圆椅。这张桌子,只能坐她一家三口,多一个人,再也坐不下了。卫生间更加狭小,一只马桶,旁边是淋浴,喷头下面,巴掌大小,人在下面,一只脚站着,另一只脚只能悬空。我前后停顿了两三分钟,打个招呼告辞,乘网约车回家了。"

十

隔了一天,儿子无虑晚上近十点回家。敲开房间门,说:

"今天下班准备去上海书城,碰巧遇到闻芳,她也要买书,就一道去了。从书城出来,天已经黑下来了,就一起吃了个便饭。回来的路上,我忽然想到,天气一天比一天热了,人动一动,浑身是汗,闻芳家里的卫生间,洗一个澡,人站在淋浴头下,这一只脚站着,那一只脚还要悬空,太不方便了。就建议她顺路到我们家,打个停顿,洗好澡,再回去。闻芳听了,把头摇摇,拒绝了。"

各回房间。

邵亚芳说:

"看来,无虑跟这个闻芳,有点意思了。姑娘是好姑娘,家庭差了一些，可惜了。"

第二天上午，正在豆香园散心，手机响了，看了一看，是弟弟何寿地打来的。何寿地说：

"这个电话，还是爸让我打给你的，自然是无虑的婚事。爸还要我变个方法，旁敲侧击摸一摸情况。"

何寿天说：

"有一些动静，目前还不明显。过一段时间，我跟爸直接说吧。"

转问母亲情况，何寿地说：

"细心观察，有一些症状了。不仅饭量还在减，主要是感觉冷。外面大太阳晃晃的，妈却说身上凉飕飕的。对照着看，南京专家，还有姚院长，说的话，一点不差。"

何寿天问：

"上次说过善后预备事项，还差多少？"

何寿地说：

"大致齐全了。我正在一点一点往细处掂量，寻找疏漏的地方。"

又叮嘱几句，手机挂了。

当晚儿子无虑依旧晚回，说：

"闻芳昨天要买的书，只买到一半。今天下班以后，陪她再跑了另一家新华书店，还缺两三本，就齐了。一道吃过饭，又是一身大汗。我再劝她顺路到我们家洗好澡，然后回家。她还是没有同意。"

何寿天说：

"今天上午我跟你妈在豆香园散步，你叔叔来过一个电话，是爷爷让他打给我的。说来说去，还是你的婚事。爷爷还让叔叔改变方式，旁敲侧击探探真实情况呢。"

何无虑说：

"爷爷的意思，我明白。爸和妈嘴上没有说，心里怎么想，我也明白。有一件事情，本来打算过一段时间，再说的。既然有这个电话，今天就说了吧。我对闻芳，有感觉。这个感觉，不是最近的。四月三十日那天参加妈金银桥邻居金小曼儿子婚宴，闻芳一家来迟了，打招呼的时候，我一眼看到她，心里'咣当'一响。不知为什么，这个人，这张脸，非常熟悉，好像在什么地方见过，还打过不止一次两次交道。婚宴当中，我一直在想，到底在什么地方见过，打过什么交道，始终想不起来。那天约她陪我去南京路调换西装，见面时，她说：'告诉你一件奇怪的事情：四月三十日那天参加婚宴，一眼看到你，不知为什么，心里打了一个激灵，觉得这个人，这张脸，非常熟悉，好像在什么地方见过，还打过不止一次两次交道。婚宴过程中，我一直在想，到底在什么地方见过，打过什么交道，始终想不起来。'听她这么一说，我心里又是'咣当'一响。今天晚上一道吃饭，我和她，说话不多。奇怪的是，两个人对面坐着，微笑相对，一句话不说，又却好像是在说话。多少话语，都在无声之中交流。总之，一种心有灵犀的感觉，活了这么大，第一次才有。"

说了这些，回房去了。

往下几天，儿子无虑下班依旧晚回。又过了两天，说已经帮闻芳把书买齐了。

何无虑说：

"今晚一道吃饭，闻芳说，她把我让她顺便来我们家洗好澡，再回家的事，对父母说了。她父母听了，把头直摇。她父亲说：'他是什么家庭？你是什么家庭？一个在天上，一个在地上，搭个梯子，也高攀不上去的！'又说：'他父母是什么样子？你父母是什么样子？哪怕人家不计较我们，我们也会自己寒碜自己的。'还说，'冷的时候，不要靠灯；穷的时候，不要靠富'，'人生在世，贵有自知之明'，等等，说了一大通道理。我听了闻芳的话，想起那天婚宴，妈曾经说过，这个闻业荣，是人所共知的忠厚老实本分人。这一次，才算深有体会。"

回到房间，邵亚芳说：

"看来，闻业荣还是有点儿自知之明的。所谓'门当户对'，不可太讲，也不可不讲。比较起来，闻芳的家庭，实在是差了一点，而且差得有点不像样子了。"

何寿天说：

"我们对无虑当初有过承诺，说话要算数。有关无虑跟闻芳的交往，我的想法，我们最好是'三不一顺'。不阻止，不催促，不过问，一切顺其自然吧。"

这一天在豆香园接到了父亲的电话。

父亲说：

"上次我听你弟弟寿地说，你告诉他，无虑有些动静，过几天再详细说。好几个'几天'已经过去了，我也等不到信息，只好直接打电话问你了。有什么进展吗？"

何寿天说：

"前不久，我们参加邵亚芳一个小时候邻居儿子的婚礼，碰到了她的另一个小时候邻居，这个邻居有个女儿，无虑似乎很有感觉。这个姑娘，模样长相、人品气质，十分出挑，不是一般年轻姑娘能比的。唯一可惜的，是她的家庭。经济条件、文化背景、社会地位，跟我们不在一个层面上。双方相比起来，差距太大。我听无虑说，就连她父母，也婉转规劝和提醒女儿，'两个家庭，一个在天上，一个在地上，搭个梯子，也高攀不上去的'，'两家父母，站在一个台面上，双方的样子不配，人家不计较我们，我们也会自己寒碜自己的'，'人生在世，贵有自知之明'。姑娘把这些话，一句不落，学给无虑听。无虑回家，学给我们听。这个姑娘的父母，在我们的印象中，相当厚道实在。他们嘴上说的，也是心里想的。我和邵亚芳当初有过承诺，这一次，对无虑跟这个姑娘的交往，定了'三不一顺'，就是，不阻止，不催促，不过问，一切顺其自然。"

不一会儿，父亲电话又来了，揿下通话键，是母亲的声音。

母亲说：

"你爸把你说的话，告诉我了。我要给你和邵亚芳一个提醒：是无虑娶那家人的女儿，不是娶那家人的父母。是姑娘嫁到我们家，进我们家的门，当我们家的媳妇，不是无虑入赘到她家，进她家的门，当她家的上门女婿。姑娘的家庭、父母，不可不考虑，但是，也不可太考虑。"

又说：

"我还要提一个建议：两个孩子已经这样了，你跟亚芳，应该先登门拜访一下闻芳父母，再把闻芳父母请到家里，吃个便饭。把人家心里的一些疑虑，先消除掉。你们的'三不一顺'，是对的。双方父母之间，先不要捅破这层窗户纸，暂不表态。嘴上不说，心里有数，留有余地。往下的进展，到底怎么样，还要看一看。总之，一切听无虑和那个姑娘的。"

十一

去闻业荣家登门拜访定在第二天上午九点。上午八点整，何寿天、邵亚芳出门下楼，乘了三站地铁，上到地面。看看时间还早，一路过去，先到闻芳家小区旁边的小公园里，转了一圈。再看时间，差不多了，走出公园，过了马路，从小区边门进去，拐了两个弯，到闻芳家楼幢跟前。却见闻业荣和方慧群夫妇，正把头朝窗户外面探看着。隔着窗户招呼了一声，夫妇俩迎了出来，两人都穿了一身簇崭新的衣服。

站在门口，说了几句客气话。再一道进屋，依旧先站着，说了几句客气话。方慧群拉邵亚芳进主卧室说话，这边何寿天和闻业荣在过道兼客厅小桌子前圆凳上，坐了下来。

闻业荣说：

"不好意思，巴掌大的地方，您和邵亚芳能来，实在是看得起我们。说起来，不怕您笑话：在别人眼里，这套房子有些狭窄，在我和方慧群眼里，等于是天堂了。这是我从小到大，住过的第四套房子，也是最好的一套房子。最初在金银桥，跟邵亚芳当邻居的时候，我家住的，说是房子，其实是搭在平房南墙上的一个偏厦。偏厦的东西两面，是用竹竿裹上草绳，绑站成两排，里面和外面糊上三层烂泥，就是墙了。这种墙，每年春秋两季，都要趁着大晴天，抽空用黄泥和水，调成细浆，重新糊刷三到四遍。少了一遍糊刷，当年立马出洋相，透气漏雨、进风渗雪了。朝南的这一面，用了三块门板。旁边两块门板，是墙。中间一块门板，可以活动，就是门了。那个时候，没有卫生间这一说，连邵亚芳父母他们条件好一些，住在平房里的，也是用马桶的。我们家没有遮隔，只能用一条布帘，装模作样挡着。有外人的时候，把布帘拉起来。没有外人的时候，布帘就不拉了。在我的记忆里，我家几乎没有来过什么客人，那道布帘，一直挂在墙角，没有拉起来过。那间偏厦的屋顶，是一层铁皮。住在里面，冬天冷得咪，像是做棒冰的地窖；夏天热得咪，像是孵小鸡的炕坊。幸好近旁有一棵法国梧桐树，长得枝叶特别茂盛，盖在屋顶上方，冬寒夏暑，多多少少，抵挡了一些冷热。有一年特大台风过境，把那棵法国梧桐吹倒，压在我家偏厦上，我人也在里面，全靠街坊邻居，把我救出来。那间偏厦从此压垮了，我父亲的工厂，安排我家住到另一个地方。虽是正规房屋，面积却跟偏厦大小相同，又多了一个厨房和一个卫生间，却是那一层楼十二家共用的，还不如住偏厦方便。说是厨房，台子上面，只容得一只旧炉灶。台子下面，只放得下两只脚。拿把铁铲炒菜，还得拿眼睛瞄着左边，瞟着右边，一不小心，就碰到旁边同时做饭的邻居了。这还是好的，早晨起来，想用卫生间，只要慢了一步，门口已经排起一个不长不短的队伍，等个一二十分钟，甚至半个小时，是家常便饭。只好用马桶。倒个马桶，也是要排队的。后来又调整了一次房子，稍有改善，面积没有增加，还是厨卫共用，邻居少了一些，上厕所，倒马桶，还要排队。最后，才是这套房子。也是靠的运气。当初有两种结构，一种结构是一室户，一间大卧室，加一个厨房，一个小卫生间，就是了。虽然面积相同，人口多的人家，就不好运转了，只能在阳台上另搭一张床，住人。另一种结构，就是我家这种，一个稍大一点的主卧，一个小一点的次卧，用北阳台作厨房，过道当作客厅，加一个小卫生间，'麻雀虽小，五脏俱全'，十分抢手。消息传开，人人都在卷衣捋袖，摩拳擦掌，打算闹个头破血流。怎么办呢，只能用一个最简单的办法,拈阄子。那运气好的,拈到了我家的这种好的结构,欢天喜地,夸赞自己的两只手争气。运气差的,拈到了另一种差的结构,不怨天不怨地,只怨自己。大家都没有话说,全部摆平了。当时是我拈的阄子,随手一捡,没想到拿到了这种好结构的房子,全家上下,高兴得不得了。我父亲当时还在世,让我的姨娘,就是我妈去世后,他后来娶的老婆,晚上特地加了一个菜,他老人家,喝了一大杯温过的绍兴酒,还忍不住哼了一支小曲。像我们这种人,住在这样的房子里,心里不要说太舒坦。总觉得这一辈子,算是赚住了。当然,在外人眼里,会觉得它太小,有点寒碜了。"

何寿天说:

"房子小是小了一点,却很干净,而且是真正的干净。不瞒你说,刚才进屋,我看见地上一尘不染的样子,特地在门框后面抹了一把。你说话的时候,我悄悄看过,两根手指头,没有留下一丝污迹。这就说明,你家的干净,不是因为我和邵亚芳这次来访,专门打扫的。而是长年累月,每天如此,习惯成了自然。还有,闻芳的卧室,小得只能放一张床,可是,不但干净,还收拾得整整齐齐,一眼看去,赏心悦目。你家虽然小,有这个环境,也是真正不容易的。"

正说着,手机响了,是儿子无虑打来的。跟闻业荣抱歉一声,走到门外,随手带上门,到外面接听。

何无虑说:

"没有什么重要事情,只是提个醒:爸妈这次到闻芳家,只说有事路过,顺便登门拜访一下,没有说在她家吃饭。我担心你们只顾说话,万一忘了时间,耽搁了,临近中午,她父母又没有准备,双方都尴尬了。"

看看时间,果然不早了。回到屋内,喊出邵亚芳。四个人站着,说了几句客气话,告辞出门。闻业荣和方慧群跟着出来,送到楼道口。让不要送了。不肯,送到小区边门。在边门说了几句客气话,让夫妇俩回家,不要再送了。依旧不肯。出了边门,走到马路对面,一起穿过小公园，送到公交车站。等了一会儿，不见乘坐的车子来。再等了一会儿，招停一辆出租，何寿天和邵亚芳上车，揿下车窗玻璃，把手朝闻业荣和方慧群摇摇，往前走了。

十二

儿子无虑下班回家，在晚饭桌上，把去闻芳家拜访的情形，说了一遍。又提到请闻业荣夫妇过来吃个便饭的事。

邵亚芳说：

"这件事情，我想了好几次，觉得还是放在中午，用街坊邻居见面的名义，你跟闻芳不要参加，比较稳妥。我们父母对父母，你们孩子对孩子。我们请他们做客，只说过去的旧事，不提眼前的新话，桥归桥，路归路，怎么样？"

何无虑说：

"妈的想法，有道理。刚才晚上一起吃饭，我跟闻芳议论过，她也是同样的想法。这件事情，是奶奶提出来的，能早则早，放在一两天内，更好。万一爷爷奶奶来电话问，也好有个回答。"

商量已定，无虑回房间去。过了一会儿，走了出来。

何无虑说：

"给闻芳打过电话了，说可以，就定在明天中午。"

第二天上午十一点整，有人在楼下揿按门铃，伸头看了看，是闻业荣夫妇。开了楼道门，何寿天下楼来接，走到第三层，夫妇已经爬上来，停脚客气几句。请闻业荣夫妇在前面走，夫妇俩再三不肯。何寿天只好走在前面，夫妇俩跟在后面，一路爬上六楼。进了门，邵亚芳在厨房里也忙好了，解开围裙，挂好，洗了手，出来一道说话。

却见闻业荣朝妻子方慧群看了看，方慧群便从随身一只包里，掏出一个盒子，递了过来。瞄看盒子上的文字，是一棵人参。

邵亚芳说：

"我们是老街坊邻居，分别几十年，有缘再次见到，请你俩来，不过吃个便饭，叙叙家常。你们带这么贵重的礼物来，就太见外，不像故人样子了。再说，昨天我们到你家，两手空空。你们今天上门，带着礼物，我们的脸，没有地方放的。"

方慧群说：

"昨天你们到我们家，空坐了半天，连口水都没有喝。今天我们到你们家，是来吃饭的。再说，我们的那个家，跟你们的这个家，又怎么能放在一起比呢？"

闻业荣说：

"昨天晚上，我俩就为带什么礼物，发起了愁。一开始，打算买几盒保健品，只因有传言，说保健品全是骗人的，放弃了；接着，又想买几盒铁皮枫斗晶，又因有传言，说这东西夸大疗效，并不像说的那样神奇，又放弃了。反复拿不定主意，只好敲开闻芳的门，请她决定。闻芳说：'两个办法，一个是空手去，一个是买点实惠的东西。依我的看法，空手去，什么也不要带，最好。'问她'什么是实惠的东西'，她说：'比如，当季水果啊，或者其他类似的东西，真材实料，原汤原汁，就行了。'问过闻芳以后，我跟方慧群两个人，在床上翻了前半夜，总觉得年轻人想得太简单，也太没有礼貌。我们这种年纪的人，空着两只手，上人家的门，坐到人家的饭桌上，端碗拿筷，怎么做得出来？就顺着她'买点实惠的东西'的思路，往下想。想到了买人参。这种东西，是大补之物，从古至今，没有过争议。恰好小区旁边公园的东南角上，有一家同德堂，名气比不上北京同仁堂，但也是老药房了。等到今早开门，我俩走进去，本想买一棵老山参，有倒是有，一看价格，我们将一个家兜底翻出来，也不够上面的零头。只好买了一棵十年园参，一千来块钱。不成敬意，让你们笑话了。"

听到这里，邵亚芳打开冰箱门，取出一盒碧螺春茶叶，让闻业荣、方慧群看了一看。

邵亚芳说：

"真是担心什么，就会发生什么。昨天到你家登门拜访，本来是带着这盒茶叶的。走到门口，寿天忽然问了一句：'我们带礼物去，将来人家来我们家，岂不是也要带礼物来？'他这一说，提醒了我，就把这盒茶叶放回冰箱了。今天你们既然带了人参来，就把这盒茶叶带回去。'来而不往，非礼也。'这盒碧螺春，别的没有什么，却是太湖西山岛上出产的真货。现在满世界都是碧螺春，假的比真的多。虽说那些假货，也不算太假，都是从浙江南部或是贵州北部的高山地区的茶树上，清明之前摘下来的新叶，仿照碧螺春的样子，加工出来的。外形和鲜嫩程度，可以乱真，毕竟比真货还是要差一些。真假之间，价格有高有低。这种真货，因为产量太小，略微贵一些，每斤一万三到一万五之间。寿天有一年到太湖开会，住在西山，会上结识了当地一位相同级别的领导干部，这个人的老家，就在西山岛。特地带寿天去了他家老宅，还爬上山头，看了那几棵老茶树。从此以后，每年买一斤，总共四盒。这是其中一盒。你们回家，泡一杯尝尝，跟市面上的相比，味道绝对是不一样的。"

闻业荣说：

"一个小盒子，折算下来，竟值四千多块，足足是我一个月退休金。方慧群的退休金，还买不起它呢。这么贵重的东西，我们这种人，喝它到肚里，岂不是'乌龟吃大麦，白白糟蹋粮食'吗？还是你们自己留着喝吧。"

何寿天说：

"你和邵亚芳是金银桥老邻居，分别几十年，又相见了，这是哪里找的缘分？大家都是平起平坐的街坊，不存在谁高谁低，谁贵谁贱，今后不要再说这些话了。再说这些话，就生分了。我还有个建议，我们两家之间，今后来来往往，一律空着手，谁也不准带东西。这样，才好继续走动。否则，从此以后，我们再不会登你们家的门，你们也不要再来我们家了。好不好？"

这句话落地，双方不再推辞。闻业荣让方慧群收了茶叶，放进随身包里。这边邵亚芳收了人参，放进了冰箱里。

领着闻业荣夫妇看房子。四个房间，并两个卫生间，一个厨房，都看了一遍。又爬上楼梯，看了阁楼。从阁楼下来，洗了手，坐到桌子边。两对夫妇，何寿天对着闻业荣，邵亚芳对着方慧群，相向而坐。把菜端上来，一起吃饭。

邵亚芳说：

"我们是老街坊邻居，不讲究什么排场，只有四菜一汤，是我做的，让你们见笑了。都是自己人，不必客气，就像在自己家里一样，好吃的，就多夹两筷子。不好吃的，就少夹两筷子。夹在盘子里的，如果不好吃，就不要吃，放在盘子里就是了。总之，越随便越好。"

拿了一双公筷，先撩了两只藕夹，分别放到闻业荣夫妇碗里。闻业荣用筷子夹起来，放进嘴里，咀嚼几下，说了一声"好"。那边方慧群也吃了，说了一声"好"。

邵亚芳说：

"这个菜，并不是每个地方都有，叫法也不一样。在寿天老家，叫'藕夹子'，不是稀奇之物。正宗上桌，是每年中秋，农历八月半，家家户户，桌上少不了的。做起来，也不复杂，将一段胳膊粗细的藕，斩头去尾，从中间开始，一刀深，一刀浅，切出夹片，再放进肉馅。过去的肉馅，一般用猪肉。后来因为猪吃人工饲料，失了原始味道，也有改用牛羊肉的。我家的这个，用的是羊肉馅。里面肉馅的正宗做法，应该人工一刀一刀剁成细碎，我没有那个耐心，是拿到菜市场，请人用绞馅机绞的。肉馅里的作料，也很有限，生姜青葱，剁碎而已，只放盐，连酱油都不用放。裹一层面粉，油里要滚两遍。第一遍淡黄，临上桌之前，再滚一遍油，颜色深黄见焦，就行了。"

说毕，拿一只公勺，舀了小半碗烩鱼羹到客人碗里。闻业荣用汤匙挑一点，放进嘴里，啧一啧，再舀满满一汤匙，放进嘴里，品咂一番，说了一声"好"。方慧群见状，尝了一汤匙，也说"好"。

邵亚芳说：

"这个也是寿天老家的特色菜，叫'烩鱼羹'。那里是水乡，各家各户的桌上，水里出产的东西，比地里出产的东西还要多。做'烩鱼羹'，要用筷子长短的鲫鱼，其他鱼，不行。活鱼开水，汆熟了，剔出鱼肚子上的肉。鱼身上其他部位的肉，不能用。加上山芋粉丝，放进锅里烧成八成熟，鸡蛋打碎，放进去，搅一搅，等火大开，加一汤匙镇江陈醋，关火放盐，就是了。"

说完，用公勺为客人各舀小半碗樱桃肉，二人尝了，继续说"好"。

邵亚芳说：

"还是寿天家乡菜，叫'樱桃肉'。为什么叫这个名字，弄不懂，问过老人，也说不清楚，自古就是这么叫的。里面是去掉芯子的白果，再把慈姑、山药、芋头三种切成小块，热锅冷油，炒三分熟，加六分水，加葱姜。过去还要加糖，调出甜味。现在防糖尿病，连糖都不放了。"

说罢，换用公筷，从清蒸白鱼的鱼肚子上，挑了一块肉，放在闻业荣的菜盘里。又挑了一块，放在方慧群盘子里。两人尝了，依然说"好"。

邵亚芳说：

"这个是寿天家乡菜，其他地方，也常见，就是'清蒸白鱼'。稍有差别，是鱼的名字，寿天老家叫'翘嘴白'，有的地方叫'白鱼'，上海人叫'白水鱼'。名字不同，东西是一样的。"

又拿公勺，从汤盆里各舀了一勺，分给闻业荣夫妇。二人各喝了一口，都先将眼睛眯了一眯，睁开来，互相看一看，再抬眼看邵亚芳，不约而同，嘴里连说了几个"好"。

邵亚芳说：

"这是寿天老家的'韭菜潽蛋汤'，其他地方没有。我从小到大，韭菜都是炒着吃，从来没有见过做汤的。只有寿天家乡，有这个习俗。这个韭菜潽蛋汤，做法特别简单，锅里放水烧开，韭菜洗净切段，放入开水，倒进蛋汁，汤水翻滚，点几滴菜油，关火加盐，就是了。"

闻业荣说：

"藕夹子藕中有肉，肉中有藕，不是平常的滋味；烩鱼羹刚进嘴，酸溜溜的，再品后味，特别爽口；樱桃肉甜而不腻，入口即化；清蒸白水鱼，我们家里做过，在酒店里做客，也吃过的，你家的倒吃出了河水的味道。这几个菜，相比我们家里做的，我们在外面吃的，更加鲜口，想必味精用得很到位，或者，还另用了其他的作料？"

方慧群说：

"还有这个韭菜蛋汤，不但从来没有吃过，也没有听说过。滋味真正与众不同，也不知道当初是怎么想出来的。"

邵亚芳说：

"这几个菜，没有用味精。我家厨房里，没有这种东西。所有的菜，说到作料，只有葱姜蒜，其他一概不用。今天的菜，除了烩鱼羹点几滴醋，都是原材原料，连酱油也没有用过。那个韭菜汤，我跟方慧群一样，在别的地方，见所未见，闻所未闻。这个汤的味道，也确实特别，喝了一次，那种香味鲜味，沁入骨髓，再也忘不掉了。"

边说边吃。闻业荣夫妇又将四个菜一个汤，重新品尝一番，嘴里又是一阵"好"。

邵亚芳说：

"这几个菜，是我跟无虑奶奶，就是我的婆婆，学来的。其实是'照着猫，画的虎'，外形相似，内骨子里面，相差十万八千里呢。你们如果吃过无虑奶奶做的菜，就不会像今天这样，捧我的场。恐怕连一个'好'字，也不会说了。"

又吃了一会儿，差不多了。方慧群帮着收拾好碗筷，四个人移坐到沙发上。邵亚芳要泡茶，闻业荣夫妇坚决不让。就坐着，又说了几句闲话，夫妇俩起身，告辞走了。

十三

晚上儿子无虑回家，问起闻芳父母来吃饭的情形，何寿天说了概貌，邵亚芳补充几句。说得差不多了，无虑起身要回房间，被邵亚芳叫住，说还有更重要的话说。

邵亚芳说：

"昨天我和你爸到闻芳家拜访，你爸和闻芳爸爸闻业荣坐在过道客厅说话，闻芳妈妈方慧群，拉我进了卧室。一开始，我以为是地方小，挤不下四个人。进屋才明白，方慧群另有话说。我俩在床边坐下来，她就把憋在心里的话，也是疑虑，竹筒倒豆子，一五一十，不遮不掩，跟我讲了。"

儿子无虑不免惊讶，说：

"妈，有什么话，也不用遮着掩着，全说出来吧。"

邵亚芳继续说：

"方慧群说，她这个家庭，既特殊，又复杂。这种特殊，比人们想象的，还要特殊。这种复杂，比人们想象的，还要复杂。她说，闻业荣的母亲，去世很早，他父亲续娶了一个女人，就是闻业荣的继母。这个继母，带着两个亲生子女。其中一个女儿，比闻业荣大，另一个儿子，比闻业荣小。闻业荣的父亲续弦以后，不知道是本性老实，还是喝了第二个老婆的迷魂汤，'胳膊肘儿，朝外弯'，对待闻业荣，不咸不淡，好像不是亲生的。对待另两个'拖油瓶'儿女，比亲生的还要亲。方慧群举了两个例子。第一个例子，老房子拆迁的时候，本来有闻业荣的份额，结果，他父亲强硬做主，把亲生儿子闻业荣的份额，给了那娘儿三个。第二个例子，方慧群跟闻业荣结婚之前，有一个承租的十六平米的小套。结婚以后，闻业荣父亲把闻业荣叫去，说闻业荣的弟弟，就是他继母带来的儿子，谈了一个对象，要拿方慧群的承租房做新房。闻业荣这个人，除了老实本分，还是个天大孝子。他父亲的话，就是圣旨。'君要臣死，臣不得不死；父要子亡，子不得不亡'，何况不是杀他的头，不过借用自己老婆的一套承租房。也没有跟方慧群商量，就答应了。过了不久，那套承租房即将拆迁，闻业荣父亲又被后娶的老婆灌了黄汤，鹦鹉学舌，把儿子找过去，要把房子承租人改成他继弟弟的名字。前面说过，闻业荣父亲一言落地，不可更改。闻业荣又答应了。回家一说，方慧群心头一把怒火，能烧穿屋顶。可是，看看眼前的丈夫，结婚以来，有亲有爱，有情有义，待她确实不薄，张不开嘴了。硬着头皮，拿出户口簿和私人印章，还亲自跑到现场，帮忙将自己的名字换成了他继弟弟的名字。也没有多长时间，那个小套拆迁，折换成一个五十平米一室半一厅带独厨独卫的小中套。地点就在金银桥邻居李二妹同一个小区。闻业荣这个继弟弟，得了一个天大便宜，却是一个不学好的人。赌吃嫖摇抽，五毒之中，占了四个字。结婚不到两年，这个继弟弟的老婆，看清了丈夫的真面目，不肯过下去了。这个女人，是个有心计的，动手之前，找了丈夫几个要命的把柄，抓在手里。这才把事情摊到桌面上来，给了两个选择。第一个选择，协议离婚，所有财产，包括这套房子，归女方所有，男方净身出户；第二个选择，一纸诉状，告上法庭，不但房子财产要判给女方，男方还要被关进去，坐好几年大牢。闻业荣的继弟弟，看了女方手里的证据，量轻掂重，反复权衡，认了第一个选择。双方协议离婚，跟李二妹同一小区的那套房子，归了女方。闻业荣的继弟弟，无家可归，回到了自己母亲身边，也就是闻业荣父亲的家里，一道居住。闻业荣父亲临去世时，叫身边人回避，只留闻业荣一个人，说：'我有一句话，我死之后，我后娶的姨娘，你的继母，就是你的亲娘。她的女儿，就是你的亲姐姐。她的儿子，就是你的亲弟弟。你答应我呢，我死之后，这双眼睛，才能闭上；你不答应我呢，我死之后，这双眼睛，是闭不上的。'闻业荣只好答应。回家跟方慧群一说，方慧群说：'你父亲活着，你跟那娘儿仨的关系，是存在的。你父亲去世，你跟那娘儿仨的关系，八竿子也打不着，正好一了百了，撇清斩断，井水不犯河水，干干净净了呀！'

闻业荣听了，对方慧群说：'人而无信，跟禽兽有什么差别？说出口的话，泼下地的水。我既然答应了老头子，就要说到做到。'不说闻业荣，那边娘儿三个，也不见外，有事没事，连个招呼也不打，想来就来，想走就走。进了屋，吆五喝六，指东挥西。对待闻业荣，还留三分情面。对待方慧群，就不管好歹了。那个老的，真的把自己当了亲婆婆；那个女儿，真把自己当了亲姑子；那个儿子，真把自己当了亲小叔子。俗话说，婆婆与媳妇，姑子与嫂嫂，都是这辈子的天敌，那辈子的世仇。方慧群被冒牌婆婆和冒牌姑子，作践得有苦说不出。这种情形，直到闻芳长到十二三岁，懂得人事了，小姑娘并不开口说话，只拿眼睛瞄着，那娘儿三个，不知为什么，有点儿怵她，这才有所收敛。闻业荣的继母去世以后，闻芳长成大人，正式上班了，冒牌姑子和冒牌小叔子，轻易不敢沾边。闻业荣家里，算是恢复平静，过上了清净日子。"

又说：

"方慧群的话，好像没有说完，你爸接过你的电话，喊我了。不过，她的意思，我是懂的。俗话说，'家丑不可外扬'，她提前说出来，是让我们，也包括无虑跟闻芳相处，心里有个数。这也是两个老实人，光明磊落之处。"

又说：

"虽说这些乌七八糟的东西，其中的责任，不在方慧群，也不全在闻业荣，总归是一揭就疼的旧伤疤。我们知道了，放在肚里，就行了。闻芳那边，无虑一个字也不要提。今后在公开场面上，我和你爸也这样，听过算过，如风过耳，同样一个字也不能提。"

各回房间。

何寿天拨通父亲电话，把昨天上午到闻芳家登门拜访，今天请闻业荣夫妇俩来吃便饭，以及邵亚芳听方慧群说的闻家的"特殊"和"复杂"，大致情形，说了一遍。

挂了电话，不一会儿，手机响了，是父亲的号码。揿下通话键，里面是母亲的声音。

母亲说：

"你弟弟寿地教了你爸一个手机新功能，叫作'免提'，刚才你说的话，我都听见了。我有几句话要说，你把手机也打开'免提'，让邵亚芳一起听吧。"

接着说：

"你和亚芳几件事情做得都不错。俗话说，'礼到人不怪'。你们先是登门拜访，后是请吃便饭，'面子'和'里子'，都给了闻芳父母。那边有什么疑虑，不说彻底解除，至少打消一些了。你们用街坊邻居的名义，只讲旧事，不提新话，老归老，小归小，凡事留有余地，非常好。至于闻家'特殊'和'复杂'的家庭纠葛，其实不必在意。这件事情，根源在于闻家的老头子，太老实本分，又被后娶的老婆灌了迷药，算不清账目，辨不准方向了。现在老头子不在了，后娶的老太婆也不在了，'人死如灯灭'。剩下的两个，既然怵闻芳，估计今后不会，也不敢，再兴风作浪了。"

又说：

"寿天，亚芳，妈老了，只会说老话。有句老话：'龙生龙，凤生凤，老鼠儿子会打洞。'听起来，这是一句昏话。其实，只要是老话，百年千年流传，多多少少，必有它的道理。人生在世，血缘传代，根深蒂固，是最厉害的。用刀割不断，用火烧不灭。有的接代相传，有的隔代相传，有的隔了几代相传，有的隔了几十代相传。闻芳的家庭，我上次说过，既不可全讲，也不可不讲。在你们眼里，闻芳气质高雅，与众不同。可能是对的，也可能是她的父母，包括她的爷爷，既是厚道朴实，也是窝囊无能，反差之下，倒衬出女儿的出类拔萃。无虑呢，正在热恋劲头上，情人眼里出西施，坏的是好的，好的更是好的。所以，我不得不给你俩，还有无虑，兜头泼一盆冷水。无虑跟闻芳这件事，宜缓不宜急，宜慢不宜快，宜迟不宜早。所谓'山高路远'，'细水长流'。'山太高了'，'路必然就远'。只有'细水'，才能'长流'。天长日久，闻芳血脉里的一些东西，会慢慢地，一点一滴，透露出来。好的，就是好的。

坏的，就是坏的。到了那个时候，你们呢，看得多了，自然就看得细，看得准了。无虑呢，过了热恋阶段，自然回归常态，恢复心智，头脑也清楚，看得明明白白了。"

又说：

"还有一句老话，'有缘的，雷打不散；无缘的，捆绑不成'。无虑和闻芳的事，你们不必担心，也不必多管，由两个孩子自己往下走，走到哪里，是哪里吧。"

挂了电话，两个人坐到了床上。

邵亚芳说：

"你妈平时不说话，一说话，就是'金口玉言'，针针见血，句句在理，真正口服心服。无虑跟闻芳这件事，就按照她老人家说的，一切顺其自然，我们不用咸吃萝卜淡操心了。这一段时间，忙东忙西，晕头转向，也该歇一歇，好好喘一口气。看外面的天气呢，一天比一天热起来，闷在家里孵空调，总不是个事。我的想法，还是跟以前一样，每天到豆香园走走，活动身体，散散心。现在是夏天，不比春秋冬三个季节，我们可以早去早回。每天无虑上班，我们就出门。太阳小呢，九点半，或者十点，就回家；太阳大呢，九点，或者九点半，往回走。也足足有余了。"

十四

第二天再来豆香园，走了两圈，刚找了个地方坐下来，忽见一个人从远处走过来，一边走，一边招手。到了近前，看清楚了，来人是李二妹。

李二妹说：

"我今天是受人之托，为一件特别重要的事情，来找你们的。托我的，不是别人，就是原来金银桥的邻居闻业荣。我上次说过，闻业荣从金银桥搬走,几十年没有见面。只因闻业荣妈妈去世,他爸爸重找了一个老婆,带了'拖油瓶'一儿和一女。那个儿子,就是闻业荣的继弟弟,恰好跟我住同一个小区,闲聊时熟悉了。过了不久,闻业荣给继弟弟送东西,刚好碰上,说了一会儿金银桥往事。金小曼儿子的结婚请柬,还是我送到他家里去的。不过,闻业荣这次找我,却是大费周折。主要原因,是我女儿年初生了个男孩,她的公公婆婆,是浦东郊区乡下人,重男轻女,得了个传宗接代的孙子,高兴得不得了,让我女儿到那边坐月子。我便跟女儿外孙,一起过去了。这个情况,闻业荣并不知道。我俩当初互留的电话,都是住宅号码。他电话打不通,便上门来找,扑了个空。他的那个继弟弟,是个不学好的,老婆跟他过不下去,离了婚。小区的那套房子,归了老婆。那个老婆离婚不久,卖了房子,也搬走了。这个闻业荣,一连三天守在这里,也算他运气好,我回来取衣物,碰上了。听他说了一遍托我的事情,确实特别重要,而且,也只有我,才能办好。我自然一口答应下来。就在刚才,我让女婿把车子直接开到你们小区楼下,揿按门铃,无人应答。从楼上下来一个人,说你们每天会到豆香园散步。我听了,还骂了自己一声,说:'咳,你最初跟他们夫妻两个,就是在豆香园碰到的,怎么忘记了?'我随即让女婿把车开过来,我从那边下车,远远看见这棵树下坐着两个人,估摸差不多,赶着走了过来,果然就是了。"

打个停顿,说:

"我还要先道个歉,免得一会儿忘记了。所谓'人不可貌相,海水不可斗量'。我正是犯了衣帽看人的毛病。我在这里上班的时候,看你们两个人天天穿一身旧衣裳,以为你们的日子过得不怎么样。甚至还以为,亚芳是从农村找了一个乡巴佬丈夫。记得我有一次问过亚芳,亚芳没有回答我。事后,我对自己说:'砍树不砍根,打人不打脸。你问人家不想回答的事情,岂不是打人家的脸吗?'现在来看,亚芳没有回答,其实是给我留面子。听闻业荣说,金小曼儿子的婚宴,你们不但去了,还出了三万块钱的礼,三万块!一个人一万块!闻业荣呢,也是三个人,出了三千块钱礼，你们是他们的十倍。我呢，为了省掉一笔出礼的钱，找了一个借口，连婚宴都没有参加。闻业荣那天在婚宴上，就判断你们的家庭条件，肯定不是一般的好。可是，他那天到你家做客吃饭，亲眼一看，比想象的还要好出许多。四室两厅两卫一厨，还带一个阁楼，平均高度两米，安装了两个天窗，放东西，住人，不要多少舒服。听说亚芳老公，在原单位那边，也是有模有样当头的，在省政府宿舍还有一套大房子。我小时候，常听大人讲一句话，'各人有各福，烂泥菩萨住瓦屋'，我本来不相信，现在相信了。当年在金银桥，亚芳主动要求插队落户，大家敬佩之余，想得最多的，还是她是到乡下去吃苦受罪。我爸爸当时还在世，竟然说：'邵家的大丫头，想必上辈子欠了哥哥和妹妹的债，所以这辈子背井离乡，代替他们受活罪，偿还前世欠下的账目去了。'我虽然没有下过农村，可多少了解点。有一年春节，在一个同学家里，她姐姐是插队落户知青，从乡下回来探亲，一把眼泪一把鼻涕，哭得一佛升天，二佛落地。说，她下放到农村，脸朝黄土背朝天，春天播种，夏天栽秧，秋天割稻，冬天挑河堤，一年四季，除了春节放几天假，喘一口气的空当都没有。我那个同学的姐姐，说她第一次下水田栽秧，拇指粗的蚂蟥，爬在小腿肚子上，总共有十几条。跟她同一个知青小组的几位姐妹，都吓得瘫倒在水田里了。有一个姐妹，胆子大的，用手去拉，不但拉不下来，两条腿上的皮都拉破了，鲜血直淌，裤脚管染得通红。后来农民教她们，蚂蟥叮在腿上，不能硬拉，只能用手拍打，或者撒盐，它才会自动掉下来。我同学姐姐哭诉时，不知道为什么，我的头脑里，就浮现出了亚芳的影子。金银桥拆迁之前，人们提到亚芳家，都会说，邵家的哥哥和妹妹，是享福的命；邵家的老二，那个姐姐，是个吃苦的命。上次同学聚会，我碰到你妹妹亚芬，问过你哥哥的近况，原来亚芳的哥哥亚力，包括亚芬本人，虽然留在了上海，从今天来看，日子过得都是一般中的一般，无论在哪方面，跟亚芳都是不能比的……"

说到这里，戛然而止，说：

"看我这张嘴，又刹不住车了！外孙和女儿，都在急等着我回去呢。

刚才我女婿去给车子加油,说好他开到这里,我上车就走,不能耽搁的。还有,这条马路,边上都是黄线,不能停车,被抓拍到了,不但罚款,还要扣分,就不划算了。"

一起走到马路边上,等着。这才转入正题。

李二妹说:

"闻业荣托我的事情,是这样的,上次参加金小曼儿子婚宴,你家儿子跟他家女儿,认识了。听说双方后来有了一些来往,也互有好感。闻家这边呢,自认为两家门户悬殊,高攀不上,也不止一次提醒过女儿。但是,凡事都有例外,闻业荣担心,万一两个孩子不听劝,真好上了,怎么办?想来想去,就找到我,要我找到你们,把他家里的一些放不到台面上的事情,原原本本,汤汤水水,不加不减,提前告诉你们,免得你们事后知道了,认为他们故意遮着掩着,两家弄出天大的误会来,就不好了。"

忽然把手一指,原来是她女婿开车过来了。

邵亚芳说:

"闻业荣托你说的事情,我们已经知道了。他这个家庭,既特殊,又复杂。而且,这种特殊,比人们想象的,还要特殊;这种复杂,比人们想象的,还要复杂。对不对?"

又说:

"这种情况,其实不算什么,我们不会在意,更不会计较的。"

见李二妹打开车门,坐进去,又把头探出来,点了一点。

李二妹说:

"亚芳,你有这两句话,说明一切心知肚明,样样清楚,我就不再重复,白白浪费唾沫星子了。我还要多一句嘴,闻业荣家里的这些放不到台面的乱七八糟的事情,虽然树有根,水有源,其中的责任,却不在闻业荣夫妇,毕竟也是身上的伤疤。不要说揭它,碰一碰,也会流血淌水,心里都是疼的。依我的想法,从此以后,大家心里有数,嘴上装憨,当面不说,背后也不说,一个字儿也不要再提。包括闻业荣今天托我,我来找你们,各人心照不宣,不要捅破这层窗户纸,也罢了。"

何寿天和邵亚芳听了，都点点头。那边李二妹把头缩回去，关上车门。又揿下车窗，将手伸出来，摇了一摇，车开走了。

当晚等儿子无虑回家，把李二妹来找的情况，说了一遍。

邵亚芳说：

"闻业荣和方慧群都是老实人，又抹不开面子说这些话，只好托李二妹来说了。"

何无虑说：

"爸妈可能不知道，这一段时间，我下班回家吃饭少，跟闻芳一道吃饭多。其实每次吃完饭，总是轮流付账的。如果第一次是我付账，第二次她肯定要付账。我跟她开玩笑说，她那点工资，还不够我的零头，全部由我付账，不算什么的。她听了，总是把头直摇，说这不是钱的事情。因此，我跟闻芳一起吃饭，其实是'AA制'，分得很清楚的。我也试探过几次，让她到我们家一起吃饭，她同样把头直摇，还说：'我跟你之间的事情，与其将来大家后悔，不如现在慎之又慎，最为稳妥。'听她的腔调话音，再看看她爸妈的做法，应该是可以理解的。"

接着说：

"这样也好，我跟闻芳的事情，不必着急，就慢慢朝前走。走一步，是一步。能走到哪里，就走到哪里吧。"

十五

从此以后，何寿天和邵亚芳每天来豆香园走走，听树上知了叫声，一天比一天少。慢慢感觉到天气一点一点开始变化。先是头顶太阳的热度减了下来，接着脚下地面的热度，也减了许多。身上慢慢感觉到了凉意，加了一件薄薄的外衣。早上起床，天光仍然暗着。傍晚时分，天已经擦黑。白天的长度，一点一点短了下来。

这天在豆香园转圈子，手机响了，是弟弟寿地打来的。

何寿地说：

"妈的情况不太好了。最近一段日子，不但饭量还在减少，有的时候，一天只吃两顿。如果不吃早饭，中饭和晚饭，虽然少一点，还能吃。如果吃了早饭，中饭和晚饭，其中有一顿，就不想吃了。人的样子，看起来也有些消瘦。妈自己也有感觉，反复叮嘱，不让爸告诉你。爸心里有些慌，要我找个空当，跟你打个电话，说一说。"

打电话给儿子无虑，说了一遍。

何无虑说：

"我约了闻芳吃晚饭，会早点回去的。回家再说吧。"

晚上儿子无虑回家说：

"我跟闻芳吃饭的时候，说了奶奶生病的事情。闻芳别的没有说什么，只有一个提醒：她跟奶奶虽然没有见过面，从我的嘴里，也算熟悉她的脾气和性格了。据她判断，奶奶不爱说话，但是，心思比一般人细密，别人看不出的，她能看得出。有时候，放在肚里不说，旁人不知道罢了。闻芳的想法，爸妈这次回老家，最好有个合适的借口，看不出破绽，奶奶就不会多想了。"

何寿天说：

"闻芳有这个提醒，说明也是个细心人。我急中急赶回去，当然担心你奶奶会有疑虑。不过，如果我不回去，吩咐你叔叔做这做那，你叔叔这个人，是我的亲弟弟，从小就听我的，不会有什么想法。问题在你婶婶，她会不会有想法，甚至其中造成不必要的误会，不得不考虑。亲戚之间相处，有些讲究。因此，我告诉你叔叔，这两天要回去，并且让他跟你婶婶商量一下。如果他们意识到了，主动提出来，让我等一等，把相关事项承担下来，最好。如果没有意识到，在商量的过程中，他们已经知道我要回去的。这样一来，我是马上回去，还是等一段时间回去，他们都不会产生误会，更不会责怪了。"

邵亚芳说：

"无虑，你爸刚才说，亲戚之间相处有些讲究，听起来这是一个小道理，其实是个大道理。这个道理，我跟你爸，也是有了一些教训，才慢慢明白的。像我和你舅妈，还有你姨父之间有些隔阂，平时来往少，就是当初有些事情没有处理好。我跟你舅舅你姨妈，从小在一个锅里吃饭，其实感情是很好的。你也不止一次听说过，当年应该是你舅舅上山下乡插队落户的，我的年龄不够，还差几个月，主动写了报告要求下乡，你舅舅才留城进了工矿，你姨妈也进技校留在了上海。后来兄弟姐妹之间出了问题，要说责任，主要是你舅妈和你姨父两个人。你舅妈从小缺乏家教，长大了，更不是个东西。你姨父，人并不坏，长在一个多子女的小家庭里，穷怕了，也穷急了，一事当前，钻洞打窟窿，想占别人便宜，损人利己，甚至损人不利己，成了习惯动作。这是主因。妈自己有没有责任呢，也是有的。就是你爸刚才讲的那句话，亲戚之间相处，不但没有注意策略，遇到什么事情，还把自己降低到跟你舅妈、姨父一样的高度上，去斤斤计较，最终造成了其实可以避免的隔阂。虽然后来做了一些修补，面子上还能说得过去，各人心里头怎么想的，就很难摸底了。"

说了一会儿，各回房间。想了想，拨通了弟弟寿地的电话。

何寿天说：

"我想了一下，还有要办的事情，大致有六件。第一件事情，家里要彻底清扫。这一次，不要自己动手，要花钱请专门的清洁工，房屋的旮旮旯旯，角角落落，包括地面和屋顶，上上下下，还有四面墙壁，还有橱柜床椅，每一处都不要落下，眼到手到，全部弄弄干净。第二件事情，几个房间。西厢房，现在是爸妈住的，将来给妈一个人住，当家庭病房用，这件事情，现在就要心里有数。东厢房，还有南厢房，打扫干净以后，床上的被褥，要趁晴天洗晒一下，我和邵亚芳回去，就住在南厢房。另外买两张两用沙发，一张放在大门这边的廊屋里，白天收起来，当沙发用，将来需要，晚上拉成床，睡觉。另一张沙发，放在中屋里，也是白天当沙发，将来需要，晚上当床。到了最后阶段，爸妈要分开睡，爸睡东厢房，我和邵亚芳睡南厢房。你离得近，来回方便，没有特殊情况，回自己家住。万不得已，必须留下过夜时，你就住在中屋，睡沙发床，对付一晚。无虑如果回来，你回去时，他就睡中屋沙发床。你必须留下来时，他就睡在大门这边的廊屋沙发床上。第三件事情，一是要约定一到两位医生，需要用什么缓解症状的药，随要随开。二是就近找两个护士，一替一换，需要的时候，打针吊水。三是必要的医疗器械，像氧气罐一类，随送随到，要有保障。第四件事情，是预约一位专业护理人员。到了最后阶段，肯定避免不了褥疮，每天都要给妈翻身擦澡换衣服，这件事情，只有专业护理人员才做得好。付的费用，可以比平常高一些。第五件事情，你抽空给东乡小表舅打个电话。他是妈娘家最近的亲戚，也是走得最勤的亲戚。妈还有远一些的娘家亲戚，也在东乡小表舅家附近，东乡小表舅接到电话，有什么信息，那些亲戚都会知道的。你给东乡小表舅打电话时，找个合适的借口，不要提到妈的事情，也不要多讲。东乡小表舅，虽然是个乡下农民，你知道的，并不是个等闲之辈，在东乡那一片，是民间操办红白事项的响当当的领头人物。你说一句，他能听出无数句来。第六件事，就是妈的未了心愿。这个不用多说了。"

何寿地说：

"好的，前五件事情，我已经在办了。第六件事情，无虑和他正在处的对象，能早点敲定下来，最好。"

敲开儿子无虑房间，把叔叔最后说的那句话，转述了一遍。又说：

"这是你的终身大事，马虎不得，更勉强不得。你奶奶也罢，我和你妈也罢，其他亲戚也罢，最后的决定权，还在你自己手里。"

何无虑说：

"我从第一次见面，就认定闻芳是我这辈子想找的人。相处到现在，这个想法，没有任何改变。她家庭的那些特殊和复杂背景，我不止一次在心里掂量过，仍然觉得相比闻芳在我心目中的位置来说，那些负面的东西，并没有多少影响，可以忽略不计。闻芳对我，虽然嘴上没有明说，这一段日子相处下来，也是满意的。如果不考虑外界因素，只凭我和闻芳的感觉,哪怕现在就把事情定下来,或者马上就结婚,也是水到渠成的事情。"

又说:

"我不如带闻芳回一趟老家,跟奶奶见个面。奶奶满意呢,就顺水推舟,把婚事办了。奶奶不满意呢,就暂时搁置,以后再说。行不行?"

邵亚芳说:

"你带闻芳回老家,你奶奶满意,当然再好不过。你奶奶不满意,怎么办?岂不是给你奶奶添堵,她临离开人世之前,多一桩放不下的心事?对闻芳也不公平,反而不好。"

第二天到豆香园,坐在木条椅上,感觉到天气变化更大了。天地间的凉意,终于压倒了夏天留存的酷暑,把残剩下来的灼热,扫涤得干干净净,人们真正享受到了秋天的爽朗。豆香园里的早桂花,冒出了星星点点的朵蕊,一阵微风吹过,鼻子里嗅得见空中飘过的丝丝香味。

手机响了,是弟弟何寿地打来的。

何寿地说:

"今天碰到市医院的姚院长,聊了一会儿。姚院长说,开药、拿药,包括氧气瓶、防褥疮的软垫,等等,由他负责。所有后期阶段缓解症状用的药品,随要随开。所有医用器械,随要随到。都不是问题。打针吊水的护士,姚院长建议不用在市医院找,就在镇医院,选两个年纪轻、技术好、手脚快的。到时候,他会直接跟镇医院院长打招呼,现在先不着急。护理员从市医院派,找一个经过正规训练、身强力壮的。姚院长说,镇医院的两名护士和市医院派过去的护理员,都算医院派的活,属于正式上班,无须另行付给报酬。我的想法,还是给报酬为妥。提前说定每个月的费用,最好。如果坚决不肯收,就转换成实物,当作礼品,每隔几天,送到对方手里。总之,不能亏待人家。"

又说:

"我打这个电话,主要不是说这件事。今天回家吃中饭,妈让我打电话，让你和邵亚芳明天回去。还特地关照我，给你的电话，晚上再打，不要下午打。妈说：'寿天这个人，你做弟弟的，当然了解他。这个电话，如果你下午打给他，他肯定会担心家里出了什么大事，会连晚带夜朝家赶，就不好了。'妈还说：'你打电话的时候，再关照一声，让他们带一张无虑现在处的那个对象闻芳的照片。有她跟她父母在一起的，最好。没有的话，她一个人的，也行。'"

又说：

"除了这些，我这边，也有些事情，等你回来，再详细说吧。"

打电话给儿子无虑。无虑让等一等。过了一会儿，电话打过来了。

何无虑说：

"闻芳的单人照片，我跟她的合影，我这里不止一张两张，手机里多得很。她跟父母的合影，已经问过了，最近几年的没有，手机里有一张十四岁那年过春节的全家福。这些照片，如果发在爸妈的手机上，很方便。如果要洗成照片，也不成问题，我马上让闻芳把那张十四岁的全家照发过来，我再抽个空，找附近一家冲印店，付加急费，晚上应该能带回去的。"

十六

何寿天和邵亚芳午后到家，见过父亲母亲，换了衣服，洗了手，搬了一张桌子，放在大门这边的廊屋里，将随身带回来的笔记本电脑，放在桌子上，打开。又搬了两只凳子，让母亲坐在电脑跟前，父亲坐在母亲的旁边。拿起鼠标，点出几张闻芳的照片，逐张放大，给父母看。看了一遍，再用鼠标将那张闻芳十四岁时拍的全家福，一个个点住人头，先是闻芳，再是闻芳爸爸闻业荣，最后是闻芳妈妈方慧群，单独放大，让父母细看。看了一回，这才拿出无虑洗印的照片，递到母亲手里。

也看过了。一齐静住，等母亲说话。

母亲说：

"我突然想起一件陈年旧事来。是我们青铜镇最北头摊扒街开草行李家儿子的。已经过去不知多少年了，不知道为什么，就在刚才，我看照片的时候，一刹那间，像一道闪电，在我心里亮了起来。不知道你爸还记不记得？"

父亲说：

"你不提，我当然记不得。你一提，我肯定记得。当年发生的时候，不但我们，包括街坊邻居，人所共知。过去了这么多年，人们说起话来，想打一个类似的比方，偶尔还会提到，用它当作实际例子，举给别人听呢。"

母亲说：

"既然你记得，就原原本本给寿天和亚芳说一遍吧。我回房先歇一歇，待会儿养足精神，再跟你们说话。"

回西厢房去了。

这边父亲说：

"你妈说的，是我们青铜镇上摊扒街靠东头第三户李家。李家儿子李传宗十八岁，跟一位南下女干部结婚。李传宗随后跟着老婆去了省城，过了几年，李传宗带着老婆和一个两岁儿子，回老家探亲。按照常理，李家儿子媳妇千里迢迢回来，尤其是带着没有见过面的孙子，老两口应该喜从天降。可是，这一家人当天见面就吵了起来。原来，李家老两口看到孙子，嘴里直嘀咕。听说媳妇是在医院生的孩子，一口咬定，这个孩子错换了，不是李家的血脉。李传宗回到省城，找到那天住在一个病房的产妇名单，逐个上门打探。也是老天有眼，找到了一家，进门看看那家的孩子，吓了一跳。这个孩子，上半边脸，眼睛眉毛额头，像李传宗老婆。下半边脸，嘴唇下颚，像李传宗。特别是孩子走起路来，从背后一看，活灵活现，跟李传宗一样，差不多用一个模子脱下来的。李传宗夫妇第二天带了孩子再登门，那边夫妻两个，也吓了一跳。原来这边的孩子，跟那边的父母，也是活灵活现，像是一个模子脱下来的。这才把话摊在桌面上。都没有话说，同意换回孩子。只因养了几年，双方都舍不得。两边商量出一个办法，互相认作干亲家，一辈子继续走动。那个时候，户口不像现在管得那么严。连名字都不要改动，人互相换一下，就行了。李传宗再带着老婆和换回来的儿子，赶到老家。李家两个老的见了孙子，左看右看，没有一个地方不像的。搂住孙子，笑了一阵，又哭了一阵。听说后来科学发达，可以验DNA的时候，李传宗父子已经一大把年纪了，毕竟心里七上八下，去验了一下，证明两人确实是嫡亲父子。"

说到这里，打个停顿，又说：

"我还要说一句实话：当年亚芳回上海，在医院生的无虑。我和你妈曾经想到过镇上李家儿子的往事，心里直打鼓，生怕换错了。你们带无虑第一次回来那天，我和你妈，一夜没有睡着，眼睛睁得滚圆，真正是'心里有鬼，嘴上不说'，'十五个吊桶打水，七上八下'。见了面，看到无虑一张脸，眼睛鼻子眉毛，是亚芳的。嘴巴下颚，是寿天的。再看他学走路，歪歪扭扭，一摇一摆，活脱脱寿天小时候的模样，原来有一百颗悬心，顿时都放下了。还有无恙，也是在医院出生的。我和你妈事前担心过，也提醒过，后来寿地说，现在的医院，跟过去的医院不同，实行母婴同室，孩子从亲娘身上生出来，母子住在同一间屋里，一分一秒，也不分开。我们听了，有些安慰。再看无恙的身形容貌，跟寿地和兰娟，没有不像的地方，我们这才放了心。"

说到这里，母亲从西厢房出来了。

母亲说：

"我看了照片，闻芳的爸爸妈妈，都是老实人。老百姓有一句话，'老实是做人的根基'。老实人，当然是好人。但是，老百姓还有一句话，'老实是无用的别名'。老实人，往往窝囊拙笨，一生一世，翻不起大的浪花，没有什么作为。这张全家福，对比起来，闻芳的身上，找不到一丝一毫父母的痕迹。她的爸爸，还有她的妈妈，眼睛狭小，鼻头塌陷，额头低平，一脸苦相。闻芳呢，额头饱满，眉眼飞扬，鼻头挺翘，一脸福相。上海是个大城市，比省城不知要大多少倍，生孩子想必要去医院。

闻芳的情况，看起来，也只有一个解释。这个解释，你们心里应该有数，我就不直接说出来了。"

邵亚芳说：

"妈心里的怀疑，其实也是我的怀疑。我从第一眼看见闻芳那天起，就觉得闻业荣、方慧群错换了别人家的孩子。不过，这个疑问，一直放在心里，没有说出来罢了。"

母亲说：

"说句实话，闻芳如果是错抱的，对我们何家，只有好处，没有坏处。我倒宁愿她是错抱的！你们以前一片声说闻芳与众不同，我半信半疑，心里打了一些折扣。看照片之前，用了减法。看过照片，不但相信了你们的话，还用了加法，觉得这个姑娘，比你们说的还要好。表面看起来，闻芳的家庭，相比我们的家庭，高低差距，不在一个层次上。闻芳的工作、学历，相比无虑，高低差距，也不在一个层次上。不过，这里没有外人，我说一句话，你们务必要记住：无虑看上闻芳，并不是吃亏，是占了便宜，也是无虑的福分。我们何家能娶这个媳妇，也不是吃亏，是占了便宜，同样是何家的福分。我这个做奶奶的，还有你爸，做爷爷的，能有这个孙媳妇，同样不是吃亏，是占了便宜，也是我们两个人的福分。"

又说：

"给无虑打个电话，明天是周六，让他带闻芳回来，我再亲眼看一看。"

十七

儿子无虑和闻芳周六上午十点半赶到。何寿天和邵亚芳先迎到门口。上次金小曼儿子婚宴上已经见过面，不算陌生。听闻芳先叫了一声"叔叔"，再叫了一声"阿姨"。进到屋里，改用无虑的口吻，先叫了一声

"爷爷"。再走进厨房,叫了一声"奶奶"。

母亲说:

"东厢房前几天刚刚收拾干净,你们先到屋里把衣服换了,洗脸洗手,喘口气。厨房里的饭菜,已经做好,等一会儿,出来吃中饭吧。"

等无虑和闻芳进屋,又朝何寿天和邵亚芳招一招手,一齐走进西厢房。

母亲说:

"我看见闻芳,对她的印象,比你们以前说的,我从照片看到的,包括我预想过的,要更好。寿天,亚芳,这间屋里,现在只有你们,我要说几句心里话:两个孩子平时要上班,百里千里,回来一趟不容易。我的身体,到底怎么样,你们心里有数,我心里也有数,家里所有的人,心里都有数。我叫你们进屋里来说话,不是说我身体怎么样的。这件事情,放在以后再说。我想跟你们说的是,我跟无虑闻芳,能见一面,是一面。下一面什么时候见,能不能再见面,都很难说。今天,我要跟你们商量一件事,既然两个孩子相处这么长时间,双方也互有默契了,能不能把这件大事,当着我的面,定下来?"

又说:

"你们出去,先把无虑叫到一边,把我说的话,告诉他。让他告诉闻芳,如果可行,闻芳给她爸妈打个电话。方方面面都说好了,无虑带闻芳直接来见我,我们奶孙三个,有什么话,就说什么话。三抵六面,把我们何家的这件头等大事,拍板定案,敲敲实。我的心里,从此也就安了。"

何寿天和邵亚芳出了西厢房,从南厢房叫出儿子无虑,转述了他奶奶的话。无虑听了,返回东厢房。约略二十分钟,出来了。

何无虑说:

"我把奶奶的话,告诉闻芳了。闻芳给她爸妈打电话,她爸妈回答说,他们没有意见,一切听闻芳的,闻芳怎么决定,就怎么决定。打完电话,我再问闻芳,闻芳说,她听奶奶的,奶奶怎么说,就怎么办。"

何寿天说：

"你带闻芳进西厢房，直接跟奶奶面对面说吧。我和你妈就不进去了。等说好了，再告诉我们，就行了。"

何寿天和邵亚芳把刚才的事情，对父亲说了一遍。

父亲说：

"这个家，从来都是你妈做主的。我也习惯了。况且，我看到闻芳，一百个满意，一千个喜欢，当然不会反对的。你妈怎么说，一切全依她。你妈说怎么做，就怎么做吧。"

又说了几句，压低声腔，转到母亲的身体上。何寿天想了一想，觉得到这一刻，还是慢慢铺垫，让父亲有个心理准备，逐步适应，较为妥当。便把上次南京专家说的话，做了一些加减，透漏了几句，稍微吹一吹风。

正说着，儿子无虑从西厢房出来，走到这边屋里来。

何无虑说：

"我和闻芳见过奶奶，该说的话，都说过了。奶奶让闻芳留下，还有话要说。叫我先出来，把商量好的，告诉爸妈，如果爷爷在，一起说。"

往下说道：

"我和闻芳走进西厢房的时候，奶奶坐在床头，用一只枕头当靠垫，正等着我们两个人。我说：'奶奶，闻芳打电话问过父母了，她父母没有意见，说听闻芳的，闻芳怎么决定，就怎么决定。闻芳刚才说，她听奶奶的，奶奶怎么说，就怎么办。'奶奶听了，没有说话，笑着看闻芳。闻芳把头点了一点。奶奶就把话题转到办大事上，问：'你们打算怎么办呢？'我回答说：'现在的风气，有繁有简。我跟闻芳商量过，决定简办。而且，能怎么简，就怎么简。我们并不在乎形式。'奶奶听了，又用眼睛看闻芳，闻芳把头点了一点。奶奶就问闻芳：'姑娘，婚姻是一辈子的大事，如果简办，你不担心委屈了自己，将来会后悔？'闻芳先摇摇头，又点点头。奶奶说：'我这把年纪，也算见过世面了。我们过去的时代,婚姻大事,也是有繁有简的。那繁的,八抬大轿,五花大马,披红戴绿,吹拉弹唱,前拥后簇,炮仗烟火,表面上多少热闹。也有那简的,因家境一般无奈这么做的,也不过穿一身喜庆衣服,一拜天地,二拜高堂,夫妻对拜,仪式就完成了。还有更简的,那读书留洋回来赶新潮的,连衣服都不换,三拜自然免了,就凭一张嘴,直接宣布。甚至连宣布都免了,直接带人回家。无论是繁的,简的,更简的,浪潮过后,剩下来的,才是真枪真刀,真金白银。就是,两个人怎么恩恩爱爱,白头到老,一天一天往下过日子。'奶奶又说:'现在风气看似变了,其实换汤不换药。电视新闻能常见到,那些繁的,多少辆豪车,包一天五星级宾馆,有的还把钞票挂满全身,或是在车厢里,堆一座钞票小山。依我看,这些人并不明白,他们在炫富的同时,也泄露了自己土得掉渣的尾巴。另有一些家境不怎么样的,也搞攀比,特别是女孩子,心里想的是,一辈子就这么一次,能怎么风光,就怎么风光。过了这个村,没有那个店了。把牙缝里的钱,都抠出来,办一场热闹。依我看,这么做,这么想的,其实是心里没有底气,对将来的生活,没有信心。仔细想想,新娘新郎坐的那些超级豪车,大街马路,排成一长溜,浩浩荡荡,头头尾尾,其实都是租来的。那些简办的,倒有一些人,心里有底,坐不坐豪车,办不办盛筵,摆不摆排场,都无所谓,并不放在心上的。'奶奶说到这里,我忍不住看了看闻芳,闻芳也忍不住,看了看我。我们两个人,还笑了一笑。奶奶就问:'是不是奶奶老了,说了一些悖晦的话,有些不中听?'我俩赶紧摇头。我说:'奶奶,您刚才说的话,特别是第二段话,闻芳曾经跟我也这么说过。虽然字词不同,所表达的意思,是一样的。'奶奶听了,就当我们的面,打东乡里一个亲戚的电话,并且开了免提,让我们一起听对方说话。这个亲戚,我以前见过,爸喊他小表舅舅。我这个辈分,应该喊小表舅爷爷了。奶奶对东乡小表舅爷爷,说了事情的概貌,让东乡小表舅爷爷查一查黄道吉日,如果今、明两天有好日子,最好。东乡小表舅爷爷不在自己家里,正带着几个人,替一户人家操办婚事,即时翻看历书,答复说:'今天、明天、后天,都是宜娶宜嫁宜婚的好日子。'东乡小表舅爷爷说完这句,又说:'两个孩子,双方家庭,全部瓜熟蒂落。不要说上海那种大城市,就在我们乡下,年轻人讲究实际,一般都不时兴订婚,往往把这个环节免掉,直接办大事的。'东乡小表舅爷爷接着又说:'我倒要多一句嘴了:古话说,选日不如撞日。连撞三个黄道吉日,我做这一行,多少年了,还是第一次遇到。再说,两个孩子态度明确,早办晚办,都是简办,还不如干脆利落,直奔主题,让两个孩子,当着你和我表姐夫的面,磕两个头,把大事办了呢。'东乡小表舅爷爷说话时,奶奶的手机因为开了免提,我和闻芳,每字每句,听得清清楚楚。听到这里,我和闻芳都点头同意。奶奶眼泪都笑出来了,说:'无虑,闻芳,你们都是好孩子。我来到人世间,也是前世修行,得到了无虑这样的孙子、闻芳这样的孙媳妇,这一辈子,也不算白活了。'事情定下来以后,奶奶让闻芳留下,还有话说。叫我先出来找你们了。"

十八

说到这里,何寿天看见闻芳搀着母亲,从西厢房出来,一齐到中屋坐下,吃中饭。

母亲说:

"无虑已经告诉你们,我不重复了。吃好中饭,无虑开车带着闻芳亚芳一道,到市里一趟,两个孩子买一身新衣裳。不能太孬,也不需要太好,喜庆就行。寿天吃完饭,午睡之前,给寿地打个电话,让魏兰娟那边迎着,陪着去。无虑是个读书的孩子,辛苦得不得了。除了周一到周五,周末两天比平时还要忙。要上外课,要做课外作业,要练钢琴,喘一口气的工夫都很少有。让寿地下午在家催促,如果管束不住,就让她外婆来,务必把作业做完。今天晚上,她哥哥嫂嫂举行婚礼,是我们何家的头等大事,缺谁都不行的。"

又说：

"东厢房做新房，前几天刚刚收拾好，该洗的洗了，该晒的晒了。无虑和闻芳都说一切从简，我更加赞同。新房不需要精心布置，老头子吃过中饭以后，到东街上找剪窗花的老姜，请他老婆剪一叠双'喜'字，回来贴在窗户上，就行了。"

继续说：

"明天早上，你们一家四口人，开车赶回上海。来得及呢，无虑和闻芳上午去领结婚证。来不及呢，就下午去领。天蒙蒙亮就走，不用跟我们两个老的打招呼。到了上海以后，请亲戚吃一顿饭。来得及呢，放在明天晚上，来不及呢，放在后天晚上，都行。事前只说吃饭，不要讲明真相。等坐到桌上，菜上齐了，再宣布这件事，顺便解释一下。邀请的亲戚，都不用出礼钱。有当场掏出来的，说一个'谢'，推回去，分文不收。我计算了一下，就摆三桌，每桌定十二个人份。实际各坐六个人。主桌这边，无虑闻芳两个新人，寿天亚芳，闻芳父母。一个副桌，是亚芳的亲戚，无虑的舅舅舅妈一家，无虑的姨妈姨父一家，每家三口，也是六个人。另一个副桌，是闻芳的亲戚，姑妈一家，叔叔一家，差不多也是六个。这是十二个人的桌子，多一两个，也坐得下。闻芳家的特殊和复杂情况，我知道了。那些东扯西拉的亲戚，本来可以不请，主要是考虑到她爸爸的感受。俗话说，'老实头，老实犟'。他当年在父亲临去世之前，亲口答应过。他既然想当个孝子，就让他了却心愿，可以理解，不算什么大事。这件事情，也有个底线。那些杂七碎八的所谓'亲戚'，也不用三请四邀，话说到了，他们来，或是不来，都随他们，无所谓的。至于亚芳这边，无虑的舅舅舅妈一家，姨妈姨父一家，这是正宗亲戚，无论如何，都要确保到场。亚芳在这件事上，要费点心，哪怕多讲两遍，也要把事情敲定。"

说到这里，被邵亚芳截住了话头。

邵亚芳说：

"我那个嫂子，还有那个妹夫，还要多讲两遍？这两个人，钻进钱眼里，爬不出来。一双眼睛里，只有钱，没有别的东西。哪里要讲两遍，只要讲半遍，他们听到不用掏自己口袋，可以吃白食，恐怕'三步并作两步走'，提前半小时就会到，还有个不来的？"

被何寿天止住。

听母亲笑道：

"闻芳，你婆婆跟她的嫂子，还有她的妹夫，有些历史结怨。这件事情，有些弯环曲折，公平而论，责任不在你婆婆。你将来慢慢会知道的。刚才提到过，你们闻家有些特殊和复杂，其实，'家家都有本难念的经'，我们何家，也有'特殊和复杂'，只是轻重缓急，程度不同罢了。今天是大喜日子，不说这些纠结事也罢，免得扫兴。"

又说：

"请好这顿饭，让无虑闻芳小两口，在上海安安静静地度他们的蜜月。寿天和亚芳，赶回来，陪我住一段日子吧。"

何寿天午睡起床，看见母亲正在厨房里忙。把头探了一探，母亲用手示意，让他忙自己的。便走出门，转过一段弯路，过了通济古石桥，朝北边走。脚下的一条小街，中间一道青石板，两边青砖铺设，却比小时候印象中的街面窄了许多。再细看两边房屋，临街都是用门板做的墙壁。记得上小学、初中，从街上一路到学校，两边都是开着的店面，卖吃的，卖用的，卖成品的，卖半成品的，卖原货的，应有尽有。此刻，家家关门闭户，一片寂静。走到镇子中心街口，叫作"山海镇"，有一块大石头，上面刻着这三个字。原来这块石头，还有上面的字，都还在。左边一个开水炉子，记得叫"宋家水炉"，房屋也在，同样闭门上锁，不见一个人影。再往北，就是摊扒街。取这个名字，是这条街的形状，不是笔直的，而是稍稍向两边撒开。将这条街，跟连接着它的一条稍宽一点的直街，放在一起，想象着从空中看，便成了一只乡下麦场上常见的摊扒。记得摊扒街的外侧，是这座小镇的北郊，有一片偌大的撂荒地。因是一片黏性很大的黄土，在上面耕种，少有收获，被人丢弃，任凭长出茫茫一片荒草。每到秋冬，镇上人便拿着刀镰，带着麻袋，割荒草回家，用来烧火做饭。

出摊扒街往北，眼前突现一片繁华。原来小镇上的热闹，都搬到这里来了。早先的荒草地上，变成了宽阔马路。马路两边，挨排的是新造的楼房。放眼看去，最低的楼房，也有五层，不像是一个镇，倒像是县，或是市了。

停住脚，站在摊扒街的边沿，朝北看。无非是头颅攒动，车来车往，人声嘈杂。看了一会儿，返回小镇的老街旧巷，穿插而过。到了古石桥这头，忽然看见旁边空地上，家里的车子已停在那里。看看时间，已近下午四点半，赶紧急步往回走。

十九

何寿天到家，无恙、闻芳、邵亚芳果然回来，已经洗了手，换好衣裳了。何寿地、魏兰娟、何无恙也回来了，身上衣服，也是新的。那边父亲母亲，穿戴整齐，等着拍全家合影。上前招呼，问了几句。一齐搬好凳子，在院子里放好。看看天光明亮，抓紧坐下来。父母坐在正中，无虑站在爷爷的后面，闻芳站在奶奶的后面，两人肩并着肩，先站好。何寿天、邵亚芳站在闻芳肩旁，何寿地、魏兰娟、何无恙站在何无虑肩旁。那边手机早已放在自拍架上，试过焦距和取景效果。喊了"一二三"，再同喊一声"茄子"，揿按遥控，一片"嚓嚓嚓"连续拍摄声响。再调整姿势，让无恙走到前面，蹲在爷爷奶奶脚下，同样一阵连拍。何寿天、邵亚芳、何寿地、魏兰娟、何无恙让开，拍爷爷奶奶孙子孙媳妇合影。爷爷奶奶让开，拍爸爸妈妈儿子媳妇合影。何寿天、邵亚芳让开，拍叔叔婶婶跟侄儿侄媳以及妹妹跟哥哥嫂嫂合影。都是自动连续拍摄。

拍好照片，分别忙起来。三个男的，忙着收拾凳子。除了无恙，另三个女的，忙着端菜。都忙好了，一齐到中屋。父亲母亲在堂桌上首坐好，先撤下首这张凳子，地上放了两只靠垫。何寿天、邵亚芳、何寿地、魏兰娟、何无恙退在两旁，何无虑、闻芳两个人，走到堂桌下首方位，把肩膀并在一起，站直身子，再一齐弯下腰，双膝跪在靠垫上，朝着上面的爷爷奶奶，连磕了三个头。

看母亲脸上，笑出了泪水。

母亲说：

"磕一个头就行了，连磕三个头干什么？无恙，你赶快过去，替我把你嫂子扶起来！"

磕完头，无虑、闻芳起身，听闻芳先叫了一声"爷爷"，再叫了一声"奶奶"。上首的当爷爷奶奶的，都响亮应答了。闻芳又端起堂桌上的茶壶，把上首的两只茶杯倒满。坐在上首的当爷爷奶奶的，喝了这杯茶。退到一边，让何寿天、邵亚芳坐在了上首。见无虑、闻芳还要下跪，何寿天连忙止住。

母亲说：

"老人老办法，新人新办法。我和你们的爷爷，是老人，用老办法，你们当然可以磕头。你们的爸爸妈妈，是新时代的人，不兴时磕头，就用新办法，鞠个躬吧。意思到了，就行了。"

鞠了躬，将面前的茶杯倒满。何寿天、邵亚芳端起来喝了。闻芳先叫了一声"爸"，何寿天答应一声。再叫了一声"妈"，邵亚芳答应一声。

何寿天、邵亚芳让出上首，请何寿地、魏兰娟坐。两个人再三不肯。

何寿地说：

"爸妈是无虑闻芳的爷爷奶奶，受三个头，理所当然。你们两个，一个是公公，一个是婆婆，受三个躬，也是情理。我和魏兰娟，一个是叔叔，一个是婶婶，让侄儿侄媳妇两个新人鞠躬，从来没有这个礼数的！"

推辞一回，拗不过一片诚意，两个人在上首坐了。无恙挤过去，要跟爸妈一起坐。被推开，让在一边待着。两个新人鞠过躬，倒了茶，请坐在上首的叔叔婶婶喝了。闻芳照例先喊了一声"叔叔",何寿地答应了。再喊一声"婶婶",魏兰娟答应了。

母亲说:

"好了,都好了。坐下来吃饭吧。"

将刚才挪开的堂桌下首的凳子,拿回来,放好。上首父亲母亲,下首无虑、闻芳,何寿天坐在父亲肩下右边,身旁是邵亚芳。寿地坐在母亲肩下左边,身旁是魏兰娟。另有一张凳子,放在母亲跟寿地之间,无恙坐着。

母亲说:

"我这些日子胃口一直不好,每天能吃一汤匙饭,就足够了。今天中午已经吃了一汤匙饭,本来不能吃了。可是,大喜的日子,我心里高兴,晚上也盛了一汤匙饭,陪全家人一起坐坐吧。"

见母亲把碗里的饭吃完,意犹未尽。

母亲说:

"我还能吃一点。闻芳,你帮奶奶再盛一点,不要多,一汤匙就行。"

闻芳盛了饭来。吃完了。那边无恙不乐意了,说:

"奶奶,闻芳是你孙媳妇,我是你孙女,你不能偏一个,向一个,只吃她盛的饭,不吃我盛的饭。"

母亲笑道:

"好吧,一碗水放平,不偏不倚,大家公平。无恙就去盛一汤匙,不能再多。再多,我吃在肚里,就不舒服了。"

细嚼慢咽,把无恙盛的一汤匙饭,也吃了。

一顿饭吃好,一起动手,帮着收拾好碗筷。

母亲说:

"天不早了,寿天、亚芳、无虑、闻芳明天要起早回上海,寿地、兰娟、无恙要赶回家,无恙明天还要上外课,做课外作业,我也感觉累了,都早点歇吧。"

何寿天送到门外，弟弟寿地退一步，到了旁边。

何寿地说：

"打电话的时候说过，我这边另有一点事情。今天一直忙，没有空隙，就不说了。你回上海请两边亲戚吃了饭，最快后天，最慢大后天，就赶回来了。回来再详细说吧。"

二十

何寿天凌晨被邵亚芳叫醒，看时间，四点刚过。听见厨房里有响动。

邵亚芳说：

"妈三点半就起来，在厨房里忙了。我们起来吧，如果早饭没有弄好，我就帮一把手。如果弄好了，就叫无虑闻芳起床。吃完早饭，天差不多亮了，可以往回赶了。"

何寿天和邵亚芳洗漱好，无虑和闻芳出房来，洗漱完毕，坐到中屋堂桌上。稀饭并馒头、卤牛肉片、蛋饺、腌雪里蕻百叶卷已放在堂桌上。四个人抓紧吃起来。

母亲从厨房走过来，手里拿着一个小碗，坐了下来。

母亲说：

"就不叫你们的爷爷了，让他睡一会儿吧。我舀了半碗粥汤，就着咸菜百叶卷，陪着你们喝几口。"

何无虑说：

"上海那边的事情，基本搞掂了。世纪公园跟我们小区的中间段上，有一家五星级宾馆，名字就叫'世纪大酒店'。昨天晚上，我先打电话过去问，那边回答说，大中小包厢都有。中等包厢正好放四张十二人餐桌。明后两天晚上，都有空位，只需提前半天预订，网上预付订金就行了。打完这个电话，我让闻芳先给她爸妈打电话，一是让他们把户口簿在明天上午九点钟之前，放进我们家信箱里。二是让他们打电话给继姑妈和继叔叔，不要提闻芳结婚的事，也不要多说，只问这两天想请他们吃个便饭，明天或后天，哪天晚上有空。不一会儿，她爸妈电话回复说，户口簿的事情，会准时送到，没有问题。继姑妈和继叔叔都说，都有空，放在明天晚上，或是后天晚上，都行。闻芳爸妈说，等确定下来，再给他们实信。闻芳打过电话，我先给舅舅家打了个电话，是舅妈接的。"

说到这里，邵亚芳截断了话头。

邵亚芳说：

"你不说，我就知道是她接的。我这个嫂子，也是全世界难找，贪小好利不说，在自己家里，是个霸王，什么事都兜在手里，紧攥不放。自从她进邵家的门，跟我哥结婚，我前前后后打了十几个电话，每一次，都是她接的。听到我的声音，马上腔调变了，阴阳怪气，绵里藏针，好像我要分她的家产似的。到后来，我哥哥买了手机，她说要节省话费，除了我哥偶尔外出，才允许带着，在家里的时候，一律关机。气得我后来一个电话都不往那边打了。"

被何寿天止住。

何无虑继续说：

"我听是舅妈的声音，就让她叫舅舅听电话。舅妈愣了一下，可能她是长辈，不想跟我这个小辈计较，一句难听话也没有说，直接叫舅舅过来了。我对舅舅说：'舅舅，有两件事情。第一件事情，你一个人知道，照我说的做，就行了。不要告诉舅妈。我要用一下户口簿，明天上午就要用，你早上九点之前，亲自骑电动车辛苦一趟，把户口簿放进我家信箱里。第二件事情，你可以告诉舅妈的。明天或后天晚上，我想请你们全家，还有姨妈全家，吃个便饭。不知道有没有空？'舅舅说：'当然有空，明天后天，哪天都行。'我说：'好的，等会儿问过姨妈，确定好时间，再打电话给你。'我又拨姨妈家电话，是姨父接的。"

邵亚芳说：

"我这个妹夫，跟我那个嫂子，贪财图钱，抢接电话，是同一个师傅教出来的，也是同一座山上下来的。也不知道我上辈子作了什么孽，今世报应，碰上了两个这样的亲戚！"

再被何寿天止住。

何无虑说：

"我先问舅妈和姨父，他们明天或者后天晚上，有没有空。回答说都有。我跟闻芳商量了一下，打世纪大酒店电话，预订了明天晚上六点整，一个中等包厢，三张桌子，每桌十二个人。菜有高中低三种规格，订了高的规格。网上预付了订金。随后，闻芳让她爸妈通知了继姑妈继叔叔那边。我再给舅舅家打电话，还是舅妈接的。我直接跟舅妈说了时间，还没有说地点，舅妈就打断我，说：'无虑啊，你请我们吃饭，真正没有想到，你心里还是惦记着你舅舅，和我这个舅妈，还有你表妹的。舅舅舅妈的情况，你多少也了解的，你舅舅原来的工厂效益太差，每月领的退休金，喂一只猫，将就着不会饿死。喂一个活人，就难了。我呢，从里弄企业退休的，那一点钱，还不如你舅舅呢。你表妹呢，书没有读出来，到处应聘，到处碰壁，至今一个子儿也没有挣回家，花出去的，倒是不计其数。这个家，山穷水尽，弹尽粮绝。想想我，一把年纪了，整天粗茶淡饭，半个月没有见荤腥了。我想问一句，明天晚上吃饭，是到你家呢，还是到别的地方？'我说：'订的是世纪大酒店，五星级的，就在世纪公园旁边。'舅妈说：'哎呀，那我明天要做个快活神仙，敞开肚皮，好好享享口福了。'我再打电话到姨妈家，还是姨父接的。我说了时间地点，姨父没有多话，只说肯定提前到达，让我放心。"

听到这里，母亲说：

"俗话说，'亲戚远来香'，这句话里的'远'，不是说住得近住得远，而是双方的心里，能不能放得下。放得下的，就近一点。放不下的，就远一点。对那些为人处世不怎么样的亲戚，你在心里离他们远一点，越远越好，反而不会有什么事情了。"

说着，用筷子挑破腌雪里蕻百叶卷，撷了几粒咸菜，放在嘴里，啧一喷。再搛一片百叶,嚼碎,咽下肚里,把碗里剩下来的粥汤,全部喝了。

又说:

"我去歇一歇,你们吃好饭,把碗筷放在桌上,不用跟我打招呼,直接走。请亲戚吃好这顿饭,寿天亚芳也不要太着急,那边有什么事情,先把事情处理好。觉得累呢,先歇一两天再回来陪我,不要紧的。"

回西厢房去了。

二十一

何寿天、邵亚芳、何无虑、闻芳四人赶到上海,九点刚过。打开信箱,两本户口簿都在。无虑拿了上车,跟闻芳一道去领结婚证。邵亚芳去菜场买菜,何寿天一个人在家,打开门窗透气。将近一个小时,邵亚芳买菜回来,关好门窗,忙着做中饭。过了半个小时,无虑和闻芳回来,说证办好了。洗了手,换了衣服,坐到桌子前,吃中饭。吃好饭,闻芳相帮着邵亚芳,收拾好碗筷。都觉得有点累了,各自进屋休息。

等到下午四点缺十分,让邵亚芳叫两个孩子出屋来,洗漱好,换好衣裳,看时间,已经四点半。

何寿天说:

"无虑,你开车带着闻芳,先去接你岳父岳母。世纪大酒店离我们小区很近,我和你妈走路过去,不用几分钟。你把车子直接开过去,我们肯定比你们提前到的。吃好饭,你用车子送岳父岳母回家,我和你妈还是走路回来。或者我们也坐到车上,到小区门口,我们下车,你们再送他们回家。"

邵亚芳说:

"今天请吃饭的几位亲戚,除了我哥哥我妹妹,还有我侄女我侄儿,其余几个人,都是一根竹竿探河,弄不准深浅的。车子停在酒店那里,吃好饭，开车送闻芳爸妈回去，无虑舅舅无所谓，万一他舅妈也要坐车子，怎么办？我妹妹亚芬也无所谓，万一我那个妹夫也要坐车子，怎么办？还有闻芳的继姑妈一家，继叔叔一家，这两家人，我们没有打过交道，万一碰上个死皮赖脸的角色，红口白牙提出来，也要用车送他们，怎么办？这种日子，对方一句话落地，又不方便随口拒绝，岂不是进退两难？不送他们呢，碍着面子。送他们呢，无虑不像个新郎，倒成了车夫了，怎么得了？"

想了想，说：

"不如这样，把两位亲家先接到我们这儿来，车子停在家里，我们一道走路过去。吃好饭，一道走回来，无虑闻芳再开车送他们回家。这样，就不会多事有事，干干净净，不留痕迹，各方平安了。"

何无虑和闻芳接来闻业荣夫妇，何寿天、邵亚芳迎到楼下。双方改用"亲家"称谓，互相招呼，站在楼下，说了几句客气话。那边无虑停好车子，六个人一道，走路去世纪大酒店。

到达酒店大厅，看时间，还差十五分六点。正要往电梯那边走，忽然听见有人叫无虑的名字，回头一看，是无虑的舅妈胡逢秋。停住等她。见她把手往外一招，无虑的舅舅邵亚力、无虑的表妹邵瑶瑶，从外面走了进来。

招呼几句，走到电梯间，揿下按钮，两只电梯门同时打开了。让邵亚芳和闻芳陪着闻业荣、方慧群乘一只电梯，何寿天和儿子无虑，陪邵亚力、胡逢秋、邵瑶瑶乘一只电梯。上到六楼，那边邵亚芳、闻芳、闻业荣、方慧群也到了，一齐走到廊道里。有服务员迎候，问了名字、预订的厅位，转过两个弯，到了一个餐厅，门额上写着"百年和合"四个字，走了进去。

服务员说：

"你们订的是一个中厅。这个厅，原来放五张桌子，每桌十二人。你们订的三桌，听说人不多，每桌都不会坐满，订的菜，又是最高规格的，我们的服务当然得跟上来，特地撤了两张桌子，只留下三张。这样，空间更大,看起来,更舒服,也更敞亮一些。你们预订的菜,厨房里已经准备好了。冷盘、酒水,已经放在桌上。客人一旦到齐,你们就通知我们,马上就上热菜的。"

各人先在靠墙一排沙发上坐下来。

胡逢秋说:

"这么豪华的地方,我还是第一次来。刚才我听服务员说,你们预订的菜,是最高规格的,想必肯定不是一般人常吃的。今天我倒要放开胃口,钱已经付了,不吃白不吃。今生今世,有了这一遭,也不冤枉了。以后出去碰见熟人,说到见过什么世面,也敢吹牛的。说起来,毕竟是亲戚,'沾故带亲,打断了骨头,还连着筋'。我跟亚芳之间,有的时候,'话不投机半句多',说不到一起去,其实也是各人性格不同,实际没有什么大的矛盾,也不存在什么事情的。我心里也有数的,你们终究不会忘记我们。今天有这顿五星级酒店的宴请,我也是不奇怪的。"

又说:

"其实我们一家到这儿,比你们要早十分钟。乘电梯的时候,还出了一个洋相。我们三个人,进了电梯,是我揿的按钮,本来讲的是六楼,我眼睛一花,错揿了六楼旁边的十二楼,结果,按钮竟然不亮。以为用的力气不够大,又揿了两次,按钮还是不亮。这个时候,有人在外面揿一楼,电梯门开了,这个人走进来,拿出一张卡,在按钮旁边刷了一下,见他拿手揿十八楼,一揿按钮就亮了。我心里嘀咕起来。上到十八楼,不敢出去。站在电梯里,等了一会儿,电梯自动降下去,重新到了一楼。原来一楼有人揿按钮。那个人走进来时,我们三个人,赶紧出了电梯,走到酒店外面去等。"

又说:

"刚才寿天和无虑陪我们进电梯,我特别留意看了,无虑并没有掏什么卡片来刷,抬手揿了一下六楼按钮,竟然亮了。我就不明白了,难道电梯里的按钮,跟世界上的人一样,也是个见风使舵的势利眼,看到无虑这样的有钱人,就亮,看到像我这样的穷光蛋,就不亮?"

何无虑说：

"舅妈，您误会了。这是酒店的楼层分布不一样。一楼是大厅。二楼，一般是多功能厅。三楼是对外会议厅。四楼是健身房和游泳馆。五楼六楼，是对外营业的餐厅。六楼往上，是客房。从一楼到六楼，乘电梯不用刷房卡，直接揿按钮就行了。六楼往上，要刷房卡，按钮才会亮。五星级宾馆，一般都是这样的。"

胡逢秋点头说：

"我说呢，原来不是电梯按钮势利，是我们不懂。吃完饭，我倒要重试一试，亲手再揿一下按钮，过一过瘾呢。"

笑了一阵，见服务员又领着人来。走在前面的，是邵亚芬和丈夫余悦骏、儿子余众望。跟在后面的，是闻芳的继姑妈继姑父和他们的女儿，最后面的，是闻芳的继叔叔和他儿子。无虑便迎着姨妈姨父姨弟，闻业荣便迎着继姐姐继姐夫继侄女，以及继弟弟和继侄儿。看看时间，六点已过，人都到齐了。招呼服务员上热菜。一边分头坐下来。放在正中靠里的这张桌子上，放着一个牌子，上面写有"主桌"两个字。何寿天坐在上首的左边，邵亚芳坐在何寿天肩下。请闻业荣在上首右边坐下，闻业荣不肯坐，要坐到旁边，又想坐到下首。硬拉着坐下来，方慧群就坐在闻业荣肩下。无虑和闻芳在下首坐了，无虑面对着何寿天，闻芳面对着闻业荣。看旁边两个副桌，都不需安排，各自找到位置，坐好了。南边一张桌子，牌子上写有"男方亲戚"四个字，坐了邵亚力和邵亚芬两家。北边一张桌子，牌子上写有"女方亲戚"四个字，坐了闻芳继姑妈和继叔叔两家。

安坐停当，热菜接续而上，摆在桌上。每张桌子上，白酒黄酒葡萄酒啤酒，另加雪碧、可乐、果汁、矿泉水。服务员全部打开，根据各人所需，将面前的杯子倒上。朝主桌打了个手势，示意可以开始了。

何寿天站起来，打了个停顿，三张桌子，顿时安静下来，等他说话。

何寿天说：

"在座的都是亲戚，自家人。不用我解释，各位应该明白的，无虑和闻芳结婚了。这顿饭，不算婚礼，也不算婚宴，是家人找个机会，在一起聚一聚，说说话，也把这件事情，告诉大家。这种做法，是无虑闻芳共同商定的。年轻人的事情，他们自己做主。他们说怎么办，就怎么办，我们配合就行了。我的亲戚，都在老家，与无虑闻芳已经见过面，吃过一顿饭，不过，不是在酒店，是在家里。今天到场的，一是无虑妈妈这边的亲戚，无虑的舅舅舅妈和表妹，姨父姨妈和姨弟。二是闻芳爸爸这边的亲戚，闻芳的姑妈姑父和表姐，叔叔和表弟。现在让两个孩子，分别为大家介绍一下，认个亲。"

说完，无虑起身，闻芳跟着，走到南边这张副桌，无虑逐个介绍说：

"这是我舅舅、舅妈、表妹，这是我姨父、姨妈、姨弟。"

一桌人都站起来，提到哪个人，哪个人把头转过来，点一点。都坐下了。

改由闻芳在前，无虑跟着，到了北边这张副桌，闻芳逐个介绍说：

"这是我姑父、姑妈、表姐，这是我叔叔、表弟。"

同样一桌人站起来，提到哪个人，哪个人把头转过来，点一点。都坐下了。

无虑、闻芳回到主桌，坐下。

何寿天起身说：

"这家酒店，菜有高中低三种规格，我们订了高的规格，不一定很好，至少是酒店的面子，质的方面和量的方面，应该有一些保障。桌上的酒，白酒两种，茅台和五粮液，酒店承诺是真的，如假包换。我不会喝酒，辨别不出真假。会喝酒的人，喝出假的来，说一声，可以跟酒店交涉。葡萄酒红白两种，都是进口的，价格中等偏上，应该不会有假。黄酒是花雕八年陈和古越龙山十年陈，都是绍兴当地出产，价格也是相对高的，估计不会有假。啤酒是熟悉的牌子，当然不会有假。我还要抱个歉，刚才说过，我不会喝酒，其实，我是滴酒不沾。我家邵亚芳，还有无虑闻芳，都不喝酒，手里端着的杯子里，是矿泉水，就以水代酒，敬大家一杯。往下，都是自家人，不再互相敬酒，各人随意，就是了。"

把杯子里的矿泉水，一口喝干了。

三张桌子，都吃起来。吃了一会儿，大约二十分钟过去，两张副桌上，有了说话声音。起先还抑着压着，逐渐响了起来。又过了一会儿，见邵亚芳妹夫跟邵亚芳哥哥，舅婿两个，把袖子撸到肘弯，划起拳来。另一桌闻业荣的继姐夫跟继弟弟，也把袖子挽起来，开始划拳。两个桌上的声音，由低到高。不一会儿，忍不住大呼小叫。门口服务员见状，把两扇门掩上，退在门边，呆着脸，看着。吃了一会儿，几个女眷，也控制不住，一边吃，一边说。中间不断有人起身，去洗手间，将身体放空了，回来再吃。又吃了一会儿，差不多了。那边胡逢秋把手招了一招，叫服务员到她跟前来。

胡逢秋说：

"每一张桌子，订的是十二个人，实际情况呢，我们每张桌子只坐了一半，六个人。那边一张桌子，只坐了五个人，一半都不到。菜订的是这里的最高规格，看起来，确实也都是好菜，量也是挺大的。我这个人呢，也算一个众所周知的大胃王了，放开来吃，吃到现在，中间还上了两趟洗手间，到这一会儿，也撑住，再也吃不下去了。可是，看桌上呢，都是好东西，鲍鱼、龙虾、三文鱼、银鳕鱼，样样是上品。吃不掉，留在桌上，保不定你们酒店会收回去，货卖二家，给下一拨客人，不但你们讨了不该讨的便宜，对吃我们剩菜的下一拨客人，也不公平！我听说过，这种五星级酒店，其实也跟外面街头的小店一样，是可以剩菜打包的，不知道是不是这样？"

服务员听了，把嘴巴张开，又闭上了，只把头点了一点。

胡逢秋说：

"好的。麻烦你，帮我把桌上的菜，全部打包，一个也不要剩。盘子里只要有的东西，不管荤的素的，多的少的，都装进盒子里，分成两份，一份给我，另一份给坐在我对面的人。对了，中间那张主桌上，其中付钱请客的那四个人，家里条件好，平时吃这些山珍海味，不稀奇，估计剩下的好菜,更加多。一会儿,也全部打包,你先问问其中两个年纪大一点的人,一男一女,他们要不要。他们要呢,就给他们带走。他们不要呢,就拿到我们桌上来,也分成两份,就行了。"

服务员遵嘱将剩菜打包,交到胡逢秋手边。另一桌闻业荣几个继亲戚,也学了样子,把剩菜打好包。看看时间,两个小时过去,觉得差不多了。叫服务员买单,用手机支付了。都站起身,互相说了几句客气话,出了餐厅,分站到四个电梯门前。不一会儿,电梯门开了一个,互相让一让,闻业荣几个继亲戚走了。电梯门又开,再让一让,请无虑舅舅一家和姨妈一家先走了。最后,一对新人并两对亲家,一起乘坐电梯下楼。

二十二

何寿天和邵亚芳走路回家。换了衣服,洗漱好。无虑和闻芳送闻业荣、方慧群到家,回来了。进屋换了衣服,洗了手,转回客厅,朝邵亚芳看了一看。何寿天也看过去,邵亚芳脸上,似有愠色。

闻芳说:

"妈,我看你有点不开心,是不是吃饭的时候,我哪点做得不对,或是说错话?也可能是我爸妈哪儿错了,惹你生气了?"

邵亚芳说:

"不是你,也不是你爸妈,是别的人,还不是一个人,是两拨人,惹我气得七窍冒烟,到这一刻,心里的火,还憋在肚里,没有平息呢。"

又说:

"今天吃饭的时候,我中途去洗手间,出了餐厅,顺着走廊朝那边走,没有想到,真正见鬼了!我的那个八卦嫂子,还有我那个娘娘腔妹夫,正并着肩朝那边走。我妹夫阴阳怪气地说:'事前一声不吭,像搞突然袭击似的,说一声结婚,就结婚了。这么匆忙,也不知出了什么事情。'我嫂子就拿腔捏调回答说:'事情肯定是出了,出的什么事情,说都不用说，想都不用想，肯定是肚子大了，未婚先孕，说不定有了月份，不能再拖，再拖，就显山露水，难遮难掩，不好公开见人了。怎么办呢，纸里包不住火，只好急火燎毛，找个冠冕堂皇的借口，说什么年轻人自己决定，不办婚礼婚宴，无非是掩耳盗铃，自以为别人蒙在鼓里，相信他们的谎话呢。'我妹夫就说：'其实我也是这么想的，只是没有说出口罢了。'我嫂子又说：'也正合我意，白吃一顿大餐，还不用出一分一厘礼钱，可不赚住了？'我听到这里，恨不得几步上前，朝我嫂子和妹夫的两只屁股上，狠踹两脚。再转念一想，今天是无虑闻芳的好日子，不必跟这两个蠢人一般见识，悖了他俩的晦，扫了自己的兴。想到这里，我立马掉转头，下到五楼。刚出电梯，没有想到，又一次见鬼了！真正是冤家路窄，闻芳那个假姑妈，还有那个假叔叔，也正并着肩，朝五楼的洗手间那边走。这两个人，边走边说，说的更加不是好话。闻芳那个假叔叔说：'闻家那个丫头，小时候一天到晚满脸清水鼻涕，一头乱糟糟的黄毛，原以为是个丑八怪，苦命鬼，一辈子享不到福的。没有想到，人长大了，倒长出个模样来。更没有想到，太阳从西边出来，糠箩里跳到米箩里，咸鱼翻身，鲤鱼跳龙门，眨眼之间，就得了天时地利。'那个假姑妈回答说：'到底怎么样，还在两可之间。可能是甜，也可能是苦。可能是福，也可能是祸。一步登天的事情，总有正面和反面。你想想，她是什么家庭？人家是什么家庭？两个家庭，差距那么大，她一脚跨进高门槛，那一家的人，在骨子里头，到底是怎么想的，到底是怎么看她的。免不了鄙视、看不起、不当一回事。嫁进门去，面子上是媳妇，实际上被当作丫头，呼来唤去，吆五喝六，指东画西，当牛做马，受一辈活罪。那一家子人，现在正在热乎劲头上，特别那个儿子，看她青春年少，情人眼里出西施。若干年过去，人老珠黄，他就懒得理了，看一眼都唉汰。在小家庭里长大的，各种坏习惯，不免要露出尾巴来。婆媳又是前辈的冤家，今世的仇人，牙齿舌头，碰得咣当亮响，吵个天翻地覆，或者过不到头，做了半路夫妻，都说不定呢！'我听到这些话，问又不能问，骂又不能骂，一口气憋在肚子，胀得像只鼓似的。只好再下一层楼，去了四楼的洗手间，总算避开了那两拨子瘟神。"

又说：

"我把听在肚里的这些屁话，全部说出来，倒干净，心里倒好受多了。"

又说：

"闻芳，我们婆媳两个，也要争争气。我和你爸只有无虑一个儿子，没有女儿，你不但是媳妇，我们还把你当作女儿。今后，有什么事情，有什么话，不要藏着掖着，摊在桌面上，有一说一，有二说二。说过了，就拉倒了，不要在心里积存下来。即使有什么误会，哪怕想吵一架，就把门关起来，大吵，小吵，都行。拍桌子，打板凳，也照。不管怎么样，内外有别，不要传出去，让外人笑话我们！"

闻芳说：

"妈，你的话，我都记住了。我会按照你说的去做的，就放心吧。今天的事情，你大人不计小人过，不要放在心上，消消气，早点休息吧。"

这边儿子无虑也劝了几句，邵亚芳脸色慢慢平静下来了。

何寿天说：

"闻芳，你是一家人了，家里的有些事情，应该告诉你，你心里有个数，以后见怪不怪了。正如昨天在老家，你奶奶说过的一句话：'各家都有一本难念的经。'各家有各家的账本，有的能拿上台面，有的不能拿上台面。其中不过轻重缓急不同罢了。我们家也有'特殊'和'复杂'。我说的，主要是你妈跟无虑舅妈、跟无虑姨父之间的隔阂，趁着今天的机会，索性把话说开来。我想了一想，你妈是当事人，从她嘴里说出来，说不带立场，也是带立场，说不带情绪，也是带情绪。因此，由我来说这件事情，不能说完全不偏不倚，至少要稍微公平一些。我把其中的弯环曲折，当着你妈的面，说给你听。"

又说：

"这是十几年前的旧怨了。在此之前，你妈和无虑舅舅，无虑姨妈，他们兄姐妹三个，关系一直是很好的。你想想，当年应该是无虑舅舅离开上海，下农村插队落户。你妈年龄还差好几个月，主动写了申请，报名下了乡。因为有了她的牺牲，无虑舅舅，无虑姨妈，才得以留在了上海，一个进工矿，一个进技校。这笔账，一开始，都认的。无虑舅舅结婚以后，无虑舅妈的家庭条件，包括家教，都不是太好。进了邵家的门，先是对无虑舅舅指手画脚，倒也罢了。当时，无虑的外公外婆还在世，有时候，就没有分寸，不把两个老的放在眼里。我和你妈在外地，他们并不知道我们的真实情况，特别是无虑舅妈，没有见过世面，观念狭隘，总认为上海以外，都是'乡窝宁'，都是穷人，活得比他们还要糟糕。你妈回上海看望自己的父母，无虑舅妈就百般提防，生怕是回去揩油，抢邵家的财产。姑嫂本身就是天敌，一句话不和，说不到一起去，眼睛瞪得像乌骨鸡似的。那个时候，虽然有些嫌隙，但是几年碰不上一次头，面子上还过得去，双方都放在心里，没有撕破脸。问题出在无虑十三岁，刚上初中那年，上海出台了一个新政策，凡是当年上山下乡的上海知青，可以将一个子女的户口，迁回上海。这项政策又特别放宽，明确规定，回城子女，户籍落在知青本人父母名下。如果父母不在了，改落在知青直系亲属名下。如果没有直系亲属，则可以落在近亲属名下。你们年轻人，不了解你妈那个时代的人。那一代人，有个最大心结，就是重返故土，回到上海。哪怕自己不能回去，也要让自己的子女落叶归根。说实话，我对无虑户口迁回上海，抱着无所谓的态度。以我们的条件，在任何地方都行。即使将来无虑长大了，想在上海找个工作单位，以我的身份和社会资源，只要提前谋划，也不是难事。但是，你妈放心不下，说：'有政策不用，将来变了，无虑真回不了上海，我岂不是死了也闭不上眼睛？'只好听她的。无虑户口迁回上海的过程中，他舅妈做了手脚，还连带上了他的姨父，两个联手，玩了一个'偷龙换凤'的花招。"

打了一个停顿，继续说：

"无虑外公外婆从金银桥拆迁，分得一中一小两套房子。一个小套，一室带厨卫，二十二平，说是厨房和卫生间，比你家的厨房卫生间还要小。一个中套,其实是个小中套,一室半带厨卫,三十六平。其中厨房和卫生间,跟小套一样。半间只有八平,够放一张床,比你在家的那个房间,还要小,睡觉要从门口爬过去。那个小套,无虑外公外婆住。那个小中套,无虑舅舅一家和无虑姨妈一家,共同居住。其中一个大间,无虑的舅舅舅妈表妹住。小中套中的半间,无虑的姨父姨妈姨弟住。无虑落户的时候,按照政策,应该落在外公外婆的名下。他舅妈动了歪脑筋,趁着这个机会,把自己的女儿,就是无虑的表妹,户口迁到无虑外公外婆名下,把无虑的户口,落在舅舅的名下。舅妈怕露了风声,被我和邵亚芳得知,就收买了无虑姨父,塞给他三千块钱。那个时候的三千块,不是现在的三千块,无虑舅妈真正是花了血本,家底子不够,还找娘家人借了一点。无虑姨父收了钱,装聋作哑,一声不吭。他姨妈这个人,性格跟你妈正好相反,大大咧咧,闲事不管。因此,我们一直被蒙在鼓里。一年以后,才发觉,生米已经煮成熟饭了。一开始,我并没有放在心上,认为户口落在哪里,都一个样。你妈却气得跳了起来,说:'怎么一个样?那个小套,承租人是我爸的名字,户口在里面的,是同住人。那个小中套,承租人是我哥的名字,我哥一家,加上我妹妹一家,是同住人。我爸妈一把年纪了,万一有个三长两短,这个小套的承租人,谁的户口在里面,就是谁了。我嫂子打的什么鬼算盘,你还不明白吗?'我听了,反问你妈说:'那么小的房子,值得你去抢,还生这么大的气?'你妈说:'那套破房子,我从来没有放在眼里。我说的不是房子,是理,是人心。如果说在明处,放到桌面上,大家好商量。不把我放在眼里,背后搞阴谋诡计,当然不行。'"

说到这里,邵亚芳忍不住了,截断了话头。

邵亚芳说:

"我那个二货嫂子,见事情败露,最初想把责任赖到我父母头上。一通电话,破绽百出,被我抓住了尾巴。你爸刚才说的话,还遗漏了最重要的地方。无虑户口往上海迁的时候,我嫂子还跟我父母大闹了一场,甚至拿刀弄绳,哭着喊着上吊割脖子,百般阻止,不让他的户口迁回去。

后来看周边邻居，家家户户都在办这件事，挡不住潮流，才又绞尽脑汁，想出了这么个馊主意。我得知真相以后，心里一把火烧起来，准备赶回上海，当面撕她的脸。你爸拼命阻拦，后来无虑也来劝我，我才忍了一口气。"

又补充说：

"我嫂子花了三千块钱血本，塞给我妹夫，其实除了收买他闭嘴，还托他找了一个当户籍警的同学，帮忙做了手脚。那个户籍警，本来不是个好东西，没有多长时间，倒不是为我们这件事，是为了别的事情，收受贿赂，败露了，被双开，关了进去，下场并不好。"

说到这里，停住，不说了。

何无虑说：

"我当初也很气愤，要陪妈一道回上海，责问舅妈和姨父。爸拦住了我们，还把我单独叫到房间，关上门，谈了一次话。爸说：'古话说，人穷志短，马瘦毛长。如果你舅舅舅妈住得很宽敞，手里有好几套房子，会做这种损害亲情的事情？如果你姨父家境宽裕，会收这种见不得人的钱，帮着做这种昧了良心的事情？倒过来想，他们也是被迫无奈。做人应该以此为鉴，不管是谁，从小不好好努力，长大以后，日子过得不好，处境艰难，穷困潦倒，难保不会做出同样的事情来。'我听了爸的话，头脑'轰隆'炸了一下。在此之前，我学习并不十分用心，在班上属于中等略微偏上。爸妈不断催促，作用不大。这次谈话以后，我突然开窍，不知不觉加起了油，成绩慢慢靠近，最后班上排名前三。'初升高'冲刺阶段，我一直稳定在全校前十。后来顺利上了省城最好的高中，又考进了上海这所名牌大学。因此，我和表妹户口被偷偷调换，看起来是一件坏事，其实也是一件好事。"

撂下这个话题，改说回老家的事情。

邵亚芳说：

"我跟你爸明天赶回老家。奶奶的情况，你们是清楚的。我们这次回去，不是十天半个月，肯定要长住，几个月，半年，都有可能。这边的生活，全靠你们自理了。"

何无虑说：

"我跟闻芳商量过了。我们单位食堂，早中晚三餐齐全，菜很丰富，价格又便宜，不但员工可以吃，还可以带家属。离闻芳公司只有几步路，方便得很。一天三顿饭，想在食堂吃，就在食堂吃。想在外面吃，就在外面吃。周末两天，我去复旦上课，闻芳收拾家务，中午各自对付一顿，早饭晚饭一起吃。碰到假期，想在家里吃，就自己动手。不想自己动手，叫外卖，二十分钟内，保证送上门。洗衣裳更不是问题，往洗衣机里一放，洗好了，遇到晴天，往窗外衣架上晾好了，再去上班；遇到阴天下雨，直接用洗衣机烘干。爸妈只管回去陪奶奶，不用担心我们。"

二十三

何寿天、邵亚芳第二天赶回老家，见了父亲母亲。看看母亲脸色，有些吃惊。洗了手，进南厢房换衣服，看见邵亚芳也是同样神情。

邵亚芳说：

"昨天凌晨，我们起了个大早，往上海赶，还见过妈，早饭也是妈做的。才过了一天，妈怎么变了个样子，人好像瘦了一圈，老了好几岁。"

何寿天说：

"妈身体本来就是硬撑着的，无虑闻芳赶回来，她高兴得不得了。两个孩子遂她的心愿，临时动议，当着她的面，把婚结了，她更把一口元气，提着。这件大事办好，人猛一下松弛下来，精神当然就不行了。"

两个人来到大门这边的廊屋，父母坐在椅子上，等着。

母亲说：

"寿天、亚芳，你们这次回来，先不要走，陪妈住一段时间。一来呢，无虑闻芳的婚事，有些委屈两个孩子了。虽然是他们自己主动要求简办，还说越简越好，其实我心里有数，是为了迁就我，不得不这样做的。让你们住过来，腾出一个空间，他们二人世界，清静自在，不受干扰，好好度过一个长蜜月，也是一点补偿。二来呢，我这一辈子，大本事没有，会做几样菜，不但家人爱吃，外人也捧场说好。这几样菜，一部分是寿天奶奶，我的婆婆，手把手教我的。另有一部分，是我在娘家的时候，从妈妈手里学会的。我已经活到这一把年纪，人不是神仙，总有一天，要老，要走，要到另一个世界。这几样菜，不留下来，交给何家的后人，有点可惜了。魏兰娟住得近，抬脚就到，本来更方便学。我试过不止一次，她不感兴趣，这方面也缺少天分，只好算了。亚芳呢，住在外地，三年五载见一次面，还来去匆匆，我本来不抱指望。没有想到，偶尔一试，亚芳竟然心有灵犀，一点就通。亚芳是何家的长房媳妇，生了无虑，是何家长房孙子，把这几个菜教给亚芳，再好不过了。你们陪我的这一段时间，我跟亚芳婆媳两个，一边手把手教，一边手把手学。亚芳学到手，哪天再教给闻芳，一代一代传下去，也是何家好的遗传。"

又说：

"我梳理了一下，放得上台面的，有二十个大菜。从明天起，我逐个来做。每一个菜，花三天时间。第一天，我先带着亚芳到菜场采购，再亲手做，亚芳站在旁边看。第二天，亚芳自己到菜场采购，自己进厨房做，我站在旁边，只动口，不动手。第三天，还是亚芳自己采购，自己做，我连厨房都不进。做好了，用筷子头蘸一点汁水，我用舌头咂咂滋味，就知道做得怎么样了。"

说到这里，让何寿天找出纸笔，嘴里报了一遍二十个菜名，让记在纸上。何寿天记好了，递给邵亚芳，邵亚芳看了一遍，掰起指头，数了一数。再拿起这张纸，读了一遍：

"烩鱼羹、煎藕夹、樱桃肉、淮扬狮子头、白水蒸白鱼、莴笋佘昂刺鱼汤、凤鸡白切拼盘、八宝清蒸老鳖、笔杆鳝丝爆洋葱丝、蒜瓣焖马鞍桥、豆腐钻活鳅、莴笋佘河蚌、韭菜炒明前螺肉、蛋清白煮田螺、红嘴绿尾鱼圆、白萝卜清炖老鸭汤、白果清蒸乳鸽、白煮羊肉汤、青蒜羊肉煲、卤老鹅。不多不少，正好二十个菜。"

母亲说：

"其中'风鸡白切拼盘'里的风鸡，要在秋末冬初，提前两个月，把它'风'好。家里有现存的，先用着。鸡怎么'风'，我会告诉你步骤，你以后找空当，再试着做。其他的菜，原料都是现买现做的。除了这二十个菜，另外还有一些菜，多数是素的，属于'眼目见识'，一听就会，我抽空说给你听，不用手把手教了。"

又说：

"不必着急。我刚才说，每个菜用三天，是大概数字。可以长，也可以短，主要看效果，不限定天数。今天你们路上辛苦，先休息。明天正式开始吧。"

弟弟何寿地傍晚回来，兄弟俩到旁边说话。

何寿地说：

"你们昨天早上回上海以后，我下班赶回来，陪爸妈吃晚饭，看见妈脸色那么差，突然之间，人老了好几岁，我吓了一跳。三口两口把晚饭吃了，匆忙赶回去，给市医院姚院长打电话，说了这件事情。姚院长说，这是这种病症最后阶段常见的情况，往下，还可能出现'断崖式恶化'。具体症状是：今天还好好的，明天就不行了。或者，上午还好好的，下午就不行了。甚至，一个小时前还好好的，一个小时以后，就不行了。让我们心里有个准备。姚院长又解释说，他刚才说的，是最坏的情况。也有最好的情况，就是，身体一点一点发生变化。即使这样，不过多延缓一些时间。最终结果，仍然不可逆转。我跟姚院长把各项预后措施，又敲实了一遍。必要的时候，姚院长还会亲自过来一趟的。"

又说：

"我这边有一些情况。前两天你太忙，没有机会说。市里年前换了一把手，是从别的地方调过来的，年龄比我还小一些，资历和能力，却不是一般人能比。将来应该还会有更大的空间，升到更重要的岗位。政界的事情，你当然比我懂。一个地方，新换了一把手，总会有一些风会吹起来。这股风竟然吹到我的头上来了。有传言说,我即将调整到市委党校,担任常务副校长。市委组织部是要害部门。我虽然是副部长,后面还带着括号,是正局级。根据以前的惯例,从我这个位置出去,要么担任重要部局一把手,要么再上一层楼,提拔副市级。市委党校校长由市委副书记挂名兼任,常务副校长实际主持工作。我平挪过去,相比前任的安排,要差了许多。"

耐心听弟弟说完,何寿天劝了一劝:

"寿地,一把手换人,风声四起,这种情况并不奇怪。不过,所吹起的这些风,有些属于凭空而起,有些属于事出有因。我的看法,作为当事人,用耳朵听听可以,放在心里去揣摩,就没有必要了。进入政界,提拔得快,不断进步,是实绩好和能力强的证明。可是,升迁再快,进步再快,职务也有个尽头。到了年龄,一切都会还回去。我刚刚退休,是过来之人,深有体会。我们兄弟之间,我当然不会跟你讲冠冕堂皇的大道理,而是肺腑之言,有话直说。依我看,对这股风里的传言,你不妨听之任之,顺其自然。如果留在原处,你就继续把手头的事做好。如果传言成真,去了党校,你的第一要务,应该是适应新环境,想出新办法,把那里的工作稳稳当当挑起来。"

说到这里,父亲那边招手,便一齐走进中屋,坐下来吃晚饭。

二十四

从第二天起,邵亚芳开始学做记在纸上的那二十个菜。

母亲说:

"我们小时候,大人并没有手把手特地教过。逢年过节,大人在忙,我们站在旁边,一声不响,拿眼看着。或者我们忙自己的事,走过来,走过去,有意无意之间,扫上一眼两眼。所谓'看在眼里,记在心头,融化在行动上',年长日久,潜移默化,不会做的菜,也会做了。这件事情,说易也易,说难也难。有些环节,我是可以说给你听的。"

先说做鱼圆:

"必须用一条新鲜螺蛳青,其他草鲩、白鲩,是吃草的,跟这种吃螺蛳的青鲩,无法相比。二三十斤。再大,肉粗了;再小,韧劲不足。刮去鱼鳞,从鱼头旁边两根指头宽处下刀,到鱼尾的距离,加了一根指头,是三指宽。削下这中间的两条背脊肉,断成大块。剩下的鱼头鱼尾并鱼骨头,留作熬汤另用。鱼肉摊放在砧板上,最好是百年以上的银杏树砧板,这种砧板,不夹刀口,不留木屑,不出歪味。先使一把宽背厚刀,斩成粗块,然后换用一把窄背中刀,切成小块,再换用一把狭背削刀,剁成细块。不用再换刀,就用这一把,不停剁下去,直到全部打成鱼泥。下面用蛋清,必须鸡蛋,鸭蛋、鹅蛋不可用,有腥气;必须将鸡蛋外壳先洗干净,脏了就有异味了;用蛋清搅拌好鱼泥。氽水最为关键,小火烧开,大火催旺,用汤匙舀起一团鱼泥,放进沸水,一旦成形,就用漏勺捞起,放在冷水里滗半个时辰,换水再滗。下沸水是有讲究的,手脚要快,成形就捞。迟了,吃口粗;早了,会散掉。滗在水里,也有讲究,必须是冷开水,若是生水,味道就两样了。正式下锅的时候,单用清水,不能用高汤,越清越好,一点油花也不要有。水烧开,下鱼圆,三到五分钟,把洗干净的菠菜,投进去,滚沸两分钟,菠菜碧绿生青,一星儿也不能见黄。盛在盆内,洒一勺镇江香陈醋。所有的味道,都出来了。"

再说狮子头:

"看似容易,其实很难。外形简单,内里复杂。五花肉,六瘦四肥,这个比例不能加减。瘦的多了,见老;肥的多了,见腻。跟剁鱼泥一样,先后三把刀,打成肉泥。还要放入姜、葱、蒜,也就这三样天然材料,不要放味精。所有的菜,真正讲究的,都不放味精。姜葱蒜打成泥状,搅拌好。荸荠削去外皮,用第三把刀,打成泥糊,拌进去。加鸡蛋清,一起顺时针搅拌,逆时针也行,总之,必须一个方向,不能半途变道。关键是下油锅,放下沸油,肉圆只翻两个身。翻三个,老了。翻一个半，烧烩的时候，会散掉。"

说樱桃肉：

"肉丁、白果，倒不必太讲究。必须用山芋，不能用马铃薯，两个甜度不同。白果微苦，要用山芋去遮盖。这个菜，也就这一个关键点。"

说烩鱼羹：

"必须是活鲫鱼，其他鱼，会少一种滋味。开水汆熟，剔出鱼肉丝，只用鱼肚上的，其他地方有细刺，怎么剔，难保剔干净。吃在嘴里味道不正事小，卡在喉咙里事大，防不胜防。要用山芋粉丝，外相难看，吃口爽朗。还有一个'烩'字，先下粉丝，再下鱼肉丝，鸡蛋连黄打拌均匀，兜住一点点芡粉，下到滚汤中，看到汤花翻起来，随即倒入一勺山西老陈醋，满屋喷出香气。"

说风鸡：

"拔去鸡毛，洗干净，用一只竹蒸屉，铁的，钢的，铝的，会走味。蒸熟，冷透，切块装盘，不放盐，不放任何作料蘸酱，才是原味。"

说了几样主要荤菜，改说素菜。

说冷拌药芹：

"必须是药芹。土芹，西芹，都不能用。一般人分不清，其实非常简单。关键在一个'药'字上。有'药'的气味，就是'药芹'。没有的，就不是。这种药芹，长得不是很大，一根筷子长短。再长，哪怕有药味，也不对，肯定很淡，其实是变种了。院子墙角里，长得不少，你们可以走过去，蹲下身子，用鼻子闻一闻，以后就不会弄错了。"

说清烫腊菜：

"一个是季节，必须是腊月里，就是现在，迟了早了，都不行；另一个，是现拔现做，开水烫好，切碎，放入蛋皮，装盘，上桌，闻得见鲜活的滋味。可惜在大城市里，是没有这种条件的。"

前面两个菜，还算顺利。婆媳两个人一道，先去菜场采购，回家择洗干净，进到厨房。何寿天也进去，做做帮手。按照原来说好的次序，母亲先动手做。邵亚芳站在旁边看，不懂的地方，问一声。第二天，邵亚芳动手，何寿天仍然当下手，母亲在一旁指挥，有不对的地方，提醒一声。第三天，母亲在西厢房休息，或者坐在院子晒太阳，邵亚芳独自操作，何寿天还是帮着递拿东西。两个菜学完，母亲的身体有了变化，走路有点喘，不能去菜场了。由何寿天陪着邵亚芳到菜场采购。这两个菜，母亲进了厨房，身子还能稳稳地站着。再下面的两个菜，母亲有些吃力，右手拿铲用勺的时候，左手要按在灶台边沿上，借一把力，才能把这个菜教完。接下来三个菜，母亲不但站不住，连使用铲勺也十分吃力。就搬了一张椅子，扶母亲坐在厨房里。母亲嘴里教着，邵亚芳学着。不对的地方，指出来。第二遍学做的时候，母亲不进厨房，就坐在西厢房床上，口头说一遍，邵亚芳再进厨房做。学到最后两个菜，母亲终于撑不住，半倚在床头，把两个菜的关键地方，说给邵亚芳听，邵亚芳再进厨房试着做。这两个菜也学完了，何寿天和邵亚芳都松了一口气。

二十五

掐指算算，眨眼之间，将近两个月过去了。细看母亲身体，市医院姚院长说的那种"断崖式恶化"，虽然没有出现，但是，母亲全身上下，暴瘦了一层框架。脸上的五官，也瘪陷了下去。以前，母亲每天在床上躺两到三个小时，其余时间，可以下地走一走。现在，每天只有两到三个小时下地走走，其余时间，都躺在床上。往下，每天在床上的时间，越来越长。又过了几天，不能自己下床，要人扶着，才能坐到院子里，晒一会儿太阳。

这一日天气晴好，时近上午十点，搬了四张椅子，放在院子正中。扶母亲到院子里，在中间靠左的那张椅子上，放了一块布垫，让母亲坐在上面。让父亲坐在中间靠右这张椅子上。何寿天和邵亚芳两边坐下，陪着父母，一边晒太阳，一边说话。说了一会儿无虑，再说了一会儿闻芳,又说了无恙的学习,说完了。又说一些别的闲话。感觉母亲累了,不再说话,静静地坐在阳光下面。

忽然看见一颗人头,从大门那边,朝院子里探了一探。这个人的后面,似乎还有人。何寿天抬头细瞅,是一个中年女子,依稀熟悉。再仔细看看,想起来了,这是老宅的邻居,人称蔡二娘子。接着,想起了她的小名:吕三丫头。跟在蔡二娘子后面的,是一个姑娘。也想起来了,是她的女儿,名字叫蔡明芳。

见来了客人,何寿天和父亲以及邵亚芳,都站起身来。那边母亲还要起身,蔡二娘子急步上前,一把按住。

蔡二娘子说:

"你老人家坐着,不要动。我和明芳是来看望你的。你身体不舒服,又是这个年纪,站起来迎我们,不但显得我们没有礼貌,还会折我们的寿的。"

又说:

"早就说来看望你,只因手头的事情多,昨天推今天,今天推明天,明天又推后天,后天又推大后天。一天推一天。为什么会这样呢,说明我们心不诚!今天大早,我跟明芳说,不能再推了,再推,我们就没有脸在这个世上做人了。不要说今天是个大晴天,哪怕刮风下雨,起雷暴,下席子一样的雪花,掉拳头大小的冰雹,卤老鹅摊子上一个钱也卖不出去,在晌午之前,无论如何,也要收收叠叠,到何老爷子家走一趟,看望何老太太。"

母亲说:

"谢谢你们还念想着我。其实不必来两个人,来一个人,或者托人带一个口信,意思说到,我就心领了。你们的卤老鹅摊子,开业还不到两个月。俗话说,万事开头难。眼下正是最吃紧的时候,一丝一毫不能松懈的。过一阵子,等你们三拳两脚打开一片江山,来买你们卤老鹅的客人,稍稍稳定下来,那个时候,再找个机会,我们娘儿三个坐着,一起说说话,倒是可以的。你看太阳刚升起来,中午还没有到,娘儿俩丢下一大摊子事情，倒来看我这把老骨头，岂不要耽误了正经生意？"

拿了两张椅子，请母女二人坐下来说话。

蔡二娘子说：

"古话说，'喝水不忘挖井人'，饮水思源，知恩图报，这才是做人的根本。没有你们何家，哪有我们蔡家的卤老鹅摊子？我有一天到镇上赶集碰到何老爷子，他老人家看到我一身破衣烂裳，十分不忍，叫住我说：'据我所知，你公公的父亲，有个卤老鹅的手艺，也是你们蔡家祖传的独门秘技。我小时候，估计七八岁不到，吃过你公公的父亲做的卤老鹅，那个味道，天下一绝，不但这辈子忘不掉，到跟你说话的这一刻，想一想，嘴巴里都要掉涎水。后来有一个阶段，不准私人做生意，你们蔡家卤老鹅，没了踪影。其中的秘方，想必传了下来。现在什么都放开了，镇上摊扒街往北，新造了楼房街路，比老早一座古镇的地盘还要大，一片热火朝天，你们为什么不试一试呢？像我这种一把年纪的人，至今只记得你们蔡家卤老鹅。后来的卤老鹅，那不叫卤老鹅，叫煮老鹅还差不多，味道真正难吃。'我说：'何老爷子说到我心坎里了。我们蔡家卤老鹅秘方，我婆婆临去世的时候，确实亲口传给我了。其中的奥秘，除了一个方子，最最关键的地方，是必须有老卤兑进新卤。用新老两种卤水制成的老鹅，才是独一无二的。每次做卤老鹅的时候，取一点老卤，放在新卤里面。同时取一点新卤，兑进老卤里，这样，老卤的分量不会减少。据我婆婆讲，不知从哪一辈祖上，传了一坛子老卤下来，直到我公公的爸爸手里。后来不准私人做生意，这坛老卤，装在一只古坛子里，埋在家里的一个地下。我回去拿锹挖挖看。能挖出古坛子来呢，就试一试。挖不出来，就只能做梦时想一想，无可奈何了。另外，即使试成功了，一来呢，我们手头没有多余的钱；二来呢，我们是乡下人，不熟悉镇上的世面，想弄一个门面，只怕比登天还难呢。'何老爷子说：'你只管去试，成功了，可以来找我，都好说的。'我回家以后，按照婆婆临走时留的嘱咐，从灶膛后面挖下去。觉得有硬东西，是一块大石板。石板的下面，是一口比水桶粗一点的中缸。中缸里放着一只小缸。小缸里放着一只小坛子。抱上来，最上面是一层油布。油布下面是油纸。油纸下面是黄表纸。揭去油布、油纸和黄表纸，打开盖子，一股扑鼻香味，直冲到房梁顶上。从第二天起，用家养的一只鹅做了试验，自家人先尝了一尝。果然是人间美味。又试了一只，趁着炭窑顶上刘家只有刘老爷子一个人在家，送了一小盘，请他尝味道。刘老爷子吃了一块，忍不住喊了起来，嚷着说，他还是十一二岁的时候，从我家明芳老太爷手里，吃过一次，后来再也没尝过。我们心里有了底气。从何湾养鹅的老周家，赊了三只老鹅，卤好了，存在一只瓷盆里，上面盖几张荷叶，用一只竹篮挎着，到镇上摊扒街往北的市场上转悠。一开始没有人搭理，后来荷叶漏了一条缝隙，香味溢了出来，被人嗅着了，把鼻头伸探到竹篮里，看见了我们的卤老鹅，差不多要动手抢了。三只卤老鹅，恰如风卷残云，眨眼工夫，就卖光了。用这三只卤老鹅卖出的钱，还了养鹅老周的赊账。剩下的，再加上赊的，总共拿了六只老鹅。卤好，挎了两只竹篮，刚过了摊扒街，昨天买的那几个人，正伸长脖子，东张西望，等着呢。也抢光了。这个时候，想到租一个小门面，把生意做大一点。看来看去，十字路口有一家店门正在寻租。上前接洽，哪里晓得，我们乡下人，人家不放心，不肯租给我们。只能惊动何老爷子。何老爷子是什么人，他老人家，当年是做官的。两个儿子，也都是读书做官的。也不用何老爷子签字画押担保，只是到场出头露个面，人家十二万个放心，还打了折扣，优惠租给我们，一租就是五年。有了这个十字路口的好门面，刚才何老太太说过，开业还不到两个月，不说日进斗金，以前见也没有见过的大钱小钱，像涨春水里的鱼群，头接着头，尾接着尾，往我们的口袋里钻。赚得我们不敢相信，以为每天在做春秋大梦似的。"

打了一个顿，说：

"今天早上，我对明芳说：'今天我们娘儿俩去看望何老太太，还要在那里叨唠吃一顿饭。听说何家大伯、大伯母也回来了，你何家大伯，不是个凡人，走南闯北，上京下府，吃过多少山珍海味。我们就带半只卤老鹅，请他品一品，相比他吃过的天底下最好的美味，我们家做的这样东西，会不会差在哪里。"

说到这里，中饭时间到了。蔡明芳提着手里的竹篮，跟着邵亚芳，一齐走进厨房。不一会儿，将半只卤老鹅切在盘子里，端到中屋堂桌上。果然阵阵香味。邵亚芳学着做好的菜，也端了进来。一齐起身，走进中屋，在堂屋里坐下。蔡二娘子母女在母亲肩下，跟何寿天夫妇对面坐着。蔡二娘子先搛了一小块，放在母亲碟子里。母亲挑了手指头大小的一块，放在嘴里，嚼了嚼，把头直点。

母亲说：

"这个味道真正不一样。我也算懂一点做菜了，吃了这个滋味，今后再不敢自说自话，王婆卖瓜了。"

一顿饭很快吃好，蔡二娘子母女，把头探进西厢屋，走进去，说了几句话，退了回来，再客气几句，告辞回家。

二十六

何寿天午睡醒来，洗漱好，跟邵亚芳一道进西厢房，母亲醒着。扶母亲起来，拿靠垫托在床头坐着。

母亲说：

"蔡二娘子母女，口口声声，不离一个'谢'字。其实，对于蔡家人，我心里有一个'愧'字，没有说出来。所谓'疾风知劲草，患难见贤良'，这句话，用在蔡家人身上，再贴切不过了。有一年，镇食品站要招一个临时工，蔡二娘子的公公蔡福成，有一身斩杀活物的本领，找上门，请我跟你爸说，托你爸出个面，跟镇上食品站打个招呼，让他去当这个临时工。我嘴上应了，不承想，还没有来得及说，遇到了世道变化，起了一场风浪。你爸未能幸免，被押送到一个叫五岔冲的地方，停发工资，监督劳动，整整两年。我一个人，带着寿天寿地弟兄两个，没有一个钱进账，家里有上顿没有下顿。最艰难的时候，眼看要饿死了。老宅周边的邻居，自顾不暇，想帮我们，有这个心，也没有这个力。万万没有想到，出手相助我们的，竟然是蔡福成。前前后后，帮了我们家三次。第一次，他帮人杀猪时，弄了一副猪胰子，还带了拇指大一块猪油。第二次，他帮人杀狗时，弄了五脏六腑给我们家。第三次，帮集体剖鱼时，弄了一堆鱼子鱼肚泡。有了这三次资助的东西，我们娘儿三个，才逃出鬼门关，侥幸活了下来。每逢我想感谢，一个'谢'字还没有说出口，蔡福成反倒说：'食品站临时工的事情，虽然世道变化，没有成功，何大伯出面招呼过，也是人情。这个恩，我是要报的。'我听他这些话，脸上撑着，心里十分惭愧。"

听到这里，感觉母亲有些累了，便劝了几句，让少说点话，多躺着休息。

母亲说：

"我自己的身子，自己有数。我奶奶，就是寿天的外太太，活了六十一岁。我妈妈，寿天的外婆，活了七十一岁。我今年八十一周岁，比寿天外太太多活了二十年，比寿天外婆多活了十年。我应该知足了。依照传统，人是按虚加两岁算的，我虚岁八十三了。'八十三，七十四，阎王不请自己去'。我活在人世的日子，屈指可数。小时候，常听老人讲，人生在世，这一辈子，吃多少东西，穿多少东西，享多少福，老天爷分派给各人，都有定数。过了那个定数，人就差不多了。我这一辈子，该吃的，该穿的，该享的福，一毫不缺。只有两个地方：一是我平时不爱跟人交往，闷在家里，连四坊邻居也不多见面；二是我不爱说话，老天爷命定让我说的话，肯定有节余。因此，我的剩下来的这些日子，来探望我的人，不管是谁，来者不拒，多多益善。来人的时候，我会嘴巴不停，把老天爷分派给我的，这一辈子该说没有说的话，都说出来。你们不要奇怪，更不要阻拦我。"

又说：

"蔡二娘子母女临走时说过，会叫何湾老宅周边的邻居来看我。我没有拒绝，还提醒她，最好分头来，不能一拥而至，有时候太热闹，有时候太冷清。我还让她提醒来的人，不要太早，也不要太迟，将近中午的时候，来停个脚，说几句话，顺便吃个中饭。她也答应了。从明天起，何湾老宅的邻居，会陆续登门。我精神好的时候，撑坐在床头，说几句闲话。精神不好的时候，见一面，点点头。哪怕睡着的时候，不用把我喊醒，探个头，我心里是知道的。凡是来的人，一律以礼相待，请吃一顿中饭。每天中午，亚芳把学过的二十个菜，轮流做一遍，客轻客重，都不要加减，碰上什么菜，就吃什么菜。"

又说：

"我从前天起，有些不对劲了，心里觉得有些搅人，身上各处细微疼痛，还找不准实在地方。这两天都忍着，没有说出来。估计往下，会忍不住的。你们给寿地打个电话，找个医生，到家里来看一看。医生怎么说，你们怎么做，都不用问我，由你们决定吧。"

寿地带市医院姚院长半个小时后赶到，何寿天上前招呼，一齐进屋看母亲。听了心脏，测了体温，又问答了几句话。

姚院长说：

"上年纪的人，总归有这里那里不舒服，都不是大问题，不要紧的。"

送到门外，又往前走了一段路，姚院长停下了。

姚院长说：

"刚才当着老人家的面，我不好说实话。应该属于最后阶段的症状了。这还是好的。往下，会一天比一天难。我的看法，既然没有食欲，拖下去，也不是办法。不如从明天开始吊水，加一些增加营养的药，维持身体的日常必需。我另外开一种药，是处方药，进口的。这种药，缓解最后阶段的疼痛，有特效。这是它的优点。它的缺点，是人体容易产生抗药性。通俗地说，第一次吃，立竿见影。第二次吃，效果差了，得加大剂量。因此，请务必注意，能不用的时候，就不要用。一开始剂量要小，慢慢增加。除此之外，这种药容易成瘾，属于违禁品，非医嘱，不能随便购买。增加到一定的量，对身体的副作用加大，就不能再加了。我会具体掌握，你们放心就是了。"

又说：

"镇医院那边，我落实好了，安排了两个业务最好的年轻护士，一替一换。明天上午九点，护士会准时到，你们在家等就行了。护理员是市医院的，绝大多数是男性，只有一个女的，业务好，态度也好。我亲自找她谈过，需要的时候，由医院派车接送。其他还有什么，请随时打我电话。"

说毕，告辞走了。

兄弟俩回到西厢房，一左一右，坐在了母亲倚躺着的床边。

何寿天说：

"姚院长说，从明天上午开始，吊两个小时的水。里面会加一些东西，主要补充身体营养。妈要是感到特别难受，随时告诉我们，姚院长准备了一种进口药。不过，姚院长也说了，'是药三分毒'，对身体有好处，更有坏处。能不用，尽量不用。"

母亲说：

"吊水的事情，听你们安排。我虽然有些不舒服，但还没有到吃药的那一步。实在忍不住的时候，我会跟你们说的。"

第二天上午八点五十，镇医院来了两个人。一个中年人，约莫四十岁，是镇医院的院长，姓黄。一个年轻的女子，二十岁出头，护士，姓张。

黄院长说：

"小张读卫校时，得过全校技能比赛第一名。她是青铜镇人，说起来，你们可能认识的。"

小张说：

"我就是青铜镇上人。太爷爷那一代，是卖锅的，老店铺就在古石桥往北数第八家，人称'张家锅店'。我们现在住在摊扒街往北新建的小区楼房。我小时候，其实是见过何爷爷何奶奶的。"

母亲说：

"麻烦姑娘了。你太爷爷当年做生意，是一把好手。最讲的是诚信。别人买了他的锅，回家用了，有不称心的，随时可以调换。我看你长得漂亮，手艺又好，回到小镇上来，委屈你了。"

黄院长说：

"小张是有机会留在市医院的，她的男朋友，是同班同学，在镇上中学当物理老师。两个人要团聚，她才回到镇医院来的。"

这边说着，那边小张已将输液针管扎进血管，用胶带固定好。又用手指，在针头的两边，轻轻抚擦了一会儿，再加一条胶带，固定住。

小张说：

"这一瓶，需要一个小时吊完。何奶奶躺着，记住这只手不要乱动。家里另让一个人，守在旁边，就行了。我等一会儿过来。有事情，随时打我手机，镇医院离这儿不远，几步路就到，不必担心的。"

跟黄院长一道走了。

二十七

两瓶水吊完，已近中午，看母亲精神好了一些。忽听门口有人说话。见父亲领着一个瘦子，年纪二十岁上下，走进西厢房。何寿天拿靠垫放在床头，扶母亲坐起来。

来人说：

"何奶奶，我是何湾王正杰的孙子，我叫王桂生。我爷爷听说你不舒服，本来自己想来看望的。只因他三天前赶猪回家，脚下一崴，摔在地上，爬不起来。我们以为他骨折了，找人帮忙抬到医院，拍了片子，医生说不是骨折，是脚踝扭了筋，又抬回家。人虽然不要紧，但只能躺着，脚不能沾地。昨天傍晚，卖卤老鹅的蔡二娘子到我家来，我以为她是来看望我爷爷的，心里还纳闷，我们王家跟她蔡家，并没有交情，平时不太来往的,她今天怎么这么客气呢?蔡二娘子告诉我爷爷说:'何家老太太身体不舒服,我和我家明芳,今天中午去探望过了,还叨唠了一顿中饭。你家跟何家一向不错,我来捎个信,愿意呢,就抽个空跑一趟。不愿意呢,或者忙得脱不开身呢,托人带个口信,也是一场邻居。如果去的话,不要太早,也不要太迟,临近中饭的时候,进屋说几句安慰的话。何家是大户人家,待人接物不像普通老百姓,肯定会留你一顿中饭的。你们去过,回来以后,顺便跟外窑塘边上的赵三家说一声。说不说,由你。去不去,由她。'蔡二娘子走后,我爷爷把我叫到床前,说:'我今年活到七十五岁,其实在二十二岁那年,就应该死了。多活的五十三年阳寿,不是老天爷给的,是何家老太太给的。没有她,我的骨头,早就变成泥,化成灰了。按照道理,我应该自己去的,只恨这双脚不争气,动弹不了,你替我走一趟吧。就按蔡二娘子说的,快中午的时候去,要留你吃饭呢,不要推辞,顺便吃一顿好饭好菜。'我就来了。"

母亲说:

"刚才你进屋,还没有开口自报家门,我心里突然跳出一个人,就是你爷爷。你爷爷这个瘦子,不但在何湾,在四乡八村,再找不出比他还瘦的。我看见你,想到你爷爷这个年纪的模样,活灵活现。你爷爷说,他能活到今天,幸亏我当年救了他。这些话,你们做小辈的,听听就行,不要相信。一个人的阳寿,全靠自己修行,外人是帮不来的。你爷爷念旧,让你来看望我,这份心意,我领了。正好吃中饭的时候到了,你不要走,坐下来,吃一顿便饭。让你何爷爷,还有你何大伯、大伯母陪你一道吃。我病成这个样子,没有胃口,也坐不住,就不陪你了。回去以后,也代问你爷爷一声好,让他多多保重。"

又说了几句闲话,将王桂生请到中屋,坐在堂桌前,端上饭菜,吃好。王桂生进西厢房打声招呼,回家去了。

中午邵亚芳守在西厢房,何寿天午睡醒来,进屋替换,让邵亚芳到南厢房歇一会儿。邵亚芳不肯,便一起坐下来,陪母亲说话。

母亲说：

"中午何湾老宅邻居王正杰的孙子说的话，有一点影子。这个王正杰，因为生得不是一般的瘦，大家不叫他名字，给他起了一个绰号'王猴子'。他二十二岁那一年，碰到大饥饿，何湾的邻居，家家有人折损。先是老人、小孩，后来蔓延到了青壮身上。跟王正杰一般年龄的，倒了好几个。有一天，王正杰看见自己身上有了浮肿，晓得大祸临头。他想活一条命，便抛开人间正理，想到一个'偷'字。看看周边邻居，家家户户一个样，全部清汤寡水。想去外地，但两条腿灌了铅似的，走不远了。走投无路，只能原地作案，打起了我们家的主意。你爸爸吃公家饭，那个时候，寿天刚出生，还没有寿地，我们一家三口，是城镇户口，每个月各有二十五斤半定量供应。虽然不是大米白面，是玉米糁、山芋干，毕竟是救命的粮食。我们家老宅的北墙上，有一个小窗户。说是窗户，冬天糊一张白纸，透个亮；夏天就敞开着，透个风。比巴掌大一点，猫能钻进钻出，一只中等大小的狗，也挤得进。换作是人，就容不下身了。何湾只有一个人，就是今天来的这个孩子的爷爷，王正杰，曾经跟人打过一个赌，从我们家老宅北墙窗户里钻进屋，结果他赢了，赚了一包荷花牌香烟。王正杰逢到大饥饿年头，饿得眼冒金花，打我们家主意的那天晚上，是个黑月天。他顺着北墙上的窗户洞，往屋里钻。这一次，不比那次打赌，不行了。一是他肚子几天不进油米，是空的，没有力气。二是身上有了浮肿，一颗头和两条膀子，进来了，后面的屁股碍事，卡在那里，既进不来，又退不回去。我早就听到动静，你爸爸在外地，我一个人带着寿天，仗着年轻力壮，并不害怕，抄了一根棍子，拿在右手，左手端着一个豆油灯，走到跟前，用灯光一照，原来是住在外窑塘东边的王猴子。王正杰看见我手里的棍子，只喊'饶命'。那个时候的人，饿疯了。有一口吃的，留在阳世。没有一口吃的，走去阴间。从别人嘴巴里'偷'食物，跟杀人放火一样的罪过。何湾周边的村子，有过几桩窃案，当场抓获，懒得送官，一阵乱棍齐下，即时毙命。王正杰担心我兜头给他几棍子，或者叫人过来，都是一个死。那天晚上，也算他命大。

你爸爸托人带信，说他赶回来。我把家里积存下的一点红糙米，煮了一碗饭，等你爸爸回来吃。等到一大晚，没有等到。就拿一只瓷盆，把这碗饭，放在瓷盆里，再放到水缸里凉着。这是没有冰箱的时候，民间保存食物的一种土办法。那天晚上，我开始确实想拿棍子，把王猴子敲死。或者把他交给大众，要他的命。听到他声声哀号，再看他一脸浮肿，我这颗心软下来，改变了主意。我放下棍子，到灶间点火烧柴，拿出那碗红糙米饭，还舀了一调匙菜油，放了一小把盐，做了一大碗油炒饭，端过去，放在地上。再帮一把力，将王猴子拽了下来，让他坐在地上，吃了那一碗油炒饭。这个时候，已是春天末尾，撒种在地里的萝卜青菜，很快长出来，救了人的饥荒。王猴子，也就是王正杰，吃过那碗油炒饭，多挨了一些日子，等到了地里春天的收成，填充在肚子里，逃过了一场劫难，活了下来。那天晚上，我跟王正杰之间曾经有过约定。我说：'王猴子，今天这件事情，到此为止。你不要对外说，我也不会告诉任何人，只有天知、地知、你知、我知。除了这四个，再不会有第五个知道的，明白吗？'他点点头，趴在地上，连磕了好几个头，走了。这件事情，眨眼之间，五十几年过去，我早就丢在脑后，忘得一干二净了。没有想到，今天王正杰叫他孙子来看望我，提起来，倒让我想到了往事。人到这个年纪，王正杰既然先开了口，不讲避讳，我就不用替他再遮着掩着，索性把这桩旧案，从头到尾，告诉你们。"

二十八

这天上午，小张来吊好水，说：

"明天我休息，由小赵换我的班。小赵跟我同龄，是我卫校同班同学，还住同一个寝室。小赵也是一把好手，学校举行技能大赛的时候，她的实力远在我之上。因为是好朋友，她故意让了我一手。结果评定下来，我俩并列第一。除了技术过硬，人也是很爽朗的。"

第二天小赵来，技术果然十分娴熟。插好针头，用胶带固定好，将针头附近按摩了一会儿，并不着急离开，坐下来说话。

母亲说：

"我听你口音，不是本地人。你年纪这么轻，练了一手好功夫，听说在学校比赛还拿了第一名。小张跟你并列第一，她在背后提到你，心服口服，认为你的真实本领，在她之上。我们这个小镇，巴掌大一点。小张回来，一来是她的老家，二来她男朋友在镇上当老师。说是委屈，也不算委屈。你跟小张不一样，到我们这个小镇，真正是委屈了。"

小赵说：

"我老家跟河南搭界，不要说跟南方比，就跟这儿比，也算很荒僻的地方。放眼望去，一大片黄土。我考上卫校，就是想离开家乡。最初的想法，大城市留不住，中等城市也行。我开始报考的是市医院，笔试得了第一名，面试出了点意外。我是外乡人，两眼一抹黑，面试时坐在台上打分的，一个熟人也没有。面试下来，两项成绩相加，原来的第四名，升到第一。第二名还是第二。第五名变成第三，第三名降到第四。我呢，变成了第五。指标只有四个，我就落选了。小张告诉我，镇医院正缺护士，不用考试，可以直接聘用。她劝我暂时先在这儿干一段时间，作为临时容身之处，等市医院下次招考，再试一试，拼一把。我听了她的话，就来这儿上班了。"

又坐了一会儿，叮嘱几句，告辞走了。

中午来人还是何湾老宅邻居，名叫赵填香。

赵填香说：

"我爸爸叫赵殿才，排行第三，大家叫他赵三。我妈妈娘家姓孙，嫁给我爸以后，名字叫赵孙氏，左边这只眼睛不太好。何湾跟我家关系好的，喊我妈赵三娘子。跟我家关系不好，或者做人促狭的，背地里喊我妈'独眼龙'。我父母住在外窑塘边上。那儿的老房子，后来给了我哥哥嫂嫂住。我哥哥五年前得病没有治好，去世了。现在是我嫂嫂带我侄儿侄女，住在那里。我跟丈夫从贵州回来以后，在你家老宅对面的新河埂上，砌了三屋一厨房子，土坯垒的墙，茅草盖的屋顶。我爸爸妈妈，一个十年前，一个八年前，都去世了。我爸妈在世时，经常提到你们何家对我的好，我一直铭刻在心底，不敢忘记。昨天王正杰的孙子王桂生到我家来，说何大娘身子不适宜，卖卤老鹅的蔡二娘子前天来看望过了，捎信给他。他昨天中午也来看望过了，捎个信给我，问我要不要抽空去一趟。我听了王桂生的话，恨不得抽自己几巴掌。我们赵家，特别是我，应该第一个来看望。落在蔡家王家后面，成了第三个，真正是做人的愧疚。王桂生刚把话说完，我就慌急忙乱着换衣裳，要往这边赶。王桂生说：'你今天就不要去了，明天近中午的时候再去，何家一向好客，就在那里吃一顿中饭，说说话，再回来。'我说：'我们赵家，特别是我，跟何家之间，是不一样的。万一再被别人家赶在前面，我这张脸，今后还怎么见人？'王桂生说：'何湾知道何家老太身体不舒服的，你是第三个。前两个一个是蔡二娘子，一个是我，都看望过了。你不用担心另有别人抢在前头。再说，大家分头去，不至于簇拥在一起。热闹的时候，太热闹。冷清的时候，太冷清。如果一天从早到晚，看望的人头接头尾接尾，何家不好接待，何家老太的身体也吃不消。'我听了他这番话，觉得有道理，就改成今天来了。"

又说：

"我跟王桂生说的话，只说了一半。更重要的话，藏在肚里，没有说出来。要留着，当面说给何老伯、何大娘听。今天何家大哥大嫂在，一齐听了，更好。当年，没有何老伯一句金口玉言，阻拦住我爸爸，我恐怕早就不在人世，几十年前，就拿了一把剪刀，或者一根绳子，到阎王老爷那里去报到了。即使活着，肯定也是活成畜牲模样，不像一个世间的人了！"

还要往下说，被父亲截断话头，插道：

"填香姑娘，你言重了！我当年不过是多了一句嘴，话说出来，到底对不对，有没有可能，自己心里也没有底。再说，也就是一句话而已，关键是你爸尊重我，把我当个人物，言听计从了，才有后面的事情。要说功劳，谈不上。更不要说什么'金口玉言'，这里说说不要紧，别人听了，不明白来龙去脉，会笑话我的。说到底，你有今天，还是靠你本人。如果换成另一个人，跟你同样的年纪，同样的遭遇，即使有我那句话，她父亲也听了我的劝，并不一定能有跟你一样的今天。"

吃了中饭，赵填香进西厢房招呼几句，告辞走了。

何寿天午睡起床，猜测母亲会提到中午赵填香家的事情，进了西厢房，父亲和邵亚芳都在。坐下来，等母亲说。

母亲说：

"我感觉有些累，说不动话了。赵三家的事情，你爸是当事人，你们听他说吧。"

父亲说：

"赵三的女儿赵填香，开口闭口，说要感谢我。其实她真正要感谢的，不是我，是你妈。你妈不让我告诉外人，我只好说给你们，自己家里人听听吧。"

又说：

"赵三这个人，本性还好，只有两个缺点，一是耳朵根子软，没有主见，不管是什么人，说什么话，他一律点头哈腰，觉得说的在理。二是穷了一辈子，没有见过大钱。赵三女儿，就是中午来的赵填香，十七虚岁的时候，有一天，赵三碰到高岗上高庄村的蒋二麻子。这个蒋二麻子，说他头顶流脓，脚底生疮，一点也不折损他。蒋二麻子说起话来，十句有九句半是谎话，还有半句，是假话。这一天，蒋二麻子就给赵三出主意，说有人正在觅一桩好亲事，谁把女儿嫁给这个人，这个人愿意当场掏五百块钱。赵三从小到大，也没有见过这么多钱。心动了，承诺把女儿赵填香嫁给这个人。回家告诉老婆赵孙氏，赵孙氏长相不好，左眼是瞎的，心眼倒是挺仔细，觉得天上掉馅饼，说不定是个陷阱。万一嫁了个断腿少胳膊，或是七老八十的，女儿后半辈子，怎么活呢？就防了一手，让赵三找蒋二麻子，说那个人既然来了当地，不妨见一见面。蒋二麻子一口答应，带了那个人来。上下打量了一番，虽然身材矮小，面容乌黑，但脸上精神，身上力气，都还不缺。于是当场拍板，第二天洞房花烛，这边一手交人，那边一手交钱。那个男的又提出，顺便把女方户口一起迁走，免得以后再费事多跑一趟。赵三同意了。当时我们还住在何湾老宅里，我正好休假回来，晓得其中必有蹊跷。转念一想，赵三这个人，见了整整五百块钱，恐怕只看见钱，听不进别人的劝。你妈说，赵三嫁女儿这件事情，是劝阻不了的。人心都是肉做的，看看赵三的女儿，很懂礼貌，平时碰上，都会尊叫一声'何大伯''何大娘'。看她脸上，也有些福相，应该给姑娘留个余地。这样吧，你去吃喜酒的时候，把赵三拉到旁边，其他话就算了，就多一句嘴，告诉他，女儿户口暂时不要迁，等女儿到了那边，先看一看再说。我按照你妈的话，当晚赴赵家婚宴，赵三喜出望外，一来我是吃公家饭，大小也是个乡镇的头脑，我亲临现场，长了赵家颜面。二来，我出了三块钱礼钱，是最多的。趁着赵三对我千恩万谢，我拉他到一个没有人的地方，说了暂时不要把女儿户口迁走的建议。前面说过，赵三这个人，耳朵根子软，听谁说话，都觉得有理。马上找女婿和蒋二麻子说了，蒋二麻子听说是我说的，不敢吭声。女婿不同意，说：'现在不迁，将来还要再跑一趟，多花一笔路费，何必呢？'赵三觉得有理，又来问我。我走过去，当着他女婿，还有蒋二麻子，说：'你们下次迁户口的往返路费，我来出。'赵三听了，把头直点。那个女婿还要啰唆，被蒋二麻子呛了回去。当天晚上，进洞房之前，把五百块钱交了出来。第二天大早，赵三女儿跟着丈夫，一路跋山涉水，走了半个月，到了男方的老家。据赵三女儿赵填香返回何湾以后告诉别人，她从离家这一天起，就察觉苗头不对，男人的口袋里，除了车票，只剩了几张零碎小票子。路上的这半个月，可怜每天只吃一顿饭，还是半饥半饱。到了那里的家，在一个山坳里，满眼荒凉，前不见村，后不见店。两间泥墙草屋，搭着一个偏厦锅灶。进了房间，放着一张木床，底下铺的是稻草，上面盖的，不像棉被，全是破絮。赵三女儿赵填香赶了四天的路，爬上床，倒头就睡。突然被人弄醒，睁眼一看，正在弄她的人，不是她的丈夫，是另一个和丈夫差不多瘦小的陌生男人。赵填香是个烈性子，翻身起来，一脚把陌生男人踢到床下。再跳到地上，揪住那个陌生男人，扔出门外。她刚打开门，吓了一跳，原来房门外面，还有三个陌生男人，正排队等着。赵填香急了，冲进旁边的偏厦，从厨房灶头上拿了两把厨刀，右手一把，左手一把，逼到四个陌生男人跟前，问怎么回事。这个时候，她丈夫从另外一个房间走了出来。她将五个人逼在一处，挥刀追问。那五个人，说出了真相。原来这是五兄弟，因为讨不了老婆，五个人四处借债，凑了五百块钱，打算买一个老婆，五个兄弟共用。赵填香大哭一场，拿着两把刀，对五兄弟声明说，她只认自己的丈夫。其他四个，只认叔伯。如果谁有妄想，只怕人有眼睛，刀没有眼睛。又承诺说，四个叔伯借的钱，她和丈夫今后哪怕砸锅卖铁，做牛做马，苦一辈子，也会连本带利还清。从此以后，赵填香身带两把刀，人到哪里，刀到哪里。另四个兄弟，试了几次，想硬着上，弄个既成事实，始终不能得手，心慢慢冷下来，只得放弃了。赵填香觑准机会，带着丈夫，回到了何湾。她也算命好，正逢社会全面放开，撤队还村，土地承包到户，赵填香户口没有迁走，分得一份田。心里记着那四个兄弟的债，便在一小片承包地上，改种了蔬菜，挑到镇上去卖。辛苦了三五年，钱积攒足了，写了一封信，叫了另四个兄弟来何湾，办了一桌好饭好菜，买了两瓶洋河大曲，吃足喝够，把四个叔伯的欠账，连本带利，又加了一点钱，全部还清了。赵填香又建议那四个人，不要再窝在大山里，到大城市里打一份工，闯一闯。那四个叔伯，带着赵填香还的钱，还有她的建议，离开何湾，走了。赵填香和丈夫又辛苦几年，存了些钱。这个时候，她父亲赵三和母亲赵孙氏，先后去世，外窑塘边上的老房子，留给了儿子儿媳。赵填香用手里的钱，在我们家老宅对面的新河埂上，造了三间正房、一个偏厦，和丈夫，还有一男一女两个孩子，住着。几年下来，日子过得并不比何湾其他人差。赵填香每当回忆往事，总觉得后怕。想来想去，就把她能过上今天的日子，算在我当年多的那一句嘴上。说：'要是当年迁了户口，我怎么回得了何湾老家？即使回来，没有户口，就没有承包的土地，怎么活得下去？更没有我的今天了！'听到这里，你们也明白我一开头说的那句话了，赵三女儿赵填香，其实真正要感谢的，并不是我，而是你妈。"

何寿天听到这里，看见母亲睡熟了，朝父亲和邵亚芳打个手势，一起提踮着脚步，从西厢房退了出来。

二十九

从这天起，母亲声音逐渐嘶哑，从早到晚，说不了一两个字。人躺在床上，半醒半睡。慢慢变成睡得多，醒得少了。晴天的时候，扶架到院子椅子上，晒一会儿太阳。阴天下雨，出不了房门。何湾老宅的邻居，陆续有人来探望。最先来的几位，买了何家老宅的姚庆喜、后来从姚庆喜手里买了何家老宅的张有余、第三次接手买何家老宅的朱广发，这几个人来的时候，还能进西厢房说几句话。后面来的几位，藻塘边的周桂才，后庄李金仕、李金禄堂兄弟，只能进西厢房，站一站，打个招呼，说几句客气话。请到中屋，坐下吃中饭。吃好中饭，来人便告辞走了。又过了几天，老宅那边的邻居，各家各户，都有人来过了。

母亲身上感觉到疼痛。挨到忍不住的时候，何寿天将市医院姚院长开的进口处方药，掰了四分之一，让母亲服下。确实见效。过了一两天，四分之一的药量，扛不住了。改成二分之一，扛了两三天，又不行了。再加药量，每次吃一粒。往下，增加到每次两粒，三粒，四粒。到了每次五粒，不敢再加了。扛了几天，母亲身体突起变化，不喊疼了，人开始迷迷糊糊，摸摸身上，有些低烧。白天晚上，时不时说起了胡话。

打电话给市医院姚院长，把情况说了一遍。

姚院长说：

"都是最后阶段症状，不可逆转的。吃的药，五粒为止，不能再加了。疼痛感觉消失，其实是好事，病人处于迷糊状态，至少不会太受罪了。"

又说：

"生老病死，这是自然规律。老人家这个年纪，也是高寿，不必过分悲痛。相关的后事，倒是先有个准备为好。"

打电话给东乡小表舅，答应说马上就往这边赶。约莫半小时，东乡小表舅到了。进西厢房看过，回到廊屋里，正在说话，寿地赶回来了。何寿天让父亲和邵亚芳进屋守着母亲，这边跟东乡小表舅和寿地，走到中屋，坐在堂桌旁边说话。

小表舅说：

"目前的样子，估计在半个月之内。日子虽然不算长，却是你们做儿女的，最艰难的时候。有些事情，要先理出头绪来，心里有数，才不会出乱子。我先说一个题外话。你们从市医院请的这位护理员，技术熟练，加上院长的面子，态度也好。不过，每次市医院派车送过来，为我表姐洗个澡，换身衣裳，就要赶回去。这件事情，需要斟酌。一来呢，寿天和寿地毕竟是政界人士，特别是寿地，在本市担任现职，万一传出去，被别有用心的人，念了歪嘴经，添油加醋，反映到上级，或者传到社会上，就不好了。二来呢，我表姐病到这个程度，表姐夫夜里再陪在旁边，弄不好，也会被拖累，把身体弄垮了。这件事情，不能耽搁，从今天起，我表姐夫另换一个房间，才能休息好。我表姐这边，需要一个人夜里陪着，发生什么意外情况，有个照应。我因为常年在东乡主持办理红白丧喜，身边有一班帮手，包括专门陪护临终病人的。其中一个中年妇女，一般人叫她周三嫂子，今年四十出头，身强力壮，人还诚实，早年在市医院做过几个月护工。你家不是别的人家，又是我亲口派遣，她当然不敢偷闲躲懒，会更加用心的。我的想法，不如改用周三嫂子。每天擦身子换衣裳方面，不会比市医院护理员差。每天夜里，就请周三嫂子陪着。具体报酬，按市价，略作加减，怎么样？"

何寿天说：

"表舅到底是长辈，考虑得比我们仔细，就这么办吧。"

请小表舅随即给周三嫂子打电话，今晚赶到最好，今晚赶不到，明天大早务必过来。

再让寿地给市医院姚院长打电话，感谢一番，解释一下其中原因，叫护理员从明天起，不用再来了。这个电话也打过了。

往下商讨后事。

小表舅说：

"我表姐清醒的时候，不止一次说过，她的后事，要我来料理。我也亲口答应过。你们弟兄两个坐在当面，这件事情，看起来简单，因为存在一个环节，实际上有些复杂。处理不好，你们倒不要紧，会给我弄出麻烦，留下后遗症来的。要想把事情办好，不出差错，需要寿地出个面，给方方面面打好招呼，才行。我详细说给你们听，就明白了。"

又说：

"早些年，老百姓的婚丧嫁娶，本来属于民间自己的事情。哪家有事，无非左邻右舍出面，众人帮一个手，助一把力。事情结束了，家里有猪的，杀翻一口猪。没有猪的，宰杀几只鸡鸭，请吃一顿饭，各自归家，没有那么多讲究的。这二三十年来，上上下下讲经济，人们的要求也提高了，红白丧嫁这一块，不但有了收益，而且一年比一年可观，慢慢成了抢手的蛋糕。最初阶段，局面有些混乱，各有一帮子人，拼抓挤夺，互不相让，甚至红眉毛绿眼睛，当面弄刀，背后使绊，头破血流。过了那一阵子，大家冷静下来，觉得总是这样，也不是长远之计。于是各退一步，弄了个约定俗成，将地盘稳定住，各守各的边界，各吃各的食，'井水不犯河水'，从此相安无事了。"

继续说：

"地盘的具体划分，是按照青铜镇设区阶段的老区划。那个时候，全区下辖一镇四社，分别是青铜镇和东乡、蒋村、西北、武岗四个公社。土地承包以后，公社改成乡，名称改了，区划上换汤不换药，没有实际变化。后来撤区并乡，再撤乡并镇，将上述地方，合并成了一个大青铜镇。在我们婚丧嫁娶这一块，仍然维持原有格局不变。在我手上的，是东乡。镇上和另三个乡，各有其人。这两年，走上正轨，市里成立了'红白理事总会'，大青铜镇对应成立了分会，我们底下的，是小会。人还是原来的人，事还是原来的事。稍有不同的，从名义上讲，小会归分会管，分会归总会管。这样一来，有利有弊。利的方面，小会每年上交分会的管理费，是象征性的，不值三文两文。小会之间有了纠葛，分会出面协调，不至于面对面较劲，直接撕破脸，双方有个缓冲。弊的方面，是青铜镇上的分会，是由小会转改的，其实还是那几个人，相比我们，原来没有谁大谁小，比肩一样高低的。他们有了分会头衔，天长日久，把一颗脑袋慢慢昂了起来，觉得高我们小会一头了。平时跟我们说话，也变了腔调，居高临下，指手画脚，忘乎所以了。在这种情况下，如果未经允许，我到他们的地盘上插一脚，差不多是'老虎头上拍苍蝇''狮子嘴上拔胡须'，后果是不堪设想的。"

何寿天说：

"表舅的话，我听明白了。我们住在青铜镇上，属于青铜镇分会的地盘。由你出面办理我妈的后事，你必须先跟分会协商，征得他们的同意，对吗？"

何寿地说：

"有什么难的！我跟青铜镇一把手，还有市民政局局长，都很熟悉。需要跟哪边打招呼，一个电话过去，就是了。"

小表舅说：

"红白理事总会挂靠在市民政局，'县官不如现管'，不要说局长出面，一个科长撂句话，总会传递到分会，有谁胆敢不听？这个电话，青铜镇这边就不必打了，还是打给市民政局局长，从那里请一道金牌，最为稳妥。"

三十

何寿地掏出手机，正要拨打，被小表舅摇手拦住了。

小表舅说：

"寿地既然跟市民政局局长有交情，其实还有更重要的，就是选墓地，包括遗体火化。这两件事情，都绕不过市殡仪馆。馆长叫饶益方，很不好说话，民间背后称他'额头眼'。意思是说，他的一双眼睛，并没有长在应该长眼睛的地方，而是长在额头顶上。说起来，饶益方也属于大青铜镇人。他的老家，是跟我们东乡隔河相望的蒋村，他爸爸左腿比右腿短一点，走路一瘸一拐。他妈妈是个眯缝眼，把眼睛凑到别人鼻子底下，才能看清楚是谁。饶益方从小，家里穷得叮当响。十八岁那年，考上中专，搭上国家包分配的最后一班车。他没有门路，大城市留不住，随风飘荡，落回到本地。钻洞打窟窿，分配到市民政系统，又想留在市里，没有想到，被一脚踢到刚成立的殡仪馆。当时，人们都认定那是个晦气地方，谁愿意去？谁又敢去？饶益方有个初中女同学，长相漂亮，是蒋村的一朵花。饶益方从初一时开始追，追了几年，死纠活缠，女方父母看不起他家，一直不给实信。等他考上中专，认定要吃公家饭了，松动起来。虽然没有明口应允，但饶益方涎着脸皮，找上门的时候，睁一只眼，闭一只眼。饶益方到殡仪馆正式报到，领了第一笔工资，跑到街上，买了一只金华火腿，两包雪绒丝糕，两包杏仁酥，大包小包，来到蒋村女同学家。进门把礼物放到桌上，正想坐下来说话。没有想到，女同学爸爸，拎起桌上的东西，掼了出去。再把饶益方本人，推搡到门外，两扇门咣当一响，关得严严实实，丝缝不漏，连苍蝇也飞不进去。饶益方不死心，又去了两次。第一次，被女同学爸爸，拿了一根棍子，一阵乱舞，如同撵鸡吆鸭一般，只能落荒而逃。第二次，被女同学爸爸，手里捏着一把厨刀，追了几步。那把刀飞了起来，落在饶益方小腿上，把外面的裤脚管和里面的一层皮，削了下来，吓得屁滚尿流。从此无影无踪，不敢再露头了。过了不久，饶益方找了一个女人，正式结婚。他老婆别的没有什么，就是十五六岁的时候，害过一阵'花痴'病。可能因为这个隐疾，两人婚后一直没有生育。接下来的事情，所谓'世事无常，福祸轮换'，饶益方在殡仪馆待了几年，资格老了。这里只有他一个人是正式编制，负责人的位置空出来，谁也不肯来，只能原地解决，于是没得选，只有他。先是任命副馆长，主持工作。再过两年，挪成正职。恰好这个时候，人世间的两个字，一个叫'生'，一个叫'死'，发生了天翻地覆的变化。有关'生'的方面，与我今天想说的话题不相干，就不啰唆了。我要说的，是一个'死'字。原先哪家有人去世，虽然政策要求火化，不得土葬，但实际执行中，有松有紧。像大小城镇，很紧。农村乡下，很松。后来风声紧了，城镇乡村，一视同仁，必须火化。谁家不听劝，偷偷埋下土里的，也要挖出来，将一个肉身，烧成一堆白骨。这样一来，全市上下，一天死那么多人，只有一个火化的地方，就是殡仪馆，竟然变得十分抢手。有关系的，按时按点。没有关系的，排队等候。这个时候，墓葬也有了新规定，不得随意下乡占用土地。市里只有一座公墓，巴掌大的地方，寸金尺银。这两项紧缺资源，一个是火化，一个是墓地，都握在饶益方的手掌心里。没有几年，饶益方阔了起来。在市里豪华小区买了两套三室两厅，是门对着门的。靠东的这套，给他长短腿爸爸和眯缝眼妈妈住。靠西的这套，自己和老婆住。从乡下搬家那天，大张旗鼓，惊天动地。请了一支搬家队伍，头接头，尾接尾，吹吹打打，浩浩荡荡，故意从当年女同学家门前经过。女同学家里见到这个阵势，闹起了内讧。女同学妈妈骂起丈夫来，说他把一个走遍天下也找不到的好女婿赶走，弄得女儿这么大年纪，在家守活寡。女儿听了妈妈这番话，字字句句撞在心坎上，一屁股坐在地上，号啕大哭。原来饶益方当初追不到女同学，也不想让别人得手，便到处散布说，这个女同学，已经被他睡过了。饶益方甚至不惜空口说白话，公然污糟自己，说他在殡仪馆的工作，是每天替死人涂脂抹粉整容化妆。在我们乡下，哪家姑娘出嫁之前，背地里有过男人，包括寡妇再嫁，都很稀松平常，总有男人肯娶，不算什么的。但是，饶益方的这个女同学，被一个整天碰摸死人的男人，摸过、碰过、睡过了，谁听到这句话，细细一想，心里寒碜，身上的汗毛，就会一根一根竖起来。因此，这个女同学，男人都嫌她腌臜，没有人敢要，仍然守在家里。女同学爸爸，看到饶益方搬家的气势，心里本来就有了一个'悔'字。被老婆一骂，心里又多了一个'悔'字。看到女儿哭瘫在地上，心里顿时跳出无数个'悔'字来。这个时候，就出来一个两边都沾点远亲的中间人，做好做歹，两头联络。他先对女同学爸爸说：'你女儿过去年纪轻轻的，春风雨露，鲜花一朵。现在呢，过去了这么多年，经霜见雪，瓣萎叶枯。再拖下去，就是残花败柳了。听说饶益方心里还惦着她的，你若松个口，我可以找找他，探探口风。'女同学爸爸说：'人有前眼，没有后眼。他也不能怪我过去太势利。我哪里晓得他能有今天的气象呢？他现在如果还想着我女儿，只需跟害过花痴病的老婆离婚，明媒正娶，我们不嫌他二婚，愿意把女儿嫁给他的。'这个人告诉了饶益方，饶益方回答说：'我确实惦着他家女儿，今生今世，也不会忘记。不过，我跟现在的老婆结婚的时候，曾经到湖那边找远近闻名的王瞎子算过命，王瞎子说我青年不济，中年到老，有一场大富贵。这场富贵，却是跟身边害过花痴病的老婆相随相伴的。老婆在，我的富贵在。老婆不在，我的富贵不在。我又问王瞎子，心里惦着的那个女人，怎么办？王瞎子掐指一算，说，这辈子夫妻缘分还在，命里还有几个孩子。只是这场夫妻，不能明里做，只能暗里做。'这个两边沾亲的中间人，把饶益方说的算命先生王瞎子的话，转述给女同学爸爸听。又劝道：'人生在世，走到哪座山，就砍那种柴。碰到哪个庙，就烧哪炷香。还有一句话，什么货色，卖什么价钱。你女儿已经是今日黄花，不再是昨天嫩蕊，再讨价还价，日子越拖越久，更加不值钱了。'又说：'你们对暗做夫妻，有什么条件，尽管提，这一点，我倒要替你们争一争，不能含糊的。'女同学爸爸提了三个条件，一是在市里买一套三室两厅，产权人是女儿名字；二是给两个老的先存二十万养老费，每月另给家用开销；三是将来有了孩子，负责上城市户口。中间人转告饶益方，饶益方一口应承，当即就办。买了两套三室两厅，门对着门，一套女同学爸爸妈妈住，一套女同学和自己住。产权人是女同学名字。先存了不止二十万，而是四十万，女同学爸爸的银行户头。每月的家用开销，比提出来的高一倍。于是，双方成就好事。饶益方从此明里暗里两头跑。到第二年，女同学为他生了一个女孩。当时还讲计划生育，女同学是农村户口，第一个是女孩，可以生第二胎。又生了双胞胎，竟然是一对男孩。三个孩子顺利上了城市户口。不但饶益方心满意足，连他这边暗的丈人丈母娘，也高兴得不得了，说：'虽然是个不能见光的暗女婿，到底也是个命大福大造化大的角色！'饶益方的这段曲折经历，官场上层知不知道，不太清楚。在我们下层，流传很广。"

小表舅打了一个顿，继续说道：

"饶益方这件事情，本来与我们不相干，何况他老家是蒋村，我们是东乡，中间隔着一条青铜古河，双方不搭界的。我们听到别人传来传去，照理来说，应该如风过耳，这边进，那边出。可是，由于他的这一段暗夫妻，却给我们东乡，说直接一点，就是给东乡红白小会，给我，招惹了天大麻烦。前面说过，我们东乡跟蒋村，隔河相望，各有地盘，一应婚丧嫁葬，各自操办。开拓新青铜河的时候，将旧河道截弯取直，我们东乡有一个叫湾头的行政村，有一大半，总共近百户人家，被隔到了新河的那边。这是东乡的地盘，有了红白二事，我们只好乘摆渡船过去办理。因为原来的旧河，被填实了，从蒋村过去，不用踩水过沟，更加方便。蒋村那边的红白小会，虽有贪念，因为有过约定俗成，倒也不敢违背。饶益方跟女同学结成暗夫妻以后，他暗老婆的一个表弟，后来进了蒋村红白小会当下手。这个表弟，仗着饶益方是暗表姐夫，在蒋村红白小会会长跟前，出谋划策，煽风点火，要把新河隔开的这一块属于我们东乡红白小会地盘的大半个湾头村，拿在他们手里。也是我们时运不济，有一次夏天发洪水，湾头村有人过世，摆渡船停了，饶益方暗老婆的表弟，就撺掇会长，趁机钻了这个空当，帮这家人操办了丧事。俗话说，有了正月初一，就有正月十五。凡事开了头，就刹不住结尾。此例一开，蒋村红白小会尝到甜头，隔三岔五，找着机会，就到我们地盘的湾头村抢食。我们举报到青铜镇红白分会，要求他们出面制止。只因中间夹着一个饶益方，分会的几个头脑，心里怵，跟我们玩起了'撒泡尿和稀泥'的把戏，说：'隔着一条新河，毕竟有个轻重缓急。蒋村虽然是抢了你们东乡的收益，但也方便了事主。目前全市正在修造村村通乡村公路，从蒋村到东乡，新河上要造一座大桥。你们双方不妨先维持现状，有了活儿，谁先到，就是谁的。等大桥造起来，两岸通行了，再物归其主，恢复原状，把湾头村还给你们东乡小会。'一眨眼两年过去，大桥造好了，蒋村红白小会那边，依旧我行我素。青铜镇红白分会这边，装聋装哑。找上门去，躲避不见。有一次被堵住门，承诺说：'等有空当，我们分会把你们双方叫到一起，坐下来，面对面，把事情了结掉。'什么时候有空当呢，就不知道了。一次又一次去问，今天推明天，明天推后天，后天推大后天。又过了两年多了，看目前样子，等到驴年马月，他们也不会有空当的。说来说去，分会还是怵那个饶益方，大家心里有数，不肯明说罢了。这种现状，对我们东乡红白小会的危害，并不在乎几个钱。关键是，我在东乡红白小会，从来说一不二的。由于这桩悬案，有些不安分的人，就背后叽叽咕咕，嚼起了舌头根子。再往下拖，我的威信就没有了。"

说到这里，停住，摇摇头，说：

"扯得太远了，还说正事吧。我的想法，寿地给民政局局长打电话，第一件事情，先说墓地和火化，请局长跟饶益方说一声，而且要亲口说到位。然后，再说第二件事情，请他让红白理事总会，给青铜镇分会打招呼。"

按照小表舅所说，寿地给市民政局王局长打了电话。过了十分钟，对方打电话过来，给了回应。

寿地说：

"王局长说，两个电话都打了。殡仪馆馆长饶益方明天上午九点，在办公室坐等。青铜镇这边，已经当面吩咐过市红白总会刘会长，由他跟下面分会打招呼。"

三十一

周三嫂子当晚赶到。看人的样子，果然爽朗精神，一身力气。客气几句，请她这几天多多辛苦，把病人照顾好。

周三嫂子说：

"崇会长亲自点我的将，不要说给报酬，就是不拿一分一厘，也是看得起我，是我一个立功邀赏的机会。我还要在崇会长手下讨口饭吃，今后的日子，长着呢。我是个直性子，做的活儿，不敢自夸怎么好。我待人的这一颗心，是诚诚实实的。有不到的地方，请随时指出来，我立马改进就是了。"

放下手里的物件，洗了手，卷起袖子，忙了起来。

当天晚上，让父亲住到东厢房。父亲再三不肯。

父亲说：

"你妈病成这个样子，我睡到另一个房间，晚上不陪她，传了出去，要被人背后指指戳戳，骂我的！"

何寿天说：

"你再睡在西厢房，身子累垮掉，两个人一齐倒下来，我们怎么办？还有，妈夜里需要照应，我们请了周三嫂子来，你睡在旁边，她睡在哪里？再说，我们家里的事情，怎么会传到外面？哪个人会往外面传？遇到这种情况，哪家不是这样安排？还有，即使有别人在背后指指戳戳，他说他的废话，我们不在当面。如果站在当面，谁也不敢说。眼不见为净，耳不听为宁，谁会骂你？谁又敢骂你？"

寿地说：

"爸，我们家现在是非常时期，一切由寿天做主，他怎么说，我们就怎么做，你就不要推三阻四，添麻烦了。"

父亲这才同意了。让邵亚芳把父亲盖的被子，抱到东厢房。又拿了一床备用被子，放在母亲旁边，给周三嫂子盖。安顿好了，兄弟两个，送小表舅到门外。

小表舅说：

"我明早八点十分赶到。我有一辆奔驰车，虽然是二手车，却是八成新，外貌看起来挺顺眼的。这辆车，是东乡小会的，也是我的。我们操办婚嫁的时候，用作婚车。操办丧葬的时候，从来不用。寿地明早不用往回赶，寿天乘我的车，八点五十左右，直接在殡仪馆碰头，再去找饶益方，就行了。"

告辞走了。

何寿天早上起床，和邵亚芳一道，进西厢房看望。母亲躺在床上，嘴里叽叽咕咕，说着什么。周三嫂子早已起来，站在床边，压低了声腔说话。

周三嫂子说：

"昨晚十点过后，我用温热水为老太太擦了身子，换了一套内衣，夜里睡得还算稳当。到了早上，有些动静，我摸了摸后颈脖子，有些低热。人迷迷糊糊的，说起了胡话，反复念叨几个名字。其中一个，听口气，好像是她的孙子。"

静下来，听母亲说什么。

母亲说：

"无虑，闻芳的身子重了。你既要当心，又不要太当心。老辈人常说，命里有的，哪怕拿起水桶扁担，挑满满一缸水，都不会有事；哪怕用擀面杖朝肚子上压，也不会有事。命里没有的，哪怕喘一口气，或者咳嗽一声，就会丢掉，没有了。"

又说：

"寿天亚芳，你们不要急，这次闻芳给你们生个孙女，下一次，肯定会生个孙子的，耐住性子等着，只管放心好了。"

听了一阵，母亲说来说去，颠三倒四，还是这几句话。慢慢睡着了。跟邵亚芳走出西厢房，去吃早饭。心里到底放不下儿子无虑，吃好早饭，打了个电话。

儿子无虑说：

"我和闻芳上午请了半天假，正在去医院的路上。"

何寿天问：

"无虑，你，还是闻芳，身体哪儿不舒服？"

儿子无虑说：

"其实没有什么。我正在开车，说话不方便。我再打给你们吧。"

电话挂了。

东乡小表舅八点半到达，何寿天叮嘱几句，跟小表舅出门，到通济古石桥那边桥头空地上乘上车，开过青砖石板旧街，拐上通往市里的公路。转弯的时候，小表舅朝路边一排平房，指了一指，说是青铜镇红白理事分会的办公室。

小表舅说：

"我其实早上八点前就到了。从这儿拐弯的时候，分会的门开着，门口站着一个人，朝我车子招手。我停车走过去，看见是分会的副会长兼秘书长董长青。不知道为什么，我还没有开口说话，就被他夹七夹八，训了一顿，什么难听的话，都说出来了。我也弄不清楚，一大早上，怎么就得罪了这尊瘟神。想解释呢，不知道从哪个地方说起。想走吧，又怕更加惹恼了他。只好硬着头皮站着，前前后后，听他骂了足足半个小时，我才离开。"

又说：

"不管他了，先把市里的事情办好，回头再说。"

八点五十到达殡仪馆门口，停好车子，寿地到了。办公室门开着，三个人走进去，见一个中年男子坐在桌子后面，三十出头的年纪，梳着一个大背头，戴着一个胸牌，上面写有"饶益方"三个大字，后面用小字标出"馆长"职务。招呼一声"饶馆长"，对方顺口答应了，随即从椅子上跳站起来。

说：

"我是饶益方。王局长叫九点在办公室等，我提前半个小时，八点半就坐在这里了。何部长,您打个电话,让我怎么做,我就怎么做,不就行了?还用亲自跑一趟?万万没有想到,竟然还惊动了何书记,也亲自来了!"

何寿地说:

"昨天我跟王局长打电话时,只说我一个人来,并没有说别人。你怎么知道这是谁?你这个年纪,应该没有见过他呀?"

饶益方说:

"我以前见过何书记,今天是第二次见到了。说起来,你们可能都不会相信,没有何书记,就没有我的今天呢!"

又说:

"应该是十五年前,开春季节,何书记还在我们市当书记的时候,下基层视察,曾经路过蒋村中学。停留的时间,前后也就十五分钟左右。这十五分钟,彻底改变了我的命运。当时,我正在蒋村读初三,还有一学期,就要中考了,成绩却一塌糊涂。为什么呢?我从初一下学期开始早熟,恋上了班上的一个女同学。这个女同学,是我们蒋村当地人,长得五官匀称,皮肤雪白,特别好看,人称蒋村一枝花。正是中考冲刺阶段,我的心思却不在学习上。坐在教室里,台上老师讲的课,一句话也听不进耳朵里。桌上放着课本,一个字也看不进眼睛里。心里想着的,脑袋里装着的,都是那位女同学的影子。我的成绩在班上最初还算靠前,害了'单相思'以后,慢慢滑落下来,一天比一天差。到了最后,跌进了全班倒数后十名里。老师看看情形不对,通知了我父母。我那个家庭,在蒋村穷得咣当响,没有人看得起。我爸爸一条腿长,一条腿短。我妈妈是个眯缝眼。不说人们嫌贫爱富,我爸妈自己也不争气,有时候借人家钱,也不多,三块两块而已,用完以后,矢口否认,不肯还。有时候借人家粮米,也不多,三瓢两碗而已,佯装忘记了,同样赖债。所谓'有借有还,再借不难',邻居从此看到我的父母,像看到瘟神一样,能躲多远,就躲多远。四邻八坊,对我父母十分鄙视,背后丑化他们两个人,喊我爸爸'长短腿',喊我妈妈'眯缝眼'。甚至在公开场合,也这么称呼。两个老的，没有别的指望，把所有的宝，押在我一个人身上，正盼着我把书读出来，帮他们出人头地，咸鱼翻身呢。听了老师的话，一把火憋在肚里，等我回家，抄起一根棍子，兜头就打。这一顿打，没有起任何作用。不但老师死心，我自己这颗心，也死了。只等混到毕业，拿到一张初中文凭。今后怎么办，没有任何盘算。人生一条道，就像杨柳树的花絮，不管方向，飘到哪里，算是哪里。正是这个要命的时候，何书记下乡视察路过蒋村中学，先看了食堂饭菜，又到教室里转了一圈。也是我的幸运，进了我们初三（四）班教室。何书记从身边经过时，我呆坐着，两只眼睛瞪得笔直，正盯着前排的那个女同学背影，胡思乱想呢。这个时候，何书记停住脚步，拿起我的课本，看看封面上的姓名，说：'这位同学的字，写得挺漂亮的呀。'说完，何书记被人簇拥着，出了教室，上了小车，开出学校大门，走远了。老师站在讲台上，透过窗户，看着一行人的后背，说：'刚才这个人，叫何寿天，是附近青铜镇上的，当年考上了北京大学，也是我们这个市迄今为止，第一个考上北大的人。现在是市里的书记。古人说，学而优则仕，这位何寿天书记，就是活生生的例子。'这几句话，现在听起来，也很平常。写在纸上，一字一句读起来，也没有什么深奥学问。可是，在当年，对于我，却如同头顶起了一个焦雷，轰隆隆炸响，把我震醒了。记得那是当天最后一节课，老师走了，我没有走，坐在那里。同学放学回家了，我还没有走，坐在那里。校工来锁门的时候，我仍然坐在那里，没有走。校工再三催促，我才把屁股从板凳上抬起来。回家路上，我一步一挪，一步一想。一边走，一边跟自己说话。到了家门口，旁边有一个打麦场，上面堆了一垛麦秸。我走过去，倚在麦秸堆上，继续自言自语。我对自己说：'人家是人，你也是人。人家是父母生的，你也是父母生的。为什么人家能考上北大，你就不能呢？'我还对自己说：'你现在这种孬样，癞蛤蟆想吃天鹅肉，你连天鹅屁都吃不到嘴。你整日海阔天空，痴想着蒋村一枝花。不但摘不到这枝花，恐怕连花茎上的一根刺，也摘不到手！'坐到天色擦黑，我脑袋里的一缸浑水，澄清下来，把什么都想明白了。从那天晚上起，我开始发奋，成绩直线上升。老师不相信有这种奇迹，怀疑我考试作弊，悄悄趸在我的身后，想把我活捉个现行。我心里有数，每次班级考试时，索性把书包放在外面窗台上，只带一支笔，两手空空，口袋里一张白纸都没有。老师这才坚信不疑。对我说：'有人开窍早，有人开窍晚。你的情况，属于后一种。以你这种拼劲，考上本市最好的一中，将来考一个名牌大学，不成问题。可惜的是你家庭经济状况，只怕你有这个心，你的父母也没有这个力。'我听了老师的话，觉得有道理。忍痛割爱，从初三直接报考了中专，被省民政学校录取了。也算我有运气，两年毕业，踩住了国家分配的尾巴，最后到了这个地方。虽说这是殡仪馆，不能登大雅之堂。我做的工作，也普普通通，不算大的作为。不过，话说回来，如果我今天不坐在这里，就不会跟何书记重逢，更无缘说出当年一番奇遇，面对面感谢何书记了。"

何寿天说：

"饶馆长，你太客气了。你刚才说的事情，这么多年过去，难免记忆模糊了。你这么一说，我记起了一点影子。当年下基层，确实在蒋村中学停留过，其中的细节，包括我说的话，早忘得一干二净。至于起了什么作用，真正愧不敢当。你有今天，完全靠自己的打拼，这才是真的。"

饶益方说：

"所谓无心插柳柳成荫，您当年无心插柳，我这根柳枝，虽说没有长成浓荫，至少活了下来，也勉强算一棵小树了。"

笑了一阵，转入正题。

饶益方说：

"你们挑选墓地，看中哪一块，就是哪一块，不用等到那个时候，立即开票兑现。墓碑用最好的石材，刻字派最好的工匠，全部按优惠价格。办事的时候，随到随做，不用排队。我已经打过招呼，全部落实到人头了。"

又说：

"墓地照例由家人自己挑选，外人不方便插嘴。我就不陪你们了。

我等一会儿有个会,不在办公室了。有什么事情,随时打我电话,尽管放心好了。"

三十二

见饶益方送到门外,忽然把头转向何寿天身后的小表舅,问:

"记得你是东乡红白小会的,姓崇。何书记何部长老家在青铜镇上,跟你们东乡不搭界,你怎么来了?"

小表舅说:

"我们是亲戚。我还虚长一辈,算是表舅舅呢。"

饶益方听了,笑道:

"你提到表亲,倒是大有讲究。这个'表',有近有远。近的'表',当然是真亲戚。远的'表',就难说了。所谓'表亲表亲,竹篮子拎拎''一表十万八千里'。在我老家蒋村,转弯抹角,烂泥田里随便拽出一个人来,都是表亲。你跟何书记何部长,到底是真'表'呢,还是假'表'呢?"

何寿地说:

"刚才只顾着说话,没有来得及介绍。这是我的亲表舅舅。我母亲的母亲,我外婆,姓崇,是他的亲姑妈。他的父亲,是我母亲的亲舅舅。他的爷爷奶奶,是我母亲的外公外婆。"

又说:

"我父亲这边,人口稀单,亲戚已经没有了。我母亲这边,亲戚也不多了。也只有这个表舅舅,算是最正宗的亲戚了。"

听了这几句话,见饶益方脸上紧了一紧。

饶益方说:

"你这位崇会长,我们也算打过一两次交道,真正是深藏不露!你有这么强硬的背景,为什么从来没有提过一个字?是不是看不起我呀?

有的时候，有些关系，应该说的，必须说。如果不说，人与人相处，难免磕磕绊绊，弄出误会来，就不好了。"

接着说：

"我突然想起来一件事情来。你们东乡红白小会，跟我老家蒋村红白小会，几年前起了纠葛。前一阵子，蒋村红白小会来人找我，其中一个年轻的，当面叫我一声'表姐夫'。前面说过，一表十万八千里，有的真'表'，有的假'表'，哪里分得清楚？我也理不顺他这个'表姐夫'称呼，是从哪条线上来的，碍于情面，随口答应了一声。没有想到，这位'表小舅子'以歪就歪，粘在我身上，在外面招摇过市，把我当作他的后台。殊不知，我算什么后台，泥砖土坯而已。一阵风吹雨打，就要坍塌的。你崇会长的后台，真砖实瓦，铜墙铁壁，才是真正的后台呢。好了，不开玩笑了。那个'表小舅子'，带了一拨子人，到我面前告你们东乡小会的状，说，青铜河截弯拉直以后，新河将原来湾头村的一大半，有百十户人家，隔到了另一边。原先跟蒋村隔着的旧河，被填实了。这样一来，从你们东乡过去，要乘摆渡船。从蒋村过去，一路无阻，更加方便。但是，蒋村小会严守约定，仍然将那个地方，算作你们东乡小会的地盘，一只脚也没有踏过。有一年夏天，湾头村有一户老人去世，正碰上发洪水，蒋村小会来告状的人说，你们东乡小会贪生怕死，不敢乘坐摆渡船过河，担心掉进急流里，丢了性命。那种烈日酷暑，东乡小会丢手不管，遗体摆在那里，怎么能耽搁呢？当事人求到蒋村小会这边来。蒋村小会本来不想接手，挡不住当事人苦苦哀求，甚至趴在地上磕头，只好把后事操办了。结果，你们东乡小会，不但没有说一个'谢'字，还指责蒋村小会抢食，甚至告到青铜镇分会，要他们出面，主持公道。我一开始听到这些话，想到一句古语，'嘴巴没毛，办事不牢'，这个自称的'表小舅子'，年纪轻轻的，说话张牙舞爪，不可轻信。就对他说：'我是殡仪馆馆长，这些话，不应该在我面前说，应该对红白理事会说去。'可是，跟他一道来的人，众口一声，都说你们东乡小会不好。还提到，虽然眼下新河造了一座大桥，湾头村两边来往通畅了，但是，隔在新河这边的百十户人家，对你们东乡小会失望已极，早就寒了心，一口咬定，要请蒋村小会接管他们。所谓'一人言虚，二人言实，三人成虎'，这么多张嘴巴一起说，我怎么能不相信？这几个人还说，我虽然是殡仪馆馆长，却是蒋村人，应该为老家出面主持公道，伸张正义。我这个人，本来就有点虚荣心，被他们一捧，头脑发热，自我膨胀起来，身子飘浮到半空中去，不知道自己几斤几两重了。嘴巴忍不住，说了几句为他们撑腰打气的硬话。这还不够，前两天碰到青铜镇分会的副会长兼秘书长董长青，又说了几句狠话，要他们分会，不要理睬你们东乡小会的茬呢。"

打个顿，又说：

"不过，我事后也冷静下来，仔细掂量，自己听到的这些话，都是东乡小会的对立面说出来的，严格说来，这是一面之词。东乡小会那边有什么理由，会说什么话，我并不清楚。所谓'兼听则明，偏听则暗'，前天上午，我碰到两个与你们东乡和他们蒋村都不相干的红白小会的会长，问起这件事情，这两个会长说了个'三七开'，三分错在你们东乡，七分错在他们蒋村。前天下午，又亲口问另外两个不相干的小会会长，说是'二八开'，二分错在你们东乡，八分错在他们蒋村。昨天上午，我留了一个心眼，避开嫌疑，没有亲自问，派了一个下面的人，去问两个小会会长，这两个小会会长竟然说，你们东乡没有错，错全在蒋村。昨天下午，又让下面的人，问了另外两个小会会长，也说全是蒋村的错。我这才明白了真相，正准备把颠倒了的事实，重新颠倒过来呢。我本来打算分两步走，第一步，先跟蒋村打招呼，赶紧闭嘴，不要乱折腾了。第二步，联络你们，真诚地道一个歉。今天正好碰到你，第二步变成第一步，我说的这些话，算是说声对不起吧。我的想法，这件事情，不用让分会出面，你们双方私下解决。崇会长也不用主动联络蒋村那边，我让他们联络你，只有一条路，赔礼道歉！从此以后，不管什么情况，各守疆界，不准踏入湾头村一步！要是不听，崇会长直接给我打电话，我来找他们算账！"

跟何寿天兄弟打了个招呼，告辞走了。

何寿天跟弟弟寿地和小表舅在墓园里转了一圈，又掉过方向，再转一圈。最后，三个人不约而同，在东南角上停了下来。

小表舅说：

"这是个好地方。从传统观念看，'紫气东来'，喻示着后代富贵繁荣。从现代角度看，地势开阔，清明冬至扫墓很方便。你们可能不知道，这一处的几块墓地，一直空着。我跟东乡的人来过不止一次两次，也不止一次两次打听过，答复说是专门留下的，不对外出售。饶益方刚才明确表过态的。这个人，在这块地皮上，说一不二。应该不会有问题的。"

回到殡仪馆办公室，饶益方不在，有人专门候着。说了选中墓地的具体方位，当下收款开票，定了下来。又预付了墓碑石材和刻字款项。一切手续，都办好了。

小表舅说：

"这边接下来的事情，都交给我办，你们不用来了。青铜镇红白分会那边，寿地有空的时候，最好还要再敲定一下。"

又把早晨被青铜镇红白分会副会长兼秘书长董长青训斥的事情，说了一遍。

何寿地说：

"无非两个原因。第一个原因，市总会刘会长可能还没有来得及跟青铜镇分会打招呼。第二个原因，刚才饶益方自己说过，他前两天找过董长青，要分会帮蒋村，不帮东乡。董长青拿着个鸡毛当令箭，不给你好脸色看了。都不要紧的，我再找一下王局长，让他打一道催牌，就行了。"

三人分手。何寿地回单位，何寿天乘小表舅车子回青铜镇。

途中手机响了，是弟弟寿地打来的。

何寿地说：

"找过王局长了，当场把市红白总会刘会长叫过来，问怎么回事。刘会长说，已经打电话给青铜镇分会杨会长说过了。刘会长也很奇怪，打电话询问杨会长。原来杨会长正在外地旅游，曾经给董长青打过电话，信号不好，没有打通。他这两天就回来，就没有再打。王局长让总会刘会长立即亲自跑一趟青铜镇，把事情当面敲实。我和刘会长的车子，正往那边赶。你们先不要回家，让小表舅把车子停在分会旁边，稍等一会儿，我们就到了。"

三十三

转眼到了青铜镇红白分会门前的拐弯处，停车下来。忽见一个人，从分会门口走过来，到了跟前，朝小表舅瞅了一瞅，把一双眼睛，瞪了起来。

这个人骂道：

"崇佬！今天大清早活该你晦气，被我碰到，瘟训了一顿，怎么还敢再露头？给你东乡一盘狗粮，让你用爪子刨着吃，已经对得起你了。你呢，贪心不足蛇吞象，听说最近还把手伸到我们青铜镇地盘上来，也想捞一口，抢我们的食，真正是狗胆包天，不知道天有多高，地有多厚，没有王法了！我还要告诉你，你们东乡跟蒋村的争执，上面有领导发过话了，我们分会，还有上面总会，都不会理睬你们东乡的茬。不要说新河上造了一座桥，就是造了一百座桥，哪怕把新河填埋起来，把旧河重新挖通，把湾头村跟蒋村又一次用一条大河隔断住，湾头村那块地皮，包括百十户人家，从此以后，仍然要划拨给蒋村，与你们东乡八竿子也打不着了。你们的春秋大梦，再不要做了！"

朝何寿天瞟了一眼，继续骂道：

"看看，你还带了一个人来，是不是让这个人，充当你的背景，为你站台，撑腰打气，吓唬我们？在我眼睛里，你带的这个人，一本正经，道貌岸然，其实不过是'屁眼里插野鸡毛，假充大尾巴'罢了。他要是个真后台，我天天看市电视台的新闻，那些坐在主席台上的，怎么从来没有见过这张脸？"

听一个声音插道：

"人家坐在主席台上的时候，你还穿开裆裤子呢，你会看得到？董长青，还不快把臭嘴闭起来？丢你董家祖宗八代的脸，倒罢了。你满口粗言秽语，砸红白理事会的牌子，岂能容你撒泼？这个饭碗，你还想不想端了？"

只见何寿地和另一个年纪五十出头的人，走到近前来。

何寿地说：

"这是市红白理事总会的刘会长。这是我哥哥。站在他旁边的，就是我的表舅舅。"

刘会长说：

"不用介绍，何书记我当然认识，当年我坐在台下，不止一次听过他讲话呢。你的表舅舅，我没有正面打过交道，总会召开全体会议时，他是小会会长，应该参加，估计照过面，依稀有些印象，也算熟悉的。"

刘会长把刚才骂人的那个人，叫到跟前，说：

"董长青，你把两只耳朵竖起来，听听清楚：这位何部长，你在电视新闻里，应该从主席台上看到过他吧？这一位，是何部长的哥哥，二十几年前，就是我们市的书记。现在你再说一句，他到底是不是'屁眼里插野鸡毛，假充大尾巴'？还有这一位，东乡小会的崇会长，是何书记何部长的亲表舅。何书记何部长母亲的外公外婆，是崇会长的爷爷奶奶。刚才何部长在路上告诉我，他父亲这一门人口单薄，没有亲戚了。母亲这边亲戚也不多，算起来，崇会长是他家最正宗的亲戚。好的，我说完了，你应该怎么说，赶紧说吧。"

却见董长青一张脸上，由红变白，再由白变红，再由红变紫了。

董长青说：

"何书记，何部长，只怪我一双招子瞎掉了，有眼不识泰山！你们大人不计小人过，千万不要计较。我这个人，从小没有家教，说出口的话，比厕所里的蹲坑，气味还要重。只因我三岁的时候，我爸爸见异思迁，把我妈妈一脚踢开，跟她离婚，娶了一个狐媚歪道小老婆。他这个小老婆，比他小十二岁，每天打扮得花枝招展，还心狠手辣，阳奉阴违。我爸爸在场的时候，对我笑眯眯的，比亲娘还要亲。我爸爸不在跟前，就翻了脸，用苍蝇拍子扇我。她也不扇别的地方，那些身上腿上胳膊上屁股上，被她扇过了，会留下印痕。因此，专门扇我的头。因为有头发遮盖着，被她扇的地方，看不出痕迹。我最初也在我爸爸面前告过状，我爸爸这个人，被小老婆妖媚狐魅惑住了心窍，不帮亲生儿子，反而帮小老婆，结果我又遭了他的一顿暴打。就这样，我幼小的心灵，被我后妈暴力摧残。我的大脑，被我后妈扇坏掉了。书读不出来，整天在社会上晃荡，学了许多乌七八糟的下流话，连个正式工作都找不到。青铜镇红白分会成立之前，杨会长几个人，原先是在民间做的。我家跟杨会长家，是门靠门邻居。杨会长跟我爸爸，还是小学同学。他看我失了亲娘，被后娘作践，可怜我，赏给了我一口饭吃，让我跟着他后面，拎包提兜，端茶倒水，当下手。后来婚丧嫁葬这一块，要走正规化，必须成立红白理事分会。我有个舅舅在镇上当民政助理员，掌管这件事。杨会长最先找的是我爸爸，我爸爸跟我妈妈离了婚，跟我舅舅成了隔世的仇家。我爸爸不出面，事情还好办，他出面一说，把事情弄坏了。我舅舅在外面放话，不让杨会长当分会会长，改请另一个人来做。杨会长慌了，改请我出面。俗话说'舅舅家一条牛，外甥有个头'，舅甥之间的感情，'打断骨头连着筋'，拿把刀，也是割不断的。我跟我舅舅一说，我舅舅满口应承，杨会长就当了青铜镇分会的会长。因为我办这件事情有功劳，加上分会还要继续搭住我舅舅这根线，就提拔我，当了副会长兼秘书长。我这个人，没有教养，满嘴脏话，特别是从小心灵受伤，心理阴暗。每当看见比我地位低的，或者因为什么事情被我拿捏在手里的，我就会忍不住，没事找事，没碴找碴，骂得人家狗血喷头。有的时候，还会动手，打得人家皮开肉绽，鲜血直淌。骂过打过以后，我不但心里没有亏欠，全身上下，感觉爽得不得了。从此上了瘾，这个欺软怕硬的毛病，就改不掉了。还有，我这个人，没有真才实学，小事不肯做，大事做不来。

因此，在青铜镇红白分会，名义上是副会长兼秘书长，手底下的人，没有一个心里服我，没有一个肯听我的，其实是个虚应的挂名。实际当家做主的，还是杨会长一言九鼎，由他说了算。"

说到这里，拿眼朝何寿天身后的小表舅盯了一眼，说：

"原以为东乡是个浅池塘，里面只存得下小手指头长短的小鱼小虾，却没有想到，这口池塘虽然小，水却很深，直接通往东海龙宫里去了。原来看见水面泛花，以为是条小鱼游来游去，没有想到，却是崇会长这条大鱼的一根胡须，在水面上蹭痒痒呢。崇会长，你那里水既然那么深，你这条鱼既然那么大，为什么以前不告诉我们？哪怕泄露一点点丝缝，给我一百个肥胆，也不敢这样对待你！古人说过，'不知者不为罪'，因此，刚才这一幕，还有今天大清早那一场，绝大多数责任，当然在我。不过，你崇会长没有抖搂底牌，白受一顿窝囊气，多多少少，自己也有一丁点儿责任。"

说到这里，手机响了，董长青接听好了，又说：

"这个电话，是市殡仪馆饶益方馆长打来的。我刚才说东乡小会跟蒋村小会闹纠纷，上面有领导发话，让把湾头村划给蒋村，这里说的'领导'，就是饶馆长。饶馆长现在一百八十度大转弯，改变主意了。他原来的屁股，是坐在蒋村那边的。他现在的屁股，改坐到东乡这边了。饶馆长说，湾头村那个地盘，应该物归原主，还给东乡小会。哎哟，我的妈呀，他这个人，朝令夕改，反复无常，倒也罢了。他这个电话，要是早一刻钟打过来，我碰见崇会长，就不会那样吹胡子瞪眼睛，破口大骂，闹出天大笑话，当众出丑了！"

等董长青说得差不多了，刘会长这才接过了话头。

刘会长说：

"何书记，何部长，还有崇会长，你们听见董长青刚才说的话，不用我多嘴，就明白他是个什么样的人了。跟他计较，不值得。他也没有这个资格，值得你们去计较。林子大了，什么鸟都有，给我个面子，放过他算了。"

又对董长青说：

"你这笔账，等你们杨会长回来，再跟你算。算不好，连杨会长一块算。还有，从此以后，你对崇会长，再也不能飞扬跋扈，要有十二分尊重，听见没有啊？"

董长青说：

"当然听见了。所谓'不打不相识'，今后有事情，只管吩咐。你崇会长说往东，我绝不会往西。你崇会长说打狗，我绝不会撵鸡。如果有一丝一毫违拗，你就学我的样子，对我泼头撒脸大骂一顿。如果不解气，就动手打我，想打哪个地方，就打哪个地方，哪怕打得我皮开肉绽，鲜血直淌，都行！"

说到这里，气氛都化解开了。又说了几句，何寿地将手中拿着的一只纸袋，交给何寿天，上车跟刘会长回市里去了。

这边何寿天跟小表舅上车回家。在通济古石桥这边空地将车调了个头，停住。

小表舅说：

"刚才董长青接到饶益方电话之前，蒋村小会的张会长，给我发微信道歉，说饶益方跟他们说过了，湾头村归还东乡。饶益方还让他们把以前在湾头村操办婚丧嫁葬事项所得到的全部收益，一分为二，其中一半，还给我们，作为补偿。我回微信说，过去的账，一笔勾销。就从今天起，恢复原状，就行了。那边回了微信，表示同意，还加了一大串感谢的表情符号。没有想到，这一桩天大的麻烦，今天碰上好运气，'三下五除二'，都化解了。在此之前，我有一句话，没有完全说出来。湾头村这件事，如果拿不下，搞不掂，我在东乡红白小会的那把椅子，肯定坐不稳的。现在算是烟消云散了。我得马上赶回去，把这个消息告诉大家，稳定军心。另外，也把手头的几件事情，全部安排好。往下，集中力量，随时忙这边的事。明天下午，我让干事的几个人，全部集中过来，把需要办的各项事务，从头到尾，仔仔细细过一遍。你也在场听一听，心里有个数。有什么欠缺的地方，当场提出来，也好及时补上。"

何寿天点点头，把手里拿着的袋子，递到小表舅手里。

何寿天说：

"这是五万块钱，我让寿地从市里银行取的现金。本来想转账，后来一想，还是现金方便些。这些钱，先用着，如果不够，随时补上。"

小表舅说：

"五万块钱太多了！一般人家，两三千就足够了。我们是亲戚，两三千块都不要的，哪里用得着这么多钱？"

何寿天说：

"东乡里还有些亲戚，虽然比你远一些，我妈很看重的。我们有些认识，有些不认识。有些见过面，时间长了，忘记了。有些至今连面都没有见过。这些亲戚，都请表舅代替我们联系。等到了那一天，不能让他们自己来，你包一辆车。一辆不够，需要几辆，就包几辆，把他们一起接过来。中途来回，可能还要吃个饭。相关费用，就从这里面出。不够的话，再补上，不要紧的。"

小表舅又推让了一番，收下，开车走了。

三十四

忙到晚上，进房间休息，邵亚芳提起了早上给儿子无虑打电话的事。

邵亚芳说：

"无虑只说他和闻芳上午请了半天假，正开车去医院，没有说清楚，到底是他不舒服，还是闻芳不舒服，还说有空会打电话来。我一直等到现在，也不见有回音。你打个电话过去，问一问吧。"

电话打过去，儿子无虑说：

"闻芳怀孕了。上上个月，不，还要往前一个月，有一天早上她上厕所，用测纸测了一下小便，测纸上两道杠子，其中有一条杠子颜色变了，有点像浅红，又有点像咖啡色，当时认不准，心里也没有把握。过了半个月，我带她到医院抽血化验，医生确认是怀孕了。本来是想告诉你们的，忽然想起一句话，说，怀孕三个月之内，是不能对外面说的，就没有说。今天上午是例行检查，因为你们来了电话，顺便问了一下医生，能不能对外公布。医生说，已经三个半月多，快四个月，情况很稳定，没有任何问题，当然可以。我担心你们那边忙，打算再过一会儿打电话说这件事的。"

把儿子的话，转述给邵亚芳听。又把手机打开免提，递给她。

邵亚芳说：

"无虑，你跟闻芳即将当爸爸妈妈了，两个人自己还是个孩子，说的也是孩子话。怀孕三个月之内不能说，指的是不能对不相干的外人说。家里人，当然可以说，也是应该说的，哪里需要等三个月以后？你们早就应该告诉我和你爸了！可惜你奶奶一直昏昏沉沉的，跟她说话，她也不知道。她要是头脑清醒，会有多高兴？我突然想起来了，也真正奇怪，今天大清早，你爸打电话给你之前，我和你爸刚起床，到西厢房看望你奶奶，听到她迷迷糊糊说胡话，反反复复，叫你的名字，有几句话，特别清楚，说'闻芳身子重了'，让你'既要当心，又不要太当心'，还提到什么'命里有''命里无'呢。我和你爸正是听了你奶奶的念叨，不放心，才给你打电话的。对了，闻芳既然怀孕了，你真的要当心的。一是要注意营养。荤腥要跟上去，孩子生出来，头脑才会聪明。素菜也不能缺，特别是绿叶菜，怀孕的人，大便容易出问题。二是安全。有几个环节，像上车下车，提脚落脚的时候，还有出门进门，跨过门槛的时候，还有上下楼，踩踏台阶的时候。这些地方，最容易疏忽。一定小心小心再小心。听见没有啊？你把我说的这几句话，一个字也不要漏掉，原原本本，告诉闻芳听。这样，要不然我明天赶回去吧。"

无虑说：

"妈，你不用赶回来的。最应该小心的，在前三个月。现在已经三个半月多，快四个月了。医生说一切正常，非常稳定。我们每天上班，一天三顿，在我单位食堂吃，不但菜品齐全，营养也有保障。奶奶的事，更加重要，你不在，别人不知情，难免要说闲话。又不方便每次碰到一个人，就做解释，告诉人家你为什么要赶回上海，岂不是闹得满世界都知道了？你的提醒，我记住了，今后会特别当心的。闻芳已经睡着了，我就不叫醒她了。你说的话，我会原样告诉她的。你和爸尽管放心吧。"

再三叮嘱，挂了电话。

何寿天看见东厢房灯还停着，敲门进去，把闻芳怀孕的事，告诉了父亲。

父亲说：

"赶快告诉你妈。她人糊糊涂涂的，整天说胡话，也许心里是清楚的。"

又说：

"怀孕的事，民间还是讲究内外有别的，不但三个月之内，过了三个月，也不能轻易向外人张扬。你跟亚芳一道过去，找个借口，把周三嫂子支开，单独对你妈说。你先对着你妈的耳朵，说一遍，再让亚芳对着你妈的耳朵，重说一遍。两遍说过，就行了。"

何寿天和邵亚芳走进西厢房，对周三嫂子说：

"三嫂子，麻烦你到厨房用电水壶烧半壶水。你拿四瓶矿泉水，倒进电水壶里去，插上电源，就行了。水烧开了，我们自己装进热水瓶里。谢谢了。"

等周三嫂子出去了，便按照父亲所说，何寿天俯下身子，压低声腔，把闻芳怀孕的事，对着母亲耳朵，说了一遍，又说了一遍。邵亚芳也说了两遍。

三十五

　　何寿天第二天午睡醒来，东乡小表舅带着一帮人，早到了。正坐在院子里一排凳子上，等着。抓紧洗漱好，也到院子里坐下来。

　　小表舅说：

　　"我先介绍一下。在这里，我还虚长一辈，这位是我的大表侄。十几年前，在市里当过书记。你们不必叫官衔，也不需要讲辈分，就以自己的年纪称呼，叫何大伯就行了。我的另一个二表侄，是市里的部长，你们同样不必叫官衔，叫何二伯，或何二叔，就行了。这么多人坐在这里，你们都是年轻人，都是小辈，我就不用逐一介绍每个人的姓名，你们各人说各自管的事，次序从左到右，一个接一个说。有什么疑问，也可以穿插着问你们。在你们说话之前，何大伯先说说注意事项。"

　　何寿天说：

　　"各位辛苦，拜托了。我母亲今年八十出头，算是高寿，民间有红白喜事之说。过去是年过七十，现在是年过八十，不需要再讲什么忌讳。所以，提前请各位到场，把将来必须要办的事情，先理一理头绪。我说的注意事项，很简单，只有两个字。一个是'新'，一个是'简'。先说'新'字。大家已经知道了，我曾经在本市担任过领导职务，我弟弟目前仍然在本市担任领导，有些原则，不能打破。属于旧的，特别是迷信一类的，要避开，新事新办。再说'简'字，不要搞乱七八糟的花样，也不要惊众扰邻，能易则易，一切从简。我要说的，就是这些。下面请各位说吧。"

　　坐在左边的第一个人说：

　　"我姓雷，雨田雷。何大伯叫我小雷就行了。要是记不住，也不要紧。需要的时候，朝我招招手，我会自报家门，告诉你具体管的是什么事情。你要找别人，我也会帮你去叫过来。崇会长交在我手上的，是搭丧棚。我都落实好了。三张大帆布，两张实用，一张备用，规格都是十米乘八米的。二十根毛竹，每根煨罐粗细，出自大别山。苎麻绳四捆，两捆大拇指粗，两捆小指粗，每捆都是十二米长。半圆铁锹四把，每把都试过了，锹口锋利得很。铁丝两捆，一捆粗的，一捆细的。每捆五米长。上述材料，都是从东乡粮站拿的。需要用的时候，由粮站派车送过来。我跟站长在电话里，已经逐项敲定。等一会儿散了，我就去跟站长见面，洽谈好价格，顺便预付定金。我手头的事情，就是这些。我保证不会出任何差错。"

何寿天说：

"小雷办事很细致。我有两个提醒，一是从粮站拿的这些材料，或租或买，都要公平买卖，一律按市价支付。哪怕略加一点，也可以。但是，不能低于市场，更不能压价。二是最好不要指名道姓，能不说是谁家用的，就不要说。我这里的两个提醒，不仅仅是对小雷，对其他各位，也是一样的。"

小表舅接口道：

"以前的惯例，各人或买或卖，动到钱的时候，总有一些猫腻，拿点回扣什么的。我从来心知肚明，装作不知道罢了。这一次，你们要干干净净做事，一分一厘也不能拿。别人主动给，也不能要。你拿了回扣，人家不会把账算在你的头上，只会把账算在事主头上，万一嘴巴不稳，说出去，扩散到社会上，所产生的恶劣影响，不是用几个钱能买回来的。这一次，我会把眼睛瞪得比灯笼还要圆，比天还要大，谁要明知故犯，就是砸自己的饭碗，今后就不要在我手下混了！有了这一次，就没有下一次！我还要告诉大家，有人以为是我的亲戚，可能会白干一场活。告诉你们，我两个表侄，已经预交给我五万块现钞。一般人家，两三千块钱。你们辛苦一场，除了吃几顿饭菜，落了个肚子饱，到手的真金白银，几张碎票子而已。五万是两三千的十几倍。这笔钱，其中有一部分，等到那一天，我要代他们请东乡里的一些近亲远戚到现场，包车，中途吃个饭，等等。实际算起来，花费也很有限。剩下来的，仍然是一大笔钱。

等活儿做好了，论功行赏，全部平摊给大家。你们掰起手指算一算，到手会有多少？比起那些可怜巴巴的回扣，值得吗？"

听见众人都响亮应了一声。

左边第二个人说：

"我是小张，负责黑纱。已经预订了两匹黑布，另外零裁五米白布，一米红布。布店是老客户，价格是老价格。如果没有问题，定下来，我就打电话让店主加工。他们是轻车熟路，不用费太多时间，一个晚上，足够了。店主承诺过，按老规矩给我回扣。等一下我打电话时，会告诉店主，这一次是特例，不能拿回扣。"

何寿天说：

"我刚才说过新事新办，白布和红布，就不要用了。只用黑纱，就行了。"

这个人应了一声。

第三个人说：

"我也姓张。他是小张，我是大张。我负责车辆。一辆丧车，不用细说。一辆金杯中客，三十二个座位，挤一挤，能坐四十个人。一辆皮卡，放花圈花篮。一辆进口中客，是家人坐的。一辆奔驰，是小会的，以前只用于嫁娶，丧葬不用，这一次是特例，所以动用了。另外还打算租三到四辆豪华小车，奔驰或宝马，究竟是三辆还是四辆，奔驰还是宝马，请定下来，我去办。这些小车，放在前面开道，家人也可以坐，主要是撑面子的。"

何寿天说：

"丧车和装花圈花篮的皮卡，是必需的。我家的亲戚，算上东乡里的，没有几个人。我们家人，跟亲戚坐在金杯中客上，就行了。所有的小车，都不用了。包括你们东乡小会的奔驰，以前只用于婚娶，不用于丧葬。这次破例用了，传了出去，会有忌讳，影响以后的生意，也不要用了。我刚才说过'一切从简'，不必弄那么多大车小车，倒不是在乎这些租车的费用，兴师动众，全镇皆知，反而不好。"

这个人答应一声。

左边第四个人说：

"我是小李，负责来宾食宿。青铜镇离市里太近，镇上只有一个宾馆，平时空得很。预订了两晚，第一晚十个房间，第二晚三个房间。第二晚的三个房间，是预备用的。吃饭也由宾馆全包，随到随吃，按人头记账。除此之外，到了那一天，家人忙起来了，也由宾馆把饭菜送到家里。一天三顿，早上简单些，稀饭、油条、点心、咸菜，中午和晚上两顿，按正规宴席。每顿两桌。刚才经何大伯和崇会长的提醒，我知道了。我不会要回扣的，如果给，就跟老板解释清楚，这一次绝对不行。"

何寿天这次没有补充。

左边第五个人说：

"我是小赵，负责组织送行队伍。已经跟镇小学的校长谈好，给三十个小学生，其中十个四年级的，二十个三年级的。一套西洋乐器，十个演奏人员。乐器和演奏人员，是我们小会的。按照惯例，送行队伍要从镇上大街小巷，绕三个圈子。所有车辆，一般停在镇红白分会拐弯的空场上，绕完圈子，从那里上车，开往市殡仪馆。这一次要简办，就绕一到两个圈子，具体是多少，一个圈子，还是两个圈子，现在就定下来，我遵照去办，就行了。"

何寿天说：

"动用小学生，不妥当。万一是周一到周五，怎么办？难道要这些学生停课？吹奏乐器，也免了。从镇上所有街巷绕几个圈子，也不妥当。能不能把车辆停在转盘路这边，送行队伍走到转盘路，直接上车？"

又说：

"现在都在讲'厚养薄葬'，生前孝顺一点，至于后事，不能搞表面文章，那是做样子给外人看的，有什么用？"

小赵说：

"我明白了。不找学生，不用乐器吹奏，送行到转盘路，队伍在那里上车。好的。我等一会儿就去落实。"

第六个人说：

"我叫小郑。我负责的事情，由崇会长亲自领衔，我当下手，具体落实。总共有两项。第一项，是下葬事宜。内容比较多，我不一一列举，只说几个关键环节。到了那一天，遗体出家门的时候，由长孙捧着遗像，走在第一个。上了车，坐在副驾驶位置上。进殡仪馆，也是走在第一个。火化的时候，是不让家属进去看的。上午殡仪馆有电话来，说饶馆长特别关照，家人可以进去。这是特例了。我跟崇会长的想法，长孙捧着遗像，进去不方便，就请何大伯、何二叔进去。在里面等着，等遗体推进炉子里的一刹那间，要叫一声'妈妈，避火啊'，就行了。不会等太长时间，估计半个小时，骨灰就会晾凉装盒。盒子有木材、石材、玉材三种。木材虽然上了漆，时间长了，还是容易烂掉。玉材说是玉，其实是最下等的一种岫玉，还容易误传，被小偷惦记。石材是大理石，其实也很好。我和崇会长都觉得大理石实用，安全。看看能不能定下来。墓碑用石，是最好的，刻工也是最好的，就不多说了。火化以后，拿到骨灰盒，改由长孙捧着。遗像由长孙女捧着。一路走到选定的墓地，往下还有一系列程序，由崇会长亲自指挥。到时候，他怎么说，跟着做，就是了。安葬完毕，要把所有的花圈、纸人纸马纸房子和各种冥钞等等，烧化掉。殡仪馆在墓园旁边，专门辟了一块空地。各家用粉笔画出一个圈子，就行了。至于陪葬用品，何大伯也许会有存疑，其实无须多虑。我们会事先备好，用另外一辆车，送到空地上等着。那个地方，四壁旷野，烧化的时候，除了当事人，没有闲杂人等，不需要担心的。"

打了一个顿，又说：

"从墓地回来，要做'七'、念经。我也顺便说说清楚。民间有风俗，'头七到，七七到'。因此，第一个'七'，何大伯和何二叔，不要参加，由我们做。念经的事，上年纪的人，都讲究这个，还是做一下，顾及老人的心愿。具体人员，和尚道士尼姑，小会跟泰山庙、皇粮寺和观音庵三处常年合作，是现成的。不过，相比普通人家，也有所区别。一是噪音。我们会控制音量，能压多低，就压多低，不要说这座院子的周边邻居，离得很远，哪怕墙靠着墙，或者站在大门外，也听不见里面的动静。二是念经的内容，也不全是过去的那些'四旧'，会有一些新词、新句、新内容，无非是追忆往事，祝福来生，不犯大忌讳的。"

到这里，都说完了。各人散去忙了。

三十六

回到南厢房，稍作休息，邵亚芳进来了，问：

"小表舅带了这么一大帮人来？事情都安排好了吗？"

何寿天点头说：

"我这个小表舅，在乡下还是有一定世面的。以前只知道他有两下子，没有想到，他还不止两下子呢。办起事情来，有头有尾。杀伐决断，很有章法。"

邵亚芳说：

"刚才你在院子里跟他们说话的时候，我闲着没有事情，心里惦着无虑、闻芳那边，就打了一个电话，打算无虑有空呢，就多问两句。没有空呢，就少问两句。正好无虑有空，讲了一会儿话。今天上午，他们总算把医院预订了下来，是浦东一妇婴。开车过去，只有十五分钟路。遇到高峰堵车，沿途有几个立交桥，也不会超过半个小时。这家医院是股份制的，实行国际标准化管理。收费昂贵，条件好。这几年，信誉越来越高，想在那里生孩子的，挤破了头。要想预订，至少提前三个月，还要网上排队碰运气。其中有几位医生，更是抢手得不得了。排在前三位的，都姓赵，都是女医生。第一个赵医生，今年五十周岁，人称'大赵'。第二个赵医生，今年四十九周岁，人称'中赵'。第三个赵医生，今年四十六周岁，人称'小赵'。这三个赵医生，网上粉丝，成千上万。她们的看诊检查的费用，明码标价，比其他医生翻一倍。其他医生，每次三百，她们每次六百。另有几位女医生，还有三位男医生，都是博士。不过，大多数条件好一点的人，都奔着'三赵'去。'三赵'医生，手里还有个特权。想自然分娩的，就自然分娩。不想自然分娩，或者不宜自然分娩的，可以剖腹产。在'三赵'手里，不受剖腹产指标限制。无虑和闻芳，从检查确定怀孕的那一天起，就开始用电话和网上同时预约，一直没有排上。闻芳单位的小姐妹们，一起上阵帮忙，还是没有空位置。无虑就请一个同事，托了人，才弄到一个名额，而且是排在第一的大赵。预订了医生，其他就好办了。"

打个停顿，继续说：

"床位有四种，第一种在十一楼，是顶楼，每个房间四个床位，每个床位的旁边，各有一个矮柜和一张椅子。卫生间共用。每晚一千五百元。第二种在八、九两层，每个房间三个床位。各有一个矮柜，另有三只小沙发，沙发上挤一挤，可以睡一个陪同的家人。共用卫生间。每晚三千元。第三种在六、七两层，每个房间两个床位，各有一个矮柜，另有两只大沙发，沙发上不用挤，可以睡一个陪同的家人。每晚四千元。第四种在二层，是单人房间，有一个矮柜，另有两只大沙发，可以睡两个家人。每晚六千元。二层还有两个特殊房间，一个是208，一个是218，设备相同，多出半个厅，厅里另放了一只沙发、一个小茶几，可以接待来探视的客人。每晚八千元。第一种房间，护士是共用的。第二种房间，护士也是共同的。第三种房间，一个房间，定一位护士，两个床位共用。第四种房间，一个房间，定一个护士。第四种房间中的208和218，每个房间定两个护士。房间和床位，也有些紧张。不过，预订了医生，一般会有保障。到底定哪一种，无虑和闻芳的意见不同。闻芳想定十一层，就是一个房间四个床位的。或者定七、八层，一个房间三个床位的，也行。无虑不同意，连第三种都不予考虑，要定第四种，二层的单房独床，而且打算从208、218当中，选一个。无虑对我说：'我打听过了，在医院只住三到四天，也没有多少钱。生孩子是天大的事情，在乎这几个钱？闻芳在我耳朵边叽叽咕咕，我不想听，就背着她，已经把二层的 208 预订好了。'其实我心里也是赞同闻芳的。我当年在浦东中心医院，现在改名叫东方医院了，生无虑的时候，一个大通铺，多少人挤在一起，还不是照样母子平安？不过，无虑已经'生米煮成熟饭'，我就没有多说，只能随他去了。还有，闻芳一开始是每个月检查一次，现在是半个月检查一次，过一阵子，还要一个星期检查一次。目前的情况，一切良好，没有任何异常。"

说罢，转了话题：

"我下午几次进西厢房，有一次周三嫂子出去了，我就把闻芳怀孕的事情，对着你妈的耳朵，又说了一遍。我看到她眼皮子好像动了一下，也不知道是听到我的话，有了反应呢，还是身体下意识的动作。"

三十七

吃过晚饭，正在收拾碗筷，周三嫂子走了过来。

周三嫂子说：

"老太太清醒了。问我现在是大清早，还是晚上。我说是晚上。她念叨一声孙子的名字，叹了一口长气。然后，让我来告诉何大伯，立即打两个电话。第一个电话打给何二叔，让他带着何二婶和女儿，第一时间，就是现在，赶回来。第二个电话打给崇会长，让他一个人，不用带其他人，第一时间，就是现在，赶过来。"

接着说：

"老太太说，打完这两个电话，让我拦住你们，暂时不要进去，让她歇一歇，养一养精神。等会儿何二叔一家和崇会长都到了，一起进去，她有话跟大家说。"

等了二十分钟，何寿地、魏兰娟、何无恙和小表舅都到了，一起走进西厢房。见母亲斜倚在床头一个靠垫上，精神抖擞，双眼明亮，两个面颊，微微发红。除了脸形瘦了一框，乍看上去，跟正常人没有差别。

母亲说：

"周嫂子，麻烦你，用梳子把我头发梳几下子。亚芳兰娟，我坐的身子有点歪，你们一边一个，帮我扶扶正。"

周三嫂子梳好头，邵亚芳、魏兰娟从旁边过去，帮着把身子抬一抬，挪正靠垫，再放松身子，这下位置坐正了。

母亲朝周三嫂子看看，周三嫂子出去了。

母亲说：

"人生一世，草木一秋。我活在人世间的时限，到尽头了。这些日子，先是我的爸爸妈妈，爷爷奶奶，外公外婆，还有一些过去的熟人朋友，像大桥北头的李如兰，摊扒街上的何友贞，还有何湾老宅的杨三姑子，还有更多的人，都是已经过世的，不断来喊我，让我跟他们一道走。我开始不愿意，推三阻四。经不住他们的劝说，跟着到了一个地方。住了一段时间，我舍不得他们，不想再回来，想就此长住下去。今天下午，他们劝我说：'你想跟我们一起长住，当然可以。可是，你过来的时候，忘了打招呼了。你赶紧回去，告别一声，再来吧。'我听了这句话，打了一个愣怔，头脑清醒了，就请周三嫂子，让寿天打电话把寿地兰娟无恙，还有你们小表舅，也是我娘家最近的亲戚，都叫在一起，到我跟前来。我有几句话，要说给你们听。这是我最后跟你们说话了，我说的时候，你们都不要插嘴，打断了，我想说的话，没有说完，忘记了，你们以后再想听，没有机会了。"

听到这里，无恙眼睛红了，插断话头说：

"奶奶，你要到哪里去？你说的这些人，我一个都不认识。你要丢下我们，跟这些人走，我不同意，不让你走！"

父亲泪水止不住，流了下来，说：

"你不要往坏处想，我看你的精神面貌，是病要好的样子。再说，我这一辈子，真正对不起你。我欠你的债，还没有来得及还呢。你不能扔下我，一个人先走。真正要走，也是我走在你前头。"

母亲把头在靠垫上艰难摇了一摇,说:

"无恙,乖孙女,你的话,奶奶全明白了。接下来,你就不要再说话,让奶奶把话说完,好吗?你听懂了,就把头朝奶奶点一点。"

无恙把头点了一点。

母亲说:

"老头子,谁先走,谁后走,不是我跟你说了算的。你并没有欠我什么债。我刚刚说过,不要打断我的话。我再说话,你只要不插嘴,哪怕真欠了我什么债,就两清了。你听懂了,也把头朝我点一点。"

父亲含泪把头点了一点。

母亲提了一口气,把目光转过来,说:

"寿天,何家有你,光宗耀祖。你的最大成功,不是当了多大的官,而是按时办了手续,平安落地。电视新闻里,抓了那么多贪腐。手中有权,会忘乎所以。'常在河边走,哪有不湿鞋?'在台上的人,难免不起贪心,一旦败露,被抓住把柄,别人是一把厨刀,你是砧板上的肉,任人宰割,岂不天塌下来了?自己遭罪,祖宗八代,也跟着丢脸!你现在心境平和,坦然对待,妈没有白生你这个儿子。亚芳呢,你为何家生了无虑长孙,无虑娶的我这个孙媳妇闻芳,是个懂事的好孩子。她的好,你们现在还没有全部看到,以后才会慢慢明白。我和你,婆媳两个,和和睦睦,从来没有红过脸。其中的原因,一是双方心里大度,二是离得远,'亲戚远来香',亲人呢,更是远来香。亚芳跟闻芳之间,也要像我们之间一样,婆媳和谐共处。你们住在一起,牙齿难免跟舌头碰。古话说,婆媳之间,前辈的宿怨,今世的活仇。这句话,根子在哪里,众所周知。你想想,儿子是身上的一块肉,好不容易长大成人,却被媳妇独占了,自己想沾一点边,还要看媳妇的脸色。恼火的根苗,就从心里萌生出来。如果把位置摆正,想到,儿子已经长大了,就像小鸟长成大鸟,必须离开旧窝,展翅翱翔,远走高飞,另建新窝了。这样,你的心里就好受了。你心里好受,就不会'睡不着觉怪床歪',把火撒到媳妇头上,有事没事,找她的碴了。闻芳有了身孕,你们几次对着我的耳朵说,我每次都听见了，心里明白，嘴上说不出话来。不管生男生女，都是何家的血脉。无虑和闻芳是独生子女，有权利生二胎。二胎一定要生。如果一男一女，最好。如果两个女的，其中选一个，招上门女婿。生下孩子，姓何。当然，这个要看缘分。孩子的幸福，大于姓氏。对了，今天晚上，再晚一些的时候，你们给无虑打个电话，让他明天赶回来。闻芳身子重，不要回来。告诉她，是我不让回来的。无虑也不要太赶早，天亮以后，再走，他自己开车，上午九十点就到了。闻芳可以请几天假，让她爸爸妈妈过来，陪着她住。老大这边，我说完了。"

目光转向寿地，继续说：

"寿地，你官至副部长，后面还加个括号，是正局级，而且在市委组织部，要害部门，已经够好了。所谓'比上不足，比下有余'，一个市有多少人？跟你年纪相仿的，又有多少人？在你这个位置上的，又有几个人？兰娟离得近，一年三百六十五天，我们婆媳常见面，也没有红过脸，被多少人羡慕？我要讲的，重点是无恙的学习。人家是'望子成龙'，你们是'望女成凤'。除了学校老师布置的作业，你们还让她上各种各样的外课，一块接一块巨石压在头顶心，气都喘不过来。一心往上，一心求好，是对的。但是，凡事有个度，有个头。你就好到天上，天外有天，哪里是个尽头？人生一世，尽了努力，就行了。一根弓弦，绷得太紧，可能会折断的。放放松，一支箭，射得更远。不用再多说，寿地兰娟，应该懂我说的意思了。无恙，你是大孩子了，奶奶这些话，并不是要你荒废学业。你大伯，你爸爸，都是名牌大学，他们小时候，我和你爷爷，从来没有督促过一次，全靠他们自己下苦功夫。从此以后，你'不蒸馒头蒸（争）口气'，让你爸爸妈妈开开眼界。老二这边，我也说完了。"

目光转向东乡小表舅，接着说：

"我的表弟，寿天寿地的表舅舅，是个有本领的人。可惜生在农村，'虎落平阳'、'龙困沙滩'，照样三拳两脚，打出一片天地来。最可贵的是人品，除了来我们家里走亲戚，在外面，在各种正规场合，从来不提何家一个字,也不说寿天寿地是他晚辈表侄。这个世界上,良莠不齐,趋炎附势之辈,哪怕你是个圣人,没有后台,也不把你放在眼里,甚至还会狗眼看人低,仗势欺负凌辱。你们的表舅舅能有今天,真正不容易。不过,他这次来帮忙操办,很多人知道了他是何家的亲戚。有这个背景,往下走,会更加风生水起,不会有人阻碍他了。我想对你们表舅说的,是东乡还有一些亲戚,虽然远一些,没有几家了。我在世,这些亲戚会常来。我不在世了,这些亲戚可能不会来了。办事的时候,表舅把这些亲戚,能接来的,一定都要接来。办完事,来的每一个人,发五百块钱。按人头,不是按家。一家来几个人,就发几个人。没有来的,按每家算,也发五百块钱。这些钱,不多,算是留一个念想吧。"

目光扫过全体,说:

"还有几件外人的事情。一是周三嫂子,照顾我一场,除了日常工资,事情结束以后,另给两千块钱。二是帮我吊水的小张,是青铜镇上人,虽然是镇医院公派过来,算是正常上班的,毕竟辛苦了人家。小张的爸爸喜欢收藏,上次让寿天写了一大叠首日封。我的想法,这还不够。寿天回到上海以后,自己花钱买一叠同样的东西,写好双方姓名地址,寄给小张,给他爸爸收藏。三是帮我吊水的小赵,是外地人。她来自偏僻农村,一心要鲤鱼跳龙门,到大城市。原先报考市医院,笔试第一名,面试的时候,坐在主席台上的,都是陌生人。结果打了低分,两项合并,从第一名,跌落到第五名。只有四个空缺,没有进市医院。她到青铜镇医院,是暂时过渡一下,再有机会,还要考市医院。她这个心愿,寿地要帮一帮。你找一下上次到我们家来为我看病的市医院姚院长,有可能的话,直接调到市里去。没有可能的话,下次有招人机会,寿地跟熟悉的面试人员卖个人情,了却姑娘的心愿。"

又说:

"后面这几件外人的事,看起来是帮别人,其实是帮我自己。其中有个道理。按传统来讲,周三嫂子、小张、小赵,帮了我,付工资的也罢,公派的也罢,都是来关照我。不管怎样,我都欠了她们的人情债。

按照轮回循环，这笔人情债，到了下一辈子，我是要还回去的。你们按我的吩咐做，现账现清，我下辈子，不存在旧欠，一身轻松了。"

再用目光扫过全体，说：

"我对你们要说的话，都说完了。"

又说：

"老头子，亚芳，兰娟，无恙，表舅，你们都出去吧。寿天，寿地，不要走，我另有话说。"

三十八

各人退出西厢房，何寿天和弟弟寿地，留了下来。

母亲说：

"寿地，你去把房门和窗户都关关好。"

寿地起身将房门和窗户都关上了。

母亲又说：

"寿天，你再看一看，房门和窗户关好了没有？"

何寿天走到房门跟前，将门闩紧了一紧。再走到窗户跟前，将窗户插销紧了一紧，返回身来，跟弟弟寿地一起，坐到母亲床边。

何寿天说：

"妈，我检查过了，房门和窗户都关好了。你有什么话，就说吧。"

母亲说：

"五年前这个时候，寿天还在岗上班，你爸爸打了一个电话，十二道金牌催促，要寿天风急火燎赶回来。寿天到家的时候，你爸爸告诉你们，他做了一个怪梦。并且，详详细细说了那个怪梦。不知道你们弟兄两个，记不记得？寿地，你说说看。"

何寿地说：

"当然记得。爸爸说的怪梦里，总共有三件事情。第一件事情，有关寿天。有一伙人暗中朝寿天下手，要抢他头上的那顶帽子。寿天自己摘下帽子，扔给他们。这伙人就散了。第二件事情，有关我。也有一伙人，要抢我头上的帽子。我不肯，抓住头上的帽子不放手，他们使了阴招，用一顶旧帽子，替换了我头上的那顶帽子。这伙人也散了。第三件事情，有点不靠谱，说是寿天和我还有一个弟弟。也有一伙人，却是穷凶极恶的歹徒，不但抢了这个所谓'弟弟'身上的钱物，还把他揿在水底，要淹死他。最后寿天和我联手，打退了歹徒，救了这个'弟弟'。"

母亲说：

"所谓'日有所思，夜有所梦'，'梦为心声'。你爸爸的这个梦，自有来头。梦里说你们有个弟弟，不是虚言。这个弟弟，是真的。"

又从头说起来：

"几十年前，你爸爸在距离青铜镇几十里远近的一个名叫'三界'的乡镇任职，正式职务，是副书记兼公社管委会主任，属于行政一把手，老百姓通称'乡长'。有一年，世道骤变，起了一场风波。你爸爸为人厚道，没有受太大的折腾，只安了一个'只顾埋头拉车，没有抬头看路'的罪名，被送到当地一个最偏僻的地方，交在农民手里，监督劳动。那个村子，处于两省三县交界之处，连条像样的土路都没有。当地人一年半年赶一次集，从荒草野埂上走路过去。因此，你爸爸被'送'到那里监督劳动整整两个年头，虽然工资停发，人失去自由，倒也平安无事。这个时候，天下大势变化，当地也不例外，分成了两派。你爸爸这一类人，成了两派手中的牌，这一派要'保'谁，那一派就要'揪'谁。这一派要'揪'谁，那一派就要'保'谁。无疑是雪上加霜，'炭火炉子贴烧饼，翻来覆去'。你爸爸有几个同事，竟然丢了性命。有一天，两派中的一派，忽然瞄准了你爸爸，说另一派包庇他，送到那么远的乡下，名为监督劳动，实际是逃避惩罚。这一派要把你爸爸揪回去。一帮人走到下午，到了这个名叫'五岔冲'的村子，当时叫'五岔冲生产队'，肚子饿了，就在草埂上坐下来，从旁边庄稼地里扒出一堆山芋，掰了十几只玉米棒，捋了一堆荒草，点火烧熟，当作中饭。他们填饱了肚子，走到生产队集体上工队伍里，找到正在跟农民一起干农活的你爸爸，一脚踢翻在地。也是你爸爸命大福大造化大，当地有一个年轻妇女，丈夫也姓何，大家喊她'何家的'，心里看不惯，挺身而出。这个何家的，也是个细心的人，站出来之前，先找了几位上年纪的人，说：'来的这些人，连个招呼也不打，就挖我们的山芋，掰我们的玉米棒，好像这些东西，是我们替他们种好的。这倒还罢了，这么多人站在旁边，他们就当没有看见，问也不问，连个招呼也不打，就当众把人打倒在地，岂不是目中无人？'又说：'老何这个人，到我们当地有一年多了。耳听为虚，眼见为实。他每天集体上工干活，别人还没有来，他已经来了。别人下工走了，他还不走。披星戴月，起早摸黑，哪怕刮风下雨，落雪结霜，有哪一天不是这样？冬天上河堤，你看他肩上的担子，手里的大锹，有哪一样落在别人后面？连青壮都不如他！一个人三天两天这样做，不难。十天半个月这样做，很难。一年到头，自始至终这样做，难上加难。这样的人，怎么是个坏人？他又坏在哪里？如果落在这帮人手里，这个人世间，还有什么天理？'几个上年纪的，正有同感，被她一说，心头一把火，烧了起来。上年纪的再跟青壮们一说，青壮们早就摩拳擦掌，要动手了。于是，前呼后拥，到了这帮人跟前。这个何家的，上前一步，先介绍几位上年纪的，说：'这几位老人，都是贫农和雇农。其他人，都是贫下中农。你们也报一下自己的家庭成分吧。'来的是一帮年轻人，全是三界小镇上的，报了一遍父母成分，有五个是小业主，有三个是摊贩，有两个是城市平民，有一个竟然是工商业兼地主，还自称是属于'改造好的子女'。报完自己的家庭成分，来人感觉心虚，硬着头皮，想用一个办法，镇住领头的，就反问何家的：'你自己呢，也报一下家庭成分呀。'这句话，不问还好，话音刚落，一片声叫起来，喝道：'她呀，丈夫是三代贫农，自己的父母，是三代雇农！'来人还要挣扎，一班青壮们，早把手里的铁锹铁铩摊扒扫帚，举在了半空中。那一帮想揪你爸爸回去的人，看见势头不对，一溜烟散开，逃得无影无踪。就这样，你爸爸终于逢凶化吉，躲过了这一劫。"

三十九

母亲说到这里，努了一下嘴，让何寿天端着床边柜子上的茶杯，加了一点热水，递到口边，已经喝不下肚里了，稍稍润了一润嘴唇。

继续说：

"你爸爸在五岔冲蹲了整两年，局势稳定下来，他们这些遭劫难的，全部平反，补发工资，返回领导岗位。接到通知那天，你爸爸本来应该一大早赶回去的，实在舍不得，这一天仍然上工干集体活儿，跟生产队里的人一样，为玉米田铲除杂草。傍晚下工，你爸爸挨家挨户，上门感谢。每个人都提醒他说：'你要真正感谢的，并不是我们，而是何家的。没有她强出头，我们探不到深浅，摸不准底细，只会把火憋在肚里，敢怒而不敢言。她要是不出头鼓动，不要说你一条命，就是十条命，只怕也难保住。'你爸爸回答说：'没有你们，我活不到今天。没有她，我更活不到今天。等一会儿，我各家各户走遍了，放在最后，一定会去她家的。'你爸爸最后来到何家，天已擦黑，敲门进屋，看见桌上放着做好的饭菜，一碗辣椒爆炒仔公鸡，一盘红烧鲫鱼，一碟韭菜炒鸡蛋，一盆茼蒿蛋汤。另有两只杯子，装得满满的。何家的说：'老何，有一句古话，同船过渡三世修。有人要渡过一条河，到对岸去，跟他乘同一只摆渡船上的人，互相不认识，也许并没有讲一句话，甚至都没有看一眼，这个缘分，却要修行三辈子，三个轮回，才能得到。你呢，来我们五岔冲整整两年，虽然不是同吃同住，却是同劳动，每天一样干庄稼活。还有上次那一场劫闹，你大难不死，我们之间的缘分，难说是三世修行，即使十世修行，百个轮回，恐怕也难得到！你马上就要走了，以后有没有见面的机会，谁也不知道。今天晚上，就让我们夫妻两个，陪你吃一顿饭吧。乡下的日子，你现在也清楚了。这只公鸡，是家里养的；这盘鱼，是从屋后水塘里捞的；这碟韭菜炒鸡蛋，韭菜是从自留地里割的，鸡蛋也是家里母鸡生的；这盆茼蒿蛋汤，也是家里出产。倒在杯子里的，是自酿的米酒，只补元气，不伤身子的。饭菜不算丰富，但是，都是我们的一片诚心实意，你不要客气，更不能拒绝。'你爸爸听了这一番话，只能坐下来，一起吃了那顿饭，把那杯米酒，也喝了。正要告辞，何家的和她丈夫请他再留一会儿，等收拾好碗筷，还有几句话要说。你爸爸只好留下。何家的收拾好碗筷，从灶屋里回来，把屋门插上门闩，'扑通'一声，跪在了地下。"

又用温水润润嘴唇，再说：

"何家的说：'我何家有一件天大的难题，请你解救。我丈夫是个好人，却身有隐疾，不能做男人的事情。我跟他结婚这么多年，还是个黄花姑娘，身子还没有破过。他是个三代单传独子，我们如果没有子嗣，将来这一门香火，就灭绝了。不孝有三，无后为大。不要说我们夫妻二人死的时候，没有人替我们披麻戴孝，磕头送终。我们到了阴曹地府，也没有脸去见他何家的列祖列宗。因此，今天，我要冒天下之大不韪，借你一点血脉种子，为我丈夫这一门何家，留一个后人。说得难听点，我当初救了你的命，你现在帮我和丈夫，就是最大的报偿了。'你爸爸听了，吓了一跳，把头直摇，说：'这是万万不可以的。我如果做这种伤天害理的事情，还算是个人吗？连畜生也不如了！'何家的跪在地上，不肯起来，说：'借种怀胎，自古皆有。类似我家这种情况，放在列朝列代，千年万载以来，举不胜举。有借胎生子，有抱养一个男丁，用作承继血脉。甚至一个孩子，兼祧一姓两门，或兼祧两个姓氏，过去也是常见的。这是情非得已，万不得已，不管传统还是情理，这都是帮人济困，救人急难，与你说的伤天害理，搭什么界？'你爸爸被逼不过，又找了一个理由说：'我做这样的事情，怎么对得起你丈夫呢？'何家的说：'这个主意，就是我丈夫拿的。你要是不相信，去看看门是不是锁上了。这个门，就是他从外面反锁的。他今天一夜都会守在外面，等到我发出信号，才会把门锁打开。'你爸爸去拉了一下门，果然是反锁着的。再找了一个理由说：'你们夫妻真有这个打算，为什么不在当地找一个人,一定要找我呢?'何家的回答说:'找本地人借种,后患无穷。一是孩子长大了,万一模样像这个借种的人,人们难免要乱嚼舌头根子,怎么办?二是这么一个巴掌大的地方,人心都是肉长的,日后时刻碰面,万一借种的人改变主意,要把孩子认祖归宗,又怎么办?你就不一样了,三界离我们这儿,在全乡最远,中间连条小路都没有。何况,你老家并不在三界,在一天算一天,说走就走的,就不存在这些忧虑了。'何家的又说:'我话说出口,已经豁出来,我这条命,也交在你的手里了。你答应呢,我这条命在;你不答应呢,屋顶上的绳子,灶头上的厨刀,房子后的水塘,都是现摆在那里,只需要选一样,我这条命就没有了。'何家的还说:'我心里有数,按照民间的说法,这两天身子正是受孕的时候。你来了两年,没有碰过女人。我能不能怀上,十之八九的把握。我只找你今天一晚,怀上了,是我丈夫何家的福祉,说明命里有;怀不上,是老天爷要绝他这一门的后代,说明命里无,不能怪我,也不能怪任何人。还有,我可以对着苍天,发一个毒誓,不管怀上,还是怀不上,从此以后,我绝不会再来找你的!'下面的事情,我也累了,还有更重要的话,我就做个减略,不详细说给你们听了。"

再润嘴唇,喘口气说:

"这件事情,我本来也不知道。你爸爸调回青铜镇以后,夜里睡不安稳,老是叽叽咕咕说梦话。最初我也没有在意。有一天,我夜里醒了,睡不着,躺在床上七想八想,这个时候,你爸爸又说梦话了。这一次,我听得清清楚楚,你爸爸在喊一个人的名字,叫'兰英'。我把他推醒,问他,这个'兰英'到底是谁。你们知道的,你爸爸在我面前,是经不起盘问的。也就三言两语,他就一五一十,竹筒倒豆子,兜底说出来了。说完,扇了自己一个耳光,连说做了亏心事,对不起我。我本来打算跳起来,大闹一场。可是转念一想,心里静下来,把这桩孽案,在手里反复掂量了一回。最后想到,一炉铁水,已经铸成了铁锅,又不能岁月反转,把日子倒回去,重新来过。我哪怕暴跳如雷,把天戳个洞,也无法挽回,又能怎样呢?我就说:'前有因,后有果。你这条命,是人家救的。人家要借你血脉回报，也算公平。再说，借种怀胎，延续子嗣，从古至今都有。这件事情，你有责任，但主要责任，并不在你。'我又说：'过去了的，就算过去了，谁也扳不回来，谁也翻不了旧案。今天夜里的话，到此为止，只准说一次，从今往后不要再提。你哪天再提，我哪天跟你翻脸！'你爸爸把头点点。他这个人，一辈子有优点有缺点，最大的优点，就是说话算数。因此，直到今天，他牙关咬得铁紧，从来没有再蹦出过一个字。"

在靠垫上把头倚了一倚，说：

"从那天起，一块大石头，压在我的心里，一直放不下。据你爸爸说，那个'兰英'，就是何家的，是个一言落地咣当撞响的女中豪杰。他返回岗位，在三界乡没有几天，就调到另一个乡镇任职，直到调回青铜镇老家这边。在此期间，她从来没有找过他，也没有传递过任何信息。而且，那天晚上到底是怀上孩子了，还是没有怀上孩子，并不清楚。有一年，你们东乡小表舅去江苏闵家桥办事，中途要从三界乡五岔冲路过。我就跟你们的小表舅说了半句话。为什么说半句话，你们知道的，小表舅这个人，天界的玲珑，地府的剔透，是一个绝顶聪明的鬼精灵。只要听一句话，后面的十句百句千句万句，不用再说，他就清清楚楚，明明白白了。所以，我不敢多说，只说了半句。我对他说：'他表舅，你这次到江苏闵家桥，途中要经过一个三界乡五岔冲的地方，你在那里停个脚，打听一下，有一个叫何文有的人，他家是什么情况。'我又说：'这个何文有，是你表姐夫的一个远房亲戚，已经很远很远，超出五代，上两代就不再走动了。现在也不想接续联系。我是突然想起了这个名字，顺便说说。你路过那里，不要多问，也不要多停留，歇一下脚步，继续赶你的路就是了。'你小表舅回来告诉我说：'我以前去江苏闵家桥，从五岔冲走过一次，原来连路都没有，一片荒野田埂。这次经过，那里开了一条四五尺宽的泥土路。说巧不巧，何文有家就在泥土路旁边。我看见路边庄稼地里有一个人，向他打听，一提名字，那个人伸手朝旁边一指，三间泥墙草顶，一个偏厦，门前一块空地，空地前面是一个篱笆围住的菜园。屋子的后面,是一口水塘。这个人说,何文有十多年前生病死了。他老婆没有改嫁,带了一个儿子。儿子属猴的,有十一二岁了。我跟这个人正在说话的时候,看见有一个妇女,带着一个男孩,从屋里出来,到菜园里拔菜。那个人说,这就是何文有的寡妇和儿子。'我听了东乡小表舅的话,在心里对比了一下,房屋的周边环境,连那孩子的年龄,跟你爸爸说的,都十分贴切,心里确信无疑了。"

长提了一口气,说:

"我的后事办好以后,你们去一趟三界乡五岔冲,找到那个'兰英',何家的。你们兄弟两个要亲自去,要一起去。她如果已经改嫁了别人,就不要打搅。我猜她禀性,当年不改嫁,后来更不会改嫁的。如果没有改嫁,你们就把她叫到旁边,事情摊在桌面上,告诉她,我临去世之前亲口说的,请她代替我,照顾你爸爸。你们还要告诉她,我走之后,别人照顾你爸爸,我不放心。只有她,我才会放心。至于你爸爸和她生的那个儿子,你们的弟弟,要不要认祖归宗,我就不管了,你们自己商量,自己决定。我只有一个提醒,如果要认祖归宗,不能丢了根本,忘了另一个何家。要对天发一个明誓,承诺两个'何'家一起兼祧,才是正理。"

最后挣扎着说:

"这是我最后一件心事,也是最大的一件心事。你们务必办妥。有了结果,清明节到我坟头上烧纸的时候,往空中祷告几句,让我知道。好了,我肚子里的话,都说干净了。我也累了,要歇了。你们出去吧,让周三嫂子进来服侍我。其他人,都不要再进来了。"

从屋里出来,见众人都在中屋等着。

父亲问:

"你妈妈跟你们说了什么话,怎么这么长时间?"

何寿天说:

"爸,你想想,还能有什么话呢?刚才她把每一个人都说到了,单单漏了爸一个。我和寿地心里还奇怪呢。其实,妈最不放心的,还是爸。

把我们兄弟两个人留在屋里，说了那么长时间，每一个字，都是爸。我和寿地都承诺，一定按照妈的嘱咐，把爸照顾好。具体细节，以后再慢慢说。今天太晚了，大家都累了，爸先回东厢房休息吧。"

送父亲进东厢房，关好门，返了回来。

邵亚芳说：

"给无虑打过电话了。把他奶奶的叮嘱，也说了。闻芳同意留在上海，让她爸爸妈妈来陪伴几天。无虑明天天一亮出发，估计十点钟之前，能赶回来的。"

东乡小表舅说：

"我今晚和小郑住在镇宾馆。其他人夜里开着手机，随叫随到。没有事情，明天大清早，全部来这儿会合。"

何寿天说：

"寿地，你们回去吧。夜里有事情，也就十几分钟路程，一个电话，随时可以赶过来，不要紧的。无虑明天上学，就请她外婆照看一下。寿地和兰娟，大清早赶过来吧。"

各人分头散去了。

四十

第二天早晨都到齐了，酒店送了早饭来，正在吃，周三嫂子朝外边喊道：

"你们快过来，老太太不行了！"

涌进西厢房，看见母亲抽搐着，一口接一口倒着气。忽然停住了。东乡小表舅上前用手探了一探，说：

"人已经过世了。"

见东乡小表舅随即做了个制止的手势，大声说：

"请注意，听我说：现在都不能哭。无虑还没有到家，我表姐的灵魂,留在屋里不会走,等着孙子呢。一哭,惊动了接引者,灵魂就留不住,要被带走了!"

又布置道:

"周嫂子,你带着亚芳兰娟两个媳妇,趁着身子还热,赶紧把寿衣穿起来。小郑,你帮我把各个门窗、各个房屋,先用咒符封住,不让接引者进屋。寿天寿地,等一会儿跟我和小郑,一起到通济古石桥中间的土地庙前,烧三支香,祈祷土地爷手下留情,格外开恩,让我表姐的灵魂,多留半天,等长孙回来。其他各人,按照手里的事情,都忙起来吧。"

将房屋内部的所有通道,都贴上用黄表纸做的咒符。往下再贴门窗。大门里边的门框,贴了一道咒符,外边的门框,也贴了一道咒符。都贴好了,叫上小郑,又朝何寿天、何寿地兄弟两个人,打了个手势示意。

何寿天和弟弟寿地,跟在小表舅和小郑后面,走到通济古石桥坐北朝南桥栏中间位置上的土地庙跟前,小表舅拿出三支香,点燃,放在地上。看看四周无人,让何寿天站在左边,何寿地站在右边。请小郑代替,趴在地上,磕了三个头。

听小表舅口中念念有词,说道:

青铜镇通济桥土地老爷神座在上:谨启者,兹有何氏祝姓老孺人,天年已尽,本该即刻起程,去往极乐世界。只因长孙尚在路途,片刻就到。何老孺人一缕灵魂,徘徊踟蹰,依依不舍,为见孙儿一面。其情可悯,其情可怜!万望当方土地老爷网开一面,暂时关闭所守疆域,不令接引者进入,稍容亡魂喘息,在冥冥之中,觑见长孙面容,了其心愿。因何老孺人两个儿子,均是官身,诸多不便,特请友邻郑某,代为磕头跪拜,叩谢大恩!

让小郑再趴在地上,又磕三个响头。自己躬下身子,鞠了三下。领着何寿天兄弟两个人,一起转了回来。

往下一切有序进行。大门外面和院子里面,各搭了一个丧棚。大门上原来贴的春联,被揭了下来。中屋已经腾空,卸了中屋两扇大门,端了两条长凳,将门板搁在上面。将遗体移放在门板上,头朝里,脚朝外。用一张黄表纸,将遗容遮好。头顶和脚后,各有一盏长明灯,全部点亮。不一会儿,冰棺运到,放在一边,只等孙子无虑到家,见过遗容,遗体再移放到冰棺里面。

正忙着,无虑走了进来。

小表舅说:

"好了,长孙回来了,大家可以哭了。"

将无虑领进中屋。无虑看见奶奶穿了一身寿衣,脸上盖了一张黄表纸,头顶和脚下各点了一盏长明灯,眼睛一红,流下泪水来,哭声说道:

"奶奶,你也不等我呀?闻芳坚决要回来的,因为你说了话,她不能不听,留在上海了。她说了一大堆话,要我转达给你,代替她问候你呢。这些话,我现在到哪里说去呢?回去闻芳问我,我又怎么回答她呢?"

爷爷听了这几句话,再三忍不住,往放遗体的门板这边扑过来,嘴里说:

"我欠你的债,还没有还呢!你倒先走了,抛下我一个人,我再活着,有什么意思?不如跟你一起走吧!老天爷也不公平,应该我先走,你留下来的呀!"

邵亚芳抹着眼泪说:

"我们婆媳两个,外人不知道我们相处得有多好!手把手教我做菜,我学得不到位,不是这个地方少了盐,就是那个地方缺了油,耐着性子,一句批评的话都没有说过!从今以后,我再学做新的菜,没有这个机会了!"

魏兰娟跟着说:

"我们住得近,三天两头碰面,牙齿跟舌头还要碰呢,我们婆媳之间,从来没有红过一次脸,连一句高声重语,都没有过。我跟自己妈妈也是三天两天磕碰的,当婆婆的,竟然比我妈妈还贴心呀!"

哭了一阵,都劝住了。

小表舅指挥几个手下,把遗体移放进了冰棺。通上电线,放出冷气。又叫了两个人,到他跟前来。

说:

"你们两个人,专门陪着老太爷。哭一下是可以的,哭多了,伤了身体,就不好了。再哭,你们就把他劝到东厢房里去,坐到床边,或者躺在床上,好好休息。这两天,你们什么事情也不要管,就做这件事情。出了问题,在你们两个人身上。"

又对周三嫂子说:

"两个媳妇,就交给你。劝一劝,道理不用我教,你懂的。人生七十古来稀,我表姐姐八十出头了,属于高寿中的高寿。在农村,这么大年纪的丧事,是当作喜事办的。她们两个是城里人,不懂这些,你说给她们听,她们就懂了。还有,这会儿千头万绪,都要一步一步理出来,不能乱。她们两个是当家媳妇,应该平静下来,帮着操办大事了。"

把何寿天、何寿地兄弟叫到一边,说:

"有几件事情。第一件事情,最重要。是火化和安葬的日子。民间传统,就近不就远,选吉不选凶。我查过了,后天正是黄道吉日,宜丧宜葬。往后,要等好几天。我的想法,就是这一天,不用再等了。你们看看怎样?"

何寿天说:

"由表舅做主,就选后天吧。"

小表舅说:

"第二件事情,要写一张列祖列宗名册。这个一般比较宽松,往上写多少代,没有明确要求。记得几代的名字,就写几代。记不得了,不写也行。等一会儿,我来写,你们兄弟两个帮忙看着,有没有遗漏。"

又说:

"第三件事情,大门,还有中屋这边,要贴两副挽联。白纸笔墨,都准备好了。我们小会专门负责写挽联的人,代拟了词句。一副是:'音容宛在,笑貌长存。'另一副是:'良操美德千秋在,高节亮风万古存.'内容都是通俗惯用的，有些平淡。你们看看，行不行。如果不行的话，再重新拟。有什么想法，提示几句，再顺着这个思路，拟出词句，也行。"

何寿天说：

"我以前说过，不看重外表形式。意思到了，就行了。寿地，我看就用这两副，怎么样？"

何寿地说：

"好的。我看也是可以的。"

一起走到院子里的丧棚下面，小会负责书写的人，已等在桌子跟前。拿了一张黄表纸，先写亡灵列祖列宗姓名。由小表舅逐个报出来，报不出来的，何寿天、何寿地补充。都记不住的，到东厢房问父亲。照例将夫家的先人，写在左边，娘家的先人，写在右边。书写人提笔在黄表纸上写道：

夫家

太祖父：何人高	太祖母：何周氏
高祖父：何平佑	高祖母：何杨氏
曾祖父：何安成	曾祖母：何曾氏
祖　父：何健永	祖　母：何张氏
父　亲：何康瑞	母　亲：何赵氏

娘家

太祖父：祝文贵	太祖母：祝姚氏
高祖父：祝长友	高祖母：祝魏氏
曾祖父：祝存为	曾祖母：祝曹氏
祖　父：祝于才	祖　母：祝王氏
父　亲：祝世有	母　亲：祝崇氏

收好备用。再写出两副挽联。字少的一副，贴在大门两边。字多的

一副，贴在中屋两边。到这个时候，消息慢慢出去，陆续有人登门吊唁。何寿天、何寿地、邵亚芳、魏兰娟、何无虑站在大门外边迎候。来者是男的，由小表舅领着何寿天、何寿地、何无虑陪同。来者是女的，由周三嫂子领着邵亚芳、魏兰娟陪同。在大门处专门有一个人发送黑纱，依照传统，不能直接交在来宾手里，而是扔在地上，由来宾自己捡起来，戴在胳膊上。上述来人，从院子走到中屋门前，停住，鞠三个躬，退出来，大门外另有一个竹筐，由各人自己摘下黑纱，扔在竹筐里，告别离去。又有人专门招呼，问要不要留下吃饭。愿意留下吃饭的，另有一个人，带去预包的镇酒店，拼满一桌，随到随吃。家里这边，饭菜也都是酒店按时送过来的。

四十一

看看天色擦黑，忙了一天，有些累了。吃了晚饭，准备分头休息。何寿天见弟弟寿地脸上有事，便走到跟前，转到旁边说话。

何寿地说：

"有一件事情，不大，但很重要。依照惯例，我们两个人的所在单位，都应该出一个花圈。我这边当然没有问题。你那边办了手续，不在岗位，加上隔省，离得很远，本来也无所谓的。前一段时间，因为市里换了一把手，巴掌大的政坛，变得十分诡异，各种各样的谣言，应声而起。魏兰娟听到了一些传言，说你出事了。我听了，对魏兰娟说：'这种话，听都不要听，理都不要理。到了后天上午，寿天出现在告别仪式上，所有的谣言，当然不攻自破。'魏兰娟说：'我开始也是这么想的。可是，这个谣言，并不简单，也不止一种。有说你哥出事了；有说你哥正在接受审查，只等证据最后敲实，就要被抓；有说关于你哥的证据，已经敲实，只因母亲去世，出于人道主义，临时放回来，等丧事办好，就要被抓回去了。'我说：'我又不能拎一个锣，让寿天走在前面，我跟在后面，到市直机关一边敲一边喊，告诉大家，我哥并没有出事。这些刮阴风、扇鬼火的行为，又能怎么办呢？'魏兰娟说：'举行告别仪式的时候，寿天所在的单位如果出一个花圈，摆放在醒目的位置，人来人往，都会看见。最后亲友致谢，宣读送花圈挽联名单，读到你哥单位的时候，特别加重声音，响亮一点。两次重复，人们留下深刻印象，一传十，十传百。大家就会想到一个简单的道理：如果出事，或者正在敲实证据，即将出事，或者敲实了证据，临时放回来办丧事，随后抓回去，那么，所在单位绝不可能送花圈。既然送了花圈，证明肯定一切正常，没有任何问题。再有人乱嚼舌头根，也没有人相信了。这才是真正的谣言不攻自破呢。'我觉得她这番话，倒有些道理，就来跟你商量了。"

又说：

"这些谣言，表面上是说你的，实际上是朝着我来的。你平安无事，暗地里想打我主意的那些人，自然收收叠叠，打消妄念，偃旗息鼓了。"

何寿天说：

"魏兰娟的担心，确实有道理。她的建议，也是对的。这不是什么难事。我给单位打一个电话。"

打通电话，果然没有问题。转述给弟弟寿地听。放心了。

第二天从早到晚，来吊唁的人来往不绝。弟弟寿地所在的部正职恰逢出差，让一个副部长代为致意。跟寿地同一个系统的几个部的常务副部长，也到场代表本部门和部门正职，表示哀悼。寿地本人分管的下属单位负责人，亲自来了，说了许多安慰的话。青铜镇上的熟人邻居，何湾老宅的左邻右舍，相继到来。东乡里的一众亲戚，小表舅昨天已经包了车子接过来，吃住都在镇宾馆里。临近中午，没有接到的三位远亲，也赶过来了。到了下午，看见上次见过的青铜镇红白分会的副会长兼秘书长董长青，跟在一个人后面，到了近前，叫小表舅过来招呼。小表舅分别介绍，走在董长青前面的那个人，是分会的杨会长，刚从外地赶回来。跟在董长青后面的一个人，是蒋村红白小会的会长。分别捡起扔在地上的黑纱，戴在左胳膊上，一起走到中屋门前，朝着遗体，鞠了三个躬，退出门外。先跟何寿天、何寿地打个招呼，再跟小表舅互相望望，都没有多说话，一副心照不宣的样子，告辞走了。

第二天上午八点吉时，送母亲遗体出行。七点三刻，何寿天陪着小表舅，各处检查，以备准时启动。忽见陪护父亲的两个小伙子中的一个，急走了过来，说：

"老太爷一定要送到墓地，衣服都换好了，我们两个人，怕是劝不住的。"

正说着，父亲从东厢房里出来，嘴里嚷着：

"这是最后一程，我一定要送的，谁也不要挡我，谁也挡不住我！她先走了，我这颗灵魂，也跟着一道去，一了百了，算了！"

这个小伙子赶紧过去，跟另一个小伙子，一边拉着一条胳膊，拼命阻劝，不听。

何寿天跟小表舅走到旁边，商量这件事。

小表舅说：

"我表姐夫送葬的事情，要慎之又慎。按照民间习俗，这里面很有讲究。未亡人送亡人到墓地，等于公众周知，以后再不续娶，后半辈子也不会另找陪伴的人。我表姐夫现在的心情，当然说到做到，没有问题。将来怎么办？也许会，也许不会。也许本来不会的，因为某个机缘巧合，有了想法，又怎么办？或者，你们家可以不管这些俗套，'车到山前必有路'，走到哪里算哪里。可是，在背地里，别人会说闲话的，又何苦呢？我们在帮别的人家操办丧葬的时候，都不让未亡人跟着送葬到墓地，这样做，是给人给己留下余地。这一点，还不是最重要的。最重要的是，他这么大年纪，别看身子骨表面上硬朗，其实是经不起折腾的。跟着一起去，几个小时连轴转，其间遇情遇景，不免伤心，一会儿悲，一会儿哀，两下里夹攻，怎么吃得消？万一弄出什么事情来，有个三长两短，怎么得了？"

何寿天听了，带着弟弟寿地，走到父亲跟前，说：

"爸，你留在家里，不要去了。"

父亲还要说话，被小表舅截住了话头。

小表舅说：

"家有千口，主事一人。表姐夫，不是我不尊重你。今天主事人，只有一个，就是寿天。我们只听他的，其他不管什么人，我们都不听。你就体谅吧。"

转头对两个小伙子说：

"你们两个人，别的什么也不要做，只管看着老太爷。队伍出大门的时候，可以看一眼。只能看一眼，就扶进东厢房休息。出了岔子，我拿你们是问！"

四十二

八点整，六个青壮抬着冰棺，跨出大门门槛。何寿天心里刹那间一紧，觉得泪水盈聚在眼眶里，就要掉下来。儿子无虑捧着遗像，红着眼睛，走在前面。跟着后面的寿地，眼眶也是红的。邵亚芳、魏兰娟忍不住，咿咿呀呀，哭了起来。无恙号啕大哭。队伍里一片抽泣之声。一直走到通济古石桥这头，哭声忍住，压抑着低了下去。走到古石桥中段，小表舅举了举手，让人群在那块刻有土地庙的石栏前站住，也只打了一个停顿，嘴里叽叽咕咕，祈告几句，继续向前走。蜿蜒穿过旧街青石板窄巷，到了转盘路前，队伍停住。青铜镇红白分会的副会长兼秘书长董长青带着几个人，站在转盘路周边，维持秩序。小表舅朝对方点一点头。何寿天和弟弟寿地也朝对方点了一点头。小表舅招呼一声，众人将手中花圈花篮，放到运送的卡车上，再一起上了那辆中客。

车辆启动向前。驶过镇红白分会前面的拐弯处时，看见分会杨会长和蒋村小会的会长，也带着一帮人，分站在路边恭送。请驾驶员揿了一声喇叭，以示致意，继续往前走了。

到了市殡仪馆，早有人迎了过来，将车队迎到一个空旷的停车处。众人下车，排好队伍。殡仪馆馆长饶益方从办公室方向急步过来。小表舅连忙让负责分发黑纱的人迎过去，将一只黑纱，依照习俗扔在地上。饶益方弯腰捡起来，戴在左胳膊上，先朝遗像鞠了三个躬，这才走到跟前，伸手跟何寿天握一握，再跟何寿地握一握。往下是小表舅，稍作犹豫，伸出手来。小表舅赶紧把手递到跟前，也握了一握。

饶益方说：

"何书记，何部长，有一个贵宾厅，昨天就腾空准备好了。我让人一共打扫了三遍，昨天上午一遍，昨天下午一遍，今天大清早，又派人打扫了一遍。我刚才里里外外看了一遍，应该即刻可用。你们到达的时间，不早不晚，恰好顺应次序，不用排队。所有的人先进大厅，稍作休息，就可以举行告别仪式了。今天是周二，局里有例会，我试试能不能请个假，就不去参加了，留下来，参加老太太的告别仪式吧。"

何寿天说：

"饶馆长，你帮了这么大的忙，谢谢。你照常参加例会吧，不用留下来的。"

何寿地说：

"王局长昨天也说过，要把今天的例会推迟到明天，准备来参加告别仪式呢，被我再三阻止住，让他也不要来了。"

饶益方说：

"好的，那就听何书记何部长的，我到局里去了。"

又转手指着一个人说：

"我派了一个人，小姚，专门守在这里。有什么事情，直接找小姚，就行了。"

说完，告辞走了。

告别仪式稍后进行。亲朋友邻围走一圈，最后瞻仰遗容，主要亲属跟来人握手致谢。小表舅宣读送花圈花篮挽联挽幛名单，先是单位，后是个人。读到何寿天单位时，声音提高几度，特别响亮清晰。何寿天代表亲属致谢，不过简单几句礼节性的话。到这里，告别仪式结束，有人招呼亲友乘上那辆中客，赶回青铜镇。这边何寿天、何寿地被一个人领着，进了火化炉间。过一会儿，母亲遗体从一个活动轨道上，被推到了炉子跟前。一个工人，穿得整整齐齐，把炉门打开，对何家兄弟提示了一声，将遗体朝炉火中用力一推。这边何寿天、何寿地同时叫了一声"妈妈避火啊"，喊声落下，炉门关上了。

何寿天和弟弟寿地在贵宾室等了半个小时，有人进来招呼，说已经好了。走出来，工人捧着一个盒子，里面是烧成灰白色的遗骨。当着兄弟两个人的面，用一把铁夹子，将骨灰逐块夹起来，装进大理石骨灰盒里，交给何寿天。何寿天捧到外面。儿子无虑将手里的遗像转交在无恙手里，将骨灰盒接过来，捧在手上。小表舅招呼一声，留在这里的家人，何寿天、邵亚芳、何无虑，何寿地、魏兰娟、何无恙，小表舅，并小表舅的几个手下，一起出了殡仪馆，走进墓园，顺着中间一条宽路，到了预定的墓地前面，停下来。

墓碑上的字已刻好，中间两行大字，右边是父亲的名字，左边是母亲的名字，紧傍在姓名两边的小字，是生卒年月。母亲的生卒年月，已经填实。父亲的生卒年月，虚空着。左下侧用中号字，排列两行，右边一列是何寿天一家姓名，左边一列是何寿地一家姓名。小表舅领着几个手下，焚香烧纸，祷告已毕，从无虑手中接过骨灰盒，安放在墓碑后面左侧穴里，放好盖子，拌好封料，看四周无人，便按照民间传统，让各人逐次磕头。先是男丁，何寿天、何寿地、何无虑。再是女眷，邵亚芳、魏兰娟、何无恙。小表舅趴在地上，也磕了头。重燃三炷香，烧了一堆纸，往空中再作祷告，带着几个手下，把墓穴封好。又取一支笔，沾上涂料，将墓碑上左侧大字，用红色描了出来。

离开墓地，一行人由小表舅领着，转出墓园，来到隔壁一片专门用于焚烧祭品的空地上。正有两群人，在北边和西边两个地方，各画了一个圈子，焚烧着。东南角上更大一块地方，空在那里。见有一个穿殡仪馆工作服的人，守在那里。这个人看见小表舅，迎了过来。

这个人说：

"饶馆长吩咐，这个地方处于东南位置，最吉利的。我大清早就守在这里了，防止别的人家占用。刚才有一辆运祭品的卡车开过来，规定是不准靠前的，我问清是你们的，破例让车子开进来，停靠在旁边了。"

感谢一声，请这个人忙自己的事情去了。小表舅几个手下，并卡车上的人，一起动手，将车上的祭品，全部卸到地下。负责祭品的小郑走到近前，做详细介绍。

小郑说：

"这些祭品，都是我们小会的人提前准备好的。相比平常人家，都是双份。其中金箔折叠的金元宝十箱。银箔折叠的银元宝十箱。天地恒通银行发行本土钞票，含各种面值，二百叠。宇宙久远银行发行全球通用外国货币，含各种面值，二百叠。黄表纸古钞，二百叠。支付宝并各种银行卡，一百叠。宝马、奔驰、凯迪拉克等各种名牌轿车，每种两辆。别墅三幢。专用直升机两架。大型专用客机一架。超豪华游艇一艘。房屋内部各种电器并家具，全部按最新式样配套齐全。除了钞票和贵重物品，每幢别墅配备保姆三人，用人三人，司机三人，保安各十二人。还有一些其他的东西，我就不详细列举了。这些种类，都是目前流行，应时应景之物，大家也见惯不怪的。尽管这样，仍然做了低调处理，没有跟随送葬队伍一道，而是另用一辆卡车，直接送到这个地方。应该不犯忌讳的。"

说完，小表舅招呼几个手下，将所有的祭品，堆放在殡仪馆专门留下的空地上，逐次焚烧完毕。让小会的人，就乘这辆卡车，先回去了。

何寿天、何寿地、何无虑及邵亚芳、魏兰娟、何无恙，并东乡小表舅，来到事前订好的附近一家小饭店，坐下来，吃了一顿简单中饭。丢下碗筷，何寿天把邵亚芳和儿子无虑叫到一边商量。

何寿天说：

"闻芳一个人在家，她父母陪着，总不是个办法。无虑开车带你妈先回上海，我还要留下来，办一件非常重要的事情，主要是想把你爷爷安置好。快则三天，慢则五天，最慢在一周左右，估计会有结果，马上就赶回去。"

何无虑说：

"要不要跟爷爷打个招呼？这样不告而别，爷爷会不会生气？"

何寿天说：

"你回去跟爷爷打招呼，要绕一大截路，一往一返，至少耽误半个小时。再说，爷爷看见你，提起话茬，说不定又要伤心，反而不好。我替你说一声就行了，不要紧的。"

随即转回来，跟各人招呼一声，何无虑和邵亚芳上了车，径直回上海去了。

这边何寿地对何寿天说：

"无恙只请了半天假，下午还要上课。我先送她们回家。你跟小表舅回去。我下午顺便到办公室转一圈，等你睡好午觉，我赶回去，跟你和小表舅碰头。"

分头走了。

四十三

何寿天和小表舅到家，听见隐隐约约一阵铙钹响声。走到大门近处，铙钹声里，又多了一种诵念之音。越往近走，声音越发清晰起来。有一个人从门口迎出来，认出这是负责来宾食宿的小李，就站在大门外说话。

小李说：

"告别仪式结束后，送葬的亲朋好友乘坐中客，全部在预订的镇酒店下车，安排吃了一顿早中饭。东乡的几位亲戚，按每个人头，各发了五百块钱。领钱的人，都登名造册，做了记录。吃好早中饭以后，包了一辆车，送他们回去了。何湾何家老宅的邻居，没有发钱，吃了早中饭后，因为离得不远，自己走回去了。有少数几位是镇上的，也没有发钱，吃好早中饭，直接回家了。何老太爷早上有点伤心，怎么也劝不住。陪着的人实在没有办法，只好请他到镇酒店，开了一个房间，陪着说了一些闲话，分散他的注意力，才好了一点。中午也是在酒店吃的中饭。这会儿在酒店房间里休息呢。"

小表舅说：

"你等会儿跟酒店说一声，晚上只预订两桌饭菜，还是以前的标准，送到家里来。明天开始，饭菜不预订了，就请周三嫂子，另派两个人当助手，做饭自己吃。从今天晚上起，酒店房间不用再订了。还是按以前的老规矩，大家打地铺。我也住在这里，下午把我表姐夫从酒店接回家，我们子舅两个，说说话。"

安排完毕，转头对何寿天说：

"你要午睡，我让他们收住声音，先默诵一段经忏，不要打搅你。等你午睡醒了，再让他们把声音放开吧。"

何寿天说：

"我午睡的习惯是长年养成的，一般不受外界干扰。这样吧，我把南厢房房门关上，躺到床上试一试，如果有噪声，睡不着，就出来打声招呼。我如果不出来打招呼，就说明没有影响，你们一切照旧，正常进行就是了。"

何寿天进了南厢房，躺到床上，闭目养神，感觉外面的铙钹之声，悠悠扬扬，飘飘荡荡。交错在其中的诵念之音，抑扬顿挫，起起落落。两种声响交混在一起，从门缝那儿，一点一滴，透漏进来。忽听金属之音婉转缭绕，诵念人声愈加清晰。却原来是几个诵念经忏的人，用不同的腔调，扮作不同的对话，在嘴里轻吟慢唱，像是在说一段故事。

且说青铜镇通济古桥土地庙土地老爷正在当值巡查，忽见一黑一白两个影子撞将前来。土地老爷喝道："来者是谁？有何公干？"两个影子中的穿白者笑道："你何必多此一问？只需睁开一双眼睛，朝我俩瞅上一瞅，一个穿黑，一个穿白，来无影，去无踪，就晓得我们的底细，乃黑无常白无常是也。我们今天受阎罗王派遣，只因附近何家老妇人天年已尽，特前来接引亡灵前往阴间。"土地老爷道："两位尊者为什么不提前通报一声？"两个影子中穿黑的笑道："'普天之下，莫非王土；率土之滨，莫非王臣'。我们受阎罗王的派遣，想到哪里，就到哪里。想干什么，就干什么。为什么要向你通报呢？"土地老爷说道："两位尊者差矣。俗话说，'县官不如现管'，我现如今正管着这一块一亩三分地皮，不论公差私活，都得跟我事先挂个号。这也是既定的程序。在这一亩三分地皮上，不向我事前通报，不经过我的允可，不管来者是谁，哪怕你天大地大，都不得擅自作为。"黑白无常一起笑道："真正是'庙小妖风大，池浅王八多'，一个土地庙的老爷，能有多大级别，竟然要我们向他通报？我们鬼神界，是不办退休的。如果像阳间那样到龄退休，你每个月领的退休金，跟我们的退休金相比，连个零头也不如呢。"土地老爷道："两位尊者小看本老爷了。我告诉你们，这座庙虽然小，资格却老。当年有这座桥，就有这座庙了。这座桥，是盘古爷开天辟地时而成。中间一块桥栏石上，镌刻了我所在的这座土地庙。古石桥历经兵燹战火，屡毁屡修，这块桥栏石，并上面的土地庙，却还是旧时的石头，从来不曾替换过。你们两个掰着手指头算一算，到底有多少年头了？"两个影子听了，说："这么说来，这座小庙，倒也确凿有些资格。你在这里当值，恐怕也真正有些道行。我俩不免小瞧你了。"土地老爷说："不必客气。闲言少叙，其实我上前阻拦两位尊者，是为了帮你们厘错纠谬，只因两位尊者匆忙之间，走错了路，接引错了人。"黑白无常笑道："'阎王叫人三更死，不会延迟到五更'。我俩自打接手这桩差事，出阳入阴，接魂勾魄，每天从早到晚，也不止成千上万，从来没有出过一起差错。你今天倒大言不惭，竟然说我俩走错了路，接引错了人，不说说清楚，岂能放过你？"土地老爷说："你俩惯常接引魂魄，是带去阴间。这位何氏老孺人，应该去的不是阴间，而是到极乐世界，直奔下一个轮回，投生人世的。"黑白无常道："是吗？她凭什么呢？你这么说，必须给一个理由！"土地老爷说："这位何氏老孺人，全家官身。她的丈夫，早年是官身，现在退休，仍然按月领取国家俸禄。她生的两个儿子，一个曾在本市为官，后来到外地，当了更大的官。另一个留在本地，正是在职在位的显赫官身。"黑白无常笑道："你这个理由，已经过时了。放在过去，'遇官三分礼'，我们对待官身，当然要高看一等，给予特别优待的。只因近年来，世风日下，人心不古，腐败之气，愈演愈烈。那当官的，有权不用，过时作废。烈火烹油，鲜花着锦，予取予求，贪得无厌。那些贪官的家属，往往仗势牟权，无所不用其极。阴间这一项关于官身的优待赦免，早已取消了。不但如此，对于贪官，还要从严从重从快，罪加一等。这个何氏妇人，家里的几个官身，到底是不是贪官呢？"土地老爷道："何家的几个官身，都是'小葱拌豆腐，一清二白'，廉洁奉公的行迹，在世间打个灯笼，也很难找到几个。不说阳间白纸黑字，多少赞誉。我这里有一本阴骘账目，记得明明白白，分毫不差。"黑白无常道："那何氏妇人，有没有仗势得利，或是趾高气扬，睥睨待人呢？"土地老爷道："何氏老孺人，在乡里民间，口碑甚佳。凡是认识她的，没有一个不说好的。"黑白无常道："口说无凭，拿出证据来。你不妨举几个实例，说给我俩听听。"土地老爷说："我只举两个例子。第一个例子，大饥饿那年，何家老宅有一个邻居，眼看就要饿死了。被逼无奈，当了小偷。从何家老宅北墙一个窄洞里，钻了进去。不承想卡住了半腰，进不得，退不得，被何氏老孺人活捉了现行。那个非常时期，从人嘴里偷食，无异于谋财害命，要被当场打死。即使不被打死，放他一马回家，也是个饿死。何氏老孺人，家里仅剩了一点红糙米，本来丈夫当晚回家，煮好饭等着。丈夫因事耽搁没有回来，何氏老孺人把这碗饭，用凉水晾在水缸里，只等丈夫回家，吃这碗饭。当时，何氏老孺人见这个被活捉的邻居，瘦得鼻青脸肿，'三根筋支着一个头'，心生怜悯，就用那碗本来留给丈夫的米饭，放了足足的油，做了一碗油炒饭，让这个被迫当小偷的邻居，吃下肚里去。那个饿得有上气没有下气的邻居，得了这一碗油炒饭的接济，留下了一条小命。直到现在，这个人还活在阳世上呢。第二个例子，仍然是何家老宅的一个邻居，受了别人的蛊惑，明为贪要财礼，实为买卖婚姻，将女儿远嫁给一个僻远山区男子。何氏老孺人看出其中破绽，让丈夫出面阻止，要那家女儿暂时不要把户口迁走。那家女儿到了夫家，才晓得夫家兄弟五个，共同凑钱买了她一个女人，犹如五雷轰顶，只能拿绳子剪刀，走一条寻死的路。所幸户口没有随身迁移，尚有退路。要不然的话，真正是'回不得家乡，见不得爹娘'，'走投无路入虎口'，横竖只有一个死了。因为何氏老孺人当初阻止，留了一条退路，邻居的女儿便找了个机会，带着已经洞房的丈夫，逃回了家乡，重新做人，也算活得十分滋润。两位尊者在上，俗话说，'救人一命，胜造十级浮屠'。何氏老孺人类似的例子，大大小小，举不胜举。我跟两位把屁股坐在地上，面对着面，从日落说到日出，恐怕也不一定能说得完。"黑白无常听了，赞叹道："既然如此，把做出这样光辉事迹的亡灵带往阴间，跻身于那些作祟积孽之辈，对何氏老妇人来说，太不公平，也太委屈了。看来，通济古桥上土地庙土地老爷的话，说得有几分道理，我俩此次前来接魂引魄，是走错了路，认错了人了。"又道："细想起来，责任并不在我们两个黑白无常身上，是阎罗王把事情弄颠倒了。以前听人间有一句话，叫作'原来阎罗王也会犯错'，过去不相信，今天长了见识，相信了。"再道："由此看来，这位何氏老妇人的亡灵，不是去往阴间，也不是由我们接引。所谓'事不关己，高高挂起'，'只扫自家门前雪，岂管他人瓦上霜'，既然不关我们的事情，我们两个，白站在这里，跟你说了这许多闲话，把手边的其他正事都耽搁了。打个告辞，我们去也。"……

何寿天听到这里，困意上来，放松思绪去睡了。

四十四

午睡醒来，正要起床，耳内听见一缕吟哦念诵之声，从门缝里飘了进来，便放松身子躺着，仔细来听：

却见前方到了一个所在，一条河蜿蜒曲折，一座桥独木横担，一个人席地而坐，一锅汤沸腾翻滚。那亡灵便道："这个地方，依稀眼熟，似乎什么时候曾经来过。却怎么想，把头都想疼了，也想不起来。土地老爷您见多识广，能否点拨一二？"土地老爷说："这个地方，我是经常来的，当然再熟悉不过。席地而坐的那个老太婆，姓孟，大家都喊她'孟婆'。她旁边的那一锅汤，叫'孟婆汤'。她身边的那条河，叫'孟婆河'。河上的那座桥，叫'孟婆桥'。你喝了她手里的那碗汤，走了那座桥，过了那条河，顺着右边的一条路，径直向前，就是要去的方向。我就不再陪着你，由你自己去了。"那亡灵倏然惊觉道："听说喝了孟婆汤，这一辈子的今生往事，全都忘了。这碗汤，我是不会喝的。这座桥，我是不会走的。这条河，我是不会过的。"土地老爷道："你不喝这碗汤，不走这座桥，不过这条河，待要到哪里去呢？你留在阳世的时候，不过在瞬息之间。不是以年月日，也不是以时分秒，而是以眨眼之工夫计算的。所谓'一寸光阴一寸金，寸金难买寸光阴'，也容不得你稍作犹豫，再拖延下去，就有麻烦了。"那亡灵道："我不想朝前，只有退后一条路了。"土地老爷劝道："这个世界上，有两个是最'不能'的。一个是，后悔药不能吃。另一个是，回头路不能走。你修行一世，正派做人，好不容易得到天佑地护，绕开阴间，去极乐世界，直奔下一个轮回，投生人世。你也不想想，有多少人羡慕嫉妒恨，也想走你这条道呢。你还不抓住机会，即刻行动，更待何时？你要知道，'过了这个村，就没有这个店'了。所谓'机会千金难买'，'机遇稍纵即逝'，一旦丧失，再要懊恼追悔，呼天抢地，也来不及了。"那亡灵迟疑道："可是，我这边丈夫阳寿未尽，儿子成家立业，且一代接着一代，正在开枝散叶，怎么舍得下呢？"土地老爷道："你已经把握到一个天大机遇，要去投生尘世，从此脱胎换骨，改换门庭，重新做人了。俗话说，'旧的不去，新的不来'，'人不能全满，事不能全成，福不能全占'，随便哪一个，总不能奔着新的去，想着旧的来。'一桩跨两界'，'脚踩两只船'，'又吃粽子又蘸糖'，'吃着碗里，看着锅里'，无论阳世阴间天界，到哪里去找这样的十全十美的好事？你不喝这碗孟婆汤，不走这座孟婆桥，不过这条孟婆河，如果不把前尘旧事全部忘记掉，洗涮得干干净净，而是一边对着新的，一边想着旧的，你只有一个身子，一颗灵魂，到末了，夹在两者中间,到底是顾哪一头好呢?只怕事到临头,一头也顾不上,一头也顾不好了!"……

听到这里,大门那儿似有动静,起床出来,原来是弟弟寿地到了。抓紧洗漱好,小表舅让人将父亲请了回来,一起进了东厢房,关上门,将诵念经忏的声音,隔在外面,这边坐下来说话。

何寿天说:

"爸今后的生活安排,我想了又想,也跟寿地反复商量过,无非是几个选择。第一个选择,跟寿地一道住。市里离青铜镇咫尺之间,抬脚落脚就到。寿地的房子还算宽敞,爸单独住一个房间。一天三顿,中饭寿地从单位回来陪你吃。寿地有事走不开,你可以凑合一下,单独吃。早饭和晚饭,寿地、兰娟、无恙,陪着一道吃。其他各方面,都有照应。第二个选择,跟我一起走,长住到上海去。我和邵亚芳都不用上班,每天陪爸到公园散心。一天三顿饭,中午我和邵亚芳陪你一起吃。晚上无虑闻芳下班,全家坐在一张桌子上,热热闹闹。再过不久,你就要抱重孙子了,更加其乐融融。比较下来,这个方案更好一些。"

父亲听了,两只手直摆,说:

"住到上海,好是好,可惜我只能在心里想一想,实际做起来,千难万难。古人有话,'七十不留宿,八十不留饭,九十不留话'。我是八十过半奔九十的人了,到了这种年纪,今天不是明天,早上不是晚上。眼看着青天白日,一转身狂风暴雨。万一哪天身上不舒服,在上海那种特大城市医院,活进活出易,活进死出难。我这把老骨头,留在了他乡异土,不能运回来,落叶归根,怎么得了?"

又说:

"跟寿地一起住,更是不可能。说什么市里跟青铜镇'咫尺之间','抬脚落脚就到',那是指开车来回。我说不定随时随刻想回来,又不可能专门有一辆轿车,停在那里等着我。我这个年纪挤公交车,你们能放心?用两只脚走,一来一回,那要走多少时间?这还罢了,更要命的是,我到了市里,无恙上学,寿地兰娟上班,我一个人,留在屋里,四面墙壁。或者到了外面，'两眼一抹黑'，没有一张熟脸，这种日子，我怎么过得下去？"

寿地说：

"爸，在青铜镇上，像你这种年纪的人，还剩了几个，不用掰手指头，都数得过来。你又长年在外地工作，几十年不打交道，互相之间，都不认识的，还不是同样'两眼一抹黑'，跟住在市里，有什么区别？"

父亲摇手说：

"当然有区别的。我在青铜镇从小到大，生在这里，长在这里，一砖一瓦，一草一木，都是熟悉的。除了摊扒街往北的那一大块新建街区，其他地方，我从家里穿过通济古石桥，走到转盘路，这一段旧街窄巷，中间每一个凹下去的坑，每一个凸起来的砖头，我心里都一清二楚。哪怕闭着眼睛，也不会摔跟头。而且，它们都是我的熟人，都能跟我说话聊天的。"

何寿天说：

"爸，你的想法，我和寿地都明白了。其实妈当初判断，也是这样的。妈那天晚上让我和寿地留下去，单独说了好长时间的话。其中有一段话，就是关于爸今后的生活，到底怎么安排。不过，妈交代的这个安排，难度比较大，能不能落实好，我和寿地都没有把握。妈还特别关照，在事情没有落实好之前，不能对爸说。不过，我和寿地担心的是，妈对爸的安排，即使真的落实了，爸自己能不能接受，恐怕还要打一个问号呢。"

父亲说：

"在这个家里，从头到尾做主的，难道不都是你妈？你们兄弟说说，我有过哪一件事情，没有依过她？有过哪一句话，没有听过她？生活了一辈子，我也习惯成自然，依赖惯了。你妈不让你们提前告诉我，那就不要说，我耐心等着就是了。只要是你妈的安排，也不用推敲，肯定周到细致，我一定会听的，怎么可能不会接受呢？"

说到这里，何寿天手机响了，是儿子无虑打来的。

何无虑说：

"到家了。一路顺利，没有遇上堵车。信箱里有妈单位寄来的一份表格，是办退休的例行手续，让妈签个名，寄回去。另附有一张说明，告知单位那边程序已经进行得差不多了，这两天会把退休证和社保卡快递过来。妈看到表格和说明，念叨了几句户口迁回上海的事。其他没有什么。"

把无虑平安回到上海的事，转告给父亲。父亲听了，放下心来。由此转了话题，说了一会儿闲话，各回房间休息。

晚上镇酒店送来了预订的饭菜。何寿天和弟弟寿地，并东乡小表舅，一起陪父亲吃了饭。寿地要赶回去，何寿天送到门外，商量明天去五岔冲的事情。

寿地说：

"我已经查过了，五年前全市修造'村村通'的时候，五岔冲的一段路因为跟江苏接壤，处于两省三县交界之处，关系到本省形象，因此，修路用的水泥标号，还要好一些。路面相比别处，更加宽阔。轿车从上面走，没有问题的。我明天大早来，一起陪爸吃好早饭，再朝那边去吧。"

何寿天说：

"这件事情，我反复掂量过，要想真正办好，恐怕还要请东乡小表舅出手帮忙。这样，我俩明天先去看看情况，有必要的话，再向他求助，你看怎么样？"

寿地说：

"论民间的人情世故，我俩的熟悉程度，跟小表舅当然是没有办法相比的。我们家的这种情况，也只能找他了。"

商议已定，何寿地回市里去了。

何寿天进南厢房，给邵亚芳打了一个电话。

邵亚芳说：

"我和无虑是傍晚到家的。一帆风顺，路上车很少，到家天还亮着呢。闻业荣和方慧群已经把晚饭做好了,正等着闻芳下班回来吃。见我和无虑回来,一定要回去。让他们留下一起吃,再三不肯,说家里好几天没有开窗户了,只好让两个人走了。这两个人,平时节省惯了,晚上只弄了一个百叶卷烧羊肉、一盘红煮白水鱼,闻芳这样的身子,哪里够呢?我又炖了一碗鸡蛋,再添了一个清炒丝瓜。闻芳到家,直喊肚子饿。还说我做的炖鸡蛋和清炒丝瓜,最对她的胃口,吃得狼吞虎咽。这几天,她恐怕是饿坏了。明天大早,我什么事也不做,专门跑菜场,让她好好补一补了。"

又说:

"到家上楼之前,信箱里收到我单位寄来的一张退休登记表,附有一张纸条,让我在表格上亲笔签好名,再寄回去。我的退休手续,单位那边基本办好了,我本人不用赶回去。这份表格,我已经签好名,无虑也帮我核对过,他明天上班时,抽个空当,会帮我寄掉。过几天,等拿到退休证,我户口迁回上海的事,也应该摆上家里的议事日程,抓紧办了。"

何寿天说:

"等拿到你的退休证,我估计也回上海了。迁户口的事,到时候再说吧。我还要待几天,有什么事情,随时打电话就是了。"

挂了电话,洗漱休息。

四十五

何寿天第二天大早醒来,弟弟寿地已经到了。周三嫂子端上做好的早饭,兄弟两个,并小表舅,一道陪父亲吃了。何寿天随即跟寿地一道,到通济古石桥桥头空地上,上了寿地的车,径直赶往五岔冲村。

到了地点,已是中午十二点。放眼四看,原来这个地方,跟想象中的荒僻之地,完全不一样。沿着马路两边,分布着好几家饭店。在路边一个空地上,将车子停住。见走过来一个四十出头的中年人,便向他打听。

这个人回答说:

"我们这儿,就是五岔冲村。当年还叫公社的时候,这儿属于三界公社管辖。后来公社改成乡,隶属不变,归三界乡管辖。撤区并乡以后,三界乡降为三界办事处。随后撤小乡并大镇,三界办事处再降为三界社区,属于凤城大镇。这么多年,变来变去,却是换汤不换药,我们五岔冲村,仍然归属在三界社区下面。"

又说:

"我就是五岔冲人。路边这家饭店,就是我开的。我这个店,虽然只有两层楼,不是很大,在周边一带,也算小有名气。我家的特色菜,在店招牌上标着,就是'三头',分别是'鸭头''鱼头'和'兔头'。其中'兔头',最为抢手。有跑长途的司机,在路上紧追猛赶,争分夺秒,就是为了抢我家的这一口鲜。每天限量供应,来迟了,就吃不到了。我姓张,这几年,我这家店,还有我这个店主,在远远几十里范围,也熬出了一个小名头,人称'张三头'。今天也算你们有缘,兔头还没有卖完,若是相信我的话,可以尝一尝。尝过了,你们只要说一声滋味不好,马上抬屁股走人,我是不会收你们一分一厘钱的。"

何寿天说:

"我以前在浙江衢州,吃过一次'三头',也是鱼头、鸭头和兔头这三种原料做成的。其中的辣味和天然香味,确实是天下一绝。不知道你这儿的'三头',跟衢州那边的'三头',有没有关系?"

这个人说:

"这位先生果然是行家。我家的'三头',其实就来自衢州。我二十几岁刚结婚时,这里还是一片荒芜,家里穷得叮当响,吃了上顿,盼着下顿。逢年过节,去三界赶一趟集,连一条路都没有,只能从荒草垾上一路扒拉着两只脚过去。实在没有办法,便带着老婆,投奔衢州那边的一个远房亲戚,在一家饭店打了几年工。明里暗里,学到了'三头'的手艺。后来听说老家这边修通了公路,跟江苏那边连接在一起。一塘死水,变成活水了。我就想,老人有话,'梁园虽好,不是久留之家',我在衢州,虽然日子也能过得下去,毕竟是他乡异客,不如趁着年纪轻,回老家去,试着拼一拼吧。带着老婆回来,先是用打工的积攒,搭了两间平房,专门做过路长途司机的生意。几年下来,略有积余,把平房扩展成了四间。过几年有了积累,又在上面加盖了一层,做成今天的模样。生意也打开了局面。不说日进斗金,这一辈子,也算活得滋润了。"

就在这家饭店吃中饭。照例点了"三头"。三样菜端上来,每样一大盆。眼看两个人吃不掉,便请那位店主,坐下来一道吃。吃了一会儿,再聊几句闲话,转入正题。

何寿天说:

"张老板,你刚才说自己是五岔冲人,有一个名叫何文有的,不知道认不认识?他家的情况,是怎样的?"

姓张的店主说:

"你问我,算是问对人了。如果找别人,哪怕也是五岔冲的人,可能只知道头,不知道尾。或者只知道尾,不知道头。我呢,就不一样了,从头到尾,全部知道,清清楚楚。"

何寿天说:

"店里这会儿没有客人,正好有空,我们也没有急事要赶,你不妨说个仔细,我们也听个仔细。"

张店主说:

"何文有已经不在人世了,死了至少也有二三十年了。这个人的祖祖辈辈,都在五岔冲。当年这里的田地,全部在三界一个名叫周大昌的地主名下。何文有的太爷爷、爷爷,都是周家的雇农。何文有的爸爸,也当过一阵子雇农。说起来,何家的人丁不旺,听说太爷爷一辈,还有兄弟三个。到了何文有爷爷一辈,只有老二生了一个痨病鬼儿子,就是何文有的爸爸,算是三房共一脉。这一脉单传下来,也只生了一个儿子,就是何文有,还是他爸爸三四十岁那年得的子。这个何文有,从小就病病歪歪。结婚以后，老婆的肚子，七八近十年都没有动静。后来也是中年得子，总算生了一个儿子，倒是跟上辈人不一样，生得十分茁壮。这个儿子取名字的时候，何家族谱这一辈排行最后一个字是'人'，因为家族人丁不旺，要图一个吉利，中间一个字就起了'寿'，名字叫'何寿人'。小名就取后两个字，'寿人'。何寿人跟我年岁不相上下。我们在村中心小学还同过两年学。我的书没有读出来。我们五岔冲这一茬人，书读出来的，只有何寿人一个人。村里人都说，这个孩子能有出息，主要是承继了他妈妈的血脉。"

听何寿地"哦"了一声，姓张的店主，更加起劲了，说：

"何文有的老婆，姓杨，大名杨兰英。同辈人喊她'兰英'，也有人喊她'何家的'。她的爷爷和爸爸两代，也是五岔冲人。往上一辈，有些传言，乍听起来，有点七拐八绕，云天雾地，十分吓人。说她的太爷爷一辈，住在江苏闵家桥，其实是一个湖匪。一百多年前，从上游洪泽湖，经过三河，到下游高邮湖，每年的金秋九月，都要走一趟船镖。一艘几十丈长的大船，十几丈高的桅杆上，挂着一样东西，远看是一条两人多长的白鱼，近看却是一把白刃大刀。这只大船里，装满真金白银。有一年，一个姓周的湖匪头子，领着一帮手下，劫了这艘船，将满船的金银财宝抢到手后，这个周姓匪首，心肠歹毒，想要吃独食，竟然将手下人逐个铲除。其中一个姓杨的，在高邮湖心，身中三刀，落入水中，生死不明。这个姓周的土匪头子，从此改名换姓，冒名'周大昌'，来到三界蛰伏。那个时候，水路比旱路繁华，三界因为紧傍高邮湖，是一个很热闹的镇。冒名的周大昌一开始在三界镇一家杂货店里打工，店主看他勤快，便把独生女儿嫁给他，招他为婿，承继了这个杂货店。老店主死后，没有想到，这个不起眼的杂货店，就像吹气球一般，在几年之内，越做越大。也没有几年，就把三界周边的田地，全部买了过来。高邮湖紧靠三界的这一片水面上，飘荡着的船帆，都是周大昌家的。此后不久，我们五岔冲来了一个姓杨的人，就是杨兰英的爷爷，长住下来，帮人种田，也属于三界周大昌地里的雇农。风言风语，就是从这里来的。传说中，杨兰英的爷爷，是周大昌当年杀人灭口时，身中数刀，跳入高邮湖心的那个姓杨的。凭得一身好水性，死里逃生，躲在一个地方，慢慢把伤口养好了，来到我们五岔冲，悄悄潜伏在这里，只等哪天周大昌下来看田租，就要动手报仇雪恨。等啊等啊，谁知道，每年来看租的，都是周家的师爷，周大昌本人并不亲自下来。杨兰英爷爷等了两年，有些着急，便悄悄去了三界镇上，寻找机会。周大昌早有防备，不但高墙壁垒，还有十几个家丁日夜守护，另养了五六条半人高的大狼狗。杨兰英爷爷，只能继续等下去。这一等，就等了两代人。杨兰英爷爷去世，还没有结果。不过，古人有言，'天作孽，犹可救。人作孽，不可活'，'恶有恶报，不是不报，时候未到'。周大昌得到报应，是在改朝换代之际。来报仇的人，不是他当年的手下，而是老天爷。所谓'父债子偿，天理昭昭'，周大昌虽然死了，他的儿子周小昌，按照当时的政策，被戴了一顶'恶霸地主'的帽子，田地财产分得干干净净，人被押到台上，被两个大汉架在当中。众人上去，也分不清谁是谁，先是一顿拳脚，再是一顿'翻身棍'，打得周大昌的儿子周小昌呜呼哀哉，见阎罗王去了。周小昌死后不久，传言就指在了杨兰英爷爷和爸爸的身上，越传越真，越传越神，由不得人们不信。三界就派了三个人，两个是三界的，一个是我们五岔冲的，到杨兰英爷爷和爸爸的老家江苏闵家桥外调。三个人到了当地，总共住了半个月，把该找的人，都找到了，把该问的人，都问遍了。原来关于杨兰英爷爷当过湖匪的传言，纯属空穴来风，子虚乌有。杨家祖辈生活在当地，帮人耕种，忠实厚道，人人皆知。至于当年为什么到五岔冲落户，是因为洪泽湖与高邮湖之间的三河，每年洪水泛滥，把河堤冲垮了，庄稼颗粒无收，日子过不下去了，才逃难到这边来的。闵家桥的杨家与三界的周家，其实毫不相干，八竿子也打不到一起。说到这里，两位可能要问，你小小年纪，怎么知道的这么多呢？"

说到这里，卖了一个关子，停下来。何寿天跟弟弟对了一下眼神，知道对方会说下去，耐心等着。

那张店主不过一个停顿，果然往下说了：

"其实十分简单，当年派到江苏闵家桥外调的三个人，其中有一个五岔冲的人，就是我爷爷。他老人家活在人世的时候，亲口告诉我的。"

何寿天担心他扯得太远，赶紧截住话头，插问道：

"你刚才说，五岔冲你们这一茬人，书读出来的，就是何寿人一个人。到底是怎么样的情况呢？还有，这个人的品行性格，又是怎么样呢？"

张三头店主回答说：

"何寿人在我们那一茬人当中，最聪明，学习最好，也最肯用功。以他的势头，不要说考上高中，就是考一个名牌大学，并不在话下。可惜他妈妈，就是杨兰英，一个人带着他，孤儿寡母，承包地里的那一点出产，有钱进，无钱出，没有经济能力支撑他往上读。在此期间，也有不少热心人，劝杨兰英趁着年纪还轻，长相也不输同龄妇女，不如改嫁一个家境富裕的，或者找一个身强力壮的光棍汉进门，帮衬着过活，总要好一些。可是，不知道为什么，杨兰英咬紧牙关，绝不松口，一心一意守着儿子，单凭着自己的两只手，从土里刨食。因此，何寿人初中读完，放弃高中，直接报考了粮食系统的技校。毕业后，分配到三界乡粮站。撤小乡并大镇以后，三界乡和三界办事处原来的下属机构，都撤并走了，只有粮站原封不动，保留下来，属于凤城大镇粮站下面的一个分站。何寿人刚进三界粮站的时候，当粮食消毒员。过了两年，改当仓库保管。又过了两年，改当粮站会计。前几年升了粮站站长。他升迁的原因，一是人还比较活络，二是三界地方比较偏远，没有人肯来。'矮子里拔将军'，'山中无老虎，猴子称大王'，不是他，也是他了。有人评判说，何寿人能有今天，全凭运气好。也有人说，这是一片孝心，终有好报。后面一句话，确有几分道理。何寿人从小到大，从来没有给他妈妈添过麻烦。进粮站上班拿工资后，第一件事情，就是把家里的承包地退掉，把他妈妈接到身边，享受清福。他谈对象的时候，不论女方长相如何，工作好坏，只有一个条件，就是一定要孝顺婆婆。何寿人的老婆，是三界小学的老师，婆媳两个相处，不说亲如母女，倒也平安无事。"

转了话题，说：

"何寿人不但对家人好，对待外人，也是好的。譬如我和他之间，虽然我这几年腰里赚的钞票，并不比他少。毕竟他是吃公家饭，我是吃私家饭。他在官，我在民。我用得着他的地方多，他用得着我的地方少。在社会等级上，我也要比他相差一大截。可是，平时见面，一点架子都不摆，不分高低，就像当初在一个老师手里读书的样子，亲热得很。五岔冲的人，秋后收了粮食，运到粮站去卖，原来那个站长，千难万难，想出许多花头经，各种借口，各种刁难，直到你领会他的私人意图，从血汗钱里抠出一份，送给他当红包，这才同意开秤进仓。到了何寿人当站长，局面整个改变。过去是地，现在是天。过去是刮风下雨，现在是青天白日。只要是五岔冲的人，粮食运过来，随到随收。两位客官，你们也别听差了，以为何寿人徇私舞弊。错！他为人公道正派得很。五岔冲人的粮食，虽说给予便利，便其中水分成色，称斤掂两，一是一，二是二，一碗水端平，不打任何折扣。唯一遗憾的是，过去每逢清明，何寿人总要带着他妈妈，回五岔冲给他爸爸何文有上坟。前几年，搞迁坟归土，葬在五岔冲的旧坟，全部被平整掉，统一迁到三界公墓去。何文有的坟，也迁走了。从那时起，何寿人，还有他妈妈，回五岔冲，就少之又少了。"

说到这里，饭已经吃好了。结了账，又称赞了几句菜的味道。姓张的店主听了，十分高兴，领着何寿天兄弟俩，去看何文有家的旧宅。原来就在路边，离饭店两三块田远近。到了跟前，见有一口水塘，塘埂上面，剩有土坯做的断壁残垣。前面依稀像是一片菜园，早已荒芜了。感叹一番，感谢几句，跟店主告别。

四十六

开车调头上路,看看天色还早,便直奔三界。到了粮站旁边,将车停下来,看见有一个人正从粮站大院内走出来,便上前打听。

这个人说:

"何站长家就住在粮站大院子里面。从这儿看过去,坐北朝南一溜平房,最东边三个正间带一个偏厦的,就是他家。何站长今天不在家,到凤城镇参加全镇分站站长会议去了,明天傍晚才能回来。他家现在没有人。他爱人贺老师,上课去了。他女儿在凤城镇读书,平时住校,不住在家里。他老母亲刚才出去了,还没有回来。"

说到这里,将手指着远处一个人影,说:

"走过来的那个人,就是何站长的老母亲。你们要是公事,等何站长回来再说。要是私事,稍等一会儿,直接跟他老母亲说就行了。"

说完,忙自己的去了。

何寿天跟弟弟寿地商量了一会儿,都觉得有些累了。如果留在这里,等会儿跟老人碰面,应该怎样开口,一点把握也没有。连第一句话怎么说,也没有想好。思来想去,决定先回去,另找机会再来。于是上车调头,回家。

吃好晚饭,等父亲回房休息,何寿天和弟弟寿地把小表舅叫进南厢房,关上门,将当初母亲嘱交兄弟两个人的事情,以及今天上午去五岔冲村的大致情形,说了一遍。

小表舅说:

"听你们这么一说,悬在我心里的一个问号,总算有着落了。说起来,是二三十年前了。有一次,我到江苏闵家桥办事,我表姐,就是你们的妈妈,把我叫过去,像是有意无意,交代了一句话,让我路过两省三县交界一个名叫五岔冲的地方,停一下脚,打听一个名叫何文有的人,家里的情形是什么样的。你们的妈妈,我是了解的,说什么话,从来都是讲半句,留半句,剩下来的半句,让你自己猜。她让人办事,一定撂一条底线给你。这条底线,不管怎样,是不能突破的。因此,那一次在闵家桥中途五岔冲停脚,我按照她的要求,向路边一个人打听。原来何文有家,就在刚修好的一条泥土路旁边。何文有本人,已经去世了,家里留下了孤儿寡母。我顺着那个人的指点,还瞄了一眼何文有家的房子。屋后一口水塘,三间土墙草顶和一个偏厦,砌在水塘的塘埂上。房子的前面,是一块空地。空地的前面,是一个用槿条篱笆插围起来的菜园。我正要离开的时候,看见从屋里走出了母子两个。那个中年妇女,想必是何文有的老婆,那个将近十岁的男孩,想必是何文有的儿子。因你们的妈妈特别嘱托过,要我不要多问,也不要多停留。我看了这一眼,就直奔江苏闵家桥,办自己的事去了。回来对你们的妈妈说了,她只'嗯'了一声,多一个字也没有说。不但如此,往后这么多年,她对这件事,再也不提,好像从来没有发生过似的。我是个喜欢瞎想的人,心里倒落下一个大大的问号。我也想到过你们的爸爸,当年遭受劫难时,曾经在那里'监督劳动'两年整,自然就把他跟那个何文有家,联系在一起。甚至还想到何文有的老婆,还有那个孩子。这些想法,还有其他一些想法,都如同电光石火,爆亮一下,就熄灭掉了。随着时间一年又一年过去,这件往事,越变越淡。偶尔想起来,我还怀疑过,到底是不是发生过,会不会是哪天做了一个梦。今天看来,你们的妈妈,我表姐,真正是深藏不露,把一个天大的谜底,一直留到了她最后时刻,而且不对别人,只对自己的两个儿子,当面解开。"

又说:

"这件事情,能不能办好,我心里也没有底。只能走一步,看一步。'摸着石头过河',走到哪里算哪里。依我的直觉,总共有四个环节,其中哪一个环节出了岔子,都不行。第一个环节,是何寿人的妈妈,杨兰英。她有两种情况,一是如果再嫁了,重组了新家庭,当然不能拆散人家。从我当年的打听,到你们今天上午的探访,应该不存在。二是她本人态度。她这么多年没有再找男人，守着儿子，算是个有气性的女子，对你们的爸爸，应该是留恋的。综合来看，第一个环节，可以忽略不计。第二个环节，杨兰英的儿子，何寿人。也是两种情况。一是看他是不是个知书达理、见过世面的人。他虽说读的是技校，不算高学历，不过，五岔冲把书读出来的人，也只有他一个人。多多少少，也算在外面闯荡过，开过眼界。二是看他是不是孝顺他妈妈。如果孝顺，当然会依从他妈妈的想法。如果忤逆，就很难说了。从你们上午摸到的情况看，这个何寿人，应该是孝顺的。综合第二个环节，也不成问题。第三个环节，是何寿人老婆。这个环节，看似不相干，其实关系最大。如果何寿人老婆'死要面子活受罪'，觉得这件事情丢人现眼，肯定要竭力阻止。如果何寿人老婆是个豁达大度的人，就会理解接受，不会从中作梗。其中还要看这对夫妻谁听谁的。如果老婆听丈夫的，当然没有问题。如果老婆是一只'河东狮子'，整天瞪着丈夫，想怎么'吼'，就怎么'吼'，那就难说了。还有一个婆媳关系。要是好呢，当媳妇的，自然会替婆婆着想。要是不好呢，媳妇难保不趁机刁难婆婆，出一口恶气。当然，婆媳关系不好，也有另一种可能，趁这个机会，一脚把婆婆踢走，也是有可能的。综合第三个环节，重之又重，是关键中的关键。第四个环节，是你们的爸爸，我表姐夫。一开始肯定脸面挪不开，找出这个理由那个理由，不会同意。不过，这是我表姐的临终嘱托，他听了一辈子的话，最后一句话，听也得听，不听也得听。加上我这个表小舅子，年龄虽然比他小得多，辈分是一样的。你们何、祝两家的亲戚，最亲和最近的，也就是我了。我说几句话，对也罢，不对也罢，多少有些分量。再加上你们兄弟俩，'只要功夫深，铁棒磨成针'，'主角不登台，多敲两遍锣'，应该不是问题。"

又说：

"你们今天上午，算是走了第一步。第二步，交给我。明天大早，我专门跑一趟三界，再探一探深浅。"

何寿地说：

"何寿人明天傍晚才能回去，是不是再等一天，后天去，更有把握?"

小表舅说:

"我正是要趁他不在家,才好说话呢。"

待要详说,又停住了。何寿天兄弟两个,便不再问。

四十七

何寿天第二天午睡起床,到东厢房跟父亲说话,房间是空的。反身出来,看见弟弟寿地等在外面。

何寿地说:

"小表舅正在回来的路上,刚才打电话给我,说已经让两个陪的人,带父亲到新河大埂上散步去了,至少一个半小时以后才会回家。让我有空抓紧回来一趟,有话要说。"

稍等片刻,小表舅到了。洗了手,换了衣裳,舅甥三个,各搬了只椅子,就坐在大门口的廊屋里说话。

小表舅说:

"昨天你们说过这件事情以后,我晚上给三界红白小会朱会长打电话,说今天上午到那边办事,要找他帮个忙。具体办什么事,找他帮什么忙,我没有说,他也没有问。今早八点,我俩在三界旧街东头碰面,我请他带我到粮站何寿人站长家认个门。我还提醒他说:'我们红白小会的身份,到底有些忌讳,你最好不要提,就说我是你的朋友,就行了。'他点点头。进了粮站,到了大院里面坐北朝南一溜平房跟前,他说最东三间加一个偏厦,就是何寿人家。上前敲门,屋内出来一个年纪六十出头的妇女,不用猜测,我认定就是何寿人的妈妈杨兰英。一见对方的面,我心里立刻明白,为什么当年有杨兰英的祖上是湖匪的传言了。乍看上去,杨兰英一点不像农村妇女,甚至胜过城市里长大的女性,有一种大户人家出身的气质。看人的目光,平静干净。形象十分精神,跟她的实际年龄，并不相符，看上去要年轻许多。朱会长介绍我是他的朋友，来找何站长有事情。杨兰英回答说，何寿人到凤城大镇开分站站长会议去了，今天傍晚回来。她是何寿人的妈妈，方便留口信的话，可以跟她说。不方便留口信的话，等何寿人回来再说。我和朱会长坐下来，喝了一杯茶，说了几句不相干的闲话，起身告辞。到了粮站大院外面，我跟朱会长打声招呼，上车往回开了一小段路，从后视镜里看见他已经走远，拐弯不见影子了，便把车子调头，重新开回了粮站。我再见到杨兰英，就把事情直接摊在了桌面上。我说：'我今天来，其实不是找何站长，而是找你的。'她听了我的话，朝我看了看，在对面椅子上坐下来，听我说。我说：'我有个表姐，住在青铜镇，前几天去世了。她临终之际，把两个儿子叫在床前，亲口吩咐兄弟两个，怎样安排好他们父亲以后的生活。兄弟两个人事后找我商量，受他俩委托，我今天登门，来找你了。'杨兰英听到这里，肯定是误会了，两次截断我的话头，先说：'听你的意思，是想找一个保姆，照顾你表姐夫？那你就找错人了。我年轻的时候，一个人，带着孩子，家境艰难，确实动过出去当保姆的念头。想来想去，还是咬紧牙关，没有出去。我现在的情况，你应该知道的。何况人也到了这种年纪，怎么可能去当保姆？不要说我自己没有这个想法，就是有，我儿子也不可能同意的。'又说：'如果不是请保姆，难道是想为你表姐夫找一个老伴？这种事情，虽然常见，也符合世道人情，并不为过。但是，你来找我，那就不但是错的，而且是错上加错了！我青春年少的时光，都熬了下来。到了这一刻，大半截身子埋在黄土里了，怎么会有这种可能呢？'不过，接下来，等我提到你们爸爸的名姓，说出'何万年'三个字，她的神情大变，脸色一下子凝结住了，坐在椅子里，一声不吭，一动不动，一直等到我把所有的话，全部说完了。我当然先打消她的疑虑。我说：'我这个表姐夫，是个信守承诺的人。他调回青铜镇以后，并没有说过你们之间的事情，连你的名字，都没有提过。我表姐最初也不知道。只因我表姐夫夜里做梦，经常喊叫你的名字，被我表姐听到了。开始也没有在意，一次两次，八次十次，不能不当回事了。有一天夜里，我表姐把我表姐夫从梦中摇醒，问他刚才嘴里喊叫的这个兰英，到底是谁。我表姐夫挨不过，这才将前因后果，包括你当年救了他的命，一五一十，告诉了我表姐。我表姐听了，说：我明白了，树有根，水有源。前有因，后有果。这件事情，并不怪你，也不怪那位杨兰英。她嘴上这么说，心里毕竟是放不下的。有一年，我到江苏闵家桥办事，我表姐找到我，让我途经五岔冲的时候，停一下脚步，打听一下你家的情况。不过，她也特别叮嘱我，不准多问，也不准多耽搁。我按她的吩咐，在五岔冲停留了一小会儿，前前后后，总共不到十分钟，打听到你丈夫何文有去世了，还亲眼看过你们母子两个一眼。回去告诉我表姐，她只嗯了一声，多一个字也没有说。你不认识我表姐，她那个人，平时很少说话。每说出一个字，斤是斤，两是两，铁板上钉钢钉，说一不二，铿锵作响，落地有声。从那以后，这么多年下来，她不但没有跟我表姐夫重提旧事，连我也蒙在鼓里，不知道那次叫我在五岔冲停留，到底是为了什么。直到前些时，她即将离开人世，把家中所有的事情，逐一安置完毕，然后，让别人离开，只留下两个儿子，交代了找你的事情。据我两个表外甥讲，她的原话是这样说的：'你爸爸这条命，是兰英阿姨给的。你们务必要找到她，就说是我亲口说的——把你们的爸爸交给任何人，我都不放心。只有交给她，我心里才踏实，才能闭上这双眼睛。'杨兰英听到这里，眼泪流了下来。她坐在椅子上，仔细想了好长时间，然后说：'话既然说到这个份上，我心里怎么想的，就怎么说了。我这边应该问题不大。一方面，有你表姐那句掏心窝子的话，哪怕是铁石心肠，也不由得不软下来。另一方面，我的人，早就是你表姐夫的。我原来的丈夫，是个虚名儿。今生今世，我实际上也只有你表姐夫一个男人沾过身体，还能有什么话说？我儿子很孝顺，不会违拗我的意愿，何况是他的生身父亲？我的媳妇，很贤惠，我们婆媳之间，胜过母女。除此之外，还有一个特殊缘故：她的父母，曾经早年离异，她跟着母亲和继父长大，相比别人，对这种事情，当然更加宽容。我的孙女，已经在读初中，也是很大度很通情理的。不止一次，孙女半真半假，说我一个人太孤单，劝我为她找一个继爷爷呢。我担心的，倒是你表姐夫那边。我是个乡下人，跟你表姐比，一个天上，一个地下；一个凤凰，一个凡鸟，怎么能够并肩而立？再一个，你表姐夫的家庭，跟我这边的家庭，社会地位悬殊，不是相差一个两个层次。不要说别人，就是我自己，也会自惭形秽的。'我说：'你说的这些话，句句在情在理，证明你是个实在人。其实你担心的，我和两个表外甥，也曾经担心过。经过反复掂量，觉得应该不是问题。只因你这边没有接洽过，不知深浅，我和两个表外甥，至今还不敢找我表姐夫说破这件事情。现在你有了态度，我表姐夫那边，就交给我和两个表外甥了。我虽然不敢打百分之百的包票，但是，一是有我表姐的临终嘱托，二是有我这个平辈表小舅子，三是有两个亲儿子，三种力量叠加在一起，水滴石穿，凿山成路，预期会有好的结果。有了消息，我会立即通报给你，尽管放心吧。'说到这里，我俩互相加了微信。就在我告辞出门，走到车跟前的时候，杨兰英追了过来，让我稍等片刻。随后，她走进屋里，又走出来，手里拿着两个信封。一个信封是实的，装着一团头发。另一个信封是空的。她从实的信封里，掏出一撮头发，分出一半，放进空信封，交在我的手里，说：'这是我儿子当年剃胎毛时留下来的，还有一把他每天用的牙刷，你交到你两个表外甥手里，请他们去验一下 DNA。至于为什么这么做，不用我解释，他们兄弟两个，应该明白。'我收下信封，先给两个陪你们爸爸的人打电话，让他们陪着他到新河堤上散步，一个半小时以后再回家。随后，再打电话给寿地，让他马上赶回来，把情况通报给你们。"

说到这里，转为商量验 DNA 的事情。

小表舅说：

"这也是杨兰英做人的细致之处。何寿人的生身父亲是谁，我们当然会相信她。但是，所谓'红口白牙，不如白纸黑字'，'嘴巴说出来的，不如纸上写出来的'，'口说无凭，以据为证'。有了正式鉴定结果，哪怕存在明里暗里的疑团，也顷刻云消雾散，一切真相大白了。因此，这个 DNA 鉴定，为了杨兰英，为了你们的父亲，为了何寿人，也为了你们兄弟两个人,都是一定要做的。"

何寿天说:

"表舅的话,有道理。这个鉴定,不仅要做,而且要抓紧做。往下做说服爸的工作,也多了一个可以借用的依据。"

何寿地说:

"做这个鉴定,应该没有什么难度。何寿人的送检材料,已经有了。爸这边的送检材料,也不成问题。以前都是我帮爸剪头发的。算起来,离上一次我替爸剪头发,差不多一个多月了。爸的头发,看起来确实也不短了。等爸散步回来,我帮他把头发剪一剪。剪的时候,拔几根带毛囊的头发,当作送检材料。明天我再起个早,跑一趟南京,就是了。"

小表舅说:

"到南京,你们兄弟两个一起去吧。明天就是你们妈妈的'头七',我上次提醒过,民间有一个传统,'头七到,七七到','头七不到,七七不到'。寿天迟早要回上海,每个'七'都赶回来,肯定不行,也没有必要。寿地这边呢,虽说市里离得近,抬脚落脚就到,万一逢到其中一个'七',单位有重要会议,走不开,私事再大,也不能影响公事,怎么办?你们兄弟俩明天到南京,一是把鉴定办了。办的时候,有什么疑难,也方便一起商量。二是正好避开'头七',剩下来的六个'七',就不用到了。一举两得,怎么样?"

商议已定。

四十八

随即将家里的电动理发剪接线充电。半个小时过后,父亲回来了。何寿地帮父亲剪了头发,洗了一把澡。看看还有太阳,搬一张椅子,放在避风朝阳处,让父亲坐在上面,把头发晾晾干。不一会儿,天色暗了下来。放好桌椅,周三嫂子端上饭菜,何寿天和何寿地兄弟两个,并小表舅，一起坐下来，陪父亲吃了晚饭。见父亲在新河埂上走了小半天，加上剪过头，洗了澡，有些累了。扶进东厢房休息。何寿地赶回市里去了。何寿天也早早洗漱，进南厢房，准备休息。

听见有人敲门，打开，是小表舅。

小表舅说：

"杨兰英来微信了。比我们预想的，还要顺利。"

又说：

"我截一下屏，转发给你吧。今天一天忙下来，都有点累，不多说，我去休息了。"

不一会儿，手机"嘟"地一响，转发的微信收到了。点开，放大，全文是：

"晚上跟儿子媳妇说过了，他们都很意外，都很震惊，都很理解，都说一切听我的。我孙女今天晚上跟她爸一道回家了，也说听我的。你表姐夫那边的工作，不要急，慢慢来。等他平静下来的时候，等他心情好的时候，再跟他说。他能够接受我，是我的福分。他不接受我，我也不会怪他的。"

将微信全文，转发给弟弟寿地。想了一想，拨通邵亚芳电话，将事情的大致脉络，说了一遍。

邵亚芳说：

"怪不得那天你妈把你和寿地单独留下去，说了那么长时间的话。后来我几次问你，你都不肯说，竟然是藏着这样一个天大的秘密！我原来以为，婆媳一场，这么多年相处下来，我对你妈已经有点了解了。今天才明白，我对你妈，一点儿也不了解。我有你妈这个深不可测的婆婆，也算长了见识了！"

又问：

"等一会儿无虑和闻芳下班回来，这件事情，到底要不要说呢？还有，如果要说，到底要不要告诉闻芳？要是不告诉她，我就把无虑叫到我们房间，关上门，单独说。要是告诉她，我就把他们两个人叫到客厅里，坐下来，当面一起说。"

何寿天说：

"这是家事，闻芳是家里人，是迟是早，都会知道的。现在不说，将来也会说。迟知道不如早知道，你今晚就告诉他们吧。不过，你可能要特别提醒一下，闻芳的爸妈，跟我们虽然是亲家，跟无虑爷爷，毕竟隔了一层。他们跟我们老家那边，今后也不太可能打什么交道的。我的想法，闻芳自己知道就行了，她的父母，还是不说为妥。"

过了半个小时，手机响了，是儿子无虑打来的。

无虑说：

"爸，刚才妈告诉我和闻芳了。我和闻芳在房间里议论了一会儿这件事情，我俩的想法，是一样的。奶奶的这个临终嘱托，想得很深，想得很远。也只有这样，才是爷爷今后生活的最佳安排，也是最好的保障。要不然的话，爸住在上海，心挂两头，一头是爷爷，一头是我们，两头心都不安，总不是个事。"

又说：

"家里一切都好，闻芳的身体很正常。这边不用爸操心，只管跟叔叔全力以赴，先把这件事情忙好。需要我们做什么，随时来电话就是了。"

再补充说：

"闻芳说过了，这件事情，她不会告诉她爸爸妈妈，让爸放心。"

何寿天凌晨四点起床，周三嫂子已经做好早饭，端上来吃了。上好厕所，换好衣裳，弟弟寿地到了。也吃了早饭。开车直奔南京，找到事先选定的鉴定机构，到窗口咨询，共分三种情况。第一种是正常情况，一个月之内出结果，费用三千元；第二种是加急，七天之内出结果，费用六千元；第三种是特急，二十四小时之内出结果，费用一万五千元。

选择了第三种特急。

递上证件，填写好相关表格，交上送检材料，再到另一个窗口交了费用。拿了发票回执。将一应手续，全部办好了。

就在附近找了一家五星级酒店，停好车，办好入住手续，已近中午。在酒店吃了早中饭。何寿天照例午睡。弟弟寿地自己出去转悠。午睡醒来，何寿地还没有回来，何寿天独自到玄武湖走了一走。傍晚回到酒店，弟弟寿地回来了。仍然在酒店点了饭菜，兄弟两个人坐下来，一边吃饭，一边说话。

何寿地说：

"我到市委党校的传言，近几天又多起来了。昨天下午碰到一个熟人，劝我说：'到了党校，就是一方诸侯，我要是你，肯定二话不说，抬屁股坐到那个位置上去的。'我没有吭声，朝他笑了一笑。这个人，平时常有交道。与我的关系，说近不近，说远不远。级别比我低一个台阶，是副局，资历更比我浅得多，年纪比我小三四岁。能力和实绩，有一些口碑，负责过市政广场工程。以前对我倒是挺尊重的。市里来了新一把手以后，据说这个人搭上了线。究竟是不是真的，通过什么办法搭的线，不是很清楚。他为什么对我说这番话，到底是听了传言，还是真从新一把手那里得到了确凿信息，难以判定。"

何寿天劝了几句，又议论一番，回房间休息。

一宿无话。第二天早起，八点之前赶到鉴定医院，等窗口打开，拿到鉴定报告，一如先前的判断，父亲与何寿人是生物学意义上的父子关系。

四十九

到家将近中午，洗了手，换了衣裳。打听父亲，仍旧由人陪着，到新河埂上散步去了。给小表舅看了鉴定报告，坐下来一起商量。

小表舅说：

"所谓'万事齐备，只欠东风'。接下来，就等你们爸爸正式表态，嘴巴里说一个'好'字，或是把头点一点，便算大功告成了。不过，在你们爸爸没有说这个'好'字，或者点头认可之前，一切都是未定之数。越是这个时候，越是要小心翼翼，慎之又慎。我的想法，还是要讲究一些策略，按步骤进行。我们舅甥三个，最好不要同时上前，万一面对面弄僵了，没有了退路，连个转圜都没有，岂不是功亏一篑了？不如由我先打头阵，探一探深浅。我是平辈关系，重一句轻一句，多一句少一句，好一句歹一句，你们爸爸会看在你们妈妈的面子上，听过算过，不会跟我一般见识，斤斤计较的。如果我这里碰了壁，'此路不通'，你们兄弟俩再上。至于一起上，或者轮番上，寿地在前，寿天押后，走到那一步的时候，再具体商量。"

又说：

"吃好中饭，你们先忙自己的。寿天只管午睡。寿地只管回办公室，下班赶回来就行。我慢慢寻找机会。'时间服从效果'，事情再急，也不急在这一时。"

何寿天午睡起床，去东厢房看父亲，看见每天陪着的两个人，坐在门前，把手摇了一摇。又见东厢房的门，关得紧紧的。压低声音询问，原来小表舅在里面，已经好长时间了。

一直等到下午四点过后，小表舅出来了。却见东厢房的门，还关着。舅甥两个进了南厢房，把门关上说话。

小表舅说：

"吃过中饭，寿地回市里，你进南厢房午睡，我看你爸的气色，相比前几天好多了，在心里掂量了一下，觉得是个时机，便拉着他进了东厢房，关上门。我说：'表姐夫，我要跟你商量一件非常重要的事情。'你爸朝我看看，没有说话，一声不响坐下来，听我说。我说：'我表姐临走的头一天晚上，召集大家到西厢房，把家里大大小小，里里外外，所有的事情，都仔仔细细安置了一遍。寿天一家，寿地一家，包括我这个表弟，还包括这段时间服侍她的周三嫂子，为她打针吊水的小张小赵两位护士，都有交代。唯独少了一个人，就是表姐夫你。我当时心里十分奇怪。我表姐这个人，一辈子心思缜密，对人对事，犹如细筛过土，不会有半点错漏。有时候，你跟她讲一句话，是几十年以前讲的，几十年过去了，她照样记得清清楚楚，而且原封不动，一个字不会多，一个字不会少。这样一种性格，怎么可能会在最后时刻，忘掉家里最重要的人，对我表姐夫一个字也不提呢？直到前几天，寿天寿地说起你今后的生活安排，或是到上海跟寿天一家住，或是到市里跟寿地一家住，你都不同意。随后，寿天寿地兄弟漏了一句话，说那天晚上我表姐把他俩单独留下，说了很长时间，其中有一段话，是关于表姐夫今后生活安排的。我站在旁边，听见寿天寿地漏出的这句话，心里的一个问号，总算落了地。不过，我后来才知道，寿天寿地那天的话，其实只讲了小半句，后面的大半句，还留着，没有说出来。真实情况是，我表姐那天晚上单独说的话，每一字，每一句，字字句句，都是怎样安排表姐夫你今后生活的。'这段开场白，我是提前反复想好，斟酌过不止一次两次的。你爸听到这里，依旧没有吭声。我接着说：'我表姐要寿天寿地兄弟俩帮她办一件天大的事情。而且，再三叮嘱，这件事情只能成功，不能失败。办成以后，还要兄弟俩到她的坟上，往空中祷告几句，让她在冥冥之中，知道事情有了结果。'听到这句，你爸虽然没有说话，却抬头看了看我。我说：'我表姐让寿天寿地处理完毕她的后事，以最快速度，到一个五岔冲的地方，找一个名叫杨兰英的人，请这个人陪伴你今后一道生活。我表姐对寿天寿地详细说了其中的前因后果，最后说：把你们的爸爸交给任何人，我都不放心。只有交给你们的杨兰英阿姨，我才会放心，我这双眼睛，才能闭上。'往下，我把存在肚子里应该说的话，一个停顿也不打，一口气全部倒了出来。我说了安葬仪式的第二天，你们兄弟俩去了五岔冲打听；你俩从五岔冲去三界粮站作过短暂停留；回来后找我商量；我突然想起当年去江苏闵家桥办事，表姐让我途中在五岔冲停一下脚，打听何文有的近况，并且不准我多留多问；那天我曾亲眼看到过杨兰英母子俩；我在表姐'头七'的前一天，单独去三界粮站，找过杨兰英；我临走时杨兰英叫住我，给了她儿子何寿人的胎毛，和一把牙刷，让做DNA鉴定；你俩昨天去南京做鉴定和今天大早拿到的鉴定结果；等等。对了，我还给你爸看了杨兰英前天晚上发来的微信，我担心他年纪大了，老花眼看不清楚，特地大声读了一遍给他听。在我说的过程中，当我第一次说出'杨兰英'的名字时，你爸吃了一惊。当我说到当年去江苏闵家桥途中，我曾见过杨兰英和她儿子的时候，你爸大吃一惊。当我转述你妈对你们兄弟俩说的最后嘱托，就是那句'把你们的爸爸交给任何人，我都不放心。只有交给你们的杨兰英阿姨，我才会放心，我这双眼睛，才能闭上'，你爸眼睛红了。当我说到你俩拿到DNA鉴定报告，证实他和杨兰英儿子何寿人是亲生父子的时候，你爸眼眶里有了泪水。当我读了一遍杨兰英发来的微信，特别是最后一句话：'他能够接受我，是我的福分。他不接受我，我也不会怪他的'，你爸眼眶里的泪水，开始打转，只差一点，就要掉下来了。我把话全部说完以后，等在那里，以为你爸会有一句答复，或者把头点一点。没有。你爸没有说一个字，也没有点一下头。人坐在那里，红着眼睛，眶着泪水，像是木头雕出来的，又像是一座三九严寒里的冰柱子，一声不响，一动不动。我又等了一会儿，再等了一会儿，见仍然没有动静，便站起身，悄悄退了出来，把门关上，来找你了。"

等到弟弟寿地下班回来，把事情大略说了一遍。正说着，听见东厢房房门"吱呀"一响。一道迎了过去，守在门口两个相陪的人说，父亲的样子，像是睡了一觉，刚刚起床，到卫生间洗漱去了。

大家便一起动手安放桌椅，请周三嫂子把做好的饭菜端上来。放好碗筷，父亲已经洗漱好了，过来在桌子上首坐下。

父亲说：

"你们表舅把该说的，都说过了。我把该想的，都想过了。寿天，寿地，一切由你们做主，该怎么做，就怎么做吧。"

这句话落地，何寿天顿时觉得身上卸下了千斤重担。看弟弟寿地和小表舅，也是这种神情。气氛舒展开来，把一顿晚饭，轻轻松松吃了。

五十

送父亲回东厢房休息,何寿天和弟弟寿地,并小表舅,进了南厢房,逐个推敲往下的各个环节。

小表舅说:

"老天爷保佑,我表姐在天之灵保佑,这件事情,应该功德圆满了。按照民间传统,走到这一步,有一个字,是绝对不能缺的,就是'礼'字。这个'礼',又分两层意思。第一层意思,是精神上的。第二层意思,是物质上的。我先说第一层意思。不但我们对杨兰英一家,也包括我们这边的何家,对那边的何家,在态度上、措辞上、迎送环节上,每一处,每一点,都要步步到位。我再说第二层意思。物质的东西,双方都不会在乎,更不会看重。但是,不在乎、不看重,不等于没有。有,还是没有,绝对是不一样的。"

何寿天说:

"就按照小表舅说的办。我琢磨了一下,分三步走吧。"

先说第一步:

"明天中午,请表舅陪同,我和寿地一道,去见杨兰英阿姨。就在那里吃中饭。小表舅晚上提前发微信预约一下。携带的礼物,请寿地在市里办好,带过来。大致有这么几样:一盒山参,价格在五万元上下,是我和寿地送给杨阿姨的;一盒进口血燕窝,价格在一万元上下,是以无虑和无恙的名义,送给他们的杨兰英姨奶奶的;一只金戒指,价格在六万元左右,样式要老派,不能花里胡哨,是以我爸的名义,送给杨阿姨的;一只进口电动剃须刀,价格不低于五千元,是我和寿地送给何寿人的;一盒进口化妆品,价格档次中等偏上,具体问一下魏兰娟,或者请她帮忙挑选,是以邵亚芳和魏兰娟的名义,送给何寿人妻子的;另准备两只红包,每只一万元,这是预备何寿人女儿在家,分别以我爸的名义,和我跟寿地的名义,给她的。我想了一下,表舅是我们请来陪同的,是同辈人,又是我们外婆娘家的亲戚,到底是带礼物好,还是不带礼物好。斟酌下来,表舅跟杨兰英阿姨是平辈,带一点礼物,只要不是太贵重,还是可以的。至于何寿人,何寿人妻子,何寿人女儿,属于下一辈和下下一辈,表舅还是不带礼物,比较妥当。"

小表舅说：

"你们兄弟俩明天亲自登门,'面子'上足够了。带的这些礼物,分量确实不轻,'里子'上也足够了。至于我,寿天的想法是对的。我作为你们母亲一方的娘家人,亲自到场,明示一种态度,是无法用金钱能够衡量的。再带过于贵重的礼物去,有点过了。这样吧,我可以带一盒园参,价值三四千块钱,就行了。"

何寿天接着说第二步：

"第二步,是正式接杨兰英阿姨过来。这是大日子。两位都是老人,就依照民间传统,选一个黄道吉日。放在中午,不大操大办,家人之间进行。对外界,就不要大轰大嚷,公之于众了。到了这一天,家人能到场的,全部到场。我这边,邵亚芳和无虑赶回来,闻芳重身子,就不回来了。寿地那边,离得近,魏兰娟可以请半天假,无恙上学,可以在吃中饭的时候,来回接送一下,露个脸,就行了。举行一个象征性的仪式,请小表舅主持。还是八字原则,'新事新办,能简则简',具体怎么做,请小表舅酌定。定下来以后,提前给大家通报一下,以便各人心里有个数。"

再说第三步：

"第三步,实际上是第二步的延续。大日子的上午,人接过来,中午举行过象征性仪式,随即吃中饭。吃好中饭,杨兰英阿姨就不走了,从此长住下来。其他人,该撤的,全部撤了。我和邵亚芳无虑赶回上海。寿地魏兰娟无恙回市里。何寿人一家,是当天回三界,还是在这儿住一宿再回去,由他们自己定。也可以听听两个老人的意见。小表舅这边,'头七'已经做过了,可以带着人,继续住在这儿,免得两头跑。如果东乡那边有事情,急等着处理,先回去也行。"

说到这里，小表舅已经查好，后天就是黄道吉日。

小表舅说：

"后天恰好是周六，无恙和何寿人的女儿，都不用上学。寿地和魏兰娟，还有无虑和闻芳，都不上班，连假都不用请。也是天遂人愿，就是这一天了。"

又说：

"家里虽然不用兴师动众布置，但角角落落打扫一遍，还是必要的。我让手下的人，暂时留在这里，一是明天一天，你们爸爸还是要有人陪着的。二是不用另请清洁工，就让其他几个人动动手，把家里上上下下，里里外外，好好清理一下。三是周六这一天举行仪式，还有周日要做'二七'，仍然需要周三嫂子帮忙做饭。等做完'二七'，到了下周一，我和手下的几个人，再离开吧。"

各个事项全部定好。寿地回市里去了。小表舅去东厢房，向父亲通报。何寿天先往弟弟寿地手机里转了十五万块钱，随后，拨通了邵亚芳电话，将事情说了一遍。

邵亚芳说：

"黄道吉日遇上周六，确实是'天遂人愿'，再好不过了。无虑闻芳不上班，无虑复旦MBA课已经结束，毕业论文也顺利通过，等着拿证书，也不用请假了。就请闻业荣和方慧群两个人到家里来，帮忙照看一天。我和无虑周六起个大早，天蒙蒙亮出发，估计十点钟到，傍晚能赶回上海了。"

又说：

"天晚了，无虑和闻芳已经睡下了，我明天早上跟他们说吧。你那边事情多，这边有变化，就给你打电话。不打电话，就说明没有变化。"

打了个顿，又说：

"单位把我的退休证和社保卡，用快递寄来了。凭着退休证，就可以申办我户口迁回上海。今天一天，我打听了好几个人，上海这方面有详细的政策规定，不过，真正办起来，听说手续有点烦琐，必须专门有一个人,一趟接一趟跑,没有三五个月,不会出结果。这样,你先把那边的事情忙好,等回上海,再详细说吧。"

挂了电话,小表舅敲门进来。

小表舅说:

"说过了。你爸心里当然高兴,只是事起突然,半天之内,一件连着一件,有点蒙了,疑虑说:'头七'刚过,'二七'还没有做呢,就把新人接进家门,被外界知道了,恐怕都会骂我的。能不能缓一缓,放在七七四十九天以后,七个'七'都做过了,到了那个时候,再选个好日子办,怎么样?我逐条驳了回去。我说:'这件事情,不过是在家人之间,举行一个象征性的仪式,并不向外人公布。外界怎么知道?就是知道了,与他们有何相干?什么人,有什么权利,敢骂你?'我又说:'有权利有资格有可能骂你的,一是我表姐这一方的亲族,我是唯一的代表;二是我表姐的两个儿子。你想想,第一,我会骂你吗?何况,这是我表姐的临终嘱托,我不开口,其他亲戚,远的多,近的少,谁还会开口?第二,你两个儿子,寿天寿地,为这件事情,争分夺秒,全力以赴,一片真诚,感天动地。他们会骂你?'接下来,我把杨兰英发给我的微信,最后一句,'他能够接受我,是我的福分。他不接受我,我也不会怪他的',又念了一遍。我说:'听到没有:你接受她,是她的福分。你不接受她,她不会怪你的。其中的意思,哪怕是个石头人,听了这样的话,也会于心不忍,要淌下眼泪水的。难道你要她一天等着一天,从白天盼到黑夜,从晚上盼到天亮?'我又说:'你再想想寿天,闻芳身子一天比一天重。你这边一天不安置好,他一天不能安心,没有办法回上海。难道你要寿天心挂两头,两头都不踏实?不回上海,一天接着一天,白白耗在这里?'我把这一连串炮弹,一个接一个,轰隆隆地引爆。最后,你爸无话可说了,便点点头,把吃晚饭时说的话,又重复了一遍。说:'一切由寿天寿地做主,该怎么办,就怎么办吧。'我当然见好就收,立刻退了出来。"

各自歇了。

五十一

　　上午十点，弟弟寿地带着昨天商量好的几样礼品回来了。何寿天和小表舅上车，朝三界开过去，十一点半到达。进了三界粮站大院，却见一辆帕萨特，刚刚停下，从车上下来三个人，一个男子，四十多岁。一个女子，年纪略轻一些。一个小姑娘，十二三岁。

　　又见从前面一排平房的一个门里，出来一个人。小表舅拿手一指，说那就是杨兰英。三个人下车，从后备厢里取出礼品，拎在手里，快步走过去。杨兰英站在门前，先朝这边小表舅招招手，又朝另外三个人招了招手。到了近前，进到屋内，小表舅和杨兰英分别互相做了介绍。

　　小表舅说：

　　"兰英大姐，我带着我表姐夫的两个儿子，来看望你了。这是老大何寿天，这是老二何寿地。"

　　何寿天和弟弟寿地分别喊了一声"杨阿姨"。

　　杨兰英说：

　　"我是杨兰英。这是我的儿子，何寿人。这是我的媳妇，贺淑贤。这是我的孙女，何无思。寿人，还不赶快打招呼！"

　　何寿人叫了一声"何书记"，又叫一声"何部长"，再叫了一声"崇会长"。

　　小表舅笑道：

　　"这样叫官称，太生分了！寿人叫寿天'何书记'，叫寿地'何部长'，叫我'崇会长'，难道要我们三个人叫你'何站长'？都是一家人，应该叫寿天'大哥'，叫寿地'二哥'。至于我，你就顺着寿天寿地，喊我'小表舅'吧。这些，才是正经称呼。"

　　何寿人听了，改了口，先叫了一声"小表舅"，叫了何寿天一声"大哥"，再叫何寿地一声"二哥"。分别答应了。小表舅回叫一声"寿人"，何寿天和弟弟寿地分别回叫一声"寿人弟弟"。那边杨兰英让孙女无思叫了"表舅爷爷""大伯""二伯"。何寿人妻子贺淑贤也用丈夫的口气，叫了一声"小表舅"，再叫了"大哥""二哥"。

三人把手里拎着的东西，放在旁边的柜子上。在屋子正中的一张桌子前面，各找了一张椅子，坐了下来。茶已经泡好，倒在杯子里，杨兰英和贺淑贤将杯子端放在三人面前。

小表舅拿过礼品，逐样介绍：

"这是一盒山参。年份不算太老，几十年左右，倒是真正东北野山上的出品。过去老山参有几百年甚至上千年的，价格也贵，一支千年老山参，几十万几百万并不稀奇，已经见不到了。哪怕有钱，想买也买不到。这种几十年的，现在也属于顶尖货色，价格还好，五万元出头罢了。这是寿天寿地兄弟，送给他们的杨阿姨的。这一盒进口燕窝，是马来西亚正宗血燕，是寿天的儿子无虑和寿地的女儿无恙，送给他们的杨姨奶奶的。这一只金戒指，样式有些老派，没有什么新式花头，也算巧合，上面錾有一个字，是个'缘'字，倒也贴切。这是老爷子送给寿人妈妈的。这一个盒子，里面装的是一只进口电动剃须刀，是两位大哥，寿天寿地，送给弟弟寿人的。这一盒化妆品，是两位大妯娌，寿天的妻子邵亚芳和寿地的妻子魏兰娟，送给小妯娌贺淑贤的。这两只红包，一只是爷爷送给孙女无思的，另一只是寿天寿地两位伯伯送给侄女无思的。"

说到这里，停顿一下，把最后一个盒子拿了过来。

说：

"这一盒人工培植的园参，四千元左右，有点寒碜，拿不出手，是我送给杨大姐的。关于我要不要带礼品来，曾经向几个懂行的老年人请教过，都说：'你这种身份，而且是平辈关系，按照民间传统，一般是不作兴带礼物的。'听了这句话，虽然是老规矩，仔细掂量，上一次来这里，什么东西也没有带，因为是第一次来，又是来打听的，还能说得过去。这一次当然不一样，是陪着我的两个表侄儿，正儿八经登门，看望问候，两手空空，心里总觉得不踏实，也太不像话了。左思右想，就打了一个折中,对平辈的杨大姐,准备一样普通礼物,就是这一盒园参。对于晚辈寿人夫妻,和晚晚辈无思,就免了礼节,没有准备任何东西了。"

又说:

"礼物虽然是以我的名义送的,实际上是寿天寿地付的钞票。"

到这里,看见杨兰英的眼睛,有些红了。

杨兰英说:

"他小表舅,你和寿天寿地亲自登门,就是看得起我,我愧不敢当的。还带了这么多东西,不怕你笑话,听得我耳朵嗡嗡响,头也发麻发胀了。这些东西,花了多少钞票?说句难听话,我不但承受不起,恐怕还会折我的阳寿呢。我也说句心里话,不要说这么重的礼,古代有'千里送鹅毛,礼轻仁义重',这一堆贵重礼物,真金白银,不仅仅是花那么多钞票,值那么多钱,里面所包含的意思,我再不懂,就枉做一个人了!"

又说了几句,便请依序坐下来吃中饭。都不肯坐在上座。谦让一番,最后排定了座次。小表舅上座,寿天寿地兄弟坐在小表舅右肩下,何寿人、贺淑贤坐在小表舅左肩下,杨兰英带着孙女无思坐在对席。放好碗筷,菜端到桌上。总共六荤三素,八菜一汤:一碗红烧狮子头,一盆白萝卜炖老鸭,一碗卤老鹅,一碟爆炒鳝丝,一碟清蒸翘嘴鲌,一盘糖醋季花鱼,一盘百合清炒鲜芡实,一盘单焯芦苇嫩根,一盆莼芽汤。

客气一番,提筷搛菜吃饭。不一会儿,吃好了。杨兰英和贺淑贤一起收拾碗筷。见收拾得差不多了,何寿天和弟弟寿地并小表舅,便起身告辞。杨兰英一家人送到院子停车处,还要让何寿人开车,全家再朝镇子外面远送。坚决不让,把杨兰英、贺淑贤、何无思劝回到屋里,只让何寿人一个人送,说还有要事要找他。

正要开车,却见杨兰英又走过来,请小表舅下车,另有几句话要说。小表舅下车,并没有进屋,到了另一边,站着。杨兰英说了几句,小表舅一边听着,一边把头点着。不一会儿,说好了。杨兰英回屋,小表舅回坐到车上。

开车出了粮站大院,何寿天便按照事先商量的,请何寿人指一下路,到他父亲何文有的墓上,去看一看。

原来三界镇上的公墓,就离进镇的公路不远。出了镇口,将车停在一个空旷处,下了车,跟着何寿人,走了过去。相比市里的公墓,大小只有二十分之一不到。转弯抹角,到了一个地方,何寿人说到了。看是一块深黑色的花岗岩墓碑,上面大大小小,刻了许多字。正面两行大字,右边一行是"慈父何文有",左边一行是"慈母杨兰英",最下面是"之墓"两个大小相同的字。其中右边"慈父何文有"五个字,涂成了红色。右上方,嵌有一个椭圆形的照片头像。左边"慈母杨兰英"五个字,保留本色。左上方,嵌有一个椭圆形的"寿"字。在中间两行大字的左下侧,有两行小字。右边三个字是"儿寿人",左边三个字是"媳淑贤"。底下中间,一行四个小字是"孙女无思"。再下边,是一个"立"字。

何寿人说:

"我爸去世的时候,原来安葬在老家五岔冲的承包地头里。当地风俗,就是一个土坟,不立墓碑。前几年全市搞迁坟还地,力度特别大,根据统一部署,迁到三界社区墓园里来,采用了新的安葬方式,刻立了这一块石碑。"

听他说完,小表舅从随身带着的圆形檀香筒里,抽出三支香,放在何寿天手里。再掏出一只打火机,递在何寿地手里。何寿天捏着香,弟弟寿地打火,将檀香点燃。何寿天按照小表舅的指点,把三支点燃的檀香,插放在墓碑面前。小表舅嘴里念念有词,说了一阵,又让何寿天朝着墓碑鞠了三个躬,再让何寿地鞠了三个躬。小表舅自己也鞠了三个躬,说声"好了",一起转出墓园,回到路上。

让何寿人留步,开车走了。

走了一会儿,小表舅说:

"杨兰英刚才喊我回去,是商量一件事情。明天原定上午十一点半,在你们家相聚碰头,杨兰英的想法,提前到九点半。先不进那边的家,她要到市公墓走一趟，祭拜一下你们妈妈。她的这个要求，在情理之中。我的意思，应该成全她。过去民间习俗，有'新不拜旧，新不见旧'之说。一对夫妻没有过到头，有一位先走了，在世的这一位，迎娶或嫁了新人。这个新人，就是后娶的妻子，或者是后嫁的丈夫。所谓旧人，就是过世的妻子，或者是过世的丈夫。新人一般是不愿意见到旧人的遗像的，更不会到旧人的墓前祭拜。其中，既有说不清楚的一种忌讳，也有不方便之处。你们家的情况不一样，非常特殊。请杨兰英陪伴你们爸爸，是你们妈妈的临终嘱托。杨兰英跟你们爸爸，以前有过一段前缘，还生了一个与你们同父异母的弟弟何寿人。你们爸爸和杨兰英复合，是你们兄弟亲自操办的。在这样三个背景下面，杨兰英到你们妈妈的坟前，既是祭拜，也是叩谢。她这样做过了，从此以后，住在你们家里，跟你们爸爸一起生活，心里也安了。再说句直截了当的话，依照民间习俗，新人一般是不肯住旧人住过的房间的。杨兰英祭拜你们妈妈以后，从此以后，可以住在任何一个房间，包括你们妈妈生前跟你们爸爸住的房间。所以，刚才我答复她说，我本人觉得可以。等一会儿路上再征求你们兄弟俩的看法。如果不同意，就发微信给她。如果不发微信，就说明同意了。"

觉得小表舅说得有理，兄弟两个人，都把头点了一点。

小表舅说：

"既然你们同意，明天这样安排：何寿人大早开车过来，先在镇酒店开一个大一点好一点的房间，贺淑贤和何无思先在酒店房间等着，寿天坐我的车，杨兰英坐何寿人的车，寿地不用赶回来，上午九点半到九点四十，分别到达市公墓大门口，在那里碰头。祭拜完毕，何寿人和他妈妈开车先回镇上酒店，可能要洗漱一下，换换衣裳。寿地开车回去接魏兰娟和无恙，我和寿天或者等寿地一道走，或者路上开慢一点，等寿地赶上来。我们到家，打一个停顿，稍微整理一下，回过头来，等着迎接杨兰英一家。怎么样？"

兄弟俩又把头点了一点。

五十二

第二天上午,何寿天坐小表舅的车,九点半到达市公墓大门口,杨兰英和儿子何寿人到了,弟弟寿地也到了。停好车,一起走进墓园,到了母亲的墓碑跟前。杨兰英看了看墓碑,从何寿人手里接过三支檀香,点燃,插在墓碑前面。接着,趴在地上,磕了三个头。

杨兰英说:

"菊英大姐,我是兰英,我来看你来了!你临终嘱托,让你两个儿子寿天寿地,还有他们的小表舅,操了那么大的心,费了那么大的事,去找我。我来了!我来迟了啊!只恨我没有福气,不能在你生前见你,只能在今天,现在,这一刻,跪在你的坟前,阴阳两隔,跟你说话,把我这一辈子受的苦,我这一辈子享的甜,全部告诉你,也只能告诉大姐你一个人哪!我父母,还有我那死去的丈夫何文有的父母,就是我公婆,都是五岔冲人,两家父亲,从小是玩伴,长大了是朋友。等我妈妈怀上我,何文有妈妈怀上何文有,双方过了四个足月怀胎,可以告诉外人的时候,有一天,两家父亲坐在一起,找了五岔冲喜欢做媒的张三挑子和王五矬子两个人,到场做证,指腹为婚,承诺说:如果何、杨两家生了两个男的或者两个女的,就是异姓兄弟或异姓姐妹;如果是一男一女,就结成夫妻。在我们那个偏远地方,在那个年代,定娃娃亲是民间风俗。后来何文有妈妈生了何文有,我妈妈生了我,一方是男,一方是女,双方皆大欢喜,一直当亲家走动。到了八九岁,我懵懂初识人事,看见娃娃亲未婚丈夫何文有,虽然瘦弱,一副病歪歪的样子,倒也五官端正,四肢齐全。跟人说话,也算和风细雨,知礼懂事。十六岁拜堂成亲,洞房花烛,我心里羞怯,等了一夜,新郎何文有一点动静也没有。又等了一夜,还是没有动静。第三天'回门',我妈找一个空当,问我新女婿怎么样。我开始不懂。后来才明白我妈的意思,把真实情况告诉了她。我妈听说新女婿两夜没有动静，就说：'既然洞房花烛过了，就不必害羞。男人比女人开窍晚，也许他还不懂，或者胆子小，不敢下手。你不能一直等下去，他不主动，你就主动。他不找你，你就找他。'从娘家回去，我等到半夜，还是没有动静。以为他睡着了，却没有，见他躺在床上，翻来覆去，唉声叹气，像是有什么不可告人的难处。我就按照我妈的叮嘱，主动上前找他。这一找，天塌下来了。我用尽了各种办法，都不起作用。最后，何文有跪在我的面前，一把眼泪一把鼻涕，告诉我，他从小到大，就不能当真正的男人。我后来告诉我妈妈。我妈妈叹了一口气，说：'兰英啊，不怪天，不怪地，不怪他何家，也不怪我们杨家，更不怪两个媒人。要怪，只能怪你的命不好。或者你在前世，欠了他何家的，而且不是一般的孽债，这辈子，要你苦一个世道轮回，偿还他何家，把前世的冤账，清算掉。这件事情，从此以后，你只能吞下喉咙，咽进肚里，除了我，不能再告诉任何人，连你爸也不要告诉。我还要提醒一句，你往后要遭的罪，并不是每天守空房，守活寡，而是过了几年，你的肚子没有动静，多少闲言怪语，多少讥讽嘲笑，不会怪他，只会怪你，推到你的头上。人言如虎，人语如刀。真虎好逃，真刀好躲，人言难忍，人语难挨啊。你只能把一口怨气，忍着憋着。再不能忍，也要忍。再憋不住，也要憋。你一个字，都不能对外吐露啊！'我听了我妈的话，从此死了一颗心。我对自己说：'这是你前世欠的债，这辈子要偿还。这笔账还清了，你下辈子才好正正当当做人，没有什么好抱怨的。'说句良心话，我那死鬼丈夫何文有，生前的时候，虽然不能对我尽人事，平时倒也平心静气，轻声细语，知寒知热，问长问短。他对我的体贴，不跟世间旁人相比，在五岔冲，找不到第二个。我就劝自己说：'譬如当初指腹为婚时，说的第一句话，我和他，如果都是男的，或者都是女的，两个人当作异姓兄弟，或者异姓姐妹，相伴这一辈子，算了。'可是，我把自己的心思揿住，摆平了；外面的闲言碎语，我捂着耳朵装作听不见，也扛住了。我的公公婆婆这一关，比那刀山火海，还要难跨啊。三年过后，我婆婆沉不住气，见到我，就要把嘴巴撇起来，把眼睛翩起来，各种暗示，各种提醒。不要说有谁家女的怀了孕，生了孩子，连东边邻居家生了一窝小狗，她也要过来，讲给我听；西边街坊屋檐下孵出一群小燕子，也要过来，对着我耳朵说。不止一次，我想反驳她，告诉她，不是我的肚子不争气，是她养的儿子裤裆里的东西不争气。可是转念一想，妈妈的提醒在耳边响了起来。我就想，如果把这张窗户纸捅破了，闹将起来，我上辈子亏欠何家的这笔债，说不定会留下一个尾巴，这辈子还不清，结存到下辈子，还要继续偿还，怎么得了，哪年哪月是个尽头？想到这里，我就再三再四，闭紧嘴巴，一声不吭，任凭她嘴上作践。俗话说，婆媳之间，是今世的对头，上辈的宿怨，一生一世也解拆不开的。因此，婆婆见我不作声，忍让她，并不承情，反而变本加厉。到了后来，变成了指桑骂槐，指狗骂鸡。我的公公，更加放在脸上，一点余地都不讲。每次照面，就说：'兰英啊，我们何家在上上一代，就是三门共一脉，一脉单传了两代，到了你这里，千斤重担，一刻不能松懈。不要说我和你婆婆两个死了，必须要有第三代举孝孙幡，戴孝孙帽，磕孝孙头。除此之外，还有历代亡人，列祖列宗，在阴曹地府里，等着香火祭祀，血脉承传。你的肚子再没有动静，我和你婆婆，哪怕一口气咽了，都没有脸去见他们哪！'我能说什么呢？只能一言不发，硬着头皮，挺着。一直熬到我公公婆婆去世，才算把身上的枷锁，脱掉了一件。接下来，周边邻居，该说的闲话，都说过了。大家见怪不怪，也懒得说了。我才算过了一段清静日子。正是这个时候，老天爷降下一位救苦救难的活菩萨，就是我们姐妹两个人的何大哥。当时，何大哥被押送到我们五岔冲，监督劳动，只许规规矩矩，不准乱说乱动。一开始，大家听说来了一个坏人，以为这个人，头上长疮，脚底流脓，恶话说尽，坏事做绝，才受到这种处罚，送到这个天荒地僻、兔子不拉屎的地方，受人间活罪。人押到那天，男男女女，老老少少，都跑去看热闹，以为是一个头上长角、身上长刺、龇牙咧嘴的怪物。到了跟前，所有的人，把头颈脖子伸得老长，看来看去，见押送来的这个男人，五官匀称，目光平和，身体端正。跟想象中的坏蛋，没有一点儿沾边，便在私底下议论，说，自古'画虎画皮难画骨，知人知面不知心'。这个人，可能是个'青皮白瓤'瓜，外面好看，里面夹生。外表看起来是个标准模子，内心实际上是歹毒之徒。何大哥初到五岔冲，不要说一般妇女儿童，就连青壮男人，都提防三分。不得不向他靠近的时候，手里也会握着一件农具，防止他行凶作恶。日久天长，何大哥不但没有干过一件上风杀人、下风放火的恶行，连上树摘桃、下水捞鱼、偷鸡摸狗的事情，都没有干过一件。不但如此，大家还接二连三，亲眼实见，何大哥做的三桩事情。第一桩，当年冬季上河工。当时是大集体，'干活大呼隆，上工一窝蜂'。上工时候，两步挪作三步，慢吞吞地来。下工的时候，三步并作两步，一溜烟儿跑。可是，每天傍晚，别人下工了，何大哥不下工，还留在河堤上挑土方。每天天蒙蒙亮，别人还蜷在热被窝里仰觉呢，何大哥就爬上河堤，挖土挑担，忙了起来。有人问他，为什么这样？何大哥说，他是傍着队里的一个壮劳力，人家每天挑挖多少土方，他就打算挑挖多少土方。可是，这位壮劳力力气大，总是抢在前面。他只好笨鸟先飞，利用早晚休息的空当，把落下的土方，弥补起来。第二桩，何大哥来的第二年春天，麦子拔节光景，总有野鸡生了蛋，一窝一窝散在麦田里，谁看见了，谁就捡回家去，做菜吃。何大哥守在麦田里，见谁劝谁，不让捡野鸡蛋。幸亏他守了一个春天，到了秋后，满地都是野鸡，五岔冲人，真正得了一个野味大丰收。人们事后回想起来才明白，何大哥不但心地仁慈，更有远见。第三桩，每年拔秧栽秧季节，本地有一种叫'土毒龟'的蛇，躲藏在秧苗田里。遇到雷暴闷躁天气，这种蛇，更是遍地都是。这种蛇还有个别名，叫'十步倒'，被它咬过，走十步，人还没有到家，一条小命就交给阎王爷去了。五岔冲处于两省三县交界之处，通往外面，连条土路都没有。谁被蛇咬了，根本来不及送到外面大医院，只能听天由命，躺着等死。种过田的乡下人都知道，那个季节，正要连日带夜'抢插抢种'，一分一秒也不能迟疑。白天还好，晚上连夜拔秧栽秧，手里的秧苗，连同水里的'土毒龟'，搅缠在一块，每年少者一两条人命，多者七八条人命，丧在这种毒蛇手里。遇上酷暑炽热，丢掉的人命，还不止这个数。

谁也没有想到，何大哥竟有办法医治'土毒龟'的毒。他认识一种草药，就长在田边，只开半朵花，俗称'半边莲'。采下一大把，煮一大锅汤，将被蛇咬了的人，撬开牙关，灌一大碗药汤进肚里，再将汤水放在一只洗澡盆里，人浸泡在里面，三五个小时再出来。又用新鲜半边莲，捣成药汁，敷在伤口上。用这些方法，过了一天一夜，肿痛减轻。再过一天一夜，人就没有事了，都能从床上爬起来，下地干活挣工分了。何大哥不但自己救人，还教大家识别这种草药和救治方法。在五岔冲两个春夏之交，被他救活的人，总共有十二个。他走了以后，人们用他的办法，继续救治蛇咬，再也没有死过人。所谓'耳听为虚，眼见为实'，何大哥到底是坏人，还是好人，这三桩事情发生以后，特别是第三桩，五岔冲的人，只要长有一张嘴巴的，说出来的话，都在赞颂何大哥。可是，正如挂在嘴边的一句古话，'天有不测风云，人有旦夕祸福'，那一天，从三界来了一拨子人，气势汹汹，走到集体干活的庄稼地里，朝何大哥逼了过来，一个冷不防，兜头揪住了他。当时在庄稼地里集体干活的人，都蒙在那里，动弹不得。其实我也一个样，全身僵硬了。事后，大家都说我如何如何，怎样怎样。事实上，我也不明白自己当时在做什么。就像有什么东西，突然附在了我的身上，我已经不是我，我已经变成它了。它怎么指挥，我怎么做。我先找了几个年纪大的，说，这几个从三界来的人，连个招呼都不打，岂不是把我们五岔冲的三老四少，不当作人看吗？我这一说，几个年纪大的，心里的一把火，腾腾地烧了起来。老人们就陪着我，上前论理。我刚才说过，我自己也不明白，只是好像有东西附在我的身上，它让干什么，我就干什么。那个年代，最讲究什么人是什么阶级。我就让来人逐个报家庭成分。对方可能看我是一个乡下年轻女子，并不怕我，还反咬一口，让我先报。我就告诉他们，我丈夫何文有，三代贫农。我本人娘家，三代雇农。对方只好跟着报了家庭成分，三界原来是个古镇，多数是开店做小生意的，哪一家哪一户，能比得过农村种田的贫雇农？那个领头的，家庭成分竟然是小业主。到了这个阶段，我们五岔冲一方，气势高涨；他们三界一方，气焰收敛。那个领头的，还想垂死挣扎，想朝我动手。我们五岔冲一班青壮，站在一边，冷眼旁观了好长时间，怒火早就烧上天了。听见一声吆喝，拿摊扒的拿摊扒，拿铁锹的拿铁锹，拿钉耙的拿钉耙，都逼了过来。三界来的那帮坏种，吓得屁滚尿流，落荒而逃了。何大哥这才躲过了一劫。从那时起，五岔冲的人，只要看到有陌生面孔露头，马上把上工的铁钟敲响，聚集在一起，保护何大哥。接下来的日子，何大哥在我们五岔冲，平安无事。直到上级来人，召开大会，宣布何大哥平反昭雪，说他不但不是坏人，而且是受迫害的好人，即将重返三界原来岗位，继续当一方百姓的领导。本来，何大哥应该大会结束就跟来人一道回去的，可是，他坚决不肯，当天留了下来，挨家挨户，告别感谢。正是这一天晚上，我干了对得起死鬼丈夫何文有和他的列祖列宗，却对不起你菊英大姐的事情。今天，跪在你的坟前，隔着阴阳两界，也请大姐允许我多申辩几句。这件事情的由头，并不是我起的念头。不论当天，还是以前，我连做梦也没有想过这样的事情。是我那死鬼丈夫何文有，把一桩计划，在肚子里想得有头有尾，滚瓜烂熟，到天擦黑的时候，跟我商量。他一说完，我立刻跳了起来，说：'这种辱没祖先的事情，也亏你能想得出来，说得出口？'何文有说：'这不是辱没祖先，而是承继祖先香火。这种事情，远远近近，例子多得举不胜举。'说完，说了好几个附近地方我听说过的例子，说这是没有办法的办法，依照民间传统和祖辈习俗，像这样借种生子，都是允许的，也是见怪不怪的。我就说：'何大哥一个正人君子，你却要陷害他干这种不仁不义的勾当，于心何忍？你真要做，就在五岔冲当地，或者在附近地方，找一个人，借这个人的种子，不行吗？'何文有说：'我早就反复想过了，如果在五岔冲借种，或是在附近地方找人，万一孩子出生，亲生父亲改变主意，找上门来，怎么得了？这种例子，也是多得不得了的。'说着，又举了好几个我听说过的例子。往下，任凭他怎么说，我都不肯松口。眼看时间一分一秒过去，我那死鬼丈夫急了，便把他父亲，就是我的公公，当初说的话，重复了一遍。又说：'你今天同意也得同意，不同意也得同意。你如果不做这件事情，不要等到明天早上，就在今天夜里，我有三样东西，一样是挂在屋梁上的苎麻绳，一样是灶头上的厨刀，一样是屋后的水塘，我任选一样，跟我的爸爸妈妈和历代亡灵，见面去了。'我跟他过了这么多年，再不能熟悉了，听这种决绝口气，不是说着玩的。他一死，我活着，还有什么意思？今晚这一关，看来熬不过去了。到这个时候，我自己的一颗心，也动了邪念，打算往歪处走，就做了对不起菊英大姐你的事情了！从那一刻起，我跟死鬼丈夫何文有一个鼻孔出气，成了同谋，仔细策划起来。我们就从屋后水塘里网了几条鱼，杀了一只鸡，拿出几只鸡蛋，从菜园拔了几样蔬菜，做了一顿好菜好饭，等着何大哥。也是合该有事，何大哥要是先来我家，再去别的人家呢，这个机会就不存在了。恰恰是何大哥先去了五岔冲所有的人家，最后才到我家。用他的话说，是我救了他一条命，他要最后登门感谢。何大哥到我家以后，我和何文有请他留下来吃晚饭，他最初不肯，挡不住我俩再三挽留，同意了。吃好饭，趁我收拾碗筷，何文有按照事先商量好的，溜出去，把大门上了锁，拿着钥匙，蹲在菜园里，只等我的消息。到了那个关头，所谓伸头是一刀，缩头也是一刀。我就把脖子一挺，豁出去，直接对何大哥说了。何大哥听了我的话，吓了一跳，一千个不允，一万个不行。我就学死鬼丈夫何文有的招数，告诉何大哥，如果他不肯借种，那我只有三样东西，一样是挂在屋梁上的苎麻绳，一样是灶台上的厨刀，一样是屋后水塘，任选其中一样，到阴曹地府去，接受何家亡灵的作践辱骂了。结果，跟我和何文有预想的一样，何大哥不忍伤害我一条性命，先用何文有做挡箭牌，说这样做，对不起我丈夫何文有。我就告诉何大哥，何文有不但知道，这个主意，还是他想出来的。不信的话，大门锁上了，钥匙在何文有手里，什么时候事情办好，他什么时候开门。何大哥不信，拉了拉门，果然是从外面锁着的。何大哥又提出，既有这种借种风俗，为何不在五岔冲当地，或者在附近地方找一个人，何必将他拉下水里。我就把何文有的担忧，回答给他。最后，我告诉何大哥，按照民间的说法，我对自己的身体有一点感觉，认定这两天正是受孕的最好时机，而何大哥来五岔冲两年整，其间没有碰过女人,这两个因素,我应该十之八九能怀上。如果怀不上,只能是何文有这个何氏一门没有这个福分,命中注定要绝户罢了。我还对天发誓,只找何大哥这一次,不管怀上怀不上,从今往后,我绝不会再去找他。事情到了这个地步,或许出于两个可能,一是老天爷有眼,眷顾我死鬼丈夫何氏一门,不至于断绝香火;二是可怜我虚名结婚那么多年,还是处子之身。何大哥一副铁石心肠,最终还是被感化了。就在那天晚上,顺遂了我的心愿,不但让我真正做了一回女人,还赐给我一个儿子。但是,时至今日,我跪在大姐的坟前,说来说去,哪怕有一千个理由,一万个借口,都经不起推敲,都站不住脚跟。我真正伤害的,唯一对不起的,是你菊英大姐啊!"

说到这里,泣不成声了。

何寿天让何寿人扶他妈妈起来,杨兰英坚决不肯,趴在地下,大哭起来。

哀号道:

"菊英大姐,我对不起你,欠了你的债,今生今世,我是没有办法报答你了,只等来世往生吧。到了下一个轮回,我愿意给你当丫鬟,做用人,端茶倒水,穿衣提鞋,叠被铺床,烧菜做饭。哪怕老天爷说我作了大孽,不容我转生人世,我即使投胎做了畜生,也愿意为你衔环结草,做牛做马啊!"

何寿天再让何寿人扶他妈妈起来,杨兰英依旧趴在地上,不肯起来。何寿天便叫何寿人站在右边,请小表舅站在左边,自己和弟弟寿地两边协助,一起用力,将杨兰英的身子,硬行扶站起来。转过方向,一路拖着挪着,一路劝着。到了停车的地方,何寿人腾出一只手,打开车门,共同将杨兰英扶坐在车里。

何寿天说:

"寿人,你和杨阿姨先走吧。路上开慢一点,小心一点。我和寿地随后就回。也不要着急,十一点半,我们在家等你们。"

分头走了。

五十三

　　何寿天坐小表舅的车，一路缓行到家，十一点已过。邵亚芳和儿子无虑已经到了，刚刚洗漱好，换好了衣裳。和小表舅分头洗漱换衣裳，弟弟寿地一家也到了。看何寿地、魏兰娟、何无恙身上，已经提前把衣裳换好了。

　　再看父亲，周三嫂子和两个陪他的人，正在帮忙上下打扮。却拿不定主意，穿了这件，觉得不好。改换那件，觉得还不如先前那件。再穿先前那一件，仍然觉得不好。找了第三件穿上，又觉得不如第二件。反复折腾了好一会儿，不见结果。便请小表舅做主，带着邵亚芳、魏兰娟，帮父亲做决定。穿来换去，一番折腾。不再问他了，改问大家，都说一套深蓝色的中装好。父亲还想摇头。不听他的，最后就定了这件。

　　十一点二十五分，小表舅在前，何寿天和弟弟寿地并肩在后，邵亚芳和魏兰芳跟着，后面是无虑和无恙，迎到大门外。看见杨兰英一家，何无思走在最前面，后面一排三个人，杨兰英中间，右边何寿人，左边贺淑贤，由远渐近，走了过来。见贺淑贤和何无思都穿着喜庆色彩的衣裤。杨兰英和何寿人都换过了衣裳。何寿人穿一身崭新深色西服，杨兰英上身藏青色嵌着鲜红花对襟，下身藏青色嵌着暗红花裤子，脚上一双藏青色嵌着淡红花布鞋。见她洗了头，头发梳成马尾状，绾在脑后。眼睛稍见红肿，脸色倒见平静下来。

　　到了近前，邵亚芳和魏兰娟上前，帮贺淑贤一道，扶着杨兰英。何寿人站到何寿天、何寿地并小表舅这边，一齐簇拥着杨兰英，走向大门。

　　父亲正在大门这边的廊屋里面等着。杨兰英跨过门槛，抬头看了一看，嘴里叫了一声"何乡长"，身子晃了一晃，站不住。见父亲上前一步，扶住了杨兰英。两个人，两双眼睛，两道目光，对视在一起。两个人的双手，紧紧地握在了一起。

小表舅笑道：

"杨大姐，你喊他'何乡长'？这个称呼错啦。你应该直呼其名，喊'何万年'。如果拗口，一时半刻不习惯，喊不出来，你就喊他'寿人他爸'吧。"

杨兰英听了，改口喊了一声"寿人他爸"，这边父亲回了一声"兰英"。所有的人，转到中屋，让父亲在堂桌上首右侧坐下来，再请杨兰英坐在上首左侧。杨兰英不肯坐。一齐劝她。又推让了几次，最终坐下了。

小表舅从口袋里掏出一张写满字的黄表纸，咳了一声。所有的人分排站好。何寿天一家并何寿地一家，站在堂桌的右边方向。何寿人一家，站在堂桌的左边方向。平时陪同父亲的两个人、周三嫂子、小表舅手下的其他人，都退在了院子里，一起等着。

见小表舅从檀香筒里拈出三支檀香，点燃，插在中屋正中柜子上的香炉里。

念念有词道：

"兹有何氏子孙何寿人，系青铜镇何湾何万年嫡三子，三界古镇五岔冲何文有嗣长子，于今年今月今天此时此刻此分，与生身父亲何万年骨肉团聚，认祖归宗。不敢忘恩负义，当然饮水思源，誓言一肩两担，承祧两门何氏，祀祭永远，血脉长存！"

先读道：

"青铜镇何湾何万年五代在天亡灵如下：太太祖父何人高，太太祖母何周氏；太祖父何平佑，太祖母何杨氏；高祖父何安成，高祖母何曾氏；曾祖父何健永，曾祖母何张氏；祖父何康瑞，祖母何赵氏。"

再读道：

"三界古镇五岔冲何文有五代在天亡灵如下：太太祖父何乔远，太太祖母何姚氏；太祖父何梓严，太祖母何韩氏；高祖父何从德（同嗣高大叔祖何从智，高二叔祖何从品），高祖母何盛氏（同嗣高大叔祖母何孙氏，高二叔祖母何黄氏）；曾祖父何林浩，曾祖母何魏氏；祖父何茂才，祖母何曹氏。"

又念念有词道：

"何寿人之妻贺淑贤，何寿人之女何无思，同誓。"

将手中的黄表纸点着，放在地上，燃为灰烬。一阵风过，刮向空中，飘走了。

小表舅说：

"寿人，淑贤，无思，开始跪拜吧。"

堂桌向外的地下，早放好了三只拜垫。何寿人正中，右边贺淑贤，左边何无思，一起跪在上面，磕了三个头。站起身，双手合拢，朝堂桌上首再拜。

见何寿人上前，提起放在堂桌中间的茶壶，将两只酒盅大小的茶杯，分别倒满，先端一杯到父亲面前，放下，叫了一声"爸"，再端一杯到杨兰英面前，放下，叫了一声"妈"。

听坐在上首的父亲和杨兰英，都应了一声，把小杯子里的茶水喝了。

贺淑贤跟着上前，也各倒了一杯茶，端过放下，各喊了一声"爸""妈"。

也分别应了一声，把茶水喝了。

随后是何无思，也各倒了茶水，端过放下，各喊了一声"爷爷""奶奶"。

同样分别应了一声，把茶水喝了。

忽见何无恙也趴到拜垫上，磕起头来。杨兰英见了，慌忙起身，要走到前面来扶。不等她过来，无恙已被何寿地拉住。

何无恙说：

"我刚刚多了一个叔叔婶婶，还添了一个无思妹妹。我的无思妹妹磕过头了，应该轮到我了，为什么不让我磕头呢？"

小表舅说：

"这是有次序的。不能乱来，你看看，你大伯，你爸爸，都在听我的。我怎么说，你们怎么做，好吗？"

忍不住都笑了。笑了一阵，继续进行。

小表舅说：

"往下，都不用磕头，把拜垫收起来吧。只需象征性地做一做，给两位老人各倒一杯茶，尊称一声，就行了。"

何寿天上前，各倒了茶，放在父亲和杨兰英面前，喊了一声"爸"，再喊一声"杨阿姨"。父亲和杨兰英两个人，分别把茶喝了。邵亚芳和何无虑也上前倒了茶，邵亚芳喊了"爸"和"杨阿姨"，何无虑喊了"爷爷"和"杨姨奶奶"，都把茶喝了。

何寿地一家同样，分别倒茶，何寿地和魏兰娟叫了"爸"和"杨阿姨"，无恙学无虑，叫了"爷爷"和"杨姨奶奶"。

往下平辈相认。何寿人和贺淑贤叫了"大哥""大嫂""二哥""二嫂""侄儿""侄女"，何无思叫了"大伯""大婶""二伯""二婶""哥哥""姐姐"。何寿天、何寿地、邵亚芳、魏兰娟分别叫了"弟弟""弟媳""侄女"，无虑、无恙分别叫了"妹妹"。何寿人、贺淑贤、何无思、又分别用不同称呼，叫了小表舅。所有的人，都叫过了。

至此，仪式完毕。周三嫂子并邵亚芳、魏兰娟、贺淑贤一起动手，端饭菜上桌。各人分别入座。何寿天、邵亚芳、何无虑，坐在堂桌右边。何寿地、魏兰娟、何无恙，坐在堂桌左边。何寿人、贺淑贤、何无思，坐在下首。

请小表舅上座。不肯。

小表舅说：

"我不用坐在桌上了，等会儿跟周三嫂子他们一起吃吧。"

父亲说：

"你不但是第一功臣，还是我们家辈分最高的亲戚，你不坐，谁还敢坐？"

何寿天和寿地、寿人一起上前，推着拉着，请小表舅到了上首，父亲居中，右边小表舅，左边杨兰英。都坐好了，客气几句，一起举筷搛菜，吃了起来。

总共八个汤菜：一碗手工细剁黑猪肉圆，一盆青鲲鱼圆，一碟油煎山芋圆，一盏白水芋艿圆，一碗白果樱桃肉，一盘白煮鹌鹑蛋，一盆西米羹，一盆新鲜鸡头米汤。

周三嫂子说：

"今天做了八个汤菜，四加四等于八，表示'事（四）事（四）如意'。所有的菜，包括白果樱桃肉，其中白果是圆形的。西米羹里的西米，是圆形的。鸡头米，是圆形的。另几个菜，肉圆、鱼圆、山芋圆、芋艿圆、鹌鹑蛋，都是圆形的，表示'团团圆圆'。今天没有煮米饭，下了糯米汤圆，也是圆形的。每人碗里，盛八只，同样是'事（四）事（四）如意'的吉祥意思。"

父亲听了，赞道：

"他小表舅，你们东乡红白小会，卧虎藏龙，一个周三嫂子，就弄出这么多讲究来。她还算你底下的一个普通人员，平时不出手，一旦出手，真正吓人一跳！"

小表舅说：

"不要说你，我也在奇怪呢。周三嫂子原来不是这样的，也没有这样的功夫。难道在这里住了一段时间，得着了仙气，脱胎换骨，变了一个人了？"

却见周三嫂子，眼睛有些红了。知道有话，问她，不肯说。再三催问，把眼睛抹了一抹，开口说了。

周三嫂子说：

"我哪里有这种本领？这是老太太生前的安排，我照着做的。"

又说：

"老太太精神还撑得住的时候，有一天夜里，她睡不着，把我叫醒了，说：'等我走了，办完后事，会有一次全家团聚，而且会有新面孔来，那个时候，你肯定还没有走，仍然要请你做饭菜。你其他不用做，只做八个汤菜，四加四等于八，表示事（四）事（四）如意。所做的菜，都有圆形的东西，表示团团圆圆。这些菜，我从今天起，会一个个地教你，具体怎么做。'老太太还说：'这件事情，不要告诉别人，包括老头子，我两个儿子，我小表弟弟，都不要说。只有天知地知，你知我知。'那天以后，每天夜里，等大家睡着了，老太太都会叫醒我，教我怎么做菜。还让我拿一支笔，逐个记在纸上。我识字不多，用了不少同音字，还做了不少只有我自己懂的记号。"

又说：

"老太太当时并没有细说，她的后事完毕，什么时候全家团聚，又有哪些新面孔来，直到今天，我才算恍然大悟。"

说到这里，周三嫂子忍不住，眼睛又红了。邵亚芳、魏兰娟、贺淑贤眼睛也都红了。杨兰英早在抽泣哽咽，哭出声来了。

何寿天说：

"好了，不说了，一起吃饭吧。"

见满桌子还在悲悲切切，想了一想，把话题转开了。

说：

"杨阿姨，我和寿地，还有寿人，把爸爸就交给你了。具体生活细节，我不多说了，只说一样：我爸年轻的时候，有烟酒的嗜好。七十岁以后，根据我的建议、我妈和寿地的支持，戒了烟，酒适量。前一段时间，我爸告诉我，说戒烟以后，人有点难受。平时遇到熟人，原先总要递一根烟，再站着一起说话。戒烟以后，口袋里空空的，掏不出香烟敬别人。别人敬他的烟，又不能接。遇见个人，不管生熟，连个脚都不敢停住，只能走得远远的。我听了爸的话，觉得能够理解。对于爸的烟和酒，就解了禁。但有个六字原则：'少一点，好一点'。今后，请杨阿姨就按照这六个字，自行把握。"

又说：

"吃好这顿饭，我和邵亚芳、无虑就回上海了。闻芳身子一天比一天重，可能顾着那边多一点。老家没有特别重要的事情，不会回来。寿地和寿人兄弟两个人，都在本市。寿地在市里，抬脚落脚就到。寿人在三界，开车过来，也不用很长时间。有什么事情，尽管找他们商量。需要我的时候，随时让寿地、寿人转告，或者直接发微信，打电话，都行。杨阿姨，一切拜托你了！"

吃好饭，再叮嘱几句，告别上车，跟邵亚芳和无虑，直奔上海。

五十四

何寿天到家天色擦黑，洗了手，换了衣裳。跟闻业荣、方慧群打了招呼，一道吃了晚饭。二人帮着收拾好碗筷，告辞走了。一家人在客厅里说了几句话，看见闻芳坐在沙发上，肚子已经显露出来，十分高兴，叮嘱一番，各自回房间休息。

邵亚芳说：

"前几天收到退休证、社保卡，我找了几个户口已经迁回上海的知青，请教手续怎么办。都说，上海有硬性政策规定，办成肯定没有问题，只是中间环节比较多，有点烦琐。快的，也要两三个月。慢的，就难说了。我打听的这几个人，其中一个，比较顺利，花了三个月时间。另外两个，算是一般顺利，花了将近半年时间。还有一个，跑了大半年了，最近即将会有结果。这几个人说，据他们的经验，顺利不顺利，关键还看材料。老家那边的事情，你已经安置好了。接下来，家里的头等大事，除了闻芳按期体检，就是我的户口回迁上海，你也要把心思转一转，全力以赴，用在这上面来了。"

何寿天说：

"后天是周一，上午闻芳约定体检，无虑有个重要会议，一大早就要走。闻芳体检，由我开车去浦东一妇婴。你把身份证、退休证和社保卡都带在身边，如果闻芳体检顺利，时间来得及，我们从医院先送她到单位，接着往派出所那边赶。如果来不及，我们下午再去，怎么样？"

周一全家起早，无虑打网约车上班。七点一刻，何寿天开车，邵亚芳陪着，送闻芳去体检。到了浦东一妇婴，时间七点五十七分，护士开始叫号。很快叫到闻芳的名字，答应一声。由邵亚芳陪着，顺着走廊，转弯过去，到了一个门前，护士引导进去。约略二十分钟，邵亚芳陪着闻芳出来了，朝这边打了一个"OK"的手势。

邵亚芳说：

"一切正常。大赵医生说，大人，小孩，都没有问题。我问要不要请假在家休息，大赵医生说不用。还说继续上班，有两个好处，一是每天可以确保足够的活动量，二是把假期积攒下来，集中在孩子出生以后，产假休长一点，有利于身体恢复。不过，每天上班，中午在单位吃饭，晚上下班回家，要注意一下饮食，把营养跟上去，就行了。"

一道下楼，先送闻芳去单位。随后，直接赶往东昌派出所。

在门口取了一个咨询办理户籍的号，等了二十分钟，轮到了。走到窗口前，里面坐着一个穿制服的女户籍警，邵亚芳递上身份证、退休证和社保卡。里面听了要办的事项，看了一看证件，退还回来，给了一张印有文字的纸。

女户籍警说：

"这是材料清单，我们拿到材料以后，做初审，有不符合要求的地方，会及时跟你联系。材料符合要求，上报公安分局复审。复审完毕，再逐级报批。在五十个工作日内，一定会有结果的。"

回到家里，拿出那份材料清单，仔细看了一遍，斟酌一番，拿了一支笔，在上面分别做了不同记号。

何寿天说：

"清单上所需的材料，两三天内弄齐，应该不成问题。缺了一份结婚证。我们当年是按照传统方式办的婚礼，亲戚朋友吃一顿饭，公之于众，没有领这张纸。像我们这个年纪的人，绝大多数都是这种情况。我在网上查过了，补办结婚证，有两个渠道，一是在当年结婚所在地，查阅资料后，由县处级以上婚姻登记机关补发。二是在本人现在户口所在地，提供相关证明材料，也由县处级以上婚姻登记机关补发。我的想法，闻芳身子这么重，我们走不开，还是打个电话，让寿地在老家那头代为补办一下吧。"

打通弟弟何寿地电话，说了这件事。

何寿地说：

"我的工作变动了，到市委党校担任常务副校长，主持工作，同时兼任市行政学校的相同职务。这件事情，半年前就在传了，传来传去，想不到竟然变成真的了。怪不得人们总在说，'谣言谣言，遥遥领先的预言'。昨天下午，是市委分管干部的副书记找我谈的话。表面听起来，这位分管干部副书记说的话，也还不错，大致意思是，我虽然在重要部门任职，而且职务后面加了括号，属于正职级别，毕竟是副手。考虑到我的资历、能力、实绩，组织上决定让我到市委党校，名义上是常务副校长，校长按惯例是由市委副书记挂名的，因此，是实际上的一把手，一方诸侯，独当一面，属于重用。希望我不辜负组织期望，把这副担子挑好。这番话，听起来无懈可击，滴水不漏，可我心里总有点儿空落落的，不是很踏实。正准备给你打电话，你倒打过来了。"

何寿天听了，提醒了上次说过的几句话，无非是抓紧适应新环境，把手头的新工作，扎扎实实挑起来。说完，把电话挂了。

五十五

等了三天，不见何寿地回音。又等了三天，仍然没有回音。再等一天，见邵亚芳着急了，便打通了弟弟电话。

何寿地说：

"结婚证补办好了，快递刚寄出，估计明天能收到。"

详细说道：

"这件事情，费了很大周折。我可能有点疏忽大意，一件简单的事情，弄出复杂来了。你知道的，我跟市民政局王局长不是一天两天的好朋友。老王一个月前刚退到二线，在市人大挂个常委，兼任人大内部的民政委主任。一般情况下，他刚刚离开一把手位置，余威还在。婚姻登记机关，属于民政局下属机构，请老王补办一个结婚证，应该不是问题。我就第一时间打了电话，把前因后果，说了一遍。我说：'你什么时候有空，我跟你碰头，一起跑这件事情吧。'老王说：'你刚上任，千头万绪，是个忙人。我已经退到二线，百无聊赖，是个闲人。不过是补办一个结婚证，有多大的事情，值得高射炮打蚊子，惊动你这个现任一把手，我这个卸任一把手，两个人一起跑？你就别管了，交在我的手里。一有结果，马上给你回音。'我等了一天，没有回音。又等了一天，还是没有回音。等到第三天，我打电话去问，老王说：'还没办好，你再等一天，肯定给你回音。'再等一天，白天没有回音，到晚上，老王电话来了。我认识他多少年了，从来没有听见过他电话里的声音那样懊恼，说：'有一句话叫作，人在人情在，人走茶水凉。以前不相信，现在相信了。实在惭愧，这件事情，我办不了。只能请你亲自出马了。'挂了电话，我想了一想。接替老王担任民政局局长的，叫赵重举。以前认识，对我很尊重。于是，我就直接给他打了个电话。第二天下午，赵重举亲自赶到党校，进了我的办公室，说：'何校长，你托交的事情，我没有做好，只能跑过来，登门向你负荆请罪了。'又告诉我没有办好的原因，说：'昨天晚上，我放下你的电话，就给市婚姻登记所姚如秀所长打电话，没有说什么事情，让她明天上班时间，把手头所有的事情都放下，直接到我办公室，有重要事情找她。第二天，就是今天早上，七点五十九分，我到办公室的时候，姚如秀已经等站在门口。进屋以后，我把事情说了一遍。没有想到，姚如秀把一双手摇个不停，说：赵局长，我是你担任局长以后，第一个提拔的干部。我不听你的，会听谁的呢？可是，这件事情，我必须说个不字。我问为什么。姚如秀说：几十年前，一般人都按照民间习俗举办婚礼，不领结婚证。自从改革开放以来，二三十年变化，全面进入了经济社会，结婚证一天比一天重要。从这个证件里面所引发的各种各样的问题，包括严重刑事犯罪，越来越多。由此，对颁发结婚证的程序和规定，也越来越严格。过去的结婚证，不过是一张印刷纸，填写名字，加盖公章，就行了。现在的结婚证，除了双方照片,上面另有统一编号,甚至还隐藏有水印。出了问题,一查便知。姚如秀说到这里,被我打断了。我说:一大早刚上班,我是让你来办事情,不是让你来宣讲常识的。你说,这个结婚证,到底是能补办,还是不能补办?如果不能补办,原因何在?姚如秀说:补办结婚证的情况,一般分两种。第一种,是以前领取过结婚证,后来丢失了。这种情况,可以在原来领证的地方补办。具体程序是,必须调阅原始档案,核对无误后,予以补发。可是,就我们本市的实际情况而言,几十年前,结婚证是由乡镇政府颁发的。那个时候,包括后来好长一段时间,乡镇一级根本没有保存档案的习惯,现在调阅那个时候的档案,根本就是空空如也。没有档案,怎么核实?不经核实,怎么补证?如果补了,现在上面对结婚证的系统核查,半年十个月,就要例行一次。核查的时候,如果发现补发的这两个号码,附加材料不全,或者根本没有附加材料,追究起来,不但我难逃处罚,还会牵连到你赵局长。第二种情况,是当年没有领取结婚证,这种情况,应当视同事实婚姻处理,补办一个结婚证,就行了。不过,这个补办的地点,最好到当事人现在户口所在地。如果在我们这儿补办,也可以,但是同样需要提供相关证明材料。如果凭空补办了,属于违规违法。一旦出事,我和你赵局长,还是脱不了干系。姚如秀说到这里,她是下级,我是上级,我对她,竟然无言以对。思来想去,只能到这里来,向你当面赔罪了。'

又说:

"赵重举说到这里,我听懂了他的意思,只好感谢几句,准备送客。可是,不知为何,他仍然坐着不走。我想了一想,明白他还有话要说,便往他茶杯里添了水,等着。也就打个顿,赵重举果然又开口了,问:'何校长,这件事情,你给我打电话之前,是不是托过别人?比如,找过我的前任老王?'我点头说是。赵重举犹豫了一下,还是实话实说了,说:'怪不得,婚姻登记所所长姚如秀,在我面前,说了一大堆话呢。何校长,我们俩认识不是一天两天,你也知道,我对你一向是很尊重的。今天,也就有话直说了。这个老王,人们当面不免要给他一张笑脸，虚尊他一个正人君子。到了背后，却忍不住朝着他的脊梁骨，指指戳戳。主要是这个人心胸狭窄，看不得别人好。行事为人，太不厚道。雪中送炭的事、锦上添花的事，从来不干。连水到渠成的事、顺理成章的事，也从来不干。拔一毛而利天下，非不能也，而不为也。比如我刚才提到的姚如秀，业务娴熟，作风正派，能力很强，所里实际工作，长期以来都是她独自挑在肩膀上。可是，只因为得罪了我的前任老王，她在婚姻登记所担任副所长，陪伴了四任正职，只差一步之遥，就由副挪正了。结果怎样呢，走一个正职，老王就调一个新的正职到那里，自始至终，不肯提拔她。对于老王，我们民政系统，有两个众所周知的非议。第一个非议，是四处窥探，抓人把柄。他今天让这一个手下去查那一个手下，明天又让那一个手下查这一个手下，后天又让另一个手下查这一个手下和那一个手下，把查到的各种东西，集中到自己手里，有必要的时候，就抛出来，想打击谁，就打击谁。第二个非议，就是只收钱，不办事。婚姻登记所第三任正职即将空出来的时候，有人提醒姚如秀说，是不是你们王局长有什么要求，你没有满足他？姚如秀说：我的年纪虽然不是太大，也是徐娘半老了。而且，我这副容貌，脸上眼睛鼻子耳朵嘴巴，五官长得都不是地方，不要说男人，连我自己都觉得寒碜。劝她的人提醒说，所谓要求，无非两个，一个是色，一个是钱。第一条路走不通，不是还有第二条路吗？姚如秀听了，就给老王送了四罐糖果。据说那四只罐子，里面装的并不是糖果，而是别的东西。姚如秀回去等啊等啊，却等到了新调来的第四任正职。劝她的人问，你送糖果的时候，有没有提醒过，里面另有东西？姚如秀说，反复提醒了，差不多把话挑明了说了。他当时也连连点头，那个动作，是表示明白其中奥妙了呀。劝她的人疑问说，难道老王不是一般的胃口，收了你的东西，还把你悬吊在半空里，是想狮子大开口，让你继续进贡他？姚如秀说，我违心做了这一次，不说倾家荡产，已经袋尽囊空了。我还有一大家子人口要供养呢，我再也不想，也没有力气进贡谁了。不但姚如秀，民政系统的其他人，特别是基层处所的人，都声称有过类似经历。我这个前任老王，脸皮还特别厚。姚如秀明明被他压制了那么多年，直到我上任以后，在我手里刚刚提拔的。可是，你托他办结婚证，他也不掂量掂量，或者先找我说一说，竟然跨江过海，直接找姚如秀去了。听姚如秀说，到了那里，他还摆顶头上司的派头，大剌剌地往椅子上一坐，把左腿压在右腿上，两条腿叠在一起。一个身子，半斜着，摇过来，晃过去。开口说话，眼睛翻到天上，居高临下，用的是下命令的口气。姚如秀到底还是个有涵养的，憋了那么多年的委屈，最终还是忍住了。只公事公办，解释说，这个结婚证，是不能补办的。又搬出一大堆文件，请老王亲自过目。老王看了一天，以为他明白了。结果，第二天又去了，再搬出文件，再看了一天。连续看了三天，还是要姚如秀违规违法办理，当然一口回绝。这才碰了个鼻塌嘴歪，灰溜溜地走了。'赵重举坐在我的办公室里，滔滔不绝，说个不停。我突然想到，老王卸任之前，没有推荐赵重举，还提供了负面材料。两人之间，素有嫌隙。他说的这些话，到底是真是假，难以判定。当时，我一边听赵重举发泄不满，一边心里犯难。如果我不附和他，他肯定会有想法。如果我附和他，万一被他转述给别人，变成了我说的话，老王听见了，也肯定会有想法。"

略作停顿，继续说：

"赵重举说到这里，见我明白了他的话外之音，这才转入正题，陪着我去你当年在市里任职时的户口所在地，翻阅档案，开了一份证明。然后，再陪着我一道去找那个姚如秀，补办好了结婚证。我拿到手，就叫了快递寄出了。"

又停顿下来，知道有话，等着。何寿地说：

"事情到这里，本来告一段落了。不承想，还是被老王知道了，特地打电话来，对我说：'我上次说过，人在人情在，人走茶水凉。不但对我是这样，原来对你也是这样。你想想，如果你还在市委组织部，不要说她姚如秀，就是赵重举，给他十个肥胆，也不敢对你这么嚣张！'老王的这番话，虽然不免带有个人情绪，有挑拨离间之嫌，但是，听在耳朵里，一阵嗡嗡乱响，有一种说不出的滋味。"

五十六

第二天近中午收到快递，打开，是补办的结婚证。因无虑的户口当年落在舅舅处，还缺那边的户口簿和公房承租证。邵亚芳抓紧吃了中饭，到那边去取。

何寿天午睡起床，洗漱好，邵亚芳回来了，先做了个"OK"的手势，又从口袋里掏出两个薄本，递了过来。拿眼细看，一本是户口簿，一本是公房承租证。等邵亚芳洗了手，换了衣裳，一起坐到客厅沙发上说话。

邵亚芳说：

"我中午坐地铁过去，一路畅通。到了我哥那边，爬上四楼，门是虚掩着的，我顺着门缝朝里面看了一眼，所谓'不想见曹操，曹操偏偏到'。我的那位说不出滋味的嫂子胡逢秋，一个人坐在床边上，瞪着两只呆瓜眼睛，正发着大头愣呢。我当然不想跟她单独脸对脸，正要往后退，准备悄悄下楼。真正是冤家路窄，她突然抬头朝外面看了一眼。隔着门缝，我们两个人的目光，对在了一起。我只好硬着头皮，推门走进去。我告诉她说，刚好在附近办事，顺便过来看一看。她哼了一声，态度不冷不热。往下，我就想，作为亲戚之间的礼节，至少要坐一会儿，搭讪几句话。于是，我就坐在她对面的凳子上，心想，要是问我哥到哪里去了，说不定她又会一番酸言辣语，冷嘲热讽。我就随口问了一声她女儿邵瑶瑶。这一问，惹祸了，马上拉着我，倒了一肚子苦水。说她这个女儿，一点儿也没有遗传她这个妈妈的优点，倒是全盘接收她爸爸，就是我哥的缺点。说她女儿，'船开到哪里，就在哪里翻掉，工作找到哪里，就被哪里开掉'。往下，列举她女儿工作过的地点，以及不断被老板开掉的经过情形。第一次，在一家服装店当营业员，还有一个星期，就满一个月试用期了。结果，碰到一个难缠的顾客，百般刁难挑剔，衣裳没有买一件，反而到老板那里投诉。因为是试用期，立刻被开掉，连一分钱工资也没有拿到。第二次，到一家饭店当服务员，也是干了快满一个月的时候，遇到一帮好色之徒，酒喝得酩酊大醉，要她女儿陪喝酒，还动手动脚。又碰上一个黑白颠倒的老板，不主持正义，庇护自己员工，反而站在那班色鬼一边，斥责她女儿不解风情，得罪了顾客上帝。同样因为是试用期，立刻被开掉，还是一分钱工资也没有拿到。第三次，是帮一个鞋店卖鞋子，做到将近一个月，来了一个女顾客，买了一双鞋子。在试大小的时候，不知道是这个女人疏忽了，还是心里想着别的事情，有点分神，只试了左脚，没有试右脚。结果，这个女人回家再试，左脚正好，右脚紧了。便赶回来，想重换一双。换来换去，没有合适的。就不想买了，要退款。她女儿那天正好心里不爽，不让退。双方大吵了一场，惊动了老板。这个老板，又是个是非不分的角色，不但让顾客退了鞋子，还把她女儿给臭骂了一顿，让立刻走人。又因为一个月试用期未满，还是一分钱工资没有拿到。第四次，只好降低身份，帮一个马路游击队摊贩打工。所幸干的活比较轻松，摊主让她守在摊子前方的一个路口，专门盯着城管。一看见有城管的影子，就揿一下摊主的手机，再把戴在头上的红色围巾，举起来摇一摇。这一次，倒还顺利，拿到了一个月工资。第二个月的时候，有一天，碰上了一个大风降温天，城管在制服外面，罩了一件风衣，看起来，就像普通人似的。她女儿那天也大意了一点，只顾玩手机，忘了仔细观察前方来人。结果，摊贩被捉了个正着，货物被没收。从那以后，她女儿'三天打鱼，两天晒网'，天天找工作，天天没工作，一直落不到实处。每天吃着家里的，穿着家里的，住着家里的，没有一个子儿进奉父母，倒还罢了。一旦心里不适宜，便摔碗掼盆，拍桌子打板凳，哭天号地，三天一小闹，五天一大闹，弄得全家人没有办法过日子。说到这里，我那个嫂子，管不住嘴巴，胡说八道了，说：'你看看，你这个侄女，是我身上掉下来的一块肉，可是，看她行为做事，拿着放大镜，在她身上找了个遍，也找不到我娘家姓胡的一丝一毫痕迹。能找到的，全是你们邵家人身上的影子。特别是你哥哥，还有她爷爷，就是你爸爸，活像主人形，人学人样，狗学狗样，简直就是同一个模子脱出来的！'我嫂子还说：'好多人都问过我，说，听说你大姑子嫁了一个不大不小的领导。古人都说过，一人得道，鸡犬升天；一人当官，亲族沾光。你大姑子丈夫也不用正式开一句金口，只需努一下嘴巴，你女儿还不是想进哪个衙门当差，就进哪个衙门当差，从此吃香的，喝辣的？人家每次这么一问，我又不能告诉对方，我这个大姑子嫁的这个丈夫，泥菩萨过河，自身难保，自己都到站办了退休，还有什么本事，帮我女儿找工作？只能哑口无言，一股恶气，堵在心里！'我听到这里，看我嫂子样子，只差一步，她就要把手指头，戳到我脸上骂了。心里一把火，腾腾地烧起来，想反驳她。转念一想，我骂了她一顿，回头她要找出气筒，不是别人，只有我哥哥。而且，这一次，我是有正经事情要办，犯不着跟她一般见识，就把一腔怒火，拼命压住了。"

听到这里，何寿天不免插断话头，提醒说：

"你是去办事的，姑嫂之间，斗什么气呢？"

邵亚芳说：

"我跟她斗气？她也配？是她原形毕露，张开嘴巴，露出一口歪牙裂齿罢了！"

继续说：

"我见她滔滔不绝，不知道说到什么时候，便找一个空当，截住话头，问她，我哥哥到哪里去了。我原以为，这么一问，她肯定气球泄了气，要瘪掉了。没有想到，这只气球，不但没有瘪，反而鼓胀起来，飞到天上去了。我嫂子说：'难道你不知道，我们这个地方，马上要拆迁了呀。听说看中我们这个地段的，是一个富得流油的国际大公司，金山银海，钱多得不得了。这些日子，我们周围的这一片楼房，家家户户，都在说这件事情，大家一门心思，琢磨对自己最有利的拆迁方案。其中有一个邻居，他的外甥的同学的舅舅的一个同事的亲戚的亲戚，前不久刚刚拆迁过，在所有拆迁的人中，这个人赚到手的最多。听说他原来一个小套，比我们的面积还要小，拆迁以后，得了三个小中套，另外还有一大笔上百万现款。我们这儿不知有多少人，都想找上门去，问他秘诀，请他传经送宝呢。刚才说的我们这儿的那个邻居，先托了自己的外甥，外甥找了自己的同学，同学再找了自己的舅舅，舅舅再找了自己的同事，同事再找了自己的亲戚，亲戚再找了自己的那个亲戚。那个亲戚终于同意接待，时间就安排在今天下午。你哥得到了消息，跟我们这儿的那个邻居托了一个人情，也容许他一道跟着去了。'我听到这里，就说要去办事，赶紧下楼，找了一个僻静地方，打我哥的手机。也是正巧不巧，我哥正好坐地铁回来，快要到站了。我赶了过去，在地铁口旁边的小广场跟他碰面，说了户口回迁的事情。我哥二话不说，当即点头，让我等在这里，他回家去拿户口簿和公房承租证。我等了十分钟左右，我哥来了，把两样东西交给我。我又说了上交材料的时候，按政策规定，他已经年满六十周岁，必须到派出所户籍窗口，当场在同意书上签字。我哥一口答应。接着，我哥又说了一会儿他们那个地方要拆迁的事情，说，他今天跟几个邻居，找人请教，虽然那个人是按照说话时间，收取费用的，不过，这笔钱分摊到一起去的各个人的头上，也不是太多。其中的收获，倒是挺大的。不过，那个人因为有急事，话没有说完。已经约好，让他们明天再去，专门说一说拆迁过程中'数人头'和'搬砖头'这两个选择的利和弊。我听了我哥的话，算了一下，明天是星期六，我哥和几个邻居明天大早要往那边赶。后天是星期天，户籍那边休息，不办理业务。就跟我哥约好，星期一上午七点四十分，在东昌派出所碰头，不见不散。他同意了。然后，我就回来了。"

当即把户口簿和公房承租证复印好，跟其他材料一起放好，只等星期一上午，一起到东昌派出所，上交到户籍窗口。

五十七

晚上无虑和闻芳回家，一起吃饭，邵亚芳把经过情形，又说了一遍。

何寿天说：

"你下午说这件事的时候，提到了两个词，'数人头'和'搬砖头'，听起来很别致，到底是什么意思呢？"

邵亚芳说：

"这两个词，只要是上海本地人，一清二楚。你不是上海人，当然不明白了。"

又说：

"电视新闻里有个非常热闹的栏目，叫《讨个说法》，上海人都爱看的。过去人们有一句口头语，叫'吃过晚饭，就看《新民晚报》'，现在这句话改掉了，变成了'吃过晚饭，就看《讨个说法》'。看过这个栏目，对这两个词，就不会陌生了。"

当天晚上，夫妻二人坐在床上，将电视调到《讨个说法》栏目，一起观看。

只听音乐声起，画面淡去，屏幕上打出大字标题："哥哥恶意骚扰，妹妹言而无信，为户口亲人反目，症结何在？"第一个当事人上场。是一个年约五十的女的。说，家里的门锁经常被堵塞，到门卫调看录像，竟然是她哥哥。跟哥哥交涉，没有用，已经换了近十把锁了，被迫向《讨个说法》栏目组求助。这边说完，另一个当事人哥哥上场。哥哥说，没错，妹妹家的门锁，就是他堵塞的。因为妹妹是个背信弃义、说话不算数的小人。五年前，妹妹一家急着卖房子，把户口迁到自己的房子里，当时说好买到新房子，就把户口迁走，可是，新房子买好三年了，妹妹一家户口至今还在这里。催促不听，只能采取民间手段，堵塞门锁，逼她就范。主持人听到这里,便问妹妹,是不是有过承诺?为什么不迁户口?妹妹说,哥哥现在住的这套房子,是家里第一次拆迁的时候,是母亲和她两个人分得的。里面的户口,也只有母亲和她两个人。母亲年纪大了以后,想把房子给自己的儿子,哥哥为此承诺,照顾母亲的晚年生活。妹妹把自己的户口迁到丈夫那里,让哥哥的户口迁进来,还把公房承租人,由母亲改为哥哥。可是,哥哥并没有兑现承诺。母亲晚年,直到去世,都是妹妹一个人照顾的。主持人便问哥哥,为什么不兑现这个承诺?哥哥说,因为做生意欠了三角债,有一个欠债人不见踪影,另一个债权人找到他的头上,只能逃到外地,自顾不暇,无法照顾母亲。主持人又问,为什么前几年,兄妹相安无事,现在突然关系紧张呢?妹妹回答,因为哥哥的这套房子,听说要拆迁了。如果是"搬砖头",拆迁的收益,全是哥哥的。如果是"数人头",拆迁的收益,必须分给妹妹。哥哥补充说,妹妹的户口留在房子里,拆迁的时候,不管是"搬砖头",还是"数人头",他一个人做不了主,必须双方意见一致,拆迁方才能认可。往下,主持人开始劝说,房子户口都是身外之物,人世间最重要的,是不可割断的亲情。建议互换立场,替对方想一想。女当事人率先表态,同意把丈夫和儿子户口迁出来。但是,一是房子本来有自己的权益,二是自己照顾母亲晚年生活,付出了巨大的代价,她本人户口不迁。男当事人也表态,再不会用堵塞门锁的办法,骚扰妹妹的生活了。灯光亮起,在主持人和电视机前观众见证下,双方当场签订了和解协议。本期节目结束。

第二天吃晚饭,又说起"搬砖头"和"数人头",何寿天说:

"这两句话,都是关于拆迁补偿方案的老百姓通俗用语。所谓'搬砖头',就是拆迁补偿的时候,根据房子面积测算出补偿总额。所谓'数人头',就是根据房子里的户口测算出补偿总额。其中又有分别,如果是'搬砖头',拆迁方将补偿费一揽子交给被拆迁方,自行协商分配;如果是'数人头',拆迁方会把补偿费具体落实到每个户口的人头上,'一个萝卜一个坑'。这两个方法的利和弊,也是一目了然的:如果房子里面的户口少,应该是'搬砖头'划算;如果房子里面的户口多,应该是'数人头'划算。说来说去，不管采取哪种办法，都是想多得到一点拆迁费罢了。"

说到这里，饭已经吃好了。邵亚芳起身去厨房收拾碗筷，何寿天想了一想，走到坐在客厅沙发上的无虑跟前，说：

"无虑，有一句话，我刚才想说没有说。你妈跟你舅妈，一个针尖，一个麦芒，谁的眼里也放不下谁。你妈回迁户口的事情，万一你舅妈趁机作难，弄出不必要的麻烦来，怎么办？有个更省事的办法，把你户口迁过来，在这边单独立户，你妈户口回迁上海，手续更加简便。为什么要从那边走，多绕一个毫无必要的大圈子呢？"

又说：

"我上次跟你妈说过一次，她没有搭腔。不知道是没有听见，还是听见了，故意不理睬我。当时还没有拆迁的事情。现在倒好，听说你舅舅那边也要拆迁了，说不定麻烦也跟着来了。"

说到这里，忽见无虑朝自己使了个眼色，回头一看，邵亚芳从厨房里出来了，便停住，不再说了。

往下，商量明天上午去东昌派出所上交材料的事情。

何无虑说：

"妈跟舅舅约好七点四十分碰头。这个时间段，正赶上地铁上班高峰。我想了一下，爸妈就坐我的车子。从我单位到东昌派出所，不算太远。步行过去，一刻钟足够了，爸妈正好散散步。"

商量已定，回房间休息。

五十八

第二天上午七点十分，何寿天和邵亚芳在儿子无虑单位旁边下车，放松步子，朝东昌派出所方向走过去。经过一个小广场时，邵亚芳朝正在锻炼身体的人群看了一眼，又看一眼，走到近前，跟其中的一个人，打了招呼。

邵亚芳说：

"张国良，原来真是你呀。我刚才看来看去，有点不敢认呢。你以前不是在东昌电影院旁边的绿地上锻炼的吗，怎么跑这么远的路，到这个小广场来了？还有，你以前是不戴帽子的，现在戴了一顶鸭舌帽，把眼睛眉毛都遮住了。我刚才从远处走过来，觉得有点像，又有点吃不准，到了跟前，一直等到你转过身来，看清楚你的脸，才打招呼。"

介绍说：

"这是我爱人，何寿天。这是张国良，他妹妹张国琴，跟我是同班同学。"

又说：

"张国良当年跟我是一个中学，比我高两届，到黑龙江插队落户的。相比我们这一届知青，他们吃的苦头更大。张国良的户口回迁手续，已经办好了。我上次说过，为了户口回迁的事情，我曾经请教过三个人，其中一个，就是张国良。"

何寿天走了过去，跟张国良握手，不免寒暄几句。

张国良说：

"我一直是在那边绿地上锻炼的，前一段时间，惹出了一点麻烦，不敢再在那边露面了。只好每天多走一大截子路，到这边这个人生地不熟的小广场上来了。"

又解释说：

"你们不要误会，我并不是犯了什么事情。而且，真正是'天上落石头，恰恰砸着头'，说起来，我不但没有任何责任，还非常冤枉呢。"

详细说道：

"大半个月前的一天，我在东昌电影院旁边绿地上早锻炼，说了几句笑话。当时，我用手朝附近的楼层画了一个大圈子，说，说不定有什么财团，正拿眼盯着这里，想把这些楼房拆迁掉，开发这一片土地呢。朋友们便顺着我的笑话，往下调侃了几句，问什么财团会看中这块地。我顺嘴说，有钱的国际财团多的是，可能是 A 财团，可能是 B 财团，也可能是 C 财团。现在不是流行一句话吗，叫作'只有想不到，没有做不到'。我们正说得热闹，不提防旁边走过来一个人，只听了半句话，便当真了。过去有句话，叫'听到风，就是雨'，这个人呢，没有风，便是雨了。这个人就问：准备拆迁这个地方的国际财团，全称是什么？具体拆迁的时间，从什么时候开始？即将要建造的摩天大厦，起的什么名字？我们听了这个人的问话，觉得很可笑。又因为大家互相不熟，不想搭理他，给了一个白眼，散了。可是，谁也没有想到，只隔了一天，风声就起来了，说这儿马上就要拆迁，是一个名叫 ABC 的国际大财团，看中了这块土地，计划书已经出来，连名字都起好了。当时，我正好跟几个朋友外出旅游了一趟，回到家里，听到了这些流言。我最初在肚子里笑了一笑，没有当回事。第二天早上，我照例到绿地上锻炼，好几个人告诉我，说有一个人，这几天早上都来，到处打听一个人，听他描述的相貌，跟我有点像。这个人还说，他要找的这个人，掌握着这儿拆迁的重大秘密。我听了这些话，回到家里，当笑话说给我老婆听。我老婆那个人，你们不熟悉的，是个心思非常细密的人。别人想到的，她一定会想到。别人没有想到的，她也会想到的。听了我说的话，提醒说：'你什么玩笑不能开，干吗要开拆迁的玩笑？你忘了你表弟天官巷那边发生的事情了吗？'她这么一提醒，我倒吓了一跳。我表弟住在浦西天官巷，五年前，发生了一件哭笑不得，也是很可怕的事情。经过情形是，我表弟有个邻居，家里一间独屋，只有二十二个平方。全家七口人，父母睡在唯一的大床上，三个儿子两个女儿睡在床肚里。老大谈定女朋友，这家人打算结婚当天，把大床让给新婚夫妇，第二天再睡到床肚底下。那女朋友却是个不好说话的角色，听到结婚当天可以睡大床，过了这一天就要睡在床肚下面，临时改变主意，不愿意嫁了。这家大儿子，又是个没有出息的，见到手的老婆要飞掉了，整天一把眼泪一把鼻涕，哭哭啼啼，丧天号地。正是在这个背景下，我表弟的另一个邻居，是个喜欢瞎七瞎八乱开玩笑的人，有一天，当着这家大儿子女朋友的面，说刚刚得到消息，已经有大财团看中天官巷，打算开发这块地。大儿子女朋友听了，回家跟父母商量。父母说：'拆迁的机会，千载难逢，既然如此，你还讲什么经？说什么法？赶紧把婚结了，户口迁进去，到拆迁的时候，你们小夫妻俩说不定单独得一个小套，也是可能的。'于是二话不说，很快办了婚事，女方户口迁进了这家。那大儿媳等了大半年，也不见任何动静。去问提供拆迁消息的邻居，邻居实话实说。大儿媳听了，大闹一场，把婚离了。没想到，捅出更大的娄子来了：原来天官巷的家家户户，得到拆迁的消息，各人都在打着拆迁补偿的算盘，做着利益分配的美梦。现在这个邻居这么一澄清，所有的人，鸡飞蛋打，'竹篮打水，一场空'，全部恼羞成怒。当天夜里，这个邻居家的所有窗户，都被人用砖头，'咔嚓''咣当''砰啪'，一声接着一声，砸碎了。哪里还敢住在天官巷？把房子租借出去，到浦东紧靠海边的郊区，租借了两间农民的平房，再也不敢露头了。"

接着说：

"我老婆越想越怕，骂我说：'张国良，你随口一句胡编乱造的谎话，算是把天捅了个大窟窿了！万一被那个误听了半句话的人找到，你到底是说有拆迁，还是说没有拆迁？你要是说有拆迁，拆迁又在哪里，又是何年何月拆迁？大家等来等去，等不到，最终肯定会找上门来，跟你算总账！你要是说没有拆迁，那些正在做着拆迁春秋大梦的人，也不用等了，午时三刻堵到门口，同样跟你算总账！你恐怕浑身是嘴，也说不清楚了。如果你还想安安稳稳地住在这个巴掌大的破墙旧壁房子里，如果你还想有个团团圆圆的家，你只有一条路，赶紧找个东西，把你那张驴脸遮掩起来，再赶紧夹起你那两只驴后蹄子，另找一个那个人找不到的地方，锻你的炼去！'我被老婆骂过以后，一秒钟也不敢耽搁，一路小跑，到旧货商店里，买了一顶二手鸭舌帽，把脸上鼻子嘴巴挡住。每天大早擦黑起床，走一大截路，到这个人生地不熟的小广场来锻炼了。"

说到这里，这才收住话头。

邵亚芳说：

"我今天是到东昌派出所送户口回迁材料的。你是老司机了，办理手续过程中，如果遇到什么疑难，说不定还要请教你的。"

客气几句，跟他告辞。

五十九

到了东昌派出所，正好七点半。已经有人等在前面。到了八点整，取了一个六号，夫妻二人，坐在椅子上等候。却见排在前面的几个人，很快办完事走了。赶紧把手中的六号，跟坐在旁边等候的人互换。等了又等，看看时间，过八点二十了，再看外面，不见邵亚芳哥哥邵亚力的影子。

又跟后面的人换了几次号码，等到九点过了，还是不见邵亚力。便让邵亚芳打手机，打不通，关机了。

何寿天说：

"你是星期五约他的，隔了星期六星期天两天，难道忘记了？还有，你再想一想，约定的时间对不对。"

邵亚芳说：

"我怕他忘了，特地提醒过。我哥说：'这是大事，我怎么可能忘掉呢？'我又怕他弄错了时间，再三重复。我哥说：'我每天七点整到绿地里跑步，星期一我不跑了，直接往派出所那边溜达，不会迟到的，你就放心吧。'"

继等到十一点半，到了午饭时间，窗口暂停接待。何寿天和邵亚芳坐地铁回家，泡了两包方便面，填了肚子。正要午睡，手机响了，是儿子无虑打来的。

何无虑说：

"爸，舅舅在我这里呢。你跟妈说一声，舅舅这边上午有点情况，没有办法到派出所跟你们碰头。下午也去不了，你们就不要等了。我刚刚陪舅舅吃了个中饭。今天上班很忙，下午连着好几个会议，时间到了，我要回办公室。详细情况，下班回家再说吧。"

何无虑下班回家说：

"今天特别忙，连着开会。到了午饭时间，觉得有点憋闷，便跟一个同事，打算到办公大楼旁边绿地里走一圈，透透新鲜空气，再去吃饭。刚走到外面，同事提醒我说，刚才绿地那儿有人叫我的名字。我看过去，一个人背朝着这边，有点像舅舅。走到跟前，果然是。这个时候，舅舅把脸转过来，我吓了一大跳。舅舅的那张脸，一半是肿的，一半是青的。我以为他过马路不小心，被车撞着了。或者走路不小心，摔了个跟头。问要不要陪去医院一趟。舅舅摇头说，不用去医院。又告诉我，他这副样子，不是车撞的，也没有摔跟头，是被舅妈打的。我一听舅舅这句话，不用多想，明白一定是为了妈户口回迁的事情。据舅舅说，星期五妈到舅舅家，舅妈一个人在家，妈在那里停留了二十分钟不到，说了几句闲话，就走了。舅妈那个人，对妈的了解，不是一天两天。舅妈的原话是，'夜猫子上门，没安好心'。不过，舅妈虽然起了疑心，还是留了一手。当天舅舅第一次回家，翻了一会儿抽屉，往怀里揣了什么东西，出去了。舅舅再回家，舅妈一声不吭，装作没事人似的。一直等到后半夜，舅舅正在睡梦里，被舅妈叫醒了，冷不防问道：'今天你大妹妹邵亚芳来找你，你见到她没有？'舅舅迷迷糊糊地回答说：'见到了。'舅妈又问：'东西你给她了吗？'舅舅懵懂着回答说：'给了。'舅妈又问：'全给了，没有少掉吧？'舅舅顺口回答说：'没有少，总共两个本子，一个是户口簿，一个是公房承租证，全给她了。'听到这里，舅妈把所有的底牌，都试探清楚，开始发作了。一把将舅舅揪坐起来，问怎么回事。舅舅对舅妈，已经怕了大半辈子，哪里还敢隐瞒半个字，一五一十，全部说了出来。舅妈听了，开始爆起了粗口，嚷着叫道：'我说呢，原来真的在搞鬼！她一张开嘴巴，我一眼就能看清楚她的弯弯曲曲肠子里，到底有些什么。'往下不再说话，弯下腰，从床下抄起塑料拖鞋，照着舅舅的脸，就是一顿狂抽。舅舅说到这里，还把上衣袖子捋起来，给我看他的胳膊，被舅妈掐得青的青，红的红。再捋裤子，腿上也是青一块，紫一块。舅妈又打又骂,折腾到天蒙蒙亮,把舅舅身上的钥匙和钞票,从口袋里掏出来,把门反锁住,自己出去了。到了九点半钟左右,又回来一趟。舅舅看她的样子,好像有了什么主意。舅舅说,他反复想过,舅妈娘家已经没有人了,她会跟什么人去商量呢?舅舅不明白,其实我心里早明白了,舅妈不会找别人,肯定去找姨父去了。不过,我心里有数,并没有跟舅舅点破。舅舅说,舅妈九点半钟左右回来以后,丢了一句话,说,她并不反对妈户口回迁到这套房子里,但是,妈必须白纸黑字,写一份保证书,还要揿下红指印,承诺这套房子拆迁时,妈户口所得的份额,必须按照'二二六'方案分配。妈自己得二成,姨父家得二成,剩下来的六成,归舅妈家。这份保证书,不能私对私,要公对公,必须请来三邻四舍,当场做证。而且,这张纸头,也不能交给别人,只能交给舅妈单独保管。舅妈告诉舅舅,有这份保证书,万事好说。没有这份保证书,从此六亲不认。户口回迁上海的事,想也不要想。舅妈说完,又把门反锁上,走掉了。舅舅等到十点钟,听见楼下邻居拍打晒在外面的衣被,便从窗户伸出头去,请邻居帮忙,把家里的一把备用钥匙,用绳子吊到楼下,邻居接在手里,爬上楼,从外面开了门,放出了舅舅。舅舅最初也想到东昌派出所,跟你们碰面。可是转念一想,如果他去签了这个字,事后被舅妈发现,往下的日子,肯定没有办法过,这个家,就破碎掉了。不去吧,又担心你们等的时间太长。想来想去,只好来找我。他身上的手机、钱,都被舅妈收走了,只好步行到我办公楼跟前。因为一张脸被舅妈打得不成人形,如果上楼找我,一来保安看他这副样子,不会放行,二来怕对我影响不好。想给我打个公用电话,身上连一个硬币都没有,只好把头低着,在我们办公大楼旁边的绿地里转悠,时不时抬头瞄一眼,想碰一碰运气,我会不会到大楼外面来。没有想到,还真给他碰上了。我跟舅舅见面,正是吃中饭的时候,便拉舅舅到旁边的一家饭店,请他吃了一顿饭。上面的这些话,就是舅舅一边吃饭,一边告诉我的。等吃完饭,上班时候到了,下午还有四个会议,不是一般地忙,没有时间多说,只能给爸打个电话,简略打个招呼,把详细情形,放到晚上来说了。"

何寿天说：

"无虑，今天早上你舅舅没有来，我心里就在嘀咕，猜测他家里有了麻烦，果然如此。邵亚芳，你儿子说的话，你听清楚了没有啊？"

邵亚芳说：

"我又不是个聋子，怎么听不清楚。每一个字，每一句话，我都听在耳朵里，记在心底里了。我活了这么一把年纪，走南到北，闯东荡西，直到今天，总算真正开了眼界了。我这个嫂子胡逢秋，她以为她是谁？一个有人养无人教的下贱货色罢了！当年我户口从东昌派出所迁出去的时候，我们邵家有她这个人吗？她还在自己的娘家打瞌睡，天天发愁嫁不出去，没有男人要她呢！我凭着国家政策，把户口迁回上海，当年怎么迁出去，今天怎么迁回来，竟然还要得到她同意？她不同意，我就回不了上海了？还红口白牙，让我写什么保证书，还不能'私对私'，还要'公对公'，请三邻四舍坐到现场，当面做证。还说什么拆迁得到的利益，我的份额要分给她，我自己只能得二成，还要分二成给那帮她出馊主意的我的那个贪婪鬼妹夫，她本人竟然要六成。我也想不通，她的这些话，怎么好意思说得出口的。她有脸说，我还没脸听呢。这个人，想必一张脸皮，比那两道城墙，三层碉堡，十八座石头寨，还要厚呢。这个世界上，举行厚脸皮比赛，恐怕也只有她，能独得第一名。我还想起一句老人说的话，'天上下饺子，地上坏嫂子'，过去不信，今天信了。一个小蚱蜢，能跳多远，也想上天？也不懂得拿一面镜子，把自己好好照一照，看看照在镜子里面的，究竟是一副什么样的嘴脸！如果没有钱买镜子，往地下撒一泡尿，当作镜子，照一照，看看清楚，里面映的影子，到底是人，还是个鬼！自从她进了邵家的门，说出口来的，哪一句是正经话？做出来的，哪一件是正经事？从她肚子爬出来的那个女儿，跟她一副德行，还赖在我们邵家，说什么'拿着放大镜，在身上找了个遍，也找不到她姓胡的娘家的影子，倒跟她爸爸，跟她爷爷，活灵活现，像是一个模子里脱出来'。她女儿至今找不到工作，走到哪里，就被哪里开掉。她不帮着女儿找自身原因，而是反咬一口，把责任推到老板头上。说第一个老板，偏听偏信。说第二个老板，黑白不分。说第三个老板，是非颠倒。说第四个老板，又是怎样怎样，如何如何。总之，错的都是别人，她养出的女儿，还有被女儿模仿学样的她自己，没有错，都是对的。她是天下第一，举世无双。可是呢，住的是鸽子笼一样的房子，吃的是猪狗一样的食物，穿的是叫花子一样的衣裳……"

还要往下骂，被何寿天截住话头，止住了。

何寿天说：

"邵亚芳，你到底怎么啦，值得生这么大气，还说出这么难听的话？你不顾自己，难道看不见闻芳坐在旁边，她肚里的孩子，万一受了这些乱七八糟的话的影响，怎么得了？"

又安慰道：

"这件事情，也并不是非得要无虑舅妈同意不可。'条条大路通罗马'，这条路走不通，还有其他的路。其实最简单的办法，就是无虑把户口迁过来，单独立一个户头，再办理你的回迁手续。如果那样做的话，跟任何人没有一毛钱的关系，用得上求爷爷拜奶奶，看别人的脸色？上次我就跟你说过一次，还重复了一次，你呢，不知道怎么回事，一点反应都没有。好像我说的不是话，是空气。到了今天，你再想想，当初听了我的话，会有这样的麻烦，会生这场无谓之气？"

邵亚芳冷笑道：

"何寿天，别人给我气受，原来你也'胳膊肘儿朝外弯，向着别人'，对我'雪上加霜，火上添炭'，趁机'添油加醋'了？今天当着无虑和闻芳的面，我也交一个底：只要我一天不死，只要我一口气在，绝对不会容许先把无虑户口迁到这里立户，再办理户口回迁的！也绝对不会写什么保证书，给那个不知羞耻的胡逢秋的！而且，我的户口回迁，绝对要从东昌派出所办理手续的！"

何寿天问：

"邵亚芳，我就弄不懂了，你究竟是要办理户口回迁呢，还是要跟你嫂子赌气,打一场档次不高、形象不好的擂台赛呢?"

话音未落,邵亚芳早站起身,急步走进北边的客房卧室,把门"空咚"关上了。

何无虑说:

"爸,你现在应该明白,昨天晚上,为什么你提到先把我户口迁到这边来的时候,我朝你使眼色,闻芳也朝你直摇手了吧?"

又说:

"其实爸在老家的时候,这些话,我就劝过妈了。我说第一遍的时候,妈装作没有听见。我说第二遍的时候,妈还是装作没有听见。我说第三遍的时候,没有想到,妈跳了起来,发了很大的火。说来说去,直到最后,我才明白,妈心里有一个结,怎么也解不开。就是简单一句话:当年户口是从什么地方迁出去的,现在就从什么地方迁回来。"

何寿天说:

"我真弄不懂了,户口只要迁回上海,就行了。非得'当年从哪里迁出去,现在从哪里迁回来',有必要这么做,钻这个牛角尖吗?"

无虑说:

"爸,这件事情,我跟闻芳已经仔细商量过不止一次两次了。爸不用着急,也不用过问,我相信会有办法的。"

又说:

"天已经很晚了,明天闻芳还要到浦东一妇婴体检,要早点休息,爸也休息吧。等体检好以后,再找时间详细说,爸只管放心就是了。"

收住话头,各回房间。

六十

当晚邵亚芳睡在客房卧室里,没有回这边房间。隔天早上天蒙蒙亮,听见大门响了一声,有人出去了。何寿天起床查看,邵亚芳不见了。

跟无虑和闻芳一道吃了早饭，说了几句话。无虑开车先送闻芳去浦东一妇婴体检。将近十一点，手机响了，是儿子无虑打来的。

何无虑说：

"爸，闻芳体检过了，一切正常，没有任何问题。我俩顺便去了一趟二层，把预订的208房间，再次敲实了一下。另外还有一件事情：妈心情不爽，一大早趁上班高峰没有到，坐地铁到浦西，逛南京路去了，中午也不回家。我刚才帮爸叫了外卖，一刻钟之内，就会送到。爸午睡起床以后，我还有事情跟爸商量。"

何寿天午睡起来，洗漱好。等了一会儿，儿子无虑来电话了。

何无虑说：

"爸，你能不能现在到我这边来一趟？你在家先换衣裳，我开车过去接你吧。"

何寿天说：

"现在又不是上下班高峰，地铁很空的。我坐地铁过去，又快又方便。过十分钟，你到办公大楼外面等着就是了。"

换好衣裳，坐了两站地铁，上到地面，儿子无虑已经等在那里了。

何无虑说：

"今天下午单位没有什么事情，我打了一个招呼，不用回办公室了。我们现在一起去舅舅家。舅舅、舅妈，还有姨妈和姨父，我都事先约好的，定的是下午三点半钟碰面。在舅舅家，估计一个小时差不多了。回头还要接闻芳下班，来回时间应该足够了。"

又叮嘱说：

"到了那里，爸能不说话，就不要说话，只管听着就行了。"

步行过去，到了楼下，看看时间早了一点，在周边转了一个圈子，再看时间，三点二十五分。上到四楼，三点二十八分。敲开门，见邵亚芳的哥哥邵亚力、嫂子胡逢秋、妹妹邵亚芬、妹夫余悦骏，齐整整地坐等着。

走进门去，打了招呼，坐下来说话。

何无虑说：

"舅舅，舅妈，姨妈，姨父，你们都挺准时的。我们是亲戚，一家人，今天关起门来，面对着面说几句话。你们都是长辈，我是小辈。我这个人，喜欢有话直说。说的对的，请你们采纳。说的不对的，请你们批评。我说话方式有不周到的地方，还请你们包涵。往下，我就不绕圈子，直奔主题了。我和我爸今天来，不为别的，当然是为我妈户口回迁上海的事情。对于我妈把户口迁回上海，我本人真正是想不通，也曾经反复劝过我妈。你们知道的，我妈户口在杭州市那边，住的小区，是省政府的宿舍，有多少好？把户口迁到上海，有什么必要？岂不是多此一举？可是，我找我妈谈过好几次，不起作用。我让闻芳找我妈谈，还是不起作用。我爸肯定也劝过，当然更不起作用。这个时候，我就找了几位我妈当年一道下放的知青朋友，请她们劝一劝。我找到第一位当过知青的阿姨，刚把话说完，这位阿姨就把脸绷起来，数落了我一顿。说：'我们的户口，当年是从这座城市迁出去的，现在有机会迁回来，所谓人回故地，叶落归根。古话说，如鱼饮水，冷暖自知。放在别人身上，是无法理解的。你不理解你妈的心情，不帮助她，反而劝她户口不要迁回来，还到我这儿来，请我出面劝她，这个忙，我是不会帮的。我还要反劝你一句，这个话题，从今以后，永远不要再提为好。'我找第二位当过知青的阿姨，没有想到，她不但不肯帮我劝我妈，反而朝我发起火来了，说：'你妈不让你把户口迁到现在住的房子里，单独立户，为的就是解一个心结，当年户口从哪里迁出去，现在户口从哪里迁回来。要是我，我也会这么做的。'又说：'你担心会引起别人的误会，谁会误会？你妈的情况，别人不了解，我是了解的。当年，为了让她的哥哥、她的妹妹，就是你的舅舅、你的姨妈他们两个人能够留在上海，你妈明明年龄不够下农村，主动打了报告，要求插队落户。不要说当年，现在有几个人，能这样舍己为人的？她的户口回迁，如果你舅舅、你姨妈有什么想法，那就是太没有良心了！如果不是你们家，是别人这么做，我就要忍不住骂一句，良心被狗吃掉了！俗话说，纸包不住火，事情传了出去，这些忘恩负义的人走在大街上，人们拿眼睛瞟着，一道目光，就是一把刀，会戳死他们的！人们背后议论纷纷，唾沫星子，会淹死他们的！说到你妈回迁户口，除了你舅舅你姨妈，还有谁有资格阻拦？你妈当年插队落户往乡下迁户口的时候，那本户口簿上，有这些人吗？他们凭什么现在说三道四？所谓头上三尺有神明，老天爷都在天上，眼睛一眨不眨，紧紧盯着呢！老天爷手里的一本账目，一笔一笔，记得清清楚楚，这些人就不怕因果报应吗！'我又找了几位当过知青的阿姨，说的话大同小异。到了这个时候，我对我妈，还有她们那一代人的想法，或者叫心结，开始有了理解，也不打算再劝我妈了。"

接着说：

"那么，我妈户口回迁上海，放在舅舅这儿，对舅舅这边，会不会有影响呢？站在旁观者的角度，公平合理来评判的话，肯定是有影响的。我掂量下来，至少有两个影响。"

继续说：

"第一个影响，是居住权的问题。户口进来以后，在落户口的房子里，就有了居住权。通俗地说，就是一张床的权利。电视台《讨个说法》栏目里，不止一次播放过此类纠纷。记得有一家，也是哥哥和妹妹，妹妹户口迁到哥哥家里以后，变脸了，索要居住权。哥哥家房子只有十六平方，只放得下一张床，全家四口人，夫妻两个睡在床上，两个半成年的儿子睡在床肚里，妹妹居住在哪里呢？结果，妹妹也在床肚里铺了一块布，睡在了这块布上。从这个例子看，我妈户口一旦回迁上海，放到舅舅家里，就有权住在舅舅的这套房子，哪怕铺一块布，睡在地上。现在，我们把心静下来，仔细推敲一下，我妈会不会这么做，争这个居住权，住到舅舅家这套房子里来呢？舅舅，舅妈，姨妈，姨父，你们可能知道，也可能不知道，我妈下放农村，确实吃过很多的苦。不过，她参加工作以后，特别是跟我爸结婚以后，过的是什么样的日子呢？其他不用细说，只说住房吧。那个时候，住房都根据各人的工作岗位，享受的干部级别，由国家或者单位，统一分配的。我爸考上的是北京大学，在家乡很快就被提拔，担任了单位领导，后来当上了市里的书记，分配的房子，会差吗？我的记忆里，相比后来的情况，那还是我家住得最差的，也是三室两厅两卫。我爸妈住一间，我住一间，另有一间空着。后来到了省城，住房面积更大了。再后来调出省，住在省政府宿舍，除了面积跟我现在住的房子相近，一楼还另有赠送的一间，面积二十多平方米，名义上是储藏室，实际上完全可以住人。不要说住我们一家三口人，就是再多几家人，也住得下。我现在住的房子，你们几位长辈，都去过的，即使我爸妈住过来以后，包括我跟闻芳结婚以后，还有两个多余的空房间。上面一层，接近二百个平米，安装了进口推拉摇窗，住人很适宜，现在上面连东西都不需要放。我说到这里，你们可以平心想一想，我妈大半辈子，住的都是非常宽绰的房子，她会在舅舅这套小房子里，争什么居住权，跟这么多人挤在一起，地上铺一块布头，睡在床肚底下吗？说句难听话，就是有人绑着她，硬拉她进来，她恐怕一分一秒也待不住，会千方百计逃出去的！"

又说：

"第二个影响，是拆迁所得利益的问题。我妈户口回迁上海，放在舅舅这里，一旦遇到拆迁，如果是'搬砖头'，那就跟我妈关系不大。如果是'数人头'，我妈的户口，将得到一笔拆迁补偿，而且，这笔补偿，是'一个萝卜一个坑'，落实到具体户口的人头上的。不用说，我妈的口袋里，就会从天上凭空掉下来一笔钱。这一笔钱，可能还不是个小数。那么，有这个户口，与没有这个户口，跟这套房子的承租人，包括户口在里面的人，有没有关系呢？我认为，可以说'没有'，也可以说'有'。我先说'没有'。如果我妈户口在里面，拆迁方当然会给我妈这个户口一笔拆迁费。如果我妈户口不在里面，拆迁方就不会给这笔拆迁费用。所以说，拆迁方给不给这笔补偿，关键在于有没有我妈这个户口。有，就给。没有，就不给。跟这套房子的承租人，包括其他有户口的人，没有任何关联。有没有我妈这个户口，其他人的拆迁所得利益，既不会多，也不会少。我再说'有'。我妈之所以能得到一笔可能不是小数的拆迁补偿款，关键在于，这套房子的承租人，包括户口在里面的人，同意她把户口落在这里。换成老百姓的话，直截了当地说，就是，别人给了你发财的机会，你得了一笔意外之财，所谓'知恩图报''有福同享，有利共分'，让给你机会的人，也得到这笔钱的其中一部分，难道不是天经地义，理所当然吗？我的看法，倾向于后一种。那么，假设有这笔拆迁补偿费，到底怎么处置，才合理、公平呢？"

六十一

听到这里，何寿天看见邵亚芳妹夫余悦骏的嘴巴，动了两下，又动了两下，把何无虑的话头截住了。

余悦骏问：

"无虑，你同意后一种看法，说你妈得到拆迁补偿款，是别人给了她一个机会，所得到这笔钱，别人也应该有份。那么，你是不是对'二二六'分配有看法？你的想法，应该按照什么比例来分呢？"

何无虑说：

"很简单，我妈户口回迁上海，放在舅舅这里，如果正巧碰到拆迁，请注意，我说的是，'如果正巧碰到拆迁'，得到一笔拆迁补偿费的话，我可以保证，这笔钱，我妈一分钱也不会要。同样，我的户口也在这套房子里，属于我的拆迁补偿费，一分钱也不会要。"

又说：

"不过，我要特别声明一下，刚才，我为什么要一再重复，说'如果正巧碰到拆迁'这句话呢？因为，我妈户口迁到这里，不过是为了解开她的一个心结，了却她的一个心愿。办好手续以后，可能过不了几天，我妈的户口，我的户口，都要从这儿迁走，到我现在住的房子里，单独立户的。"

再解释说：

"这么做，并不是要针对谁，是有原因的：我住的那个小区，是众所周知的热门学区房，幼儿园，小学，初中，一路上去，都是市示范重点，特别拥挤。进这些学校的条件，也越来越苛刻。比如，进我们小区旁边的幼儿园，必须人户一致，而且，户口迁进产权房的时间，必须满两年。即使是两年前迁进去的，如果当期学生太多，还要根据户口迁入的前后顺序，依次录取。名额满了的话，排在后面的人，就得调剂到其他地方。这些地方，除了不是市示范和重点之外，距离还很远，上学放学，很不方便。我的情况，舅舅，舅妈，姨妈，姨父，都很清楚，闻芳身子一天比一天重，孩子很快就要出生了，三岁上幼儿园小班，迁户口的事，必须说办就办，再晚，就来不及了。"

说：

"好了，我说完了。有什么不对的地方，请舅舅舅妈姨妈姨父指出来。有什么要说的，也请说吧。"

听见这话，刚才坐着一声不吭的邵亚芳嫂子胡逢秋和妹夫余悦骏，都松了一口气。

胡逢秋说：

"无虑，以前舅妈跟你接触少，正儿八经坐着，听你说了这么一番长篇大论，还是第一次。我有话直说，你是个通情达理的孩子，就听你的。"

又转过头对何寿天说：

"她姑父，你今天也不嫌弃我们这个二寸半宽的小窝，亲自登门，给我们面子。我还要解释一句，你千万不要误会，我从来没有说过不让亚芳户口迁过来。我跟你大舅子邵亚力闹了一场，不为别的，是为了他不把我当家人，不但瞒着我，还防贼似的，一个字都不露口风。他要是光明正大地告诉我，跟我有商有量，我肯定会抢在他的前头，一千个支持，一万个赞成的！他如果举一只手同意，我会举两只手，甚至把两只脚也举起来，今生今世，也不会说一个'不'字的！"

余悦骏说：

"无虑，你一番话，点醒梦中人。人生在世，最大的毛病，就是太自私自利，往往盯着自己眼皮底下的利益。一把小算盘，打来打去，从来都是自己的账。别人的账，想也不想的。听了你刚才讲的道理，如果把角度调一调，倒过来，站在别人的立场上，什么事情，什么账目，都能算得一清二楚的。"

又对何寿天说：

"他大姨父，你养了个好儿子，也是你平时教育有方。刚才，无虑不过三言两语，就把亲戚之间的千头万绪，轻轻松松，给解开了。"

邵亚芬跟着说：

"无虑，我是你姨妈，今天才算真正了解你。以前，大家还对你有误会，在一起议论你的时候，还说过'如果当初我们不让他回上海，他能有今天的好日子吗'，听了你刚才说的话，我才……"

说到这里，被何无虑把话截断。又见何无虑抬起眼睛，朝坐在面前的几个人，看了一看，再把目光，转向了自己的姨妈邵亚芬。

何无虑问：

"姨妈，请你把刚才说的那句话，再重复一遍，好吗？"

邵亚芬打了个愣怔，问：

"无虑，你知道，你妈也知道的，我是个没有脑子的人，从来都是随嘴说话，说了就忘了，你让我重复的，到底是哪一句话呀？"

何无虑说：

"就是'如果当初我们不让他回上海，他能有今天的好日子吗'这句。好了，姨妈，你不用重复，我已经帮你重复过了。请你告诉我，这句话，到底是谁说的？"

邵亚芬说：

"今天大清早，你舅妈找我和你姨父，一起商量你妈户口回迁事情的时候，你舅妈说的，我当时听了，也觉得有道理，就学了一遍，说给你听了。"

胡逢秋摇头说：

"亚芬，你弄错啦。这句话，你确实是听我说的。不过，我也是听余悦骏说的，当时也是觉得有道理，才学给你听的呀。"

余悦骏听了，正要开口，何无虑打个手势，制止住了。

何无虑说：

"不管是谁说的，也不管是谁先说的，这句话，已经从三个人嘴巴里出来过，就是，舅妈，姨妈，姨父。既然这样，我今天就要当面说说清楚了。"

说：

"'如果我们不让他回上海，他能有今天的好日子吗'，真是这样子的吗？当初我的户口迁回上海，并不是你们几个亲戚格外开恩，而是上海有这个政策。户口迁回上海的知青子女，并不是我一个，也不是我一家，而是千家万户。当时规定，知青子女应该把户口迁到知青父母名下。也就是说，要是男知青，子女就迁到爷爷奶奶处。要是女知青，子女就迁到外公外婆处。只有父母双双不在了，才可以迁到直系亲戚处。我的情况呢，当年迁户口的时候，外公外婆都在世，活得好好的呢，我的户口却迁到了舅舅处。而且，趁着我迁户口的机会，把我表妹邵瑶瑶户口迁到了她的爷爷奶奶，就是我的外公外婆名下。说实话，我爸我妈事后得知，并没有在意。是我妈的一个同事，也是上海知青，提醒说，其中有猫腻。我妈还不相信。这个同事仔细分析给她听，说：'你往深处想想，按照政策，你儿子的户口，应该迁到外公外婆名下。说句直截了当的话，父母哪怕再高寿，也有去世的一天。你父母年纪这么大了，一旦去世，他们承租的公房，只有你儿子一个人的户口，依照规定，自然而然由你儿子当户主，继续承租。我们这些当年插队落户的知青，最大的梦想，就是叶落归根。自己回不了上海，子女回去也行。所谓不怕一万，就怕万一。万一你儿子回到上海，总得有个落脚的地方。现在被别人把户口一调换，将来这套房子的承租人，就不是你儿子，而是你哥哥的女儿了。'这个同事又说：'这件事情的最恶劣之处，倒不在乎一套房子，我们当年背井离乡，脸对黄土背朝天，吃了那么大的苦头，把留在上海的机会，让给兄弟姐妹。可是，好心没有好报，反而趁你不防备的时候，从背后捅一刀。现在的人心，真正坏透了！这种偷龙换凤，丧心缺德的事情，也不是你一个人，好多人都遇到的。我要是你，绝不会放过他们，一定要三抵六面，把这笔账彻底算算清楚的！'其他几个知青，听说了，也这样劝我妈。我妈听了，想来想去，真是这个道理。便请好假，打算回一趟上海，找你们说清楚，把我的户口，按照政策规定，迁到我外公外婆的名下。不但我妈，连我也非常生气，觉得舅舅、姨妈，包括在背后支持、怂恿，或者逼迫他们这样做的人，做的都不是人事。我也准备跟我妈一道回上海，摆平这件事情。最后我爸阻止了我们。我爸问我妈：'你当年为了哥哥和妹妹，主动要求下乡，把留城的机会给他们。过了这么多年，吃了这么多苦，这都是兄妹情谊，现在为了一个户口，包括所谓将来的一套房子，就把这份亲情，丢得一干二净了？'我妈回答说：'不是我不顾亲情，是他们忘恩负义，搞偷梁换柱，背后拿刀捅我，是他们丧心缺德！'我爸说服不了我妈，把我拉进房间，关上门，说：'你外公外婆的那套房子，人住在里面，连转身都难。你是何家的子孙，长大成人以后，愿意住在这种地方？而且，为了这么一块巴掌大小的地方，跟自己的亲戚反目成仇？'我爸又说：'你的户口被调换，是一件坏事，也是一件好事。你如果真忍不下这个委屈，想为你妈争口气，只有一个办法，就是，以此为鉴，今生今世，无论如何，也不要做这类没有良心的事情，而是堂堂正正，做一个有出息的人。你现在要做的，不是回上海找你的亲戚算账，而是好好学习，将来考一个名牌大学，得到一份好的工作。到了那个时候，你住在自己的大房子里，还会在乎你外公外婆那个鸽子笼子似的地方？哪怕白送你，你还不一定要呢！'我听了我爸的话，把自己关在房间里，想了一夜。第二天，我改变主意，跟我爸一起，做通了我妈的工作。而且，就那天起，我的学习成绩直线上升，原来在班上属于中等，很快排在了前三名。考进当地最有名的高中后，成绩稳定在前十。我高考的成绩，你们也许还有印象，是当地第三名，凭成绩，我可以自由选择国内任何一座城市的任何一所名牌大学，也包括我后来读的上海的这所全国闻名的大学。"

继续说：

"下面，我要说说刚才那句话的前半句，就是，'我们要是不让他回上海'。这个'他'，指的当然是我。这个'我们'，也不用我说是谁了。那么，这个'我们'要是'不让'，我就回不了上海了？不要说有硬性政策规定，就拿人之常情来说，我是我妈的儿子，我妈是我外公外婆的女儿，亲生父母会不让自己亲生女儿的亲生儿子，户口迁回来，放在自己名下？姨父，姨妈，你们也是做人父母的，如果你们儿子余众望当年下放到外地农村，政策允许他儿子户口迁回上海，你们会'不让他回上海'？更何况，这个'我们'，并不包括我外公外婆。那么，这个'我们'，有没有权利'不让他回上海'呢？当然没有。如果这个'我们'，自以为有这个权利，还当作一回事，那就是纯属自说自话，自以为是，自作多情罢了。"

又说：

"我还要接着说刚才那句话的后半句，就是，'他会有今天的好日子吗'。我要声明一句，我'今天的好日子'，是我自己通过努力得来的，与在座的几位亲戚，没有任何关系。我大学毕业后，同时报考了两个单位，一个是我现在的单位，一个是国内四大银行之一。两家考试，我无论笔试，还是面试，都排名第一。两家都争着要我，甚至不惜开出各种优惠条件。最后，我自己选择了现在的单位。那么，我'今天的好日子'，与我的户口迁回上海，有没有关系呢？当初两个单位，都是面向全国招人。每一个岗位，都带有一个上海户口指标。跟我一道考进单位的同事，其中两位，户口在中西部省份边远农村，被正式录取以后，户口随着指标，迁到了上海。现在你们应该明白了，我'今天的好日子'，与我的上海户口，有关系吗？当然没有。如果有人认为有，还把这种关系拉扯到自己头上，认为自己有一份功劳，说句难听的话，恐怕就不是自说自话，不是自以为是，不是自作多情，而是头顶发热，身上发烧，思维发昏，脑子坏掉了！"

忽听无虑舅妈胡逢秋插问道：

"无虑，不好意思，舅妈想打断一下，问一句，你刚才说的那句话，就是你妈和你不拿拆迁费的那句话,还有用吗?你会不会改变主意,把这句话收回去呢?"

何无虑说:

"舅妈,说出去的话,泼出去的水,怎么收回来?刚才说的时候,我看见姨父已经拿着手机,把我的话录下来了。你要是不放心,你打开手机视频,我对着你,一字一句,再重复一遍,好吗?"

胡逢秋摇手道:

"无虑,这个不用了,别人不相信你,舅妈相信你。"

到这里,何无虑站起身来,说:

"舅舅,舅妈,姨妈,姨父,我再把我今天说的要点,梳理一下:第一,我妈户口回迁到上海,放在舅舅这套房子里,不为别的,就是那句话,'当年户口从哪里迁出去,现在户口从哪里迁回来',不过是要解开我妈心里的一个结,了却她的夙愿。第二,我妈户口迁回来以后,不会,也不可能,跟谁去争什么这套房子的居住权。第三,我妈户口回迁以后,在很短时间内,就要和我的户口一道,迁到我自己的房子里去,单独立户。这么做,不是针对谁,而是孩子出生以后,要上幼儿园。第四,我妈户口迁回来以后,如果正好碰到拆迁,她的户口所得利益,也包括我的户口所得利益,一分一厘都不会要。第五,'如果当初我们不让他回上海,他能有今天的好日子吗',这句话,不符合事实,是一句站不住脚,经不起推敲的瞎话。我今天听见了,左耳朵进,右耳朵出,不会计较的。但是,从今以后,不管是谁,再说这种红口白牙的胡话,就别怪我翻脸不认人了。"

又说:

"明天上午八点整,东昌派出所开门上班。七点五十五分,提前取号。我明天开车送我爸我妈,七点四十五分到达等候。希望舅舅准时赶到。如果赶不到,或者人不去,也不要紧,我就把我的户口,迁到自己的房子里,单独立户。我妈的户口回迁,从那里办,就不再麻烦在座的各位亲戚了。"

转头说：

"爸，今天就这样，我们走吧。"

何寿天站起身，跟儿子无虑一道告辞出门。

六十二

何寿天跟儿子无虑一道接闻芳回家，邵亚芳已经做好晚饭，换了衣裳，洗了手，坐下来吃饭。邵亚芳仍然板着脸，匆匆几口，把半碗饭扒拉完，回那边客房卧室里，把门关上了。何寿天、何无虑、闻芳吃好饭，闻芳正要收拾碗筷，邵亚芳听见动静，从北卧室里出来，止住闻芳，把碗筷收拾好，又回客房卧室，把门关上了。

何寿天回房间看了一会儿电视，正准备睡觉，听见门上敲了两下，儿子无虑进来了。

何无虑说：

"爸，吃过晚饭，我到那边客房卧室，把今天下午找舅舅、舅妈、姨妈、姨父的情况，跟妈大致说了一遍。妈听了我的话，心情好了一些。后来闻芳进来，跟着一道劝了一会儿，妈慢慢松了口，说，如果明天上午舅舅真的来不了，就采用我的办法，把我的户口迁出来，单独立户，从这边办回迁上海的手续。"

又说：

"妈也明白自己对爸发火是不对的，说：'我心里有气，不对你爸发火，还能对谁发火呢？'今天晚上，妈还睡在那边客房卧室里，明天早上吃过饭，跟爸一道，坐我的车，再去东昌派出所。"

第二天早上，何寿天和邵亚芳坐儿子无虑的车，在无虑单位办公大楼前下车，朝东昌派出所方向步行过去。途经那个小广场时，邵亚芳看看时间还早，停住脚，跟在人群里锻炼的张国良打个招呼，寒暄几句。到达派出所那边，时间是七点四十，看见无虑舅舅邵亚力，已经等在那里了。

上前招呼，见邵亚力脸上，青肿消了一些。倒见两只眼圈，黑得有些怕人。

邵亚力说：

"我夜里没有睡好，被折腾了一宵。这回还是好的，只动嘴，没有动手。昨天无虑和他爸爸刚走，胡逢秋就瞪起眼睛，对我骂不绝口。说：'你看看你的外甥何无虑，是个什么样子。再看看你的女儿邵瑶瑶，是个什么样子。古人说的话，句句是真理，一句顶一万句：好种出好苗，坏根长坏树。我跟你大妹妹邵亚芳，同样是女人，同样是一块田。你跟你大妹夫何寿天，同样是男人，同样是下种子。何寿天下的那颗种子，埋在你大妹妹那块瘦不拉几的田里，倒长出何无虑这样光宗耀祖的苗壮好苗来。你呢，下的一颗种子，根本就是一颗干瘪秕子，哪怕埋在我这块肥沃土壤里，长出来的也只能是一根丢人现眼的歪七斜八怪枝。我也是倒了八辈子霉，这一生一世碰上你，一根提不起来的猪大肠，一块拎不住手的烂豆腐，一坨臭不可闻的硬狗屎……'往下，用了一大串意思差不多的排比词，一直骂到上床睡觉。在床上又一直骂累了，倒头睡着了，才不骂。我刚刚眯了一会儿眼，不知道为什么，胡逢秋突然从梦里笑出声来，醒了，颠三倒四问我，无虑下午讲的话，就是两个人都不要拆迁补偿，会不会不算数。不等我回答，又被她骂了一顿。骂累了，又睡着了。又醒了，又问我，又不等我回答，又骂了我一顿。就这样，直到天蒙蒙亮，我没有真正合过一次眼睛。再被吆喝起来，说：'你还不赶紧把你那颗骷髅脑壳从枕头上翘起来，把你那挺尸的身子从床上挪起来。从橱子里拿一双筷子，捣你那吊死鬼嗓子。从电饭煲里盛一碗稀饭，填实你那猪八戒肚子。再刷一刷你那嘴稀稀拉拉的黄牙，洗一洗你那张横七竖八的丑脸，赶到东昌派出所，跟你大妹妹大妹夫碰头签字去！'我被胡逢秋催着逼着吃了早饭，直奔这里，看不见一个人影子，已经在这儿坐了近二十分钟了。"

等到七点五十五分取号，取了一号。八点整，窗口开了，屏幕开始叫号，何寿天、邵亚芳、邵亚力走到跟前，往窗口里递上材料。一个中年女户籍警接在手里，拿出最上面的这一份材料，问谁是入户地房屋户主或公房承租人，邵亚芳朝哥哥邵亚力指了一指。邵亚力上前一步，亲口确认。户籍警让邵亚力出示身份证，核对照片无误，将那份同意书，交在邵亚力手里，指了指签名处，要他在那里写上自己的名字。当着户籍警的面，邵亚力签了名字。户籍警又另外拿出一张纸，递在邵亚力手里，邵亚力看了一看，递给邵亚芳，邵亚芳看了一看，递给何寿天。原来是一份入户地房屋户主或公房承租人同意接收新户口的二次确认书。何寿天看过了，把这张纸还给邵亚力。邵亚力按照户籍警的指点，在最下面签上自己的名字，把那张纸还给户籍警。户籍警当着窗口前三个人的面，在那张纸上的空白处，分别将邵亚芳和邵亚力的姓名，两个人的身份证号码，邵亚力所在户口的门牌号码，包括年月日时，等等，逐一填写好，再递了出来。三个人复看一遍，正确无误，交回窗口。户籍警将这张纸，放在另一个抽屉里收好了。

听户籍警说：

"公房承租人已经在同意书上签过字，如果有事，可以先走了。"

邵亚芳说：

"亚力，你夜里没有睡好，回去好好补一补觉。有什么事情，我再找你。"

邵亚力招呼一声，走了。

转回窗口，女户籍警已经将原件与复印件核对无误，在复印件敲上长方形的蓝色戳印，收放进一个大档案袋子里。退回了所有原件，再给了一个收受材料齐全的回执。

女户籍警说：

"材料都齐了。我们还要走程序，逐级审核。如果没有问题，在法定工作日内，会有正式结果。你们在家耐心等待就是了。"

六十三

何无虑晚上说：

"爸，妈，后天就是闻芳的预产期。这两天，闻芳自己也有些感觉。为了保险起见，她明天就不上班了。我白天上班的时候，手机随时开着，一有动静，就打我电话，立刻赶回来。"

又说：

"宝宝的名字，闻芳的想法，是请爸起。也要提前考虑起来了。"

何寿天说：

"宝宝的名字，说起来复杂，其实简单，无非要关照到三个方面。第一个方面，我们何家族谱上有个排行，这个是应该尊重的。第二个方面，是有些民间传统，还是要讲。第三个方面，男孩女孩，名字也有区别。到时候再说吧。"

何寿天当夜梦中惊醒，拉开灯，看时间，凌晨一点刚过。邵亚芳也醒了。听见儿子无虑在房间外面说话。

何无虑说：

"爸，妈，快起来，看闻芳的样子，要去医院了。"

赶紧穿好衣服，到那边房间，无虑和闻芳已经做好准备了。

闻芳说：

"爸，妈，我自己感觉，有点撑不牢，宝宝要出生了。"

下楼，上车，直奔浦东一妇婴。下车，上楼。有护士迎了过来。进了夜间急诊室，里面坐着一位身穿白大褂的女医生，年纪四十出头，剪了一头短发，显得格外精神。女医生起身迎候，问了姓名、预约医生姓名，看了病历本。手朝里间门帘内指了指，自己先走了进去，返身朝闻芳和邵亚芳招了招手。两个人走了进去。帘子拉上了。何寿天和无虑退出急诊室，约略二十分钟，邵亚芳和刚才迎接的护士，共同搀扶着闻芳出来了。

邵亚芳说：

"宫口开了五指了。医生说，闻芳顺产条件不理想，羊水已经见浑，最好在两个小时之内剖。"

进了产房，约略过去二十分钟，忽听一声嘹亮啼哭。接着是一阵响亮哭声。见手术室护士把头伸出来，朝着何寿天、邵亚芳、何无虑笑了一笑，又做了一个"OK"手势。

手术室护士说：

"是个女宝宝。母女平安。"

又说：

"我在这儿很多年了，这个宝宝有些特别。一是哭得这么响亮，二是头发特别浓密厚实。你们马上就能见到了。"

说：

"等一会儿车子出来，我还要带产妇去做一个例行检查。你们家人先分一下工，派一个人先抱宝宝上楼，在房间里等着。剩下的人，跟我一道去，好吗？"

十分钟后，男护工推车出来，见闻芳躺在上面，仍处在麻醉昏睡中。宝宝的身子裹得严严实实，躺在旁边。各人上前，把头朝宝宝探了一探。正在啼哭的宝宝，忽然安静下来。何寿天走到近前，双手轻轻一抄，抱起宝宝，也不乘专门电梯，直接从楼梯上到二层。走进 208 房间，里面有一个护士等着。把宝宝轻轻放在大床旁边的一个小床上，躺好。拿眼细看，果见头发又密又厚，颜色浓黑之中，稍见深红。见宝宝一双眼睛半眯着，眼球在眼皮下面晃动着，似在找着什么。

不一会儿，闻芳做过例行检查，被推车送到 208 房间门口。无虑将迷迷糊糊的闻芳从推车上扶靠在自己身上，邵亚芳从另一边帮扶着，进了房间，放躺在床上。何寿天、邵亚芳、何无虑一起转到宝宝这边来，都压低了声腔说话。

何寿天说：

"你们注意到宝宝脸上表情了吗？虽然眼睛半眯着，眼珠子在眼皮底下倒是转个不停。谁说话，就朝着谁的方向，好像在倾听呢。"

邵亚芳说：

"真是的，还有，宝宝不但听到谁说话，就朝谁的方向转动眼珠子。看脸上的表情，好像还在寻找着什么呢。"

正说着，护士进来了，要给宝宝喂初乳。

何寿天退了出去。在走廊里等了十分钟左右，邵亚芳出来了。

邵亚芳说：

"闻芳麻醉还在，人仍然半睡半醒的，护士从她的两个乳房里各挤了一点初乳，抹在宝宝嘴巴上，小家伙机灵得很，马上用舌头咂巴掉了。护士又让宝宝趴在闻芳身上，让她用嘴巴衔着乳头，真正是天生人性，已经会吮吸了。两个乳头都吮吸过了。护士接着喂了一瓶奶粉，吃饱了肚子，就睡着了。"

何寿天说：

"我从网上看过一篇文章，说现在的孩子娇惯得很，如果第一口喂的是奶粉，以后就不肯吸妈妈的奶了。看来浦东一妇婴办事还是很规范的，到这儿来，是对的。"

回到房间，看见床的一头被摇高了，闻芳半偎坐着，把宝宝抱在怀里。

闻芳说：

"爸，妈，是个女孩。"

邵亚芳说：

"闻芳，你辛苦了。我们何家男女平等，男孩女孩，都是一样的。"

又说：

"我明白了，宝宝在闻芳肚子里的时候，天天听我们说话，已经熟悉声音了。刚才谁说话，她的眼珠子就对着谁。难怪她一副找来找去的样子，原来最熟悉的她妈妈闻芳的声音，一直没有出现。看她现在一副放心了的样子，又睡着了。"

一起看着熟睡中的那张小脸，忍不住笑了一会儿。

何寿天说：

"我想了宝宝的名字，就叫'何疆安'。'何'是姓，'疆'是族谱排行，'安'，形状为'家中有女'，'家中有女，安矣'。'何疆安'，这是大名。小名不用另起，就简称'疆安'。你们看看，行不行？"

何无虑和邵亚芳都点了点头。

何寿天说：

"闻芳，你最辛苦，功劳也最大。你觉得行，就用这个名字。你觉得不行，可以再想一想，重起一个的。"

闻芳说：

"爸，我觉得很好，就用这个名字吧。"

说到此处，听见门上被人敲击了两下。原来是闻业荣、方慧群夫妇来了。

闻业荣说：

"我们接到电话，赶紧到马路上打出租。可能是半夜三更，整整站到天色大亮，总共过去三辆出租。有两车出租上有人，另有一辆空车，我们两个人把手直招，装作没有看见，加速开过去了。又不会叫网约车，只好走到公交车站，等到首班发车，这辆公交的路线又是绕了大弯子的。直线三站的距离，倒乘了七个站点。再坐了三站地铁，所以到这个时候，才赶过来。"

又说：

"到大门口，又被保安拦住，说了一通医院的会客规定。上到二楼，又被走廊口的护士拦住，说要在会客厅等候。我们告诉护士，是女儿生孩子，我们是外公外婆，这才放我们进来了。"

坐下来，说了给宝宝起的名字，闻业荣、方慧群一起点头，都说"何疆安"这个名字好。小名简称"疆安"，也好。却见疆安醒了过来，听见人说话，又转动眼睛，脸上一副倾听模样。细细辨别，小脸上的神情，又有区别：何寿天、邵亚芳、何无虑说话时，一副很熟悉的样子；闻芳说话时，一副更加熟悉的样子；闻业荣和方慧群说话，变成一种似熟非熟、半生半熟的样子。

何寿天忍不住细看疆安那张脸，又看床上的闻芳，两个人的鼻头，都是高翘挺立的。再看旁边的外公外婆，不但闻业荣，包括方慧群，夫妇两个人的鼻头，都是塌扁的。心里起了一个疑问，也同时觉得似乎有了答案，就是，孩子遗传了大人最优秀的部分。心里这么想着，却有些拿不定，到底是不是这么回事。想了一会儿，不想了，转来说住院的事情。

何寿天说：

"往下还准备住六天。最后一天，疆安的外公外婆，你们两个人就不要来了。从明天起，其中五天，你们可以上午过来，也不要太早，可以等到上班早高峰以后，悠悠闲闲地走。能打出租，就打出租。打不到出租，就等公交。再换地铁，中午之前到达就行。一起叫外卖当中饭。下午赶在下班高峰之前回家。我们这边也分过工了，无虑和邵亚芳二十四小时守在这里，房间里正好两张沙发，一人睡一张。两个人，可以换换手，不会觉得累。我也在下班高峰之前回家。上午等上班高峰过去，再过来。"

商量已定。何寿天出门找一个僻静的角落，拿出手机，拨通了父亲电话，铃声响了片刻，接通了，听见一个女的声音，像是杨兰英阿姨，低声叽咕了一句，随即听见了父亲的声音。

何寿天说：

"爸，我是寿天。闻芳生了，是个女孩。是凌晨三点半钟出生的。担心你在睡觉，现在才打电话。名字也起好了，族谱上的排行字是'疆'，名字就叫'何疆安'，最后一个字'安'，即'家中有女，为安'。名字的意思，就是这样的。小名用后面两个字：'疆安'。"

父亲说：

"'何疆安'，这个名字很好。族谱上的排行字，是不能丢的。树有根，水有源，人不能忘本。大名好，小名也好。老天保佑，也是托祖宗的福，我活到今天，终于当了老太爷了。只可惜你妈没有等到这一天。"

听到这里，何寿天赶紧变了话题，转问父亲近来情况。

父亲说：

"我这边一切都好。你们的杨阿姨，是个好人。对我很好，方方面面，都很细致。寿人一家每个周五都过来，吃过晚饭，就住在这里，等周日吃过晚饭，再开车回去。寿地那边，岗位不同了。原来虽然是个要害部门，只有几个人，掰着手指头数，一个半巴掌就足够了。到了现在的市委党校，还包含一个市行政学校，两块牌子，一个机构，从领导班子，到中层干部，再到下面的老师，大几十号人头。如果算上学生，那更是不得了的数字。千头万绪，都由他一个人肩头扛着，整天忙得团团转。我就跟他打了个招呼，有事情呢，就给他打电话。不打电话呢，就说明没有事情。这样，他就不用心挂两头，能专心致志把公家的事情打理好。我说的这些情况，你也清楚了。我跟寿人常见面，至少一个星期见一次。寿地呢，见得就少了些。但是，信息是随时通着的。总之，我这边一切如常，你只管忙你的。还是我跟寿地说的那句话，有了事情，我肯定会给你电话。没有电话，我这边就没有任何事情。只管放心好了。"

再叮嘱几句，把电话挂了。

六十四

回转头来，见邵亚芳脸上有事，似乎有什么话要说。

邵亚芳说：

"也算是个笑话，只能跟你一个人讲。跟无虑，是不能说的。跟闻芳，更是不能说的。疆安出生以后，我看小家伙的鼻头，又高又翘又挺，跟闻芳的鼻子，一模一样。今天上午闻业荣、方慧群来的时候，我忍不住看了看这两个人的脸。真不知道是怎么回事，不但闻业荣，也包括方慧群，这两个人的鼻子，又扁又平又塌。按理说起来，外公外婆跟外孙女之间，虽然不一定合榫同卯，至少也应该有一点儿相似之处。可是，闻业荣、方慧群跟我们家的疆安，不但找不到丝毫的相像影儿，双方的差距，恐怕十万八千里，都不止的呢。"

何寿天笑道：

"我倒奇怪了，难不成疆安的鼻子，长得像闻业荣、方慧群，一副一马平川的样子，你才开心，是不是？"

邵亚芳说：

"我的话，还没有说完呢。其实闻芳怀孕以后，我就多了一桩心事，更像是得了一个心病，搁在肚子里，憋闷得很，生怕有一天爆发，闹出什么事体来。是这样的，我有一次看《讨个说法》节目，说了这样一件事情：有个小伙子，老婆长得不是一般地漂亮。可是，两个人生了一个女儿，长相却特别难看。小伙子的老婆，不但五官匀称，更出色的是鼻子，高、翘、挺，三个字一字不差。小伙子的女儿呢，不但五官别扭，最糟糕的是鼻子，平、塌、扁，也是三个字一字不差。小伙子一颗疑心悬在肚子里，怎么也放不下。想来想去，想到了岔路上，怀疑老婆出轨，认定这个女儿，是老婆跟别的男人生的。于是瞒着老婆，悄悄做了DNA，结果大跌眼镜，女儿确凿是自己的亲生骨肉。随后不久，两个人又生了一个儿子，也是一副鼻塌嘴歪丑陋模样。小伙子百思不得其解。后来有一年，小伙子去老婆的老家探亲，这是第一次去老婆老家，看到儿子女儿的外公外婆，长相也是不敢恭维。其中有一天，无意之中，翻看老婆小时候的照片，这才恍然大悟。回家一追问，老婆只得承认，当年曾经花了一笔巨资，做过美容手术。小伙子气得差点要发疯了，可是，生米已经煮成熟饭，女儿也有了，儿子也有了，又能怎么办呢？恨天恨地，最后也只能恨自己不长眼睛，看错人罢了。正因为这件事情，这个本来很正常的小伙子，变得神经兮兮的。在节目当中，小伙子哭笑不得地说：'离婚吧，儿子女儿怎么办呢？不离婚吧，我每天躺在床上，大半夜醒过来，就会想到一个比喻：睡在自己的身边，拿眼睛看起来，是一只美丽的青蛙；用心想一想，觉得这其实是一只癞蛤蟆！'我当时看这个节目，看到了一半，听到小伙子感叹这句话的时候，心里突然'叮当'一响，打了一个愣怔，眼前浮现出了闻芳和她爸妈闻业荣、方慧群的影子。两下比较，闻芳的容貌，夸张一点，说是美如天仙，也不为过。她爸爸闻业荣的长相，还有她妈妈方慧群的长相，不用什么夸张，当然属于不中看的群体。其中差别最大的，也是鼻子。就像我看的那期《讨个说法》节目里说的，这一个鼻子高翘挺，那两个鼻子扁平塌。两相比看，这个鼻子跟那两个鼻子，根本是不沾边的。我就顺着电视节目的思路，往下想到，如果闻芳当年也遗传了她爸爸闻业荣和她妈妈方慧群的长相，是个丑女，后来花钱做了美容手术，弄成现在的这种漂亮模样，虽说无虑和她感情很好，作为妻子，这样一个天大的事情，却对自己的丈夫遮着掩着瞒着，总归有失做人的本分。再好的夫妻感情，一旦大节上出了问题，瞬间翻脸无情，反目成仇，活生生的例子，也是举不胜举。今天凌晨，闻芳进了手术室，我和你、无虑坐在外间等候的时候，你们并不清楚，我的肚子里真正有十五个吊桶打水，七上八下。生怕我们的孙辈一旦出世，脸上一副真容摆在眼前，事情露了馅，家里弄出一场大纠纷出来。我的心里，不知道默默祷告了多少遍，但愿马上要见面的这个孩子，不管是孙子还是孙女，把她妈妈的长相，跟外公外婆的长相，加在一起，再除以二，平均分配一下，既不要像她妈那样太漂亮，也不要像她外公外婆那样太不中看。总之，如果她妈妈闻芳当年做过美容手术的话，不要在这一刻，从她身上露出破绽，就是谢天谢地。后来听到疆安的那一声嘹亮啼哭，接着又是一阵阵的响亮哭声，每一声哭，都像是一把刀，刀刀戳在我的心病上，我的骨头最后都酥软了。直到男护工推着推车从手术室出来，我第一眼看疆安，虽然是盯着那张小脸，却不是看脸上别的五官，看的就是鼻子。看了第一眼，有点不敢相信。又忍不住看闻芳的鼻子，回过来再第二眼看疆安的鼻子。看来看去，就在一刹那间，也不知道看了多少个来回，心里又是'叮当'一响，一块天大的石头，总算落在实地上了。"

说了一会儿，何寿天下楼乘地铁回家。

六十五

　　往下几天连续晴好，何寿天和闻业荣、方慧群夫妇，都是上午上班早高峰过去以后赶到医院，逗逗小疆安，看看闻芳，帮忙做一点零碎杂事。到了中午，叫外卖吃了。何寿天照例午睡。闻业荣、方慧群夫妇在下班高峰之前，先坐地铁，再换乘公交，往回走。何寿天也在下班高峰之前，直接坐地铁回家。第四天早晨六点，何寿天赶过来，闻业荣、方慧群夫妇也到了。就由闻业荣、方慧群夫妇相帮着无虑，代值一天白班，何寿天开车带邵亚芳回家。先将无虑和闻芳的房间开窗透气，再将一张大床和一张小床上的被褥，洗晒太阳。将地板先用机器人清扫一遍，再用湿拖把，旮旮旯旯人工拖抹一遍。窗户边角并中间的玻璃，也十分仔细地擦了。闻芳和疆安穿的衣服，也在这一天洗晒了。

　　何寿天第五天迟来早走：上午把昨天洗晒过的被褥衣物，晾放在窗户外面，再过一遍大太阳。到了下午三点左右，把上述衣物，带着太阳收回来。一切都准备停当了。

　　第六天上午，何寿天按时赶到医院，乘电梯上到二楼，见邵亚芳站在走廊口，正要说话，却见她的目光，朝自己身后看去。转过身，不免意外：无虑的舅妈胡逢秋和姨父余悦骏，正从另一个电梯里走出来。

　　招呼一声，一起到外面大会客厅几排座椅处，坐下来说话。

　　胡逢秋说：

　　"这一趟来看你们家的宝宝，真正是'过五关，斩六将'。我先是跟邵亚力说，他把头摇成一只拨浪鼓，说：'听说妇产科医院是不准外人探视的，婴儿刚生下来，张三李四王二麻子都去，万一把病菌带进去，婴儿受到传染，怎么得了？'我不听还罢，一听这种腔调，肺都气炸了。我问他：'什么叫听说？是你听说，还是别人听说？什么叫外人？你叫邵亚力，孩子的奶奶叫邵亚芳，两个名字中间，只相差一个字。你到底是外人，还是里人？什么叫张三李四王二麻子？你姓邵，我姓胡，拉上你妹妹妹夫，也是一个姓邵，一个姓余，哪里有什么张，哪里有什么李，哪里有什么王？你看你，活了大半辈子了，从早到晚闷在家里，做一个缩头乌龟，不该出头的，不出头。该出头的，也不出头。这样一副窝囊废，还好意思活着，我都替你觉得丢人！'被我一顿臭骂，憋在旁边，一声不敢响了。我又找邵亚芬。这一个姓邵的，也把头摇成了一只拨浪鼓，说：'要去你去，我是不会去的。你也替我想，到底怎么个去法？我家的底子，收收叠叠，打打扫扫，也没有几个铜钿。我们的口袋是瘪的，人家的口袋是鼓的，一旦去探视，人情人面，比天还大，总不能空着两只手去，被人家表面上笑着，心里头骂着，岂不是没事找事，自讨没趣？'被我一顿抢白。我问她：'什么是我们？什么是人家？你和我是我们，你姐姐邵亚芳和你姐夫何寿天是人家？你即使从口袋里掏不出铜钿，空着两只手，你姐姐邵亚芳和你姐夫何寿天会表面上笑着，心里头骂着？'我也没有想到，我说了这些话，邵亚芬还口不服心不服，反驳我说：'富人有富人的派头，穷人有穷人的骨气。口袋里没有铜钿，就不必充冤大头，摆大好佬，安分守己地待在家里，不就得了？'我听了她的话，哭不得，笑不得，又气不得。本想再说几句话，一个字一个字地斥责回去，把她打得落花流水。转念一想，她是小姑子，我是大嫂子，俗话说得好，'天上下饺子，姑子恨嫂子'，一场姑嫂战火烧起来，还拿不准谁赢谁输呢，我还是不惹这场口舌是非，放她一马，算了吧。我只好找余悦骏商量。还好，这个大家族里，总算还有一个能够说得上话、听得懂意思、辨得出知音的。一听我的话，就把头点得像小鸡啄米似的，全是'好'字、'行'字、'能'字，没有一个'不'字。我就问余悦骏：'你老婆说了，空着手去的话，会被人家表面上笑着，心底里骂着的。你有什么好办法？'余悦骏说：'这有什么难的？不用发愁。一家口袋里空瘪，两家口袋凑在一起，是多是少，也能掏出一些铜钿的。我家和你家，两家合力买一件礼物，不管价值多少，拿在自己手里，递到别人手上，也是一种面子。'我听了这句话，一身的千斤重担，眨眼之间落放到地上，上上下下，都十分通畅了。刚才早上，我跟余悦骏两个人，用脚走了一段路，再坐上三站地铁，换了一条线，再坐三站地铁，转弯抹角，找到这医院。"

说了这里，往地下"呸"了一口，说：

"嗨，真正没有想到，被大门口保安给拦下了。问长问短，探黑探白，好像我跟余悦骏两个，不是好人，是两个小偷似的。我看着那个保安，套着一身蓝狗皮，打着一副洋官腔，装腔作势，狐狸扮老虎，气就不打一处来，眼睛里自然搁不下这一粒沙子了。我就问他：'听说你们这里是一家专门伺候富人的医院，有钱没钱，两样对待。无钱的大门难进，有钱的大摇大摆。至于你这位小哥，看起来倒是人模人样。俗话说，牛眼望人，人比牛大；蛇眼望人，人比蛇小。我看你从早到晚，像根木桩似的戳在这里，一个月开的工钱，也不会比里面的正规医生多，怎么说起话来，腔不像腔，调不像调。你看你自己一副样子，站没有站相，坐没有坐相。今天这一刻，我们两个道貌岸然大活人，刚走到大门口，就被你拦住。难道别人能进得来，我们就进不来？'那个保安被我七荤八素这一说，一时三刻，变成一只被针戳破的气球，瘪掉了，朝我们直赔小心，说：'两位误会了，并不是我眼高眼低，故意拦住你们，而是医院有规定。我们一个小保安，端人家碗，受人家管，听人家使唤。如果站在这里，当个睁眼瞎子，谁想进就进，一旦被发现了，也不用多长时间，只需一秒钟，就会让我脱下这身制服，卷铺盖走人的。'说了这些话，又拿过一个本子给我们看，上面果然有各种人等的进出登记。这才饶了他，按照要求，在本子上写了产妇闻芳的姓名，还有来访者，就是我和余悦骏的名字。过了这一关，以为没有事情了。没有想到，在电梯口，又被服务台的一个涂脂抹粉、妖魔狐样的护士，给叫下了。这次倒是没有拦，也没有拿出本子让写名字，而是老和尚念经，颠三倒四，絮絮叨叨，说了一遍又一遍。俗话说，'话说三遍如狗屁'，护士的叮嘱唠叨，何止三遍，七遍八遍，十几遍都有，真正比狗屁还要臭了！总体意思，是外人不能进房间，连走廊也不能进,只能坐在电梯口处的会客厅,就是我们现在坐的地方,联系好产妇本人,或者产妇家属,出来接待说话。害得我和余悦骏两个人,把两颗脑袋直点,点得快要掉在地上了,这才放我们进了电梯,上楼来了。"

六十六

说到这里,胡逢秋从口袋里摸了一摸,掏出一只织锦盒子,小心翼翼托在手里,递了过来。像是说巧不巧,却见邵亚芳就在这一刻,低下身子,一只手撑着椅面,另一只手去拨提松了的鞋后跟。胡逢秋的这只右手,连同手里的织锦盒子,被悬在空中,高也不是,低也不是,进也不是,退也不是,样子有点尴尬。何寿天连忙挪身向前,把一只右手伸直拉长,从邵亚芳的后背上方,把东西接在手里。打开盒盖看了一看,原来是一副不大不小的银手镯。

胡逢秋说:

"我和余悦骏各掏了五百块钱,凑成一千整数,买了这个东西。花的这一笔钱,在你们眼睛里,可能都是个零头。在我们眼睛里,却不是一个小数。俗话说,'千里送鹅毛,礼轻情义重',我们想表达的,是一个吉祥祝福的意思。还有,东西虽小,我和余悦骏两个人,是真正当作一件大事正经事来办的。我俩特地坐地铁过江,专程跑了一趟老凤祥,无论样式、水色、做工,都是一顶一的正宗货色呢。"

说到这里,胡逢秋从何寿天手里,把织锦盒子拿了回去,托在手掌心里,一双眼睛,朝着走廊那边,一阵张望。

胡逢秋说:

"这个礼物,我是要亲自递到无虑手里的。说起无虑来,我可是满肚子感慨。以前,在我的眼睛里,无虑不但是个晚辈,而且一直是个孩子。记得他姨妈邵亚芬跟他姨父余悦骏结婚,无虑坐在桌上吃喜酒,还是个半大孩子。那个时候,只知道这个孩子文文静静,不像别的孩子,看见一桌子菜肴,眼睛里就没有大人了,筷子头乱捣,两只手并用,嘴巴揣得满满塞塞。只有无虑与众不同,不要说一双筷子稳稳拿在手里,纹丝不动,连眼睛珠子,也不乱眨乱动。哪个菜转到跟前,才稍微搛了一点点,放在嘴里,不是大嚼狠咬,不过品尝一点滋味。不瞒你们说,当时我还往歪处想,以为这个孩子是不是比正常孩子缺心眼,少一个灵窍,不懂得从众人手里抢食。我甚至还担心,如果是这样的话,这个孩子长大成人以后,怎么安身立命,活得下去呢?无虑长大以后,有模有样,滋滋润润,跟我当年想的,完全颠倒了一个方向。不过,不管他多么潇洒风光,在我的眼睛里,始终是一个晚辈,仍然是一个孩子。直到上次他跟他爸爸寿天一起到我们那里去,说了一大通话,那种大义凛然,那种字正腔圆,那种包容大度,听得我浑身的汗毛,一根接着一根,全都夌着竖了起来。当时的情景,他倒像一个大人,我们在座的几个大人,反而成了孩子。正是那个时候,我肚里的一汪泪水,突然泛上了喉咙口里。看看眼前的无虑,想想家里的瑶瑶,满肚子的苦楚,比那苍天还高,比那大海还深,实在诉说不尽。我心里登时明白了一个真理:女人一生一世,饭可以吃错,菜可以挑错,路可以走错,但是,有一个千千万万不能错,就是,男人不能看错。回想我当年,一枝桃花雨露初开,有多少人眼睛盯着,有多少张嘴巴涎水直淌?可是,千挑万挑,千选万选,千错万错,最后却找了一个不争气的男人邵亚力。再看看我的大姑子邵亚芳,'弯镰刀碰上个瓢切菜','瞎狸猫遇上了个死老鼠',找了一个响铮铮的丈夫,下了一颗良种,也生出一棵参天大树。听了无虑那天说的话,我才明白,眼前这个人,虽然是晚辈,却不再是个孩子,而是个正儿八经的大人了。而且这个大人,又是非比常人。你看看他,不但知人识礼,善解人意,还总是站在另一个角度上,急别人所急,想别人所想,难别人所难。别人想一寸,他给一尺;别人想一尺,他给一丈。有一句流行俗话,'你越天寒地冻,别人越不会雪中送炭;你越繁花似锦,别人越锦上添花',无虑是怎么做的呢?不但'雪中送炭',还要'锦上添花'……所谓'人比人,气死人',我也不能再往下说了。再往下说,我就自己把自己给气死了!"

何寿天一边听着这番滔滔话语,一边拿眼瞟着邵亚芳。见邵亚芳脸上,却似夏日起了闷躁天色,风起云涌,日露日遮,阴晴交替,变幻不定。当胡逢秋丑化詈骂邵亚力、邵亚芬兄妹时,邵亚芳的脸色收紧,眉头竖立,双眼瞪起来,看一副模样,只差一线,就要蹦起身子,暴跳如雷;当胡逢秋满口赞誉何无虑时,邵亚芳脸色化开了,眉眼松动,两目微眯,看一种情形,正沉浸在无比得意之中,十分自在享受;当胡逢秋说到她"弯镰刀碰上个瓢切菜""瞎狸猫遇上了死老鼠"时,邵亚芳的脸色,一会儿收紧,一会儿放开,眉头时耸时松,像是有点把握不定,听进耳朵里的这些话,到底是颂扬,还是贬斥。

何寿天说:

"邵亚芳,无虑舅妈说要把礼物亲手交给无虑,你回房间替换一下,让无虑过来吧。"

邵亚芳站起来,双手拍了拍身子,走了。

等了两三分钟,何无虑过来了。跟舅妈、姨父打了招呼,就在刚才邵亚芳坐的位置,坐了下来。见胡逢秋用右手拿着那只织锦盒子,左手托着右腕,朝何无虑递了过来。何无虑接在手里,打开盖子,用指头捏住银手镯,拿在手里,仔细看了一看。这边胡逢秋又把刚才说过的话,选其大概,对何无虑重说了一遍。

何无虑说:

"舅妈,姨父,你们太客气了。你们人到这儿来,就行了。人到意到,礼物其实是不必买的。花费了你们的钱,我的心里,还有闻芳的心里,会不安的。这个银手镯,我看了一下,是老凤祥的出品,无论做工,水色,样式,都是百年老店十分讲究的。我这里就替闻芳,还有我们的女儿疆安,谢谢啦!"

说完,将手伸进上衣右口袋里,掏出两张卡,一人一张,递在了胡逢秋和余悦骏的手里。

何无虑说：

"这是两张购物卡，还没有用过。里面的款额也不多，一张两千块钱。这是两张通用卡，各种简繁超市，也包括大小商场，都可以用。近一点的，舅妈家和姨父家旁边的超市商场，可以用的。远一点的，不但整个浦东，就是过江到了浦西，也照用不误的。"

见胡逢秋用手把卡摩挲了一番，放进上衣右边内口袋。想了一想，又掏了出来，递回到何无虑手里。

胡逢秋说：

"这个卡，我是不能收的。虽说我很想拿着它，到各个超市尽情逛一逛，买不买东西是一回事，过不过瘾是另一回事。可是，反复掂量，这个卡，还是不收为妥。为什么呢？仔细想一想，我和你姨父两家凑一家，各出五百块钱，凑成一千块钱，买了这个银手镯礼物，是送给刚出生的孩子的。送礼上门，反而带礼回家，而且，送的是两个五百加成一千的礼，带回的是一个四千分成两个两千的回礼，这笔账，不好算了。说句大白话，我这次来送礼，倒是大赚住了。还幸亏我是个明白事理的人，你要是碰上一个眼里只认钞票不认亲情的亲戚，抓住这个契机，天天变着法儿，到你家送礼。今天送你五百块钱正礼，你还他两千块钱回礼。明天他再送你两千块钱正礼，你还他八千块钱回礼。后天他再送你一万块钱正礼，你还他四万块钱回礼……如此类推，他咬住牙关，送你十万块钱正礼，指望你还他四十万块钱回礼，又怎么办呢？又怎么得了呢？世界上，没有这样一笔糊涂账的。这张卡，还有你姨父的那张卡，我代替做个主，你还是收回去吧。无虑，我说的意思，你明白了吗？"

何无虑说：

"舅妈，你说的话，我明白了。不过，也请舅妈替我想一想，我已经把卡拿出来，送给你和姨父了。就像说出口的话一样，已经送出去的东西，可以收回来吗？"

胡逢秋说：

"无虑，舅妈佩服你的，就是这一点。说什么话，做什么事，拿什么主意，总是站得高，望得远，一身正义，处处占一个理字。让人不得不服气的。既然你这样说，我和你姨父就不客气，收下了。"

把卡拿回去，再用手摩挲了一番，放回上衣右边内口袋里，收好了。

何无虑说：

"舅妈，姨父，我和我妈这几天白天夜里守在医院，睡觉不是很好。跟你们说话，忍不住想打呵欠。我要回房间躺一会儿，就不多陪你们了。"

起身回房间去了。

六十七

稍后邵亚芳出来，又说了几句闲话。胡逢秋和余悦骏站起身，正要辞别，忽见电梯门开了，闻业荣、方慧群夫妇走了出来，于是重新坐下说话。

胡逢秋说：

"一回生，二回熟。上次吃无虑和闻芳的喜酒，我跟你们夫妇见过面，今天是第二次，非常熟悉了。再说，你们一个是无虑的丈人，一个是无虑的丈母娘，我是无虑的舅妈，他是无虑的姨父，'这座桥搭着那座桥，连成一座大长桥'，我们大家，曲里拐弯，都算亲戚的。我突然想起一句古话，'仇人见面，分外眼红'。你俩不是我的仇人，是亲戚，可是，我看见你们夫妇两个人，眼睛马上就红了。为什么呢？所谓'人比人，气死人'，你们两个人拿的退休养老金，跟我和邵亚力拿的退休养老金，不相上下，差也差不到哪里去。你们的家庭，跟我这个家庭，也分不出个高低。你们有个女儿闻芳，我们也有个女儿邵瑶瑶。可是呢，所谓'各人有各福，达摩老祖蹲石窟，烂泥菩萨住瓦屋'，你们的女儿闻芳，巧上加巧，天下第一巧，巧遇上了我这个外甥无虑，还是个'一见钟情'，更是个'情人眼里出西施'，双方绞成一块牛皮糖，粘住缠住，刀削不开，斧砍不脱，最终成双成对，正式结婚了。从此以后，你们的女儿闻芳，不要说住的是高楼宽屋，穿的是绫罗绸缎，吃的是香甜酸辣，就说生一个孩子，在男人眼里，天大地大。在女人身上，哪个不是小菜一碟？结果怎样呢？'当作了观音菩萨，拜在了莲花座上'，住到了这样一个高大上的富豪医院里来！刚才我和无虑姨父进门的时候，先是被保安阻拦，后是受护士唠叨，心里不服这口气，进了电梯以后，我俩没有上二楼，而是直接去了最顶层，再一层一层往下乘电梯。每到一层楼，虽然不能进去仔细看看房间的样子，但是从走廊口往里面瞅望几眼，向服务台护士打听几句，是可以的。一路打探下来，才知道，一层是一层的价格，一层是一层的待遇，一层是一层的侍候。这家医院最差的一层，也比我以前见过的常规医院妇产科，要高强十倍百倍。你女儿闻芳呢，竟然住在这里最好的一层，还是最好一层的最好的一个房间。我也不多说了，等闻芳把月子坐好，哪天有空，也分拨一点宝贵时间，跟我女儿邵瑶瑶聊一聊。传个经，送个宝，教她一招两招，学一学迷媚勾引男人的手段，说不定，老天爷有眼，她也能像你们的女儿闻芳一样，钓一个金龟女婿，连带着我，还有她那个不争气的老子，'一人得道，鸡犬升天'，一起享清福呢。"

又说：

"我女儿邵瑶瑶将来生孩子，也不必妄想住这种高等级医院，比这儿低一个两个三个四个层次，我这一辈子，扬眉吐气一回，也不枉到人世上走这一遭了。"

还要再说，被邵亚芳截断了话头。

邵亚芳说：

"余悦骏，不是我说你，胡逢秋是我嫂子，也是邵亚芬的嫂子，当然也是你的嫂子。你是跟她一道来的，到了这里，她屁股还没有搁到椅子上，就张开嘴巴，一直说个不停，没有片刻的停歇。两片嘴唇翕动累了，唾沫也快喷射干了，你却坐着一动不动，一声不响。就不能接个手，替换一会儿，也说几句话，让她喘一口气，歇一歇？"

余悦骏笑道：

"这种场面，你也不是一次两次碰到过，但凡这种情形，胡逢秋说的话，只要我没有明言反对，就等于我说的话。今天到这里来，她所说的，也是我想说的。我这个人，跟在别人后面，差不多就是大肚子葫芦，里面空无一物，没有什么话的。况且，我还是个被锯掉了嘴的葫芦，不要说肚里没有话，就是有话，被锯掉了嘴，也没有办法说了。"

笑了一阵，各自散了。

回到房间，闻芳在大床上，疆安在小床上，无虑在靠窗下的那张沙发上，三个人睡得正香。何寿天、邵亚芳、闻业荣、方慧群便在外间小客厅坐下来，压低了声腔说话。

邵亚芳说：

"这几天夜里，疆安时醒时睡，有时隔个十分钟，有时隔个半小时，有时隔个一小时，把我和无虑折腾得很。头刚靠着枕头，她那边要么饿了，要么尿了，要么大便了，总之，不是这个事，就是那个事。不管什么事，都是一个哭字，'咿哇儿，咿哇儿，咿哇儿'。只好爬起来，喂她，哄她，伺候她。几天积累下来，也不知道缺了多少觉了。正想今天上午好好补一补，没有想到，突然来了我嫂子和我妹夫两个活宝，上演了一出大戏，把我的补觉时间，白白糟蹋了。"

又说：

"这两个人一照面，我头脑里就跳出了一句古话，'黄鼠狼给鸡拜年，不安好心'。等胡逢秋从口袋里摸出那个织锦盒子，我头脑里就又跳出了一句古话，'无事献殷勤，非偷即盗'。我嫂子这个人，别人不了解，我可是'知人知面又知心'的。她口袋里的一分钱，都是身上的鲜活肉。要她花钱，不是'拿'，不是'掏'，是'抠'，是'割'。别人出钱，掏出一叠钞票，或是打一笔账款，就是了。她不是这样的，一元一角，一毫一厘，像是拿一把刀，从她的身上，一点一点往下割，一块一块往外抠。而且，她花的不是钱，是钓鱼的饵和馅。'放长线，钓大鱼'。这个人，哪天跟你见面，突然送你什么礼物，那么，你可要特别当心了。要是别人送的礼物，当然是喜。要是她送的礼物，肯定是忧。别人送的礼物，是真正的礼物。她送的礼物，不但不是礼物，极有可能，是一块烧红了的砖头，或者是安了引信的定时炸弹，你只要接在手里，要么'吱啦'一声，被烫得皮焦肉烂；要么不提防哪个时候，'轰隆'一响，被炸得粉身碎骨。幸亏今天无虑眼疾手快，当场识破了诡计，一时三刻，从口袋里掏出两张每张两千块钱的购物卡，把这笔含饵带钩的账，现结现清，不但不欠她的，还足足有余。从此以后，我这个嫂子，再也没有办法，用这只一千块钱的银手镯子，从我们这里，做什么锦绣文章，打什么馊主意了！"

何寿天笑道：

"刚才听你嫂子说话，我看你一张脸上，'东边日出西边雨'，阴晴不定的。有好几个地方，特别是她不住口地表扬无虑的时候，你的样子，像是十分享受呢。"

邵亚芳说：

"无虑是我的儿子，我身上掉下来的肉，好也罢，不好也罢，我自己心里有数。'鱼游水中，冷暖自知'，无虑是不是好，也不在她一张嘴说。别人说好，不一定就是好。自己好，才一定是真好。况且，她满口不停地夸无虑，虽说也是确凿事实，虽说也有几分诚意，但是，心里真正惦记着的，还是那一场'拆迁补偿'的春秋大梦呢！这个人，从来讲的就是个实用主义。说好，说坏，都是带着目的性的。'要用驴子加把料，不用驴子树上吊'，用得着你的时候，口吐莲瓣，天花乱坠，说的比唱的还好听；用不着你的时候，或者被她看不起的时候，嘴喷白沫，刀刀见血，把人糟蹋得一无是处。她每次损毁我哥哥邵亚力、我妹妹邵亚芬，痛下杀手，把世界上所有的贬义字词都差不多用尽了，哪一次留过情？"

还要再说，被何寿天截住了话头。

何寿天说：

"邵亚芳，今天也是个机会，正好疆安外公外婆在场，大家不是外人，我提个建议。胡逢秋再不咋样，也是你嫂子。她做得再不好，你也是历久经惯，见怪不怪了。从此以后，不管怎样，你再不要跟她一般见识，顺其自然，该怎么样就怎么样。更不能事后翻烧饼，一页一页重新来过。我的这个建议，倒不为别的，主要是有了孙女。不要以为疆安小，还是婴儿，既不会说，也不会听。人是万物之灵，襁褓之中，也有知觉的。说不定知觉格外灵敏呢。万一疆安把这些乱七八糟的事情，还有那些不能登大雅之堂的民间词汇，听进耳朵里，收藏到肚子中，长期潜移默化，受到不良影响，那就是得不偿失了。"

说了一会儿，改说明天出院的事情。

邵亚芳说：

"到今天晚上，已是整整六天了。我们是凌晨两点钟左右过来的，也折算一天。前后加在一起，就是七天，要付七天费用的。听这里的护士说，住这么长时间的，我们是第一家。无虑和闻芳商量过了，准备明天大早出院。明天这一天，就不算了。今天下午，把一应手续结清掉，再把东西提前整理好。明天赶在上班高峰之前，说走就走。马路上车少，不会堵车，中途不打顿儿，一路顺行，以免颠着疆安。也不用揿喇叭，以免吓着疆安。上次已经说过，明天外公外婆就不要过医院这边来了，有什么事情，随时通知你们。"

何寿天说：

"好的。我下午把车子开回家，把大一点的东西，也提前带回去。明天五点之前赶过来。原则上定在六点之前离开。早几分钟，晚几分钟，只要避开上班高峰，都是可以的。"

如此说定了。

六十八

第二天接闻芳和疆安回家，闻业荣和方慧群来了，忙到近中午，让一起吃饭，两人不肯。

闻业荣说：

"昨天晚上买的卤菜没有吃完，放在冰箱里呢。今天再不吃，要坏掉的，就太可惜了。"

还要挽留，见方慧群朝邵亚芳看了一眼，邵亚芳嘴巴朝这边努了努，何寿天见了，便不劝了。

等闻业荣和方慧群走了，邵亚芳说：

"知道我刚才为什么对你使眼色吗？方慧群跟我说过好几次了，闻业荣特别喜欢卤菜，今生今世，就好这一口。隔三岔五，就要跑卤菜摊子。别人吃的，他吃。别人不吃的，他也吃。不但猪肝猪心之类，连猪脑子这种东西，还当作宝贝。一辈子下来，不知道吃了多少了。方慧群说，跟闻业荣过了大半辈子，劝了大半辈子，现在老了，懒得劝了，只能随他去。闻业荣还有个嗜好，每天中午和晚上，要抿两口小酒。听方慧群说，他又是个'一钱如命'的人。我用的'一钱如命'这个词，跟平常是有区别的。别人'一钱如命'，是跟外人打交道，十分吝啬，一个子儿也不愿意掏。闻业荣不一样，他对外人，倒也大度。对自己，特别小气。钱花在自己身上，如同割他的肉，各种舍不得。比如，刚才你也听见了，昨天晚饭时剩了一点卤菜，舍不得扔掉，放在冰箱里，留到今天当晚饭菜。听说他每天中午和晚上抿的小酒，不是瓶装的，都是从商店里零拷来的杂牌酒，有的连牌子都没有。我真怀疑，他喝下肚里的，是不是直接用酒精掺兑的有毒的东西。他今天来，到了这一刻晚饭时辰，人坐在我们这里，心里已经在惦记自己家里晚上的卤菜和小酒了。你留他在这里吃饭，在你来说，是一片诚意；在他来说，就是活受罪了。"

何无虑说：

"我听闻芳说，她劝过她爸无数次了。每次嘴上都说'保证保证'，也不知道说了多少个'保证'了。闻芳没有上班的时候，还能起一点作用。闻芳上班以后，早上出去，晚上回来，一点用也没有了。我真有点担心，他这个坏习惯不改，日积月累，身体发生大的亏损，出了什么事情，当然就是闻芳的事情。闻芳的事情，当然就是我们的事情了。"

何寿天说：

"人到了这种年纪，有的可以劝，有的不可以劝。以后有机会，我还要是说一说的。说了有用，就往深处说。说了没有用，也只能学方慧群，睁一只眼，闭一只眼，是祸是福，随他自己去吧。"

吃好饭，收拾了碗筷，分头歇了。

隔日闻业荣和方慧群再来，仍然中饭前离开了。

邵亚芳说：

"方慧群趁着一个空当，跟我单独说了一会儿话。还是那件事情。闻业荣每天中午和晚上，都贪抿几口小酒。嘴巴惦记着的，还是卤货。方慧群的意思，闻芳和疆安已经出院回家，他们每天可以来看看，就不在这里吃饭了。让我跟你背后说一声。你是一片诚心诚意，闻业荣嘴上不好意思拒绝，心里却是十二个不情愿，只想回自己的家里吃饭。我当场就答复她，说可以的。还说，他们也不一定每天都来。想过来呢，就过来。不想过来，就不用过来。碰到阴天下雨，或者毒辣大太阳，也不用过来了。哪天觉得身体不舒服，懒得动弹，也不用过来。总之，都是自己人，怎么方便怎么做，一切随意为好。"

何寿天说：

"好的。所谓'人有百样千种，不必强求一律'。闻业荣抿小酒、贪卤菜，我原来还准备劝一劝的。既然他是这种样子，劝也无益。我的话一旦说出口，他听也不是，不听也不是，双方反而会很尴尬。已经到这种年纪，我也不必劝他了，是祸是福，全由他自己吧。"

正说着，手机响了，看了看，是何寿人的号码。

何寿人说：

"寿天吗，我是寿人。昨天晚上，爸给我来电话了。提到青铜镇有个邻居的女儿在上海，坐月子吃的鸡鸭肉鱼，是放在长途客车上带到上海的。我告诉爸，我们三界也有直通上海的长途客车。今天大早，我让长途客车捎去了几条高邮湖活鲫鱼，还有现宰的几只鸡鸭，另有几只黑土猪脚爪。从今往后，闻芳坐月子需要的，我都会让长途客车带过去，只管放心好了。这边三界五点整发车，估计上午九点左右，车到浦东民生路站点。提前半个小时，长途客车的司机会打你电话，你注意接听就是。"

上午八点半，果然手机响了，是一个陌生号码。接通了，对方声称是三界姚家班车的司机，让九点之前，到民生路四方路交叉口处，等一辆白底天蓝色图案的"宇通"牌大客车。何寿天准时赶到那里，等了一小会儿，一辆长途客车缓慢驶来，停靠在路边一个公交车站处。先是后门打开，下来了几个人。接着前门也打开了，司机拎下来一只水桶，一只泡沫箱。问了何寿天名字，递交过来。客车径直往前开走了。

当天用鱼和鸡炖汤，闻芳吃了，果然味道不一样。等无虑下班回来，说了这件事。

何无虑说：

"要是一天两天，或者十天半个月，也许不是个事。长此以往，就难说了。我的想法，虽然是小叔叔，还是按照市场价格付钱，比较妥当。"

又说：

"这件事情，爸跟小叔叔，毕竟不同于爸跟大叔叔之间的关系。爸直接跟小叔叔说，可能不是很方便。弄不好，说不定会产生误会。爸是不是先跟爷爷说，把道理说清楚，让爷爷跟小叔叔说，可能效果更好一些。"

当天晚上，何寿天拨通了父亲的电话。

父亲说：

"无虑的意思，还有你的意思，我都明白了。明天是周五，寿人全家要过来的,我也不打电话了。明天晚上我找一个空当,把寿人单独叫到旁边,专门说这句话。你转告无虑一声,让他放心好了。"

第二天晚上,父亲电话来了。

父亲说:

"昨天你给我打过电话以后,我先跟你杨阿姨说了。她仔细想了一想,也觉得有道理。今天傍晚,寿人一家来了,就把寿人叫到我们房间里,跟你杨阿姨一道,说了这件事情。大致意思是,在传统习俗中,兄弟姐妹长大了,特别是分灶吃饭以后,会有一些约定俗成的规则。兄弟姐妹之间,有的事情,可以讲客气。有的事情,不能讲客气。该讲客气的,如果不讲客气,就会伤了相互的情分。不该讲客气的,如果讲客气,往往事与愿违,也会伤了相互的情分。有一句老话,说得非常清楚,叫作'亲兄弟,明算账'。只有'明算账',才有'亲兄弟'。如果不是'明算账',可能就没有'亲兄弟'了。寿人开始听得一头雾水,以为出了什么岔子。我重复说了一遍,你杨阿姨又点拨了几句,寿人最后听明白了,也觉得有道理。他说,会打电话直接跟你联系的。"

周二下午,接到了何寿人打来的电话。

何寿人说:

"爸跟我说过了,我也想过了,觉得你们说的有道理。"

挂了电话,何寿天随即收到何寿人用微信发来的银行卡号。先打一万元。又在电脑里开了一个账目单,把此前带过来的各种东西,大致估算了价格,记在上面。准备以后每次收到东西,都记一笔账。再对照银行卡里的余款,随时补足款项。一切弄定了,这才放下心来。

六十九

周五晚上,吃好饭,儿子无虑说了两件事情:

"第一件事情,是疆安的出生证。临出院回家的时候,医院方面曾有告知，让过一个月左右，去办出生证。我今天上午打电话问了一下，说现在就可以办了。明天是周六，我上午跑一趟，办回来。我一个人去就行了。第二件事情，妈户口回迁上海。我算了一下工作日，也差不多了。中间并没有来电话或短信，让退补材料，估计就在这几天，就会有结果。妈户口迁回来以后，疆安也有个落户的问题。有两个选择，一是我和妈户口从舅舅那里迁到这边房子里来，再办疆安的户口。二是考虑到舅妈那边惦记着拆迁补偿，可以略等一等。我咨询过了，出生证在一年之内，都可以入户的。"

周六上午，何无虑开车去浦东一妇婴办好疆安出生证，刚到家里，邵亚芳手机收到东昌派出所的短信，说户口回迁上海手续已经审查通过，因为周日休息，让今天周六，或者是后天周一，去办理迁移手续。何寿天随即陪着邵亚芳，一起去东昌派出所，拿到了户口回迁证。

周一从杭州开了户口迁移证，到家已是中午。吃了中饭，何寿天午睡起床，邵亚芳已在等着了。快速洗漱好，去东昌派出所办了入户手续，又换了上海身份证。邵亚芳将添加了自己名字的户口簿和新身份证拿在手里，看了一眼，再看一眼，又看了一眼。何寿天看她的一双手，不知不觉间，在微微颤动着。不过一瞬间，眼睛也有些红了，像是要掉下泪水来。

劝慰几句，又开了几句玩笑。回家。

第二天吃了午饭，何寿天正要午睡，忽然听见手机响了，进房间拿出手机，不是。寻声找去，原来是邵亚芳的手机。叫了一声，邵亚芳从厨房里出来，接听了几句，关了手机，满脸疑问。

邵亚芳说：

"是无虑打来的。说他舅舅舅妈姨妈姨父，在他那里，正一起吃中饭呢。有一点事情。因下午两个会要连着开，很忙，要提前准备。详细情况，等晚上回来再说。"

又说：

"邵亚力邵亚芬也是，哪里不能去，这个时候，跑到无虑工作单位去？还有，胡逢秋和余悦骏也跟着去了，他们去干什么呢？到底出了什么事情？四个人一道，一副兴师动众上山赶狼的样子，不知道在打什么糊涂盘算呢！"

何寿天说：

"你户口已经回迁到上海来了，还能有什么事情呢？依我看，不用着急，急也没有用。晚上等无虑下班回家，听他一说，不就清楚了？"

安慰几句，回房间去睡午觉了。

无虑下班回家，吃好晚饭。见疆安还在睡，把闻芳叫到客厅，一起坐下来，说中午的事情。

何无虑说：

"今天上午忙到十一点整，午饭时间到了，我刚站起身，就是这个时候，一分不多，一分不少，手机响了。是舅舅的号码。接通以后，是舅妈的声音。舅妈说：'无虑吗？我是你舅妈。你舅舅在我旁边。你姨妈，还有你姨父，也在我旁边呢。我们四个人，都在你的办公大楼下面呢。'我一听，赶紧下楼。看见舅舅、舅妈、姨妈、姨父，正站在我们办公大楼背朝太阳的阴影里。还是舅妈一个人说话。舅妈说：'无虑，是这样的，刚才快到中午的时候，我突然想起来，今天是你女儿疆安满月的日子。按照常理，一般是要办满月酒，庆贺一下的。我就想，也许无虑上班太忙，你爸爸妈妈呢，新得了个孙女，喜欢得不得了，抱在怀里，怕跌了，含在嘴里，怕化了。整天忙得晕头转向，把办满月酒的事情，给忙忘掉了。我又想，也许并没有忘，已经准备好，只是还没有来得及通知大家。于是我问你姨妈邵亚芬，有没有邀请她吃满月酒。你姨妈这个人，我当着她的面，也总是这样直说的，平时大大咧咧的，头脑一片空白，说了东，就忘了西。她告诉我，没有接到吃满月酒的邀请。我就想，会不会放在晚上吃满月酒，到了下午，再通知大家呢。我正好跟你舅舅有事路过你上班的地方，就打算停一下脚，打电话问问你。你姨父知道了，在家没有事情，有点无聊，也要跟我和你舅舅一道过来。你姨妈是个随大流的人，人家干什么，她干什么，也一道来了。刚才到这座大楼跟前,就给你打了这个电话,主要是想问一问满月酒的事情。'我说:'舅妈,我们不打算办满月酒,当然没有邀请各位亲戚。'舅妈说:'俗话说,选日不如撞日。今天我们四个长辈,加你一个晚辈,碰在一起不容易。更何况,你中午吃饭时间也到了,我们四个长辈,共同请你这一个晚辈的客,吃一顿便饭吧。'我说:'哪能要你们请客呢,我来请吧。'我们办公楼旁边,有一家五星级酒店,中午人不多,进了一个小包间。最低消费是每人二百五十元,就按照这个规格,叫了一桌菜。饭菜价格一千五上下。酒水另算。舅舅和姨父各要了一瓶德国生啤,舅妈和姨妈各叫了一瓶鲜榨橙汁。舅舅和姨父后来补要了一壶温黄酒。舅妈和姨妈补要了一瓶可乐。总共加起来,两千块钱不到。一开始大家只顾吃饭。姨父喝完一瓶啤酒,还正常。又喝了半壶温黄酒,有点上头了。脸红通通的,舌头有点大。对舅妈说:'胡逢秋,你也不要装了。无虑是你外甥,你是他舅妈,肚里有话,就不要再弯弯绕,通通倒出来吧。'舅妈就说:'无虑啊,难怪人说,酒后吐真言。你姨父酒喝多了。今天这件事情,本来糊了一层漂亮的窗户纸,打算一点一点用唾沫星子润开来的,却被他借酒说话,捅破了。我也不好再兜圈子,有话直说吧。我们今天来找你,其实是提前商量好,有求于你的。'听见这话,舅舅说:'胡逢秋,你什么时候跟我提前商量过?你只喊我一起去办事情。办的什么事情,到哪里办事情,你一个字也没有说过。'舅妈听了舅舅的话,火了,骂舅舅是'骚尿子酒噇多了,分不清东南西北,看不出前后左右,在这里咬嘴嚼舌,碍手绊脚,坏别人的好事'。我听不下去,赶紧截断话头,说:'舅妈,都是亲戚,一家人,有什么话,只管说。'舅妈说:'无虑啊,说来说去,还不是为了拆迁补偿?最近动静越来越大,听说有两三个关系户,背景硬得不得了,已经悄悄跟拆迁组签了协议,抢了头鲜。不过,他们这是暗箱操作,袖笼子里的交易,不能光明正大放到桌面上的。到了正式张榜上墙,公开宣布拆迁消息的那一天,我肯定要抢到头筹,第一个,至少第一批,签订协议,好多拿一笔奖励款的。这个不扯了,还是说正事吧。是这样的,上次承你的情,看在亲戚的分上,当着众人的面，大人大量，同意你妈妈和你本人户口的拆迁款，一分一厘也不要，全部给我们。事后，过了好长时间，我还在感动。有时候躺在床上，睡不着觉，想到这件事情，真正觉得，这个世界上，人比人，气死人。说起来，你是外甥，我是舅妈。一个晚辈，一个长辈，我们之间的肚量，相比起来，真正天差地殊。一个浅得呀，比阴沟还要浅；一个深得呀，比大海还要深。想到最后，我又想到了一个人间道理，也是古人几十年几百年几千年传下来的，就是，有钱大家赚，有利大家分，才算是公平原则，也是一本良心账目。我就想，这次拆迁机会，对于我们当事人，千载万年难逢，为什么只能我们得利，不能让无虑他们也有所分享呢？我再往深处想，就想到了一个玄机：你的户口，在我们这里。你妈邵亚芳的户口，眼看就会批下来，也要落在我们这里。其实远远不止这些。我反复打听核实过，根据政策，你那边还有两个户口，可以理直气壮地迁进来，而且拆迁组必须要认账的。一个是闻芳的户口，她跟你已经正式结婚，是你名正言顺的老婆，户口当然要跟你迁在一起。另一个，是你女儿疆安的户口。她出生已经满一个月，可以到医院拿到出生证。凭着出生证，就可以办理落户手续。这样一来，我们这套房子里，又多了两个户口，折算成钞票，不是一张两张，而是高高的一大叠！我私下里跟你姨父商量过了，这两个户口的拆迁补偿，我们再独吞，再吃独食，就太没有做人良心了！你们虽然不缺这几个钱，但也要多多少少沾一点利益。大家的心理才算平衡。你姨父的方案是，你老婆闻芳和你女儿疆安两个户口的拆迁补偿款，二一添作五，其中一个户口的拆迁补偿，给我们。另一个户口的拆迁补偿，你们自己留着。这样一来，我们这边收益更多了。你们那边也有不少进账。你看怎么样？'舅妈又说：'无虑啊，有一句古话，娘舅大于天地，外甥贵过皇帝。还有一句古话，娘舅家的牛，外甥得个头。舅舅跟外甥之间，打断骨头还连着筋呢。按照常理，应该是舅舅有财，外甥沾光。可是，你这个舅舅，此刻一副活生生的穷酸嘴脸，就戗在你的眼皮跟前呢。高不成，低不就。文不能安邦，武不能定国。家里缺的，是一个金字旁加一个戈字再加一横，合成一个字：钱；家里不缺的，是一个穴字头再加一个力字，合成一个字：穷。怎么办呢？只能把我刚才说的那两句古话，颠倒过来。就是，外甥家的牛，娘舅得个头。老鼠洞里倒拔蛇，外甥要照顾舅舅了。我这个当舅妈的，也是走投无路，被逼无奈，没有资格学那水泊梁山上的宋江仗义疏财，反倒要向晚辈哭穷叫苦，求个同情了。'舅妈接着又说：'我们得到的确凿消息，这一块地面的拆迁，已经展开了。你老婆闻芳和你女儿疆安这两个户口，落在我们这套房子里，也不用太长时间，只要三个月。一天不用多，一天不用少。过了这一天，哪怕拆迁的事情泡汤了，哪怕你一时三刻要迁户口，连招呼也不用打，直接迁走罢了。三个月，也是舅妈求你了，给我们三个月空间，我们把协议签了，剩下来的事情怎么办，就一切听你的了。'我听了舅妈的话，也许是上午工作太忙，有点累了，一股怒火，直冲到头顶。我当时想的是，什么叫'得一望二'，什么叫'贪得无厌'，什么叫'吃了碗里，望着锅里'，什么叫'厚颜无耻'，什么叫'贪心不足蛇吞象'，坐在我对面大言不惭厚着脸皮说话的我的这个名叫胡逢秋的舅妈，就是活典型。我正要发作，转眼看到舅舅，刚才被舅妈那一顿骂，还没有醒过神来。可怜巴巴，把一颗脑袋低着，抬都不敢抬。我想，如果舅妈的愿望达不成，回到家里，必定要摔碗掼盆，找人出气。这个出气筒，不是别人，只有舅舅。想到这里，我的心里冷静下来。掂量再三，无非两个办法，第一个办法，婉言拒绝。上次舅妈姨父已经得利了，这次的新要求，应该只是个试探。反驳回去，相信他们也能够承受。第二个办法，同意他们的方案。也算皆大欢喜。平衡下来，我觉得第二个方案，更好一些。就在我开口准备表态的时候，头脑里突然电光一闪，我嘴里说出来的话，跟我心里原来想的话，根本不一样，不由自己做主了。我说：'我妈户口回迁上海，上周六中午接到短信通知，审批通过了。昨天上午，我爸妈乘高铁回去，到那边辖区派出所开了迁移证。下午去这边东昌派出所办理落户手续，已经办好了。疆安的出生证，上周六也拿到了。本来，我打算这两天，就把我和我妈的户口，从这儿迁走，移到我现在住的房子里，另立一个户头，再办理疆安落户手续的。既然舅妈开了口，舅舅、姨妈、姨父也在场，就按照你们说的办。我这两天，抽空把疆安在这边办理落户，把闻芳的户口也迁过来。'我接着说：'时间不早了，我下午有点忙，等一会儿要回办公室。我再从头到尾梳理一下：第一，舅妈要我把闻芳户口迁到这边来，疆安的户口也先落到这边。我的答复是，可以，这两天有空，就办。第二，舅妈说，按照姨父的方案，闻芳和疆安两个户口的拆迁补偿，二一添作五，你们拿一半，剩下的一半，归我们。我的答复是，舅妈和姨父的好意，我心领了。这两个户口的拆迁补偿，跟我和我妈两个户口的拆迁补偿一样，我们都不要，也全给你们。第三，舅妈让我们等三个月，过了三个月，哪怕我们一时三刻要迁户口，招呼也不用打，直接迁走罢了。我的答复是，我决定再多等三个月，总共等六个月。不过，我也是明人不说暗话，到了六个月，我一分一秒也不会耽搁，而且也不会打招呼，我妈、我本人、闻芳、疆安，四个人的户口，就直接迁到住房那边去，重新立户头了。'听我这么一说，姨父可能又喝了一些温黄酒，把持不住，泪水淌下来了。嘴里说：'无虑，你今天没有喝酒，想必头脑是清醒的。这一笔账，也不知道仔细算过没有，这可不是几十、几百、几千、几万块钱的事情。折算起来，往少里算，一个户口二十万拆迁补偿款，闻芳和疆安两个人相加，就是四十万。再加上你和你妈，四个人，就是八十万。如果往多里算，一个户口五十万，四个人加在一起，就是二百万。二百万哪！俗话说，饭可以乱吃，话不可乱讲。你允诺的这些话，不要轻易说出口。譬如给我们舔一颗甜豆子，再重新收回去，我们的嘴巴里，回过来的味道，就不是甜，而是苦了。我的想法，你要不要慎重一点，回家跟你爸妈，还有闻芳，商量一下，再正式表态？'舅妈听了，瞪了姨父一眼，连忙制止说：'余悦骏，我看你跟邵亚力一样，也是骚尿子喝多了，在这里胡呲乱嚼，放冷枪，打横炮。无虑是什么人？你还当他是孩子啊？他早长成大人了！头顶上走得住马，心胸里行得下船。我原来一直以为，在他家里，是他爸爸何寿天，或者他妈妈邵亚芳，当家做主。经过上一次他跟他爸爸何寿天来找我们，大家三抵六面坐着，说了一番拆迁补偿的事情，我才明白，在他们家里，真正一言九鼎的，不是别人，也没有别人，只有一个人，这个人不是别人，正是无虑！'我听到这里，看看时间不早了，就借着去卫生间，把账结了。随后回来，说下午还有两个连着开的会议，让他们不要着急，慢慢吃，我告辞先走了。"

听到这里，见邵亚芳先忍不住咬牙鄙视，又忍不住摇头笑了起来。

邵亚芳说：

"我长这么大，也算长了见识了。所谓'麻雀衔秕糠，一场空欢喜'，一个拆迁补偿的春秋美梦，越做越大，越做越真，越做越像，越做越……"

说到这里，何寿天赶紧打个手势，截断了她的话头。

何无虑说：

"我事后回想，今天做的这个决定，并不后悔，也是对的。你们静心想一想，舅舅舅妈，姨妈姨父，这两个家庭的现状，要想改变，如果不出现意外奇迹，恐怕也是难上加难。碰上拆迁补偿，这个机会，对他们来说，今生今世，恐怕也难得有这么一回。借用我们的户口，多拿一点拆迁补偿，这种想法，虽然过于自私自利，换一个角度看，也能够理解。这样一来，舅舅舅妈、姨父姨妈两家，经济状况得到了彻底改观，人的心情自然也不同了。像舅舅，一辈子受舅妈的欺负，也许可以就此告一段落，过一个舒舒服服的晚年了。既然如此，我们反正是做好人，为什么就不能索性把好人做到底呢？"

邵亚芳说：

"无虑的话，往细里想想，也是对的。古人说过，'送佛送半程，佛不会谢，反而会怪'，必须'送佛上西天'。所谓人生在世，'坏话说尽，好事做绝'，才是最正经的道理。"

闻芳说：

"我另有个担心。如果疆安的户口，先落在那边，过六个月再一道迁过来，会不会影响将来幼儿园报名？这几年都碰上生育高峰，上海的入园、入学，规定越收越紧，也越来越细。入园入学，最优先的，是人户一致。如果生源太多太拥挤，即使人户一致，就得看落户时间的先后。到了疆安这一茬，万一入幼儿园的人数太多，比别人晚了六个月，会不会产生不利的影响，纳入统筹里去，岂不糟糕了？"

何无虑说：

"应该不会。我从网上查对过了。原来我们这一片区域，总共有泾南、银囡、海螺三个幼儿园。大前年新建造了我们小区后门的这个浦东幼儿园第三分部，去年正式启用。多了一个幼儿园，生源分流了，后门的浦东幼儿园第三分部，去年招了两个小班，今年两个小班升为中班，新招了三个小班。从去年起，还是这片区域，又新建了两个幼儿园，一个在雨山路桃林路交界处，已经完工，名字都取好了，叫桃雨幼儿园。一个在灵山路巨野路交界处，也已经完工，名字也取好了，叫灵野幼儿园。这两个幼儿园，后年将投入招生。还是同样大小的一片区域，原来只有三个幼儿园，现在翻了一倍，有六个幼儿园，哪怕是生育高峰，也不可能过于拥挤。闻芳担心的情况，应该是不会出现的。"

七十

何无虑隔天下班回家，说：

"闻芳的户口迁到舅舅那边去了。疆安的落户，也办好了。"

又说：

"舅妈这个人，真是一言难尽。昨天晚上，我刚进房间，就接到电话。号码是舅舅手机，估计是舅妈。一接，果然是。提醒我说，闻芳迁户口和疆安落户口，舅舅今天上午会第一时间到东昌派出所坐等签字同意。我告诉她，已经咨询过了，闻芳属于市内迁户口，只需带着结婚证和身份证，就可以落户，不需要户主到场签字同意。疆安是刚出生的婴儿，当然更不用了。我说：'舅妈，我一个人去就行了，舅舅就不用去了。'舅妈'嗯'了一声,又问我大概什么时候到那里。我说:'早一点晚一点,上午肯定是会去的。'其实舅妈只要换个角度想一想:只要把手续办了,就行了,有什么必要那么着急呢?没有想到,今天早上,我找了个借口,从单位出来,赶到东昌派出所,舅舅舅妈已经等在那里了。舅舅还悄悄告诉我,他们七点五十不到,就赶过来,坐在大厅里,等了一个多小时。这段时间里,舅妈不断跟在别人后面,替我取号。不知道作废了多少个号码了。门口保安看不下去,两次提醒,一次批评,舅妈装作没有听见,照样我行我素。刚才看见我从车里出来,赶紧又取了一个新号。等了不到十分钟,先前取的一个号码,叫到了。到了窗口前,我和闻芳的结婚证、两个人的身份证、闻芳家里的户口簿、疆安的出生证和舅舅这边的户口簿、公房承租证,一应齐全。不到一刻钟,中间没有打过一个停顿,全部妥当。等我办好了,舅妈这才解释说:'无虑,昨天晚上,你跟我说过,你舅舅今天早上不用来这里了。我和你舅舅为什么今天一大早赶在这里呢?这么做,并不是不相信你。主要是昨晚刚得到消息,一个很可靠的朋友告诉我们,拆迁有了新进展,正式上墙张榜公布,笃定就在今明两天。各家各户签订补偿协议,也是分分钟的事情。我们赶过来,主要是拿一下这边的户口簿和公房承租证,把一切工作先做好。古人说过,不打无准备之仗。万事齐备,只欠东风。一旦张榜公布消息,我们连眉头也不会皱一下,就立刻签订补偿协议,免得节外生枝,夜长梦多。'舅妈又说:'这边的户口簿、公房承租证,先放在我们这里,你有需要的话,提前打个电话,随时可取,不要紧的。'我听了舅妈的话,就把舅舅那边的户口簿和公房承租证,交给舅妈,回家了。"

疆安满月后的第二天,何寿天和邵亚芳每天早晨带她下楼透气,晒新鲜太阳。不知不觉间,三个月过去了,改去豆香园,抱着她散步。过了两个月,改为坐在推车里,顺着步道转圈。

这一天转圈完毕,疆安刚刚睡着,手机响了。是弟弟寿地打来的。

何寿地说:

"没有什么重要事情,好长时间没有通电话了,自从来党校后,忙得头昏脑涨，手脚停不下来，这会儿正好有空，就打了这个电话。你那边说话方便吗？"

何寿天说：

"我和邵亚芳带着疆安，在一个叫'豆香园'的小公园里。你有什么事情，尽管说吧。"

何寿地说：

"也不算什么事情。简单一句话，就是，来党校以后，总觉得跟以前预想的情况，不太一样。"

听到这里，似乎手机那头有动静，原来是有人来找。何寿地把电话挂了。

这天全家坐着吃晚饭，儿子无虑要说两件事情。

何无虑说：

"第一件事情，闻芳产假到期，明天正式上班了。第二件事情，是迁户口。上次舅妈、姨父，还有舅舅、姨妈，一起到单位办公楼下找我，让我把疆安户口先安在舅舅那边的户头上，闻芳的户口也先迁过去，放三个月，再迁到这边，重新立户。我不但同意了，还正式表了态，索性放到疆安六个月大。在六个月内，如果真有拆迁，我、妈、疆安、闻芳，四个户口所得的补偿，一分一厘也不要，由舅妈、姨父自行分配。不过，当时，我也把话摆在桌面上，明明白白地说了，到了疆安六个月大，我一天也不会等，招呼也不用打，就会把我们家四个人的户口，从舅舅那边迁走，到这边重新立户。也奇怪得很，舅妈姨父当初口口声声说已经有人签了协议的拆迁，这段时间，突然鸦雀无声，一点儿信息也没有了。难道拆迁的事情，延缓了？或者舅妈姨父的拆迁补偿协议，已经签订好了，还没有来得及给我们打招呼？"

听到这里，邵亚芳忍不住，嘴巴动了一动，看样子要说什么。想了一想，没有说出口，把嘴巴闭上，不说了。

何无虑又说：

"我当时虽然明说过，到了疆安六个月大的时候，一天也不会等，也不再打招呼，直接迁户口了。不过，话是这么说，做起来，还是留个分寸为好。我准备这一两天内，就给舅舅手机打个电话，舅舅接也罢，舅妈接更好，说一声。一来呢，这是礼节。二来呢，那边的户口簿，迁户口的时候要用的。打过招呼以后，迁户口立新户头的事情，在这几天之内，我抽空就办了。"

七十一

却见邵亚芳先进房间，又返回来，把手直招。何寿天进屋，邵亚芳关上门，手朝电视指了一指。

邵亚芳说：

"今天的《讨个说法》栏目，正在播一个有关拆迁补偿的纠纷，我刚才扫了一眼，其中的两个当事人，总觉得有些眼熟，静下心想了一想，原来说的就是我哥哥邵亚力隔壁楼幢发生的事情。"

两个人并肩坐在床头，调到回放功能，片头音乐声起，推出标题，赫然出现七个大字："都是拆迁惹的祸"。后面再加一个括号，括号里面，是"上集"两个字。音乐声渐退，主持人开场白后，第一个女当事人上场。是一个年纪五十上下的女的，瘦削身材，上下如一根长杆，腰部一圈，更加细瘦了下去。一步接一步走进屏幕，从后背看去，不免婀娜多姿，像是一个三四十岁的成熟妇女。转过脸来，虽然有了风霜，倒也细皮嫩肉。比预估的岁数，要年轻一些。随即自报家门，名字叫姚端丽，今年五十岁，上海人。接着是陈述向《讨个说法》栏目求助的原因。姚端丽说，大半年前，她跟现在的丈夫正式结婚，自己的户口，还有自己跟前夫所生的两女一男三个户口，总共四个户口，也一同迁进了丈夫承租的公房里。这半年过来，本来平静无事。没有想到，两个月前，丈夫的前妻，突然到处散发材料，指称她和丈夫的婚姻无效，还逼她把自己和三个孩子的户口，从这套房子里迁出去。听到这里，四位嘉宾中的一位，有点好奇，忍不住插问了，声称有一个疑点，看她的年龄，按照当时的规定，一对夫妻只能生一个孩子，她却有两女一男三个孩子，而且年龄都不大，到底是怎么回事呢？姚端丽回答说，她是浦东郊区乡下人，因为从小长得小巧一点，到了谈婚论嫁的年岁，不免挑三拣四。嫌这个高，嫌那个矮，或者这家太穷，那家不富。结果倒把自己给耽误了。到了三十岁出头，才嫁了一个并不很中意的男人。第一个孩子，是女的。按照政策，农村户口第一个是女孩的，可以生第二个。她生了第二个孩子，也是女的。不久以后，她跟丈夫感情不和，离婚了。两个女孩判归了男方。她单身一人，不久再婚，男方比她小三岁，是第一次结婚，按照政策，可以生一个孩子。于是跟这个丈夫，又生了一个，是个男孩。过了两三年，她前夫得病去世，两个女儿的爷爷奶奶，很多年前就去世了。家里没有长辈，也没有近亲属，只能把两个女儿接到了身边。又过了几年，现任丈夫也因病去世，剩下她一个人，带着三个尚未成年的孩子。直到七个月前，她跟现在的丈夫结婚，她和三个孩子的户口，一起迁到了丈夫承租的公房里面。释疑完毕，主持人请另一位当事人上场。也是一个女的。看年纪，至少比第一个当事人要大十岁。头发倒是精心打理过，只是一张面孔，肉松皮皱，眼睛下面，鼓着两只凸泡，显出十分老相。第二个当事人自我介绍，名字叫杨秋妹，还有三个月，就满五十五周岁了。杨秋妹说，第一个当事人姚端丽声称跟现在的丈夫结婚，是假的。自己跟丈夫才是真正的夫妻。她当初跟丈夫离婚，也是假的。说着，从口袋里掏出一张纸来，上面密密麻麻，写满了字。镜头推进，放大了看，这张纸的上方标题，是"假离婚三方协议书"。纸的下方，是三个签名。一个签名是姚端丽，一个签名是杨秋妹。剩下来的一个签名，是谢瑞容，不用说，就是这起纠纷中的那个丈夫。杨秋妹说，这件事情，说起来，不怪天，不怪地，只怪自己，为了一个钱字，迷了心窍，引狼入室，弄得自己人不像人，鬼不像鬼。一个完整的家，分崩离析。下面详说过程。八个月前，她听到本地即将拆迁，投资方是一个钱多得花不完的国际大财团，补偿费用的标准，也是高得前所未有的。为了抓住这个千载难逢的机会,杨秋妹拿了一个主意,是让丈夫跟自己假离婚,然后跟丈夫的表妹,就是坐在对面的第一个当事人姚端丽,正式结婚。这样,不但可以把丈夫表妹的户口迁进这套承租公房里,表妹的两女一男三个孩子,都一道迁进来。这样,平地里多添了四只户口。相比原来的拆迁补偿款,翻了整整三倍。杨秋妹对丈夫说,姚端丽的工作,交给她去做。新进四个户口所得的拆迁补偿款,二一添作五,双方有份,皆大欢喜。杨秋妹便跟姚端丽预约见面,把事情摊开。姚端丽听杨秋妹劝自己跟表哥谢瑞容结婚,不免扭捏起来,说自己这辈子,已经嫁过两个丈夫,现在跨过五十岁门槛了,属于残花败柳,看起来都不成个女人样子了,还要"花嚓嚓",再结一次婚,被别人知道了,忍不住要七嘴八舌,背地里指指戳戳,笑掉大牙的。杨秋妹劝她说,说是结婚,又不是真枪真刀,其实是假的。虚弄一个名义,主要目的,是把四个户口迁到承租的公房里,等个一时半刻,正式签订拆迁补偿协议的时候,多拿一点钱到手。再说,她跟表哥所谓的结婚,并不用办酒席,也不用公告街坊邻居。一切都悄无声息,两个人,带着双方户口簿和身份证,到婚姻登记部门办一个手续,就行了。除了办理拆迁补偿协议的时候,拿出来给拆迁组看一看,其他时间,神不知,鬼不觉,外人怎么会知道?又怎么去笑话?姚端丽同意下来了。第二天,杨秋妹便押着丈夫谢瑞容,先办了离婚。过一天,又陪着谢瑞容和姚端丽,再办了结婚。杨秋妹追叙完毕,突然一个转折,两眼瞪定桌子对面坐着的姚端丽,变了口气,谴责这个所谓的表妹,其实人前有模有样,人后下流肮脏。当初说好的一场离婚结婚假戏,被她演成了真的,竟然跟丈夫上了床,而且被自己抓了一个现行。第一个当事人姚端丽听不下去了,举手要求说话。姚端丽说,这件事情,事出有因,不怪自己。只因拆迁的事,等了一段时间,今天说有动静了,明天说有动静了,后天又说有动静,可是,真正的动静,还是没有。等的时间长了,心里有点放不下,想摸个底细。于是有一天,她便顺路到表哥表嫂家走了一趟。也是命中有此一劫,进了门,只有表哥谢瑞容一个人在家。说表嫂被一个消息灵通的熟人喊走,一道打探拆迁最新消息去了。等到中午，不见表嫂回来。表哥便留吃中饭。一来表哥相劝，二来走了这么远的路，身子有点累了，想解解乏，就抿了几口温热的老酒。正所谓"酒是穿肠毒药，色是砍头钢刀"，接下来的事情，就由不得自己做主了。详细情况，她不想说了，请主持人把谢瑞容叫上来，由他说吧。

七十二

点下暂停，去卫生间方便。洗手回屋，继续看下去。接着是中集，打出片头，还是赫然七个大字："都是拆迁惹的祸"。第三个当事人谢瑞容上场。是一位年纪六十出头的老头。谢瑞容感叹说，早知今日，何必当初。两个当事人，一个是他的表妹，也是他假结婚的假老婆。另一个是他假离婚的真老婆。说到这里，谢瑞容的话头被主持人截断了。请律师释法。镜头给了律师一个特写。律师说，刚才第三个当事人谢瑞容说的话，存在着严重的法律误区，有必要郑重其事澄清一下，在法律层面上，是不存在所谓"真假"结婚离婚的。所有当事人私下签订的有关真假离婚结婚的协议，都不受法律保护，都是无效的。镜头调整回来，第三位当事人谢瑞容提起了一段往事。原来，姚端丽的妈妈是自己的亲姑妈，自己的爸爸是姚端丽的亲舅舅。两家以前都住在浦东郊区乡下，门靠门。他和表妹姚端丽，青梅竹马，两小无猜。双方长辈曾按照当地风俗，两人正式订了婚。后来谢瑞容爸爸招工，搬到了东昌电影院附近居住，谢瑞容十九岁那年，招工进了浦东一家轴承厂，遇到了后来的妻子杨秋妹。谢瑞容分配在杨秋妹的机床，二人是师徒关系。有一次，师傅杨秋妹病了，请了好几天假。谢瑞容便抽空登门慰问。只有杨秋妹一人在家，病也好得差不多了，便留谢瑞容吃饭。杨秋妹还特地为谢瑞容烫了一壶绍兴老酒，两个人把一壶老酒喝光了。接下来发生的事情，有点儿说不清楚了。总之，师徒两个，喝得头昏脑热，迷迷糊糊，一起上了床。谢瑞容隐瞒不住，只得回家如实说了。被他爸爸拿一根吆驴的皮鞭，抽得皮开肉绽。又逼他到姑妈家，跪在姑父姑妈和表妹面前请罪。最后，姑妈叹了一口气，说，生米已经煮成了熟饭，又能怎么样呢？谢瑞容回忆往事完毕，回到当下，说，那天表妹姚端丽来打探拆迁消息，聊起了往事。当年若不是遇见杨秋妹那一场意外，他们两个人如果结为夫妻，这么多年下来，也不知道生活比现在好呢，还是不如现在呢。嘴上说着这些话，心里不免有些沧桑。表妹姚端丽走了很远的路，有些累了，在他劝说之下，顺嘴抿了几口老酒，没有想到，不胜酒力，倒在床上，睡了一觉。自己呢，大半壶热酒下肚，不由自主，也躺下了。至于两个人是不是有过出格的事情，自己记不清楚，也说不明白了。不过，凭着依稀记忆，应该是没有做过。谢瑞容说到这里，话头被截断了。第二位当事人杨秋妹跳了起来，横眉毛竖眼睛，指手画脚，谴责说，什么叫应该是没有做过。她进门回家的时候，发现这一对狗男女，头靠着头，肩并着肩，两只胳膊，两条腿，交叉在一起，正在睡梦里呢。还有一个铁证，她大怒之下，掀起了被子，看得清清楚楚，不要脸的姚端丽，短裤还是湿的，怎么可能什么都没有做！主持人听见这话，连忙制止，镜头随即拉开。主持人提醒说，各位当事人说话，一要注意语气，有什么话，就说什么话，不能侮辱他人。二要注意文明，这是电视节目，屏幕下面，千千万万个观众，有些事情，可以直说。有些事情，不能直说。到这里，主持人让三位当事人，简单明洁复述诉求。杨秋妹说，她的要求很简单，扫地出门，送客回家，姚端丽从此跟谢瑞容一刀两断，迁进来的四个户口，从哪里来，回哪里去，一分一厘的拆迁补偿便宜也别想。姚端丽说，这桩麻烦，不是自己惹起的，是谁起的头，就由谁来结尾。自己一场冤枉，差不多是猴子捞月，月亮没有捞到，跌得鼻青眼肿，不如破罐子破摔，谁也不怕谁了。因此，她的户口，三个孩子的户口，总共四个户口，是不可能迁出去的。而且，这四个户口按照"数人头"所得的拆迁补偿，再不要妄想什么二一添作五了，而是桥归桥，路归路。是谁的，就是谁的。一分一厘，她也不会分给别人的。谢瑞容说，自己肯定上辈子欠了杨秋妹的债，这辈子她来讨要了。所以，年轻的时候，不幸做了师傅和徒弟，拗断了他和表妹姚端丽原有的婚姻。到老的时候，又平白无故弄出了这么一场大闹。这笔孽债，今生今世，已经偿还得差不多，账目应该清零了。从此以后，她走她的阳关道，自己走自己的独木桥。这辈子剩下来的时间，他要跟表妹在一起，相依为命。杨秋妹听见这些话，急扯白脸，跳将起来，嚷道，你眼屎那么一丁点大的养老金，塞你一个人牙缝都不够，能养得活她一个大人三个孩子？谢瑞容回答说，自己养老金是少了一点，可是，只等拆迁补偿下来，这一笔巨款，不但够了，而且绰绰有余呢。说到这里，所有的话头，都被主持人截住了。镜头推出主持人特写。主持人说，各位观众，三位当事人反复提到的拆迁，到底是怎么回事呢？请看下集节目。

　　下集片头仍然是赫然七个大字："都是拆迁惹的祸"，片名的后面，这一次却打了一长串特大问号和一长串特大感叹号。主持人提纲挈领，回溯前两集节目的要点，最后转入正题，说："这一场纠纷，是因为拆迁补偿而起的。一位当事人声称要把另一位当事人的四个户口迁出去，从哪里来，回哪里去，一分一厘的拆迁补偿利益也别想沾。一位当事人则声称准备破罐子破摔，四个户口，一个也不会迁走，所得到的拆迁补偿，不再按照原先私下里商定好的二一添作五，在谁的名下，就是谁的。一位当事人则表示，虽然自己的每月养老金少得可怜，都不够塞自己的牙缝，不过，一旦拆迁补偿到手，口袋里的钞票，将会绰绰有余。他要带着这一笔巨款，离开前妻，下半辈子，陪伴表妹一家。看来，风波因拆迁而起，也因拆迁而无法平息。那么，每个当事人口口声声所说的拆迁，到底是怎么回事呢？本期节目，我们栏目的记者，将带着大家，一查到底，一窥究竟。"说到这里，主持人退去，屏幕画面淡出，镜头推出真实街景。一个美女记者，手拿着话筒，顺着一个楼道台阶，快步登上三楼，敲开一户家门。屋里站着的，正是第二个当事人杨秋妹。记者问："阿姨你好，请问，关于这个地方要拆迁的消息，你是听谁说的？什么时间听说的？"杨秋妹说："听谁说的？大概七八个月前吧，大家都在说。如果不信,这幢楼,或者附近任何一幢楼,你随便敲开哪家门,问一问,就明白了。"记者转身,敲开了对面这一家的门,出来一个年纪相仿的老阿姨。记者说:"阿姨你好,打搅了。我是电视台的,想问一下,这个地方要拆迁,你是听谁说的?什么时间听说的?"老阿姨回答说:"听谁说的?谁都在说,大街小巷都在说。时间应该在七八个月前吧。如果不信,你顺着楼道,往上走,或者往下走,随口问一问,哪一家都知道的。"记者顺着楼道,一家一家敲门,所有的答复,都是大同小异。记者出了这幢楼,转到楼前马路上,准备到对面楼幢去问。

看到这里,邵亚芳拿起遥控器,将电视画面定格住了。

邵亚芳说:

"注意了,你仔细看看马路边上的几家小店的招牌。我前天看节目,只觉得第二个当事人和第三个当事人有些眼熟,却怎么也想不起来是谁。今天晚上播放这一期下集的开头,我看了一会儿,见到这几个店招牌,才恍然大悟,这两个人,就住在邵亚力隔壁楼道的三楼,只因不是一个楼道,大家平时不打交道,偶尔会在楼下碰到,有些眼熟。"

何寿天仔细看了看定格的电视画面街景中的几家店招牌,最近的一家,是"光头羊肉汤"几个字。稍往远处,是一家"正宗兰州牛肉面"。再往远处,是一家"北方驴肉火烧"。再往下,招牌看不清楚了。

何寿天说:

"应该是你哥哥邵亚力住的那幢楼靠马路的一层店面。我记得有一次看见这几家招牌,还开玩笑说,三家店门靠着门,羊肉、牛肉、驴肉,齐全了。哪天专门来这里,每天吃一家,挨着吃个遍,也是口福。"

七十三

说了几句,继续看节目。记者往下改变了方式,每一幢楼,随机询问两到三家。这一次,不但问是从哪里听说拆迁消息的,还问知不知道投资方是谁。被询问的人，几乎不用打任何停顿，应声回答说，投资这块地皮的，是一家特别有名的国际大财团，简称"ABC 国际投资集团"，据说富得不能再富，钱多得不得了。因此，这次拆迁补偿标准，超过此前全上海市的任何一次拆迁。记者一路问下去，前前后后，走访了大约二三十幢楼，采访了近百家住户，所得到的回答，大同小异。至此，镜头将美女记者推出一个大特写，美女记者手持话筒，对着屏幕下的观众说：从刚才走访情况来看，这一大片地方的拆迁，应该是板上钉钉的事情了。不过，准确地说，刚才得到的所有拆迁信息，都是市民自己口述的，来自民间。现在，我们改变方式，看看官方渠道的说法。屏幕画面淡进淡出，美女记者出现在一个挂着"东昌路社区居民委员会"招牌的大门前，镜头随着记者，进到室内。接待者是一位年纪四十出头的女性，随即有字幕打出，注明"居委会李主任"字样。记者问："李主任你好，有关这儿拆迁的消息，你知道吗？"李主任说："辖区内，几乎家喻户晓，人人皆知。而且，近大半年以来，我们居委会的工作，绝大部分也涉及拆迁。"记者说："李主任，能详细说一说吗？"李主任说："有好多家庭，因为拆迁，要么是迁户口，要么是拆迁补偿分配，要么是选择'搬砖头'还是'数人头'，总之，这方面，那方面，闹起了别扭。有的矛盾，家庭内部自己消化掉了。自己解决不了的，请我们居委会出面调解。也有来不断打探拆迁消息的。这类询问电话，从周一到周五，上午下午，天天都有，连续不断。"记者问："关于拆迁的信息，有没有来自上面，譬如，街道、浦东新区相关部门，正式发布或者内部透露的信息？"李主任说："你这个问题，问得非常好。自从拆迁的消息传开以后，这七八个月以来，我的心里，疑问不断。因为，关于拆迁的信息，越传越广，越传越真。但是，都是居民们口头相传。也就是说，都来自民间。而官方渠道从来没有提到过这件事情。有好几次，我到街道开会的时候，特地打听过，不论问谁，都是一问三不知，真正有点奇怪。说没有拆迁这件事情吧，遍天下都知道了。说有拆迁这件事情吧，官方正规渠道，一点儿信息也没有。"到这里，屏幕画面再度淡进淡出，镜头推出，美女记者出现在一个挂着"街道办事处"的招牌跟前。记者进入办公室内，里面的人回答说："我们是专门职能部门，可以负责任地说，到目前为止，关于东昌路段区域内的拆迁，我们没有收到过任何官方渠道的消息。换句话说，这个地方所谓的'拆迁'，纯属误传，并不存在。"镜头切换，美女记者登上电视台采访车，一路驱行，到新区政府大楼前停住。镜头随着记者，走进一间办公室内。门牌上标有"副主任办公室"字样。一位四十出头的男子，起身接待。屏幕上随即打出字幕："区建委分管拆迁和城建工作的副主任"。中年人回答说："作为分管领导，我这里没有任何有关东昌路段区域内即将拆迁的消息，请广大市民，不信谣，不传谣。"镜头跟着记者，走进一个挂着"市场监督局副局长办公室"门牌的屋内，一个四十出头的女子站起身，说："我是分管投资工作的副局长。关于东昌路区域将由'ABC 国际投资集团'投资拆迁一事，一段时间以来，社会上风传已久，我们这儿，来人、来电不断。经反复核查，现在，借着电视台采访的机会，我可以负责任地说，这个世界上，没有任何一个国家和地区，有这个所谓的'ABC 国际投资集团'。由此，可以推断，关于东昌路段区域的拆迁，并不存在，希望广大市民，不信谣，不传谣。所有相关信息，一切以政府部门公告为准。"至此，镜头推出美女记者站在新区办公大楼前空地上的画面，美女记者对着屏幕外观众说："各位观众，所谓'真理愈辩愈明，事情越查越清'，关于东昌路区域的拆迁，时至今日，应该有一个结论了，那就是，子虚乌有，并不存在。好了，现在我们把镜头交给主持人，回到现场吧。"画面淡进淡出，回归调解场合。三位当事人，神色骤变，互相对望了一眼。随即当众表态，无非是悔不当初。主持人总结说，所谓"锣鼓听声，说话听音"，从三位当事人刚才最后的告白中，我们已经看到了这场纠纷的最终结尾。说来说去，其实是七个字，就是本期节目的标题："都是拆迁惹的祸"。主持人面容后退，逐渐淡去，画面再度重现赫然七个大字，随后是特大问号，特大感叹号。跳出下期预告。本期节目，到此结束了。

关了电视，不免议论了几句。

何寿天说：

"你嫂子和妹夫看了今天这档节目，头脑应该醒过来了，也不会再纠结你这边户口的事了。"

七十四

何无虑傍晚下班回家说：

"今天中午刚到吃饭时间，手机响了，是舅舅的号码。接通以后，是舅妈的声音，说就在办公楼下呢。赶紧下楼，看见舅妈、姨父，还有舅舅、姨妈，都站着等。我打了一个激灵，担心舅妈、姨父又来搞什么事情了。没有想到，舅妈整个儿换了个人似的，言谈举止，有点不敢认了。见了面，就递过来两样东西，一样是舅舅那边的户口簿，一样是舅舅的公房租赁证，让我把我、妈、疆安和闻芳四个人的户口，迁出来，重新立户。舅妈还告诉我说，关于拆迁的事情，电视台已经正式辟谣，是假的，根本不存在。所谓的投资方'ABC国际投资集团'，政府部门已经核查过了，全世界，没有一个国家和地区，有这个名称的财团，属于人们以讹传讹，不能当真的。既然如此，迁进承租房里的户口再多，也没有用。万一疆安将来报幼儿园，户籍与住房不一致，或者迁入时间迟，被耽误了，自己岂不是成了罪人了？舅妈说这番话的口气、声腔，是我认识她以来，最通情达理、最和颜悦色的一次。我接过户口簿，告诉舅妈说，户口在本市范围内迁移比较简单，有户口簿就行了，不用公房承租证的，让她把租赁证收回去了。因为正好是午饭时间，我就留舅舅、舅妈、姨妈、姨父吃中饭。舅妈不肯。我就说：'疆安今天正好是六个月，按照我爸老家风俗，孩子出生以后，除了满月办酒，满六个月，也有办酒。今天就算是请亲戚吃六月酒吧。'舅妈说：'你爸老家有这个风俗，我们吃六月酒，心里是高兴的。只可惜我们手里都是空的，什么东西也没有。口袋也是瘪的，掏不出多少钞票来。不带礼物，光吃酒，情理上有点过不去的。'我说：'亲戚之间，要什么礼物？舅舅、舅妈、姨妈、姨父，坐下来吃这个酒，就是礼了。'听我这么一说，舅妈不推辞了。还是上次那家酒店，同样要了一个中等包厢。上次点过的几个觉得好吃的菜，像鲍鱼、三文鱼刺身、鱼翅羹、龙虾三吃等，这次也点了。有一些上次觉得味道一般的大路菜，这次没有点，改点了菜谱里有，上次没有点的菜。一顿饭吃下来，比上次略贵一些，也贵不到哪里去。大家坐下来，菜陆续上来，开吃的时候，舅妈真正变了，一边吃，一边说。说出来的话，妈要是坐在旁边，肯定听不懂了。"

听到这里，见邵亚芳满脸好奇，一副想听下去的样子。无虑接着往下说道：

"舅妈说：'无虑啊，我小时候做孩子的时候，听老人说过一些话，比如，命里有的，怎么推怎么让，是你的，最后还是你的。命里没有的，哪怕绞尽脑汁，煞费心机，不是你的，最后照样不是你的。小时候不相信，长大了也不相信，认为人们嘴上说说，实际没有灵验的。我长到这么一大把年纪，这次遇到拆迁的事情，终于相信了。当初一场美梦，做得有头有尾，有滋有味。结果呢，看了电视台的《讨个说法》栏目，才知道是一场黄粱美梦。梦醒了，梦里一切的一切，都没有了，全成空了。老人还讲过一句话，好人有好报，正人有正福。这次户口的事情，无虑你就做得非常好。回头想想，真正是一身正气。换一个人，是不可能这么宽宏大量的。舅妈今天当着你舅舅、你姨父、你姨妈的面，说一句心里话，以前，你表妹邵瑶瑶书读不出来，找不到好工作，总以为是你舅舅的不争气的遗传。可是，我把心静下来想了一想，你妈妈邵亚芳，跟你舅舅邵亚力，都是你外公外婆生的，你舅舅生了你表妹邵瑶瑶，你妈妈生了你，按说是一样的血脉遗传，怎么差别就这么大呢？想来想去，就不能不想到，邵瑶瑶从小生长在我们这个家庭里，我对你舅舅总是呼么喝六，有事骂三天，无事三天骂，负面的东西多，正面的东西少。而你呢，就不一样了。虽然我跟你们家不是同一口锅里吃饭，同一座房子里睡觉，但是，从一些蛛丝马迹可以看得出来，你从小到大，必定是正面的东西多，负面的东西少。自从你一口承诺，你和你妈两个户口所得到的拆迁补偿，一分一厘不要，全部给我和你舅舅、你姨妈和你姨父，我对你的这种想法，就正式形成了。还有，疆安满月那天，我们跟你协商，能不能把疆安的户口先安在我们这边，再把闻芳的户口也迁过来。所得到的拆迁补偿，可以一切二，对半分。结果怎样呢，我们声音刚落地，你二话不说，完全照办，而且还表了一个态，说疆安和闻芳两个户口所得的拆迁补偿，同样一分一厘不要，交给我们。这种事情，如果出去告诉别人，没有一个人肯相信的。这段时间，我一直拿你当例子，教育你表妹邵瑶瑶。我说，看看你表哥，再看看你自己。所谓人学人样，鬼学鬼样。今后走到社会上，你也不要学习这个，模仿那个。心里放着你表哥，以他为榜样，遇人遇事，想想他会怎么做，你就怎么做；他会怎么说话，你就怎么说话。只要这么做，你必定脱胎换骨，重新做人，再也不会干一行，败一行；换一个老板，被一个老板开掉了。'往下，舅妈的话，用的全是称赞褒扬的词汇，也不知道她是从哪里弄来那么多歌功颂德的字眼，听得我身上的汗毛，一根一根都竖起来，忍不住要打寒噤了。正好下午有两个会议，我有些材料还没有弄好，我结了账单，让舅妈姨父，还有舅舅姨妈慢慢吃，提前走了。"

又说：

"明天上班，我把舅舅那边的户口簿和这边的房产证带在身边，哪会儿有空，去一趟这边的辖区派出所，把迁户口立新户的事情，顺便办了吧。"

七十五

第二天晚上下班，儿子无虑带回了这边新立户的户口簿，邵亚芳接在手上，翻开看了看，递给何寿天。何寿天逐页翻看了一遍，新户口簿上的户主，是儿子无虑。下一页，是闻芳，"与户主关系"栏目内，注明

"妻"字样。再下一页，是疆安，"与户主关系"栏目内，注明"女"字样。再下一页，是邵亚芳，"与户主关系"栏目内，注明"母"字样。

邵亚芳说：

"上海对水、电、气实行阶梯收费，是以家庭为单位，一到四个正式户口的，算一个阶梯。五个正式户口以上的，占两个阶梯。第一个阶梯跟第二个阶梯的收费价格悬殊。你爸已经办了退休手续，按照规定，回城知青家属户口，也可以搭顺风车，迁回上海。我的想法，把你爸户口也办回来，全家总共五个正式上海户口，小不可细算，日积月累，可以节约一大笔钞票呢。"

就按邵亚芳说的，何寿天先去东昌派出所咨询，再交了一应材料。原来回城知青家属的户口回迁，手续更加便捷，很快就拿到了准迁证。

找到一个空当，何寿天去了一趟杭州，把户口迁回了上海。

接下来的日子，何寿天和邵亚芳每天带疆安去豆香园转悠，眼睛里看着四季轮转，无非夏尽秋来，秋去冬进，冬消春长，春走夏回。仿佛在眨眼的工夫，时间如流水般淌去，拽不住，拉不回。却见疆安一天比一天大了。

这天刚到豆香园，手机响了，是父亲的号码。

父亲说：

"我这边没有什么事情。你杨阿姨对我照顾得很好。我的心情，也很好。日子过得很舒畅，只是觉得有点快，像流水一样。眼睛一眨，又是一天。眼睛一眨，又是一个月。眼睛眨了几眨，换季节了。不过，日子过得再快，只要过得好，过得舒畅，也是好的。你小弟弟寿人还是跟以前一样，每个周五晚上，全家到我们这边来住。周日吃过晚饭，再赶回三界。粮站里的事情，十分有限。忙的时候，特别忙。闲的时候，特别闲。寿地到党校以后，倒是忙得团团转。我今天打电话给你，是有点担心寿地。前几天，他到青铜镇上来检查党校在职函授学员的情况，顺便到家里绕了一圈，板凳没有坐热，又走了。你和寿地一母所生，性格脾气，各不相同。你是遗传你妈。寿地更像我。而且，不是像我的优点，而是像我的缺点。在我的眼睛里，寿地就是一个书生，如果搞学问，或者到大学里当教授，如鱼得水。一不小心，走上了政界。其实他是不适应的。原来在组织部，就那么几个人，上头还有部长，轻松有余。到了党校，'麻雀虽小，五脏俱全'，作为独立单位的一把手，大事小事，全由他一个人拍板。有点吃力了。也不知道你们兄弟俩之间，最近联系多不多。要是联系多，说话的时候，你就多开导开导他，点一点关键之处。日久天长，他也许会开窍的。"

何寿天说：

"爸的意思，我明白了。我会注意跟寿地保持联系的，爸放心好了。"

挂了电话，转拨弟弟寿地的号码。听何寿地迟疑了片刻，说有两件事，压在心里很久了，一直想说，没有说出来。

先说第一件事情：

"接替我组织部副部长的人，叫韩其俊。记得我说过一次，这个韩其俊，以前借着一个机会，主动提起我去党校的传言，差不多是苦口婆心地劝了我一番。这件事，当时觉得很正常。可是，继任我职务的竟然是他，回想起来，有点变味，不正常了。倒显得我去党校，是特地为他腾位置似的。这还罢了，韩其俊到任以后，外界还真起了传言，说市委新一把手非常欣赏韩其俊的能力和魄力，让我腾出位置，放他上去，只是个过渡，将来他还要承担更重要的工作。我的内心揣测，加上外界传言，叠压在一起，说不憋闷，就是自欺欺人了。"

停顿一下说：

"我也想过你上次的劝告，提醒自己说，离开的岗位，总要有人填上。韩其俊接替，或许是碰巧，是我自己定力不够，想多了。还有外界的传言，极有可能是无风起浪，无事生非，不用理睬的。这也是我憋了这么久，没有跟你说的原因。"

再说第二件事：

"党校有个副校长，叫吉布成，位置紧靠在我后面。你对这个名字，肯定很陌生。不过，他父亲吉尔楼，你应该有所了解。这不是一个等闲人物，当年是全市五大民企富豪之一。这么多年过来，另四个人倒了。第一个是发达后抛弃糟糠之妻，他的事业原本靠一班舅老爷支撑，自然随着婚姻而轰然坍塌；第二个是染了赌瘾，家产输光；第三个是太贪太急，扩张过度，散架子了；第四个是搞家族制，内耗严重，败了产业。只有这个吉尔楼，头脑清醒，经营有方，企业机制先进，不断做大做强，成了全市最大的'龙头'。不但缓解了全市的就业难题，他自己也一花独放，成了亿万富翁。吉尔楼的作为，当地人有目共睹，政界也是认可的。他最初当了一届政协委员，随后是人大常委，再后来，当选为市政协副主席。去年因年龄到杠退了，因他为人豪爽，公道正派，无论是政界还是民间，影响力是相当大的。"

话题转到吉布成身上，说：

"吉布成跟我同样学历，比我年轻五岁，资历也比我老，还在偏僻乡镇工作过好几年，积攒有下基层锻炼的资本。哪怕不考虑他父亲吉尔楼的背景，按照惯例，这次市委党校调整班子，也应该由吉布成升一个台阶，担任常务副校长。结果，倒是我坐了这个位置。想到这一点，我心里总觉得不踏实。我正式到任时，吉布成正好外出学习几个月，昨天回来了，我准备放低姿势，主动去招呼他。办公室没见到人，却在厕所里碰上了。吉布成站在小便池前，另一个人，也是党校的，站在他身边，嘴里喊喊喳喳。那人扭头见到我，吓了一跳，红着脸快步走了。当时的情景，不由得不让人猜想，刚才是在议论我。我犹豫了片刻，觉得如果抽身离开，被人看到，传了出去，认为我心里有鬼，害怕吉布成，将来无法工作了。于是，索性走到小便池上，站在吉布成身边，放了一泡。意外的是，那吉布成不知道是故意的，还是真没有看见，眼睛转也不转，不等我开口，把最后几滴尿抖了抖，径直去了。这就是压在我心里的第二件事。"

何寿天听了，劝道：

"寿地，第一件事，你后来的想法是对的。我还是要说上次说过的话，进入政界，一定要把个人升迁看得淡一些，才能免去不必要的烦恼。第二件事，你觉得心里堵，尽管可能是你想多了，但是，吉布成的情况，确实特殊。加上他父亲吉尔楼，不可掉以轻心。我的想法，你不妨找机会跟吉尔楼单独相处，说几句话，对他表示出十分尊重。这是个响当当的人物，应该通情达理，知道你去市委党校，是组织行为，与你个人无关。双方交谈当中，你对他敞开胸怀，他也会对你透露真实想法。有一个最简单的道理：直面一切，胸怀坦荡，是治愈困境的最好良药。"

七十六

一周过后，何寿地来电话了，说：

"上午参加经济发展研讨会，我提前出来，身后有人，转头一看，是吉尔楼。吉尔楼主动招呼说：'何校长，我想请你一道去高邮湖大堤那边看看风景，顺便吃个便饭，我还有几句话，想跟你说。'我听了，正是求之不得。我俩看了湖滩风景，上了一只渔船，弄了两个家常菜，各人大半碗米饭，边吃边说话。吉尔楼开口直奔主题，说起儿子吉布成。吉尔楼说，他最初想让儿子接手企业，结果发现，儿子不懂经营倒罢了，主要是连半点兴趣都没有。后来吉布成考取了公务员，吉尔楼觉得，政界发展也是一条路。却又发现，儿子根本不是政界的料。倒不是儿子不会做事，而是管不住那张嘴，喜欢乱开玩笑。还信口开河，想到什么说什么，想到哪儿说哪儿，一点也不过脑子。从来不明白，在这个世界上，有些话能说，有些话不能说。更不知道，有些玩笑可以开，有些玩笑不可以开。更要命的是，吉布成的嘴巴一旦张开，玩笑话往往被人听成了真话，真话往往被人听成了玩笑话。不免以讹传讹，酿成不必要的麻烦。"

打个停顿，继续说：

"这是我第一次听一个父亲，这样说自己儿子。听到这里，我插话说:'吉主席,您儿子吉布成下在乡镇期间,一步一个脚印,从普通公务员,做到镇党委副书记。怎么可能不是政界的料呢?'吉尔楼笑道:'那是全市最偏僻的乡镇,人家不肯久留,干部轮换得快,排排队,吃果果,如此罢了。'吉尔楼还说,儿子吉布成后来进了市委党校,他心里有了一丝安慰。儿子排名中间靠后,至少不会闹出大纰漏来。这一两年,排在儿子前面的几位副校长,退的退,走的走。前不久,要调整主持工作的常务副校长,他的心一下子又悬吊在嗓眼上了。直到我的任命下达,这才松了一口气。说到这里,吉尔楼告诉我,我去市委党校,是组织行为,与个人无关。而且,他不但不会介意,还要感谢我帮他排忧解难呢。我俩最后分手时,吉尔楼还丢下了一句话,如果有需要,是公是私,直接向他开口,他都会伸出援手的。"

何寿天劝了几句,挂了电话,不过片刻,手机又响了,是闻芳的号码。

闻芳说:

"爸,你和妈在豆香园,还是在家里?"

不等这边回答,听闻芳又说:

"爸,我爸出事了。刚才我妈打电话来,是哭着说的,而且嘴直打哆嗦,说了半天,才说清楚。我妈说,我爸下午换好衣服,准备下楼买点菜。本来人好好的,看不出任何不正常的地方。走到门跟前,伸手开门的时候,我妈看见我爸,人突然晃了一下,身子有些站不稳。我妈上前扶了一把,没有扶住。我爸接着又晃了一下,人慢慢地倒在了地上。我妈哪里见过这种情况,一开始没有当回事,以为我爸累了,拉他起来,却怎么也拉不起来。接着大声喊他,我爸没有应答,脸色有点变了。我妈这才有点慌了,一时手足无措,可能她脑子突然僵掉,思维断路了,竟然没有想到应该给我打电话,只是按照她小时候老人教给的办法,拼命掐我爸的人中。掐了半天,劲差不多用完,累得手腕都抬不起来了,我爸还不见好转。这才想到拿手机给我打电话。刚才我第一时间打了120,让我妈在家等着,救护车一到,立即陪着上车,跟来人说清楚,直接送到最近的公利医院。我现在打了出租，正往那边赶。到医院后，有什么情况，再通电话吧。"

挂了电话，正要转告邵亚芳，邵亚芳先开口说话了：

"刚才你电话开了免提，闻芳说的话，我都听见了。无虑又正好出差不在家，你赶紧过去吧。"

何寿天把疆安递在邵亚芳手里，叮嘱几句，招了一辆出租，赶往公利医院跟闻芳、方慧群会合。病人正在抢救，初步诊断已经出来：脑梗，属于重症类型。

值班医生说：

"主要是被耽搁了。遇到这种情况，什么也不要做，第一时间，是打120。第一阶段的黄金时间，你们没有抓住。好在第二阶段黄金时间的尾巴，抓住了。"

再说到预后情况：

"脑梗这种病，从理论上讲，是不可能彻底痊愈的。二次中风、三次中风的可能，随时存在。一次比一次严重，一次比一次难恢复。"

听医生说完，随即静下心，安排各种事项。联系落实了床位，请了一个24小时看护。无虑出差这几天，闻芳请事假在家带疆安，邵亚芳负责家务。方慧群上午八点至傍晚五点，留守医院，其他时间回自己家休息。闻业荣每天的饭菜，从家里做好，送到医院。

闻业荣在医院住了将近一个月，病情慢慢好转。到了满一个月的这个周六上午，按照医嘱，闻业荣出院回家，自行锻炼康复。

何寿天当天午睡起床，洗漱好，回到客厅，看见闻芳在接手机，是她妈妈方慧群打来的。闻芳听了几句，把眉头皱了一皱，让她妈从头再重说一遍。随后，把手机放在客厅茶几上，摁下了免提键。

方慧群说：

"今天吃过中饭，歇了一会儿，我和你爸正打算出去，衣服刚换好，听见有人敲门，原来是罗争秀和罗争光，就是你爸那两个八竿子也打不着的亲戚，你爷爷当年续娶的老婆拖油瓶带来的女儿和儿子。

也不等我说一个请字,两个人自说自话进了屋,各自找了一张椅子,把屁股搁在上面,就开始找我的碴了。责问我,你爸生病住院,为什么不告诉他们?到底是打什么算盘?我被他们一口气呛住,噎在那里,半天说不出话来。好一会儿缓过劲来,我反问他们:'假如我说闻业荣住院了,你们会到医院来看他吗?'我那个冒牌姑子竟然觍着脸说:'我们是谁?是亲戚!我是他姐姐,他是他弟弟。'当时,我一个人,他们两个人,我一张嘴,他们两张嘴,我怎么说得过他们?还有你爸,也很奇怪,那两个人对我兴师问罪,他像个看热闹旁观的人,根本不帮我。到了后来,竟然站在那两个人一边去了。罗争秀说一句,他点一下头。罗争光说一句,他也点一下头。我说一句,他就摇一下头。好像我亏待了他似的。"

接着说:

"这两个歪门邪道的亲戚,作践我倒罢了。到了后来,还把矛头瞄准了你,说:'闻芳呢?我怎么看不见她?就是半路上捡了一只猫崽子,一口汤,一口水,养大了,也知道朝捡它的人喵呜一声,用人话来说,就是谢谢的意思。难道她连个猫崽子都不如?'"

安慰几句,把电话挂了。

邵亚芳说:

"闻芳,万一你哪天过去,遇上这两只瘟神,翻起脸来的时候,你爸闻业荣是个风筝,认不准方向。你妈呢,是一个锯了嘴的葫芦,肚子里有话,说不出来。你打电话给我,我叫一辆车赶过去,来去也不过眨眼之间。我到了以后,倒要当面锣,对面鼓,把底牌翻一翻,他们到底是属于哪一门的亲戚,到底是同姓内亲呢,还是妻舅外亲呢,还是互认的干亲呢,看他们怎么有脸回答。"

无虑说:

"妈过去帮着吵架,也不是个办法。这种人,不予理睬就行了。"

七十七

听到这里,手机响了,是弟弟何寿地打来的。进房间关上门,寿地问有没有空。告知有空,让有话直说。

何寿地说:

"一个月前,我参加全省党校工作会议,听到一句话,说党校的级别要升格。当时,我以为是党校系统的人自说自话,自作多情,没有当回事。散会回来,遇到接替我担任组织部副部长的韩其俊,竟然也提起这个话头。韩其俊还说:'何校长,你真正是命大福大造化大!想想看,你从组织部调到党校,屁股下的椅子还没有坐热呢,遇上升格,所谓水涨船高,即将提到副市级了。岂不是正应了那句话,叫作:运气来了,谁也挡不住。'我以为韩其俊是打趣,同样没有当回事。这件事却是真的,半个月前来了正式文件,让各级党校先把软硬件夯实。大致分几步走,先摸底,再定出首批试点,然后是第二批试点,最后是全面推开。前一段时间,我忙得焦头烂额,全部身心都投在软硬件上去了。不管软的硬的,都牵涉一个钱字。幸亏我想起上次吉尔楼在高邮湖船上说的话,向他求助。这个人果然说话算话。一应要求,全部兑现了。"

转回话题说:

"这一两天,省委党校一班人全体出动,分片下来摸底。负责我们这个片的,是省委党校主持工作的常务副校长黄家海。这个人,不但在党校系统,包括政界,素有口碑。今天早晨轻车简从,来了我们市。来之前,电话通知两个'不':不惊动市委领导,包括挂名兼任校长的市委副书记;不接受公务宴请。上午由我率领班子,做了一个粗线条的汇报。汇报完毕,天近中午,黄家海要赶往下一个市。我当时多了一个心眼,觉得,不吃饭可以,我陪送到地界,也是一种尊重。黄家海倒没有拒绝。我坐在他的车上,驶离市区的时候,他突然问,我这个带'寿'

字排行的何姓，在本地是不是一个大族？我回答说，当地何姓很多，我这个何，却是一根单枝，听老辈说，是明代从苏州阊门迁移过来的。他听了，打了个顿，突然提到你的名字，问，有个何寿天，北大毕业，后来去了外省，你是否认识？我回答说，这是我的亲哥哥。往下，他没有再说话。正是这个时候，我头脑里突然灵光乍现，说了一句没有在心里仔细掂量的话。我说：'黄校长，有一条路，是从高邮湖大堤绕过去的，耽搁也就三五分钟，湖滩风景很值得一看，不如从那边走吧。'黄家海竟然同意了。我又说：'这个时间，该吃午饭了。湖边船上，有几种家常菜，特色是湖水煮湖鱼，价格也很便宜。您来一趟不容易，我冒昧想请您吃个便饭。不是党校公款，是我掏个人腰包。如果您觉得不妥，AA制，三人均摊，也行。主要是品尝一种当地味道。'黄家海竟然也没有拒绝。我就带着他和司机，上了前些时我和吉尔楼吃过饭的那条船，点的是同样的菜，份量略有增加：一砂锅莴笋炖昂刺鱼。三条淮昂，每条半斤重。另加一根莴笋，剥去外皮，切成斜刀片，就地舀大半砂锅湖水，炖一锅鱼汤。一盘清蒸季花鱼。也是三条季花鱼，每条巴掌大小，是最鲜嫩的。各人盛了大半碗米饭，搛一条淮昂，一条巴掌季花鱼，莴笋片随意。黄家海和司机，都觉得味道不同别处，连汤带水，一扫而光。结账时，总共九十三元。黄家海坚持三一三十一，和司机各付了三十一元。剩下的三十一元，由我付。吃过饭，从船上跳到湖滩，攀上大堤，我指了指方向，黄家海跟我挥挥手，上车走了。"

挂了何寿地电话，仔细想了又想，跟黄家海这个人，工作上从未有过交集。甚至对这个名字，也是非常陌生。

七十八

两三个月过去，这天闻芳下班，满脸愠色，说：

"今天下午我手头有事，正在忙，我妈来电话，口气慌慌张张，一叠声说出事了。我说:'是不是我爸又犯病了?你直接打120啊?'我妈说:'你爸没有犯病,是出了其他的事情。120不用打的。'我就让我妈不要着急,慢慢说。我妈说:'我现在每天陪你爸出门锻炼康复,从早到晚,绝大多数在一起,不离开的。每天只有一小会儿,就是我到公园旁边的菜场买菜,也只买一到两样新鲜上市的叶菜。其他的荤菜,还有能存放几天的蔬菜,你和无虑隔三岔五叫快递,帮我们买好,放在冰箱里,足足有余的。算起来,我每次离开你爸到菜场,来回不过十几分钟,最长不超过半个小时。今天下午我去菜场,途中被一家卤货摊子摊主叫住,问我身上带没带钱。我说带了。他就让我还他三十五块五毛钱。我问是什么钱,摊主说是你爸赊账吃卤货的钱。我还以为是以前的事,顺嘴问了一句。摊主说不是,是你爸大前天在他这里赊吃了一只卤猪耳朵,前天在这里赊吃了半块卤猪脑子。卤猪耳朵十五块三毛七,卤猪脑子二十块二毛一,合计三十五块五毛,还有八分钱,因为是熟悉的老主顾,就省略掉,不要了。我吓了一跳,以为他弄错了。摊主告诉我,你爸吃他摊子上的卤货,少说也有七八近十年了,几乎天天碰面,大家熟人熟事,怎么可能弄错呢?我说:我老头前段时间得病了,住了一段时间医院,后来出院回家,医生让坚持锻炼康复,我每天陪他出门,从早到晚都在一起的。他大前天、前天,怎么可能到你这儿赊卤猪耳朵、卤猪脑子吃呢?摊主想了想,说了你爸去赊账吃卤货的大致时间,我在心里算了一下,正是我到菜场买菜的时候。摊主又说,大前天、前天是赊账,因为他身上一张票子也掏不出来了。不过,在此之前,他倒是没有赊账,吃一次,付一次钱的。我又吓了一跳,问摊主,难道除了大前天和前天,这一段时间,他还到你摊子上来吃过卤货吗?摊主说:不仅来过,而且在一个半月到两个月之间,天天来,也都是这个时间来。记得第一次来,他从口袋里掏钱的时候,手不是太利索,掉下了一叠钱,没有零碎的,都是百元大钞,估计有七八近十张吧。第一次是用了一张百元钞票,我帮他找开的。他第二次来吃,用的就是我上次找给他的零碎钱。零碎钱用完了,又用百元大钞,再找还他零碎钱。这段时间下来,百元大钞用完了，找给他的零碎钱也用完了。大前天的前一天那一次，零碎钱不够付账，我一想，这是老顾客，这么多年照顾我的生意，多一点少一点，不能太计较，缺的钱，就算了，叫他不要付了。他大前天又来，口袋里掏不出钱来了，我还是这样想，这是老顾客，家住在几栋几号，我都清清楚楚，偶尔一次，也不要紧的，就赊账给他了。前天又来了，跟我要了半个卤猪脑子，站在摊子跟前，一口气吃掉了。我以为他会跟大前天的钱，一块付账的。可是，口袋里还是空空的，掏不出一个子儿来。本来我也没有在意，是我老婆提醒说，听说这个老爷叔，前些时间住了医院。他到我们摊子上来买吃买喝，本来，做生意的人，见钱给货，天经地义。不过，他口袋里掏不出一分一厘，昨天赊给他，今天又先吃后赊。如果没有得过病，万事都好说。现在得病住过医院，要是他家人一推六二五，说他是个病人，脑子不做主了，干什么事情，家人不知道，不认这个账，不肯付这笔钱，怎么办？虽说一只卤猪耳朵，半块卤猪脑子，也不值几个钱，加在一起，总共三十五块五毛。可是，我们是摆摊子的，小本经营，微利行业，所谓积少成多，滴水穿石。一旦开了这个只吃只赊不付钱的头，一个人这样，十个人效仿，人人都来这一手，我们岂不是倾家荡产了？我听了老婆的话，觉得话糙理不糙，就问她怎么办。我老婆说：两个办法。第一个办法，这个老爷叔，明天还会来的，你只好把脸板起来，公事公办。付钱，就给他卤货。不付钱，就不给他卤货。还要告诉他，从今以后，口袋有了钱，再来。口袋里没有钱，就不要再来，自找没趣了。第二个办法，有空没空，拿眼睛瞄着老爷叔的老婆。瞄着了，跟她要两笔赊账，也是有当无地做一做。她认账给了，算是我们运气好。她不认账，不肯给，就把前因后果，说说清楚。还是不肯认账不肯给，那就算我们运气坏，看作是付一笔学费，从此学个乖，不要重犯这种错误。我就按照我老婆的话做了。昨天你家老爷叔来，我就把老婆说的话，学了一遍给他听。老爷叔口袋里掏不出钱来，又不肯离开，人干站着，眼睛滴溜溜地盯着摊子上的卤货，口水快要滴下来了。我心有点软了，正要再赊给他，被我老婆察觉了，找了一件可有可无的事情，把我打发走。我离开以后，我老婆是怎么对付你家老爷叔的，不太清楚。不过，我回来以后，我老婆说了一句话，意思是，你家老爷叔除非口袋里有了钱，才会到摊子这边来。口袋里没有钱，再也不会来了。接下来，我跟我老婆两个人，除了正常做生意，还大眼对着小眼，天天瞟着菜场外面的路，指望能瞄得着你。结果还真验证了我老婆说的话，刚才看到你一步三摇，走过来了。我就喊了一声，直接跟你要你家老爷叔的赊账了。摊主这一番话说下来，你爸每次吃卤货的时间，也对得上，就把他赊欠的三十五块五毛钱，付给了摊主。往回走的时候，我想起来了，有一次你和无虑来家，丢了一叠钞票，都是一百的整票子。当时我不肯要，硬还给你们了。后来有一次，你提到过这笔钱，说又趁我不注意，放在床上了。可是，我找来找去，没有找到。现在看来，这一叠百元钞票，给你爸偷藏起来，拿去背地里买卤货吃，花光了。我回到公园，看见你爸呆坐在椅子上，气不打一处来，就问他藏钱买卤货、赊卤货，背着我吃的事情。你爸被我抓了个现行，不思悔改，还反过来跟我斗气，一把眼泪一把鼻涕，号啕大哭。惹得一圈子的人，站着看热闹。有几个多事的，竟然把我认作是花钱雇来的保姆，正在外面背着家人虐待残疾老人，用手指着我，嘴里七个八个，骂骂咧咧。有一个多事的更奇葩，掏出手机，要打110报警。幸亏居委会主任路过这里，听到围了一群人在吵，几句话一说，把场面镇住了。人群平静下来，失去兴趣，散了。我扶着你爸，一步一晃，刚刚回到家里，让他到床上躺好，就给你打了这个电话。'我接了我妈的这个电话，头都要炸裂开了，下班回到家里了，这会儿还疼着呢。"

何寿天说：

"闻芳，你爸这么一折腾，医生说的'二进宫'，会提前来的。你再提醒一下你妈：如果你爸病情反复，只做一件事情，直接打120叫救护车送医院。"

说到这里，一家人在餐桌上坐下来，正要吃晚饭，何寿地来了电话，声称只有几句话。何寿天进房间关门，听他说。

何寿地说：

"党校升格的事，进展迅速，出人意料。黄家海那次来摸过底，我们市党校竟然跻进了第一批试点名单。一个半月前，黄家海再次下来，带了一批专业人员，这次是细线条，紧梳慢篦，整整三天。依旧是两个'不'：不惊动市委领导，包括挂名兼任校长的市委副书记；不参加公款宴请。离开时，因为人员众多，我只陪送到地界，没有再单独请黄家海吃饭。根据事后反馈的信息，都是好的。接下来，是继续走程序。一到两个月之内，我们直接去省委党校，再做一次全面性的汇报，事情就大差不差了。"

从房间出来，餐桌上菜都放上来了。一家人，举筷吃了起来。

七十九

却见天气由凉转冷，气温一点一点降了下来。何寿天和邵亚芳每天照例带疆安到豆香园，或者顺着园间小路，慢步散心；或者坐在木条长椅上，晒太阳取暖。每天上午十点，邵亚芳先回家做饭，何寿天多停留半个小时，带疆安回家吃中饭。午睡起床，再来豆香园，约略三点半后，邵亚芳先去菜场买菜，何寿天依旧多停留半个小时，带疆安回家。

转眼就是春节。无虑和闻芳下班，带回楼下信箱里的一封平信。何寿天看了信封，收件人是自己，是很熟悉的老侯笔迹。把信封打开，里面放着一张贺年卡，共分两层。外面这层很厚，纸质精良，纯白纸，有一个天安门城楼华表水印。再看里面这层纸，隐隐的淡红色，也有一个同样图案的水印。把里面这张纸展开来，上面是用毛笔工楷写的字迹：

何寿天同志：

  春节愉快！

侯永前

最下面，署的是农历日期。

拉开抽屉，把这张贺年卡，跟老侯往年寄来的贺年卡，放在了一起。

春节过后，日子也如同春水上涨，一天快过一天。不知不觉之间，好几个月过去了。这天接到弟弟何寿地电话，说党校升格的事。

何寿地说：

"有好消息由省城那边传过来，从种种迹象看，我们市党校升格，应该是铁板钉钉，没有问题了。"

这天下午，照例去豆香园，转悠几圈，时间不早了，邵亚芳便像往常一样，提前去菜场买菜。何寿天独自带着疆安，忽见一队幼儿园学生，在七个老师的带领下，走到临水平台上来。拿眼数了一数，幼儿园学生，总共三十六人。所有学生由老师指挥，在临水平台排成了两个方阵，面对面站着。每个方阵，十八个人。其中为头的一个老师，大声说着做游戏的规则。疆安和原来在临水平台上嬉闹的孩子，包括带孩子的大人，都围拢了过去。站在旁边，一起观看。

刚才说游戏规则的为头的那个老师，大声数了一二三，游戏开始，两个方阵的幼儿园学生，嘴里齐声喊了起来：

嗨！嗨！嗨！
我们都是木头人，
不许讲话，
不许笑，
不许走路，
不许动！

两个方阵中的幼儿园学生，一边两个，一边三个，总共有五个人，被人指认，曾经笑过，或者动过，或者讲过话，从队伍中被清退了出来。

往下游戏继续：

落雨了，

打烊了，

小巴辣子开会了。

八十八路公交车来了，

小巴辣子逃了。

玩了一会儿，再换了一个游戏，同样七嘴八舌，一起喊道：

一两三四五，

上山打老虎。

老虎要吃人，

打个小松鼠。

却听见旁观人群里，几个年纪六十往上的人，有男有女，用上海话议论说，这三个游戏，都是上海传统童谣，他们小时候经常玩。而且，自己爸爸妈妈小时候也玩过。如此推算下来，有一二百年历史了。

看到这里，何寿天手机响了，却是邵亚芳打来的。

邵亚芳说：

"你快带着疆安回来，家里出事了，出大事了，来客人了。"

何寿天疑惑说：

"你不是到菜场去买菜了吗？家里出事，你怎么知道的？家里来了客人，算什么出事？还说出大事了？你到底怎么啦？"

邵亚芳说：

"我在家里呢，回来细说。你快回来吧。越快越好。"

何寿天挂了电话，领疆安回家。到了楼下，要抱疆安上楼。疆安不让抱，要自己爬楼。一个台阶接着一个台阶，上到六楼，到了门口。邵亚芳已经等在门后，把门打开。带着疆安进屋，果然见客厅沙发上，坐着一个接近六十的妇女。来不及细看，跟邵亚芳一道进了主卧室，帮疆安换了衣服，洗了手，回到客厅。那个女的站起身，朝何寿天点了个头，目光落在疆安身上，不再离开。

邵亚芳说：

"疆安，家里来客人了，是你妈妈的亲戚，你叫一声'外婆'，陪她在客厅里玩一会儿，我跟你爷爷商量一件事情，说几句话，行吗？"

疆安说：

"不行。我外婆是方慧群，不是这个人。我如果叫她外婆，我外婆会不高兴的。奶奶，你也真糊涂，我外婆虽然人不在这里，听不见我们说话，也不能背着她乱来。你让我随便叫别人外婆，怎么可以呢？"

邵亚芳说：

"这是你妈妈的亲戚，就是你外公外婆那边的亲戚。她的年纪跟你外公外婆差不多大小，是个女生，我又不能让你叫她外公，只能叫外婆了。如果你不肯叫，就算了。你陪着她玩一会儿，我跟你爷爷商量一件重要事情，到房间里说几句话，行吗？"

疆安说：

"这个行的。你和爷爷快点说，不要拖很长时间哦。要不是在家里，要不是家里的大门是关着的，放在外面，我是不会跟第一次见面的陌生人随便说话，更不可能一个人陪她的。"

两个人进了房间，邵亚芳反身把门关上了。

何寿天说：

"你怎么啦？这个人是谁？你怎么把疆安一个人留在客厅陪着？"

邵亚芳说：

"这个人是闻芳的亲妈。"

接着说：

"我也是刚刚知道：闻芳不是闻业荣方慧群亲生的。"

何寿天说：

"喂，你没事吧？你难道跟闻业荣一样，脑子得病，犯糊涂了，说出这样没头没尾的话？这个人是闻芳的亲妈？你不会遇到个骗子吧？"

邵亚芳说：

"我跟方慧群电话确认过了：这个人不是骗子，是闻芳的亲妈。你听我仔细说。我从豆香园去菜场，发现身上忘了带钞票，就拐回家拿。到了楼下，见一个人正向我们一楼邻居打听什么，一楼邻居见我过来，朝我指了一指，回屋去了。这个人就过来迎着我，报了闻业荣方慧群和闻芳的名字，说自己是闻芳的亲妈，名字叫余凤翔。还说这个地址，是闻业荣告诉她的。我第一时间第一反应，就是遇到了骗子，立刻给方慧群打电话。方慧群说，这个人真是闻芳的亲妈，名字叫余凤翔。我们家的地址，是闻业荣告诉对方的。方慧群还说，闻芳不是他们亲生的这件事情，闻芳本人并不知道。不过，在无虑和闻芳确定正式关系之前，曾经郑重其事告诉过我们。我们有过答复，说他们家的所有情况，我们都知道了，这个不算什么，不会在意的。我听了方慧群的话，以为他们当初是跟你说的，心里还抱怨，这么一件比天还大的事情，竟然遮着掩着盖着，不告诉我。现在看来，你并不知道。难道当初是直接跟无虑说的？想想也不对啊，这么大的事情，无虑无论如何，也应该通报给我们的呀？"

立即拨通了儿子无虑的电话。

何寿天说：

"无虑，问你一件非常重要的事情：你和闻芳当初确定正式关系之前，闻业荣方慧群跟你说过什么话，比如，闻芳不是他们亲生的？"

何无虑说：

"爸，你说什么呀？什么闻芳不是他们亲生的？我跟闻芳确定正式关系之前，没有任何人跟我说过这方面的话呀！"

何寿天说：

"无虑，家里来了一个人，自称是闻芳的亲妈，名字叫余凤翔。当时，我正带疆安在豆香园玩，是你妈先见到她的。你妈打电话问方慧群，方慧群说这个人真是闻芳的亲妈，名字叫余凤翔。我们家的地址，是闻业荣告诉对方的。还说闻芳本人并不知道这件事情，不过，在你和闻芳确定正式关系之前,他们曾经郑重其事跟我们说过这件事情,我们有过答复,说他们家的情况,我们都知道了,这个不算什么,不会在意的。你妈听了,以为当初是跟我说的,还在心里抱怨我,这种比天还大的事情,没有告诉她。现在看来,我并不知情。我们又以为当初是跟你说的,看来你也不清楚。这里面肯定存在什么环节,先丢到一边,暂时不管它,以后再慢慢处置吧。当务之急,是要面对目前的情况。这样吧,你马上跟闻芳联系一下,看看手头有没有事情,争取早点回来。"

不过片刻,儿子无虑来电话了。

何无虑说:

"今天是周五,闻芳手头忙好了,可以提前离开。我这边也没有事情,这就下楼了。"

何寿天说:

"无虑,你们不要回小区,先把车开到隔壁易初莲花超市停车场,再给我打电话,告诉确切位置。我跟你妈说几句话,就走过去,见面再商量吧。"

挂了电话,用两只手,做了个往下按的姿势。两个人慢慢平静下来。

何寿天说:

"刚才我跟无虑通话,你也听见的。方慧群是个不会撒谎的人,闻业荣脑梗之后,可能说话不靠谱。不过,无虑跟闻芳确定正式关系之前,那个时候的闻业荣,身体还好,思维正常,跟方慧群一样,也不可能说假话的。方慧群既然在电话里一口咬定,说曾经郑重其事跟我们说过,我们也有过正式答复,而且答复的话,说得很具体。那么,其中必有蹊跷。这一笔乱账,我们现在只能放在旁边,以后找机会,慢慢整理清楚。眼下最重要的,也是最紧急的,是今天晚上怎么应对。无虑闻芳已经提前离开单位,往回赶了。我让他们先把车停在隔壁易初莲花超市,我走过去跟他们会合,商量一下。我的想法,虽然事起突然,还是要冷静处置。最重要的,是尊重闻芳的意见,她做出的任何决定,我们都支持。在她做出决定之前,我们不对她施加任何影响,不把我们的想法和感觉,强加在她身上,由她自己做主。你辛苦一点,在家里带着疆安,一道陪着客人吧。"

邵亚芳说:

"这有什么辛苦?你见了闻芳,顺便带我一句话,就是你刚才说的,一切由她自己做主。不管她怎么决定,我们肯定支持。"

八十

商量好了,回到客厅。见疆安已经跟客人黏在了一起。余凤翔坐着,疆安也坐着。余凤翔起身,疆安也跟着起身。

疆安说:

"爷爷奶奶,我们两个人玩了一会儿,已经成为好朋友了。我改变主意,叫过她'外婆'了。不是她让我叫她的,是我主动叫她的。她听了很高兴。我看她的样子,听了一声还不够,好像想让我再叫,我就不等她开口求我,一口气叫了五声'外婆'。她一连'唉'了五声,舌头都打哆嗦了。还被自己呛了一下,咳了好几声。一副样子,开心极了。而且,我们成了好朋友以后,我觉得好像以前认识她,在哪儿见过面似的呢。"

又说:

"我还问过我这位新好朋友两个问题。一个是'白龙马'。龙就是龙,马就是马,并不是同一样东西,为什么并在一起,叫'白龙马'呢?她答不出来。另一个是猪八戒为什么嘴大耳朵大鼻子长,他以前长得是什么样子呢?她还是答不出来。前一个问题,话太多,太长,一时半刻说不完,我就没有说,留着,让她回去想答案,想好了答案,以后再找机会回答我。后一个问题,我替她回答了。是简单说的。我告诉她,猪八戒原来长得很帅,是天上的天蓬元帅。本来是个人见人爱的帅哥。可是有一天,喝了一点酒,脑子不做主,犯浑了,竟然欺负仙女,甚至还踢了仙女一脚。玉皇大帝火了,要处罚他。这个时候,有帮他的人,都往好里面说。说他不是故意的，是因为喝了一点酒，犯迷糊了，干出了这件事情。他是偶尔才干一次，并不是整天都干这种事情的。应该从轻发落，最多批评教育，说他两句，算了。也有害他的，都往坏里面说。说他一个男生，却欺负女生，还踢了女生一脚。这个人能容忍，这种事情能容忍，还有什么人和事情不能容忍呢？应该从重处罚，杀他的头。玉皇大帝是个面糊帚子，这边糊一帚子，那边糊一帚子，两边都不想得罪，就把两种意见综合起来，打了个折中。既不从轻发落，放过他，也不从重处罚，杀他的头，改为让他一时半刻，到人间投胎去。他就慌慌张张到人间来投胎了。因为天太晚了，夜里很黑，前面一个影子，没有看清楚，又太着急了，一头钻进影子肚子里去。没有想到，他看见的这个影子，是一只猪，结果被生出来以后，他自己也变成一只嘴大耳朵大鼻子长的猪，成了丑八怪了。我还告诉她，我听我奶奶说，我当初也是在玉皇大帝那边上班的，因为时间长了，想出来透透空气，也到人间来投胎。我从天上下来的时候，也是在晚上，夜里很黑，前面一个影子，看不清楚。不过，我跟猪八戒是不一样的。他没有带手电筒，我带了一个手电筒。而且，他是个男生，心很粗。我是个女生，心很细。我就打开手电筒，照了一照前面的这个影子，仔细看了一看，发现是个人，还长得很漂亮，我就一头钻进了她的肚子里。生出来以后，就变成现在的这个漂亮小姑娘了。对了，我奶奶还问我，让我猜一猜，我看见的这个影子，也就是钻进她肚子里把我生出来的这个人，是谁，叫什么名字。我回答说：'这还要猜？当然是闻芳啦！'"

笑了一阵，坐下来略作寒暄，何寿天这才拿眼细看。见余凤翔虽然稍显疲惫，全身上下，却也干干净净，利利索索。脸上五官端正，一只鼻头，挺翘而直。两只眼睛，虽饱含风霜，却不闪不避，直视对人。一旦扫在疆安身上，即刻明亮起来，放出光芒。两片嘴唇厚薄适中，紧抿在一起。两只耳朵对面分开，额头高高的，能看见一些光亮。下巴圆圆的，也算得上滋润。一头浓发特地做过，却做得有所节制，在原来的黑色之中，掺揉进了可有可无的淡淡的金栗色彩。不仔细用眼睛去看，分辨不出来是后面染的。没有化妆，脸上原来是什么肤色，现在还是什么肤色。上身穿了一件矮领对扣薄棉夹袄，黑底子，用金线绣出一朵朵白描式花卉。细看下来，是一蓬折枝茶花。大的是花，小的是朵。长的是枝，短的是柄。前胸第一个纽扣没有扣，松开了，露出了衬在里面的一件红色羊绒衫。羊绒衫的第一粒纽扣，是系扣着的。下身是一条灰黑色的布质长裤，上面没有花饰。脚上是淡灰色的半统布袜，套一双"一脚蹬"式的平底鞋，鞋帮子像是黑颜色厚呢布做的。站起身来的时候，个头比邵亚芳稍微高一些。一眼看过去，也见腰板挺直，身姿颀长。何寿天这一眼扫下来，心里不由自主，跳出了闻芳的影子。虽说并不算十分相像，其中的神情举止，隐隐约约，多多少少，有点儿相似。

打了个招呼，让邵亚芳和疆安陪着客人，何寿天下楼步行到隔壁易初莲花超市，无虑和闻芳已经到了，来电话说车子停在靠左边出口停车场的最东角上。走过去，隔着车窗，看见无虑在驾驶座上，闻芳坐副驾驶，便拉开后门，坐在了无虑后面的位置上。

何无虑说：

"我跟闻芳只说了几句，提了个概貌，爸，你再对她说一遍，是怎么个情况吧。"

何寿天说：

"闻芳，今天这件事情来得十分突然。当时，我正在豆香园带疆安。你妈到菜场买菜，也是巧了，发现身上没有带钱，就拐回家拿钱。到了楼下，看见一个人正向我们的一楼邻居打听，一楼邻居见你妈来了，就伸手指了一指，回屋去了。这个人就朝你妈迎过来，报了疆安外公外婆和你的名字，说她叫余凤翔，是你的亲妈。说我们这边的地址，是疆安外公给她的。你妈听了，大吃一惊。第一时间第一反应，就是遇到了骗子。马上给疆安外婆打电话。疆安外婆说，不是骗子，真是闻芳亲妈，名字叫余凤翔。我们家的地址，也是疆安外公给她的。疆安外婆还说，这件事情，你本人不知道。不过，你和无虑两个人当初确定正式关系之前，他们曾经郑重其事告诉过我们，我们也有过答复，意思是，他们家的所有情况，我们以前就知道，这个不算什么，不会在意的。你妈听了疆安外婆的话，以为当初是对我说的，还在心里抱怨我，这样一件比天还大的事情，竟然遮着掩着盖着，不告诉她。我回家以后，你妈才明白，我并不知情。我们就以为当初是告诉无虑的，又有点怀疑，这样大的事情，无虑无论如何应该向我们通报的。我给无虑打电话，无虑也是非常意外，说从来没有任何人对他说过这件事情。我从直觉上判断，疆安外婆是不可能撒谎的。疆安外公生病以后，脑子出了问题，不排除会有一些颠三倒四、胡说八道的话。但是，你和无虑两个人当初确定关系之前，他的身体还好，思维正常，也是不可能撒谎的。既然现在疆安外婆一口咬定，当初已经郑重其事告诉过我们，我们曾经有过答复，而且，答复还很具体，那么，其中必有蹊跷。不过，这一团乱麻，现在没有办法去解开，只能暂时放在一边，等以后有空再说。眼下最最重要的，是目前的情况，到底应该怎么应对。"

无虑说：

"闻芳，我有点蒙。你说吧。"

闻芳说：

"我也有点蒙。我还是想先听听爸的想法。"

何寿天说：

"闻芳，我说三句话。这三句话，都是说给你听的。第一句话，哪怕天塌下来，也不能躲闪逃避，必须直面应对。第二句话，这件事情，由你自己全权做主。你做出的不管是什么决定，我们都支持。在你做出决定之前，我们不会对你施加任何影响，更不会把我们的感受和想法，强加给你。这些话，不仅是我说的，也是你妈说的。我临出门前，你妈特地让我给你捎一句话，就是我刚才说的这些话。我跟无虑通电话时，也说过同样意思的话。第三句话，今天晚上的应对，无非有两个办法。这两个办法，都有利有弊。第一个办法，晚上一起吃饭。家里多的是房间，也有地方住。这个办法的好处，我就不说了。坏处在于，既然千里迢迢找到这里，肯定有很多话要说，有很多事情要解释。我们大人倒无所谓，疆安虽然还是个孩子，但已经不是过去的小孩子，开始懂事了。无论是我们带她到豆香园，还是在家里，在正常情况下，她每天都会有无数个'每事问'，喜欢刨根究底。今天遇到了这么大的事情，她怎么办？让她坐在旁边听，可以吗？让她回房间去睡觉，可能吗？第二个办法，到外面找个地方。这个办法的好处，我也不讲了。这个办法的坏处，可能会产生一种慢待客人的印象。"

沉默了好一会儿，闻芳开口了。

闻芳说：

"我反复斟酌，已经拿定主意，想好了。用第二个办法，到外面。我认为，只有好处，没有坏处。我们单位附近有个五星级宾馆，新建造不久，我们经常安排客户，很熟悉的。订一个小包厢，再要一个商务间。旁边就是地铁口，交通非常便捷。刚才爸说得对，千里迢迢来了，肯定有话要说，肯定有事情要解释。这家宾馆的餐厅二十四小时通宵营业，可以一边吃饭，一边说话。想怎么说，就怎么说。想说到什么时候，就说到什么时候。不受环境影响，也不受时间限制。"

又说：

"无虑晚上不陪吃饭，回家时打个照面，不用叫什么称呼，也不用开口说话，笑一笑，点个头，就行了。然后跟妈在家带疆安。爸开车送我们过去，并且陪着一道吃饭。所有的话，放在桌面上来说。所有的事情，放在眼皮底下，敞开来讲。吃完饭，所有的话，所有的事情，说完了，解释完了，爸开车带我一个人回家。这是我的决定，就这么办了。"

随即打了个电话，把包厢和商务间预订好了。

八十一

开车回到小区楼下，闻芳留在副驾驶上，何寿天和无虑下车，何寿天在前，无虑在后，上到六楼，开门进屋。何无虑进主卧室换了衣服，洗了手，走出来，朝客厅里的客人点了点头，微微一笑。疆安扑了过来，黏在了爸爸身上。无虑又朝客人点了点头，抱着疆安，回主卧室去了。邵亚芳也跟了进去。何寿天转过身来，做了个手势，余凤翔见了，随即站起身来。

何寿天说：

"不好意思，我要说几句话，简单沟通一下。总共三句话吧。第一句话，今天这件事情，我们全家以前都不知道。方慧群说，闻芳本人不知道，以前曾经告诉过我们，我们也有过答复，答复还很具体。但是，我本人，我爱人，我儿子，反复回忆，都没有任何印象。据我判断，方慧群不是个撒谎的人，闻业荣也不是个撒谎的人。看来，肯定不是空穴来风，可能其中某个环节出了差错。这个环节上的差错，今天先放到一边，以后再说。当然，这个环节上的差错，跟你是没有任何关系的。第二句话，我和我爱人，还有我儿子，都沟通过了，已经达成了一致。你和闻芳之间的事情，由闻芳自己做主。我们尊重闻芳的任何决定。她不管怎么决定，我们全家都无条件支持。而且，在她做出决定之前，我们不会对她施加任何影响，更不会把自己的想法和感受，强加给她。第三句话，今天晚上的安排是，我开车送闻芳和你到一个五星级宾馆，她订了一个包厢和一个商务间。我儿子无虑今天晚上就不陪你吃饭了，在家带疆安。闻芳陪你吃饭，我也参加。这家宾馆的餐厅是二十四小时通宵营业，可以一边吃饭，一边说话。有什么话，可以敞开来说。想怎么说，就怎么说。想说到什么时候，就说到什么时候，不受环境影响，也不受时间限制。吃好饭，说完话，你住在宾馆里，我开车带闻芳回家。这些安排，是闻芳一个人决定的，事前没有跟我们商量过。她现在坐在车子里等着呢，我们这就下楼去吧。"

到了楼下，何寿天拉开右边后车门，请余凤翔进去，在驾驶座后面位置坐好。自己上车发动车子，径直开到预订的那家宾馆，停好车，从驾驶座上下来，拉开右边后车门，请余凤翔下车。闻芳已经下了车，往前走。余凤翔跟了上去，从闻芳身后左手侧方向，一边走，一边目光落在闻芳身上。何寿天跟在后面,走进大厅,从电梯间旁边擦过去,顺着一座侧旋楼梯,登上了二楼。先打了一个右转,走到尽头,再打一个左转。再一个侧转,朝前几步,到了一个包厢前。抬头看见门额上方嵌着"岁月厅"三个字。门前已站着一个女服务生。走到近前,女服务生把门拉开,躬身做了一个请进的姿势。三个人鱼贯而入。里面站着两男两女服务生。闻芳用手指了一指,请何寿天坐在上座正中。又用手指了一指,余凤翔会意,坐在了上座右侧,何寿天的右肩下。闻芳自己在上座的左侧,何寿天左肩下,坐了下来。四个服务生中的男服务生,拿着一张菜单,用目光将三个人巡睃一遍,递在闻芳手里。闻芳低头看了一遍,拿起桌上的铅笔,逐项又看了一遍,勾出了想点的菜。并不把菜单递给服务生,而是放在何寿天和余凤翔之间。

闻芳说:

"我点了几个菜,大肉主要是牛羊肉,白肉主要是鸡鸭鸽。另有海鲜河鲜。海鲜点了几种刺身,三文鱼、金枪鱼、鲜贝、北极虾,都是挪威出产的正宗产品。河鲜就点了一个白灼虾,这个菜对原料的新鲜度要求比较高,也比较安全。蔬菜是几样刚上市的时新产品。爸不喝酒,就没有点酒。喝什么饮料,说一声。我所点的这些菜,有什么禁忌的,不合适的,比如,吃不吃羊肉,对什么东西过敏,都说一下,可以调整的。"

何寿天拿起菜单,先看了一看,再递到余凤翔手里。

何寿天说:

"我看过了,都合适。我也不喝饮料,就喝茶吧。"

又对余凤翔说:

"你也细看看,有什么禁忌的。还有,喝什么饮料,说一声。"

余凤翔说:

"我什么都吃,不忌口,也不对任何东西过敏。我不喝饮料,也喝茶吧。"

闻芳往菜单上又勾了一下,递在男服务生手里。男服务生并不离开，直接输入手里拿着的一个有点像手机的电子产品里。这边余凤翔起身去洗手间，问闻芳要不要一起去。闻芳并不回答，也不看她，只是摇了摇头。余凤翔自己出门去了。不一会儿从洗手间回来，闻芳站起身。何寿天也跟着起身，去洗手间。方便已毕，洗了手，回到包厢，只有余凤翔一个人坐着。何寿天坐下来，闻芳回来了。见刚才点的菜，已经上了两个，分别是一个刺身大盘，盘底铺着一堆冰块，上面花样摆放着三文鱼、金枪鱼、北极虾、北极贝。一样清炖鲍鱼，盛在三个碟碗里，一人面前放一个碟碗。

闻芳说：

"服务生，请再拿一双公筷，一只放公筷的小碟子。另再盛三小碗小米粥，每碗不要多，能盖住碗底子，小半碗就行了。再上三只法式羊排，要现烤的，快一点。"

不一会儿，三小碗小米粥上来，分放在三个人面前。稍后，三块现烤的法式羊排也上来了，每块羊排放在一只小碟子里，同样分放在三个人面前。

闻芳说：

"你们都出去吧。我们要说一会儿话。不叫你们，请不要进来。上菜的时候，请先敲一下门，听到应答，再进来，好吗？谢谢！"

男女服务生全部退了出去。闻芳起身，先拿起何寿天面前的空盘子，用公筷搛了一块三文鱼刺身、一块金枪鱼刺身、一只北极贝、一只北极虾，将盘子放回到原处。再拿起余凤翔面前空盘子，用公筷搛了一块三文鱼刺身、一块金枪鱼刺身、一只北极贝、一只北极虾，将盘子放回到原处。稍有不同的是，又用手碰了一下放在余凤翔面前的小半碗小米粥，再碰了一下放着现烤羊排的碟子，最后碰了一下盛有炖鲍鱼的那只碟子。

闻芳说：

"先填填肚子吧。可以先喝一点小米粥，再趁热把烤羊排吃掉，冷掉了，就少一种滋味了。吃完这两样，再吃刺身和炖好的鲍鱼。有个小半饱，就可以稍微歇一歇。要说话，也可以说了。"

何寿天端起小米粥，朝余凤翔示意了一下，余凤翔也端起粥碗，两个人只用几口，把小米粥喝完了。闻芳那边也喝完了。接下来吃羊排，也吃完了。又吃了几样刺身，把面前的那只鲍鱼也吃了。不知不觉间，都舒了一口气。

余凤翔抬头看了看闻芳，眼睛红了，泪水止不住，涌出眼眶，顺着两边脸颊，流了下来。想要说话，一个字还没有吐出来，声音颤抖了一下，又憋了回去。一番挣扎，这才重新发出声音来。

余凤翔说：

"我当年也是没有办法，迫不得已，才这样做的啊……"

八十二

说到这里，声音又噎住了。

何寿天正要劝她，却见闻芳抬起头，朝余凤翔看了一眼，目光长长的，静静的，深深的。也就这一眼，余凤翔情绪突然平缓下来，把手里紧紧抓着的筷子，放到桌上。再在椅子里挪了一下身子，紧贴在椅背上。然后，继续开口说话了。

余凤翔说：

"闻芳，谢谢你接待我，请我吃饭。还有疆安爷爷，包括疆安奶奶，疆安爸爸，一大家子人，也一并谢了。闻芳，我就从头说起吧。我叫余凤翔，人头'余'，凤凰的'凤'，飞翔的'翔'。我妈妈怀我的时候，有一天夜里做了一个梦，梦里一只凤凰，在天空里飞来飞去。第二天天亮，生下我，就起了这个名字。你原来姓徐，双人'徐'。你小时候的名字叫'徐芳'。你亲生爸爸叫徐永元。永远的'永'，是族谱排行。元旦的'元'。我今年五十八岁，属鸡的。你亲爸比我大四岁，今年六十二岁，属蛇的。我十八岁嫁进徐家圹圩。徐家圹圩是地名，其中第三个字'圹'，是一个'土'字旁，加一个'广'字。第四个字'圩'，是一个'土'字旁，加一个'于'字。是个多音字，有的地方读'需'，是集市赶场的意思。有的地方读'于'，是地方凹下去一个坑的意思。我们这个地方，读'围'，是挡水的圩堤。我以前不知道这些，嫁到徐家圹圩以后，因为不认识这两个字，特地翻字典查了一下，才知道的。我们徐家，是一个大家族。历史上出过很多赫赫有名的人，各朝各代都有。有一本族谱，上面白纸黑字，记得清清楚楚。据说我们徐家圹圩这一支徐，是从浙江绍兴迁移过来。在绍兴那边的祖上，也出过一个大人物。据说是一个大文人，写一手好字，画一笔好画，还写过一本大书。这本书叫什么名字，族谱上没有记明白。后世人也有争议，连我们徐家人自己，也说不清楚。但是都知道这本书非常不得了，有说好的，有说不好的。说好的人，称赞这本书说尽了人间的道义，拆穿了世上的俗理，是天下第一奇书，比后来拍成电视连续剧的《红楼梦》，还要高出一头；说不好的，贬责这本书伤风败俗，传毒播害，不堪入目，比天底下最拆烂污的书，还要坏出三分。最令人惊讶的是，无论是说这本书是天下第一奇书的人，还是说这本书是世上最拆烂污坏书的人，都会在人前背后，悄悄地看这本书，看得津津有味。一旦看上手，就放不下来。不接着往下看，觉睡不着，饭吃不香。我说这些，不是往我们姓徐的人脸上贴金，也不是说话弯弯绕，把正经话题一扯十万八千里远。今天这种宝贵的时间，我是不会白白浪费的。再往下听，就会明白，我现在说的每一段话，字字句句，都紧扣着正题。前面说过，我们徐氏家族，名人辈出，声势远播，源远流长。可是，我们这一支徐，却窝在徐家圹圩这么个鸟不生蛋的巴掌大的地方。到底怎么到这里来的，什么时候来这里的，收藏下来的族谱上没有记载。老辈人口头倒有流传，只是说法不一。有的说是为了逃避仇人追杀，躲到这里来的；有的说本来是一支家族兵马，在动乱年代，被朝廷收编，驻扎在这里。改朝换代以后，就化兵为民，留在了这里；有的说是某个先祖闯了大祸，株连九族，但还罪不至死，就带着全族上下，一起接受处罚，被贬谪到这里来；有的说某位祖辈厌恶世间的纷争，就领着族人，想找一个远离人烟的地方，耕田种地，自收自吃，自生自灭，最后找到这个地方来了。我的话说到现在，包含了两个意思。第一个意思是，我们的徐家圹圩，十分偏远。虽然没有高山野林，周边却都是水洼低地。无论从外面进去，还是从里面出来，路面弯弯曲曲，狭窄拐转，非常难走。就是放在现在，高速公路四通八达，偏僻乡村也有村路县道覆盖。我们徐家圹圩，虽说跟过去相比，已经大不相同，总算修了几条路，但是仍然要差了很多，交通还是不方便。第二个意思是，我们徐氏家族，名声这么大，传了这么多代，肯定有跟常人不一样的东西。用正规名词来说，就是必定有一些与众不同的家族传承。最初，我曾经以为这些家族传承，肯定都是好的。后来听别人说，所有的声名显赫的大家族传承下来的东西，经过几百年几千年，就像挑一缸水，慢慢沉淀下来，既有可以喝进肚子里的清水，也有落在缸底里的渣滓。就像一个人，只要活着，哪怕大多数时间和蔼可亲，偶尔也有发脾气的时候。就像头顶上的天气，既有青天白日，也有狂风暴雨。况且，如果处在繁华都市，这些正反两面的东西，会被周围的环境过滤掉，分解掉，融和掉，溶化掉。可是，徐氏这一支人脉，却长期生活在这样一个狭窄封闭的区域内，好的传承，正面的东西，留下来了。不好的传承，反面的东西，当然也会留下来。我第一次听到这些话的时候，不过一个耳朵进，一个耳朵出。风吹草动，风过草停，没有留下什么印象。到了后来，经历了自己的沾满辛酸泪的事情，才一点一点明白，这句话的深刻道理。我最初感受最深的，是徐氏家族最好的传承，都是正面的东西。我十八岁进门，洞房花烛的前一天，我妈妈对着我的耳朵，不知道说了多少遍。说当地风俗，新媳妇过门的头一天，一定要起个大早，把全家人的早饭做好，把里里外外打扫好。该喂的牲口，要喂。该放出去的鸡鸭，要放出去。总之，全家人都在睡，只有你一个人不能睡。哪怕头一天闹洞房，闹到半夜三更，或者闹到五更头，你身子骨再软，也要硬起来。你再爬不起来，哪怕往地上翻一个身，朝床下一滚，也要站起来。这些话，是我从小到大，临离开娘家，进了另一个新家，就是婆家，娘家人的最后叮嘱，我怎么敢忘记呢？新婚第二天早上，东方现出了一道鱼肚白，我就从床上硬挣起来，走进了厨房。里面一个影子，吓了我一跳。那个时候不像现在，人人都穷，乡下人更穷。电还没有通到我们那里。又舍不得用煤油灯，一般拿一根灯芯草，放在一只调匙里，里面滴一汪香油，点着了，就算是灯。只能照出芝麻粒一点点大光亮。就这样，节俭的人家，还舍不得用呢。所以新婚第二天大早，我走进厨房里的时候，里面黑黢黢的，有个影子在晃动。我走到跟前，才认出是我的婆婆，竟然抢在我的前头，起来忙了。我心头一股温暖，传遍了全身上下。我就说：'妈，你怎么起来了？今天按照规矩，是我先起床，一切由我来忙。这里都交给我，你去睡吧。'我婆婆说：'什么规矩不规矩，我们徐家是大户人家，只讲大规矩，不讲小规矩的。别人家新媳妇第一天要先起床，我们徐家是不用的。我当年十六岁嫁进门，正是睡懒觉的年龄，好不容易从床上连滚带爬，下到地上了，走到厨房一看，我婆婆比我还早。'我婆婆又说：'我已经起来了，回笼觉是不能睡的。如果一头倒下来去睡，今天一个整天，就会头昏眼花，什么事情也做不好了。这样吧，所有的事情，我们婆媳两个，相帮着，一起做吧。'于是，两个人就忙了起来。如果我在灶上弄锅，婆婆就在灶下烧火。如果婆婆在灶上拿碗，我就往锅膛里添柴。乡下人不讲新婚蜜月，可是，我刚结婚那一个月里，日子要多甜蜜，就多甜蜜。过了两年，我的肚子怀了第一个孩子，就是你的姐姐。更被捧上天了。前前后后，进进出出，都有人关照着。我如果从外面进门，或者从家里出门，就有家人，或者是婆婆，或者是公公，不停声地提醒我，说：'你身子重，过门槛要小心啊，脚要往上抬一抬，被绊倒了，那就不得了了。'听我咳一声，要么是公公，要么是婆婆，要么公公婆婆一起，会问：'怎么咳嗽了？衣服穿少了，受凉了吗？'我说：'不是受凉了，刚才我一呼一吸，呛了一口气，已经缓过来了，不要紧的。'他们才放心。我要是打一个喷嚏，那就天下大乱了。一会儿公公来问，一会儿婆婆来问。我赶紧说：'没有事的，我刚才看见一朵花，开得正盛，就把鼻子靠上去，闻了闻，结果被花粉刺激到了，鼻子忍不住，泼刺了一下。没有事的。'他们才放心了。时间一长，连我也觉得公公婆婆太小心了，用不着总是这么担惊受怕的。我就说：'爸，妈，你们不必担心。我在家做姑娘的时候，无意中听很多邻居说过，怀孕的事情，不用看得那么重的。不该你的，喘一口气，孩子就掉了；该你的，你就拿擀面杖往肚子上来回擀，也不会有事情的。'我婆婆说：'你邻居可以那么说，我一个当婆婆的，可不能这么说。'我刚怀孕的时候，乡下的田还没有分到各家各户，仍然上集体工，干大呼隆活。每天和全村人在庄稼地里，我公公婆婆，不管人在田里，还是在家里，心里惦记着的，都是我。那个年代穷，我们徐家圩圩处在背旮旯里，更穷。家家户户每天吃两顿饭。只有我们家，吃三顿。这第三顿，别人是没有份的，专门给我吃的。每次吃饭，锅盖揭开来，头一勺子捞出来的最稠的，放在我的碗里。我印象最深的两件事情，是都在大田里忙集体活的时候。第一件事情，是有一天出工到半途，天上起了雷暴，我公公婆婆那天正好没有上工，在家里呢。公公在前，婆婆在后，往这边跑。两个人手里都有东西，公公手里拿着一件蓑衣。这种东西，现在年轻人不知道的，那个时候没有雨伞，乡下人就拿棕树的外皮，用麻绳穿在一起，做成衣服形状，用来防雨，就跟现在的雨衣是一样的。婆婆手里拿着一把油纸伞。这种东西，现在年轻人同样不知道的。那个时候没有布做的雨伞，是拿一种蜡纸，涂上桐油，做成的伞。不过，这种伞，虽然能防雨，但是却很娇贵，一不小心，就会坏掉。当时，就在天上往下掉铜钱大的雨点子的时候，我公公婆婆抢先了一步，一个把蓑衣披在我身上，一个把油纸伞递在我手里。我的心里啊，不知道说什么好。眼泪水和着雨水，直滚下来。再看看四周，一片羡慕的眼光。第二件事情，也是天色变了。本来是盛夏酷暑，头顶大太阳直射下来，把人快晒死了。眨眼之间，乌云密布，这次不是掉雨点子，而是下起了鸡蛋大的冰雹。气温在一眨眼之间，从四十度高温，陡降到十度以下。我们出工的人，脑袋被冰雹打得生疼，身子冻得直打哆嗦。只能用两只手盖着头，缩着身体，往最近的一个庄子上跑。这个时候，我的公公婆婆来了，也是一前一后，前面是公公，后面是婆婆。两个人手里都有东西。公公手里提着一件秋天穿的夹袄，婆婆手里拎的是一床被单。先是公公把夹袄套在我肩上，后是我婆婆，用被单把我整个人都裹了起来。见到这种情形，有几个跟我差不多年纪、同样身份的小媳妇，都忘了躲头顶上的冰雹，忘了挨冻，停住脚，转身朝我这边呆看。过了几天，有一个半大人姑娘，趁着没有人的时候，走到我旁边，说：'你是前世修来的福。将来我能像你一样，嫁一个同样的人家，对我这么好，不用一辈子，哪怕只有半辈子，我提前死，也心甘情愿，闭上眼睛了！'还有一个上年纪的阿婆，有点迷信，竟然对我说：'你嫁的这个人家，上辈子欠了你的债。到了这辈子，所以毕恭毕敬，这么对待你，是还你的债来了。'"

八十三

说到这里，门上响了两下，一男一女两位服务生进来了。男服务生手里提着一只茶壶，女服务生手里托着一个托盘，托盘里面，放着三只杯子。闻芳用手指了指，男服务生把茶壶放在空着的那边桌面上，女服务生将三只杯子，倒满碧绿的茶水，一人一杯，放到面前。

闻芳说：

"还请你们出去吧。我们要说话。有菜进来，请先敲一下门。菜不着急，可以稍微上慢一点。我们需要什么，会叫你们的。好吗？谢谢！"

等两位服务生退出，闻芳拿眼朝对面坐着的余凤翔又看了一眼。余凤翔清了一下喉咙，又开口往下说了。

余凤翔说：

"俗话说，人有前眼，没有后眼。人生一世，只能看到眼前，不能看到眼后。因此，那个半大人姑娘，还有那个迷信的老阿婆，对我说好话的时候，我嘴上客气着，心里确实有点洋洋得意。如果我有前眼后眼，就不会那样在心里得意忘形了。如果那个小姑娘和那个老阿婆有前眼后眼，看到了以后发生的事情，也不会那么羡慕我了。转折是从我生下大孩子，就是你姐姐开始的。前面说过，我们徐家圹圩地处偏僻，人们生孩子，一般都是请当地接生婆到家里来帮忙。我大女儿出生当晚，接生婆进屋，公公、婆婆，包括丈夫，全家上下，摩拳擦掌，热气腾腾。我宫口打开，一个阵痛接着一个阵痛，咬牙切齿的时候，外面隔着一扇门板，不断有动静。有的动静是公公的，有的动静是婆婆的，有的动静是丈夫的。连他们的喘气，都听得见，分得清。大女儿生出来的时候，我拼命挨过了那一道鬼门关，醒了过来，听到了一声啼哭。门板外面的动静更大了。我看见婆婆把门开了一条缝，伸进了一个脑袋，就要进屋。就在这个时候，接生婆按照惯例，往婴儿的两条腿中间摸了一把，又低头看了一看，说了一声：'可惜了，少了个把子。'话音落地，婆婆伸了一半的脑袋，缩回去了。门板外面一阵乱，慢慢平息下来，一点动静也没有了。接生婆用热水把我身子上上下下抹了一遍，收拾东西，要赶下一家去了。临走时打开门，外面不见了公公婆婆，只有丈夫一个人，脸色很难看。好像我刚才不是替徐家生了个女儿，是干了一件大逆不道的事情似的。听说婆婆当天在床上翻来覆去一夜，没有合过一会儿眼皮子。第二天早上起来，躺在床上，嘴里哼哼唧唧，说全身的骨头疼。到了近中午，总算起来了，七挨八凑，到了我的跟前，看了一眼包得紧紧的孙女，又盛了一碗粥汤，给我喝下肚子。公公一直磨蹭到第二天晚上，总算缓过气来，走到我跟前，为我打气说：'第一个是女儿，不要紧的。我们是农村人，按照政策，可以生第二胎的。你打起精神，肚子争争气，第二胎生个男孩，这样，我们就多赚了一个孩子了。'公公这么说，我心头的压力，没有减轻，反而更重了。婆婆也跟着说：'第一次放了个空炮，你第二次只要吸取教训，总结经验，肯定能一举拿下的。'公公婆婆的话，积存在我的心里，就像一块千斤重的石头，压得喘不过气来。我经常有事没事，就会想到这两个人说的话，整个人，在一瞬间，就像被霜打的花朵似的，突然蔫了。我想来想去，这个不该由我背负的包袱，应该扔掉。于是，等我大女儿两岁的时候，有一天，也是巧了，电视里正在播放生男生女的话题，公公婆婆恰好坐在一起看。我拿着电视里的话，借题发挥，用女儿的口吻喊两个老的，说：'爷爷，奶奶，过去人们总认为生男生女，是女人的事情。生了男孩，认为女人肚子争气。生了女孩，就认为女人的肚子不争气。可是，听电视里讲，现在科学发达了，才弄清楚，生男孩女孩，不是由女方决定的，而是由男方决定的。'公公婆婆听出了我的弦外之音，脸色马上不好看了。公公说：'怎么可以听电视里胡说八道呢。生男孩生女孩，当然全看女人肚子争气不争气的。肚子争气的，传宗接代不费吹灰之力。想生一个带把子的，就生一个带把子的。想生两个带把子的，就生两个带把子的。肚子不争气的，传宗接代比登天还难，想生一个带把子的，哪里能生得出来？想生两个带把子的，又哪里生得出来？'婆婆接着说：'老祖宗几千年传下来的道理，是不会错的。男人是牛，女人是地。男人把田耕过了，长出什么庄稼来，就看女人的能耐了。'我听见两个老的说这些话，根本不在理上，就反驳了一句，说：'我听到的，是另一句话：男人是种子，女人是地。播什么种子，出什么苗。往地里撒的是稻种，长出来的肯定是秧苗，不会是其他庄稼；往地里撒的是麦种，长出来的肯定是麦苗，不会是其他庄稼。同样一块地，撒的种子不同，出来的庄稼苗，也不同。'公公婆婆被我活捉了蹩脚，有点恼羞成怒，不说自己的话经不起推敲，站不住脚，反而另找我的碴，跳了起来，说我不知尊长，以下犯上。两个人一副样子，像要跟我撕破脸了。可是，又拼命忍住了。我后来猜测，可能是两个原因。第一个原因，他们还指望我第二胎生个传宗接代的男孩，不敢得罪我。第二个原因，徐姓是望门大族，公开闹翻，抹不开这个面子。不过，从此以后，跟我赌起了暗气，就是不跟我说话。哪怕跟我迎头撞，也佯装看不见，好像家里没有我这个人似的。我也不退让，心里想，好不容易被我抓住了把柄，这个手，是不能轻易松开的。一旦松了，万一第二胎再生个女儿，两个老的'南瓜抱不动，抱瓠子'，不怪自己儿子种子有问题，反倒责怪我肚子不争气。所以，两个老的不跟我说话，我也不跟两个老的说话。两个老的见了我佯装看不见，我见了两个老的也佯装看不见。打了一个月冷战,僵持不下去了。都生活在一个屋檐下,每天抬头不见低头见,总要在某些事情上发生交集。怎么办呢?还是两个老的有办法,他们不得不跟我打交道,不得不跟我说话时,就把我的女儿,他们的孙女,叫过去,让她把他们的话,传递给我。我呢,也有样学样,你能做出正月初一,我能学到正月十五。我有什么免不了要跟两个老的打交道的,也把女儿叫过来,让她找爷爷奶奶,传递一下。这场冷战,前前后后,打到了大女儿四岁,我又怀孕了。于是形势改变,转到对我有利的方向来了。两个老的,对我不得不主动低头了。有一天,两个人走走停停,磨磨蹭蹭,先是公公在前,婆婆在后,后是婆婆在前,公公在后,到了我跟前,停下来。当时也是夏天,又起了天色,又闷又热。我手里拿了一把芭蕉扇,坐在门口的那棵香樟树下,有一下没一下地摇着。公公咳了一声,婆婆也咳了一声。咳过以后,公公说:'凤翔,前一段时间,我们之间起了一点误会,大家都不开心了。其实闹来闹去,并不是为哪个人,为的是我们徐氏家族,我们家又是长房嫡传,这一门总要有人传宗接代。说男人是牛,把地耕好了,至于出什么庄稼,那要看女的能耐;说男人是种子,女人是地,播什么种子,出什么苗,生男生女,不在于女的肚子争气不争气,而全在于男的。各讲各的理,各走各的路。其实人世间道路千千万万,有的时候,只有一条路,只有一个硬道理。那就是,从你肚子出来的,是个带把子的,万事大吉,欢天喜地;从你肚子出来的,没有带把子,万事皆休,愁眉苦脸。把这个理剖开来看,我们之间,方向是一致的,目标是相同的。有什么可争的呢?有什么气可赌的呢?在这段时间,你作为一个小的,是晚辈,有责任;我们作为两个老的,是长辈,更有责任。'婆婆也说:'三十年媳妇熬成婆。我当年跟你一样,也是站在你的立场上的。后来长大了,老了,想法就不一样了。等你长到我这把年纪,你的媳妇也站在你的面前,你的一双眼睛,不会盯她的别的地方,只盯着她的肚子,心里整天放着十五个吊桶,七上八下了。'两个老的,都是同样一番话,我听来听去,换汤不换药,跟以前的调子,没有不同,不过变了个说法而已。不过,转念一想,毕竟他们是长辈，今天虽然话说得不好听，行动上却做得很好，姿势低下来了。这么一把年纪，站到媳妇跟前，低声下气，柔声细语。做人不能太过，该让步的要让步，该往后退的要往后退。我就开口喊了一声'爸'，又喊了一声'妈'。又借用女儿的口气，说一件事情，喊他们'爷爷'和'奶奶'。这一来，怨恨消除，双方和好。我又回到了从前怀第一个孩子的时候。两个老的，嘘寒问暖，知冷懂热。不过，我心里的真正感觉，却再也回不到过去，反而压力更大了。"

稍作停顿，接着说：

"我第二次怀孕，芳，也就是肚子里有了你的时候，我的公公婆婆又多出了两件事情。就是到处求神拜佛，磕头烧香，祈求上苍佑护。离我们徐家圩圩往西二十里的地方，有一座送子庙，传说活灵活现，说怎么怎么应验。公公、婆婆，还有丈夫，都把希望放在送子庙上，三番五次，要我到庙里磕头跪拜。芳，我怀你的时候，跟怀你姐姐完全相反。整天懒洋洋的，什么话也不想说，什么事情也不想做。身子坐在哪里，就如同被一根铁钉钉住了似的，一动不动。一双手搭在哪儿，就像有绳子绑紧似的，挪都不挪。脑子里恹恹的，一片空白，什么也不想。别人跟我说话，我有时候听见，有时候听不见。大多数时间听不见，极少数时间能听见。听见的，也是三言两语，半头半尾。所以，叫我到送子庙磕头，跪拜送子菩萨的事情，一直拖着。直到有一天傍晚，家里那三个人急了，一起阻在我的当面，公公说一遍，婆婆说一遍，丈夫说一遍。三个人齐声说了一遍。我再听不见，就是个真正的哑巴聋子了。我就有气无力地'唉'了一声。他们认定这一声'唉'，算是我答应了。立即动手准备，确定第二天天蒙蒙亮出发。大早起来一看，周边一片汪洋。原来下了一夜暴雨，天上银河的水，都倒到地下来了。这种情况，正常人也去不成，不要说我是一个重身子。家里那三位求子心切的人，有的是办法。我们住在水乡，公公丈夫都会游水。公公的水性更高。不顾已经上了一把年纪，把衣服脱光了，留在家里。只剩一条短裤，也脱下来，拿在左手里。游到了对面庄子上。爬上岸，把左手拿着的短裤穿好，找邻居张发高借了一只柳叶船。我们家四个大人,加上大女儿一个孩子,坐在这只船上,一路逆水行舟,到了送子庙。把船用绳子系在水边一个木桩上,上岸走到跟前,公公在左,婆婆在右,我在中间,丈夫牵着女儿的手,跟在后面。一行人进了庙,往功德箱里投了几张零碎票子。点了三炷香,由我捧着,走到送子菩萨坐像跟前,把三炷香插在香炉里。退到蒲团这边,双腿跪下,双膝落地,双手前伸,扑通三个响头。先在嘴里说了三遍:'送子菩萨保佑,送我一个儿子,送徐家圩圩徐氏长房嫡传一个子孙。'又在心里念叨了三遍。站起身,双手并拢合十,再说了一遍。都说过了,我退出来,公公进去。公公出来,婆婆进去。婆婆出来,丈夫进去。丈夫出来,又陪着大女儿进去。就在公公婆婆丈夫大女儿进进出出一阵乱的时候,我走到庙外面的走廊尽头,要透一口气。那儿有一张桌子,一张椅子,坐着一个老和尚。老和尚对我说:'施主,你一家上下,真正心诚哪。这几个人的脸,我是真正看得熟悉了。你公公单独来过两次,你婆婆单独来过两次,你丈夫单独来过两次,你公公婆婆,一道来过三次。你公公婆婆丈夫,一道来过三次。那个小女孩,今天是第一次来。这一次,你本人也亲自来了。如果老天爷再不给你一个儿子,我一个出家人,都看不下去了。'过了几天,公公婆婆不知从哪里听说的,送子庙西边三里路的一个村子,名字叫送子庙西村,出了异象。本来这个村子很小,很不起眼,唯一值得说的,就是村头一棵大槐树,长得特别粗大。老辈人世代相传中,有的说几百年,有的说上千年。树身比十只水桶还粗,四个大男人,伸直手臂,都合抱不过来。过去虽然远近闻名,也不过是一棵古树而已。近来有传言流向四面八方,说有人做了一个梦,梦见这棵古树有了神灵附体,专门办送子的事情。公公婆婆丈夫又让我去磕头跪拜。这个时候,水刚刚退下去,外面一片泥泞。于是决定向东庄邻居韩三拐子借一架双轮板车,让我坐板车过去。只因跟这家邻居吵过一架,公公只能亲自出马,一步一跌,两步一滑,进了人家门,先低头认错,赔尽了小心,再借了那架两轮板车,依旧跌滑着脚步,把板车拉回来。因担心我会被硌着,就往板车上垫了一床棉被。

又担心我会被捂着，身上只罩了一条薄布面。这一次路太难走，大女儿没有去，请邻居帮看着。四个大人，一个人是我，半躺半坐在板车上。那三个人，公公，婆婆，丈夫，一个在前边拉，两个在后面，一左一右推着。一路之上，那三个拉车和推车的，算不清，数不尽，总共摔了多少跟头。只有我，半坐半躺在板车上，下面有一床棉被垫着，上面有一条薄布单盖着，平平稳稳。总算到了送子庙西村，抬头看那棵古树，果然不是以前见过的样子了。地上烟雾缭绕，插着的都是香烛。树枝上影影绰绰，挂着一大片红布条。还有一帮人，男男女女，都把屁股撅到天上，脑袋顶着地上，正在磕头呢。我从板车上爬下来，拣了一块干燥地面，照例先往功德箱里投了几张零碎票子，再点燃三炷香，插在大树跟前一只用瓦盆做的香炉里。退了几步，到了别人从水沟里扯上来的一大团蒿草做的拜垫前，双腿跪下，两膝落地，磕了三个响头。嘴里明说了一遍：'送子神树保佑，送我一个儿子，送徐家圩圩徐氏长房嫡传一个子孙。'心里又暗说了一遍。再站起来，双手合十，重说了一遍。我做了这些，退到旁边。接下来是公公，婆婆，丈夫。经过了这两次求子，公公，婆婆，丈夫，脸上有了笃定的把握，每次看见我，都忍不住微笑。只有我的一颗心，悬在嗓眼子里，被拎得更高了。到了第二个孩子，芳，就是你，出生的那天，还是请的当地接生婆，门板外面还是动静不断。公公的动静，婆婆的动静，丈夫的动静，我分得清清楚楚。我一脚跨过鬼门关，听见一声啼哭，门板开了一条缝，不是一个脑袋，是三个脑袋，在伸探张望。接生婆照例往婴儿的双腿中间摸了一把，低头看了一看，叹了一口长气，说：'唉，少了个把子。'门板关上了，外面一阵乱，随后便是鸦雀无声。接生婆一边叹气，一边用热水把我全身上下抹了一把，收拾东西，准备赶下一家。临走时开门，门板外面，一个人影也没有，家里一片寂静。接生婆停住脚，到厨房里又现烧了开水，冲进热水瓶里，再拿了一个杯子，把热水瓶和杯子，一起放在我的床头旁边，一边叹气，一边走了。整个一个家里，只剩下了两个人，一个是我，芳；一个是刚出生的你，都躺在床上。我喂了你几口奶，就睡过去了。一觉睡到天亮，醒了，家里还是没有响动。接生婆临走时，往杯子倒了一杯热水晾着，已经冷了。我兑了一点热水，喝进肚子里去，才稍稍缓回劲来。整个一个白天，就靠着接生婆帮忙烧的这一瓶开水，我才熬了过来。晚上还是没有人，我挣扎着进厨房，为自己了烧了一锅粥，盛了一碗，吃了。第二天从早到晚三顿饭，吃的也是这锅粥。过了三天，公公婆婆，还有丈夫，回家来了。从此以后，我跟他们之间，想不撕破脸，也不可能了。七天一小吵，半个月一中吵，一个月一大吵。我做错了事情，责怪我；我没有做错事情，也责怪我。吵来吵去，每次吵到最后，都是一个局面，就是念那一本'老经'，也是我的'紧箍咒'。公公说：'好了，我也服你了。不服你也不行的。你都把我们徐家传宗接代的指标，都给浪费了。我们怎么能不服你？怎么敢不服你？'婆婆说：'要怪，只能怪我们。我们徐家长房嫡传，前世欠了你的债，没有来得及还。你一口气追到这一辈子，上门讨债来了。你是债主，我们是欠债的，算你狠，好了吧？'丈夫说：'只能怪我，我这个男人，一头牛不争气，把地耕得一塌糊涂，长不出庄稼了。我播的种子，也是瘪的，空的，长出来的，既不是秧苗，也不是麦苗。一切都怪我，好了吧？'家里的一场恶仗，白天打，晚上打，夜里也打。从此吃不好，睡不香。半年下来，一家人都变形了。出外见人，眼睛是肿的，脸是肿的，手脚胳膊腿，都是肿的。张开嘴巴，牙龈虚泡着，一碰就出血。一副样子，不像是人，倒像是鬼。我这边，单枪匹马，对着三人六拳，累得不能再累了。那边虽说六人对一人，也是累得不能再累了。这样子下去，怎么得了，日子还怎么过呢？毕竟是一家人。双方都有停战的意思，只等另一方主动开口。"

略喘一口气，继续说：

"半年以后，这个机会来了。两个老的在外面喂鸡，大孙女走了过来，帮着一起喂，还各喊了一声'爷爷''奶奶'。两个老的，就朝大孙女笑了一笑。恰好我正朝这边走过来，把脸扬着，看到了两个老的笑。当时的感觉，以为是两个老的对我笑的。所谓'来而不往，非礼也'，我就回了一个笑。回过了这个笑，在一瞬间，我才意识到，刚才两个老的并不是对我笑,而是对他们的大孙女笑的,是我会错意了。可是,我的这个笑,已经送出去了,收不回来了。那边两个老的,看见我走过来,对着他们笑,并不知道我是会错意,认为我要和解,真是对他们笑的。这个时候,也回了一个笑。这一次,我确定他们是对我笑的,再回了一个笑。这一来一回几个笑,就像东风刮过,把冰雪融化掉,春暖花开了。当天全家人就坐在一起,说了心里话。公公说:'虽说你肚子不争气,没有替我们这一支徐氏嫡传长房,生出个传宗接代的儿孙,可是,凭良心想想,你也不是故意这样。说来说去,还是老天爷不肯给我们。要怪,只能怪老天爷了。'婆婆说:'生米已经煮成了熟饭,铁水已经铸成了铁锅,我们吵来吵去,就算各拿一把刀,你捅了我一刀,我捅了你一刀,又能怎么样呢?徐氏这一支已经断了,没有传宗接代的人了。我们这辈子投胎到世间,虽说将来到了地底下,没有脸见祖宗,总归剩下来的日子,还是要往下过的。我们就此熄火,从今天起,不再吵闹了,好不好?'我趁着两个老的心情不错,也肯平心静气讲一些道理了,就试探着说:'在我娘家那边,如果全生了女孩子,是有办法补救的。就是招一个上门女婿,分两种情况。第一种情况,是女婿不改姓,生下来的孩子,跟女方姓,帮女方这一个姓,传宗接代。第二种情况,女婿连姓都改掉,跟女方姓一个姓氏,生出来的孩子,不用说,当然是女方这个姓氏的子孙了。'公公说:'招女婿的事情,我们不知道提前想过多少遍了,行不通的。一来,我们徐家圹圩周边的地方,出了好几个招上门女婿的恶例。多了不用举,我们只举两个恶例吧。第一个恶例,是我们往西走十八里的十八里岗上,有一户姓胡的,家里三个女儿,年纪比你们大七八头十岁。大女儿招了一个上门女婿。结婚三年,生了一个儿子。按照事先约定,跟女的姓,替女方传宗接代。这个男孩长到十岁,上门女婿反悔了,背着家里人,拿户口簿到派出所替儿子改回了自己的姓。随后,趁一个月黑风高天,带着儿子,错眼不见,逃得无影无踪,至今也没有下落。丢下这一家人,麻雀衔秕糠,一场空欢喜。这个例子,还是好的。第二个恶例,更恶了。上门女婿一开始安安分分,生了儿子,对姓氏也没有异议。等到岳父岳母年老体弱的时候,这头恶狼,露出了真面目。到派出所替儿子改回了自己的姓,并没有带儿子离开,而是当家做主耍起了威风,天天往死里作践两个老的。吃没有吃,喝没有喝,穿没有穿。邻居看在眼里,疼在心里。可是,这是别人家。要在大城市,还有个愿意出头的。到了偏僻乡下,各人自扫门前雪,岂管他人瓦上霜,谁肯多管闲事?两个老的没有几年,一命呜呼了。接下来作践女方,有错打一顿,没有错也打一顿。一个女的,怎么能打得过男的?又怎么能忍得住三天两天打?没有几年,命也没有了。这个狼心狗肺的上门女婿,又娶了一个年轻的小老婆,逍遥自在得不得了。这是我说的恶例子。除了这一点,你可能并不知道,我们徐氏一门,是大族,百年千年传下来,有一些跟别的姓不同的规矩,在族谱上写得明明白白。比如,其中有一条,就是不能招上门女婿。'我听了公公的话,又说:'爸举的两个上门女婿的恶例,都是过去的年代。放在现在,恐怕不会有人敢这样做的。还有,徐家大族的规矩,虽然有不能招上门女婿这一条,不过,那是上辈人的规矩,已经过了很多代了。这个规矩,应该过时了。'公公说:'只怕你认为过时,有人认为不过时。到了时候,一把抓住这个软肋,跟我们长房嫡传算起总账来,那一关,恐怕不是轻易能过的哦。'公公说的这句话,当时我并没有听懂。到后来发生了一些事情,我慢慢懂了。后来的情况,就像一句话说的,'内忧刚平,外患又起'。家里刚刚停息,外面又闹起来了。"

八十四

说到这里,门上敲了两响。闻芳应了一声,依旧是一男一女两个服务生进来上菜。上了两个热菜。一个是香焙鹅肝,一个是煎牛排。两个菜放在桌子正中。服务生正要拿筷子帮忙搛菜,闻芳谢了一声,仍请他们出去。随即自己拿了公筷,先替何寿天,再替余凤翔,各搛了一片鹅肝，一块牛排。再帮各人杯子里，添了热茶水。自己坐下来，也揿了鹅肝牛排。三个人把碟子里的菜吃了，喝了两口茶，松了口气，放下筷子，听余凤翔继续往下说。

余凤翔说：

"前面说过，我们徐家圹圩这一支徐，是从浙江绍兴来的。绍兴的一个祖上，传说是一个大名士，大文人，写得一笔好字，画得一手好画。最厉害的，传说写了一本大书。所有这些，并不是我们姓徐的自己往自己脸上贴金，而是有据为证。什么证据呢，就是祖传下来的族谱。这套族谱，用的是百年不坏的宣纸，把字刻在石板上，用松树枝烧成烟，兑水掺胶搅成墨，涂在石板上，印在宣纸上面，装订成册。总共有一大叠，上下加在一起，有一周岁孩子的半身高。可是，有一年，有说明末清初，一个兵荒马乱的年份，徐家长房嫡传，就是我们家爷爷的爷爷的爷爷，遭遇了一把天火，丧了不少人口，毁了各种财物。其中最珍贵的，就是一套族谱。幸好徐家这一支的一个祖先，舍生忘死，冲进一片火海里，只抢了四个单本。也算侥幸，是连在一起的，还是最后面的几册。除了族谱，还有一幅写在绫上面的书法长卷，火焰把最前面和最后面都舔掉了，看不清标题和署名。听老辈人传说，这就是那位绍兴传奇先祖的亲笔手迹。话虽然这么说，其中也有争议。主要是懂行的人看过以后，对书法啧啧称颂。抄在上面的话，却是一些街谈巷议，普通百姓顺口溜而已。意思是，绍兴那位先祖名声那么大，怎么可能对这些不能登大雅之堂的俚句俗段，乡语村言，感兴趣呢？除了烧残了的四本族谱和一卷手写书法，另有一块砚台，倒是完好无缺。这块砚台，跟其他见过的砚台，也没有两样。上面只多刻了两行字。有点儿像是对联，又不太像对联。最让人拿不定的，两句话说得不合常理，有点反着来。我曾经亲眼看过砚台上的那两句怪话，一字一句记不准确了，大致意思还记得一点点。说什么，有话要说的时候，要遮住掩住盖住，说得越少越好，越短越好。无话可说的时候，要没话找话，说得长一点，说得多一点，越长越好，越多越好。让人觉得不可理解。那套残留的四本徐氏族谱，上面写得清清楚楚，一应族谱，包括书法手卷和砚台，由长房嫡传保存，父传子，子传孙，孙传重孙，代代相传，世代留存。在徐家圹圩，我们家是长房嫡传，四本族谱残本、一卷有残的书法手卷、一块刻了两行字的砚台，一直由我们家保管，从来并无争议。事情出在我怀第二胎前后。那个时候，电视里经常播一些鉴宝节目，很多家常所见的、不起眼的东西，进了电视，到了专家们的眼里，都成了宝贝。估出来的价格，人们听了，震惊得一愣一愣的。张开嘴巴，合不拢了。有一天晚上，徐家圹圩停电了，大家看不成电视，都聚拢在村头大树底下，七嘴八舌瞎聊天。说来说去，有一个人，也是我们这个徐，而且族谱上记有他家上辈的名字，还明标着他家是接在我们家后面的第二房。这个人跟我们是平辈，排行一个'永'，全名叫徐永贵。徐永贵这一天晚上就插嘴说了一个故事。说，古代有个人，名叫沈万三，家里原来穷得叮当响，米缸刮到底，也盛不了半瓢米；衣柜腾空，也找不全一套衣服。一家人在夏天，还能凑合。到了冬天，只能从早到晚，老老小小挤在一床破被里。这个沈万三，命里有财，老天爷要把不计其数的财富，白送给他。这一天，他家门口走过一个人，有点口干舌燥，就停了下来，讨一口水喝。沈万三舀了半瓢清水，给这个人喝了。这一喝，喝出事情来了。原来这个人不是常人，而是人们说的'识宝魁子'。世上很多东西，看似一文不值，其实都是价值连城的宝贝。当然，一般的肉眼凡胎，是看不出来的。'识宝魁子'喝了沈万三的水，要报答他的恩情，不走了，留下来住了几天。顺便在屋里张了几眼。不看便罢，一看便天下大乱了。原来沈万三的家里，正是一个宝窟。那墙旮旯的石头，并不是石头，拾起来洗干净了，露出了本来的颜色。黄的是金，白的是银。连鸡窝里的草，都不是一般的草，是金线草，编织成衣服，是皇帝老爷和皇后娘娘穿的，可以卖出泼天的价钱。'识宝魁子'是个讲义气的人，所谓滴水之恩，涌泉相报，不但把沈万三家里的宝贝全部找了出来，还教了他识宝的秘诀和手段。于是，沈万三走出家门，东游西逛，走到哪里，哪里的宝贝便到了他的手里。半个月下来，发了大财，成了当地首富。半年下来，又成了长江以南的首富。一年下来，成了全国的首富。据说连当朝姓朱的皇帝，论起财富来，还要逊他三分。那天晚上，徐永贵说到最后，突然把话题一拐，说了一句话，说：'其实，我们徐氏家族也是有宝贝的，比如，被我们祖上从大火里抢出来的四本族谱，应该价值不菲的。这个倒还罢了，那一卷书法，还有那一块刻了字的砚台，是值大价钱的。到底值多少，需要找一个当代的识宝魁子，也就是鉴定专家，来现场看一看。也许值个十万百万千万，都说不定呢。'话音落地，大树底下坐着的人，包括姓徐的人，都听进耳朵里去了，顿时一片寂静。所有的人，好像都在想着什么心事，把嘴巴闭得紧紧的。过了一会儿，天色不早，大家就散了。可是，正是这个徐永贵，一番胡说八道，给我们长房嫡传，留下了麻烦。"

说到这里，门上响了两声，一男一女服务生进来，上了一个羊肉火锅，一盆土豆烧牛肉，一盘清炒芥蓝菜，一盘清炒空心菜。都放好了，正要退出去，被闻芳叫住了。

闻芳说：

"麻烦你们，这个刺身大拼盘吃得差不多，请把剩下来的归拢到一只小盘子里，大盘子拿出去吧。各人面前的骨盘都满了，也请清理一下，换一下干净空盘。另外，请用一个盆子，上三个人量的白米饭。再把汤上上来。谢谢！"

两位服务生按闻芳的要求，把桌上收拾了一遍。退了出去。闻芳跟先前一样，拿公筷各撩了几块羊肉、几块牛肉、几块土豆、几棵芥蓝菜、几撮空心菜，分送到何寿天和余凤翔面前。又拿各人面前的小碗，盛了小半碗饭，放回原处。给两只杯子，添满了茶。自己也用公筷撩了同样的东西，面前的杯子里，也添加了茶水。

闻芳说：

"吃吧，再吃一会儿东西吧。"

八十五

三个人把面前盘子里的东西，都吃干净了。半碗饭也下了肚子。放下筷子，喘一口气。安静下来，听余凤翔继续说。

余凤翔说：

"半个月以后，徐家圲圩来了三个人，一个年纪在四十上下，两个年纪在六十开外。都是西装革履，头上一片光亮。那三个人，年轻的话多，滔滔不绝，说个不停。两个上年纪的，把嘴唇紧闭，一声不吭。直接找上门来，掏出一张金光闪闪的名片。当时我怀着二胎，身子懒得动，正偎在一张竹床上，半睡半醒。睁开眼睛，看了一眼来人，又闭上了。耳朵也是半听半不听。那个年纪轻的人对我公公说：'您好，听说您是徐家圲圩徐氏家族的长房嫡传，我们特来慕名登门拜访。我是上海一家拍卖公司的。这两位老者，是国内享有盛誉的鉴宝界的专家，连故宫博物院也请过他们。'说到这里，我公公有点蒙，不明白这个人说来说去，到底想说什么话。就说：'这位朋友，我们是乡下人，有事喜欢一捅到底，直来直去。你不要绕弯子，有话快说，要我做什么呢？'四十岁上下的人说：'我们听说，徐氏祖上留下来的四本宣纸族谱，还有一卷书法，和一块砚台，都由你家保存。根据我们查证，徐氏一族源远流长，这几样东西，应该是宝贝。价值可能都不是你自己所能想象得出的。这样吧，所谓耳听为虚，眼见为实。麻烦你把这几样东西拿出来，请两位鉴宝专家瞄一眼，就能估出它们的真正价值来了。'我公公说：'这三样东西，是祖上传下来的，再不值钱，在我们后辈眼里，也是无价之宝。再值钱，哪怕我们吃了上顿没有下顿，也不会把它们变卖了，来填自己的肚子的。'四十岁上下的人说：'我们并不是要买你的，也不是让你去卖钱的。主要是想看一看，增长一点见识。'我公公见来人第一次登门，抹不开面子，就让三个人看了一看。两位鉴宝专家，瞄了一眼，又瞄了一眼，再瞟了一眼，'哎呀'叫出声来了。三个来人，走出我家，到外面找一个没有人的地方，说了一会儿话，又返回来了。那两位鉴宝专家，还是嘴巴紧闭，一言不发。四十岁上下的人说：'专家大吃一惊。鉴定下来，那四本族谱，宣纸旧物，不用多说的。那一幅书法手卷，前面标题被烧掉了，是小小的可惜。后面的署名残缺了，才是大大的可惜。它的价值，大大打了折扣。最难得的是那一方砚台，正宗古端砚，又出自古代大名头之手，价值不得了。逐项估下来，那四本族谱，只值个十大几万，二十万还不到。那幅手卷，应该在四百五十万。那一方砚台，没有一千万，拿不下来的。算起来，这三样宝贝，总价值二千万不到，一千五百万，足足有余的。'我公公听了，说：'小兄弟，你抬头看看天上的太阳，要是从西边出来的，我就相信你的话。要是从东边出来的，就请你忙你的事情，我忙我的事情。你们从上海大都市，跋山涉水，到了我们徐家圩圩这个洼地旮旯里，专门买我家里的这三样东西？一千五百万，有多少钞票？你口袋里真能掏出这么多钱？'年轻人这才转入正题，说：'不是我们自己买，我们是拍卖公司，可以帮助你们拍卖宝贝。我们公司每隔两三个月，都要举行大型拍卖会，请全世界的大财团过来，东西都是各个藏家的。具体的做法，先请专家估出一个价格，贴在拍卖品宝贝上面。然后由拍卖师现场主持，各个买家竞价。比如，某一样宝贝，有一个买家看中了，想要，出一百万，另一个买家也想要，就出高价，两百万。这一个不服，又往上飙价，出三百万。到最后，就看谁最财大气粗了。所以，专家估的价值，往往是最低价。最后到手的，远不止原来的数字，十倍，百倍，千倍，甚至万倍，都是有可能的。我们代拍过一件宝贝，起拍价只有一万块钱，被几个买家追到最后，高达一千万。宝贝的主人都惊呆了。你家三样宝贝也是这样，说是一千五百万上下，说不定三千万五千万，甚至一个亿，都是可能的。'我公公问：'那你们呢，没有好处，难道吃饱了饭撑的，没有事情做，白帮别人的忙，是为了消化肚子里的食物的？'年轻人说：'我们当然是要好处的。就是按照比例，收取一定的佣金，也就是服务费。算下来，也只是一个零头而已。'我公公说：'我明白了，你们相当于乡下人开赌场，一张桌子，几张椅子，一副牌，提供给来赌钱的人。有人赢，有人输，不管输赢，你们坐拿提成，对不对？'年轻人说：'有点像，也不是全像。'我公公说：'我不浪费三位时间了，徐家这三样东西，不要说值一千五百万，一个亿，哪怕值一百个亿，也不会拿去拍卖的。三位请回吧。'那三个人走了，村里却一片风声，说，徐氏家族祖辈留下来的三样东西，总价格值一个亿。先是徐永贵上门，跟我公公商量。后来村里好多个姓徐的，陆续上门。让把三样东西拍卖了，徐家圩圲姓徐的，三一三十一，各户均分，天降雨露，大家都有好处。再后来，不是姓徐的，也上门来劝了。说徐氏是百年千年大姓，不如把拍卖所得的钱，用于公益事业，帮徐家圩圲修几条像样的公路，不但其他姓氏受益，也是为徐姓积攒德行。这些人，天天缠在家门口。前面一拨人才走，后面一拨子人又来。闹了半个月，人神不安。正好邻村有一个人，到徐家圩圲走亲戚，就停脚听了一会儿闲话，然后说：'你不要听拍卖公司的，都是大骗子。从他们嘴里出来的话，都是钓鱼钩子，一旦咬上钩，再想挣脱就难了。'原来这个人家里有一个旧花盆，有一天，来了三个人，也是一个年轻人，两个上年纪的人。年轻人自称是大拍卖公司的，说两个上年纪的人，是国内最权威的鉴宝专家，连故宫里的宝贝，都请他们鉴定的。这三个人，一敲一打，一问一答，一呼一应，说他家的这只花盆，是几百年前的上等青花瓷，一件世上罕见的宝贝。最后被拍卖公司估了一百万的价，拿去拍卖。三年下来，一分一厘没有到手，光是保管费，就花了二三十万，弄得背了一屁股的债。不仅是这个人，这个人还有个亲戚，也是同样遭遇。这个走亲戚的人，怕徐家圩圲的人不相信，还带着他们，到自己家里，看了那个花盆。再到亲戚家里，听亲戚叫了一场苦。这个亲戚又带这些人到另外上过当的人家里，看了一看，听他们现身说法。这场风波，才算平息。只有那个徐永贵，心不死，一直在寻找机会。过了不久，我二胎又生了个女儿，终于被徐永贵抓住了把柄。"

门被敲响，一个女服务生端了一个水果拼盘进来，里面放着切好的西瓜片、哈密瓜片、菠萝片、芒果片、一大串葡萄、几粒圣女果。

服务生说：

"菜已经上齐了。有什么需要，请随时吩咐。"

闻芳说：

"好的。有事情我们会叫你们的。谢谢！"

八十六

服务生出去，闻芳把水果盘朝旁边挪了挪，再用公筷，分别帮何寿天和余凤翔搛了几样菜，又略略少添了一些米饭，再把杯子里茶水添满。三个人又吃了一会儿，重新安静下来，听余凤翔说话。

余凤翔说：

"有一天，当着众人的面，徐永贵拦住我公公，说：'长房大伯，跟你商量个事情。我们徐姓的族谱上，有一句话，老辈人留下来这几样东西，由长房嫡传保管。不过，这句话的后面，还有一句话，如果长房嫡传某一代没有男丁传宗接代，相关族谱等物品，就改由徐姓第二房嫡传保管。如果徐姓二房嫡传也没有男丁传宗接代，则由徐姓第三房嫡传保管。以此类推。本家大伯，你家媳妇第一胎生了个没把子的，第二胎也生了个没把子的。你以前是长房嫡传，现在不是了。现在我家是长房嫡传了，你把那三样东西，交到我手里来吧。'我公公听了，没有搭他的茬，扭头就走。往下，我家门口又来人不断了。有不帮徐永贵说话的，说，徐永贵不相信拍卖公司有诈，已经私下里约定好了，三样东西到手，就拿去委托拍卖。而且，卖出来的钱，打算乌龟吃大麦，一口独吞。有帮徐永贵说话的，说，老辈人既然在族谱里说过这句话，那就应该照办，把三样东西，交给徐永贵家保管。至于徐永贵拿到东西以后，会不会拿去拍卖，那是以后的事情。俗话说，捉奸捉双，捉贼捉赃。等他做的时候，再活捉他现形，把三样东西要回来。你现在先交给他再说。我公公坚决不交，来一个人，拒一个人。来两个人，拒两个人。这些人来了好几次，没有效果，也失去了兴趣，不来了。众人不来的第二天早上开门，看见徐永贵拎着一条板凳，站在我家门前。两扇门一开，他一屁股坐在板凳上，把路堵住，不走了。我们一家不理睬他，从旁边绕过去，就像没有看见他一样，由他自己干坐着。一个月过去，他坐不下去了。帮他的人，就出了一个馊主意，让他用法律当武器，跟我家打官司。徐永贵到了法院，法官看了他的状纸，答复说，那三样东西，虽然是徐氏家族祖上留下来的，不过，人家已经传了好几代人，都是父传子，子传孙，孙传重孙。按照现行法律，属于他家个人财产。同一个姓氏同一个家族里的人，是没有权利讨要的。说完，把诉状退还给他，不予立案。徐永贵几条路都走不通，就走了一条民间的老路。他找了三只破脸盆，一只给他老子，一只给他儿子，一只自己拿着。爷孙三个，每天大早起来，拎着三只破脸盆，用三根棍子敲响。从村子东头，走到西头。又从南头，走到北头。一边敲，一边喊：'徐永元家断子绝孙啰，快把祖宗的三样东西交出来哟！'我公公，我丈夫，各提一把铁锹，要冲出去拼了。我婆婆怕出人命，赶紧拿了一把锁，抢在外面，把大门锁上了。又请人帮忙，打了110。警察来了，问明情况，劝徐永贵说：'法院都不予立案，你敲了又有什么用？还不住手？'徐永贵不听，继续敲，继续喊。警察火了，把他铐起来，行政拘留了七天。七天过后，徐永贵回来了，捡起那三只破脸盆，又开始敲了。这一次，他变了花样，不提徐永元的名字，也不提那三样祖宗留下来的东西，只说四个字：'断子绝孙'。还是爷孙三个，从早到晚，从东头到西头，从南头到北头，一边敲，一边喊。再打110，徐永贵对警察说：'我只说了断子绝孙四个字，又没有明指着他家。他家自己心里有鬼，自动对号入座，关我什么事情呢？难道法律有规定，断子绝孙这四个字，从此不准说了？'他这一问，反而把警察问住了。警察临走之前，把我们一家人叫到旁边，说：'法律是要讲证据的，徐永贵是个赖皮，钻了法律的空子，他只喊那四个字，并没有明着指你们家。这样一来，我们抓不住他的把柄，不好把他怎么样。徐家圹圩这么远，我们又不可能天天守在这里。这件事情，恐怕还是要靠你们自己想办法解决了。'警察走了，外面三只脸盆，还有'断子绝孙'四个字，又响了起来。我们一家人，大眼对着小眼，面面相觑。我婆婆说：'要想平息，只有两条路。一条路，把三样东西给他，风平浪静，万事大吉。另一条路，生个传宗接代的男孩，他就没有借口，想闹，也闹不起来了。'我丈夫说：'已经生了两个女儿，指标用完了，怎么生男孩呢？'又说：'不把东西交给他，他是不会死心的。一直闹下去，驴年马月，也没有个尽头，日子怎么往下过呢？'我公公说：'这三样东西，是我爷爷交到我爸爸这一代手上的。我爸爸有我这个儿子，交到了我这一代的手上。我有儿子，当然有资格交给自己的下一代。至于交到别人手里，除非我死了。我活一天，这三样东西是不能交出去的。'说完，我公公就走了。一开始都没有觉得公公的话有什么。打了一个顿，都反应过来了。赶紧找人，屋里找了一遍，没有找到。屋外找了一遍，还是没有。屋后水塘里找了一遍，仍然没有找到。找到柴房里，看见公公用一根拴牛的绳子，一头系在柴房屋梁上，一头打了个活圈，套在自己的脖子上。我们进去的时候，他刚把脚底下的板凳蹬翻，舌头都被绳子勒得伸出来了。赶紧上前一把抱住，拉松绳套，把公公从鬼门关抢了回来。我整个人一下子崩溃了，说：'一切都怪我肚子不争气，生了两个女儿，没有生出儿子，被外人欺负。是我对不起徐家，对不起你们。这样吧，我从哪里来，还回哪里去。办一个离婚手续，让永元再找一个老婆，借一个争气的肚子，生一个传宗接代的男孩吧。'我又说：'罪过在我，要说死，我应该先死。'婆婆说：'你离婚，或者死了，又有什么用呢？徐家已经有了两个女孩，你离婚了，或者死了，永元再娶个老婆，还是没有指标，不能生的呀。'徐家圩圩有几个关系好的同姓，都到我们家来，帮忙想办法。其中一位就说：'都是徐姓一家人，我就有话直说了。想生传宗接代的男孩，也不是没有办法。拿我们周边四村八乡来说，先例也不是一个两个，仿照着办，就行了。只怕狠不下这个心来。'来帮忙的人说的这个办法，就是把两个女孩中的一个后出生的小的，送出去。这样一来，家里只有一个女孩,就可以理直气壮地生第二胎了。这个人还说:'你们也不必担心追查,在我们这种穷乡僻壤,这么做的又不是一家两家,到处都是。大家心照不宣罢了。你们也不要担心徐永贵这个死对头,如果生出了男孩,不排除他往上举报,那些搞计生的人,见多见惯了,所谓法不责众。肯定是睁一只眼,闭一只眼,佯装不知道。最重要的是有了男孩,徐永贵那一张嘴被堵住,再也说不出话来,从此死了心,不会再闹了。'一番话说下来,公公、婆婆、丈夫,还有我,思来想去,也只有这一条路可走了。"

闻芳听到这里,站起身来,走到门那里,敲了两下。门随即打开,一男一女两位服务生进来了。

闻芳说:

"我们吃得差不多了。麻烦你们把桌子收拾一下。我们还要说话,不离开。等一会儿还要点夜宵。你们收拾好桌子,换一壶新茶,等一个小时再进来。进来的时候,顺便把夜宵菜单也带来。好吗?谢谢!"

八十七

服务生开始收拾桌子,余凤翔起身要上洗手间,问闻芳去不去。闻芳仍然不直接答话,把头摇了一摇。余凤翔从洗手间回来,闻芳起身去了。何寿天也跟着出去,到洗手间方便已毕,洗了手,又用手捧了两捧水,漱了漱嘴巴。回到包厢,闻芳还没有回来。服务生收拾好桌子,退了出去,很快提了一壶新泡的茶,放在桌上,再退了出去。闻芳回来了,先把何寿天、余凤翔面前的杯子倒满新泡的茶,给自己的杯子也加满,坐了下来。

余凤翔说:

"我们全家打定主意,只能狠下心,把后出生的第二个女孩送出去,腾出指标,争取再生一个传宗接代的男孩,不受外人欺负。我也横下一条心,甚至还说过:'最好下一胎生个男的。如果再生个女的,还是送出去,直到生出男孩来。我就不相信,老天爷会亏待我们这一支姓徐的长房嫡传,把所有的路子都堵绝了的。'商量已定,那位帮我们家的邻居,便介绍了邻村一个专门做这件事情的人。这个人也是一副侠义心肠,帮忙送孩子,不收钱,只吃两顿饭。一顿在来抱孩子之前,一顿在抱走孩子之后。因为二胎生下来已经十二个多月了,不但开始咿呀学语,还趔趄着学走路,再大,送不出去了。不敢耽误,当晚就请这个帮忙抱孩子的来家,吃了一顿晚饭。吃饭的时候,问孩子一般抱到什么地方。这个人说,一般到县城里汽车站、大商场,瞅一个空子,趁机放在地上,赶紧离开。至于孩子是被什么人抱走,到底会去哪里,就不清楚了。当天晚上,我怎么也睡不着,翻过来,覆过去。到了后半夜,我突然想到,自己的孩子,请一个不相干的人,抱到那种人声嘈杂的地方,最后会到哪家,是穷是富,是好是坏,甚至会不会被人领养,最后是一个什么样的结局,从此都是大海里捞针,无影无踪了。我就想,与其这样,还不如自己跑一趟,也不要把孩子放到汽车站和大商场,先暗地里访一访,哪家不生小孩,想抱养一个,就给这个人家。我打定主意,没有跟丈夫说。我知道他做不了这个主,便爬起来,敲开公公婆婆的门。我说:'爸,妈,我改变主意了。与其让一个不相干的人送走,不如我自己跑一趟,不放在汽车站和大商场,暗地访实一个不生孩子,又打算抱养孩子的正经人家,趁着天色刚亮,这家人起床之前,放在大门口。这家人一开门,抬头就看到,把孩子抱进屋里去。这么做,心里更有个底数。'没有想到,公公婆婆双手赞成。公公说:'我们徐姓是百年千年大族,虽然是个女儿,也是姓徐的。做这件事情,虽说是迫不得已,也要让她落在实处。不能流落到给别人当下人的境地,将来我们到了地底下,也没有脸见祖宗的。'公公婆婆还特地拿出了藏在身上的最后一笔钱,是一张大票子,说:'这是我们最后一点老本,再也没有了。你拿着,带着苦命的孩子,不要着急,务必访定一个实在人家,送出去。'除了公公婆婆给的这张大票子，我出嫁之前，我妈把她的老本，悄悄塞给我，让我不到最急难的时候，千万不能动用。也是一张大票子。新婚当天，我把这张大票子，缝了三道针线，藏在棉袄里。到了婆家，担心人多手乱，不小心洗了棉袄，被水泡烂了那一张大票子，便把这张大票子从棉袄里掏出来，先裹了一层油纸，再包了一层油布，再放三层荷叶，埋在了后屋檐下紧靠墙角的地方。我趁着天黑，挖出了这一张娘家给的大票子。天色一亮，我身上揣着两张大票子，将孩子拴在后背上，手里拎着一袋山芋干，出了门。我第一站到了县城，访了半天，找到一户合适的人家。男的在县油脂厂当榨工，女的在县棉纺厂当梭工。住一间半旧屋，大的一间是睡觉房间，小的半间是厨房。穷是穷了一点，人还算实在。我打听好了，准备第二天天亮，这家人起床的时候，将孩子放在门口，再躲在远处看一眼。等孩子抱进屋里去了，我再往回返。打定主意以后，我看到县城有一个庙，便到庙里求了一个签，看看孩子的运气怎么样。我背着孩子，走进庙门，跪倒在拜垫上，磕了三个头，心里祷告说：'我把孩子送到县城这一家，请菩萨保佑。'说完了，我就站起来，走到签筒跟前，想抽一支签。不想旁边一个老和尚，拦住了我。老和尚说：'施主，你这样求签，心不诚。所求的签，是没有用的。'我就问他，怎样才算心诚。老和尚：'你求签之前，要往功德箱里扔一点钱的。扔多扔少，都可以，但是不能一分钱也不扔，就直接求签。你空着手求菩萨，等于抢白食，吃霸王餐，菩萨不高兴了，哪里肯帮你呢？'我乘汽车往县城来买车票的时候，第一张大票子已经化整为零了，便从零钱里面，拿了一张两角的碎票子，扔进了功德箱。再回到拜垫上，磕了三个头，心里念叨了一番刚才说过的话。爬起来，拿起签筒，使劲摇了几摇，从里面掉出了一支签。我低头看了看，上面标明是第四十六签，是个中下签。我递到老和尚手里，老和尚看了，摇了摇头，拿了一张签纸给我。这张签纸，我至今还保存着呢。"

说着，从口袋里掏出一张颜色发黄的旧纸条，朝闻芳递了过来。闻芳犹豫了一下，没有去接。何寿天伸手接了过来，只见上面用大字写着四句签语：

巨县济元寺第四十六签（中下签）

飘飘白雪现无痕，
大地装成一片银。
踏破芒鞋多自眩，
云开日出旧乾坤。

旁边另有四行小字：

一时虽异变，
宽怀休怯惊。
虽有吉星解，
终于照旧明。

何寿天看了一遍，递给闻芳。闻芳接过去，看了一遍，再递还给何寿天。何寿天返还给余凤翔手里。余凤翔又看了一遍，放回口袋，收好了。

余凤翔说：

"我从老和尚手里拿到这张签纸，看了一遍，老和尚说：'施主，不是个好签。也许是你刚才心不诚，先是空着手，后来经我提醒，才往功德箱里投了钱，所以抽到了这样一个中下签。如果你要解这个签，我可以帮你解，但是需要往功德箱里投钱。解签不是多少随意，往功德箱里投钱，是有定数的。多了不要紧，多多益善，上不封顶。少了不行，最少也要投两块钱。如果你投了两块钱，我除了帮你解这个签，还可以教你破解的办法。'我听了老和尚的话，心里想，自己做姑娘的时候，读过两年初中。签纸上面的字，全部认得的，意思也大致懂得。请老和尚解签，还可以告诉我破解之法，不过，最少要花两块钱。这两块钱花得，我觉得有点冤枉。于是，我就谢了一声，走出了庙门，再到前面访定的那个人家门口。我突然改变主意了，决定再往前走一走。到哪里去呢？

到车站一看，正好有往金华市的班车。我就嚼了几口山芋干，把肚子垫垫饱，喂了一会儿奶，让孩子也吃吃饱。买了一张票，赶到金华。访来访去，访到了一个人家，男的在饮食行业做，是一个集体所有制的饭店包馄饨的。女的也在这家饭店，端盘子。因为夫妻俩不能生育，打算抱养一个孩子，男孩最好，女孩也行。我看这对夫妻住的房子，相比县城的那对夫妻，都差不多。一间半屋，大的一间是睡觉房间，小的半间是厨房。我盘算了一会儿，金华毕竟是个市，比县城大多了，将来的发展余地也大，就决定送给这户人家。还是打算等天亮起床时，把孩子放在这家门口。拿定主意，我想起金华是黄大仙的祖宫。黄大仙在内地并不闻名，在香港人眼睛里，却是活灵活验的第一块牌子。于是，我就背着女儿，到了黄大仙的祖宫，进门往功德箱里投了两角钱，点了三炷香，磕了三个头，心里念叨了同样一番话，拿着签筒摇了一摇，有一根竹签掉在地上。我捡起来一看，是第十九签，比上一个签略好一些，是个中平签。我到和尚那里换了一张签纸，这张签纸，我至今也保存着的。"

八十八

余凤翔停住话头，从口袋里换出一张黄色蜡光红字旧纸条，朝闻芳看了一看，没有递过去，而是直接递到何寿天这边。何寿天接在手里，看了一看，上面只有四行大字，没有小字。上方另有一个标题，写着"金华山黄大仙祖宫赤松宫第十九签"几个字，旁边注着"中平签"三个字。这几个字，旁边没有标注。那四行大字旁边，都标注了英语。那上面的中文是：

金华山黄大仙祖宫赤松宫第十九签（中平签）

乾卦三连号太阳，
潜龙勿用第一章。

>　　其中爻象能参透，
>　　百福骈臻大吉昌。

何寿天看了一遍，递给闻芳。闻芳接过去，看了一遍，再递还给何寿天。何寿天同样返还给余凤翔手里。余凤翔放回口袋收好，开口继续往下说了。

余凤翔说：

"从黄大仙祖宫求了这个签，不知道为什么，我又改变主意了。我心里想，金华虽然比县城大，但还是小了一点，不如杭州大。于是我就买了一张到杭州的车票，从武林门下了车。我在杭州待了两天，每天只吃两顿饭，一顿嚼带来的山芋干子，一顿到饭店里买一碗阳春面。最终也访到了一个合适人家。男的是轴承机械厂的钳工，女的是丝绸厂的织工。也看了房子，比前两家都好，是两间半，一个大间睡觉，一个大间是饭厅兼客厅，一个半间是厨房。唯一不足的是，那个男的上车床时，大拇指被削去了小半截，虽然生活不碍大事，总归有一些不方便的。跟以前一样，我就在这家人附近找了一个庙，走进去，往功德箱里投了两张零碎票子，点了三炷香，跪在拜垫上，朝菩萨磕了三个头，心里仍旧念叨了那一番话。摇动签筒，有一根竹签落地，我捡在手里一看，是第二十签。到和尚那里换了一张签纸，是个上上签。这张签纸，我至今也保存着的。"

拿出那张签纸，比平常见到的纸张，要厚一些，绵一些，颜色已经褪了，只剩下了一些土黄的底色。何寿天接在手里，看了一看。上方正中写着"杭州祈福寺第二十签（上上签）"字样。下面是四行大字：

杭州祈福寺第二十签（上上签）

>　　花如白玉色如金，
>　　结果黄时点翠金。
>　　滋味尝来须似此，
>　　人间作事有同情。

旁边另有四行小字：

> 行事莫心高，
> 全凭步步牢。
> 虽然多有变，
> 成得一功劳。

何寿天递给闻芳，闻芳看了，还给何寿天，何寿天还给余凤翔。余凤翔放进口袋收好，继续往下说：

"我带着女儿，到了杭州，访实了人家，求到了这个签。不知道为什么，心里犹豫不定。我自己都觉得自己有点不对头了。我对自己说：'余凤翔，你打听到的这一对夫妻，是个厚道人，家境也说得过去。你求的这个签，也是个上上签。杭州自古就是繁华之地，鱼米之乡，你把女儿送在这里，还有什么不放心的呢？'可是，说归说，做归做。心里不踏实，事情也做不好。于是，我又生了一个念头，已经到了杭州了，再进一步，就是大上海，人间天堂，索性到那里去吧。于是到火车站，打算乘火车去。一看票价，吓了一跳。原来火车并不是我这种人乘得起的。怎么办呢？不去大上海，总归不死心。我就选择了走水路，路途时间很长，价格却便宜很多。我就买了一张船票，坐了两天一夜，到了码头，上来一看，眼前是破破烂烂、东倒西歪的房子，十分诧异。心里想，怎么回事，说大上海是花花世界，怎么都不如杭州热闹呢？再仔细打听，原来我乘的这班船，虽然目的地说是上海，其实是浦东。我身上剩的钱，已经不多，不敢再乱花了。心里就想，浦东也是上海，这儿应该比杭州要强的。我留在浦东，待了两天，仔细打听，访实了一户人家，就是闻业荣方慧群夫妇。他们的具体职业，我就不啰唆了。我还打听到，闻业荣原来住在金银桥，有一年特大台风从上海过境，吹倒了一棵大树，压倒了他家的房子，就搬到了这里，是属于闻业荣名下的临时过渡房。过一段时间，等正规拆迁房造好了，还要搬过去的。我从早到晚，观察了两天。夫妻俩上班的时候，我还分别跟着他们，走过一段路，听他们碰到熟人邻居，打招呼，说闲话。还有一次跟着到菜场，看他们买菜。判断下来，应该是两个厚道人。尽管这样，我还是找了一个庙，去求了一个签。我这次来上海，去找闻业荣夫妻之前，曾经先找过这个庙。到处都是高楼大厦，哪里有当年的那座庙，连影子也找不着了。再说当年，我走进庙里，往功德箱里投了两张零碎票子，点了三炷香，插在大殿香炉里，回到拜垫上，扑通跪下来，虔虔诚诚，磕了三个响头。我在心里念叨了以前说的那一番话，又加了一句，说：'我一路挣扎到这个地方，感觉再也动弹不了了。请菩萨保佑，给我女儿一个好出路吧。'说完，我爬起来，拼了一条命，使出全身的劲，来摇动那只签筒。咣当一响，一支竹签落地。我捡在手里，看了一看，是第二十七签。真正是老天爷有眼，不仅是上上签，比上上签还要好一个台阶，是个上上大吉签。到和尚那里换了一张签纸。这张签纸，我当然还保存着的。"

掏出签纸，何寿天接过来，纸很薄，很旧，很有韧劲。上面写着：

上海浦东感应寺第二十七签（上上大吉签）

久旱逢雨百草苏，
行船顺意风浪无。
东西南北随君往，
天涯海角贵人扶。

何寿天看了一看，递给闻芳。闻芳看了，还给何寿天。何寿天递还给余凤翔。余凤翔装进口袋，正要继续往下讲，门上敲了两响，一位女服务生走了进来，到闻芳跟前停住，把手里的夜宵菜单，递了过去。

闻芳说：

"不用看了，点一盆酒酿小圆子，三个人的量。上快一点。谢谢！"

八十九

服务生退了出去，余凤翔稍作停顿，开口继续往下说。

余凤翔说：

"我看了签纸，心意已定。当天下午，我到公交车服务亭，向值班人员要了一张白纸，借了一支笔，把前前后后，总共求的四个签上的话，一字一句，抄在这张白纸上，塞进了女儿的口袋里。第二天大清早，天刚蒙蒙亮，我把女儿放在了闻业荣方慧群夫妻住的临时过渡房门口。然后，自己退得远远的，眼睛朝那边瞟着。开门的是方慧群，先是没有看到地上的孩子，差点儿一脚踩到孩子身上。随后看到了，像是吓了一跳，接着像是喊叫了一声。随后闻业荣出来了。两个人先到房子四周找了一遍，没有看到任何人。又在门口站了一会儿，像是在商量着什么。然后，方慧群抱起了地上的孩子，两个人回到屋里，把门关上了。当时，我的心像是被挖了一锹，大半个身子都空了。过了一会儿，又像从高处滑到低处，脚站在实地上了。当天上午，我赶到船码头，买了票，先乘船到了杭州，再改坐长途汽车，回到了家里。四年以后，我生了第三胎，老天爷保佑我们徐家，是个传宗接代的男孩。儿子过了两周岁生日以后，我开始吃不下饭，睡不着觉。想来想去，终于下了决心，把儿子交在公公婆婆手里，请他们代为照看三天。在这三天里，我重新走了一趟浦东，找到闻业荣夫妻当年住的临时过渡房，这里已经变成了一座摩天大厦。我在四周反复打听，前两天问下来，没有一个人知道。到了第三天，也是运气好，遇到了一位路过的老阿姨。老阿姨原来也住在这儿的过渡房里，后来搬到拆迁安置房子里去了。离这儿有三四十里路远呢。老阿姨这一天是到浦西看望一个老朋友，回来的路上，看看时间还早，就中途下车，到当年临时住过的地方，看一眼。看到我一个人转来转去，顺嘴问了一句。我跟老阿姨搭上了话，向她打听当年住在这儿有一对叫闻业荣方慧群的夫妻，自己没有生育，后来收养了一个孩子，是个女孩。老阿姨说：'你要是向别的人打听，肯定是一问三不知。今天碰上我，也是巧了。我当然认识他们，住在临时过渡房的时候，就在隔壁。平时上班下班，买菜做饭，都打招呼的。后来临时过渡期限到，这片房子拆掉了，各人各走各路，都搬到正规拆迁安置房子里去，再不照面了。我退休以后，有一天到附近小公园里玩，看到了两张熟脸。分别了好几年，加上我年纪大，记性不如以前好了，竟然想不起来是谁，在哪里见过。我就上前一步，跟了过去，说了几句话，双方都想起来了。原来闻业荣方慧群夫妻两个，就住在离我小区不远，中间相隔两个小区。'老阿姨很热心，特地带我乘坐公交车，到了闻业荣方慧群住的那个小区站牌，让我下车。她本来要陪我一起登门的，因为时间不早了，家里有事情，就把闻业荣方慧群夫妻的详细门牌号码，住几楼几层几号，统统告诉我，自己没有下车，直接回去了。我找到地方，在那栋楼跟前，转来转去。到了下班时间，终于看到了闻业荣方慧群两个人，他们面容没有大的变化，不过老了一些。又看到他们手里牵着一个女孩，蹦蹦跳跳的，估算年纪，肯定是我的二女儿。我看了一眼，按理说，应该心满意足，准备往回返了。古人有一句话，叫作'贪心不足蛇吞象'，说的是蛇，比喻的是人。我当时就是这种样子的。也不能全部怪我，就在我找到闻业荣方慧群新住址，准备返回的时候，突然闻业荣出门来倒垃圾，从我面前经过。我就停住脚步，朝他看了一眼。据他事后说，我看他的那一眼，十分怪异。闻业荣倒垃圾回来，又从我面前经过，我又看了他一眼。这一眼，当然还是很怪异。接着，我就像有鬼神附体了似的，跟着他走了一段。闻业荣感觉到了，不走了，站在路边，问了我几句话。我一句还没有回答出来，眼泪就下来了。往下身不由己，就实话实说了。闻业荣听了，开始不相信，以为我是个骗子。我就从口袋里掏出当年到上海来，一路之上求过的四张签纸，递在他的手里。前面说过，当年我把女儿放在闻业荣方慧群夫妻住的临时过渡房门口时，曾经在口袋里放了一张白纸，上面有我亲笔抄写的四次求签的签文。闻业荣把四张原始签纸看了一遍，脸色变了。问我是不是反悔了，想把孩子要回去。我说不是。这次来上海，是因为第三胎如愿生了男孩，过了儿子两周岁生日，我身体很不舒服。眼睛一闭，就是当年送出去的二女儿的影子。眼睛一睁，还是当年送出去的二女儿的影子。吃不下饭，睡不着觉，人一天比一天瘦下来。再煎熬下去，只怕这条小命就没有了。被逼无奈，赶到上海，来看一眼。看过这一眼以后，心里一块石头落地，就打算回去了。我是绝对不会反悔，把孩子要回去的。闻业荣是个厚道人，听了我的话，不但相信了，还留了他家的住宅电话号码。还问我家里有没有电话，如果有，可以留一个号码，方便联系。我说我们徐家圹圩很偏僻，电话线还没有通到那里，家里没有电话。双方约定，这件事情，无论如何，不能告诉孩子本人。我们双方，就当作是远房亲戚，只在心里惦记着，平时不要多走动。我回家以后，过了很多年，我家也安装了住宅电话，便试着往上海打了闻业荣家号码。接电话的是个女孩的声音，我吓了一跳，没有敢多说，赶紧把电话挂了。过了几天，又打了一次，也是女的声音，听上去像是个大人，我就说找闻业荣。我告诉闻业荣，我家也装了电话了，这个电话，就是从家里打的。这样一来，双方有了联系方式。不过，却极少联系。后来有了手机，也是互相告诉号码，联系仍然不多。其中只有过两次时间最长的通话，我记得清清楚楚，第一次长一些，是三十二分钟。第二次短一些，是二十九分钟。两次都是闻业荣在一个僻静地方，一个人打我的手机号码。我也是到一个僻静的地方接听的。第一次是说女儿处了一个男朋友，家里社会地位、经济条件，男孩子长相、人品、工作单位，等等，是怎样的一个好。我接到闻业荣第一次电话后，特地到庙里走了一趟，往功德箱里投了两张大票子。这是我长这么大，往庙里功德箱第一次投这么多的钞票。我点燃了三炷香，插在香炉上，退回到拜垫上，虔虔诚诚，磕了三个响头。说了一番话，请菩萨保佑女儿，能顺顺当当、平平安安嫁进这一家的门。

不过，这一次我没有求签。我心里想的是，女儿遇到了这么好的人家，是不用求签的。何况，如果求的是一个上上签，万事大吉。如果求了一个不是很好的签，甚至很不好的签，怎么办？与其那样自己搬一块石头压住自己，还不如不求签，把主动权交在老天爷手里呢。我第二次接到闻业荣的电话，是说女儿已经正式结婚了。公公婆婆对她很好，还说，公公婆婆反复说过，他们只有一个儿子，没有女儿，就把媳妇当作自己的女儿看待。我长长地松了一口气，找了一个别人找不到的地方，大哭了一场……"

说到这里，何寿天的手机响了。低头看了看，是弟弟何寿地的号码。

何寿天说：

"是我大弟弟打来的，他很少在这么晚的时间打电话给我的，我得接一下。"

随即揿按下了通话键。

何寿天说：

"寿地吗？我这边有点特殊情况，正在外面，有点忙。如果是紧急事情，如果是老爷子那边的事情，就说。如果不是很急，如果不是老爷子那边的事情，就另找时间再说，好不好？"

何寿地说：

"不是老爷子那边的事情。是我党校这边的事情，有点急，但也不是太急，那就另找时间再说吧。"

挂了电话，余凤翔正要往下说，门上响了两下，服务生把夜宵酒酿小圆子端了进来。这次是服务生动手，帮每个人盛了一小碗，放在各人面前，又退了出去。

三个人吃了酒酿小圆子。闻芳敲了敲门，服务生进来，收拾好桌子，退出去了。

九十

　　这边余凤翔松了一口气,张开嘴巴,嚅动了两下,没有说出话来。接着,又嚅动了两下,还是没有说出话来。

　　闻芳说:

"你说完了吗?"

　　余凤翔说:

"你有什么话,请说吧。我先说到这里,要是想起什么来,再补充吧。"

　　闻芳略作停顿,先看了看时间,接着说话了。

　　闻芳说:

"我们是七点零五分,坐下来点菜的。第一个菜上来,是七点一刻。现在的时间,十二点差五分,前前后后吃饭和说话时间,总共四个小时四十五分钟。这么长时间,话也说得差不多了。所有的话,我听下来,可以总结成三句话。第一句话,当年把我送出去,是走投无路,迫不得已。第二句话,你当年送我的过程,想法不断改变,吃了很多苦,做了很大的努力。第三句话,就是你刚才最后说的那句话,当年如果不把我送到上海来,我也就没有今天的好日子了。"

　　余凤翔正要插话,闻芳抬手做了个动作,打断了。

　　闻芳说:

"你说的第一句话,我相信。当然,我也要实话实说,不管怎样迫不得已,不管怎样走投无路,把亲生骨肉送走,丝毫不能推脱一个做母亲的,在这件事情上所应该承担的责任。那么,放在我身上,我会不会这样做呢?绝对不会!你说的第二句话,我也相信。换了另一个母亲,在送孩子的过程中,可能做不到那种程度,也可能做得更好。但是,做不到那种程度的可能性,更大。那么,换了我,会怎么做?前面已经说过,无论如何,我是不会做把亲生骨肉送给别人这种事情的。所以,我会怎么做,并不重要,也不存在。你说的第三句话,就是,当年如果不把我送到上海来,我也就没有今天的好日子。这是事实。不过,你心里是这样想的,还当面对我说出来,我很诧异,很震惊。"

又说:

"最重要的是,你这次找到我,我会认你这个亲妈吗?我的回答是:不认。"

一刻静默,接着说:

"我不认的理由,可以有百条千条万条,时间可以说上三天三夜,但是,都用不着了。我只说两个理由,在今天晚上,当面说完。我说的第一个理由,这个世界上,把亲生孩子送出去,并不是你一个人,而是成千上万,十万百万,甚至还要多。很多电视台还专门开辟了'寻亲'栏目,帮助那些由于这个原因那个原因失散的亲人重新团聚。绝大多数的孩子被送出去以后,再也找不到踪影了。到底身在何处,生活怎么样,甚至是不是还活着,都不清楚。你呢,今天已经亲眼见到我,诉说了当年的前因后果,也知道了我的现状。相比另外一些不知道自己亲生骨肉下落的人,你应该满足了。我说的第二个理由。你第一胎生了女儿,送走我以后,第三胎生了个儿子。不管你家境如何,生活得怎样,现在,你既有儿子,也有女儿。我这边的父亲闻业荣、母亲方慧群呢,把我抚养长大,他们只有我一个女儿。不要说闻业荣得了脑梗,重病在身,而且痊愈无望。哪怕他仍然是一个健康的人,我能不能丢下他们,认你这个亲妈?如果真这样做了,公正吗?公平吗?世上还有公理吗?"

又是一个静默,继续说:

"我下面说的话,可能十分残酷,非常绝情,但是,我不得不说,不能不说。我当然要感谢你们给了我一条生命,没有你们,这个世界上就没有我。这一份情义,我是要感谢的。不过,从你们把我送出去开始,这份情义就结束了。仅此而已。到此为止。从此以后,我希望,也要求你,再不要来找我了。再来找我,我不会认你,也不会像今天这样接待你，陪你吃饭，听你倾诉了。也请你们不要站在自己的立场上，最好站在我的立场上，替我想一想：当年我刚十二个多月，跟牲畜也没有太大区别，话也说不完整，路也走不利索，无法反抗，你们按照自己的意志，把我送到了一个陌生的地方，交在了陌生人的手里。过了这么多年，我长大了，遇到了自己最心爱的人，也是最爱我的人，过上了一般人很难碰上的，用你的话来说，就是好日子，并且有了自己的女儿。这个时候，你突然出现了。事先连个招呼也不打，直奔我现在的家，第一个见的，还是我的婆婆。你替我想过没有？俗话说，婆媳自古是前辈的仇人，今生的死敌。如果我的婆婆是个一般人，是人们口头常说的那种世俗的婆婆，你这么一来，这一辈子，我怎么能在婆婆面前抬得起头？我在这个家怎么能站得住脚？我丈夫甚至在我之前，知道了这件事情。如果是个普通的丈夫，像许多家庭一样，是个跟妻子貌合神离的丈夫，他会对我怎么样？你甚至还见了我的女儿，抱了她，她还喊了你'外婆'。我女儿现在看起来是个小孩，实际上已经到了每天无数个'每事问'，有了事情追根究底，没有事情也追根究底的特殊成长期。她这次只知道你是我的亲戚，下次如果再碰到你，知道了真相，怎么办？你怎么面对她，我管不着。而且，你今生今世可以不用再见到她。我呢，是她的亲妈，我怎么面对她？你这次突然出现在我的生活里，看起来，是思女心切，是要见我一面，进而要我认你这个亲妈。事实怎样呢？我不说你是存心的，故意的，但在实际效果上，不排除会彻底毁了我，毁了我现在的家，毁了我眼前来之不易的一切，毁了我的生活，毁了我本人……你承认也罢，不承认也罢。你有这个动机也罢，没有这个动机也罢。这都是铁板钉钉，摆在眼前的。当然，我还要说一句，你今天来了，也有情有可原、能够理解的地方。何况，你已经来过了，做的已经做过了，说的已经说过了。我不原谅你，又能怎么办呢？所以，在我说这番话之前，你的所有的一切，我都原谅你。但是，如果再有下次，如果你再突然出现在我的面前，那就是存心的，故意的。我们之间，就不会是这次这样的了！"

又说：

"一切到此结束。我马上去结账，并拿房卡。然后，我公公开车送我回家，你今晚就住在我替你订的房间里，明天就回徐家圩圩去吧。"

再打了一个顿，从随身包里，取出了一叠票子，放在余凤翔面前的桌上。

说：

"现在我们都用手机结算，身上一般不放钞票。临来之前，我问老公身上有没有现钞，他说刚好从银行取了一扎。我现在给你，是给你回家买车票，并路途上用的。没有其他任何意思，也不存在其他任何意思。"

余凤翔犹豫了一下，想不拿，又想说点什么，被闻芳盯了一眼，便把这扎钞票收起来，放进了口袋里。

闻芳看了一眼，出门去了。

屋内静了片刻，余凤翔开口了。

余凤翔说：

"不好意思，我能冒昧叫你'亲家'吗？"

何寿天说：

"当然可以。不过，有些话，我事先已经说过了，是在闻芳做出决定之前就说过的。当时我说的是，我们全家尊重闻芳的决定，她怎么决定，我们怎么支持。在她做决定之前，我们不会对她施加任何影响，更不会把自己的感觉和想法，强加在她头上。如果你打算让我劝一劝她，让她收回刚才的决定，我只能说抱歉了。"

余凤翔听了，摇了摇头，又摇了摇头，再摇了摇头。接连摇了三次头，这才说话。

余凤翔说：

"真人面前不说假话。我这次到上海来，有两个目的。第二个目的，当然是指望闻芳认亲。当然，我事先也有判断，认为闻芳认亲的可能性不大。我也提前做了思想准备。其实，我的第二个目的，并不是最重要的。第一个目的,更加重要,最最重要。我的第一个目的就是,我这次到上海来,是为了找你,请你帮忙的。"

说:

"我家里遇到了麻烦事,是很大的麻烦事,想请你帮忙。不过,请放心,这件事情,仅仅是我家的麻烦,肯定不会给你添麻烦的。闻芳马上就要回来,具体情况来不及细说了。如果你愿意的话,明天早上,能不能请你再来宾馆一趟?见了面,我再详细告诉你,好吗?"

又说:

"本来还想留你一个手机号码,看样子也来不及了。等一会儿闻芳给我房卡的时候,请顺便记一下房间号码……"

还没有说完,闻芳回来了,说了房间号码,并不把房卡交给余凤翔,而是放在桌上。余凤翔拿在手里。闻芳随即往外走去,余凤翔急步跟上,何寿天也跟上去。到了电梯口,闻芳揿下按钮,电梯门很快开了,余凤翔有点犹豫,闻芳做了一个手势,余凤翔走了进去。电梯门关上了。闻芳换了一个电梯口,跟何寿天一起下到停车场,开车回家。

九十一

到家已近凌晨一点。闻芳直接回了主卧室。何寿天在客厅卫生间洗了个澡,穿好睡衣,走进房间,看见邵亚芳醒着,半偎在床头,便问她,是睡了一觉醒了,还是一直没有睡。

邵亚芳说:

"我睡觉?怎么睡?不但我没有睡,我们的孙女疆安,也死活不肯睡。一张小嘴不停问来问去。问她妈妈的亲戚,那个'外婆',到哪里去了,今天回不回来,会不会在我们家睡觉,到底是她妈妈的什么亲戚,是外公那边的亲戚,还是外婆那边的亲戚,等等等等,一连串的问题,一个连着一个,一个接着一个。弄得无虑绞尽脑汁,也对付不了。我只好帮着无虑一起来招呼疆安。两个大人，对付一个小孩，累得嘴干舌枯，汗流浃背。中间疆安不知道打了多少呵欠，拼命忍住。两只眼睛熬得通红，不肯闭起来，还越瞪越大。一直到十二点打过，毕竟是个孩子，再也撑不住了，嘴里说着说着，眼皮子耷拉下来，打起呼噜来了。我轻手轻脚，好不容易帮她脱了衣服，盖好了被子，这才回房间里来。也是刚刚坐到床上，靠着床头，缓一口气罢了。"

说了一通，转问晚上见面详情。何寿天提纲挈领说了一遍。邵亚芳不断点头，又不断摇头。听说闻芳不肯认亲，发了最后通牒，又为余凤翔长叹了一口气，吁唉了好几声。

邵亚芳说：

"闻业荣、方慧群一对夫妻，哪怕是个厚道人，哪怕是个好人，怎么可能生出闻芳这样的女儿呢？她的亲妈余凤翔说了四个半小时，她只用三句话，就说全了，说透了，说穿了。而且，我认为，闻芳说的话，句句在理，段段在情，每一个字，都是占着理的。"

夫妻两个，议论了一番。何寿天转了话题，把闻芳去结账取房卡的时候，余凤翔最后说的话，提的那个要求，转述一遍。

何寿天说：

"她说这次来上海的第二个目的，只是碰碰运气，希望闻芳认亲。如果闻芳不肯认，她也有思想准备。倒是第一个目的，才是最重要的，比第二个目的更加重要。她的第一个目的，是找我帮忙。她找我干什么呢？我又能帮她什么忙呢？"

邵亚芳说：

"她家缺钱，找你借一笔巨额？她家惹了人命，找你帮她摆平？"

何寿天说：

"看余凤翔的神情举止，虽然是从偏僻乡下来的，却很心高气傲。从她说的当年送闻芳路上她的所思所想，所作所为，应该不是个轻易向人低头乞求的人。从衣着上看，也并不特别穷困潦倒。何况跟我们是第一次见面，又存在着这种特殊关系，开口就借一大笔钱，怎么可能呢？

如果惹了人命，找我帮她摆平，也没有可能。她来我们家之前，对我们的情况，了解得非常清楚，肯定知道我早已离开了领导岗位。再说，即使仍然在领导岗位上，哪怕我是她家乡所在地大权在握的一方诸侯，对人命关天的案子，也不能插手，无法帮忙的。"

想了一想，又说：

"余凤翔还解释说，她家遇到的麻烦，是大麻烦。不过，这件事情，仅仅是她家麻烦，是不会给我添麻烦的。这些话，有些曲折晦奥，不太能听得懂。"

商量了一番，邵亚芳说：

"我的想法，你明天还是去一趟，跟余凤翔见一下面。到底是怎么回事，见了面，几句话一问一答，所有的谜底，不就都揭开了？明天是周六，疆安跟她爸爸妈妈说好，一起到世纪公园乘飞机、坐小火车、骑小木马的。你正好能脱出身来。放在平时，你还真没有空呢。"

又说：

"你去一趟，见个面，所谓'礼到人不怪'，只有好处，没有坏处。从私讲，毕竟是闻芳的亲妈，闻芳现在不认她，不等于将来不认她。我们不能把事情做绝，见了她，算一个人情，也是给将来留一个后路。从公讲，余凤翔不说千里迢迢，也是跋山涉水，到上海来一趟不容易，如果不去见面，连她提什么要求，都不知道，于情于理，也说不过去。"

继续说：

"见了面，都是自己人。有话实说，有话直说。能办的事情，就帮一帮她。不能办的事情，解释清楚，告诉她我们力不从心，办不到，就行了。我们也不能打肿脸充胖子，硬说能办到，否则，不但我们自己出洋相，还会耽误了人家的事情。"

商议定了，这才关灯睡觉。

第二天何寿天大早起床，吃了早饭，乘地铁赶到宾馆，进了大厅，见余凤翔侧坐着身子，等在大厅椅子上。见到何寿天，迎了过来，问能不能以亲家相称。何寿天让她不必客气，说，亲家，何寿天，或者直接叫老何,都行。

余凤翔说:

"我还是叫你'亲家'吧。以后这种机会不多,也可能再也没有了。是这样的,我早上起来,已经吃过自助餐,把房卡还到服务台去了。上海有直达离我们徐家圩圩最近的巨州市的长途班车,只是不知道票好不好买。我想了一下,有两个方案,第一个方案,我俩坐在这家宾馆大厅里说话,说完话,我再赶去长途汽车站。第二个方案,请你辛苦一下,陪我赶到长途汽车站,如果票紧张,先把票买在手上,放下心来,笃笃定定地说话,时间到了再上车。后一个方案,虽说更加保险,只是要你辛苦多走路了。"

何寿天略一掂量,觉得第二个方案,比较稳妥。

两个人出了宾馆,乘地铁赶到长途汽车站,先去打听车票。窗口回复说,上海直达巨州的班车,多得很,每隔一个小时一班。车票不紧张,车随到,人随上。于是没有提前买票,决定先说话,等说完了话,再挑时间最近的一个班车,跳上车,就是了。就在长途汽车站的候车大厅里,找了一个空荡荡的没有人的角落,在椅子上坐下来。何寿天提醒说,时间绰绰有余,有什么事情,不妨尽管说。

余凤翔说:

"昨天晚上,我说过,曾经跟闻业荣通过两次特别长的电话。第一次最长,是三十二分钟。第二次短一些,是二十九分钟。这两个电话,都是闻业荣主动打来的。其中有些话,有些事情,昨晚当着闻芳的面,不方便往深处说,我就没有多说。闻业荣打给我的第一次长达三十二分钟的电话,说的是,闻芳处了一个男朋友,男方的家庭、社会地位很高,经济条件很好,男孩子的相貌人品、工作单位,不是一般地好。眼看双方就要正式确定关系了,于是出现了一个天大的难题,就是闻芳的身世,要不要提前告诉对方家庭。如果瞒着不说,这门亲事应该不会出现问题。如果公开说了,这门亲事,极有可能要泡汤。闻业荣说,他跟方慧群商量过好多次,总是拿不定主意。眼看两个孩子的关系,越来越亲密,双方家人，也见过面了。确定正式关系，差不多瓜熟蒂落，就在眼前。到底应该怎么办呢？闻业荣想来想去，还是拿不定主意，就给我打了一个电话，想听听我这个亲妈的看法。我回答说：'老人们常说，是福不是祸，是祸躲不过。是她的命，是她的福气，老天爷也夺不走。不是她的命，不是她的福气，无论怎么遮，怎么掩，怎么盖，总有一天，会被戳穿的。所谓躲得了正月初一，躲不了正月十五。与其躲躲闪闪，不如直面相对。这种事情，所有的责任，都在大人身上，与孩子本人，是没有关系的。男方家庭如果能够包容，能够理解，当然不会有事情。男方家庭如果不能包容，不能理解，就是硬嫁过去，将来也会弄出天大麻烦来。往后过的，不是好日子，而是苦日子了。我认为，你们应该，而且必须，还要以最快速度，直截了当地把事情摊到桌面上，全部敞开来，一字一句也不要隐瞒，详详细细，一根一底，告诉男方家庭为好。'我嘴上虽然说了这些话，其实心底里头，并不是非常踏实。所以就进庙往功德箱里，投了几张大票子，点了三炷香，磕了三个头，祷告了一番话。但是，这一次没有求签。过了不久，闻业荣又打我手机，就是长达二十九分钟的第二次电话，说，他已经按照我的建议，把家里的非常特殊的情况，包括闻芳的身世，在两个孩子正式确定关系之前，转告给了男方家庭。看来我的决定是对的。男方家庭给了正式答复，说，闻业荣这边家庭的所有情况，他们以前早就知道了，这个不算什么，不会在意的。我听了闻业荣转达的这几句话，松了一口长气，肩上的千斤重担，顿时卸下了。闻业荣又说，两个孩子已经正式结婚。本来想提前告诉我，既然男方家庭能够包容，如果我愿意的话，可以假扮成一个远房亲戚，过来吃喜酒。借这个机会，三方家长见面，还可以目睹亲生女儿这一辈子最重要的大喜日子。没有想到，男方新事新办，没有像普通人那样举办隆重婚礼，而是请双方直系亲戚，到酒店里吃了一顿饭。这个决定，是两个孩子自己做出的，事先并没有征求家长的意见。这样一来，请我过来，既没有借口，时间也来不及了。接了闻业荣打来的第二次电话，我心里虽说有遗憾，其实也是没有遗憾的。"

九十二

说到此处,余凤翔收起话头,转入了正题。

余凤翔说:

"我家遇到一桩麻烦,乍看事情不大,其实却埋着很深的隐患,犹如定时炸弹,一旦引爆,屋倒墙塌,物毁人伤。我说的是大女儿徐兰。徐兰比闻芳大五岁零三个月,要说长相,跟闻芳有点儿反着来。闻芳皮肤白一些,徐兰皮肤黑一些。闻芳的五官分布,跟我接近。徐兰的五官分布,跟她爸接近。闻芳的个头高一些,身腰细一些。徐兰的个头矮一些,身腰粗一些。徐兰从小学习刻苦,成绩优秀,一路保送到省内最有名的大学。本来可以留校硕博连读,但家境负担不起,便报考附近巨州市国税局公务员,名列第一,留在市局。其间下基层锻炼一年,回来提任副科长,主持科室工作。说到这里,徐兰一直顺风顺水,称心如意,就像那芝麻开花,节节高。可是,世界上的任何事情,都有正反两面。当一个人太顺利的时候,肯定有不顺利的一面。徐兰从小到大,学习工作一路绿灯,却耽搁了自己的婚姻大事。我们最初也有疏忽,误以为女儿一处强,处处强。男朋友也许悄悄找好了,哪天突然公布,给我们一个意外惊喜呢。等我们清醒过来,得知真相,一阵手足无措,到处找人帮忙。徐兰跨过三十岁门槛,有熟人介绍了一个男孩,名叫赵大可,在巨州市统计局上班。长相不算突出,工作岗位一般。父母原是巨州郊区菜农,城市扩容拆迁,得了一笔补偿。家里有三套房屋,一套自己住,两套出租。另有一笔存款,也算一个富裕之家。我们这边,正好碰上高速公路从徐家圹圩穿插而过,我们承包的田地在规划之内,得了一大笔拆迁补偿款,经济翻身,跟对方也算旗鼓相当。先是两个孩子见面,感觉还好。后是双方家长碰头,谈得合拢。趁热打铁,办了婚事。徐兰很快有了身孕,往下十月怀胎,一朝分娩,生了一个男孩,取名赵徐生。

那赵家男丁薄弱,往上四代都是孤枝独叶,一脉单传。徐兰公公名叫赵望山,尤其重男轻女。徐生出生那天,赵望山夫妇赶到医院,那赵望山看到孙子,咧开一张大嘴,哈哈大笑,牙齿全部露出来,都拢不回去了。我当时也在场的,浑身上下,从头到脚,都是一个喜字。我说到这里,你听到这里,一切都是那样的好,一切都是那么的顺。正如我在前面说过的,世界上没有十全十美的事情。任何事情,都有正反两面。人们往往只看到正的一面,却忽略了反的一面。因此,我女儿徐兰的这场看似美满的婚姻,却暗藏着一个巨大的危机,后来又酿成了一场天大的风波。"

说到这里,何寿天手机响了,看了一看,是弟弟何寿地打来的,连忙揿下了通话键。

何寿天说:

"寿地,我在外面呢。昨天晚上说过,我这里发生了一点特殊的事情,还没有处理好,正在忙着。你要是有特别紧急的事情,或者是老爷子那边的事情,就说。如果事情不急,或者不是老爷子那边的事情,我们就另找时间说,好吗?"

何寿地说:

"不是老爷子那边的事情,是我党校这边的事情,有点急,也不是特别紧急,我们再找时间通电话吧。"

挂了电话,听余凤翔继续往下说。

余凤翔说:

"外孙赵徐生出生后,到底在哪里报户口,我们请赵望山做决定。赵望山说:'徐兰户口在她自己名下房子里,大可户口在我们老两口这边。比较起来,徐兰那边是学区房,从幼儿园到小学、初中,都是全市第一流的示范园校。我们这边的幼儿园、小学、初中,人们背后都加了"菜园"两个字,一塌糊涂,差得不能再差。徐生的户口,当然报在徐兰那边。'徐生出生以后,我们老两口带着儿子,搬到了巨州市里,跟女儿住在了一起。女儿女婿每天上班,孩子就交在我们手里。虽然是外孙,我们也是尽心尽力。除了幼儿园接送，我们另外还为徐生报了三项外课，钢琴、书法、幼儿外语。本来还想报游泳和跆拳道，转念一想，这是赵家的孙子，不是徐家的孙子。俗话说，水火无情，游泳这种风险，不冒也罢。另有跆拳道，整天推来挡去，难免磕磕绊绊，万一摔着了哪里，撞着了哪里，他爷爷不会怪徐生，只会怪我们。一旦较起真来，我们不好交代。这两样课，就没有报。本来我们的日子，不说蒸蒸日上，至少是平平安安。结果，做梦也没有想到，一个冷不防，出事了，还出大事了。"

提了一口气，说：

"最早的苗头，是在春节的前三个月，天刚刚冷下来的时候。我们感觉到一些不对头的地方。其实，徐生出生以后，我们老两口过来住了一段时间，就发现女婿赵大可有三个跟平常人不一样的地方。第一个不一样，很少说话，不要说一天下来，就是一个月，也说不了几句话。民间有一句俗语，'三拳打不出个闷屁来'，赵大可呢，不要说三拳，就是打他一百拳，也打不出个闷屁来。第二个不一样，跟人很少交流。不是玩手机，就是打电脑游戏。每天下班回来，坐在电脑跟前的时间，比其他时间加在一起，还要长。有时候，我们睡到后半夜，醒了，起来上厕所，看见书房里灯亮着，赵大可还坐着玩电脑游戏呢。第三个不一样，不喜欢孩子。赵大可作为徐生的爸爸，不但缺少互动，甚至让人怀疑缺少感情。除非迫不得已，赵大可是不会陪徐生玩的。能躲就躲，能逃就逃。徐生呢，也不愿意跟爸爸在一起。经常说：'我才不要跟爸爸一起玩呢，他只顾玩自己的手机，我跟他说话，他一句都听不见。'在最初阶段，我们对女婿的三个不一样，并不在意。对第一个不一样，我们认为，世上各种人都有，有太爱说话的，就像一个瓜话篓子，从早到晚说个不停。有不爱说话的，整个一只闷葫芦，从白到黑，不出声音，一句话也没有。对第二个不一样，现在年轻人哪个不玩手机？哪个不玩电脑？这是社会风气，时代潮流，见惯不怪的。对第三个不一样，我们认为赵大可外形看起来是个大人，内心可能还有点孩子气，实际上没有长大，还没有做好当爸爸的准备。再过一段日子，就会成熟的，也会明白怎么当爸爸的。蛛丝马迹，出现在春节前大约两个半月。以前的周一到周五，徐生要上幼儿园，由我们外公外婆带。周五晚上，送到爷爷奶奶那边，周日晚上回来。后来报了外课，占用了周末时间，改为周六周日两天里，如果上午有外课，下午回爷爷奶奶那边。如果下午有外课，上午回爷爷奶奶那边。问题是，从春节前两个月开始，徐生周末不回爷爷奶奶那边的时候，赵大可也回到父母那边住，一般是周五晚上去，周日晚上回来。到了春节前一个月，赵大可晚上回父母家住的次数越来越多，每周都有两到三天。再到春节前半个月，一直住在父母家，不回这边来了。大年除夕的前一天，腊月二十九晚上，赵大可带徐生回爷爷奶奶家去了，这是历年惯例。等过完春节，寒假结束的前一天，就带回我们这边来的。其间徐生想念外公外婆，也会回来一到两趟。可是，今年一个春节假期，赵大可和徐生都住在那边，没有回来。幼儿园开学的头一天，我们去菜场买菜，在幼儿园门口碰到徐生班上的一位老师，这位老师打招呼说：'我在这边原来是临时聘用的，年前通过了人事部门的考试，纳入了正式编制，现在分配到赵徐生爷爷奶奶家旁边的金色螺号幼儿园去了。今天过来，是拿留在这边的东西的。昨天我在那边，碰到你们的外孙赵徐生，正在金色螺号幼儿园报名呢。'我们吓了一跳。回家问徐兰，徐兰说不知道。打赵大可电话，不通。打赵望山电话，也不通。立即赶到那边，赵望山家外面院子的铁栅栏大门锁着。本来屋里有说有笑，我们敲了几下铁栅栏大门，里面声音没有了。再怎么敲，也不见回应。再回家问徐兰，徐兰承认出事了。问什么原因，徐兰说：'赵大可没有尽到男人的责任。'这句话，我们开始没有听懂。以为徐兰说的是赵大可平时不陪孩子，不做家务，跟家人不说话不交流。正是这个时候，来了一个快递，随手打开，差不多是一个晴天霹雳：是法院寄来的赵大可要求跟徐兰离婚的起诉状。"

九十三

说到这里，余凤翔喘息了一声，继续说：

"赵大可在起诉状里，提了三个要求。第一个要求，跟徐兰解除婚姻关系。第二个要求，双方所生的孩子赵徐生，由父亲赵大可抚养。第三个要求，婚姻破裂的原因，是徐兰跟他人有不正当外遇，负有全部责任，应该支付原告，就是赵大可，赔偿金五万元。到了这个地步，所谓纸包不住火，徐兰这才把前因后果，全部说了出来。亲家，承蒙你看得起我，允许我喊你亲家，我们是一家人，下面有些话，可能不合规矩，不够体面，不算文明，是不应该说出来的。可是，如果不说出来，你就不能了解事情的全貌，心里也就没有底，不好请你帮忙了。因此，我要先道一个歉，先说一声得罪，先请一个原谅。有什么不符合传统，不遵守风俗的话，我就直接说了。看到起诉状以后，徐兰说了实话。徐兰说：'赵大可没有尽到男人的责任。我之前说过一遍，你们听不懂。我就直接放在桌面上，摊开来说吧。我跟他之间，从来没有过任何一次正儿八经的夫妻生活。'我反问说：'那你是怎么怀上徐生的？难道是别人的孩子？'徐兰说：'不是赵大可的孩子，还能是谁？说了你们可能不会相信，我怀上徐生的时候，其实还是个处女。'又说：'这不是我说的，是到医院检查的时候，医生说的。'徐兰就把结婚当晚的情况，详详细细说了一遍。那天晚上，是赵大可绝无仅有的一次，好不容易抖擞起精神，可是，刚触碰到关键部位，就撑不住，一口气松下来，泄掉了。从那天起，赵大可像被针戳破的气球，一瘪到底，再也没有碰过徐兰。婚后两个月，徐兰身体有了反应，到医院检查，怀孕了。医生检查时，发现处女膜完好无缺，不免奇怪。又解释说：'体外射精，精子还是可以流进体内的，所以怀孕了。'我前面说过，徐兰从小到大，一门心思扑在学习上，不懂男女之情。因此，在最初阶段，并没有在意。结婚以后，她认为自己怀了孩子，赵大可不找自己，是出于爱护。自徐生出生以后，她又忙着坐月子，产假过去，母乳喂养到一岁半，中间还要上班，忙得团团转。徐生三岁进了幼儿园，赵大可还是没有动静。再过一两年，徐兰有点习惯了，甚至误以为夫妻之间的事情，本来就是这样的。纰漏出在去年六月。徐兰有个顶头上司，名叫崇问泉，跟徐兰同时进单位，人相对成熟，进步也快。徐兰提任副科长，他已经主持处室工作了。只因太优秀，容易被人盯上。去年上半年，崇问泉所在处室连续出了三个差错。到了五月上旬，又出了一个特别大的差错。徐兰平时跟崇问泉关系很好，便挺身而出，把崇问泉出的那个大差错，硬揽在自己身上。徐兰工作上一直无可挑剔，领导层怀疑她是故意顶包，于是放了一马，大事化小，小事化了。不久，崇问泉和徐兰一道出外差。当天夜里，两个人喝多了酒，崇问泉留在了徐兰的房间。这一夜下来，她才真正明白，男女之情，夫妻之合，到底是怎么回事。俗话说，三十如狼，四十如虎。回家以后，徐兰主动找了赵大可，赵大可佯装糊涂，一副听不懂的样子。徐兰就有话直说，赵大可只能扮赖皮，直挺挺躺着，像一截枯树干。徐兰催逼得紧了，赵大可索性住到父母家去，不回这边来了。赵大可是这种样子，徐兰又是另一种样子，跟崇问泉那边有了开头，就再也刹不住车了。时间长了，起了风声，慢慢吹进了赵大可的耳朵里。赵大可呢，这个耳朵进，那个耳朵出，装聋作哑，权当没有这回事。春节长假期间，徐兰和赵大可看似风平浪静，其实我们并不知道，两个人背后不断交锋。双方曾经郑重其事坐下来，长谈过一次。赵大可承认了不能行男女之事的原因，是自己性取向出了问题。徐兰说：'我是一个女人，一个活生生的人，你凭什么让我独守空房，受一辈子活寡？'她给了两个选择：第一，真正履行起丈夫的职责，她不再找别的男人；第二，离婚。赵大可听了，没有答复，走了。当然，徐兰做梦也没有想到，赵大可来了个'先下手为强，后下手遭殃'，恶人先告状，到法院起诉。大约半个月以后，徐兰收到法院转来的赵大可的起诉状。"

接着说：

"后来我们才弄清楚，起诉到法院，是赵大可父亲赵望山的主意。赵大可跟徐兰没有达成一致，躲在父母家里，白天上班，晚上下班缩在房间里，止不住眼泪鼻涕直流。实在忍不住，看到家里没有人的时候，号啕大哭。有一天正在大哭，他父母从外面回来，先是他母亲听见了儿子的哭声，说给他父亲听。他父亲听的时候，赵大可听到了动静，不哭了。第二次，他父亲听到了。老两口一起敲儿子的门，怎么也敲不开。老头子咣当一脚，把门踹开，儿子的眼睛，是通红的。反复追问，赵大可告诉父母，徐兰提出要离婚。父母问为什么，赵大可说半句留半句，一个字也没有提自己身体有缺陷，不能行男女之事，性取向出了问题。而是反咬一口，说徐兰在外面有了野男人，不要自己了。赵望山一向对徐兰印象很好，听了儿子的话，半信半疑，就悄悄请人查了一下。一番明察暗访，儿子说的话，完全属实，而且还具体落实在一个名叫崇问泉的男人身上。赵望山勃然大怒，找人仔细商量了对策，写了一纸诉状，让儿子送到法院。赵家的第一个要求，离婚，我们觉得，赵望山被蒙在鼓里，当然容不得媳妇在外面另找男人。提这个要求，可以理解。第二个要求，当初赵望山就一再强调过，他家是四代单传，本门家族在开枝散叶、传宗接代上，相比别的人家，脆弱一些，对这个孙子，当然看得比自己的老命还要重，要孩子的抚养权，当然也能理解。第三个要求，我们觉得不能理解。他家又不是没有钱，他家也知道我家也不缺钱。再说，五万块钱赔偿金，白纸黑字写在起诉状上，值得吗？他家要钱，不要说五万块，就是十万块、二十万块，直接给他罢了，不算什么的。但是，有一个思维很深的朋友却不这么看，提醒我们说，这份起诉状里，埋的最大的一个地雷，就是五万块赔偿金。这个人说：'五万块钱，数额并不大。但是，一旦法庭判决下来，由你们支付了他们五万块赔偿金，就意味着，这桩婚姻的破裂，所有的责任都在女方。起诉状上指责女方跟别的男人有不正当的外遇，也就成立了。如果事情到此为止，离了婚，一拍两散，从此天涯海角，各走各的路，倒还罢了。如果对方离婚以后，拿着盖有法院鲜红公章的判决书，来对付你家女儿，局面怎么收拾呢？'这个人这么一说，我们醒悟过来了。随即就有人透出信息，说赵望山在一个场合，发了冲天怒火，发誓说：'世上三不让：孩子，老婆，祖宗房。他徐家也不看看我是谁。这场官司打下来，我不仅要把孙子夺回来，还要让那个不要脸在外面偷腥的女人，身败名裂！法庭判决以后，我就把这张纸，彩色复印一百份，一千份，一万份，给她所在的单位，人手一份。哪怕她辞职不干，离开这座城市，我还是不会放过她。她走到哪里，这张纸就会跟到哪里。她换到哪个单位，这张纸就会出现在哪个单位。'经人一提醒，加上传来的信息证实，我们对这桩离婚官司，当然不敢掉以轻心。于是商量着，必须找一个律师，来应对这场诉讼。"

余凤翔说到这里，抬头看了看候车大厅里的时钟，继续说：

"拿到起诉状不到一个星期，徐兰的一个大学同学请她喝茶。到了茶室，原来还有另外几个同学。其中有一个女同学，本科一样读的经济，后来上研究生，转了专业，改读法律。毕业以后，就在巨州市一家律师事务所，当了律师。徐兰跟这位当律师的本科女同学，原来关系一般般。毕业以后，相互之间，不在一个行业，所谓隔行如隔山，也没有什么交往。坐着喝茶的时候，这个当律师的女同学，就挪了个位置，坐在徐兰旁边，一起说话。也是直奔主题，说已经听说徐兰的离婚官司了，作为老同学，她愿意出一把力。女同学说：'徐兰，你找任何一个律师，都是外人。不比我俩是大学同学，知根知底。有什么话，可以直截了当说的。打官司的事情，水是很深的，尽管我改了专业，曾经读了硕和博两个法律研究生，法律理论上，是没有任何问题的。但是，在实践经验上，还是有所欠缺。这样，除了我当你的律师之外，再替你找一个老舵手，这艘船，当然稳稳当当。再大的风浪，也会平安无事，不可能翻的。而且，说是两个律师，我们亲姐妹，明算账，按码标价，只收你一个律师的费用。'徐兰听了，自己从来没有打过官司，也没有熟悉的律师，就没有反对。女同学随即打了一个电话，原来她刚才说的这位老舵手，就在附近。

过三五分钟，这个律师来了。是个男律师，年纪四十出头。客气几句，给了一张名片，中间三个大字，是姓名，姚如洲。旁边标了小一点的字，是两个头衔。第一个头衔，是巨州市如意律师事务所副主任兼合伙人。第二个头衔，是国家二级律师。这个时候，那位请喝茶的同学，还有另外几位同学，都有事先离开了。只剩下徐兰和两位律师。当律师的女同学，往下大致介绍了姚如洲主任的情况，说他经手的案件，不计其数。其中重大刑事案件，包括三个涉嫌死刑、两个涉嫌无期、六个十五年以上徒刑，总共有三十多件。重大经济案件，包括四起涉案数额十几亿、六起涉案数额两到三亿、八起涉案数额五至六千万，总共四十多件。还说，一般性的普通案子，是请不动他的。只因为徐兰是自己的大学同学，遇到人生难题，不能坐视不管，只好高射炮打蚊子，请出姚主任这一尊通天菩萨，在百忙之中，抽身出来，插手帮忙了。等徐兰的女同学话说得差不多了，那位姚如洲主任才开口说话。说：'徐兰，你同学把我捧得太高了。俗话说，捧得越高，摔得越重。她再这么吹捧我，我从云彩上面一个倒栽葱跌在地上，恐怕要头破血流，粉身碎骨的。她说我是老舵手，我不免自惭形秽，愧不敢当。我实话实说，直尺直量，只配在舵手下面当一个普通水手。年纪又大了一点，枉称老水手，还算勉勉强强。不过，刚才她说的经过我手里办过的那些大大小小的案件，倒都是真的。你这桩婚姻官司，相比我做过的其他案件，不过是芝麻绿豆，小之又小，甚至小到可以忽略不计。说句张狂过头的话，当然是信手拈来，唾手可得。从此以后，你把这件事情，交在我的手上，我肯定会当作自己的事情来做。你就放一百个心吧。'徐兰听了，觉得这位姚主任，人也谦虚，话还实在，就同意了。三个人又协商了一番，一致决定，就请姚如洲主任单独挂帅，一个人当徐兰这桩离婚官司的律师。那位同学女律师，当即从随身带的包里，拿出空白聘请律师协议书，上面公章是提前盖好的，双方签了名字，就生效了。姚如洲主任和徐兰，分别在协议书上签了名字。徐兰当场用手机支付了一万块钱，同学女律师又从包里取出事先盖了公章的空白发票，填写了数额，在收款人栏目内，签上了自己的名字，把发票交给徐兰收好。徐兰回家说了详细经过，我们听了，一颗心也落在了实处。不过，也仅仅过了一天，请律师的事情，出现了异议，害得我们心里如有十五个吊桶，七上八下。"

再抬头看看时钟，又说道：

"第二天上午，小区有个邻居夫妻登门来访。这个邻居夫妻，有个孙子，跟徐生是幼儿园同班，相比其他同学，他年龄最小，长得也弱一些，在幼儿园就落了单。只有我们家徐生，愿意跟他一起玩。徐兰请好律师的第二天，这两位老夫妻上门，进屋坐下来。这个时候，风声已经传开，话题自然而然落到徐兰离婚官司上。两位邻居就提了一个醒。徐生幼儿园同学的爷爷说：'古人有训，各扫自家门前雪，岂管他人瓦上霜？只因我们两家关系非同一般，我们就冒昧直言了。也不是别的，就是你们家请律师的事情。'往下，两位老夫妻说了自己的亲身遭遇。原来他们前几年有一桩官司，请了一个不负责任的律师，加上平生第一次遇到这种事情，没有经验，律师说往东，他们就往东。律师说往西，他们就往西。律师说进一步，他们就进一步。律师说退一步，他们就退一步。一场官司打完，才发觉吃了大亏。而且，让他们最难接受的，所吃的这个亏，不是吃在对方手里，也不是吃在自己手里，更不是吃在法院手里，而是吃在自己花了大钱所聘请的律师手里。徐生幼儿园同学的爷爷说：'对于律师来说，也不能一棍子打死。就像各行各业，都有好的，也都有不好的。律师界也是这样，可能绝大多数是好的，只有极个别，是不好的。但是，具体到一家一户，不怕一万，就怕万一。万一狭路相逢，遇到不好的律师，就倒大霉了。这个风险，谁也担不起。只能学那二郎神，在额头上多长一只眼睛，盯紧一些了。'随后，徐生幼儿园同学的爷爷，还列举了律师界黑暗一面的各种套路。第一种套路，杀熟宰熟。越是同学、朋友、亲戚，越容易被盯上。动作很快，下手很狠。第二种套路，互拉案源。律师靠案件挣钱吃饭，有了案源，就有了官司，就有了收入。对于所拉到的案源，如果当事人是熟人，不方便下手，便互相介绍，换给另一个同行，替他下手。今天你送给我一个案源，明天我还给你一个案源。一人方便，大家方便。第三种套路，签名死，付钱死。签协议之前，付钱之前，他求你，你不求他。有问必答，有求必应。签协议之后，付钱之后，你求他，他不求你。远走高飞，无影无踪。一旦签订了协议，付了律师费，案件捏在他手里，逃不了，飞不掉。整个案件，包括当事人，就会悬在半空中，两头不着实。找不到人，问不上话。见一次面，前约后约，早约晚约，比登天还难。我们听这么一说，再对照徐兰大学同学找上门，主动当律师的情景，不说完全一致，也是大差不离。顿时，全身上下的汗毛，都被吓得直竖起来了。两位邻居老夫妻离开以后，我给徐兰打了一个电话，徐兰便问请她喝茶的大学同学，前天的聚会，到底是怎么回事。这位同学说，其实是那位当律师的女同学，托她转约的，还让第一个先约徐兰，再约其他人。而且，那天喝茶，其实是当律师的女同学付的账。徐兰听了，顿时明白，那天当律师的女同学是有备而来，她帮自己介绍的那位姚如洲主任，也是事先安排的。徐兰回家跟我们一说，我们赶紧向那两位好心的邻居请教怎么办。我说：'我们请的律师，是徐兰的同学，本来关系一般般，多少年没有联系了，是对方突然找上门来的。一切经过情形，跟你所说的杀熟宰熟、互拉案源的套路，基本是符合的。可是，徐兰的这桩官司，又不能不请律师。现在我们协议签了，钱也付了。难不成我们应该退了这个律师，钱白送了给他，另找一个律师吗？即使另找一个律师，我们对这一个行业，也是两眼一抹黑，要是再碰上一个不好的，怎么办呢？'徐生幼儿园同学的爷爷就说：'既然打官司，不请律师是不行的。但是，光靠律师，把一切交在律师手里，也是不行的。我前面说过一句很重要的话，就是请了律师之后，要学一学二郎神，从额头上多生一只眼睛，用第三只眼睛紧盯着。当然，我说的第三只眼睛，并不是你们自己。最好找一个亲戚，见过大场合，有着大学问，如果另有较高的社会地位，甚至懂得法律的，那就更好了。如果能请出这么一尊大神，守在旁边，哪怕他一声不响，一句不说，律师知道你有这么一位亲戚冷眼看着，晓得其中的利害，你就叫他三心二意，敷衍了事，他也不敢的。'听了这番话，我一夜没有睡觉，在床上翻来翻去。我们家哪里有这么样的亲戚呢？想到最后，脑子打了一个激灵，突然开窍了，想到了你，就赶往上海来了。"

九十四

余凤翔说到这里，起身去了一趟卫生间。何寿天也去卫生间方便，洗了手，坐下来。

余凤翔回来，坐下来，继续往下说：

"这就是我这次来上海的真正目的。本来我也不想惊动闻芳的，最初的计划，是不声不响、静悄悄地，请闻业荣方慧群抽个空当，把你约出来，见面做个介绍，我再详细说前因后果的。来了一看，闻业荣病成这个样子，'泥菩萨过江，自身难保'。方慧群要守着他，寸步难行。真正是'计划没有变化快'，只能直接登门了。闻芳跟无虑处朋友的时候，我听闻业荣详细说过你，你的社会地位，你的知识学问，你所见过的场面，当然不在话下。闻业荣还说你早年当过律师，对法律也是很精通的。如果你肯帮忙，也不必惊动你的大驾，你就坐镇在上海，端着一双冷眼，在旁边看着，哪怕从头至尾不吭一声，就行了。我相信，有你掌舵，再狂的风雨，也翻不起大浪，这艘船是不会沉的。也算是我徐家祖上积善积德，老天爷被感动，对我徐家睁开福眼了。"

说到这里，话说完了。看了何寿天一眼，等着回复。

何寿天说：

"时间不早了，你还有那么长的路程要往回赶。我就说五句话吧。第一句话，闻业荣对我的介绍，不准确。我年轻时确实当过兼职律师。不过，因为工作变动，后来又走上领导岗位，自动放弃了。因此，我现在并不具有律师资格。第二句话，你外孙幼儿园同学爷爷的提醒，是对的。他列举的几个套路，也是客观存在的。虽说好的是绝大多数，不好的是极少数，但是，用那位好心邻居的话来说，'不怕一万，就怕万一'，万一碰上了，损失钱财是小，耽搁了事情是大。找一个人站在旁边，冷眼观看，用第三只眼睛紧盯着，只有好处，没有坏处。第三句话，打官司虽然水很深，但也不是无迹可循。其中的要害，用一句话就可以概括：'打官司，就是打证据。'官司是赢是输，事实重要，证据更加重要，而且是关键中的关键。我举一个例子，有人当众杀了一个人，法庭审判时，如果没有任何一个人出来做证，法庭也无法判他有罪。真实发生的事情，不等于法律上的事实，必须由证据来证明。这一点，非常非常关键，一定要牢牢记住。第四句话，打官司不能不依靠律师，但也不能全部依靠律师。律师吃的是辛苦饭，手里千头万绪，很难保证面面俱到。顾此失彼，或者分身无术的情况，在所难免。我刚才说到证据，必须一个一个去取。能自己取的，一定要自己取。自己不能取的，再请律师去取。为什么呢？取证过程中，必然要产生一定的费用，还要花费大量的时间和精力。取证过程中所产生的这部分费用，律师是得不到的。如果全靠律师去取，一来，加大当事人的经济负担，律师也得不到实惠。二来，律师非常忙，时间和精力十分有限，也特别珍贵。能不能抽出空来，有没有这个精力，也是个问题。第五句话，我会全程关注徐兰的这桩婚姻官司的。每一个细微进程，包括文字材料，你可以随时发我微信。特别紧急的时候，还可以打我手机。我和邵亚芳每天都带疆安到公园，有时候陪着玩，有时候讲故事。一般情况下，看微信，接电话，这一点时间还是有的。我如果觉得有什么需要你们做的事情，也会及时告诉你们，叮嘱你们去做的。总之，随时保持联系就行了。"

互相留了手机号码，加了微信。看看时间，已近十一点了。正好有一辆班车进站，站起身来，送余凤翔上车。顺便从候客大厅小卖部里，买了一袋面包，两根火腿肠，一瓶饮用水，用一只塑料袋装着，塞在余凤翔手里。等车子发动，隔着上客栏栅和玻璃墙，挥了一挥手。车门关上，车子开走了。

九十五

何寿天回到家里，只有邵亚芳一个人在。便把余凤翔见面情况，包括她说的话，托的事情，简单说了个概貌。

邵亚芳说：

"无虑来过电话，说疆安到世纪公园乘了小飞机、坐了小火车、骑了小木马，不尽兴，说总是在世纪公园玩，有点腻了。无虑和闻芳就临时动议，带疆安到野生动物园去了。中午来不及回来吃饭，就在外面对付一顿，让我们自己做饭吃。我懒得动了，我们就下两碗快餐面，把肚子填一填吧。"

吃了中饭，何寿天午睡起床，洗漱好。见邵亚芳招手，便在客厅沙发上坐了下来。

邵亚芳说：

"你睡午觉的时候，方慧群来了一个电话，请我们下午两点整，抽空到豆香园去一趟。方慧群的这个电话，跟以前不一样，有点奇怪。没有说清楚到豆香园是跟她见面，还是跟别人见面。还有，也没有说清楚下午见面是为了什么事情，就把电话挂了。我本来想打电话过去，详细问一问的。后来一想，算了，去了再说吧，就没有打她电话。"

何寿天说：

"我俩下午到豆香园，如果是跟方慧群见面，难道她把闻业荣一个人丢在家里？如果是跟别的人见面，到底是谁呢？"

邵亚芳说：

"不用想了，你抓紧换衣服吧。走到那里，时间也差不多了。等到了豆香园，见了面，不就真相大白了？"

一路过去。到了豆香园，看看时间，离下午两点整，还差五分钟。眼前都是一些平时经常碰面的带孩子玩的熟人熟脸。转了一圈，走到临水平台那边，在旁边的长条木椅上坐下来。不一会儿，看见在豆香园西北角上，靠近马路旁边，有一个人，远远朝着这里，一边招手，一边走了过来。到了近前，看清楚了，是很久没有见过的邵亚芳的金银桥邻居，李二妹。

李二妹说：

"邵亚芳，我们有多长时间没有见面了？刚才一眼见到你，我在心里说，邵亚芳瘦了一些，黑了一些，人倒更精神了。俗话说，千金难买老来瘦。多少人想瘦，吃药打针，吸脂割膘，花了多少钞票，受了多少活罪，都很难瘦下来。而且，那种瘦，虽然也是瘦，却是一种虚瘦，假瘦，一种人工弄出来的瘦。邵亚芳，你这种瘦，是一种实瘦，真瘦，一种自然而然的瘦，这才算是身体健康呢。"

又说：

"你先生也是一副精神不减，好得很呢。上次见面，我已经道过一次歉了。所谓'真人不露相，露相不真人'。我跟你们夫妻俩第一次在豆香园碰面，那个时候，我还没有办退休手续，是这里的管理员，我看你的一张脸依稀熟悉，跟我的同班同学邵亚芬，活生生一副模子脱下来似的，我就想，这不会是金银桥邵家的大姑娘，当年那个年龄不够，自愿报名下乡插队落户，让自己的哥哥妹妹留在上海的，邵亚芬的姐姐邵亚芳吧？一问，果然是。我看见你们身上穿的衣裳，虽然干净，却都是旧的。一天如此，倒还罢了。天天如此，我心里就起了错觉，认为你们的日子，过得不怎么样。还丢出一句话，问是不是你插队落户找的乡下老公。你当时没有回答，把话头岔开了。后来碰见金银桥的另一个邻居闻业荣，他竟然说你老公怎样怎样，如何如何，住的房子又怎样怎样，如何如何，家里的经济条件又怎样怎样，如何如何。我听了他的话，还以为他是吹牛皮不打草稿呢。转念一想，闻业荣是个老实人，这样的人，你叫他做一件事情，容易，你叫他撒一个谎，很难。我们最后那一次见面，我记得清清楚楚，已经向你们正式道过一次歉了。今天机会难得，我还要再道一次歉的！"

接着说：

"我这个人，有个毛病，喜欢说话，嘴巴一旦张开，就刹不住车，想到哪里，说到哪里，想说什么，就说什么。还经常拐弯抹角，一个弯子，往往能绕十万八千里。我今天找你们，是有一件特别特别重要，特别特别要紧的事情，可不能让我这张嘴巴给破坏了，胡扯乱拉，耽误了正事。下面我就转入正题，从头说起吧。是这样的，上次说过，我女儿到郊区她婆婆家坐月子，我不放心，跟过去。到那里放眼一看，并不是我原来心里想的那种穷土瘦壤，而是一个人间天堂。天是蓝的，水是清的，带翅膀的是鸡鹅鸭鸽，长四条腿的是猪牛羊狗，地里长的是碧绿生青。想吃素的，到地里随便薅一把。想吃荤的，从栏里顺手捉一只。想吃大荤的，从圈里闭眼拉一头。我就在那里享起了清福。有一天，接到了金银桥邻居闻业荣打来的电话，说有一件天大的难事，这个世界上，除了我，再没有别人能帮他了。我这个人，又有一个毛病，就是喜欢戴高帽子。闻业荣又是个老实人，平时并不油嘴滑舌。这一番话，从别人嘴里出来，肯定掺虚拌假。从闻业荣嘴里出来，肯定是发自肺腑，说的都是真心话。我越听越高兴，说：'闻业荣，你不要着急，有什么话，慢慢说。先把前因后果，详详细细，对我说一遍。'闻业荣说：'事情是这样的。我们是金银桥的邻居。金银桥拆迁以后，邻居们各奔东西了。后来我和你碰巧遇上了。有一天，你转交了一份金银桥邻居金小曼儿子结婚请柬。我们一家三口按时去了，本来以为会碰到你，结果你没有去，却碰到了金银桥的另一个邻居，就是邵家的大姑娘邵亚芳。那天邵亚芳也是一家三口去吃喜酒的。我们坐下来一看，就知道生活在两个不同的社会阶层里。我们出了三千块钱婚礼钱，他们竟然出了三万块钱婚礼钱，是我们的整整十倍。本来双方萍水相逢，一顿喜酒吃好，各走各散了，却没有想到，吃饭时出了差错。服务员上菜的时候，我女儿闻芳站起来接听手机，头碰到菜盘上，汤汤水水，倒在了邵亚芳儿子何无虑身上。邵亚芳一家当时并没有计较，连一句责怪的话都没有说。我女儿闻芳，是个要强的人，有心要赔，就佯装拍婚礼，拍了一张照片。回家用电脑放大了一看，大吃一惊。原来何无虑身上的这套西服，是个天价，只有南京路上的一个专卖店里有。闻芳就把上班以来的所有积存，兜底翻了出来，听说还借了一点钱，凑在一起，到专卖店买了一套。那天吃完喜酒，我们打不到车，乘公交车又太远，就搭了邵亚芳家预约的七个座位的顺风车。她家路近，我家路远，车子先开到他们小区，他家人下车的时候，说了住在几幢几号。闻芳按地址寄了新西装过去。本来事情到此结束了，没想到又生环节。买的这套西装小了，还得到专卖店去换。总之，两个年轻人搭上了线，竟然相处起了朋友。我们觉得自己配不上何家。也不知道是闻芳不听呢，还是何无虑喜欢闻芳呢，无论我们怎么阻挡，两个年轻人越走越近。接着，对方家长采取行动，到了我家登门拜访。双方家长，算是正式见过面了。我们夫妻两个，却成了热锅上的蚂蚁，犯起了愁，吃也吃不下，睡也睡不着。'我听闻业荣说到这里，就截断他的话头，说：'虽说你们两家门不当户不对，这是两个孩子的事情。只要两个孩子互相看中了，其他可以放在其次的。你们夫妻两个，有幸攀上了这样的参天大树，高兴还来不及，犯什么愁呢？'闻业荣说：'我的话还没有说完呢。你并不知道，我家有一个天大的秘密：闻芳不是我们亲生，是抱养来的。这个秘密，因为我们搬迁过好几个地方，每个地方住的时间都不长，因此，除了我们自己，几乎没有人知道。'闻业荣又说：'我们犯难的是，闻芳的身世，如果告诉对方，这桩婚事说不定会泡汤。如果不告诉对方，难保将来不被戳穿，到了那个时候，又怎么得了？我和方慧群拿不定主意，就给闻芳的亲妈打了一个长途电话。闻芳亲妈说：老人们常说，是福不是祸，是祸躲不过。是她的命，是她的福气，老天爷也夺不走。不是她的命，不是她的福气，无论怎么遮，怎么掩，怎么盖，总有一天，会被戳穿的。所谓躲得了正月初一，躲不了正月十五。与其躲躲闪闪，不如直面相对。这种事情，所有的责任，都在大人身上，与孩子本人无关。男方家庭如果能够包容，能够理解，当然不会有事情。男方家庭如果不能包容，不能理解，就是硬嫁过去，将来也会弄出天大麻烦来。往后过的，不是好日子，而是苦日子了。我认为，你们应该以最快速度，直截了当地把事情摊到桌面上，告诉男方家庭为好。我听了，就想到了你李二妹。送金小曼儿子婚礼请柬的是你。如果不去吃喜酒，就不会碰到邵亚芳，也不会发生后来的事情了。所谓解铃还须系铃人，头是从你这里开始的，尾也应该从你这里结束。你不帮我们，没有别人能帮我们。'我说：'你放心，我替你走一趟，递一递这句话。有了结果，马上告诉你。'我要了你们家的详细地址，本来想直接上门说的。转念一想，这是一件让双方尴尬的事情。我说了以后，如果你家包容，说不会在意，这桩婚事不受影响，当然万事大吉。如果你家不包容，十分在意，这桩婚事就此泡汤了，我怎么办呢？是站起来转身就走？还是留着再说几句闲话？那种情景，是多么的尴尬？想来想去，找了一个变通的办法，因为你们每天要去豆香园，不妨去那里，把该说的话兜底倒出来。如果一切顺利，再聊几句闲天。如果情况不妙，立即抬屁股走人，溜之也乎。我就让女婿开车送我一趟，只说先去一下豆香园，可能还要去另一个人家。我女婿是个毛脚女婿，说话做事，有点毛手毛脚，误以为要去两个地方，算算时间，有点紧，开车就急了一点。那天我们在豆香园，我找到你们夫妇，因为我犯了老毛病，说话没有直奔主题，拐了七八个不相干的弯子，说了很多废话，浪费了大量时间。这个时候，毛脚女婿就火急火燎把车开过来了。"

说到这里，提高声腔，强调说：

"我心里一急，立刻转入了正题。当时，我的话说得清清楚楚，明明白白。我还提醒了一句，如果需要再详细说，可以把车子开到旁边一条路上的收费车位上去，花一点小钱，免得停在马路旁边，被警察抓住了，抄牌扣分罚款。你们说，用不着了，你们都知道了，这个不算什么，不会在意的。我听了你们的话，就上了车，让女婿直接开回郊区的家了。"

九十六

李二妹说到这里,打了一个顿,说:

"今天早上,我突然接到了闻业荣老婆方慧群打来的电话。我问她:'闻业荣呢,为什么他不打我电话,让你给我打电话?'方慧群说:'闻业荣得了脑梗,不是以前你看到的样子了。怎么办呢,事情又这么重要,而且除了你,天底下又找不着第二个人,我只好直接给你打这个电话了。'我听方慧群说了前因后果,不但十分意外,而且非常震惊。我说:'当初我跟邵亚芳说话,她老公也在场的,说得清清楚楚,明明白白。他们夫妻两个的回答,也是清清楚楚,明明白白。怎么事隔这么久,竟然一推六二五,说一点都不知道呢?'方慧群说:'这件事情,差错到底在哪里,环节到底在哪里,我是说不清楚的。不要说闻业荣这种样子,他就是没有得脑梗,是个正常人,也说不清楚的。能说清楚的人,也只有你一个人了。麻烦你,好事做到底,送佛上西天,帮我们跟两位亲家见一面,回忆一下当年说话的情景,替我们澄清责任吧。'我说:'好的。这样,你约一下,还是在豆香园,下午两点,不见不散。'我就让女婿开车,送我过来了。"

又说:

"我这个人,毛病多得数也数不清,但是,却也有一个不为人知的优点,就是记忆力特别好。做过的事情,说过的话,不管过了多长时间,都记得一清二楚。今天上午,我接到方慧群的电话以后,把当初找你们夫妻俩的情形,又仔细回忆了一遍。当时见面,我一开始倒是直奔主题的,先说了这样一段话:'我今天是受人之托,为一件特别重要的事情,来找你们的。托我的,不是别人,就是原来金银桥的邻居闻业荣。'说到这里,我就犯了老毛病,东扯西拉了好长时间,不知道把话头岔到哪里去了。正说得云天雾地,我的毛脚女婿,开车过来了,我赶紧重新转入正题。我原话是这样说的。我说：'闻业荣要我找到你们，把他家里的一些放不到台面上的事情，提前告诉你们，免得你们事后知道了，两家弄出天大的误会。'我说这些话的时候，你老公也在。我还记得，不等我详细说完，你就给了答复：'我已经知道了。他这个家庭，既特殊，又复杂。这种情况，其实不算什么，我们不会在意，更不会计较的。'我听了你的话，放心坐进了车子里，还摇下车窗，把头伸出来，说：'亚芳，其中的责任，却不在闻业荣夫妇，毕竟也是身上的伤疤，从此以后，大家心里有数，嘴上装憨，一个字儿也不要再提。包括闻业荣今天托我来找你们，各人心照不宣，不要捅破这层窗户纸，也罢了。'我见你们夫妻两个人，都把头点了一点，这才让毛脚女婿开车走的。"

听李二妹说了这些话，何寿天朝邵亚芳看了一眼，见邵亚芳也在朝这边看。两个人，都忍不住把头点了几点，又摇了几摇。

邵亚芳说：

"李二妹，所有的真相，就在你刚才说的这番话里。你当初确实是这么说的，我当初也确实是这么回答你的。其中一字一句，都是原汤原汁。不过，你说的是你的意思，我回答的是我的意思。现在看来，你说的闻业荣'家里的一些放不到台面上的事情'，当然包括闻芳的身世。我回答的'闻业荣托你说的事情，我已经知道了。他这个家庭，既特殊，又复杂。而且，这种特殊，比人们想象的，还要特殊。这种复杂，比人们想象的，还要复杂'，指的是，闻业荣亲妈去世以后，他爸娶了一个后妈，带来了一男一女两个拖油瓶孩子，一般说来，已经很特殊、很复杂了。可是，他爸却胳膊肘朝外拐，对那两个没有血缘关系的孩子，比对闻业荣还要好，这就比一般的更特殊、更复杂了。让人震惊的是，他爸竟然吃里爬外，把属于闻业荣的房子，做手脚给了没有血缘关系的男孩子，岂不是非常特殊、非常复杂了？因此，你以为你已经把所有的话说明白了，我以为已经把所有的话听明白了，这才给了那个答复：'这个不算什么，我们不会在意，也不会计较的。'要说其中的差错，就在这里了。"

又说：

"李二妹，谢谢你专门跑这一趟。事情已经过去，误会已经烟消雾散。我倒不是因为木已成舟，生米煮成熟饭，当马后炮，如果当初你把话说得更清楚，更明白，包括闻芳的身世，我们也不会计较，不会影响我儿子和闻芳婚姻的。这种事情，要说有责任，也在闻芳的亲生父母身上，与闻业荣方慧群，是没有关系的。与闻芳本人，更是没有关系的。还有，我们昨天得知了真相，对闻业荣方慧群，也没有说过一句责怪的话。当时的真实情况是，突然有一个人找上门来，声称是闻芳的亲妈。我又是一个人在家，乍听之下，吓了一跳，有点蒙了，第一时间第一反应，怀疑来了个骗子，就打电话向方慧群核实。方慧群接到我这个电话，明摆着我们一无所知，可是，他们夫妻当初确实郑重其事托你递过话，我们也有过明确答复。这样一来，不要说她想不通，有压力，放在任何人身上，也是一样的。"

李二妹说：

"对了，还有一件事情，方慧群说，你们家的地址，不是她给闻芳亲妈的，是闻业荣给的。她说闻业荣第二次得病，变了样子，闻芳亲妈进屋，这个时候，方慧群就到厨房忙着烧开水，替闻芳亲妈泡茶了。等她烧好开水，泡了茶端进房间里来，闻业荣已经把你们家的地址，告诉闻芳亲妈了。"

何寿天说：

"我补充一句话，告诉我们家地址，不算个事情。即使是方慧群说的，也不要紧。其实，闻业荣不说，方慧群不说，闻芳亲妈既然来了上海，自己也一定会找到的。麻烦你，如果方便的话，跟方慧群说一声，两件事情，都不算什么，我们不会在意，更不会计较的。当然，除了请你跟他们说……"

正说着，手机响了，看了一看，是弟弟何寿地号码。

李二妹说：

"你先接电话吧，接过电话，再说不迟的。"

何寿天说：

"没事，这个电话不急，我等一会儿再打过去就行了。我刚才要说的话是，两件事情都过去了，闻业荣方慧群没有任何做错的地方。麻烦你向他们转告一声。我们也会当面跟他们再说一次，让他们放心的。"

到这里，话说得差不多了。李二妹说，女婿正在那边等着呢。这次她吸取了上次的教训，特地让女婿把车子停在有收费车位的那边马路边上，花了一点小钱，以便不受时间限制，从从容容把话说完。何寿天和邵亚芳听了，便送李二妹往那边去。看着李二妹上车坐好，又透过车窗，感谢了几句，再把手招了几招，车子开走了。

九十七

返回豆香园临水平台旁边的长条木椅上，坐下来，拨通了弟弟何寿地的电话。

何寿天说：

"寿地，我这边这两天有点特殊情况，已经忙好了。你说吧。"

何寿地说：

"是我党校这边的事情。昨天中午，我接到电话，我们市党校升格验收复核，已经顺利通过了。往下，还要履行一系列的程序，估计两到三个月，才会下文。正式挂牌，时间还要长一些，可能要四到五个月，甚至半年。"

打了一个顿，说：

"我要说的，就是这件事情。你在电话里说那边有特殊情况，昨天那么晚，还在处理，今天还在忙，到底是什么事情？"

何寿天把闻芳亲妈余凤翔登门来访经过，大略说了。又说：

"寿地，我们是亲兄弟，互相很了解的。你连续打三个电话，肯定不是说党校升格通过，想必还有其他更重要的。我这边已经忙好，正有空，有什么事情，直接说吧。"

听手机那头略作犹豫，何寿地说：

"是有事情。昨天下午我参加市里一个会，中途上洗手间，碰到市委办一个名叫刘应初的人。擦肩而过时，刘应初压低声音，丢了一句话：'何校长，世道变坏了。螳螂捕蝉，黄雀在后。有人先躲在峨眉山上，让别人辛辛苦苦耕种。等桃子熟了，就下山来抢摘了。'我听他说得蹊跷，心里打了个顿。散会出来，见刘应初站在马路边，就过去跟他一起顺着一条僻静的巷子，步行回家。刘应初说：'何校长，你对我不熟悉，我对你是很熟悉的。我当年报考公务员，笔试成绩前五，名次有点悬。面试的时候，你作为考官之一，为我每一项都打了最高分。不仅如此，在发言时，还特别强调了我的突出之处，影响了另几位考官。我最终名次前移，顺利被录取。事后，你从来没有找过我，极有可能忘记了这件事情。你是个正派人，这次党校升格，你是第一功臣。可是，这个世界上，有的时候，正派的人反而吃亏，不正派的人反而得利。'说完这些，刘应初又说：'我刚刚听到一个传言，说在党校升格批复下达之前，会把你挪到另一个平级位置上。'刘应初还说：'这个传言，可能是真，也可能是假，供您参考吧。'回到家里，天太晚了，我准备等到今天上午给你打电话的，可是，心里七上八下，怎么也睡不着觉，昨天晚上就从床上爬起来，半夜三更给你打电话了。今天上午，跟几个朋友电话闲聊天，想看看有什么破绽。结果一个破绽也没有找到。心里还是没有底。下午也是这种情况，刚才就又给你打了电话。"

何寿天听罢，想了一想，说：

"我听下来，这个传言，应该不是空穴来风。刘应初虽然不是领导干部，市委办却是全市的中枢所在，从那里出来的，都是第一信息。你当年有恩于他，他不想看到你被别人算计。又不方便直说，所以借用传言的方式，对你透这个底，是让你有个思想准备，也不至于事情猝然而至，一时半会受不了。"

往下又劝了几句。何寿地说：

"周一上班，我把手头上的事情，整理干净，随时准备撤退，无所谓了。"

挂了电话，何寿天带疆安在豆香园转了两圈，到临水平台旁边椅子上坐下来，听见手机"当当"响了几下，是微信的声音，便让邵亚芳陪疆安玩一会儿，转到一边，拿出手机查看。原来是余凤翔发来的。点开，是一份起诉状：

起诉状

原告：赵大可，男，汉族，1980年5月16日出生；身份证号：97586419800516321 2；住址：巨州市东郊路29弄38号；联系方式：同上。手机号码：17176321667。

被告：徐兰，女，汉族，1986年8月7日出生；身份证号：97584619860807123X；住址：巨州市中心路1弄8号302室；联系方式：同上。手机号码：17123451628。

诉讼请求：

一、解除原告和被告之间的婚姻关系。

二、双方婚生儿子赵徐生，由原告赵大可抚养。被告徐兰每月支付抚养费人民币五千元整，至赵徐生十八周岁止。

三、判令被告徐兰承担婚姻关系破裂全部责任，并支付原告赵大可赔偿金人民币五万元整。

四、依法分割双方婚姻存续期间的共同财产。

五、由被告承担本案诉讼费。

事实与理由：

原告赵大可与被告徐兰于2016年8月初经朋友介绍认识并确定恋爱关系，于2016年10月20日领取结婚证并举办婚礼，于2017年10月7日于巨州市第一妇产科医院生下一男孩，取名赵徐生，户口落在被告徐兰名下住房的户籍里。原告和被告认识、相恋并结婚后，关系尚可。2022年5月的一天，周五下班后，原告接到被告电话，称要去附近金华市出差，周一早晨回来。原告并未感觉异常。当晚八点，原告接到被告一位同事电话，称有一份材料急需加盖科室公章（被告徐兰系科室负责人），打被告徐兰电话关机，请原告找一下被告。原告告诉这位同事，徐兰因公到金华出差了。同事随后又来电话，称已经问过相关领导，都不知道徐兰到金华市出差的事情。原告接到这个电话，仍然没有感到异常。稍后不久，原告又接到徐兰单位上级处室同事的电话，称有一份材料，需要加盖处室公章，打处室负责人崇问泉电话关机，请原告问一下被告，怎么样才能联系上崇问泉。原告对该同事说，如果崇问泉电话不通，应该跟他家人联系，为什么找被告？同事说，只有被告才能联系上崇问泉。原告听了第二位同事的话，这才感觉到异常。周一大早，原告赶到长途汽车站，亲眼看见被告和崇问泉勾肩搭背一同走下从金华开来的长途汽车。此后，经原告查实，被告与关系人崇问泉（男，系被告同单位上级处室负责人）勾搭成奸，已经长达一年之久。其间，两人曾多次以出差为名，在巨州市及金华、扬州等地酒店同住，发生不正当两性关系。事情暴露后，原告曾多次找被告谈话，要求被告痛改前非，维持家庭和婚姻的完整，原告对被告以前破坏婚姻家庭的错误行为，可以既往不咎。被告却置若罔闻，继续我行我素。为此，特请求法庭判决解除原告和被告的婚姻关系。

儿子赵徐生出生后，一直由原告抚养，系跟原告同住的原告父母带大，并在原告父母住宅附近上幼儿园。而被告沉溺于婚外情，对儿子不管不问。为有利于儿子的健康成长，应保持生活原状，继续交由原告及原告父母抚养。被告每月工资收入为二万元左右，应每月支付儿子抚养费人民币五千元整，至儿子赵徐生十八周岁止。

被告系有夫之妻，却与他人长期保持不正当两性关系，且屡教不改，对本次婚姻关系的破裂负有全部责任。根据《婚姻法》第46条之规定，请求法庭判令被告支付原告赔偿金人民币五万元整。

特向贵院提起诉讼，请依法判决。

此致

巨州市中心区人民法院

具状人：赵大可

2023年5月7日

何寿天把起诉状仔细读了一遍，拨通了余凤翔的手机。

何寿天说：

"余凤翔吗？我是何寿天。我收到你用微信发来的起诉状了。你现在有空通电话吗？"

余凤翔说：

"有空。我什么时候都有空的，哪怕三更半夜，你都可以随时打电话来的。"

何寿天说：

"起诉状总共四个诉求。第一个诉求，解除双方婚姻关系。这桩婚姻一直名存实亡，双方应该都同意解除的。第四个诉求，共同财产分割，这个很简单。婚姻存续期间的财产，一分为二，该谁的，就给谁。第三个诉求，支付对方五万元赔偿款。昨天上午说这件事情的时候，你提到有个朋友曾经提醒过，这是对方埋的最大的地雷，当然特别当心，不能让对方轻易得逞。关键之处，是第二个诉求，孩子的抚养权。一般来说，这是离婚官司中焦点中的焦点。你们的具体想法是什么呢？"

余凤翔说：

"徐生出生以来，一直交在我们外公外婆手里，从小到大，一口汤一口水，一把屎一把尿，都是我们。就是一只猫，一只狗，也有了感情，舍不得了，不要说一个孩子，还是我们的隔代亲生骨肉。我们不可能把他交给别人的。"

何寿天说：

"我想了一下，徐兰这桩离婚官司，如果不开庭审理，双方达成庭外和解，才是最佳选择。这样一来，有三个好处。第一个好处，徐兰和赵大可的婚姻虽然不存在了，双方生的孩子赵徐生，仍然在。徐兰是赵徐生的亲妈，赵大可是赵徐生的亲爸，这是不可改变的事实。双方为了孩子的成长，将来不可避免还要打交道。达成调解协议，也给将来留了一条后路。第二个好处，调解过程中，双方有什么要求，有什么分歧，可以坐下来谈。既可以一拍即合，也可以讨价还价。在协商过程中，法官从中平衡，这边拉一拉，那边拽一拽，求大同，存小异，最终达成一致。第三个好处，一旦调解成功，写入协议书中的，主要是双方经过协商，达成一致的条款，有些是是非非的东西，被省略掉了。这样，就不会留下后患，对方也无法借这桩婚姻纠纷，再对付和伤害徐兰了。"

余凤翔说：

"能调解，不上法庭，当然好。不过，如果我们提出调解，用老百姓的话说，就是主动求和。赵家会不会认为我徐家有把柄，被他赵家抓住了，心里软了，害怕了，认怂了？说不定不但不会同意，还会更加嚣张呢。"

何寿天说：

"这个不用担心。法院受理这类婚姻纠纷案件，在正式开庭审理之前，有一个法定程序，就是调解。当然，调解必须当事人双方同意。有一方不同意，调解就不存在了。即使双方同意调解，如果不能达成一致，也不行，还是要开庭审理的。我的意思，你们并不需要主动提出调解，而是在法官履行这个程序，征求双方意见，询问是否同意调解的时候，你们不要拒绝，表示同意调解，就行了。"

又说：

"我担心律师手头事情太多，忙中有乱，顾不上，出现疏忽。如果方便，你让徐兰抓紧跟律师联系一下，越快越好，不一定要见面，打个电话也行，就是提醒一句话：如果法院征询调解意见，你们这一方当事人，不要拒绝，表示同意调解。"

余凤翔说：

"我明白了。你说的这个调解，是一个法定的程序，不是我们提出来的，是法院提出的。如果我们拒绝，是拒绝法院的建议。同样，如果我们同意了，也是同意法院的建议，并不丢人，更不是被抓住了把柄，害怕了，服软了，认怂了。"

又说：

"我马上给徐兰打电话，让她提醒一下律师。她一旦给我回音，我会以最快时间，发微信告诉你的。"

九十八

往下等了整整一个星期，不见余凤翔微信。到了第八天，何寿天和邵亚芳正陪疆安在豆香园玩，余凤翔发来了微信。点开，是一句话，说跟律师联系过了，又问有没有空通电话。随即让邵亚芳看着疆安，走到一边，拨通了余凤翔的号码。

余凤翔说：

"刚刚联系上律师。真正是越是怕鬼，越有鬼。徐生幼儿园同学爷爷说的情况，我们可能还真遇上了。一个星期之前，你打电话给我，叫我让徐兰跟律师联系一下，如果法院征求对调解的意见，我们不要拒绝。没有想到，徐兰给姚律师打电话，手机传来的声音，是'你呼叫的号码，不在服务区，请稍后再拨'。第二天又打姚律师电话，不通，还是那句话。徐兰急了，给她大学女同学打电话，想见个面，女同学每次都说在外面办案。徐兰没有办法，就找了一个吃中饭的时间，赶到那边的律师事务所，一下子把女同学堵在当面了。还不好意思说是来堵她的，只说办事情路过这里，顺便上来看一看。在呢，就打个招呼，说两句话。不在呢，就算了。接着，徐兰转入正题，说了联系不上姚律师的事情。女同学回答说，姚主任到南方办一个特大案子去了，可能所在的地方比较偏僻，通信线路不畅，让等一等再打。女同学还说，姚主任不知道办过多少大案要案，像我们这种拎不上手的小案，举重若轻的。女同学又打了一个比方，说，姚主任就像操办过无数次满汉全席的天下第一大厨，我们家的这个案件，就像请他做一个荷包蛋，哪怕他忙得团团转，顾不上，甚至忘记了，一旦想起来了，只需要一眨眼的工夫，他就会做好的，让我们只管放手。还说案件已经交在姚主任这里，应该一百个放心。姚主任自有安排，我们连这个电话，也不用打的。徐兰没有按照她女同学的话去做，给姚律师一天一个电话，还是不在服务区。打到第六天，我有点沉不住气，自己也打了一个电话，同样是不在服务区。第二天，还是一样，不在服务区。第三天，就是刚才，我再拨这个号码，竟然通了。原来姚律师到南方办案，在机场被小偷盯上，手机被偷掉了。姚律师还说，现在的人，手机不离手，一般情况下，是不会被偷的。因为他手中的案子太多，一场官司接着一场官司，一个开庭接着另一个开庭，而且是一个城市赶到另一个城市，有时候还不得不乘红眼航班，几夜没有睡好觉，就打了一个瞌睡，结果被小偷瞄走了他的手机。他当时没有察觉，到了办案的地方，一摸口袋，是空的。那个地方又很偏僻，困在那里，等手头的那个案件开过庭了，赶到附近的大城市，这才买了新手机，办理手续恢复了原来的号码。"

略作停顿，继续说：

"我打通姚律师电话的时候，他心里正在不开心，有点儿恼羞成怒，把满肚子的火气，发泄到我身上来了。说：'你家这桩离婚官司，已经交在我手上了，俗话说，用人不疑，疑人不用，你们就不需要再操心了。再说，你们又不懂法律，却喜欢指手画脚，说东说西。你女儿是当事人，又是个大学生，说这个说那个，倒也在情在理。你是一个当娘的，又没有读过大学，是个乡下人，也来说三道四。我听你们的话吧，官司输了，耽误的是你们自己的事情，回过头来，还要责怪我。我不听你们的话吧，官司还没有正式开庭呢，你们又会抱怨，不用回过头来，就责怪我了。

从此以后，你们能不能先学两个字，就是：放手。再学两个字，就是：闭嘴。我是专门吃这行饭的，还需要你们来提醒吗？比如，你家的这桩婚姻纠纷，你女儿徐兰是被告，人家是原告。诉之于法律的是他家，不是你家。告的是你女儿婚外情出轨，还在起诉状上白纸黑字写出了男方第三者的姓名，人家没有把握，有这种胆量指名道姓吗？你们当然处于不利的地位，所谓站在矮檐下，怎能不低头？能不走上法庭，当然不走上法庭。能庭外调解，当然要庭外调解。这是常识性的东西，还要你们提醒，来教我吗？如果我真的需要你们提醒，需要你们来教我，那我当了这么多年的律师，一个铜板也挣不到手，早就活活地被饿死了！'我被姚律师一顿抢白，一口气呛在心里，憋闷得很。转念又想，姚律师迎头给我了这么一顿乱棍齐下，以后再有事找他，没有了开口的机会，怎么办呢？于是，我也是被迫的，所谓急中生智，未经你的允许，把你这尊菩萨，搬出来挡了他一下。当然，也没有露出你的全部真容，只是虚晃了一下影子，让他晓得利害，我们以后也有借口，再找他说事情了。我就说：'姚主任，我们不懂法律，当然不会没事找事，提你这个醒的。是我在上海的一个亲戚，顺便说了一句。亲戚说的原话是，律师吃的是辛苦饭，手里的案件很多，非常忙，时间和精力十分珍贵，也十分有限，千头万绪，顾此失彼，在所难免。我们又是这么一个拎不上手的小案件，却请了那么大的一个律师。让我们方便的时候，最好主动配合，打电话联系一下，给律师提一个醒。我告诉了我女儿，我女儿打你电话，打不通，说呼叫的号码不在服务区。我是个乡下人，又没有读过大学，更没有见过大世面，心里沉不住气，有点慌了，就直接给你打电话了。还请姚律师大人大量，给予原谅。'姚律师听见这些话，口气软下来了，说：'你也不要着急，有什么安排，我会及时通知你的。'我挂了电话，想了一想我外孙徐生幼儿园同学爷爷说的那些话，真正是深有体会了。在没有签订协议之前，没有付钱之前，我是主人，他是用人。签订协议以后，付钱以后，他是主人，我是用人了。想联系一次，提一个醒，还不是当面说话，仅仅打一个电话，整整用了七天半时间。如果是个不认识的律师，我花钱，他办事。我找他说话，天经地义。现在因为是熟人，我女儿跟自己的同学见个面，都不行，还得使出一番心计，找一个借口，上门直接去堵她。往下，还不知道出什么事情呢。"

又说：

"我这边一有最新进展，会及时发微信给你的。遇到特别紧急的事情，我还会直接打电话找你的。"

九十九

半个月后，何寿天收到了余凤翔的微信，没说什么事情，只有"现在有空通电话吗"一行字。随即拨通了那边的号码。

何寿天说：

"我和邵亚芳正在公园里带疆安玩呢。看到你的微信，我找了个上厕所的借口，让邵亚芳陪着疆安，另找一个地方给你打电话的。疆安看上去是个孩子，其实'人小心事大'，想得很复杂的。平时有事没事，每天都会有无数个'每事问'。上次你到我们家，疆安当天晚上一直在等，叫她睡觉，坚决不睡。一个呵欠接着一个呵欠，把牙关咬得紧紧的，把一双眼睛瞪得大大的，要等你回来，想问你什么话。后来实在熬不住，坐着就睡着了，连衣服都没有来得及脱。第二天无虑和闻芳带她去世纪公园，她问长问短。无虑和闻芳每次都转了话题，转说别的事情，不回答她的问题。结果被她识破了，就想了一个办法。本来她坐小火车，是不害怕的，却故意说害怕了，让她爸爸陪着她坐。等两个人在一起的时候，搞突然袭击，问她爸爸，昨天来的那个人，是什么亲戚。她爸爸躲不过去，只好往闻芳身上推，说这是妈妈的亲戚，要问妈妈。接着，她本来乘小飞机，是不害怕的，却故意说害怕了，让她妈妈陪着她坐。等两个人在一起的时候，还是搞突然袭击，问她妈妈，昨天来的那个人，是什么亲戚。她妈妈躲不过去，只好推到她外公身上，说，如果是外婆的亲戚，打个电话一问，就知道了。这个人是外公的亲戚，外公病得迷迷糊糊，说话颠三倒四，只有等外公病好了，再去问他。疆安没有办法了，第二天等我和邵亚芳带她到公园里来，对我又搞突然袭击，让我给一句实话，前天来的那个人，到底是什么亲戚。我怎么办呢？只好学无虑和闻芳的办法，一推了之。我说，你爸爸是我和你奶奶生的，如果是你爸爸的亲戚，那我和你奶奶肯定知道。来的这个人，是你妈妈的亲戚，我不知道的，你奶奶也不知道的。她这才不问了，改要我给她讲故事。因为上述的原因，我每次看到你的微信，跟你通电话，都得避一避，防止疆安听见声音，看出破绽，那就麻烦了。如果她回家再向她妈妈追根究底，我们对闻芳不好交代。我们的这个家，可能会弄出麻烦来，不会太平了。"

余凤翔说：

"不好意思，承蒙你不嫌弃，看得起我，允许我叫你一声亲家。我上次到上海来，也是迫得不已，并不是存心打扰闻芳生活的。我虽然生在乡下，嫁在乡下，没有什么文化，却也是个说话算话，做事有数，守信用的人。等我家大女儿这桩婚姻纠纷顺利结束，风平浪静了，我不会再麻烦你。不过，我大女儿徐兰，还有我们一家，现在碰上了坏运气，突然落在了旋涡之中，稍不留神，可能会被人按到水底下去，浮不到水面上来了。这个忙，还得请你伸出手来，帮一帮。"

何寿天说：

"我刚才说的那些话，是告诉你实际情况，我这边只要稍加注意，主要是避开疆安，不要被她抓住把柄，什么事情就不会有了。你也不必太在意的。现在我正有空，离疆安玩的地方远得很，有什么话，你就说吧。"

余凤翔说：

"今天中午刚刚得到的消息，赵家拒绝调解，没有可能达成庭外协议了。因为这么长时间，姚律师那边音信皆无，徐兰放不下心，又不方便打电话，还是用了以前的办法，趁中午吃饭时间，去了她女同学那边的律师事务所，借口还是办事路过，顺便上来看一看。女同学见了徐兰，转告说,按照法定程序,在开庭之前,法庭会征求双方意见,是否同意调解。一般先征求原告方的意见。法院打赵大可手机,对方一听是法院,就转了另一个人说话。听声音有些年纪,自称是赵大可的父亲。赵大可父亲说,他们也并不是不同意调解,只是有三个条件:第一个条件,调解之前,徐兰要写一份认罪书,把勾搭外面男人的详细情况,前前后后,一五一十,彻底交代清楚。这份认罪书,还不能是电脑打出来的,必须是亲笔手写的。除了签字,还要按上手印。徐兰勾搭的那个野男人崇问泉,也要同时亲笔写一份认罪书。两份认罪书,一起交到赵大可手里。第二个条件,赵徐生是赵家的孙子,徐兰从此以后,断绝关系,今生今世,永不见面。第三个条件,赔偿赵大可五万元。如果满足这三个条件,原告方就同意调解。如果不满足这三个条件,原告方就不同意调解。法院给赵大可的电话,是本案的书记员打的。书记员把赵大可父亲所说的话,转告给主办法官。主办法官说:'这是同意调解吗?这是让另一个当事人缴械投降,任他处治,打倒在地,再踏上一只脚,永世不得翻身罢了。看来调解是不行了,只有开庭审理吧。'我要说的情况,就是这些。"

何寿天说:

"这样说来,'和'不行了,只有'战'。既然是'战',就必须做好'战'的准备。徐兰的女同学律师,除了说这些,还说其他事情没有?比如,收集相关证据?"

余凤翔说:

"徐兰说,她女同学除了这些话,又继续重复了以前不知说过多少遍的老话,就是,姚主任办过无数大案要案,我们的案件,是一个拎不上手的小案子。一切交在姚主任手里,只管放心,我们不必过问了。女同学说到这里,有当事人来找,徐兰只好告辞了。"

听她说完,何寿天说:

"我上次提醒过,打官司不能不依靠律师,但也不能完全依靠律师。有些事情,不能等了,你们先悄悄做起来吧。我听你说过,徐生除了在你们这边上幼儿园,还另外报了钢琴、书法和幼儿英语的外课。其中钢琴、书法和幼儿外语这三项外课,你们跟哪一家的老师更熟悉一些?"

余凤翔说:

"应该是钢琴这一家。除了平时关系好,还有一个利益问题。现在竞争很激烈,我们徐生报名早,学的时间长。跟徐生一起学钢琴的,很多小孩都离开,到别的地方去了。这家机构很想我们长期学下去,不要被别的地方挖走。"

何寿天说:

"按照先易后难的原则,你们先试一试,到徐生学钢琴的地方,取一份证明。第一份证明拿到手,有了经验,再取其他证明,就容易了。写这份证明的时候,要注意四个要点。第一个要点,要写明学钢琴的起讫时间,就是什么时间报名开始学的,直到现在还在学。第二个要点,要注明徐生的详细住址和父母姓名。第三个要点,每天是你们接送徐生的。第四个要点,要写明学钢琴的地点。记得你上次说过,是在同一个小区。这一点,务必写明白。"

余凤翔说:

"我记住了,写好证明,马上拍一张照片,发微信给你。"

一〇〇

到第三天,余凤翔来了微信。点开,是一张证明:

证 明

赵徐生同学(住址:巨州市中心路1弄8号302室,母亲姓名:徐兰。住址同上。父亲姓名:赵大可。住址同上)于2022年5月7日进入我校中心路一弄分校学习钢琴,目前仍在我校学习,从未间断过。该同学学习认真,成绩优秀,本学年已学完上半学期,下半学期还将继续在我校中心路一弄分校学习。赵徐生同学每次来我校中心路一弄分校学习钢琴，都由他的爷爷奶奶接和送，风雨无阻。

我校中心路一弄分校地址：巨州市中心路一弄22号101—102室，跟赵徐生同学的家系同一个小区。

特此证明。

巨州市知闻音乐学校中心路一弄分校（公章）
2023年6月8日

何寿天仔细看了一遍，拨通了余凤翔的号码。

余凤翔说：

"为了这个第一份证明，整整折腾了三天。第一天，我们找到学钢琴的地方，对方老师非常热情，给我们端了两张椅子，还倒了两杯水。我们坐下来，说了几句徐生学钢琴的事情，说请老师放心，徐生还会在这儿学，不会到别的地方去的。说完这些，我们才转入正题，提到请学校开一份徐生在这里上钢琴课的证明。老师二话不说，立刻同意。可是，却出现一个意外环节：这儿以前聘用的一个文员，聘期已满，离开了。新聘用的一个文员，明天下午来上班，请我们明天下午再去。第二天下午，我们到了那里，新聘的文员果然报到上班了，但又碰上了一个意外环节：这个文员只会五笔字型，电脑里却没有这个软件，打不了字。她自己又不会下载。老师再三说对不起，联系另一个请假的文员，请假的文员回答说正从外地往回赶，估计明天上午才能到巨州，老师就让这个文员明天上午不要回住处，先来学校一趟，有急事。今天上午，我们早早又去了。等了一会儿，请假的文员赶过来，按照老师的口述，用电脑把我们需要的证明，拟好了文字。我核对了一遍，又请她增加了几句话。你提醒的四个要点，都在这张纸上了。正准备打印出来，加盖公章。没有想到，又出了意外环节：打印机坏掉了，不能打印。怎么办呢？老师帮我们想了一个办法，让文员把拟好的证明，发微信给我。我再去找一个打印店，总算打印出来了。我又看了一遍，拿回去，请钢琴学校老师帮忙盖上了公章，总算拿到了第一份证明。也没有耽搁，第一时间拍照发你微信了。"

何寿天说：

"这份证明没有弄好。我说的四个要点，确实包含在内了。但是，里面有一个重大差错，就是第一自然段的最后一句话，'赵徐生同学每次来我校中心路一弄分校学习钢琴，都由他的爷爷奶奶接和送'。请注意，这里写的是'爷爷奶奶'，不是'外公外婆'。"

余凤翔说：

"我刚才也看到了。主要是两个原因，第一个原因，当时取这个证明的时候，不是出这个环节，就是出那个环节，跑了好几趟，忙得团团转，忙中出错，没有仔细掂量。第二个原因，徐生平时都叫我们'爷爷''奶奶'，从来不叫'外公''外婆'，钢琴老师也一直以为我们是爷爷奶奶呢，老师向文员口述的时候，说的当然是'爷爷''奶奶'，我们平时习惯了，并没有在意。最后拿着打印好的纸去盖公章的时候，我倒看出来了，跟老师说了一下。老师说：'你们原来是外公外婆呀。怎么办呢？如果打印机没有坏，改一个称呼，不费什么事情的。可是，现在打印机坏了，如果修改过来，还得要翻江倒海，从头再来，重新跑一趟打印店。能不能就这样，不用改了。别人问起来，你们解释一下，说外孙从来都不叫外公外婆，只叫爷爷奶奶，意思是一个样的。要是谁不相信，也可以直接来问我们，我们会解释的。'我们为这一份证明，前后跑了三天，人有点累了，情绪上也有点疲了，就偷了一个懒，听了钢琴老师的话，往上面加盖了一个公章，拿回来了。"

何寿天说：

"从字面上来讲，'爷爷奶奶'，就是父亲的爸爸妈妈，'外公外婆'，就是母亲的爸爸妈妈。没有任何其他解释。法庭一旦开庭审理，证明上写的是什么，就是什么。你解释是没有用的。法官只会按照字面理解，以文字为准，不会相信你的口头解释。因此，这份证明如果交给法庭，根本不是帮自己，而是帮对方了。必须重新取一份，一字一句，都要写得明明白白，清清楚楚，不能有任何不同的解读。"

余凤翔说：

"那只有再找人家了。但愿这次不要再有什么意外……"

正说着，看见疆安正牵着邵亚芳的手，朝这边走过来，赶紧把电话挂了。

疆安说：

"我刚才还在心里想，爷爷上一个厕所，怎么这么长时间不回来，原来在这儿煲电话粥呢。奶奶今天上午多喝了水，也想上厕所，而且有点急了。本来想等你回来，陪着我，她再去厕所的。左等不来，右等也不来。我一急，自己也想上厕所，就陪着奶奶一起来了。"

何寿天说：

"爷爷上完厕所，往回走的时候，正好来了一个电话。我不是煲电话粥，是接听外面打过来的电话。"

等邵亚芳带疆安进了厕所，这才重新拨通了余凤翔的电话。

何寿天说：

"刚才正说着，疆安跟她奶奶上厕所，朝这边走过来，我只好把电话挂掉了。现在她们已经进厕所了，我又往前拐了一个弯，她们上完厕所回来，也看不见我，不会影响我们通电话的。我想了一下，你们取的第一份证明，一件简单的事情，弄得这么复杂，吃了这么多辛苦，还出了差错，也算提醒了我。下面还有很多证明要取，这么做肯定不行，必须改变方法。这样吧，你先办两件事情。第一件事情，让徐兰以最快速度，买一台家用打印机。价格不贵，几百块钱就买到了。也方便，不用到实体店里，网上可以订购，当天就送到。徐兰应该有手提电脑的，如果没有，家里就买一台电脑，跟打印机连在一起，随要随用。第二件事情，往下还需要一系列的证明，你把相关地址、名称等，告诉我。我帮你们把每一份证明先代为拟好。相关措辞，我会仔细推敲的。拟好以后，发微信给你，让徐兰在家里打印出来。你们拿着这些打印好的证明，找到人家，如果没有异议，加盖一个公章。这样一来，人家方便操作，你们也省时省力了。"

接着说：

"我口头说，你心里记一下。证明大致有：一、幼儿园的证明。需要徐生目前所上幼儿园的全称和详细地址，入幼儿园的时间。二、书法学校的证明。需要徐生目前所上书法学校的全称和详细地址，学书法的起讫时间。三、幼儿外语学校的证明。需要徐生目前所上外语学校的全称和详细地址，学幼儿外语的起讫时间。四、物业证明。你们所在小区的物业公司的全称和详细地址，被聘用时间。本小区的全称和详细地址。你们和女儿外孙长住在这里的具体时间。不一定准确到某一天，有年份和月份就行了。月份也不一定太精确，可以是估算的。五、徐家圩圩村委会的全称、详细地址和你家的门牌号码。六、徐家圩圩辖区派出所的全称、详细地址和你夫妻俩的身份证号码。你先把这些内容，发微信给我。其他有需要的，再说吧。"

余凤翔说：

"我记下来了。你总共说了六份证明。幼儿园证明，人家肯不肯盖公章，没有把握，只能试一试。书法学校和幼儿外语学校的两份证明，包含着利益问题，应该不会有问题。物业公司的证明，也不会有问题。我们小区里有很多人耍赖皮，用这个借口那个原因，拒交物业费。我们是一直按时足额交的，而且不是分季度交，有时候一交半年，有时候甚至一交一年。物业公司的人，看见我们非常客气。这次去盖公章之前，我打个电话，说去交物业费。到了那里，先让他们在证明上盖好公章，再把物业费交了。至于徐家圩圩村和派出所，更没有问题。村里的主任和书记，都是我们姓徐的，关系也很好，我们又是长房嫡传，平时对我们很尊重的。派出所那边，所长是我们徐家圩圩的，也是我们徐姓，自己人，又是公事公办，出个证明而已，应该没有问题。徐生被赵家接走了，我们老两口整天也闲着，抽空回去跑一趟，方便得很。"

又说：

"我的想法，我们已经在悄悄取证明的事情，暂时不告诉姚律师。

徐兰的那个当律师的女同学，她不问，我们也不主动提。等他们向我们提到取证的事情，再说不迟。"

何寿天打完电话，回到临水平台旁边椅子上，跟邵亚芳和疆安会合。陪着疆安玩了一会儿，听见手机收受微信的声音，估计是余凤翔发来的，抽空拿出手机，瞄了一眼，果然是余凤翔发来的微信。因疆安在身边，担心她问，便暂不点开，将手机放回了口袋里。又过了一会儿，看看时间不早了，一起回家。

—◯—

当天吃好晚饭回到房间，何寿天不看美剧，点开微信，看了余凤翔发来的相关资料，把徐兰离婚案件所需的部分证明，先拟了个草稿。第二天早晨醒了，躺在床上，在脑子里又逐个斟酌了几遍，觉得差不多了，逐一保存在手机里。上午和邵亚芳带疆安到豆香园，先陪着玩了一会儿，仍然用上厕所的借口，找一个空僻地方，拨通了余凤翔的电话。

何寿天说：

"几份证明，我昨天晚上代拟好了。现在用微信发一份给你，让徐兰抽空打印出来，抓紧把公章盖上。往下我就逐份检查，逐份发微信了。"

第一份是徐生上钢琴课的证明：

证　明

赵徐生同学（住址：巨州市中心路1弄8号302室。母亲姓名：徐兰。住址同上。父亲姓名：赵大可。住址同上）于2022年5月7日进入我校中心路一弄分校学习钢琴，目前仍在我校学习，从未间断过。该同学学习认真，成绩优秀，本学年已学完上半学期，下半学期还将继续在我校中心路一弄分校学习。赵徐生同学每次来我校中心路一弄分校学习钢琴，都由他的外婆余凤翔和外公徐永元接和送，风雨无阻。

我校中心路一弄分校地址：巨州市中心路1弄22号101—102室，跟赵徐生同学的家系同一个小区。

特此证明。

巨州市知闻音乐学校中心路一弄分校（公章）
2023年6月8日

点了一下发送键，将微信发了出去。再将第二份书画学校证明、第三份幼儿外语学校证明、第四份幼儿园证明、第五份小区物业公司证明、第六份徐家圹圩村委会证明、第七份徐家圹圩派出所证明，一并用微信发了过去。随即拨通了余凤翔的电话。

何寿天说：

"我代拟的证明上的所有文字，不要改动。如果发现有明显错误的地方，也不要改动，先给我说一下，由我来修改。"

第二天下午在豆香园收到余凤翔发来的微信，何寿天仍旧用上厕所作借口，找了一个地方，拿出手机查看，余凤翔总共发来八个微信。逐个点开，前七个分别是代拟的七份证明，都打印出来，加盖上了公章。点开第八个微信，却是一张法院的通知书：

徐兰：

赵大可于2023年5月7日诉你的婚姻纠纷案，本院近期将公开开庭审理，请将你方的相关证据，于2023年7月20日前，递交本院。

你方所递交的证据，必须来源合法，不违反国家法律法规。

联系人：

主办法官：韩慧存。

书记员：张浩今。

联系电话：32121316。

特此通知。

巨州市中心区人民法院（公章）

2023 年 6 月 3 日

拨通了余凤翔的电话。

余凤翔说：

"这次非常顺利。昨天晚上，徐兰把代拟的七份证明打印出来。今天上午，我们先找了徐生学钢琴、书法、幼儿外语的三个地方，学校看了证明，二话不说，盖了公章。也是运气好，在幼儿园门口，碰到了园长。园长正在外面参加三个月的培训学习，这段时间不来上班的，今天到园里有点事情，正好碰到。看了证明，二话不说，盖了公章。接着我们打电话到物业，说交物业费。到那里，物业经理眼巴巴地等着呢。看了证明，二话不说，盖了公章。我们也交了半年物业费。看看时间还早，就赶到车站，徐家圹圩不像过去那样交通不便了，高速公路穿插而过，从巨州乘车，两个小时用不了，就到了。也没有去开老家的门，直接去了村主任家里。村主任跟我们好久没有见面了，客气得不得了，端凳子倒水，忙得不亦乐乎，还让老婆去捉鸡杀鸭，留我们吃晚饭。我们再三谢过他的好意，推辞了。他看了证明，二话不说，盖了公章。再赶到派出所，我们姓徐的本家所长正好在，看了证明，二话不说，盖了公章。七份证明都齐了。我们再乘车赶回巨州家里，两点钟还不到呢。看到桌上放着这一张法院通知，打电话问徐兰，徐兰说，因为姚律师那边没有动静，今天中午趁吃饭时间，又去了那边律师事务所，装作办事路过，说了几句闲话。徐兰的女同学从抽屉里拿出了这张法院通知。说，姚主任急着赶一个出庭案件，就由她转交。我们到家看到这张法院通知，马上拍了个照片，一起发微信给你了。"

何寿天说：

"这是法院的递交证据通知，徐兰那位当律师的女同学，说过什么话吗？或者，转告过那位姚律师什么话吗？"

余凤翔说：

"我问过徐兰了，徐兰说，当时又有当事人找女同学，徐兰只好离开了。"

又说：

"我们花钱雇律师，整整一万块钱，就是扔一块石头进水里，还能听见响声呢。既然如此，我们干脆等着，已经取在手头的证明，暂时不说，只等姚律师安排取证，再告诉他吧。"

一〇二

眨眼一个半月过去，这天下午正在豆香园，接到余凤翔微信，说有重要事情，想通电话。让邵亚芳陪着疆安，何寿天找了个空僻地方，拨通了余凤翔的号码。

余凤翔说：

"今天上午，将近中午的时候，我跟姚律师碰过面了。这次倒是姚律师主动约我们的。不是提前预约，是今天上午刚上班，他打电话给徐兰，让她十点整，到律师事务所跟他见面，有重要事情商谈。徐兰正好在北京开会，就问姚律师，能不能改个时间。姚律师一口回绝，说手上案件太多，两个月的日程，都排得满满登登，一分一秒，也挤不出来。只有今天上午十点整有空，过了这个村，就没有这个店了。徐兰说：'姚律师，我人在北京，哪怕有一架专机，十点钟也赶不到你那里呀！'徐兰就想了一个变通的办法，让我去见姚律师。姚律师本来不同意，认为我是个当娘的，是个乡下人，又没有读过大学，又不懂法律，还喜欢七嘴八舌，胡乱插话，瞎出馊主意。跟我说什么事情，有点儿像对牛弹琴。不过，姚律师后来改变主意，同意我去见他了。我赶到律师事务所，见了面，姚律师开口就问我证据准备得怎么样了。我问他什么证据。他说：'还能有什么证据，你女儿徐兰离婚案的证据啊。'我说：'姚律师，你从来没有说过证据的事情,连一个字都没有提到过,怎么突然跟我们要证据呢?'姚律师说:'你看你,该做的事情不做,还强词夺理。这是你女儿徐兰的案子,这个案件的相关证据,你们应该弄的。稍有一点常识的人,并不需要律师提醒,就会自己做这件事情的。'我看姚律师火了,我也火了,就反驳说:'你不是说,一切交在你手里,我们不必操心,一切自有安排的吗?'姚律师听我拿话反呛他,有点软了,说:'是这样的,你女儿徐兰的离婚官司,其实非常简单。原告总共四个诉求,第一个诉求,解除双方婚姻关系。你们已经表过态,不想跟对方过下去了。第一个诉求,双方的想法一致,没有争议,是不需要证据的。第四个诉求,也不存在争议,结婚以后的财产,一剖为二,各归各的账。这个很好办的。第三个诉求,对方要你女儿徐兰承担婚姻破裂的责任,赔偿他五万块钱。这笔钱并不多,就是话说得难听,面子上过不去。不过,这个诉求,主动权握在对方手里。他要是抓住了把柄,有了证据,你不想赔,也得赔。他要是没有抓住把柄,没有证据,他要你赔,你也用不着赔。关键是第二个诉求,孩子的抚养权。对方提出要孩子,你们如果不想要,就随他去,孩子给他算了。你们如果想要孩子,不肯把孩子给他,那就要提交证据,证明孩子从小到大,一直是你们带的。这样,法院判决的时候,就会优先考虑你们。你们到底是要孩子呢?还是不要孩子呢?从来没有主动告诉过我。我又不是你们肚里的蛔虫,你们不说,我怎么知道呢?我再把话说得通俗易懂一点,就是,如果你们不要孩子,那就不用弄什么证据了。如果你们争这个孩子,那就不用我提醒你们,也不用我来教你们,应该自己把证据弄好的。'这个时候,我突然想起了那张法院的通知书,就问姚律师,法院要求7月20日之前递交证据,今天就是7月20日,证明还没有弄呢。就算火急火燎,一切顺利,弄到了证据,还来不来得及递交呢?姚律师说:'法院通知是7月20日之前,说是这样说的。我们代理的官司,每次也是这样要求的。在实际操作中,过了这个时间,再补交,也是可以的。双方到了开庭的时候,临时递交最新的证据,也是经常发生,见惯不怪的。'姚律师又说:'我实在太忙了,你们弄到证据以后，可以一式两份，其中一份复印件，直接交给法院。一份原件，交给徐兰的同学后让她转给我。'我说：'徐兰又不在家，我就是弄到了证据，拿到法院，谁也不认识，交给谁呢？'姚律师说：'你到法院，不要进去，在外面先打通知书上的联系电话，就说是我让你来的，肯定会有人来跟你接洽。你把证据交给他，他收下材料，会给你一个收据的。'"

顿了一下，又说：

"姚律师跟我说话的时候，不断接听外面来的电话，还往外面打过几次电话。就在话说得差不多，我准备走的时候，姚律师接到一个电话，看了看我，脸色变了，还朝我招了招手，让我不要走。我知道与徐兰的官司有关，就停住了。姚律师听完电话，说：'出大事了。原告向法院提交了一份徐兰出轨的证据，时间、地点、人物俱全。时间是2021年4月16日早晨六点半至4月19日晚上八点半，地点是扬州新维扬国际大酒店608房间，人物是徐兰和崇问泉，两个人登记入住的是同一个房间。这个证据递交出来，徐兰当然要承担破坏家庭婚姻的责任，你们想要孩子，不可能了。你们不想赔五万块钱，也不可能了。'我也有点慌，想了一想，慌有什么用呢，事情再难，还是要面对的。再说，我心里还有点不太相信，就说：'姚律师，对方的这个证据，你是怎么知道的呢？而且知道得这么详细，难道你有内线，帮你提供秘密消息？'姚律师说：'这是法定程序，双方提交的证据，另一方是有权看到的。对方提交了这个证据，我作为你们聘请的律师，不但有权看到，还可以复印一份带走。因为我手头案件太多，忙得团团转，分身无术。这种情况，法院当然知道，也体谅我们，刚才我跟本案书记员通电话的时候，我赶不过去复制对方的证据，就详细问了一下。'我说：'我倒有点奇怪了。我先不说徐兰和崇问泉到扬州开房这件事情是不是真的。哪怕就是真的，时间隔了这么长，世界又这么大，普天之下，又不是只有扬州一个城市，扬州又不是只有那一家酒店，对方又不是千里眼、顺风耳，他们是怎么知道的，又是怎么查出来的呢？'姚律师说：'放在普通人身上，确实是不好查的。对方肯定有什么背景，或者有亲戚在公安部门。公安部门的人出面，什么能瞒得住？什么查不出来？'我说：'跟我们打官司的，不是别人，是我的女婿，是我的亲家。据我所知，我的亲家是个菜农，没有任何背景，更没有什么亲戚在公安部门。'姚律师说：'也许你只知其一，不知其二。可能是他亲戚的亲戚，转几个弯子，找到了公安部门的熟人，悄悄帮了一手，就很难说了。'我说：'姚律师，这么一来，我们有什么对策呢？'姚律师把两手一摊说：'还能有什么对策？一处被动，处处被动，你们要做好败诉的思想准备了。'我说：'你的意思，我们什么也不做，躺在地上，任凭人家拳打脚踢，想对我们怎么样，就对我们怎么样了？'姚律师说：'我又没有本事让时光倒转回去，如果我有那个本事，那么，徐兰和崇问泉当初到扬州开房的时候，我肯定会走上前去，一只手扯住徐兰，另一只手拽住崇问泉，阻挡他们，叫两个人不要这么做。现在时过境迁，已经铸成了大错，我仅仅是个律师，并不是个神仙，又能怎么办呢？'我说：'姚律师，我就要说一句不好听的话了。我们花钱请律师，就是请律师帮忙的。花的钱虽然不多，一万块钱，从银行里取出来，也是一整扎票子。用这笔钱买砖头，可以买一大堆。一块接一块往水里扔，扔一块砖头，听得见一个响声。一堆砖头，起码要扔好几天，能听见好几天的响声。可是，目前的情况，我们花了这笔钱，请了你这一位姚律师，什么对策也没有，什么响声也没有听见，就呜呼哀哉，没有了。姚律师，你倒说说，假如你是我，你会不会觉得有点冤？'姚律师听了我一番话，愣住了。想了一会儿，说：'对方抓住了致命要害，我们也不是没有杀手锏的。上次你们说过，赵大可身体有严重缺陷，不能行男女之事，履夫妻之实。如果他一口咬住徐兰出轨，到了开庭审理的时候，我们就打他一个措手不及，在法庭上当场把真相捅出来。法官听见了，就会明白，徐兰出轨也是没有办法，是被逼的。丈夫不是个完整的男人，怎么办呢，只好到外面找别的男人了。这桩官司是输是赢，还说不定呢。'我听了姚律师的话，既觉得有点儿道理，又觉得好像哪里有点不对劲。往下，他又忙起来，不理睬我了，我就回家给你打了这个电话。"

何寿天耐心听她说完,略一掂量,说:

"有几件事情,我要跟你核对一下,你注意听好了。第一件事情,姚律师是不是说过,向法院递交证据,通知上说的是 7 月 20 日,在实际操作中,过了这个时间,再补交,也是可以的。双方到了开庭的时候,临时递交最新的证据,也是经常发生,见惯不怪的。是吗?"

余凤翔说:

"是的。"

何寿天说:

"第二件事情,姚律师是不是说过,你们弄到证据以后,可以一式两份,其中一份复印件,直接交给法院。一份原件,交给徐兰的同学转给他。你到了法院,不要进去,在外面先打通知书上的联系电话,就说是姚律师让你来的,肯定会有人来跟你接洽。你把证据交给跟你接洽的人,对方收下材料,会给你一个收据的。是吗?"

余凤翔说:

"是的。"

何寿天说:

"第三件事情,你家电脑上的微信,是不是你的账号?"

余凤翔说:

"是我的账号,而且电脑一直开着,微信也一直连着的。你发给我的每个微信,在电脑上都可以打开看到的。"

何寿天说:

"你家里的打印机,除了打印,另外还具有复印功能的,而且既可以复印黑白的,也可以复印彩色的。你抓紧把手头的七份证据,每样复印两份。复印黑白的,复印彩色的,都可以。连同原件,总共三套,分别放在一起。做好这些,你等在家里,寸步不要离开,我等一会儿跟你联系。"

何寿天让邵亚芳陪着疆安,自己急步回家,在电脑里代拟了一个递交法院证据清单：

证据目录

序号	证据名称	证明对象	页码
1	知闻音乐学校证明	赵徐生在该校学习钢琴	1
2	同文书画学校证明	赵徐生在该校学习书法	2
3	乐会幼儿外语学校证明	赵徐生在该校学习幼儿外语	3
4	中心路示范幼儿园证明	赵徐生在该幼儿园就读	4
5	前源物业公司证明	赵徐生跟外公外婆同住	5
6	徐家圹圩村委会证明	余凤翔、徐永元跟女儿和外孙同住	6
7	徐家圹圩派出所证明	余凤翔、徐永元跟徐兰系父女、母女关系	7

证据提交人：徐兰

委托代理人：姚如洲

呈交：巨州市中心区人民法院

2023 年 7 月 20 日

何寿天仔细核对了一遍，发了余凤翔微信，急步赶回豆香园。远远看见邵亚芳正陪疆安玩着，往旁边找了一个地方，拨通了余凤翔的电话。

何寿天说：

"你还在家里的电脑旁边吗？好的，我教你怎么做。第一步，点开电脑里我发过去的微信，是一份证据目录。第二步，用鼠标的右键，就是鼠标的右半边，点一下，出来一个栏目，你点一下打印，把证据目录打印出来，总共打印三份。点出来了？打印出来了？好的。你仔细看一遍证据目录，把在此之前复印出来两套证据复印件，每一套最上面放一张证据目录。两套证据复印件，按照证据目录上的顺序，在每一页的右下角用笔编一个号码。还剩一张证据目录，放在证据的原件上面。都编好了？也放好了？好的。这样，你把一套证据原件，留在自己家里，务必保存好。两套证据复印件，都带在身边。先赶到法院。时间有点紧，你不要乘公交车，直接叫个出租。到了以后，如果还没有下班，打法院通知上的电话，就说姚律师让你送证据来了。等法院来人接洽，你把其中一套证据复印件交给对方。注意，对方收到材料，会给你一个收据的。然后，你再看看时间，要是来得及，就赶到姚律师的律师事务所去。如果姚律师在，或者徐兰的女同学在，最好。如果两个人都不在，你把另一套证据复印件，包括最上面的证据目录，让前台转交给姚律师，或者徐兰的女同学，都行。"

吩咐已毕，走过去跟邵亚芳和疆安会合。

一〇三

吃好晚饭，收拾好碗筷，各回房间。正准备坐到床上看电视，余凤翔来了微信，点开看了，一行字："证据复印件已送法院和律师事务所，放心。"

放下手机，准备看电视。想了一想，还是拨通了余凤翔的号码。

余凤翔说：

"事情都办好了。虽然说时间太紧，一是忙，二是急，弄得我浑身大汗。到家以后，刚吃过晚饭，洗了个澡，就给你发了这个微信。下午也算老天爷帮忙，我拿着包，带着两套证据复印件，三步并作两步，连走带跑，到了小区大门口，正好有一辆出租送客进来，客人下车了，我二话不说，坐了进去，请司机直奔区法院。我心里还有点嘀咕，这个时间，正是下班早高峰，路上会不会堵车。没有想到，中心区法院刚搬了地方，不在城市中心了，出租车走的路线，正好跟下班车流相反，一路畅通。到了那里，才四点半，离下班还早着呢。我就打了法院通知上的那个号码，是个年轻人接的，很客气。他很快就出来了，说是我们这个案件的书记员。本来要带我进法院里头去的，没有想到，要检查身份证，还要过一个安检。我没有带身份证，进不去。年轻人让我在大厅外面等着，他拿了材料进去，不一会儿出来了，给了我一张收据。我谢了一声，出了法院，真是巧上加巧，我刚才坐的那辆出租，司机去了一趟厕所，是上大号，费了一些时间，还没有接上客人。我再坐进去，请司机直奔姚律师的律师事务所。到了那儿，离下班还有五分钟，人走得差不多了，只剩下一个前台，在关窗户。我就把证据复印件交过去，说了姚律师和徐兰的同学两个人的名字，说转给这两个人中的任何一个人，都可以的。随后，我不着急了，是挤公交车回家的。"

接着说：

"我今天送证据复印件到法院和姚律师的律师事务所的路上，包括现在在家里，心里总是很不踏实，耳边时不时地会响起姚律师说过的话，眼前不停地闪晃着姚律师的影子。我对自己说，难道真像徐生幼儿园同学的爷爷说的话，'不怕一万，就怕万一'，我们不幸就遇上了这个'万一'，雇了一个不靠谱的律师，落进了不靠谱律师的惯用套路？这样下去，恐怕徐兰的这桩官司，不但要输，而且，还会像徐生幼儿园同学的爷爷一样，不是输在赵大可和赵望山手里，也不是输在法院手里，而是输在我们花钱雇的这个姚律师手里了。想到这些，心里一口气，就憋着出不来，把胸口堵得慌。"

何寿天说：

"我上次提醒过，律师吃的是辛苦饭，一应收入，通过办案取得。而案件有大有小，大案标的大，小案标的小。案件又有缓有急。操作起来，自然大案在前，小案在后。急案在前，缓案在后。由于承受的压力太大，有的律师往往会有好几只手机，小案缓案，放在一只手机上，有时开，有时不开。大案急案，放在另一只手机，二十四小时常开。这些，当事人是应该给予同情和理解的。"

转换口气，继续说：

"你们聘请的这位姚律师，我没有直接打过交道，所有的事情，都是从你这里转听到的。至于你们是不是像徐生幼儿园同学的爷爷说的那样，遇上了'万一'，或者落进了不靠谱律师的惯用套路，或者官司最后可能会输在花钱雇的这位姚律师手里，我都不能轻易下结论。我也不能说这位姚律师，是个不靠谱的律师。不过，从今天下午听你说的话来看，姚律师有一句话，是需要推敲的。"

又说：

"姚律师原话是：'对方抓住了致命要害，我们也不是没有杀手锏的。赵大可身体有严重缺陷，不能行男女之事，履夫妻之实。如果他一口咬住徐兰出轨，到了开庭审理的时候，我们就打他一个措手不及，在法庭上当场把真相捅出来。法官听见了，就会明白，徐兰出轨也是没有办法，是被逼的。丈夫不是个完整的男人，怎么办呢，只好到外面找别的男人了。'这一段话，耳朵听听，可以。操作起来，很难。第一，说赵大可身体有缺陷，不能行夫妻之实，需要专业医生开具证明作证据。如果赵大可不配合，不愿意去医院，这个证据怎么来？第二，逻辑性有问题。即使赵大可身体有缺陷，可以帮他治疗，也可以诉诸法律，提出离婚。唯一不能成立的就是，丈夫不能行夫妻之实，妻子就可以理直气壮地到外面找别的男人。第三，这是最重要的一点，上次你来上海，我曾经提醒过，无论这桩官司结局怎样，赵大可是徐生的父亲，这个事实不可更改。为了孩子，双方将来还要见面，还要合作。所谓凡事留有余地，退一步，天高地阔。总之，赵大可身体缺陷的事情，我个人的想法，不到万不得已，是不能公之于众的。"

余凤翔说：

"我听了姚律师的话，既觉得有点儿道理，又觉得好像哪里有点不对劲。现在回想起来，也许我当时有点恼火，说了用一万块钱买了一堆砖头，一块接一块往水里扔砖头，还能听到一声接一声响。我们花一万块钱雇他当律师，却没有任何对策，听不到任何响声。这些话，虽然符合事实，但也过于刻薄了一些。姚律师十分难堪，面子上下不来，嘴巴又被我的话堵住了，只好临时想出这些经不起推敲的话，来搪塞我，他自己好借此摆脱困境。"

何寿天说：

"我想了一下，你们还是要冷静下来，少安毋躁，稳住这位姚律师，维持正常的聘用关系。我上次说过，打官司不能不依靠律师，也不能光依靠律师。聘请律师是必要的，根据法律规定，律师有权查阅案件卷宗，当事人看不到的东西，律师能看到。聘请了律师，可以跟法院，包括对方的律师，及时进行必要的联系和沟通。这位姚律师，你们既然已经花了钱，聘请了他，就要把能够借助于他的地方，用好，用足。当然，你上次说过，要防他一手。如果真要防他，就是防止他不做事，或者做错事。说得通俗一点，就是，既要用姚律师的'利'，又要防姚律师的'弊'。这样一来，把这桩官司的主动权，自始至终掌握在自己手里。"

又安慰了几句，挂了电话，打开电视正要看，手机响了，是弟弟何寿地打来的。

何寿地说：

"传言成真。我离开党校，到市人大担任文史委主任了。已经正式谈过话。是市委书记成高杰亲自找我谈的。大意是，市委从市委党校整体工作出发，从我个人情况出发，做出决定，调我到市人大下面的文史委员会任职。我事前已有心理准备，说了声'谢谢'。谈话结束，我上前一步，跟成高杰紧紧握了一下手，又说了声'谢谢'，告辞走了。"

何寿天挂了电话，看了一会儿电视，关灯睡觉。

一〇四

何寿天第二天下午在豆香园接到余凤翔微信，只有一行字："可以通电话吗？"随即找了一个地方，拨通了对方的号码。

余凤翔说：

"两件事情。第一件事情，刚刚跟姚律师通了电话。这个电话，是姚律师主动打给我的。这是自我们花钱雇他当律师以来，他第一次主动给我打电话。姚律师问：'弄证据的事情，我是昨天上午十点以后跟你说的，你离开的时候，差不多有十一点了，在这么短的时间内，你竟然把那么多证据弄好，还送到法院，并且送到我们律师事务所了，是怎么回事呢？'我说：'姚律师，你昨天一布置弄证据的事情，我就放下一切，开始忙了。不怕你笑话，我连中饭都没有来得及做，吃了一包快餐面，而且，连开水都没有来得及烧，直接干嚼进肚子里去的。心里又惦记着法院通知上的7月20日期限，整个中午和下午，马不停蹄，人不停步，也算万幸，总算把事情忙好了。'姚律师说：'你没有听懂我说的话。我的意思是，你在这么短的时间内，一下子弄了七份证据，其中有五份是在巨州，另有两份，是回你们老家乡下去弄的，怎么来得及呢？'我说：'怎么来不及？我和我老伴兵分两路，我忙巨州市的这一路，他忙老家乡下的那一路。我这一路份数多一些，总共五份，路却近一些。他那一路份数少一些，总共两份，路却远一些，要乘车回去。不过，我们老家乡下，原来很偏僻，自从高速公路打那里穿插而过，交通非常便捷。跑一个来回，也不过两三个小时。我在巨州市这边刚把五份证据弄好，一口气还没有来得及喘，他就从老家乘车赶回来了。我们把证据合拢在一起，先递交给法院一份，又跑到你们律师事务所，送了一份。'姚律师说：'你还是没有听懂我的话。我的意思是，昨天上午，我跟你只提到了证据的事情，并没有确定到底弄不弄，也没有讲弄几份证据，更没有讲送不送法院呀？'我说：'姚律师，可能你自己忘记了，其实你说了呀。我记得清清楚楚，你说，如果我们不要这个孩子，就随他去，不用弄证据了。如果我们争这个孩子，那就不用你提醒我们，也不用你来教我们，应该自己把证据弄好的。姚律师，你想想，我们怎么可能不要这个孩子，不争这个孩子呢？自从孩子出生，不要说是他妈妈徐兰身上掉下来的一块肉。单说我们老两口，从小到大，一口汤一口水，一把尿一把屎把他养大，哪怕是一只猫一只狗，也有感情了，舍不得了，更何况是我们的亲外孙，是我们第三代的亲生骨肉？所以，听了你说弄证据，我们连一个犹豫也没有，立即就忙起来了。'我又说：'你还说，你手头的案件太多，忙得团团转，请我们直接把证据送到法院去，另外也给你们律师事务所送一份。我有点犯愁，说法院的人不认识我，到了那里，交给谁呢？你告诉我说，到了法院，不要进去，先打法院通知上的那个联系电话，会有人来收我送过去的材料，还会给我一个收据的。昨天我到法院，按照你教的做了，还真来了一个小伙子，收了我的材料，还给了我一张收据。'姚律师说：'哎，跟你说话，怎么这么难呀？怎么这么累呀？我说的话，你还是没有听懂。我的意思是，你在那么短的时间内，一口气弄了七份证据。七份证据上末尾的时间，并不是7月20日，大多数都是提前的。还有，这七份证据，都是相互关联的。每一份证据的格式、内容，都非常专业。比专业律师出面弄的证据，甚至文字上更简练，更直接，更贴切。要是换了你女儿徐兰，她读过大学，还是个学霸，如果是她做这些事情，恐怕都很吃力，难以完成，也不可能这样完美。实际情况呢，徐兰在北京开会呢，竟然是你做的。我也不客气了，你一个当娘的，到了这么一把年纪，还是个乡下人，又没有读过大学，又不懂法律，还喜欢多嘴插舌，乱出馊主意。这些事情，如果没有别人帮你，只凭你一个人，怎么可能做成功，而且做到这种程度呢？'我说：'姚律师，你问的是这个呀。你要是不绕弯子，直话直说，我早就告诉你了呀。是这样的，昨天上午，你告诉我，不要孩子就不弄证据了，要孩子就要弄证据。我们是要孩子的，当然要弄证据了。可是，证据到底怎么弄，我并不知道。想请教你，你又太忙了，跟我说话的时候，不是这个电话，就是那个电话，没有空当跟我细说。怎么办呢？我只好给上海的亲戚打了一个电话，说，律师说了，要孩子就弄证据，不要孩子就不弄证据。我们当然要孩子，应该弄证据的。只是不知道这个证据，应该怎么弄。上海亲戚说：你们花钱聘请了律师，律师应该详细告诉你们的。严格说来，律师还应该亲自出面，帮助你们取证的呀！我说：我们请的是一个大律师，手头不知道多少大案要案，我们这个小案子，有点拎不上手。律师整天忙得团团转，我们要想见一个面，比登天还难。见了面正要向他请教，结果电话不断，没有空当说话。上海亲戚听了，就让我在回去的路上，把我们外孙就读的幼儿园和几家外课的名称和入学起讫时间，还有我们居住的小区名称、物业名称、我们老家乡下那个村的名称、辖区派出所的名称，还有其他一些东西，等等，在乘车回家的路上，发微信告诉他。我就按照亲戚说的做了。我回到家里，屁股还没有落到板凳上，收到了亲戚发来的七条微信，就是送到法院和你们这里的七份证据，都是亲戚帮我们代写好的。亲戚让我把七份证据每样打印两份。打印好以后，我也发现亲戚帮我们代写好的七份证明，上面的日期，不是今天的7月20日。亲戚说，这是证据，日期最好不要集中在这一天，提前一点，也可以的，也是应该的。我就没有再问了。接下来，刚才已经告诉过你了，我和老伴拿着打印好的证据，兵分两路，我留在巨州，他回老家乡下，分别找人，如果没有异议，就加盖公章。没有想到，特别顺利，每到一个地方，人家看了证明，都认为写的是事实，二话不说，拿出公章就盖在了上面。回家合拢在一起，拍照片给亲戚发了微信。亲戚又用微信发了一个证据目录，让我们打印出来，分成两套。每一套按照证据目录上标注的，在右下角依照顺序编成页码，装订好。我们是下午近四点弄好的，不敢乘公交车，也不能舍不得花钱了，就在小区门口打了一个出租，先赶到法院，再赶到你们律师事务所的。'姚律师说：'我说呢，原来如此。哎，你这个上海的亲戚，到底是干什么的呀？'我故意打了一个顿，心里在想，要不要再对他晃闪一下你的影子？这次是晃闪大一点呢，还是晃闪小一点呢？还没有想好，姚律师那边手机响了，忙接电话去了。我就给你发微信，问能不能通个电话了。"

接着说：

"第二件事情，徐兰从北京回来了。在她换衣服洗澡的时候，我说了赵家提交了一份证据，她和崇问泉2021年4月16日早晨六点半至4月19日晚上八点半，在扬州新维扬国际大酒店共同入住了608房间。徐兰说，这件事情是真的。当时，她跟崇问泉刚刚好上，两个人都有点昏头昏脑，忘乎所以了，竟然不知避讳，干了蠢事，直接用两个人的身份证，登记住进了一个房间。这种做法，其实也就是这么一次。后来，他们稍稍冷静下来，明白做这种事情，应该小心谨慎，只能悄悄地进行，不能明火执仗。往下，两个人再到外地开房，就多花了一点钱，每次开两个房间，一个人登记一间，晚上再住到一起。不过，徐兰说，那次她和崇问泉到扬州开房，中间出现了一个意外环节。2021年4月中旬，因为正在举行一项业务活动，上面要来检查验收，原定时间是4月22日下来。领导就说，这一阵子大家全身心扑在这项活动上，加班加点，好几个周末也耗在里面，没有休息，有点辛苦了。在检查验收组下来之前，这个周末，包括前面的周五和后面的周一，可以适当放松一下，这几天上班，不要求像平时那么严格的，来也可以，不来也可以，只要科室、处室，有人正常值班，就行了。崇问泉和徐兰便借这个空当，决定去一趟扬州。4月16日是周五，应该上班的，徐兰就请科室的另一位要好的同事，早上上班时，帮忙代为签到。晚上下班时，同样帮忙代为签退。崇问泉也如法炮制，请同处室的一个要好的同事，代为签到和签退。两个人起了个大早，扬州离得并不算远，又是高速公路，开车一个多小时就到了。他们六点半办了入住，用的是两个人的身份证，入住的确是608房间，定的也是4月19日晚八点半退房。登记完毕，天大亮了，正要去游瘦西湖。这个时候，先是崇问泉的电话响了，是领导打来的，说发生了特殊情况，检查验收组今天上午提前到达，让大家早一点赶到单位。随后徐兰的电话也响了，说的也是这个通知。两个人赶紧办了退房手续，开车返回。他们赶到单位，答应帮他们签到和签退的同事，还没有上班呢。两个人亲自签了到，开始忙接待检查验收组的事情了。第二天第三天是周六周日，都加了班，而且都有业务活动，动静还挺大的，不但全行业的《内部通讯》登了消息，连巨州市的几家市级主要新闻媒体和省报上，都做了大幅报道。因为徐兰是本行业的业务尖子，在活动中还有主题发言，全行业的《内部通讯》、巨州市的新闻媒体和省报上，还提到了徐兰的名字，引用了她的一段发言。我听了徐兰的话，才明白，徐兰和崇问泉到扬州入住酒店同一个房间是事实，但只办了入住手续，随即退房了。当天晚上，以及后来的周末两天和周一一天，两个人并没有同住在那里。我原来悬吊在喉咙口里的一颗心，放了下来。徐兰去单位以后，我反复想了一下，一颗心又悬挂了起来。我想，徐兰和崇问泉虽然办了入住，但随即办了退房了呀，为什么赵家请公安部门熟人取的这个证据，上面写得清清楚楚，是4月16日早晨六点半入住，到4月19日晚上八点半才退房呢？会不会是酒店的当班员工疏忽了，出了差错，在电脑里只登记了原先的入住和退房，却忘了登记临时提前退房？如果真是这样的话，赵家公安部门的熟人应该是从酒店电脑里取的这个证据。接着，我又想起你上次说过的话：真实发生过的事情，不等于法律上的事实。你还举例说，有人当众杀了一个人，但是，如果没有任何一个人出来证明的话，法庭也无法判定这个人的杀人罪。我把你举的这个例子，颠倒过来想了一想，那就是，哪怕徐兰和崇问泉实际上并没有入住扬州那家酒店的同一个房间，但是，赵家公安部门的熟人从酒店电脑里取到了这个证据，这就是所谓法律上的事实，你没有做，也是你做的。何况，我们又不能在法庭上当众解释说，本来是准备同住在一个房间的，因为检查验收组提前来了，临时提前退了房，赶回去了。这样的话，跟两个人同住一个房间，又有什么区别呢？仍然属于出轨，仍然是徐兰在外面找别的男人呀。只是这件事情，让人感到有点憋屈。"

又说：

"当然，话说回来，徐兰和崇问泉之间的事情，是存在的，真实的。赵家指责徐兰出轨，在外面找别的男人，也不算冤枉她。只是有一点，她和崇问泉真正发生状况的时候，并没有被抓住把柄。她和崇问泉没有发生状况的时候，反而被抓住了把柄。这个把柄，已经递交到法院里去了。让人想来想去，总觉得心里不是滋味。"

听她说完，何寿天想了想，说：

"徐兰跟崇问泉到外地开房的事情，放在第二步去做。你先做第一步该做的事情。还有几份证据，你有空的时候，抓紧弄一下。总共三份，很简单，都是现成的事情：第一份证据，把徐兰的户口簿，复印一下。复印三页，第一页是徐兰的名字，是户主页。第二页也是徐兰的名字。第三页是赵徐生的名字。第二份证据，赵徐生有个打疫苗的本子，是社区医院发下来的，上面有打疫苗的记录，还有社区医院的签章和医生的签名。先把封面复印一下，里面的打疫苗记录，有一页，复印一页。第三份证据，是徐兰的大学毕业证书。这三份证据，也是一式两份，分别装订好。户口簿、打疫苗的本子和徐兰的大学毕业证书，跟上次的证据原件，放在一起。你先把第一步做好了，我再详细告诉你第二步怎么做。"

吩咐已毕，跟邵亚芳和疆安会合。疆安抬着头东张西望，有点着急了。

刚坐下来，手机又响了，是闻芳的号码。

疆安说：

"爷爷，我妈妈平时不给你打电话的。记得上次打你电话，是外公犯病了。难道外公又犯病了？你赶紧接听吧。"

揿下通话键，传来了闻芳的声音：

"无虑在开会，走不开，我已经赶到医院了。这次我妈动作快，先打了120，再给我打的电话。医生诊断下来，我爸是第二次中风，属于人们常说的'二进宫'，病情比较重。这次复发，来得早了一点。医生估计，可能上次偷吃了那么多卤货，惹出来的祸。已经用了药，吊了水，安排了床位，还有全天陪护，也安排好了。"

闻芳又说：

"就在刚才，我突然想到我爸那两个没有血缘关系的'姐姐'和'弟弟'。上次他们说风凉话，说不知道我爸住院，要是知道的话，就会从口袋里掏钱，买营养品来看我爸的。这倒罢了，他们还责怪我妈，没有及时通知他们，还责问我妈打的什么算盘。我就提醒我妈，应该给他们打个电话，免得以后又被他们抱怨。我妈先打的是我爸那个'弟弟'的电话，'弟弟'一推六二五，说他在外地，没有两三个月，不会回来。再打我爸那个'姐姐'电话，她一脚踢得更远，说回老家了，估计要待两到三年才能回上海。"

一〇五

第二天上午到豆香园，刚坐下来，收到余凤翔发来的微信。另找地方打开，一行字："户口簿、疫苗本子和大学毕业证书已经复印好了。有空通电话吗？"随即拨了那边的号码。

余凤翔说：

"你说的第一步，总共三份证据，户口簿、打疫苗的本子和徐兰的大学毕业证书，昨天晚上就复印好了，一式两份，都分别装订在一起了。今天早上起来，想到你说过，先做第一步，徐兰和崇问泉到外地开房的事情，放到第二步去做。第二步到底做什么，心里没有底，等到现在，估计你已经到公园里，有空当了，就给你发了微信。"

何寿天说：

"第二步，当然还是弄证据。你让徐兰上班有空的时候，弄以下证据：一、2021年4月16日周五科室上班的签到簿复印件。里面的签到人员，当然包括徐兰在内。签到簿复印件上面要加盖科室公章，另写一行字：'本复印件与原件无异，特此说明。'再注明现在的日期。二、2021年4月16日周五科室下班的签退簿复印件。里面的签退人员，当然也包括徐兰在内。签退簿复印件上面要加盖科室公章，另写一行字：'本复印件与原件无异，特此说明。'再注明现在的日期。三、2021年4月16日周五当天，徐兰和其他同事经手的某项业务资料复印件。当然，这项业务，是可以对外公开的。另外，上面既要有徐兰的签名，也要有其他同事的签名，还要有当天的日期。这个不需要加盖公章，也不要注明现在的日期。四、2021年4月19日周一科室上班的签到簿复印件，加盖公章并有注明文字和日期。五、2021年4月19日周一科室下班的签退簿复印件，加盖公章并有注明文字和日期。六、2021年4月19日周一当天，徐兰和其他同事经手的某项业务资料复印件，同样,这项业务,是可以对外公开的。另外,上面既要有徐兰的签名,也要有其他同事的签名,还要有当天的日期。这份证据上面,不需要加盖公章和注明文字及日期。你叮嘱徐兰把这六份证据弄好,再往下走第三步。"

下午再来豆香园,收到了余凤翔的微信,另找地方点开,是上午让弄的六份证据中的四份证据。看了一遍,随即拨通了电话。

余凤翔说:

"我上午通过电话以后,在家里闲着也没有事情,就直接赶到了徐兰的单位,当面跟她说了。中午我们娘儿俩一起到她单位旁边的麦当劳吃了一顿。她上午抽空弄了四份证据,分别是,2021年4月16日周五当天科室上班签到簿复印件,当天科室下班签退簿复印件,2021年4月19日周一当天科室上班签到簿复印件,当天科室下班签退簿复印件。这四份证据,上面都加盖了科室的公章,写上了说明文字和日期。你让弄的另两份证据,分别是4月16日周五当天,4月19日周一当天,徐兰和其他同事经手的某项业务资料复印件,还没有弄。有两个原因,一是这两天徐兰工作比较忙,脱不开手。二是徐兰自己觉得,已经有了周五和周一的签到簿和签退簿,证明她周五和周一,全天都在单位上班,再弄其他证据,是不是有这个必要,会不会多此一举。"

何寿天说:

"徐兰的理解,不够全面。这四份证据,严格说来,证明力比较弱,有瑕疵。到法庭上,是可以合理怀疑的。你不妨仔细想一想,无论签到簿或者签退簿,上面加盖的是科室公章,而科室公章,是由徐兰自己掌管的。案件正式开庭审理的时候,如果碰上一个比较专业的律师,会当场提出这种疑点。虽然并不能肯定这份证据就是假造的,但是,法官势必会受到影响,觉得这种可能性,至少是存在的。法官内心有了倾向性,会有什么结果呢?在法定程序中,主办法官有一个自由裁量权。就是当案件的事实比较模糊,既可以推一推,又可以拉一拉的时候,主办法官的倾向性,就起了决定性的作用。所做出的最后判决,就有了偏斜。而且,这种倾向性,法官只会放在自己的肚子里,是不会在嘴上公开说出来的。但是,这桩官司的最后判决,极有可能会对你们不利。"

听到这里,余凤翔插问道:

"真是这样,那就糟糕了。有什么办法吗?"

何寿天说:

"唯一的办法,就是再用其他证据来辅助证明。这样的辅助证据,越多越好,形成一个紧密相连的证据链。这样一来,所谓的合理怀疑,就被彻底粉碎了。法官也不会受到影响。我刚才说的这些话,牵涉到一些法律术语,有些枯燥,你可能一时听不懂。不过,你只要静下心来,认真掂量一下,就会明白的。"

过了一天,余凤翔用微信发来了另两份证据。何寿天还是用上厕所作借口,另找了地方,点开微信,看了一看。两份证据,都是巨州市国税局里召集科室以上负责人,开会研究如何配合上级检查验收组工作的签到名册复印件。全局上上下下,包括局领导班子成员,以及所有处室科室负责人,都有签名。这两份证据,都加盖了局办公室的公章,比预想的还要好。随即拨通了余凤翔的电话。

余凤翔说:

"我把你的话转告给徐兰,她听懂了,立刻把另两份证据弄到手了。复印以后,徐兰还特地找人加盖了局办公室的公章。你说的前两步,已经走过了。还有第三步要走吗?"

何寿天说:

"第三步,还是弄证据。第一份证据,徐兰单位全行业的《内部通讯》,分别是2021年4月17日周六和2021年4月18日周日两天的,上面登有徐兰在检查验收组下来时,在业务活动中发言的消息。第二份证据,巨州市有关报纸对徐兰单位业务活动的报道,其中提到徐兰的名字和发言。有几家报纸登载这个消息,就收集几家这两天的报纸。第三份证据,是省报关于徐兰单位业务活动的报道,其中提到徐兰的名字和发言。第一份证据,就是徐兰单位全行业的《内部通讯》,让徐兰自己找一下，她单位的档案室应该保存的。另几种报纸，如果你有空闲，也可以亲自弄一下。做起来其实很简单的，你跑一趟市档案馆，直接查阅这两个日期的报纸，看到上面有相关文章，复印下来，就行了。复印的时候，要注意把报头上方的日期，一起复印下来。如果文章在版面的最下面，距离太远，可以把报纸折叠起来，把提到徐兰名字的消息，拼在报头日期的下面，再复印。复印以后，请市档案馆加盖一个方形章，就有证明效力了。可能会收一点费，也不会多，跟复印材料的价格差不多。"

又说：

"我想了一下，如果不出所料，由于跳过了调解的程序，正式开庭审理的日期，不会拖得太久的。这几份证据，还是要抓紧，越快越好。这也是赢得这桩官司的关键证据。一切弄好，就有备无患了。"

余凤翔下午发来了微信。何寿天点开，一行字："《内部通讯》和报纸，都找到了。"随即拨通了电话。

余凤翔说：

"都办好了。《内部通讯》是徐兰从局档案室找的，两天的都有，都是原件，每样三份。我到市档案馆也很顺利，巨州市报纸共找了三种，日报，晨报，晚报。另有两份省报。上面都有徐兰的名字，并且引用了一段发言。我每样复印了三份，加盖了市档案馆的方形蓝章。档案馆的人说，盖了这个章，即证明复印件跟原件一样。收了一点点钱，也就是复印的费用。我都带回家收好了。"

何寿天说：

"按照法定程序，被告收到法院转交的原告起诉状以后，应该递交一份材料，名称叫答辩状，就是对原告起诉状的回答。答辩状的答辩人署名是被告，但一般都是由聘请的律师代为弄好的。姚律师可能太忙了，忘记了这件事情。当然，也可能他已经弄好了，还没有告诉你们。不管什么情况，你们要抓紧提醒一下。可以让徐兰用以前的老办法，借口中午出外办事，从她同学那里路过，请同学转告给姚律师。徐兰如果跟姚律师通电话，也包括你跟姚律师通电话，也务必提醒一下。如果姚律师已经弄好了答辩状，就不要再耽搁了，抓紧送到法院去。"

挂了手机，铃声又响了。是弟弟何寿地打来的。

何寿地说：

"我已经到新岗位了。是今天上午去的。有点热闹，也有点怪怪的。按照惯例，干部调动位置，无论是平挪还是提拔，如果是到新的独立单位，肯定要召开一个全体人员会议，组织部门会派负责人送一送，在大会上讲一个话，象征着前任和后任交接。只有一个情况，就是退居到二线岗位，像人大、政协的内设委员会，这些委员会不是独立单位，副职一般是外面单位的人兼任的，实际上只有一个主任，一个秘书，总共两个人。有的是两个委员会共用一个秘书，总共一个半人，开不成一个会议。因此，以前的一般做法是，市委组织部派两个普通干部，陪着送到市人大，先见一下人大主任，把人交在人大主任手里，就走了。人大主任再领着见一下人大各副主任，接着到各个委员会办公室，转一个圈子，露个脸，最后到本人所在的委员会的办公室，把秘书叫过来，两个人碰上头，就算搞掂了。我这次有点不一样，市人大召开了一个全体人员会议。要说是专门为我召开的这个会议呢，会议还有其他内容，应该不算。要说不算吧，又在会上郑重其事地介绍了我。送我来的，也不是组织部的普通干部，而是市委组织部部长亲自陪同，而且在会上还做了一个正式讲话，对我高度评价，说了很多好话，简直捧到天上去了。不但我听了觉得不伦不类，会场上的其他人也忍不住交头接耳，议论纷纷。最后，有个'船到码头车到站'的老干部，仗着资格老，而且再过几天就办退休手续，用不着顾忌什么了，就实话直说，大声插了一句话，说：'喂，你们对他说了这么一大通赞美之词，如此优秀的干部，你们送错地方啦。你们应该提拔重用他，而不是平挪到这里，坐冷板凳。市委党校即将升格为副市级了，听说他为这次党校升格，出了不少力，流了不少汗，劳苦功高。你们还是让他回到原来的位置上去吧！'此言一出，哄堂大笑，弄得市委组织部部长当场下不了台。散会以后，我进了自己的文史委员会主任办公室，一个人坐着喝茶，倒也安静自在。随后接到市委办刘应初的电话，告诉我说，市委书记成高杰特地把市人大主任叫过去，吩咐他这么做的。人大主任觉得有点难办，理由是，如果来一位市人大副主任，属于领导班子成员，召开全体人员会议，是可以的。如果来的是市人大下属的委员会主任，就不合惯例，以前也从来没有过这种做法。可是，市委书记不但要求市人大主任召开全体会议，还要市委组织部部长在会议上讲话。怎么办呢？人大主任就想了一个变通的办法，我过去的时候，召开一个全体人员学习会议，内容是学习法律。也没有学习几句法律，主题就转到我身上来了。这样一来，人大主任对市委书记那边有了交代，对人大的全体员工，包括其他几位委员会的主任，也有了交代。刘应初说，成高杰之所以这样做，是因为跟我面对面谈话时，才发现他以前想象中的我，跟他亲眼见到的我，截然相反，是完全不一样的。他可能有些后悔了，但是生米已经煮成熟饭，来不及了。刘应初还说，他告诉我这些，并不代表成高杰肯定会采取补救措施。因为，退到人大、政协下设委员会任职的二三线干部，没有任何一个人，重新调任到实职岗位上去的。刘应初说这些话的意思，我当然明白，成高杰也许是想安抚一下我，更重要的是化解他自己的内疚，事情一旦过去，也就过去了，让我不要因此产生不切实际的幻想。现在我仍然一个人坐在办公室里，没有事情，就给你打了这个电话。"

一〇六

下午再来豆香园，接到余凤翔微信，另找地方点开，一行字："能通电话吗？"随即拨通了那边的号码。

余凤翔说：

"姚律师有回音了。上午接你电话，我马上告诉徐兰了。徐兰正好手头没有事情，就假装有事路过，去了律师事务所，正好碰上女同学，提醒了答辩状的事情。女同学答应转告姚律师，还说一有答复，立即告诉徐兰。我等到中午，打徐兰电话，徐兰说没有姚律师的任何消息。我有点放不下，心里想，原告的起诉状，我们已经收到这么长时间了，我们这边的答辩状，到现在还没有送过去，也太不像话了。我这么一想，更着急了。心里又想，姚律师忙天忙地，总要吃饭吧。我看看时间，就试着打了一个电话，没有想到，竟然通了。果然是在吃饭。姚律师接电话的时候，我都听见他嘴里'啊呜''啊呜'吞咽东西的声音了。我就提醒了答辩状的事情。姚律师停下来不吃饭了，说：'正常情况下，被告收到原告的起诉状，是应该出一个答辩状的。你女儿徐兰的这桩离婚官司，是不需要出书面答辩状的。'我问：'为什么呢？'姚律师说：'有两个理由。第一个理由，你女儿徐兰的这桩离婚官司，太简单了。你想想，原告四个诉求，第一个诉求，是解除婚姻关系。你们也不想跟他过下去了。双方的想法，完全一致，不需要答辩的。第四个诉求，分割夫妻关系存续期间的共同财产，这个法律有规定，一剖为二，各归各的，也不需要答辩的。第二个诉求，孩子的抚养权。你们已经递交了七份证据，明显就是要争孩子的。是个傻子，都能看出来。再做答辩，不是多此一举吗？第三个诉求，要你女儿徐兰承担婚姻破裂的责任，赵家已经递交了你女儿徐兰跟崇问泉在扬州开房的证据，这是铁打不宕的东西，你怎么答辩呢？一推六二五，说没有这回事情？捂着耳朵装听不见？厚着脸皮硬不承认？想急扯白脸耍赖皮？那还不照样是无济于事，自取其辱吗？第二个理由，你也知道的，我有多忙。从早到晚，我除了洗脸刷牙吃饭上小号上大号和睡觉，连打个喷嚏的时间都没有。就说我接你这个电话吧，我人坐在高铁上，嘴巴里嚼着快餐面，面前摊着一堆案件材料，正赶去开另一个案件的庭。你想想看，我嘴里正在吃饭，停下来说你家的案件，眼睛看着的，是另一个案件的材料。正在朝那边赶的，是即将开庭的第三个案件。在同一个时间段里，我竟然要对付三个不同的案件。你说我忙不忙？答辩状是一份材料，白纸黑字，最少也得两三千字，是一篇大文章。要做这篇大文章，至少要腾出一整天的时间，别的什么事情都不能做，专心致志，扑在上面。如果你女儿徐兰的这桩官司，非常复杂，答辩状不出是不行的，那我作为你们聘请的律师，责无旁贷，再忙，一夜不睡觉，哪怕眼睛困得睁不开了，用两根火柴棍子撑住眼皮，也会帮你写出来的。可是，我刚才给你分析过了，你女儿徐兰的这桩离婚案，简单得不能再简单了。我办过的比它还复杂的案子，我们也没有出答辩状，到了开庭审理的时候，当场说几句针对性的话，就是答辩状了。徐兰的这桩官司，也只能这么办了。'姚律师说完，不等我回答，就把电话挂了。"

何寿天听了，安慰几句，让余凤翔略等一等，晚上再联系。

吃过晚饭，何寿天回到房间，没有看电视，在电脑上帮徐兰起草了一份答辩状，看了两遍，觉得差不多了，又弄了一个补充证据目录。在发微信给余凤翔之前，又看了一遍。先看的是答辩状：

答辩状

答辩人：徐兰，女，汉族，1986年8月7日出生；身份证号：97584619860807123X；住址：巨州市中心路1弄8号302室；联系方式：同上。手机号码：17123451628。

被答辩人：赵大可，男，汉族，1980年5月16日出生；身份证号：975864198005163212；住址：巨州市东郊路29弄38号；联系方式：同上。手机号码：17176321667。

答辩人徐兰因与被答辩人赵大可离婚纠纷一案，现结合案件事实和法律依据，提出如下答辩意见：

一、徐兰同意与赵大可解除双方的婚姻关系。

徐兰与赵大可两人婚前缺少足够的了解，婚后发现赵大可沉默寡言，不喜欢与人沟通，个性多疑，总认为周围所有的人都在算计他，在单位怀疑同事背后搞小动作，在家里认为徐兰和徐兰父母给他压力，导致他神经衰弱、忧郁症之类。跟别人打交道，总把别人想得很坏，认为别人会做一些对他不利的事情。赵大可冷漠自私，对家人缺少关心，很少过问儿子赵徐生的事情，平时喜欢打电脑游戏，活在自己的世界里。除此之外，家庭的日常支出一般都是徐兰支付，赵大可对金钱看得重。赵大可对于家庭并没有尽到一个丈夫和父亲应尽的责任与义务，夫妻二人无法沟通，缺少共同语言和一致的生活态度，故徐兰同意与赵大可离婚。

二、儿子赵徐生应当由徐兰抚养，赵大可每个月支付人民币3000元抚养费。

（一）儿子赵徐生一直由徐兰和徐兰的父母照顾抚养至今，从不改变孩子的成长环境出发，应该由徐兰抚养赵徐生。

赵徐生于2017年10月7日在巨州市第一妇产科医院出生，一直居住在徐兰家中，由徐兰和徐兰父母一起照顾。赵大可对徐兰和赵徐生并不关心，连赵徐生的户籍都登记在徐兰的名下。

此后，徐兰父母从家乡来到巨州，和徐兰、赵徐生居住在巨州市中心路1弄8号302室（巨州花苑小区），长期共同生活，帮助照顾抚养赵徐生。无论是赵徐生到音乐学校学钢琴，还是上幼儿园，或者到书画学校学习书法，或者到外语学校学习幼儿外语，或者注射防疫疫苗等，都是由徐兰和徐兰父母陪同和接送，赵大可对此均没有尽到作为一个父亲应尽的责任。

上述提到的赵徐生就读的幼儿园、音乐学校、书画学校、外语学校和接种疫苗的医院，均与徐兰和赵徐生居住的巨州市中心路1弄8号302室（巨州花苑小区）相邻，或者一墙之隔，或者在同一个小区内。

赵大可父母的居住地，虽然也在巨州，却相距徐兰和赵徐生居住的巨州花苑小区三十多华里，根本不可能，也无法每天照顾赵徐生。

赵大可诉称其婚后与父母一直生活在一起，帮助带孩子，并接送上幼儿园，完全是虚假陈述，不符合实际情况，且没有提交任何证据证明。

鉴于赵徐生出生后，一直由徐兰和徐兰父母照顾成长，并在所居住的巨州花苑小区周边上幼儿园、上外课和注射防疫疫苗，他已经习惯于这样的生活环境，应该由徐兰继续抚养赵徐生。

（二）对比徐兰和赵大可双方的家庭环境和背景、收入状况、性格特征、受教育程度和性别等，从有利于赵徐生成长出发，应该由徐兰抚养赵徐生。

1. 从赵徐生这个年龄阶段儿童来看，更需要母亲徐兰的照顾。2. 赵大可读的是普通大学，成绩一般。徐兰读的是名牌大学，成绩优秀，有利于孩子今后的教育成长。3. 赵大可是单位的一般员工，徐兰则是单位的科室负责人，业务骨干，且每月的收入远高于赵大可，是赵大可的两倍多。对于抚养赵徐生来说，徐兰的条件明显优于赵大可。

因此，从以上几个方面来看，赵徐生和徐兰一起生活，对他成长更为有利，本案应当由徐兰抚养赵徐生。

三、双方的共同财产，徐兰同意进行分割。

四、《婚姻法》第46条规定：有下列情形之一，导致离婚的，无过错方有权请求损害赔偿：（一）重婚的；（二）有配偶者与他人同居的；（三）实施家庭暴力的；（四）虐待遗弃家庭成员的。

本案中，徐兰并不存在上述任何一种情形，根本不用承担损害赔偿责任。

五、本案诉讼费由赵大可承担。

此致

巨州市中心区人民法院

答辩人：徐兰
2023年8月10日

检查已毕，点出余凤翔的微信，揿按了发送键。

再看补充证据目录：

证据目录（补充）

序号	证据名称	证明对象	页码
1	徐兰户口簿	赵徐生户籍所在地	1
2	注射疫苗记录本	赵徐生打疫苗记录	2
3	大学毕业证书	徐兰毕业的大学	3
4	上班签到簿	徐兰2021年4月16日当天在单位上班	4
5	下班签退簿	徐兰2021年4月16日当天在单位下班	5
6	上班签到簿	徐兰2021年4月19日当天在单位上班	6
7	上班签退簿	徐兰2021年4月19日当天在单位下班	7

证据提交人：徐兰

委托代理人：姚如洲

呈交：巨州市中心区人民法院

2023年8月10日

检查已毕，揿按发送键，发给了余凤翔。稍等片刻，拨通了对方的号码。

何寿天说：

"我想了一下，姚律师说的话，从他的角度看，也许是有道理的。一是他手里案件确实很多，忙不过来。二是徐兰这个案件，相比姚律师手里的其他案件，比较简单。而且，在司法实践中，不交答辩状，庭审时作口头答辩，也时有发生。不过，从法定程序讲，被告方是应该提交答辩状的。我就代拟了一份，你先让徐兰看一看，听听她是怎么想的。如果她认为需要递交答辩状，就打印三份，一份送法院，一份送姚律师，你们自己留一份。如果她跟姚律师的看法一样，认为不需要递交答辩状，正式开庭审理的时候，口头说一说就行了，那么，答辩状就不要打印了。补充证据目录，这个你要抽空打印一下，也是一式三份，两份放在复印件上面,同样编一个号码。一份放在原件上面。两份复印件,跟上次一样,你辛苦一下,抓紧送到法院和律师事务所转交姚律师。"

余凤翔说:

"我的看法,还是要按照规矩办事。姚律师再忙,这是他自己的事情。他手里的案件再复杂,我们的案件再简单,从我们家的角度看,并不简单,是我们家里目前最复杂、最重要的大事,必须按照正规步骤来做。姚律师可以简单,我们不可以简单。姚律师可以马虎,我们不可以马虎。徐兰今天晚上单位加班,还没有到家。我估计她跟我的看法一样。等她回来,我让她看一看。就按照你刚才说的,如果她不同意递交,我就不打印答辩状,明天只到法院和律师事务所送一下补充证据。如果她认为应该递交答辩状,我就全部打印好,明天一起交到法院和律师事务所去。"

商量已定,挂了电话。

一〇七

第二天下午何寿天到豆香园,刚刚坐下来,手机响了,看了看号码,是父亲打来的,连忙揿下了通话键。

父亲说:

"寿天,是我。你杨阿姨陪我在新河堤上散步呢。天气一天比一天热起来了,这几天正是一年中最热的盛夏酷暑阶段,连蚂蚁身上都热出汗来,趴在地上爬不动了。人从早到晚闷在空调房间里,也不是个事情。时间长了,要生毛病的。你杨阿姨就陪着我,出来走一走。没有想到,新河大堤上这么敞亮,前几年栽的树长大了,有阴凉了。风从水面上飘过来,凉飕飕的,再从树缝里刮到人身上,想有多舒服,就有多舒服。我走了一阵,全身上下的汗毛管,都松下来了,就找了一个阴凉的地方,给你打这个电话。"

接着说：

"我要说的，是你大弟弟寿地。前一阵子，为了党校升格，他差不多是爬山越岭，翻江倒海，忙得不亦乐乎。他这么忙，也是对的。所谓山险路陡，水涨船高，党校一升格，他搭上顺风车，一步就踩上副市级了。放在谁身上，谁都会这么卖力，谁都会这么拼命的。只是没有想到，眼前党校升格批下来了，文件还没有看到，他本人却被一脚踢开，麻雀衔秕糠，一场空欢喜。如果平挪到一个实权岗位上，或者虽然不是实权，也是实职的岗位上，虽然有点憋屈，勉勉强强，也能说得过去。结果呢，去到市人大下属的文史委员会，一屁股坐在冷板凳中的冷板凳上去了。放在谁身上，谁能想得通，谁又能受得了呢？为了党校升格的事情，寿地跑上跑下，没有功劳，也有苦劳。没有苦劳，也有疲劳。到了最后，一纸红头文件，一切化为乌有，全部泡汤了。不要说他有想法，我也有想法的。不过，我们是家里人，自己说说不要紧的。寿地的条件，是非常好的。只是他的个性，其实并不适合从政。进入政坛，不是人人都行的。光会走路还不行，还得会跳会蹦，有的时候，还得朝下翻一个身，就地打十八个滚。寿地缺的就是这一点。他是个书生，只适合做学问。如果他当初走的是做学问的路，说不定现在已经成就赫赫了。一不小心，走上了政坛，先是在一个要害部门，熬资历，耗时间，做到常务副职，后面还加了一个括号，跟正职同等级别。这几个字，事实上也害了他。同等级别，并不是能做同等的事情。一个是跟在正职后面陪吃听讲，一个是独挑大梁掌控全盘，里面的区别大着呢，里面的学问也大着呢。本来调到党校，虽然是平级挪移，却是一方诸侯，正是建功立业的好机会。可是，到了那里才明白，世事艰难，人情复杂，一个饭碗捧在手里，才晓得不是那么好端的。饭碗里的饭，也不是那么好吃的。本来一副担子，挑在肩上，有些重了，十分吃力了，走起路来，难免一摇二晃。正是这个时候，天上又掉下了一个大馅饼，基层党校有了升格的机会。本来我们这个市，在全省各个市当中，无论规模、经济，还是硬实力、软实力，都是中等偏下，连尾巴都踩不住。恰恰又遇上一个天大机遇，我们市党校直接进入了第一批升格试点。表面上，是寿地顺风顺水，鸿运当头。儿子是自己亲生的，我心里有数，担心他本来挑这副担子，已经摇来晃去了。这副担子突然变了样子，成了众人瞩目的担子了，难免有人会生出妄想，半路上拔刀夺爱。不过，我心里这么想，嘴上从来没有说出来，一是怕说了扫寿地的兴，二是怕说了有晦气。倒是你小弟弟寿人，一眼看穿了，有一个周五晚上全家过来，寿人随口说了一句，意思是，他的二哥是个好人，却不是个当官的料，只怕他忙来忙去，有人在背地里盯着，到了关键时候，踢他一脚，那就麻烦了。这个担心，竟然变成了真的。寿地离开党校以后，我又想了一想，觉得这是一件坏事情，也是一件好事情。用现在电视里流行的话来讲，他算是平安落地了。从此以后，能不烦的神，就不用烦了。能不做的事情，就不用做了。能不操的心，就不用操了。能不担忧的，就不用担忧了。刀剑入库，马放南山，每天坐在办公室里，一杯茶，一支烟，一张报纸看半天，也不错的。作为你们的父亲，虽然也指望儿子功成名就，但心里最想的，还是平平安安。当了再大的官，让上一辈老人整天提心吊胆，还不如做个平头老百姓，稳稳当当。这个道理，你跟寿地联系的时候，时不时地要说一说，劝一劝。你有空的时候，就给他打个电话，说几句。不过，电话也不能常打。打得太多，他反而感到压力。也不能不打，打得太少，他没有人说话，心里憋闷得慌。这是我要说的事情。"

叮嘱几句，把电话挂了。

听见来了微信，顺手点开，是余凤翔发来的，却是跟以前不同的一句话："需要通个电话。"便让邵亚芳陪着疆安，推说上厕所，另找了个地方，拨通了号码。

余凤翔说：

"刚刚和姚律师通了电话，是他主动打过来的，发了冲天怒火，夸张一点说，骂得我狗血喷头。前前后后，说了足足半个小时。"

接着说：

"昨天晚上，徐兰下班回家，我说了答辩状的事情，还转达了你的话，如果她认同姚律师的意见，觉得没有必要递交答辩状，就不用打印了。如果她不认同姚律师的意见，觉得应该递交答辩状，就看一遍，把需要改动的地方，修改一下，打印出来，明天上午跟补充证据一起，送到法院去，再送一份到姚律师的律师事务所。徐兰说：'姚律师手里的官司再复杂，也是别人的官司，跟我们是不相干的。我们的官司再简单，也是我们的官司，马虎不得的。这个答辩状，法律规定要递交，我们就必须递交。如果不递交，到法院正式开庭审理的时候，口头说几句，这种做法，说得难听点，就是偷工减料，自己对自己不负责任。'说完，徐兰把你代写的答辩状，逐字逐句看了两遍，认为一个字也不用修改，这样就很好了。她这么一说，我就把答辩状和补充证据目录，各打印了三份，装订好了。我今天起了个早，赶在法院上班时间，递交了一份给那位书记员，对方给了我收据。又跑到姚律师的律师事务所，给前台一份，让前台转交姚律师本人，或者让徐兰的女同学转姚律师。回家吃过中饭，收拾好碗筷，我坐下来歇了一口气。这个时候，手机响了，是姚律师的号码。姚律师开口就问我，这份答辩状和补充证据，是不是我上海亲戚代弄好，让我送到法院，另给了他们律师事务所一份的？我也找不到其他借口了，只能实话实说。姚律师说：'你上海的这个亲戚，我原来还以为是何方神圣呢，现在看来，也不过如此。你明白吗？这个人看起来是帮你，其实是卖老鼠药给你吃，害你的。'姚律师还问我听没听说过一个成语，叫'掩耳盗铃'。我还没有回答，他就说起来了。说：'古代有个很蠢的人，想偷一只古铃，可是又担心铃声响了，惊动别人，他就偷不成了。他就想了一个很蠢的办法，用两团棉花，把自己的耳朵塞起来。这样一来，他去偷铃，铃声响起来的时候，就听不见了。这个人，蠢就蠢在，他自己把耳朵塞起来，听不见，以为别人跟他一样，也听不见了。结果，别人听到铃声，都跑了过来，把这个蠢人抓了个现行。'姚律师说完，又问我听没听说过一个成语，叫'欲盖弥彰'。我还没有回答，他又说起来了。说:'欲盖弥彰,是中国古代春秋战国时期,一个叫左丘明的人,在一篇文章里说的一句话,后来成了人们经常用的成语。这个成语的意思是,本来想掩盖坏事的真相,结果反而让坏事更加明显地暴露出来。'姚律师说完,又问我是不是听说过'此地无银三百两,隔壁王二不曾偷'这句话。我还没有回答,他又说了起来。说:'古时候有个人叫张三,好不容易攒了三百两银子,他把银子挖了一个坑,埋了起来。又怕别人知道了,来偷走,就在埋银子的坑上面,插了一个牌子,上面写了一行字:此地无银三百两。住在张三隔壁有个人,名字叫王二,他看到这个牌子,就把坑里银子偷走了。可是,他又怕张三怀疑是他偷的,也插了一块牌子,上面写了一行字:隔壁王二不曾偷。'姚律师说:'这本来是个故事,后来变成了人们常用的成语,说的还是同样的意思:本来想掩盖所干的坏事,结果反而更加明显地暴露出来了。这几个成语,用在你的上海的那个亲戚身上,再也贴切不过了!'"

接着说:

"姚律师说到这里,有点气急败坏,一口气呛住了,咳嗽起来,咳了好长时间。我以为他要挂电话了,没有,电话一直是通着的。我估计下来,姚律师咳了一两分钟,总算咳好了,继续朝我发火,说:'我说你上海的那个亲戚,是掩耳盗铃;是欲盖弥彰;是此地无银三百两,隔壁王二不曾偷,你心里肯定不服气。我告诉你吧,当初我看了你上海亲戚弄的那个第一份证据目录,我也以为他是个聪明人,应该有两把刷子。现在看来,你那个上海亲戚,不过是耍小聪明,会玩小动作罢了。你也不要在心里不承认,我下面细细说给你听,你听完我说的话,就会口服心服了。我说四点。第一点,第二次递交法院的四份证据,前两份是你女儿徐兰2021年4月16日和4月19日上下班的签名。你上海亲戚以为,有了这四份证明,就可以证实,徐兰在那两天里是在单位正常上班,不可能跟同事崇问泉一起,用两个人的身份证,到扬州新维扬国际大酒店共同开房间了。可是,这个人也没有仔细想想,法院是干什么的地方?是专门审判案件的地方,什么弄虚作假的情况,什么偷天换日的情节,都见识过,处理过，判决过。像你们递交的这四份证据，纯属小儿科。其中的破绽，一眼就能看出来了。这四份证据，上面加盖的是徐兰所在科室的公章。徐兰是科室负责人，公章由她掌管，想怎么盖，就怎么盖。想盖在哪里，就盖在哪里。如果这四份证据弄到法院，我的天哪，你已经递交给法院了啊！正式开庭审理的时候，当事人原告赵大可能看不出来，但是，他们聘请的律师不是吃素的，当场会戳穿这套西洋镜的！还有，我前面说过，法官审判过无数案件，什么刁钻古怪的手段没有见过？法官不像原告律师，他要居中裁决，主持正义，嘴上不说，心里哑巴吃饺子，有数得很，认定你们被告一方不老实。你上海亲戚帮你们弄了这四份所谓的证据，岂不是画蛇添足，最终的效果，恰恰是偷鸡不着，还蚀了把米？第二点，我来把双方证据的有效力，做一个对比。你们徐家这一方，出了四份你女儿徐兰2021年4月16日和19日在单位正常上班的证明，上面加盖的是徐兰所在科室的公章。对方赵家出了一份你女儿徐兰和同事崇问泉2021年4月16日上午六点半至4月19日下午八点半在扬州新维扬国际大酒店608房间开房的证明。谁能从酒店里取得这样的证据呢？毋庸置疑，这是原告当事人，你们的冤家对头赵家，通过公安部门的熟人，才能查出来和取到手的证据。我也不用找别人了，就请你自己来裁决吧，你女儿徐兰所在科室的证据，能打得过公安部门的证据？这岂不是鸡蛋碰石头——鸡飞蛋打，肉头撞石墙——头破血流？第三点，即使你女儿徐兰那两天真的在单位上班，那么，我还要告诉你一个法律常识。那就是，真实发生的事情，并不等于法律上的事实。什么是法律上的事实呢？就是有确凿证据可以证明的事实。我举一个例子，有人在众目睽睽之下杀了人，但是，如果所有在现场的人，没有任何一个人出来证明，那么，法院也无法判决这个人犯了杀人罪。说得再通俗一点，哪怕你女儿徐兰那两天真在单位上班，扬州那边的酒店搞错了，只要出示了公安部门的那份证据，你女儿徐兰和同事崇问泉到酒店开房间，就成了法律事实，是不可否认，无法推翻的。第四点，从前面三点来看，你上海亲戚向法院递交答辩状，到底有多蠢呢？如果不递交这份答辩状，开庭审理的时候，比如，原告的第一个诉求，解除双方婚姻关系。我们两个字，同意。原告的第四个诉求，我们也说两个字，同意。对于第二个诉求，我们可以口头说一说。对方不反感，我们就多说几句。对方反感了，我们就少说几句，见好就收。反正对方关于你女儿徐兰出轨，和别的男人在外面开房的证据一出来，你们的话语权基本上就被剥夺得一干二净了。只能摸着石头过河，能蹚到哪里，就蹚到哪里。对于第三个诉求，也是最敏感最要害之处，我们就佯装忘记了，一个字也不提。大家心照不宣。对方当然要揭出来，我们既不否认，也不承认。这样，在法官的心目中，至少我们的态度还是好的。下判决的时候，虽然孩子给对方了，赔偿款也给对方了，但是，在判决书的措辞上，也许会留那么一点点余地……'姚律师说到这里，我听不下去了，打断了他的话头，反问说：'姚律师，照你这么说，我们这桩官司，婚离掉了，孩子给赵家了，婚姻破裂由徐兰承担责任了，赔偿款也给赵家了，我们还干吗花一大笔钱请律师，帮我们打官司？还不如就按照赵大可老子赵望山说的，徐兰亲笔写一份认罪书，签名按手印，再让崇问泉写一份亲笔认罪书，签名按手印，再把孩子给赵家，再赔偿赵家五万块钱，岂不是更干脆彻底吗？'姚律师说：'你还是没有弄懂这桩官司包藏的利害关系。你可能还没有意识到，法院判决一下来，如果措辞严厉，把徐兰的出轨行为贬责得体无完肤，赵家会拿着这份法院的判决书，找到徐兰的单位，到了那个时候，什么科室负责人，什么业务骨干，全部化成了一股轻烟。你女儿连饭碗都保不住。如果法院看你们态度好，对徐兰的出轨行为，点到为止，徐兰单位看在她是科室负责人、业务骨干，最多给个处分，或者撤了她的职务，饭碗说不定能保住。可是，四份证据送交给法院了，答辩状也递交给法院了，所有的退路都给堵死了。你上海那个亲戚到底干了什么好事？'我听到这里，急了，反问他说：'姚律师，你上次不是说，他们抓住了致命把柄，你也有杀手锏的。如果赵家在庭上咬住徐兰出轨不放，你就放出杀手锏，捅开真相，把赵大可身体有严重缺陷，不能行男女之事，履夫妻之实，当庭说出来的吗？'姚律师说：'捅破赵大可的身体真相，效果可能跟以前预想的并不一样。不排除赵家会恼羞成怒，变本加厉追究你女儿徐兰破坏家庭婚姻的责任。从情理上来说，赵大可身体有缺陷，那是他的事情，何况，他也是迫不得已这样的，并不能因此减轻徐兰应负的出轨责任。'我说：'姚律师，你上次可不是这样说的。我记得清清楚楚，你上次说的原话是：如果他一口咬住徐兰出轨，到了开庭审理的时候，我们就打他一个措手不及，在法庭上当场把真相捅出来。法官听见了，就会明白，徐兰出轨也是没有办法，是被逼的。丈夫不是个完整的男人，怎么办呢，只好到外面找别的男人了。这桩官司是输是赢，还说不定呢。你再想想看，自己是不是这样说的。现在怎么又改口了，说得不一样了呢？'姚律师被我堵住了嘴巴，发火说：'你看你，我原来以为你是一个当娘的，到了这么一把年纪，又是个乡下人，又没有读过大学，又不懂法律，还喜欢七嘴八舌，胡乱插话，瞎出馊主意。跟你说什么事情，难得来，累得来，我问东，你回答西，我问南，你回答北，一个弯子绕了十万八千里，根本就是在对牛弹琴。今天才发现，你不仅如此，而且还喜欢跟人抬杠，胡搅蛮缠，抓住一点，不及其余。我刚才看了一下时间，我跟你通这个电话，整整半个小时了。有些像我这样的大律师，是按时收费的。如果是别的按时收费的律师，这半个小时补收的律师费，就比你们已经交过的，翻一倍了！'姚律师说完这句，就把电话挂了。"

打了一个顿，又说：

"我跟姚律师一番交锋，差不多是吵了一架，心里像是打翻了厨房里的油盐酱醋茶，五味翻腾。我隐隐约约感觉到，姚律师话说得虽然大体上不靠谱，但有些地方，可能也有合理的成分。他说的有些话，跟你以前说过的话，有点儿相似。比如，真实发生的事情，不等于法律上的事实。法律上的事实，必须有证据来证明。又比如，加盖徐兰科室公章的四份证据，会被人指出破绽，提出合理的怀疑。等等。我觉得，姚律师说的其他东西，都无关轻重。最要紧的，是赵家已经递交给法院的那份徐兰和崇问泉2021年4月16日早晨六点半至4月19日下午八点半在扬州新维扬国际大酒店608房间同住的证据。按照姚律师的话来讲，赵家这份证据，毋庸置疑，是通过公安部门的熟人，到酒店取的证。这种证据,跟加盖徐兰科室公章的证据,双方不在同一个水平线上。两种证据的证明力量悬殊,我们徐家的证据,远远不是赵家证据的对手。姚律师上次还用了一个词,说赵家的证据是'铁打不宕'。我最担心的,就是赵家的这份证据。"

听到这里,看见疆安朝这边走过来,何寿天赶紧把身子背了过去,说:

"疆安找过来了,我们另找时间联系吧。"

把电话挂了。

一〇八

吃过晚饭,何寿天进了房间,拿出手机,还没有来得及拨打,却见手机上跳出了余凤翔发来的微信,点开,是一行字:"晚上有空联系吗?"想了一想,先给余凤翔发了三个微信,再拨通了那边的号码。

余凤翔说:

"下午话没有说完,我还是有点担心。晚上盛了小半碗饭,吃了几筷子,又放下了。肚子是饿的,饭到了喉咙眼这里,卡住了,咽不下去。撮了一筷子菜,放在嘴里嚼碎了,也卡在喉咙眼这里,同样咽不下去。为来为去,还是为了徐兰的这桩离婚官司。今天姚律师又说了那一通很邪乎的话,心里实在有点害怕了。"

何寿天说:

"我听了你下午说的话,姚律师显然有点情绪失控。情绪失控的原因,是赵家向法院递交的那份徐兰和崇问泉出轨的证据。你心里害怕,吃不下饭,也同样是为了这份证据,对不对?"

余凤翔说:

"是的。我跟姚律师害的是一样的病,得病的根源,来自一个地方,就是那份开房的证据。"

何寿天说：

"据姚律师判断，他认为，这份证据，毋庸置疑，是赵家托公安部门的熟人，到扬州新维扬国际大酒店弄到的证据。这个证据已经递交法院，正式开庭审理以后，徐兰的这桩离婚官司，将因为这个证据，导致以下四个结果：一、孩子肯定要给赵家；二、徐兰肯定要负破坏家庭婚姻的责任；三、你们肯定要给赵家五万块赔偿款；四、赵家还会拿着法院判决书，找到徐兰单位，砸了她的饭碗。"

接着说：

"所有的一切，都集中在一个焦点上，就是那份证据。往下，我就来为你一步一步揭开真相：赵家递交法院的那个证据，到底是怎么回事；正式开庭审理以后，你们会不会因为这份证据，而输掉这桩官司。这样，你拿着手机，坐到家里电脑旁边，我说一步，你再做一步。好了，第一步，你点开我刚才发给你的第一条微信，你往空白处，打出徐兰和崇问泉的名字，再点击一下，看看是什么结果。"

余凤翔说：

"结果出来了，总共跳出了六个栏目。第一栏，开房人姓名，是徐兰和崇问泉的名字。第二栏，开房酒店名称，是扬州市新维扬国际大酒店。第三栏，登记入住时间，是2021年4月16日早晨六点半。第四栏，入住房间，是608房间。第五栏，退房时间，是2021年4月19日下午八点半。第六栏，身份证号码，是两个号码，其中出生年月日部分，用X代替，没有显示出来。但是前面的一个号码，只要填上徐兰的出生年月日，就跟她的身份证完全相同。这到底怎么回事呢？"

何寿天说：

"这是一个匿名电脑发烧友开发的酒店开房信息搜索软件，任何人都可以利用这个软件，查看他想知道的人到酒店开房的信息。当然，这个开房搜索软件并不合法，上网不久就被删除了。不过，通过一些办法，还是能找得到的。你现在明白了吧，姚律师以为这份证据是赵家托公安部门的熟人取得的，他的判断，是错误的，也是不可能的。赵家指责徐兰出轨的那份证据，应该是赵大可用网上匿名电脑发烧友开发的这个酒店开房搜索软件，自己搜索出来，再递交给法院的。按照法律规定，所有证据的来源，必须合法。赵家用一个不合法的搜索软件搜索出来的信息当作证据。这个证据，肯定是不合法的，法官当然也不会采信的。"

接着说：

"那么，有没有可能真是赵家托公安部门熟人取得的证据呢？如果真是公安部门的人出面取得的证据，这份证据能起到作用吗？往下，你再点开我发给你的第二个微信和第三个微信，看一看吧。"

余凤翔说：

"两个微信都点开了，是两个新闻链接。一个是浙江的，一个是江苏的。浙江的这个新闻，说的是有个警察，帮助自己朋友弄到了朋友妻子在外面跟其他男人开房的证据。男方以此为证据，告上法庭要求离婚，女方为此跳水自杀了。帮助朋友弄到开房证据的这个警察，最终遭到逮捕，被判了十年有期徒刑。江苏的这个新闻，也是有个警察帮人弄了妻子在外面跟他人开房的证据，女方自杀未遂，警察遭逮捕，被判了五年有期徒刑。看了这两个新闻，我有点弄不懂了。有夫之妇跟别的男人在外面开房，当然是错误的，是违法的。警察提供了他们违法开房的证据，应该是正义行为，为什么反而会遭到逮捕，被判刑，而且判得那么重呢？"

何寿天说：

"这是两个完全不同的法律概念。有夫之妇跟他人在外面开房，当然是错误的，是违法的，不过，其中损害的，是丈夫以及个人婚姻家庭的利益，属于民事行为，只能追究民事责任。但是，如果随便泄露他人私人信息，不管是什么人，当然包括警察，也是错误的、违法的，而且，损害的是公众利益和公共秩序，属于刑事违法行为，必须追究刑事责任。"

余凤翔说：

"我听懂了。我和姚律师最害怕的那个赵家递交法院的证据，应该不是赵家托公安部门熟人弄到手的。十有八九，是赵家用那个网上匿名电脑发烧友的开房搜索软件，自己查出来的。这样的证据不合法，不能算数。递交给法庭，法官也不会相信。即使是赵家托公安部门熟人弄到了那份证据，也是非法的。不但不起作用，而且还会给帮助赵家的人，惹出天大麻烦。天哪，我的这一颗心，终于能放下来了。还有，我觉得有点饿了，我马上要打开炉子，做一大碗蛋炒饭，好把肚子填填饱了。"

第二天上午去豆香园，何寿天收到余凤翔微信发来的法院开庭通知：

巨州市中心区人民法院
开庭通知书

（2023）巨民 198 号

徐兰：

　　赵大可于 2023 年 5 月 7 日诉你的婚姻纠纷一案，定于 2023 年 8 月 26 日 14：30 在巨州市中心区人民法院民事审判区第三法庭开庭，请准时参加。

　　主办法官：韩慧存。
　　书记员：张浩今。
　　联系电话：32121316。
　　特此通知。

2023 年 8 月 12 日
（院印）

随即拨通了余凤翔的电话。

余凤翔说：

"法院是用快递寄的开庭通知书，我们正好出去了，快递员就放在了门卫那里。我们从外面回来的时候，门卫正好交接班，忘了这份快递。

昨天晚上徐兰单位加班，也不是很晚，回来的时候，值班门卫看到了我家的这份快递，就交给徐兰带回来了。因为天太晚了，怕影响你休息，就没有给你打电话，也没有发微信。"

又说：

"昨天晚上，我听了你的一番话，悬挂的心倒是放下了，可是，又出来一个疑问。这个姚律师，到底是怎么回事呢？一个当律师的，连网上的开房搜索软件都不清楚，还一口咬定，那份证据是赵家托公安部门的熟人弄来的，不要说把我们吓了个半死，他自己也被吓得十魂丢了九魂半，只剩了半边魂了。难道，我们真的像徐生幼儿园同学爷爷讲的，遇上了'万一'，找了一个不靠谱的律师？"

何寿天说：

"姚律师对赵家递交法院的那份证据的误判，我估计有三个原因。第一个原因，姚律师太忙了，平时顾不上查看网上资讯，当然也就不知道有这个开房搜索软件了。第二个原因，姚律师没有查看网上资讯的习惯，对网上的新东西，比较陌生，同样也就不知道有这个开房搜索软件了。第三个原因，现在各行各业都存在着潜规则，律师界也是这样。姚律师可能受了潜规则的影响，一看到赵家递交的这个证据，凭着直觉，按照习惯性思维认为，这样的证据，一般人从酒店里是弄不到的。能弄到的，必须是公安部门的人。以此推理，肯定是赵家托了公安部门的熟人，从扬州那家酒店弄到的这份证据了。"

余凤翔说：

"昨天晚上，我把开房搜索软件的事情，跟徐兰说了。徐兰也是一门心思扑在自己的业务上，平时很少查看她不感兴趣的资讯，因此，她也不知道有这个搜索软件。听我一说，开始有点不相信。我就让她试了一试，她有了亲眼实见，这才相信了。我们娘儿两个，没有急着睡觉，一直商量到大半夜。徐兰的想法，跟我的想法，完全一样。商量到最后，决定对我们的这桩官司，采取三个措施。第一个措施，是防着姚律师。我们觉得，虽然现在还不能说姚律师是个不靠谱的律师，不过，跟我们期望中的律师，是不相符合的。弄得好，还罢了。弄得不好，说不定我们也会走徐生幼儿园同学爷爷的老路，官司不是输在对方手里，也不是输在法院手里，而是输在自己花钱聘请的律师手里，那岂不是花钱找倒霉，吃大亏了吗？我们并不是说姚律师会故意坏我们的事情，如果他这么做，对他自己并没有好处。传了出去，他的名声坏掉了，今后谁还再敢聘请他当律师呢？怕只怕，姚律师无心做出错事，把我们的官司弄砸了。到了那个时候，他已经收了钱，案件一结束，他便脱了身，奔下一家去了。剩下来一个烂摊子，只能由我们自己来收拾。第一个措施，如果说得明白一点，就是，在这桩官司正式开庭之前这一段时间，我们跟姚律师只保持联系，但决不往深处沟通，更不能向他透露我们手头的任何信息。也就是俗话说的，害人之心不可有，防人之心不可无。第二个措施，姚律师曾经说过，正式开庭审理的时候，也可以当庭递交证据的。既然这样，我们手里的另外几份证据，暂时就不要拿出来，防止赵家见扬州开房的证据不管用了，再找其他突破口。我们第二次递交的序号为4至7的四份证据，就是徐兰2021年4月16日和19日两天上班签到和下班签退的簿子，赵家也许一眼就看出了破绽，心里正暗自得意，准备到法庭上指出：科室公章由徐兰自己掌管，想怎么盖，就怎么盖。我们不妨以错就错，到了法庭，我们再把4月16日和19日的辅助证据，就是局里两次召集科室以上负责人开会，研究如何配合检查验收组工作的与会人员签名簿，拿出来，给他们一个还击。趁他们惊魂未定，又拿出巨州市和省里的报纸，包括出示徐兰全国系统的《内部通讯》，他们不垮掉，才怪呢。第二个措施，说得明白一点，就是，先把秘密武器收藏好，到了关键时候，再使出来，突然袭击，一招制胜。第三个措施，到了8月27日开庭的那一天，我们准备预订一家五星级酒店，就在巨州市中心区法院附近，上午十点整就请姚律师过来，把这桩官司从头到尾，仔仔细细捋一遍。有什么漏洞，就填上。有什么缺陷，就补救。中午在酒店预订一桌饭菜，十一点半开吃，一边吃，一边继续商量。吃好以后，离下午开庭，还有一段时间，仍然可以继续理一理案情。等理得差不多了，估计时间也快到了,就一路走到法院去。8月26日是周六,你不用带孙女,相对宽松一些。如果方便,在这个时间段里,我们如果有什么疑难,或者拿不定主意,或者不懂的地方,也可以打电话向你请教。第三个措施,说得明白一点,就是,提前谋划,有备无患。"

一〇九

吃好晚饭,手机上有了来微信的声音。点开一看,是余凤翔发来的,随即走进房间,拨通了对方的号码。

余凤翔说:

"8月26日开庭那天,请姚律师提前过来商量案情和吃中饭的酒店,已经订好了。名字叫巨州市兰馨大酒店,是新开不久的一家五星级酒店,环境设备都是一流的。离中心区法院很近,隔着两道围墙,几步路就走到了。我们订了一个中等包厢,名字也叫'兰馨'。里面除了桌子椅子,另有一圈沙发。有热水壶和微型冰箱。有对外联系的直拨电话。有宾客换衣间。桌子是可以任意拼接的,坐在里面,可以召开小型会议,可以商量事情,可以聊天,可以喝茶,可以吃饭。我们定的时间是上午九点半到下午两点半。徐兰今天中午路过姚律师的律师事务所,碰上了女同学,口头说了一遍,请她转告给姚律师,让姚律师提前安排好,把那一天的时间腾挤出来,上午十点整见面。后来我又让徐兰直接给姚律师发了个微信。到了8月25日,准备再给姚律师和徐兰的女同学发一个微信,提醒一下。"

又说:

"徐兰今天单位没有加班,是正常时间到家的。刚才坐下来吃晚饭,一边吃,一边说话,把这桩官司,又商量了一下。一般来说,人们办什么事情,都应该有个预期。我们的这桩官司,确定了三种预期,一个底线。第一种预期,是最好的,就是婚离掉,孩子由我们抚养,共同财产平分,驳回赵家要的赔偿款。也就是大获全胜。第二种预期,是不太好的，就是婚离掉，孩子由赵家抚养，共同财产平分，不给赵家赔偿款。也就是小输。第三种预期，是很不好的，就是婚离掉，孩子由赵家抚养，共同财产平分，给赵家赔偿款，但判决书不写明谁负主要责任。也就是大输。这三种预期，我们都做了思想准备。只有一个底线，不能突破。那就是，婚离掉，孩子由赵家抚养，共同财产平分，给赵家赔偿款，判决书上明确认定由徐兰对婚姻家庭破裂负主要责任。官司结束以后，赵家拿着法院的判决书，到徐兰单位继续纠缠，对她的工作产生严重的不利影响，甚至砸了来之不易的饭碗。这个底线，无论如何，哪怕想天大的办法，也要保住。"

挂了电话，邵亚芳收拾好碗筷，进房间来了，便跟她商量了一番。

邵亚芳说：

"8月26日正好是周六，无虑和闻芳在家，你不用带疆安，难得两天都有空。我上次听你说过，到巨州的交通非常方便，长途汽车一个小时一班，车随到，人随上。再说，他家找的那个姓姚的律师，王婆卖瓜，自卖自夸，号称是个大律师，手里的案件天大地大，只有徐兰的离婚官司，小得不能再小，都不够拎在他的手里。钱已经花了，官司还没有打呢，天天眼巴巴地看着自己聘请的律师'拿着鸡毛掸子，假充大尾巴'，见一个面，三约四邀，比登天还难。更要提心吊胆，防着自己聘请的律师'无心坏了大事'。在我看来，闻芳的亲妈余凤翔，倒是个真正的女中豪杰，巾帼英雄。可惜，姓姚的律师却有眼无珠，不把她当一回事，说她是'一个当娘的，又是这么一把年纪，又是个乡下人，又没有读过大学，又不懂法律，又喜欢多嘴插舌，乱出馊主意'，'还喜欢跟人抬杠，胡搅蛮缠'。徐家又缺少一个能镇得住局面的男人。所谓'送佛上西天，好事做到底'，我的想法，你不如亲自跑一趟，跟姓姚的律师照一个面，让他见识一下，所谓'天外有天，人外有人'，'高山不是垒的，火车不是推的'，明白自己一个吃律师这碗饭的，应该好好放下身段，收了人家钱，办好人家事，该做的一定要做，该说的一定要说，把这桩官司打理好。也让徐家的对手赵家看一看，姓徐的不只是姓徐的，在姓徐的背后，山是高的，水是深的，还有别家旁姓相帮着呢。这样，让赵家晓得利害，明白深浅，'该放手时即放手，得饶人处且饶人'，往后退一步，路平道阔，来日方长，何必要撕破脸，拼个两败俱伤呢？"

又说：

"不过，你不能直接说去巨州，那样一来，我们对闻芳不好交代。不妨绕一个弯子，找一个借口，干脆就说你单位那边同事有事情，已经定好日子，8月26日。顺利呢，在外面待一天。不顺利呢，可能两天。27日晚上赶回来，就行了。"

第二天等无虑和闻芳下班，一家人坐下来吃晚饭，就提前打了一个招呼。

何寿天说：

"这个月26日我要出去一天。我以前一个关系很好的同事，有点事情让我去一趟。时间可能是一天，也可能是两天。顺利的话，当天大早去，晚上回来。不顺利的话，当天大早去，第二天晚饭之前，肯定回来的。"

何无虑说：

"26日和27日两天正好是周末，我和闻芳在家，本来就约好周六要带疆安到森林公园烧烤，周日要带疆安到植物园看野生植物，周末两天的中午，都不回来吃饭。爸出去一天两天，不要紧的。"

闻芳说：

"我爸在医院，也不用多操心。我妈每天都来电话报平安。经过这段时间的用药，我爸的病情已经趋于稳定，正在慢慢好转。不过，医生也说了，这种好转，也不能抱太大期望。恢复以前的水平，从理论上是不可能的。只要不加重，就是好事。"

接下来的几天，何寿天每天晚上只看一会儿电视，腾出时间，把徐兰的离婚官司，方方面面，过了一遍。又帮律师弄了一份正式开庭的举证备要，上面列出了举证的顺序，以及每一份举证，应该说什么话，力求简明扼要，直指要害。到了8月24日晚上，全部改定了。25日晚上，又看了一遍，觉得差不多了，就用家里的打印机，打印了两份，放在随身带着的包里。又把出门在外要用的身份证、信用卡、现金、手机充电线、剃须刀、电动牙刷、毛巾、润肤油,等等,放进包里。见还有空间,又加一条短裤、一件背心、一双袜子。全部准备好了。

何寿天第二天大早起床,吃了早饭,洗漱好,轻轻开了门,再轻轻关好,下楼乘地铁直奔长途汽车站。到了巨州的班车检票口,依旧是一个小时一班,车随到,人随上。上了车,上面空空荡荡,便拣了司机后面的座位坐下。等了一会儿,有人陆续上来。很快就坐满了大半个车厢。临近发车时间,又有人抢上车来,坐在了空着的位置。汽车准点发动,出了市区,沿着高速公路畅行了两个半小时,停靠在巨州市长途汽车站。看看时间,九点刚到。打了一个出租,径直去了巨州兰馨大酒店。进了大厅,果然布局超前,气象崭新。先走到前台,拿出身份证,开了一个房间。再看时间,将近九点半,便拨通了余凤翔的号码。

余凤翔说:

"我们还在家里,正要动身去兰馨大酒店,准备到了那里,再给你通个电话。没有想到,你的电话倒先来了。"

何寿天说:

"我已经到巨州,住进兰馨大酒店了,登记的是1226房间。我已经打听过,你们预订的兰馨包厢,在二层的右拐角上。你们不用上楼到我房间来,十点整,我会下到二层,在兰馨包厢门口等你们的。"

余凤翔说:

"太好了!以前你人在上海,这里的大半个江山,全靠你撑着。现在你人亲自到巨州了,这里的一整个江山,都有你撑着。哪怕天被戳了个窟窿,塌下来了,我们也不用担惊受怕,自然会补上的!对了,出现了一个特殊情况,上次说好请姚律师十点钟过来见面,把这桩官司上上下下提前捋一捋的。当时他没有说来,也没有说不来。按照我们老百姓的理解,'不吭声,有十分',应该是默认,算是同意来的。没有想到,我刚才看时间差不多了,有点着急,就给姚律师打了一个电话,本意是提醒一下,也是发一道催牌。没有想到,姚律师根本没有打算十点钟过来，还朝我发了一通火，把我训了一顿，说：'我自从端起律师这个饭碗，大大小小的案件，不计其数。为了一个案子，而且是一个拎不上手的小得不能再小的案子，竟然要我在开庭之前整整四个半小时，就过去碰头。这种例子，以前从来没有过，以后也绝不会有。'不过，姚律师也没有把所有的路都封死，承诺十一点半，会过来吃饭。吃饭的时候，有什么疑问，他可以一边吃，一边解答。这样吧，你既然来了，我们就多了一个借口，我再给姚律师打个电话，就说上海的亲戚来了，请他见个面，也许他会改变主意，能在十点钟赶过来。"

何寿天拿房卡打开1226房间，进去看了一看，开间宽阔，光线明亮，卫生间的洗漱盆、淋浴间、马桶，都是最新式样的。放好东西，正要洗漱，手机响了，是余凤翔打来的。

余凤翔说：

"给姚律师打过电话了。这位姚律师，我也算佩服他了，是个刀枪不入、油盐不进的人，我好话坏话，说了一大箩筐，他横竖不听，软硬不吃，就是不肯十点整过来。我提到你到巨州来了这个借口的时候，还故意吹捧了他几句呢。我说：'我上海的这位亲戚，久仰你的大名，很想早点跟你见一面，说说话，也会增长一点法律方面的知识。'我本来是故作谦虚，只要是个正常人，就能听出这是客套话。结果，这位姚律师竟然当真了，不但不肯来，还把架子端起来了，真以为你当他是一位大律师，想见他的面，沾他光了。姚律师说：'我手里正在忙另一个即将开庭的案件，是一个经济大案。标的，对了，说标的，你可能不懂。说案值，你可能也不懂。我就说这个案件所涉及的财产数额吧，有十几个亿！你倒说说，我应该哪一头轻，哪一头重？不要说你上海来了一个亲戚，就是天上的玉皇大帝来了，就是西天的如来佛祖来了，说如何如何仰慕我，讲怎样怎样崇拜我，想见我一面，听我说几句话，我也不会一时三刻过去，只能忙手头的这桩天大案子的。你转告一声你上海的那位亲戚，要是真正久闻我的名字，真正想见我的面，至少要有个诚心和耐心。等到十一点半，我过去吃饭，他就见到我的真人了。到了那个时候，有什么话想说，有什么问题想问，都是可以说和问的。'"

继续说：

"我一听姚律师的话，心里想，'乖乖隆的冬，韭菜炒大葱'，这位姚律师，官不大，势不小。看眼下情形，就是用十八人大轿抬，十一点半吃饭之前，也请不动这尊大神了。我又想，总不能把你一个人晾在酒店里吧。我就想到一个主意，上次我到上海，提到我们徐家祖传下来有一个族谱，有一幅毛笔书法手卷，还有一块砚台。我打算现在带过去，让你看一看，打发这段时间。"

何寿天说：

"你说的几样东西，都是徐家祖辈传下来的，别人倒无所谓，在你们徐氏家族，肯定是无价之宝。你一路乘车过来，人挤车乱，万一丢失了，或者弄坏了，那就麻烦了。这样吧，我们先集中精力，忙开庭的事情。等下午开过庭了，时间来得及呢，我直接到你家里，看一眼就行了。来不及呢，不看也不要紧的。"

余凤翔说：

"东西拿过去，很安全的。我们不是乘公交，也不是打车。有人专门开车接送我们，万无一失的。我也不瞒你了，今天开车接送我们的人，就是跟徐兰一起闯了大祸的那个崇问泉。他刚才开车过来，停在我家门口的时候，我吓了一跳。我说：'我的小祖宗，你这个时候，还不把头缩起来，身子蜷起来，尾巴夹起来，能走多远，就走多远。能躲在哪里，就躲在哪里。结果呢，你不但没有走，没有躲，反而不避耳目，招摇过市。万一被赵家的人，或者赵家花钱请的律师，碰上了，不就多给了对方一个把柄吗？'这个崇问泉，年纪轻轻，'初生牛犊不怕虎'，不知天高地厚，也不晓得害怕，还大大咧咧地说：'我送你们到酒店，我自己又不上去。你们又不请赵家吃饭，他们怎么会撞见呢？就是撞见了，我也不怕。大路朝天，一人半边。他走他的，我走我的。难道还不让我在巨州走路了？难道我还不能在巨州马路上开车了？何况，我等一会儿还要送你们去接姚律师。我到你家之前，已经到姚律师的律师事务所瞄过一眼了,姚律师正坐在桌子跟前,桌上摊成五湖四海,他把一颗脑袋,紧贴在那些材料上面,像是往里面寻藏宝图呢。我把你们送到兰馨大酒店,等你们跟上海那位亲戚接上头,立马就赶回去,停好车,人就守在走廊上,十点五十六分,我先下楼把车子发动起来。你们两个人,等到了十点五十九分,就一起走到姚律师的跟前去,请他动身。到了那个时候,只怕他插上一双翅膀,也飞不走的!'我听了他这番话,觉得也有道理。再说,这桩官司,祸是他跟徐兰两个人共同闯出来的,现在由我们徐兰一个人背锅,单挑这副担子,实在不公平。让他鞍前马后忙一忙,出一点力,流一点汗,也是应该的。我就没有拒绝他,随便他怎么做了。不说了,我们这就过去。我们就在预订的兰馨包厢门口见吧。"

一一〇

挂了电话,抓紧洗漱好,乘电梯下到二层,顺着走廊往右拐过去,前面有一个包厢门上,写着"兰馨"两个字,走到门口,听到身后有动静。转过身来,余凤翔正快步走了过来。一段时间不见,稍稍显瘦了一点,精神倒是不减。余凤翔已经看见了何寿天,再加快了步伐,急走几步,到了近前,扬脸笑了一笑。又把身子往旁边一挪,让出走在身后的女儿徐兰。略扫一眼,看上去年纪比闻芳大出五六岁,果然像上次余凤翔在上海说过的,姐姐徐兰相比妹妹闻芳,皮肤稍黑一些,个头显矮一些,身腰略粗一些。脸上五官分布,虽然不像闻芳那般标致,倒也匀称,依稀有点儿余凤翔的影子。不过,若是跟闻芳并肩站在一起,两个人并不相像,不能认定是一对亲姐妹。

余凤翔说:

"徐兰,这是闻芳的公公,疆安的爷爷。你就叫他疆安爷爷吧。这是我大女儿徐兰。"

双方互打了一个招呼,走进包厢,余凤翔请何寿天在靠墙的沙发上坐下来，她自己并不坐下，只把手里提着的一个箱子，差不多是一个中型密码箱的大小，放在何寿天的身边。

余凤翔说：

"我叫徐兰爸爸一起来，他死活不肯。其中有两个原因。第一个是主观原因：当年把闻芳送掉，两个老的是罪魁祸首，他负的责任，也不比两个老的差多少。现在确实没有脸来见你了。第二个是客观原因：大前天大早起床，他伸脚穿鞋子的时候，人坐在床边沿，脚伸在地上，也不知道是怎么回事，把脚踝扭了一下，我在旁边，亲耳听见'喀嚓'一响。结果人不能走路了。送到医院检查，医生说是右脚中间脚趾骨裂，用药以后，好是没有问题，至少要在床上躺两到三个月。刚才他不肯来，用的就是这个借口。我说：'有车子送你过去，上车下车的时候，我和崇问泉一边一个，架着你。到了酒店，又不是让你爬楼梯，有电梯可乘的。'他说：'你们饶饶我吧。除了脚疼，还有当年送掉女儿的事情，我这张脸，还能见人吗？敢见人吗？就让我找这个借口，躲一躲吧。'听他这么说，我们就不再逼他过来了。"

接着说：

"我还叫徐兰弟弟过来的，他跟他老子一样，也是死活不肯来。还说：'当年就是为了生我，才把我二姐送出去的。'我说：'这件事情，与你无关，也不是你出的主意。当时你在哪里呀？你的魂灵还不知道正在天地间的哪个田角路边，四处游荡着，离你来到人世间，早着呢！'他回答说：'虽然当时我还没有生出来，不是我出的主意，但是，这件事情毕竟是因我而起。爸没有脸见人，我更没有脸见人了！'我们同样不勉强他了。"

又说：

"箱子上原来有一把老式锁，已经用钥匙打开，放在家里呢。你坐在这儿看吧，我和徐兰就不陪你了。我们一起去核对一下中午的菜谱，等一会儿再回来。"

说完，走出包厢，随手把门带上了。

何寿天细看那只箱子，是用柳条编成的一只旧式提箱，柳条已经发白发灰，想必有些年岁了。打开柳条箱的箱盖，里面放着一只木质的略小一点的箱子。箱子被漆成了黑里透着亮红的荸荠颜色，弄不清这只箱子的木头，到底是一种什么材质。打开荸荠颜色小箱子的箱盖，里面是一个包裹式的东西。取了出来，放到沙发上。最外面的，是一层油布。打开油布，里面是两层油纸。打开油纸，里面是一叠旧宣纸。打开旧宣纸，上面是一叠四本石印族谱，边角有些残缺了。随手翻了一翻，其中式样编排，跟以前见过的传统各姓族谱，并没有大的区别。又翻了几页，被一行字吸引，细看了一遍，就是上次余凤翔在上海说过的几句话，意思是，这套祖传的族谱，由徐氏家族的长房嫡传保管。如果长房嫡传没有男性传宗接代，则改交二房嫡传保管。如果二房嫡传没有男性传宗接代，以此类推。具体各房各系，族谱自有记载和排行。再翻了几页，目光又被几行字牵住，看到上面有这样的字迹：

　　徐姓本支，出自绍兴。绍兴始祖，乃罕世之名人也。书画创一代之新风，文字为万世所景仰。其曾著述洋洋百万言，褒者誉之为含讥蓄刺，直陈世情，系天下第一奇书；贬者斥之为藏污纳垢，诲淫诲盗，实世间不二谤文。然无论褒者贬者，一阅其书，便手不释卷，宁可废寝忘食，秉烛夜读，通宵达旦，而不知东方既白矣。

看了一会儿，将徐氏族谱小心叠放好，取出下面的那个书法手卷，绫绢已经旧得不能再旧了，头尾处也有了残缺，看不出开头标题和末尾署名。因为有过裱衬，倒也结实。打开来，见上面的书法，铁划银钩，笔笔着力。结体更是飞扬恣肆，顾盼呼应。再看里面的文字，有点儿像老百姓的顺口溜：

　　棠榴树，开白花，
　　南边来了女亲家。

亲家亲家你坐下，
你家姑娘不像话。

叫他往东他朝西，
叫他打狗他撵鸡。

叫他洗衣他切菜，
叫他刷碗他涤筷。

叫他挑水他挖泥，
叫他耕田他耙地。
……

再往下读，都是在向亲家抱怨这个嫁进门的媳妇的一些日常琐事和乖张行为。其中的俚言巷语，却也生动鲜明，朗朗上口。而其中的一个"他"字，跟现代的"他"字，所指的意思，是不一样的。现代的"他"为男性，而古代的"他"字，则包含男女两性。为此，这里的"他"，实为现代的"她"字。目光跳了几行，再朝下看：

……
进门三年肚子空，
还说丈夫枪不中。

夜里不够白天补，
直嚷种子要下土。

丈夫饥瘦皮包骨，
他却只想要快活。
……

看了一会儿，把书法手卷重新卷起来，放进小箱子里。再取出放在最下面的那块砚台，拿在手里，看了一遍，看不出有什么特别之处。移近窗户，放在光亮之下，又看了一看。这才看见，砚石微红，墨池陡深，砚堂平滑。两个砚边上，各刻了一行字，词句相互对应，有点儿像是一副对联：

有事必短。有事处，必删减砍削，务使之短。
无话则长。无话时，则添填抻增，以让其长。

想起上次余凤翔在上海时，曾经提到过祖传砚台上刻的这些话。也议论过，人们平时常说的，一般为"有话则长，无话则短"。这里的两句话，意思完全颠倒过来了。何寿天把这两句话，放在心里，掂量了一番。自己的感觉，一时有点说不清楚。说有点意思吧，它并不符合常理；说不符合常理吧，又觉得有点意思。

正看着，包厢门被推开，余凤翔和徐兰娘儿两个回来了。何寿天把几样东西拿出来，又当着两个人的面，逐件叠放在一起，先包上旧宣纸，再包上油纸，最后包上油布，放进小箱子里。再将小箱子，放进柳条旧箱里，合上了盖子。

何寿天说：

"都看过了。我是外行，辨别不出其中真正的价值。不过，我的想法，既然是祖辈传下来的，值不值钱是另一回事，在徐姓家族眼睛里，这样的祖传之物，是不能用金钱来衡量的。现在是十点半，离十一点半姚律师来吃饭，还有一个小时呢。你们把东西拿回家，放放好。再去亲自接一下姚律师吧。"

余凤翔说：

"也行，正好崇问泉车子等在下面呢。我们先回家，再去姚律师的律师事务所。说起来，千不该，万不该，我们花钱请了这样一位大律师，今天到了最最关键的时候了，不经过'三请四邀'，人是不肯来的。我们两个人，两张脸，守在当面，堵在那里，估计这位姚律师，就不会再弄出什么花花肠子来了！"

说完，和徐兰下楼去了。

一一一

何寿天索性回房间洗了一个澡，换了内衣内裤，再穿上外衣，将窗户开了一条缝，给房间透气。隔着窗户玻璃，朝外面看了一看，原来中心区法院就在眼前，是一座新盖不久的十层大楼。三层高度的楼面上，嵌了一行大字："巨州市中心区人民法院"。稍左方向，是一幢相同式样和相同高度的大楼，三层楼面也嵌了一行大字："巨州市中心区人民检察院"。再看时间，差不多了，便乘电梯下到二层，转向兰馨包厢这边来。

看见门口两边，各站着酒店服务生。听见身后动静，转过头来，余凤翔在前，徐兰在后，走了过来。见了何寿天，把手朝后面指一指。

余凤翔说：

"姚律师来了，在电梯口那儿打电话呢。"

三个人站在包厢门口等候。不一会儿，何寿天见迎面走过来一个瘦瘦的男子，年纪四十岁出头。穿了一身深蓝色"金利来"牌西服，胸前系一条深红色的同样牌子的领带，脚上蹬一双也是同样牌子的黑色皮鞋。头发打理成流行样式，四周一圈贴肉推得光溜溜的，只留下了头顶部的长发。左手拿着一只手机，贴在耳朵上，嘴里在说着话。右手也拿着一只手机，用食指、中指、无名指、小指和手掌托着，大拇指不断地在屏幕上划动，眼睛盯看着手机屏幕。左臂的肘弯上，悬吊着一只黑皮大包。想必这就是那位姚律师了。何寿天、余凤翔、徐兰让了一让，姚律师见了，把头稍侧了一侧，昂然走进了包厢。三个人跟在姚律师后面，也走了进去。姚律师走到包厢的正中位置，停住，把身子站得笔直，又打了一会儿电话，说了几句话，先收起了左手这只手机，再收起了右手这只手机。这才把目光落下来，先转向徐兰，再转向余凤翔，最后转向何寿天，分别把头点了一点。余凤翔正要介绍，被姚律师举手一摇，止住了。

姚律师说：

"不好意思，我换一下衣服。"

有服务生领姚律师进了换衣间。服务生退了出来，把门掩上。不一会儿，姚律师出来了，上身换了一件灰色夹克，下面是一条黑色便裤，脚上的皮鞋也换成了一双"一脚蹬"便鞋。头部依旧。出了换衣间的门，先"咳"了一声。余凤翔连忙迎过去介绍。

余凤翔说：

"这位就是姚律师。这位是我上海亲戚。我和徐兰，都熟悉的，不用介绍了。"

何寿天说：

"姚律师，你好。我姓何，何寿天。就叫我'老何'好了。姚律师，很早就听说你的大名了，等一会儿，还要听你对徐兰这桩官司的高见呢。"

姚律师说：

"我听徐兰妈妈说，你很想早一点见我，听我说话的。本来，我是应该早一点过来的，只是身不由己。我们当律师的，别人以为我们是无限风光，其实也是有苦难言。我们律师是自己挣钱自己用，自己做饭自己吃。一年四季，从早到晚，只有一个字，'忙'。别人的时间，优哉游哉。当律师的时间，是掐着计算的。好了，不说闲话了，我们赶紧吃饭吧。有什么话，一边吃，一边说。我要先抱个歉，这顿饭，我只能吃到一点半，就要赶回事务所去。手头接了一桩二三十亿元的经济大案，一分一秒也不敢大意。到了下午正式开庭，我们再在法院门口碰头。"

话音落下，服务生已经把菜陆续端到桌子上。余凤翔请姚律师坐在主位，姚律师朝何寿天看了一看，把头摇了一摇。

姚律师说：

"你们这位上海亲戚，年纪这么大，又是从外地来的，俗话说，客比主大。这个主位，应该由他来坐的。"

何寿天说：

"徐兰的官司下午就要正式开庭审理，姚律师，你是唱主角的。这个主位，当然应该由你坐，不必客气了。"

姚律师听了，不再谦让，在主位上坐了下来。何寿天坐在姚律师正对的客位。余凤翔和徐兰母女俩，分坐在两边。

姚律师说：

"崇问泉呢？让他上来一起吃饭啊。等一会儿，他还要开车送我回律师事务所，再接我回来开庭的。不管他闯了多大的祸，哪怕是个杀头的罪过，杀头之前，还会吃一顿饭，给个饱肚子的呀？"

徐兰说：

"我妈叫过他了，我也叫过他了。他不肯上来，说自己就在下面凑合一顿，然后等在大厅里，随叫随到的。不管他了，我们吃我们的吧。"

于是各人拿起筷子开吃。原来余凤翔是学了上次在上海吃饭的样子，让服务生先上了小半碗小米粥。先请姚律师和何寿天喝了小米粥垫底，再用公筷从刺身拼盘里，搛了三文鱼、金枪鱼两样鱼片，几片龙虾片，一只白极虾，放在姚律师面前的盘子里。又从桌子中间取了一碟鲍鱼，放在姚律师面前。余凤翔用公筷搛了同样的菜，放在何寿天面前。姚律师吃了刺身，吃了鲍鱼。这个时候，服务生端上了刚煎好的法式羊排，余凤翔先用手指了指姚律师，服务生在姚律师面前放了一只。余凤翔又朝何寿天指了一指，服务生放了一只在何寿天面前。剩下的两只羊排，余凤翔和徐兰一人一只。羊排也吃完了。见姚律师喘了一口气，开始说话。

姚律师说：

"我要先打一个预防针了，要不然的话，等到下午开过庭，你们会怪我的。徐兰的这桩离婚官司，没有一点儿胜算，你们要做好彻底败诉的思想准备。导致这种结果，主要有两个原因。第一个原因，你们都知道的。第二个原因，我也是刚刚知道的。我先说第一个原因，就是徐兰和崇问泉 2021 年 4 月 16 日早晨六点半至 4 月 19 日晚上八点半，在扬州市新维扬国际大酒店 608 房间开房。赵家通过公安部门的熟人，弄到了这个铁打不宕的证据，并且，已经递交给法院。所谓一着不慎，全盘皆输。赵家的这个证据，就像扔了一颗原子弹，你们徐家，除了举手投降，跪地求饶，没有其他任何选择。当然，举手投降，跪地求饶，也有区别的。有一句法律上常用的话，'坦白从宽，抗拒从严'。本来，我定的策略，是不递交答辩状，从而避开这个要害问题。即使到了正式开庭审理的时候，如果问到这件事情，我们冷处理，'嘴上不说，心里有数'，大家心照不宣。法官也是心知肚明，至少还会考虑到我们的一个态度，从宽发落，刀下留人。结果怎样呢？我跟你们的上海亲戚，今天是第一次见面，听说他对我的名字，早有耳闻，今天赶到巨州，也急着要见我的面，听我说几句话，增长见识的。按照常理，也是俗话说的，'打人不打脸，骂人不当面'。有些难听的话，是不应该当面讲出来的。可是，再过一会儿，到了下午，法院正式开庭审理，徐兰的官司输掉了，你们花了钱请我，借用徐兰妈妈上次跟我说的那句难听话，用这笔钱，买一堆砖头，一块接一块扔进水里，还会听见响声呢。可是，徐兰的这桩官司，花了这笔钱，连响声都没有听见，就输掉了，放在任何人身上，都会觉得有点冤枉的。这样一来，就不得不找官司输掉的原因了。原因在哪里呢？就在你们的上海亲戚身上！我也不能说他是故意的，他是好心办了坏事，蛊惑你们向法院递交了答辩状。这样一来，把法官会考虑我们的态度，这一条最后的从宽的路，给彻底堵死了。而且，你们上海亲戚还不止让你们递交了答辩状，甚至还弄了四份所谓的证据，也递交给了法院，指望证明徐兰在 2021 年 4 月 16 日周五和 4 月 19 日周一，都在单位上班。这真正是自己骗自己，越描越黑。我上次已经跟徐兰妈妈说过一次了，古代有几个成语，'掩耳盗铃''欲盖弥彰''此地无银三百两，隔壁王二不曾偷'，用在你们的上海亲戚身上，是再恰当不过了。我下面就仔细解拆一下这四份证据的漏洞，到底在哪里。第一，这是徐兰所在科室的签到簿和签退簿，上面加盖的是科室公章。徐兰是科室负责人，科室公章由她掌管，她想怎么盖，就怎么盖。

她想盖在哪里，就盖在哪里。你们如果拿这一个小伎俩去哄鬼，鬼都不会相信的。这种小儿科的东西，你糊弄普通老百姓，说不定都会被抓住破绽。你想糊弄赵家，倒是存在一定的可能性的。可是，法院是专门审理案件的地方，法官什么花招、什么手段没有见过？真正是关公面前耍大刀，鲁班门前弄大斧，自找没趣，自取其辱了！所以，我这里要正式声明一下，徐兰的官司输了，不是输在我的手里，而是输在你们的上海亲戚手里。你们如果要怪，也不能怪我，只能怪你们的上海亲戚了！"

语气一顿，接着说：

"徐兰官司要输的第二个原因，我也是刚刚知道的，就是赵家请的这个律师。在此之前，我隐隐约约总觉得有点不对头，问过好几次法院，法院都回答说，赵家的律师还没有最后请好。直到今天下午要正式开庭了，赵家才通知法院他们聘请的律师到底是谁。赵家聘请的律师，名字叫王红梅，一听就是个女律师。这个名字，虽有点俗气，但是，在律师行业里，这个女律师大名鼎鼎，外号'压路机'。王红梅自从执业以来，从未打输过任何一桩官司。不要说本省律师，很多北上广的号称'天下第一人'的大律师，不幸碰到她，撞在她的枪口上，都是丢盔弃甲，头破血流，败下阵来。这个王红梅，也确实有两把刷子。目前她身兼省律师协会副会长和律协婚姻家庭专业委员会主任委员两职。此人最擅长的，就是婚姻纠纷。另外还有一个外号，同样是别人替她起的，叫'婚姻纠纷第一人'。我不止一次听说过，有很多律师，已经接受了当事人的聘请，律师费也收过了，一听说对方当事人聘请的是王红梅，赶紧从腰包里把钱掏出来，完璧归赵，退了回去，让当事人另请高明，自己能躲多远，就躲多远。不过，我还是有些弄不懂，王红梅这个人也不是一般人能请得动的。要么有天大的人情，拗不过面子。要么花了天大的价钱，值得赤膊上阵。赵家一直不肯告诉法院，最主要的是对我，包括对你们，来个突然袭击。我在这里，也撂一句实话，如果我早知道赵家请的是王红梅，不要说给我可怜巴巴的一万块钱律师费，就是翻几个番，再拐一个弯，给我两万块，三万块，五万块，十万块，我都不敢接的。如果中途知道赵家请的是王红梅,我也会找个适当借口,溜之大吉的。道理很简单,任何人跟王红梅对簿公堂,当然更包括我,只有一个字:'输'。而且,律师代理的官司,一旦打输了,就要以讹传讹,不会说你是鸡蛋碰石头,输在了'压路机'王红梅手里,而会说你没有本事,把官司打输了。从今以后,谁还会再聘请你当律师呢?没有人聘请你当律师,手上没有案件,又靠什么来挣钞票养家糊口呢?说起来,也算我运气不佳,倒霉透顶了。这个官司,本来是不应该接的,只因我们的事务所里有个女律师,为人很谦虚,是徐兰的大学同学,她要帮自己同学的忙,找到我这里。我最初有点犹豫,因为这个官司太小了,有点拎不上手。收的那么一点律师费,三文不值两文的,只有一万块钱。我们事务所里的这位女律师,先求了我一次,后来又求了我一次,总共求了我两次。我心软了,接在了手里。现在吃后悔药也迟了,只能抱怨自己'早知今日,何必当初'了!"

又说:

"我恐怕要解释一下,我们当律师的,吃的是嘴皮子的饭。上了法庭,刀光剑影,鲜血淋漓。久而久之,养成了习惯,一开口说话,实话实说,直来直去,在平常人听起来,有点过于刻薄了。上海的这位亲戚,我也不是故意让你下不了台的。一来,你是确实'好心干了坏事';二来,官司眼看要输了,要找原因,这个原因,就在你身上。你听了我说的这些话,也要理解,不必生我的气。"

一一二

说完,姚律师看了何寿天一眼,又看了徐兰一眼,再看了余凤翔一眼,用筷子搛起面前碟子里的一块鹅肝,只管吃了起来。

余凤翔说:

"姚律师,我们的上海亲戚,是不会生你气的。你刚才一口咬定,法院下午开庭以后，徐兰的这桩官司，没有一点儿胜算的把握，让我们做好彻底败诉的思想准备。你提了两个原因。后一个原因，我们暂时不说了。先说第一个原因，也是你认为我们官司必输的主要原因，就是赵家向法院递交的那份证据，证明徐兰和崇问泉2021年4月16日早晨六点半至4月19日晚上八点半，在扬州新维扬国际大酒店608房间同住。你认定，这是赵家托公安部门熟人弄到的证据。我们的想法，以前跟你是一模一样的。后来，我们的上海亲戚，已经解答了这个问题。他认为，赵家的这个证据，其实是不用担心的。我们听了他的话，觉得很有道理，就不再担心了。"

姚律师说：

"是吗？不会又是自己欺骗自己，搞'掩耳盗铃''欲盖弥彰''此地无银三百两，隔壁王二不曾偷'吧？我倒要听听，到底是怎么一回事。"

徐兰说：

"姚律师，你说话的时候，我发了三个微信给你。请你点开第一个微信的链接，再往空白的地方，输入我和崇问泉的姓名，看看有什么结果？"

姚律师拿着手机一番操作，说：

"结果出来了，有六个栏目。所有栏目，都是你和崇问泉在2021年4月16日早晨六点半至4月19日晚上八点半，在扬州新维扬国际大酒店608房间同住的信息，跟赵家递交给法院的那份证据，一模一样，这到底是怎么回事？"

徐兰说：

"这是一个网上匿名电脑发烧友做的酒店开房的搜索软件，任何人利用这个搜索软件，就可以查到自己想查到的任何人在酒店开房的信息。这个开房搜索软件，是我们的上海亲戚告诉我们的，我们以前从来不知道网上有这个软件。"

姚律师说：

"说实话，我也是第一次听说这个开房搜索软件。不过，我还要问一句，假如赵家不是用这个开房搜索软件，而是真的托公安部门熟人，弄到的那个证据，怎么办呢？"

徐兰说：

"姚律师，你再点开后两个微信，看一看。"

姚律师又是一番操作，说：

"这是两个新闻链接，一个是浙江的，一个是江苏的。浙江的这个新闻，说的是一个警察帮朋友弄到了朋友妻子在外面跟别的男人开房的证据，朋友以此告上法庭，女方跳水自杀，警察最后遭逮捕，被判了十年有期徒刑。江苏的这个新闻，说的也是一个警察，帮朋友弄到了朋友妻子外面开房的证据，女方自杀未遂，警察最后也遭逮捕，被判了五年有期徒刑。这到底又是怎么回事呢？"

打了个顿，接着说：

"我明白了。这是两个性质完全不同的法律概念。有夫之妇在外面跟别的男人开房，当然是错误的，违法的。不过，她损害的是丈夫的合法权益，是一种民事行为。如果追究，也是追究她应该承担的民事责任；而任何人，包括公安部门的人，泄露他人的私人信息资料，损害的是公众利益，破坏的是公共秩序，属于一种刑事犯罪，必须追究刑事责任。所以，两位警察都因为向朋友提供了朋友妻子的酒店开房证据，而遭逮捕，被判刑了。"

又说：

"有一句古话：'不识庐山真面目，只缘身在此山中。'我当律师也不是一年两年了，已经这么多年了，在不知不觉之间，人懒了，疲了，惰了，麻木了，这样的法律常识，我怎么就忘了呢？"

说：

"我今天算是长了见识了。你们的上海亲戚，所谓'真人不露面，露面不真人'。也不知道是在哪里高就的，有这么深的法律素养和功底？"

何寿天说：

"姚律师不必客气，我已经办了手续，退了。即使在岗位上，所做的工作，并不在政法口，也是不值一提的，就不说了吧。下午就要正式开庭审理了，我不揣冒昧，代为弄了一个开庭时的举证顺序，也包括每举一个证，把应该说的话，做了文字上的梳理。这样，可以避免临时组织语言说废话，影响法官的注意力。如果举证顺序上的文字，言简意赅，直指要害，效果会更好一些。另外，有关2021年4月16日至4月19日这四天内，除了已经递交法庭的四份证据，我让他们另外又补弄了几份证据，主要是与前四份证据相互呼应，形成一个紧密相关的证据链，证明徐兰在这四天时间内，都在单位正常上班，是不可能在外地城市跟他人开房的。"

又说：

"不好意思，我有个老习惯，也算是个老毛病，我每天吃过中饭，要午睡一下。时间宽裕，睡一个小时也可以。时间不宽裕，睡十分钟也行。不过，无论如何，是一定要午睡的。我已经吃好了，现在借个空当，就回房间小睡一会儿。姚律师还没有吃好，很多菜筷子都没有碰到，还没有尝过呢，请慢慢吃。现在是十二点一刻，你刚才说，一点半才会赶回去。我睡好午觉，离你赶回去，还有一个多小时，时间很从容，我们可以就这桩官司，再探讨一下的。"

说完，起身离开了包厢，回酒店房间。

一一三

何寿天午睡起床，洗漱好，看看时间，刚刚十二点半。随即乘电梯到二层兰馨包厢，姚律师正在吃，便在原来的位置坐了下来。服务生上了一杯浓茶。谢了一声，捧在手里。

姚律师说：

"我看过另几份证据了。我以前说赵家的证据是铁打不宕，现在看，我是胡说八道了。这几份证据，才是铁打不宕呢。我也看过举证顺序了,非常好,非常精练,每一个字都是必要的,每一个字都直插对方心脏。我一边吃,一边想到一个人,就是今天庭上的对手王红梅。如果不出意外,估计她今天要喝到老辣汤,第一次品尝到失败的滋味。当然,她本人恐怕做梦也不会想到,她今生今世第一次跌跟头,是栽在了我的手上!"

接着说:

"还有一件事情,就是你的名字,刚才互相介绍的时候,我好像听你自己说你叫'何寿天',我对这个名字有点熟悉。也不知道是不是我弄错了,有一本律师们常常带在手边的书,书名叫《疑难案例解析》,已经再版了十多次,作者也叫何寿天。我心里想,天下哪有这么巧的事情,说不定不是同一个人,是重名了。"

何寿天说:

"不好意思,这本拙作,是我写的。我年轻的时候,当时还在老家工作,正是20世纪七十年代末八十年代初,辩护制度刚刚恢复,亟缺律师,就从法院、检察院和司法系统以外单位,遴选了少数人做律师工作。那个时候的律师还算是国家干部,具体单位是司法局。从法院、检察院调过去的,是律师。从其他单位遴选的,是兼职律师。我是从其他单位遴选的,当过一阵子兼职律师,也出过好多次庭。过了不久,我调到省城,所做的工作,不属于司法系统。后来又跨省调动,离开家乡了。不过,我对法律还是有点儿兴趣的。在担任兼职律师期间,也包括后来做其他工作的时候,曾经对一些有争议的案件,写成文章发表过。登载拙作的杂志,级别比较高,相对权威一些,像北京的《法学杂志》《法学研究》《法律与生活》,上海的《法学》,等等。也是很多年前了,出版社把这些文章编成了一本书,正式出版了。其实这本书也是有争议的,有说好的,也有说不好的。"

姚律师说:

"我所听到的,只有说这本书好的,没有说这本书不好的。还有,据我所知,刚恢复辩护制度的时候,对律师的遴选,要求非常严格,条件也非常苛刻。从法院和检察院选调，必须是现任审判员或者检察员职务。从其他单位遴选兼职律师，必须大学学历以上，一般大学还不行，必须是名牌大学。而且，那一批律师，包括兼职律师，履行一个程序，就可以直接取得律师资格，领取律师证。不像后来，要通过国家法律考试的。"

何寿天说：

"我后来到了不同岗位，放弃了，并没有律师资格和律师证。何况，各种知识更新得很快，法律更是这样。这么多年过去了，我差不多早成了外行了。"

姚律师说：

"有一句俗话，'有眼不识泰山'，说的就是我。想到我刚才大刺刺地走进来，还以为你真的是久仰我的大名，想见我一面，听我说几句话，增长见识呢。现在想起来，真正是羞愧难当，恨不得手里有一把铁锹，往地上挖一个大洞，把自己埋在里面，能埋多深，就埋多深，省得当众出洋相，丢人现眼！"

说话之间，姚律师已经吃好了。余凤翔和徐兰母女两个，也早就吃好，等在那里了。

何寿天说：

"姚律师，我们就不说客气话了。你一点半回去，还有多半个小时。我有个提议，能不能来一个模拟开庭。就是，我们扮演成各个角色，包括原告和原告律师在内，把案件过一遍。一来，徐兰是第一次上法庭，可以熟悉一下相关程序。二来，如果发现有什么漏洞，还可以及时弥补的。"

按照何寿天的建议，徐兰作为被告，姚律师作为被告聘请的律师，何寿天则扮作原告赵大可、原告聘请的律师王红梅和主持庭审的韩慧存法官，将下午的开庭程序，过了一遍。

何寿天说：

"姚律师，我还有三个提醒。第一个提醒，庭审开始时，主办法官会问双方有没有新的证据要递交。你听到这句话,最好打一个停顿,不要抢在前面开口。等原告方先回答了,你再回答。好吗?"

姚律师说:

"好的,没有问题。"

何寿天说:

"第二个提醒,徐兰平时一头扑在业务上,不太懂社会上的一些东西。不排除原告律师,会直接诘问刁难她。她在法庭说话,越少越好。如果对方律师故意刁难徐兰,你就接住话头,替她回答。这在法律规定上,是允许的。好吗?"

姚律师说:

"好的,没有问题。"

何寿天说:

"第三个提醒,原告方举那份扬州开房证据的时候,你不仅要提出异议,还要追问证据的来源,是从哪里,用什么方法,取得这份证据的?如果原告支吾其词,也不能放过,一定抓住不放,追问到底,直到他们主动放弃这份证据。或者法庭认定这份证据,是无效证据。好吗?"

姚律师说:

"好的,没有问题。"

何寿天说:

"第三个提醒最为重要,千万不能忘记。为了以防万一,我跟你设定一个暗号。徐兰妈妈用的是一只不锈钢水杯,正式开庭的时候,我跟她坐在一起。如果你万一忘记了,我就把水杯碰倒,当水杯从高处滚到低处,也就是滚到审判台附近的时候,我上前捡水杯,会看你一眼。你看到我的目光,什么都可以忘记,这件事情不能忘记,就是,追问原告这份证据的来源。好吗?"

姚律师说:

"好的,没有问题。"

一一四

商量已定。姚律师坐崇问泉的车子,回律师事务所去了。何寿天回1226房间,让余凤翔和徐兰母女在包厢里稍作休息。到了下午两点十分,何寿天下到一楼大厅,余凤翔和徐兰母女已经坐等在那里,何寿天上前招呼。姚律师坐崇问泉的车子,也到了。崇问泉留在酒店等着,何寿天、姚律师、余凤翔、徐兰四个人,朝法院那边一路步行。到了大厅,拿出身份证过安检,找到民事审判区,进了第三法庭。见正面一个审判台,审判台的前方,又有一个台子,上面放着一台电脑,有一个年轻男子已经坐在那里。右边侧斜着一个长台子,放着"原告"和"委托代理人"两块牌子,坐着一个身穿律师袍的女子,年纪五十出头,神情端然,目光犀利,想必是原告方聘请的律师王红梅。王红梅的旁边,坐着一个年轻男子,看年纪模样,想必是赵大可。靠右边的旁听座位上,坐着两个人,都是女的。一个年纪六十岁上下,一个年纪三十岁不到。余凤翔小声嘀咕了一句,说那个年纪大的女的,是赵大可的妈妈,另一个年轻些的女的,不认识,可能是赵家的亲戚。再看审判台的左边,也是侧斜着一个长台子,上面放着"被告"和"委托代理人"两块牌子。姚律师朝徐兰做了个手势,领着徐兰,走过去,坐在了左边台子后面,把"被告"牌子放在徐兰面前,把"委托代理人"的牌子放在自己面前。何寿天和余凤翔并肩在左边旁听席坐了下来。何寿天拿过余凤翔的水杯,放在两个人中间的小托板上。抬头看见审判台的上方墙上,挂着一只大钟。大钟的指针,一点一点跳到了两点三十分上。有人从审判台后面的一个门走了进来,坐着的书记员,立即站起身来。

书记员说:

"全体起立。"

庭上和旁听席上的人,都站了起来。

法官说：

"坐下吧。"

在审判台上坐好，接着说：

"原告赵大可诉被告徐兰婚姻纠纷一案，现在开庭。我是主审法官韩慧存。坐在我前面记录的，是本案的书记员张浩今。请问原被告双方，有没有申请法庭需要依法回避的人员？回答的顺序是，原告先回答，被告后回答。"

原告律师王红梅说：

"没有。"

姚律师说：

"没有。"

主审法官说：

"好的，请书记员记录在案。庭审继续进行。起诉状、答辩状以及双方前期递交的证据，当事人双方已经有过交换。为了节约时间，提高效率，起诉状和答辩状，就不用当庭宣读了。下面进入双方举证质证阶段。原、被告双方，有没有当庭递交的新证据？"

原告律师说：

"原告有当庭递交的新证据。"

姚律师说：

"被告也有当庭递交的新证据。"

主审法官说：

"双方当庭递交的新证据，请提交复印件一式两份，一份递交法庭，一份递交给另一方当事人。请保留原件，随时准备核对。"

按照主审法官的要求，双方交换新证据已毕。

主审法官说：

"根据法律规定，谁主张，谁举证。双方当事人一方举证时，应该说出相关证据的目的。一方质证时，对另一方所举的证据，可以提出异议，并说明理由。也可以不作异议。现在举证质证开始。由原告先行举证，被告质证。"

见原告席上，律师王红梅跟身边赵大可商量了一下，决定由赵大可举证。

赵大可说：

"原告方的第一份证据，是刚才递交法庭的新证据，不是复印件，三份都是原件，已经分别递交给法庭和被告。这是一张照片，上面是一男一女两个人的合影，紧紧靠在一起，样子非常亲密。"

原告律师王红梅补充说：

"这张照片上，是一男一女两个人。女的一看就是坐在被告席上的徐兰。作为原告代理人，我想问一下被告徐兰，照片上的那个女的，是不是你？照片上那个男的，也就是跟你紧靠在一起的那个人，是你的什么人？你能说出他的名字吗？"

被告席这边的徐兰，顿时愣住了。

主审法官说：

"被告当事人徐兰，原告代理人问你问题呢，你回答吧。"

徐兰看了看姚律师，姚律师也做了一个手势，意思是叫她回答。

余凤翔小声嘀咕了一句：

"不是说好由姚律师代替回答吗，他怎么忘记了？"

徐兰说：

"照片上女的，是我。另一个男的，是我的同事，名字叫崇问泉。"

原告律师说：

"照片上的男的，是崇问泉。被告徐兰，他仅仅是你的同事吗？"

主审法官说：

"好了，被告当事人已经回答过原告代理人问的问题了。被告方对原告的这份证据，有异议吗？"

姚律师摇了摇头。

主审法官说：

"被告方没有异议，请书记员记录在案。下面原告继续举证。"

赵大可说：

"原告方的第二份证据，已经提前递交给法庭，被告方也已经提前看到过。这份证据，是被告徐兰和崇问泉，就是刚才那张照片上的男人，曾经于 2021 年 4 月 16 日早晨六点半至 4 月 19 日晚上八点半，在扬州市新维扬国际大酒店 608 房间同住，用的是两个人的身份证，登记的是同一个房间。这份证据的目的，是证明徐兰系有夫之妇，却在外面和别的男人开房间，导致我们家庭婚姻的破裂，也是这次婚姻纠纷的直接根源。"

赵大可说完，法庭大厅里一片死寂。何寿天拿眼扫看左边被告席，姚律师呆坐着，一声不响，一动不动，成了一座木雕似的。

主审法官说：

"被告方如果没有异议，请书记员记录在案。原告继续举证。"

话音未落，何寿天伸手朝前，将放在身边托板上的余凤翔的不锈钢水杯，撞了出去。杯盖撞击了一下杯身，发出叮当响声。杯子顺着旁听席，从高向低，朝审判台那里滚了过去。何寿天说了一声"对不起"，随即起身，去追那只杯子。先从审判台那里捡起了杯子，又说了一声"对不起"，再走到被告席这边，捡起了杯盖。就在抬起身体的一瞬间，朝姚律师瞪了一眼，随即转身，回到了旁听席。

主审法官说：

"请旁听人员注意保管好身边的物品，以免影响开庭秩序。好了，如果被告方对原告方刚才的举证没有异议，请原告继续举证。"

姚律师说：

"被告方有异议。被告方要求原告方说明这份证据的来源。就是说，这份证据是从哪里来的？是怎么弄到的？是由谁提供的？"

主审法官说：

"原告，被告方要求你说明证据来源，请说明。"

赵大可说：

"这份证据是怎么来的，我不能告诉被告。请法庭问一下被告徐兰，她和崇问泉 2021 年 4 月 16 日早晨六点半至 19 日晚八点半，是不是在扬州市新维扬国际大酒店 608 房间开房同住？是不是用两个人的身份证，登记了同一个房间？"

主审法官说：

"法庭提醒一下原告，原告刚才出示的第二份证据，被告方有异议，要求说明这份证据的来源。你应该正面回答这个问题，不要岔到别的地方去。请回答。"

赵大可说：

"这份证据从哪儿来，我肯定是不会告诉她的。请法庭派人到扬州那家酒店，查一查电脑记录，就知道这是真的了。"

主审法官说：

"法庭再提醒一次，这是民事案件，不是刑事案件。法律有规定，谁主张，谁举证。法庭不可能派人到任何酒店去查任何电脑记录。请原告直接回答被告代理人的问题。"

赵大可说：

"王律师，我该怎么办？"

原告律师王红梅说：

"证据是你弄来的，我是你聘请的律师，你也没有告诉我这份证据的来源。我怎么知道怎么办？如果你说不出来源，我建议你还是不要再说了，只能放弃，好不好？"

主审法官说：

"原告列举的第二份证据，被告提出异议，并要求说明证据来源。原告方无法说出证据来源。根据法律规定，双方当事人所列举的证据，必须来源合法。既然被告方有异议，原告方又无法说明证据来源，原告列举的第二份证据，是无效的，不能再作为证据。请书记员记录在案。好了，下面原告继续举证。"

赵大可说：

"原告方第三份证据，也是刚刚提交法庭的新证据，是我儿子赵徐生在金色螺号幼儿园报名交费的发票。金色螺号幼儿园就在我父母住的房子附近。提交这份证据的目的，是证明儿子赵徐生已经在我父母家旁边的幼儿园报名就读了，应该由我和我父母抚养。"

姚律师说：

"被告方对这张幼儿园报名收费发票，没有异议。但是，借此机会要说明一下，原告和被告婚生儿子赵徐生，自出生以来，一直和母亲徐兰和外公外婆同住，并且，从三周岁开始，在家旁边的幼儿园就读，已经从小班、中班读到大班。原告现在私自将儿子转到另一所幼儿园报名就读，赵徐生的母亲徐兰事先不知道，也从未同意过。"

主审法官说：

"请书记员将被告代理人的异议及说明，记录在案。请原告继续举证。"

赵大可说：

"我们只有这三份证据，没有其他证据了。"

一一五

主审法官略作停顿，留出时间，让书记员整理补充一下记录。

主审法官说：

"下面由被告方举证，原告质证。请注意，如果原告当事人有要求，被告方所举的每份证据，都必须说明来源。"

姚律师说：

"为了节省庭审时间，被告方对以前已经递交法庭，跟原告方有过交换的证据，将以批举证。被告方举的第一批证据，是分别于7月20日递交的七份证据，以及8月10日递交的，按照目录顺序，前面的三个证据，总共十个证据。目的是证明，原告和被告婚生儿子赵徐生，出生以后，一直跟母亲徐兰和外公外婆共同居住，所上幼儿园，以及所上的钢琴、书法、幼儿外语等外课，打防疫疫苗等，都由母亲徐兰及外公外婆接送。上述幼儿园、外课学校和打疫苗医院，都在被告徐兰及父母居住地旁边，有的一墙之隔，有的在同一个小区之内。"

主审法官说：

"被告方列举的上述证据，原告方有异议吗？"

原告律师王红梅说：

"原告方对被告第一批举的十份证据中的后五份证据，没有异议。对前五份证据，有异议。原告方对上述前五份证据，将抽时间进行核对，如果发现有弄虚作假的情况，将及时报告法庭。"

主审法官说：

"好的。请原告方把核对中发现的弄虚作假的情况，在十五天内报告本法庭。如果不报告，或者逾期不报告，则视为异议不能成立。请书记员记录在案。下面由被告继续举证。"

姚律师说：

"被告方举的第二批证据，已经于8月10日补充递交法庭，原告方也已经阅看过上述证据。总共四份，分别是2021年4月16日周五和4月19日周一被告徐兰单位所在科室的签到簿和签退簿，上面加盖了公章，并有文字说明。刚才原告所举的有关徐兰和他人在上述时间在扬州酒店开房的证据，因为不能说明来源，按照法律规定，已经无效。不过，既然原告提出了这个问题，被告所举的这四份证据，就是证明在上述时间内，被告徐兰一直在单位正常上班，不可能去外地跟他人开房。"

原告律师王红梅说：

"对被告方刚才举的第二批四份证据，原告有异议。三个理由：第一，请法庭注意，四份证据上，加盖的是被告徐兰单位所在科室的公章。被告徐兰是科室负责人，科室的公章，由她本人掌管。也就是说，她想加盖证据上的公章，非常方便。第二，被告也许会辩解，说签到簿和签退簿上，并不是徐兰一个人，还有同科室其他同事的签名。我们的回答是，只要拿任何一份签到簿和签退簿，用纸片把上面的日期处遮盖起来，复印以后，就可以了。第三，被告也许还会辩解，说复印件上面会留下痕迹。我们的回答是，只要拿复印件再去复印，多复印几次，就不会有任何痕迹了。根据以上三个理由，被告方刚才出示的四份证据，签到簿和签退簿造假极其容易，公章又在被告徐兰本人手里，因此，这四份证据，并不能证明被告徐兰2021年4月16日周五和4月19日周一在单位正常上班。至少，是有瑕疵的，是非常可疑的。从理论上推导，是存在造假可能的。"

主审法官说：

"请书记员把原告的异议及理由，记录在案。下面由被告方继续举证。"

姚律师说：

"被告方举的第三批证据，一共两份，是刚才新递交法庭的。分别是巨州市国税局于2021年4月16日上午和4月19日下午召开的全局科室以上负责人会议记录，会议内容是研究部署如何配合上级检查验收组工作。这两个会议，都是临时召开的，上面的与会人员签名，包括市国税局全体领导班子成员和处室科室负责人。上面加盖有巨州市国税局办公室公章，并有说明文字。需要提醒的是，巨州市国税局办公室公章是对外的，代表的是市国税局。这两份证据的目的，是证明被告徐兰在此期间，一直在单位正常上班。并且，这两份证据，可以跟刚才举的四份证据，就是签到簿和签退簿，相互之间予以印证。"

安静了片刻，见原告席上，赵大可看了看聘请的律师王红梅，王红梅摇了摇头。赵大可似低声提醒了一句，王红梅还是摇了摇头。

赵大可说：

"原告方有异议。两份证据上，加盖的是被告徐兰单位办公室的公章。徐兰是科室负责人，跟她出轨的崇问泉是处室负责人，说不定，两个人跟办公室主任是好朋友。所谓'官官相护'，办公室主任掌管办公室公章，想怎么盖，就怎么盖。这份证据也是非常可疑的。"

主审法官说：

"法庭提醒原告，在法庭上发言，包括指责对方当事人，必须有证据支撑。不能凭想象推理，并由此得出没有依据的结论。请书记员把我说的这一段话，也记录在案。下面由被告继续举证。"

姚律师说：

"被告方举的第四批证据，是巨州市出版发行的三种报纸，分别是《巨州晨报》《巨州日报》和《巨州晚报》，日期是2021年4月17日、4月18日两天，对市国税局迎接上级检查验收组的业务活动进行报道的文章。其中提到了被告徐兰作为单位的业务骨干，参加活动并在会上发言。文章中还引用了被告徐兰说过的一段话。这些证据的目的，是证明被告徐兰2021年4月16日至4月19日在单位正常上班，包括4月17日、18日周末两天也在加班，不可能到外地跟他人开房。第四批证据，跟第三批证据和第二批证据，也是相互关联着的。"

法庭大厅又是片刻安静，赵大可看了看所聘请的律师王红梅，并低声嘀咕。王红梅依旧摇头。

赵大可说：

"原告方有异议。现在社会风气不好，有偿新闻到处都是。说不定这几家报纸，都给收买了，登了这些有偿新闻，帮被告开脱责任，不能算数的。"

主审法官说：

"法庭再次提醒原告，说话要有证据，不能凭空想象、不当推理、乱下结论。"

又说：

"原告赵大可，你的意思是不是说，被告徐兰早在2021年4月17日和18日，就预知你两年以后会把她告上法庭，于是，她提前两年，花钱收买了巨州市的这几家报纸，登载了有偿新闻，来帮两年以后的她，开脱责任？"

赵大可说：

"不排除这种可能性。"

原告律师王红梅说：

"我声明一下，作为原告代理人，我对自己在法庭上说的任何话，负法律责任。但是，原告本人说的话，事先并没有跟我商量过，由原告本人负责。"

又说：

"赵大可，这是你的官司，相关法律，你事前应该要弄懂的。如果不懂，我建议你不要胡说八道，再出洋相了，好不好？"

法庭大厅安静下来，被告方继续举证。

姚律师说：

"被告方下面举的第五批证据，是两份省报，日期同上，也是对巨州市国税局迎接上级检查验收组业务活动的报道，其中提到被告徐兰在活动中的发言，并引用了她的一段话，包括对她的现场采访。第五批证据的目的，是证明这段时间徐兰在单位正常上班、加班。第五批证据，跟前面举的第二批、第三批、第四批证据，是相互关联的。"

原告律师王红梅说：

"原告没有异议。"

姚律师说：

"被告方举的最后一批证据，是全国国税系统的《内部通讯》，总共四份，日期跟上面相同，分别登载了巨州市迎接上级检查验收组业务活动的详细情况，其中提到被告方徐兰，几天内参加了这些业务活动，并发言，并接受电话采访，并被引用了一段话，并登载了徐兰参加现场活动的照片。这些证据，是证明徐兰在上述时间，在单位正常上班和加班，不可能跟别人到外地开房。最后一批证据，跟前面的第二批、第三批、第四批、第五批证据，也是互相关联的。"

原告律师王红梅说：

"原告没有异议。"

姚律师说：

"被告方举证完毕。"

法庭稍作停顿，同样是留出时间，让书记员整理和补充庭审记录。

主审法官说：

"法庭举证质证完毕。下面是法庭辩论阶段，发言次序，原告先发言，被告后发言。所有的发言，都要紧扣主题，既要摆事实、讲道理，又要言简意赅。已经说过的话，就不要再三重复了。好了，原告先发言。"

原告律师王红梅说：

"刚才原告向法庭列举过证据，原告和被告婚生儿子赵徐生，已经在原告和父母居住地的附近，报名上了金色螺号幼儿园。与此同时，赵徐生是赵家唯一的孙子。鉴于这两个原因，赵徐生应该由原告方抚养。我的发言就到这里。"

赵大可说：

"王律师，徐兰出轨的事情，你忘记了？没有说呀！"

王红梅说：

"你没有证据，说什么说？怎么说？我已经提醒过你一次，就不要再出洋相了，好不好？"

主审法官说：

"原告方首次发言完毕，下面由被告发言。"

姚律师说：

"起诉状指控被告徐兰出轨，到外面跟他人开房，没有证据证明，纯属虚构。原告方要求被告方支付赔偿金的诉求，不能成立，应该驳回。双方婚生儿子赵徐生，自出生以来，一直由母亲徐兰和外公外婆抚养，并且在居住地附近上幼儿园，读外课，打防疫疫苗。户籍也在母亲徐兰这里。上述情况，被告已经递交了一系列证据，加以证明。原告代理人提出赵徐生在原告及原告父母居住地金色螺号幼儿园报名就读，我们已经声明过，被告徐兰作为母亲，并不知道，也没有同意过。我们提醒法庭注意，金色螺号幼儿园是巨州市郊区幼儿园，而赵徐生长期就读的是巨州市中心区示范幼儿园，也是巨州最好的示范幼儿园。众所周知，两个幼儿园之间的差距,不是一般的大,而是非常大。赵徐生已经上幼儿园大班,马上就要进小学了。两个幼儿园对应的小学,以及后来的初中,都是天差地别。还有,赵徐生的父亲赵大可和母亲徐兰之间,在性格、品行、修养等各个方面,也有很大的差距。刚才原告赵大可在庭上发言时,不切实际地凭空想象以及不符合事实地胡乱推理,主审法官,参加庭审人员,包括旁听人员,都已经见识过了。为了赵徐生今后的健康成长,为了保持目前赵徐生已经长期适应的环境,当然应该由母亲徐兰抚养。我的首次发言,到此完毕。"

安静片刻,让书记员有时间做补充详细记录。

主审法官说:

"原告和原告代理人,还有发言吗?"

原告律师王红梅说:

"没有了。"

赵大可说:

"我也没有了。"

接着又说:

"我有一句话要说的。今天的这个开庭,有问题,不公平。我们上次接到法院的通知,规定相关证据,在7月20日以前递交给法院。可是,被告今天有好几份证据,都是当庭新递交的,不能算数。"

主审法官说:

"原告赵大可,你这是在指责法庭,认为今天的开庭有问题,不公平。法庭提醒一下,正式开庭的时候,本法官问双方有没有新证据需要递交法庭,首先是你们原告方提出,有新证据要提交,并且提交了两份新证据,一份是那张两人合影照片,一份是赵徐生在金色螺号幼儿园报名交费发票。你们原告提交了新证据以后,被告方才提交新证据的。有什么不妥吗?"

赵大可说:

"我建议,原告和被告双方新提交的证据,都不算数,以7月20日以前提交的证据为准,这样才公平。"

主审法官说:

"原告赵大可,你的意思是在说,如果双方提交的新证据,对你们原告有利,就算数,对你们原告不利,就不算数,是不是?"

又说:

"下面我说几句话,书记员不一定要记录。赵大可,在我看来,这桩婚姻纠纷,到底是怎么产生的,责任到底在谁身上,恐怕你首先要找一找自身的原因。"

往下,法庭大厅里静了一会儿。

主审法官说:

"原告和原告代理人,还有发言吗?"

原告席上的王红梅和赵大可,都摇了摇头。

主审法官说:

"被告和被告代理人,还有发言吗?"

姚律师说:

"我和被告都没有了。"

主审法官说:

"今天开庭到此结束。请双方当事人及各代理人,在庭审记录上签字。原告和原告代理人先签字,被告和被告代理人后签字。有没有第二次开庭,或者法庭择期宣布判决,法庭将另行通知。"

说完,站起身,从刚才进来的门,走了。

书记员打印出庭审记录,拿在手里,走到原告席那儿,让原告和原告代理人签字。王红梅用眼睛扫了一遍,提笔在最后一页签了名字,每一页也签了名字,递给赵大可。赵大可还要细看,王红梅等不及了,要先走。赵大可见状,赶紧签了名,跟着聘请的律师,一道朝法庭外面走去。旁听席上的一老一少两个女的,跟了上去。书记员拿着原告方签过字的庭审记录,走到被告席来。姚律师用眼睛扫了一遍,在最后一页签了字,每一页也签了字,交在徐兰手里,徐兰也依样签了字。书记员回到了自己的位置上。这边姚律师、徐兰走过来，跟何寿天、余凤翔会合，一起走出法庭，出了法院。

一一六

何寿天、余凤翔、徐兰并姚律师，步行朝酒店那边去。刚走两步，姚律师的手机响了。见他一边接电话，一边走路，一边点头，一边嘴里嗯嗯啊啊个不停。走进酒店大厅，电话打好了。看见崇问泉坐等在那里，一起走到了跟前。

姚律师说：

"刚才这个电话，是'压路机'王红梅打来的，发了一通恼火。这个王红梅，本事是有的，就是做人说话，过于尖酸刻薄了。在电话里，说得很难听。说以前见过我，一副衰样，缩着头，躬着背，夹着尾巴，都不敢走到她跟前去。今天却像僵尸还了魂，神气起来了。说她坐到法庭上，看了我递交上去的一叠证据，心里非常奇怪，本来就是一个小妖，哪怕修炼百年、千年、万年，也只能成怪、成精，不可能成神，更不会成仙。说我今天的做派，比神仙还要正规。说她后来看到旁听席上坐着一个人，才明白，我只不过是个木偶，几根线牵在主人手里，我在前台上蹿下跳，都是按照主人的指令来的，跟我本人毫不相干。我听王红梅的话越说越难听，越来越吃不消。想反驳她几句，或者把电话挂断，转念一下，她并不是一个普通角色，身兼省律师协会副会长和律协家庭婚姻委员会主任委员两个职务，今天得罪了她，以后'抬头不见低头见'，说不定哪天狭路相逢，'吃不了，兜着走'，到了那个时候，我恐怕哭都来不及。我就硬着头皮，任凭她在电话里一顿乱骂，既不敢还她的嘴，又不敢挂断她的电话。还好，她骂了一通，气消得差不多了，声音低了下来，腔调也柔和多了。我也不知道是怎么回事，人犯贱，嘴巴也犯贱，最后竟然对她说了一声'谢谢'。"

又说：

"今天很对不起，我在法庭上出丑了。坐到椅子上一抬头，看到了坐在对面的王红梅，我整个人都不在状态了，开始恍恍惚惚，迷迷糊糊，觉得自己是在梦中。整个人都僵硬掉了，大脑一片空白，好像里面倒进了一桶糨糊。耳朵里嗡嗡直炸，响起了一片杂音。不管谁在说话，我一个字也听不见，差点儿误了大事。幸亏你们上海的亲戚，何前辈，他下到审判台这边捡杯子的时候，瞪了我一眼，低声提醒了一句'问证据来源'。一阵杯子响，一句提示语，终于惊醒了我这个梦中人，总算让一颗飘飘荡荡的灵魂，返回到身体里来，及时做了补救，才没有铸成大错！"

何寿天说：

"你后来的表现，是很好的。特别是法庭辩论阶段的关于驳回赔偿金诉求和关于孩子抚养权的那一段话，说得还是很精彩的。"

姚律师说：

"不好意思，献丑了。不过，今天庭审下来，完全是东风压倒了西风，被告方压住了原告方。而且是一脚到底，对方再也没有翻盘的机会了。只等判决书下来，婚肯定离了，孩子肯定归你们，肯定驳回原告赔偿金的诉求，本案诉讼费肯定由对方承担。应该是大获全胜了。"

又说：

"这次接你们家这个案件，我是大赚无亏。竟然用我的手，扳倒了赫赫有名的王红梅，消息传出去，也不用我自己张扬，马上就会满世界都知道的。来找我的人，肯定是源源不断。手里案件，数也数不完了。我也说句实话吧，律师吃的辛苦饭，耕一块田，有一块收获。心里最慌的，就是缺少案源。以前我总说自己怎么怎么忙，手里有多少多少大案子，其实都是掺毛兑假，虚张声势。哪里来那么多案件？哪里来那么大案件呢？所谓'屁股上插鸡毛掸子，假充大尾巴'，既是说给别人听的，也是说给自己壮胆的罢了。不过，从今天起，我要穷人大翻身，从此当家做主人啰！"

议论一番。何寿天看看时间还早，便回1226房间取了东西，到前台办了退房手续，跟姚律师、余凤翔、徐兰坐上崇问泉的车。要先送姚律师回律师事务所，姚律师再三不肯，坚持要先送何寿天到长途汽车站。怎么劝，也劝不住。

何寿天说：

"姚律师，还是先送你吧。我们亲戚见了面，一直忙着徐兰的官司，还没有来得及说话呢。先送你回去，她们再送我到车站，还要顺便说几句家里的话，请你理解。"

姚律师说：

"好的，既然这样，那我就不送了。"

到了姚律师的律师事务所，姚律师下了车，站在路边，把手招了又招。车子继续向前，到了前方路口，拐过弯去，远远看见姚律师还在原路站着。往前再走一段路，看不见姚律师了。不一会儿，到了长途汽车站，三个人一起下了车。

何寿天说：

"我还有两句话要说，很短，不过几分钟。我先进站。你们过去跟崇问泉招呼一声，让他原地等一小会儿。"

何寿天进了站，余凤翔、徐兰随即进来了，找了一个没有人的空地，站着说话。

何寿天说：

"刚才姚律师说了，今天开过庭以后，东风压倒西风，被告压倒原告。这桩官司，如果不出意外，应该是他说的四种结果，一是婚肯定离了，二是孩子肯定是判归你们抚养，三是肯定要驳回赵家的赔偿金要求，四是本案诉讼费由对方承担。用姚律师的话说，是大获全胜。不过，我倒有一点担忧。上次通电话，说到你们对案件的预期，第一个预期，也就是刚才姚律师的推测，你们认为是最好的结果。其实，我的看法，恰恰相反。这个最好的结果，会不会也是最坏的结果呢？"

打了一个顿，接着说：

"如果赵徐生判给你们，接下来会发生什么事情呢？你们面对的，又会是怎样的一种局面呢？现在庭已经开了，大局已经定下来了，你们一家应该静下心来，仔细想一想了。当然，我这里只是提个醒。具体怎么做，由你们自己决定。"

说完，见一辆去上海的班车已经进站，便告辞一声，起身朝检票口走过去。过了栏杆，再回身把手招了一招，登上了车厢。

何寿天到家，天色擦黑，无虑、闻芳和疆安从森林公园到家，刚换过衣服，洗了手。何寿天也去洗了个澡，换了衣服。一起坐下来吃饭。

闻芳说：

"上午我们刚到森林公园，就接到我妈电话，说医生通知我爸办出院手续，最迟明天就要办。还说，医院最近病人太多，床位特别紧张。像我爸这类病人，是不能再留在医院里的。如果赖着不走，把印象弄坏了，说不定会被拉进黑名单，就麻烦了。"

邵亚芳说：

"无虑和闻芳已经答应过疆安，明天带她去植物园看野生植物的。大人允诺了孩子，就要说话算话。明天闻业荣出院的事情，他们就不要管了，按原计划去植物园。医院那边，我们这边不去个人，面子上可能不太好看，你爸正好回来了，明天就让他跑一趟吧。"

何寿天第二天早起，吃过早饭，打出租到了公利医院，方慧群已经在那里了。进病房看过闻业荣，办好出院手续，打了120电话。何寿天跟方慧群一道，坐救护车到了闻业荣家里。安慰了闻业荣几句，又叮嘱方慧群一番，告辞出门，打出租回家。

一一七

何寿天午睡起床，洗漱好，看见手机上有余凤翔来的微信。点开，是一句话："有空通电话吗？"随即拨通了那边的号码。

余凤翔说：

"今天中午，姚律师请我和徐兰，还有徐兰的女同学，吃了一顿中饭。菜虽然不算丰盛，也没有花多少钱，但是，放在姚律师身上，这是天字第一号了。姚律师有些激动，说昨天开庭完毕，他打败'压路机'王红梅的消息，今天就传遍天下了。不少人打电话给他，并且有案件接在手上了。我觉得他说得太夸张了，便说：'法院判决书还没有下来呢。如果有了判决书，那个王红梅是不是被你打败，才会有定论。现在这么宣扬，是不是早了一点？'姚律师说：'不是我自己宣扬的，是王红梅替我宣扬的。昨天庭审结束，她知道情况不妙。这个王红梅，一来从来没有输过，二来怕判决书下来，反响太大，故意先扇几下小扇子，吹一吹风，提前做一个铺垫，将来判决书出来，大家心理上有个准备，不会看低她。这是她走的一步主动棋。当然，王红梅为自己找了两个借口，第一个借口，是聘请她的当事人，对她有隐瞒，没有说真话。而且在开庭的时候，当庭说了不少对自己很不利的蠢话。第二个借口，说我不是靠自己，而是找了一个靠山。不过，得知王红梅在庭审中惨败的信息，认识她的律师，特别是曾经栽在她手下的律师，无不幸灾乐祸，拍手称快。有好几个律师打电话给我，说，真没有想到，她王红梅也有头撞南墙的今天。有一个律师，手上接了一个特大的案件，自己觉得分量不够，压不住舵，直接找我中途加入，报酬均分。还有两个当事人，到一个律师事务所准备聘请律师，无意中听里面的律师正在议论这件事情，悄悄把我的名字记了下来，又在网上搜索了一下，查到了我的律师事务所联系电话，直接跟我接上关系，请我代理他们的案件了。我心里当然高兴。我也说句实话，我自从当律师以来，只有当事人请我吃饭的，从来没有我请当事人吃饭的。我今天请你们母女两个，顺带请了徐兰的大学同学，我的同事，算是开天辟地，第一回呢！'"

接着说：

"姚律师吃饭的时候，还提到，他昨天晚上有些兴奋，躺在床上，把这桩官司的前前后后，重新想了一遍。得出结论是，你其实一开始就在走一盘大棋。赵家的几个诉求，有虚有实。他们最大目的，就是把破坏婚姻家庭的责任，推到徐兰身上，再拿着法院的判决书，到徐兰单位纠缠，最终砸了她的饭碗。甚至还要继续追杀，徐兰走到哪里，赵家就拿着判决书，追杀到哪里。不过，你一眼就看到了赵家的软肋，就是孩子。因此，你不动声色，不慌不忙，来了个对症下药。在7月20日，先递交了七份证据，一看就是争孩子的。当然，赵家已经向法院递交了徐兰和崇问泉在扬州开房的证据，自以为成竹在胸，稳操胜券。他们的乐观想法，也不是没有依据的。如果徐兰出轨的事实成立，她必然要承担这次婚姻纠纷的责任，到了那个时候，孩子肯定要判归赵家，徐家肯定要支付赵家的赔偿金了。针对赵家的想法，你设计了8月10日递交的七份证据。前三份证据，一看也是争孩子的。后四份证据，是证明徐兰2021年4月16日周五和4月19日周一在单位正常上班，不可能到外地跟他人去酒店开房。赵家人看到这四份有明显瑕疵的证据，差不多要忍不住发笑了，自以为抓住了把柄，准备开庭的时候现场揭穿，我们被告方就要当众出洋相了。姚律师说，你先递交这四份证据，就是故意先露出一个破绽，麻痹了赵家，让赵家误以为，一切都在他们的掌控之中。然后，到了法庭正式开庭的时候，你才真正拿出了核武器，出示了徐兰单位全局领导班子和科处室负责人开会的签到名单、巨州市的三份报纸、省级的两份报纸和徐兰单位全行业的《内部通讯》，杀鸡而用牛刀，架起高射炮来打蚊子，让原告方，包括原告方花重金聘请的攻无不克、战无不胜的'压路机'王红梅，也在一瞬间崩溃了。"

又说：

"姚律师说，他已经得知，赵家是三顾茅庐，才请动王红梅的。第一次是赵大可亲自去找的。赵大可这个人，年轻不懂事，不会说话，出的又是市面价格，被王红梅训了一顿，赶出了律师事务所。第二次，赵家托了一个人，这个人在一个机关单位做事，连职务都没有，在王红梅眼里，更不算什么人物了，同样被拒绝。第三次，是赵大可的老子赵望山，亲自出马。生姜还是老的辣，废话不说，直奔主题，将律师费翻了两番，又拐了一个弯。王红梅心动了，本来是一个小案件，不值得她接的，看在钱的份儿上，同意出山了。"

又说：

"姚律师激动，我也跟着激动了，说了这么一大通废话。我跟你通这个电话，是有更重要的事情。就是昨天你临走之前，撂下了一个提醒，也是给我们全家出了一道课题。昨天晚上，我们全家商量了……"

听到这里，房间门被敲了两下，原来邵亚芳要去菜场，问何寿天要不要一起去。

何寿天说：

"邵亚芳喊我一起去菜场买菜，我晚上有空的时候，再打给你吧。"

挂了电话，跟邵亚芳下楼。

一一八

等无虑和闻芳带疆安从植物园回来，换衣服洗手，坐下来吃晚饭。把闻芳爸爸出院的情况，简略说了。吃好饭，收拾碗筷，各回房间。何寿天便拨通了余凤翔的电话。

何寿天说：

"不好意思，让你久等了。我已经吃过晚饭，现在有空，你说吧。"

余凤翔说：

"你昨天走了以后，我们全家人就坐下来，开始商量你的提醒了。没有商量出结果，吃晚饭的时候，一边吃，一边说话，继续商量。吃过晚饭，我把碗筷收拾好，大家又坐在一起，商量了一大晚。差不多快十一点钟的时候，各人意见慢慢合拢在一起了。从开庭情况看，赵家已经被打趴在地上，没有丝毫还手之力。我们徐家大获全胜，应该是铁板上钉钉的。问题是，婚离了，赔偿金驳回了，都不算什么。赵家也不可能拿着法院的判决书，到徐兰单位纠缠，砸她饭碗了。最关键的，是徐生判给我们家抚养。一开始，我们每个人想到这一点，首先的感觉是大快人心。徐生是徐兰身上掉下来的一块肉，是我们的隔代亲骨肉。从小到大，我们几乎不分开的。他没有上幼儿园之前，周一到周五，从早到晚，都跟我们在一起。到了周五晚上，送到赵家那边去，一开始我们还不习惯，夜里睡不着，心里想着，徐生在那边怎么样了，会不会摔着了，碰着了。吃饱没有，吃好没有。夜里睡觉会不会蹬被子，肚脐眼会不会露出来，吹了凉气，会发烧感冒的。后来一想，赵家就这么一条根，在他们心里，不知道比我们要疼惜多少倍呢。我们对他再好，也不姓我们的姓，姓的是赵。我们毕竟是'外公''外婆'。赵家那边呢，是'爷爷''奶奶'。可是，到了周日这一天，从早上起床，我就不停地抬头看太阳，希望它早点落下山去，天擦黑了，好接徐生回来。到了下午，总觉得天上的太阳，停住脚不走了，心里急得不得了。四点钟一过，就忍不住接连打电话。先一个电话打到赵家那边，后一个电话打给徐兰，让她也往那边打一个电话，催一催。如果那边有反感，抱怨我们太着急了，就让徐兰假装不知道我们已经打过电话，我们也佯装不知道徐兰会打电话。后来徐生上了几种外课，周五晚上，有时候走得开，能送到赵家那边去。有时候走不开，不能送到赵家那边去。每逢徐生不去赵家那边，我们心里暖洋洋的，就像在路上捡到了一个宝贝，或者是白赚了一大笔钱似的。我说了这么一大圈话，主要是表达一个心情，我们是真正舍不得徐生的。"

稍缓一缓，继续说：

"可是，你提醒过以后，我们全家人坐下来商量的时候，觉得不能不正视这件事情。如果法院判决下来，徐生归我们抚养，会出现什么的情况呢？至少三种情况，不可避免。第一种情况，徐生目前在赵家手里，这是民事案件，法院又不可能派人帮我们把孩子抢回来。赵望山是巨州郊区当地土生土长的菜农，我们虽然离得不远，但我们老家是在徐家圩圩，毕竟不是巨州当地人。所谓'强龙压不住地头蛇'，赵家随便把徐生藏在一个地方，我们打着灯笼满天下去找，也很难找到的。何况，他们赵家到处藏，我们徐家到处找，孩子受活罪了，不免要担惊受怕，吓出毛病来，那可不得了。第二种情况，巨州是个小地方，不像大上海。重男轻女，一直都是传统。当年我们徐家闹了一出，因为想生个传宗接代的男孩，竟然狠心把亲骨肉女儿送掉了。赵家情况，比我们徐家还要特殊。我们徐家当年至少还有女孩的，他们赵家，四代单传。到了这一代，只有一个男孩，连女孩都没有。单枪匹马，孤影伶仃，赵氏祖宗这一支的血脉，悬吊在一根线上。这根线被我们徐家收走了，他们赵家从此没有了根，就像人们嘴上骂人的话，'断子绝孙'了，怎么会咽得下这口气呢？还有，赵大可的身体缺陷，性取向出了问题，再结婚生孩子，几乎没有可能了。这个内情，'纸包不住火'，总有一天，这层窗户纸会被戳破的。凭赵望山那个旧传统，死脑筋，驴脾气，他恐怕宁愿豁出一条老命，也要去换自己唯一的孙子的。第三种情况，是跟着第二种情况来的。法院判决书下来，就认为我们把孩子顺利抢回来了，往下的日子，不是一天两天，也不是一个月两个月，也不是一年两年，长着呢。赵望山夫妻两个一把年纪，说小不小，说老不老，整天闲极无聊，没有什么事情可做。如果变成两根木桩，每天从早到晚戗在我们家门口，怎么办？即使我们打110，赵家两个老的也会跟我们打游击战。警察来了，他们就走。警察走了，他们又来了。时间长了，连警察也会烦我们的。我们又不能搬家住到派出所隔壁去。还有，赵大可这个人，我们以前不了解，现在了解了，阴骘骘的，冷飕飕的，万一走了极端，伤害了徐兰，类似的案件，电视里，报纸上，不知道发生了多少次了，又怎么办呢？"

接着说：

"我们一家往这个方向商量了以后，又把方向掉转过来，设想了另一个可能性。就是，如果狠狠心，孩子给赵家，会怎么样呢？我们徐家是不是失去了这个孩子呢？细细一想，并不一定，也是三种情况。第一种情况，赵家得到孙子，心满意足，觉得赚到了，不但不会主动闹事，反而天天祈求平安。第二种情况，赵家既然觉得赚到了，当然也会做出一点让步，比如，徐兰今后探望孩子，他们应该不会刁难，而是给予最大方便。第三种情况，也是最重要的，孩子给了赵家以后，是不是我们徐家就失去这个外孙了？仔细琢磨下来，结论相反，不但不会失去徐生，更有可能，徐生跟我们靠得更近了。所谓'隔墙花儿香'，'近的不如远的'，徐生整天跟赵家人生活在一起，天长日久，感情当然是有的，但是，孩子在成长过程中，逆反心理也不可排除。这样一来，对他的亲生妈妈，还有我们外公外婆，可能会觉得更亲。受了什么委屈，也会偷偷地到我们这里来诉说。等他满了十八周岁，长大成人，自己做主了，到底是倾向赵家，还是倾向我们徐家，还说不定呢。哪怕孩子特别懂事，一碗水端平，赵家徐家两不亏欠，也是好事情。我们做长辈的，巴不得他能这样呢。我们全家人商量到最后，想法慢慢靠拢在一点上了。就是，婚离掉，驳回赔偿金，孩子归赵家，我们徐家有探望孩子的权利。"

又说：

"我们的想法达成一致以后，又出来一个难题。前面说过，从昨天庭审情况看，赵家应该意识到自己是输定了。包括离婚，孩子归我们徐家，驳回赔偿金诉求。可是，突然之间，峰回路转，我们徐家自己提出孩子归赵家。所谓'快车转弯，必定会翻'，赵家当然要起疑心。极有可能，不往好处想，而是往坏处想，认为我们徐家把到手的胜利果实拱手交出来，必定有难言之隐，落下了什么要命的把柄。这样一来，他们赵家不懂得感谢我们，反而会倒打一耙，继续寻找徐兰出轨的证据，抓住我们的软肋，把官司重新翻过身来。这样一来，岂不是'一片好心，结出恶果'了？"

听她说完，何寿天说：

"你们的担心，是有道理的。这样吧，按照法律规定，案件正式开庭审理以后，在判决书下来之前，还有一个法定的调解程序。通俗地说，开庭前有一个调解，开庭后还有一个调解。当然，调解必须双方同意。有一方不同意，调解就不能成立。这一次，如果不出所料的话，赵家不但同意调解，而且还会请法官帮忙做你们这边的工作。一旦进入调解，赵家还可以协商和恳求你们把孩子给他们。一旦没有这个调解，往下直接下判决书，赵家什么机会都没有了。你们目前要做的，是抓紧时间跟姚律师联系一下，最迟不要超过明天。你告诉姚律师，如果主审法官问是否同意调解，不要直接回答，务必打一个停顿，就回答问一问当事人，有结果后，再及时告诉法官。过了半天，或者一天，或者法官主动来电话询问，姚律师可以答复说，被告方家庭意见不统一，有的同意调解，有的不同意调解，正在继续做工作。如果达成一致了，会及时告诉法官的。这样，再打一个停顿。到了这个时候，往下应该怎么做，我们再打电话商量一下。"

挂了电话，看了一会儿电视，邵亚芳从厨房忙好，回房间来了。何寿天把余凤翔刚才来的电话，大致说了一遍。

邵亚芳说：

"把孩子给赵家，确实是个高招。这样一来，孩子由赵家养着，名义上也是赵家的。孩子又是徐兰肚子里出来的，飞不走，跑不掉。这样一来，两家都安顿下来，不但不会争吵，更可以和平共处。说不定从此以后，大人的恩怨放在了一边，对孩子以后的成长，是非常有利的。我以前也想过这件事情，思路全部放在怎么争孩子上面，从来没有想过，把事情颠倒一下，反而效果会更好。"

又说：

"幼儿园说是9月1日正式开学，明天8月29日、后天30日、大后天31日，三天之内，家长可以带孩子过去先感受一下的。我们明天带疆安过去吧。"

何寿天和邵亚芳第二天上午九时，带疆安从小区后门，去了幼儿园，已经有不少小朋友和家长先到了。见老师问了好，看了教室，又看厕所。原来幼儿园的厕所，是不分男生女生的。看了一会儿，何寿天退了出来，让邵亚芳陪着疆安上厕所。等她们洗了手，走出来，再去看寝室。前几天家长床铺抽签时，无虑参加的抽签，抽到了一个靠墙的下铺。据中班和大班小朋友家长说，这是好位置。他们看了一会儿，转到幼儿园的院子里来。疆安骑了一会儿木马，滑了两趟滑梯，爬了三次绳桥，走了一次独木桥。想骑扭扭车，发现全部被其他小朋友骑上了，没有空着的,就爬了两次轮胎山。邵亚芳看见有一个骑扭扭车的小朋友玩腻了,改去爬绳桥,便接过空下来的扭扭车,喊疆安过去玩。玩到十点过后,太阳大起来了,疆安喝了半杯水,又回到教室。再让邵亚芳陪着,去上厕所。看看时间不早了,跟老师说了再见,跟刚认识的小朋友也说了再见,离开幼儿园回家。

一一九

到了8月31日上午,何寿天和邵亚芳正陪疆安在幼儿园玩,手机来了余凤翔的微信,还是一句话:"可以通电话吗?"何寿天随即让邵亚芳陪着疆安玩,另找了个地方,拨通了余凤翔的号码。

余凤翔说:

"8月27日晚上跟你通过电话,第二天上午,我就跟姚律师联系上了。我直接打的电话,姚律师说:'我再忙,全天下人的电话都可以不接,你是我的福星,你的电话,我是一定要接的。'又说:'只要有事情,哪怕三更半夜,随时可以打的。'我就转告了你说的话。昨天近中午,姚律师给我回电话,说主审法官韩慧存上午亲自来电话,征询被告方是否同意调解。韩法官说:'这一次,原告同意调解了。而且,原告赵大可的父亲赵望山,不知道从哪儿弄到了我家的住址,找上门来,说他赵家四代单传,到了这一代,好不容易有了赵徐生这么一条根。说着说着,眼泪鼻涕一大把。我说:早知今日,何必当初。你的孙子,是你媳妇生出来的,结果怎样呢,把媳妇告上法庭,还往媳妇身上泼脏水,说媳妇出轨,连哪年哪月哪日哪时,哪个男人,哪座城市,哪家酒店,哪个房间,都说得一清二楚。法庭开庭举证质证,露马脚了。你儿子嘴里支支吾吾,说不清证据来源。你媳妇作为被告方,举了一大串证据,环环相连,处处紧扣,证明那几天她都在单位上班和加班。这桩官司是你们弄出来的,明白有多糟糕吗?赵望山听了,扑通跪在了我面前,说：韩法官，我已经打听过了，法院下判决书之前，还有个调解程序。只盼给我们一个机会。我说：开庭之前，也有个调解，你亲口说，让你媳妇写一份认罪书，电脑打印还不行，还要手写，每一页都要签名，还要按手印，还要让所谓的出轨男人写一份同样的认罪书，还要孩子归你们，还要支付五万块赔偿金。现在你们一看形势不对，又同意调解了。赵望山说：韩法官，所谓人在矮檐下，谁敢不低头？又说了一大通哀求的话，请我帮他们做做工作，让被告方同意调解，给一个协商求情的机会。'姚律师听韩法官说完，回答说：'我问一问被告当事人，有结果就答复你。'过了一天，就是刚才，韩法官又给姚律师打电话，说：'昨天下班，赵望山又在法院大门台阶下面等我了。我没有理他，上车走了。你问过被告方没有？'姚律师说：'昨天立刻问了。今天又催问过一次。被告方答复说，家里的意见不统一，有的同意调解，有的不同意调解，昨天晚上饭都没有吃好，吵成了一锅粥。我就让他们抓紧达成一致，我好答复主审法官。'韩法官听了，劝姚律师帮忙做做工作。韩法官还说：'那天开庭时，我看旁听席坐着一男一女，年纪都不小了。我最初以为是被告方徐兰的爸爸妈妈。后来听说不全是，女的是徐兰的妈妈，男的是徐家的亲戚。这么来说，那天开庭，徐兰的爸爸没有到场。据我观察，被告方家里有话语权的，应该是徐兰的妈妈。你不妨做做她妈妈工作，叫她让一个步，促成一个调解的机会。'姚律师放下韩法官的电话，就给我打了电话。"

接着说：

"我接听了姚律师的电话，心里动了一下，像是被提醒了。我想，韩法官既然点了我的将，不妨利用这个机会，可以说是借力打力，也可以说是借坡下驴，把事情引导到我们可以掌控的轨道上来。具体地说，我准备以我的名义，给韩法官写一封信。信里把事情说得复杂一点，就说家里人意见不一致，对于调解，拿不定主意。比如，徐兰爸爸坚决不同意。我有点儿想同意，又有点儿不想同意。徐兰则认为调解也可以，不调解也可以。我还想借你的名头用一用，说上海有个亲戚，不但劝我们同意调解，还提了一个让全家人大吃一惊的建议，出于传统习俗和赵家四代单传情况的考虑，孩子应该由赵家抚养，比较妥当。当然，徐兰爸爸坚决反对，差不多要拼命了。上海亲戚正在继续做徐兰爸爸的工作。这样一来，有的唱红脸，有的唱白脸，有的唱黑脸，一场大戏，就准备得差不多，可以拉开大幕，上演了。刚才放下姚律师的电话，我先给徐兰打了一个电话，把想法说了一遍。徐兰也觉得可行。她正好有空，让我赶到她单位，中午准备就在旁边的麦当劳，我们娘儿两个一起吃个中饭，顺便把这封信的思路和内容，拼凑一下。我现在已经赶到她单位大楼下面，就给你发了一条微信，通了这个电话。"

吃好晚饭，何寿天回到房间，手机来了微信。看了一看，是余凤翔发来的，总共两个微信。先点开第一个微信，是一封信：

韩慧存法官：

你好！

我女儿徐兰的婚姻纠纷官司，让你辛苦了！

姚律师转达了法庭征求我方当事人是否同意调解，目前，我们家人的意见有严重分歧。徐兰爸爸坚决不同意调解。徐兰的态度是和稀泥，认为可以同意调解，也可以不同意调解。我本人有点拿不定主意。我的想法，本来，有什么问题，看在孩子的面子上，大家坐下来，摊在桌面上，都是可以谈的。这样一来，谁对谁错，也能说说清楚。本来两个年轻人发生了矛盾，日子过不到一起去了，可以协商。可是，赵家却一条路走到底，不给别人留后路，也不给自己留后路，连个招呼也不打，告上了法庭，搞突然袭击，甚至不惜向我女儿身上泼污水，实在让人不能理解，也太可恶了。这样的人，还有什么可谈的，还有什么可调解的呢？

不过，我们的一位上海亲戚，就是上次开庭时，坐在我旁边的那一位，倒是反复劝了我，觉得我们应该多从孩子身上考虑，'不看僧面看佛面'，'不看现在看将来'。他甚至认为，我们不但应该同意调解，给赵家一个机会，而且，孩子也应该交给赵家抚养。他说了两个理由：第一个理由，从传统理念和习俗上，孩子姓赵，是赵家的孙子，交给赵家抚养，比较符合乡风民俗。第二个理由，赵家的情况非常特殊，已经四代单传，到了这一代，好不容易有了一个男孩，也是赵姓这一支的唯一传人。更何况，赵大可的身体状况，他父母并不知情。所谓人同此心，世有情理。如果放下私心，出于公义，应该考虑到赵家的这种非常特殊的情况，把孩子交给赵家抚养。我听了上海亲戚的两个理由，觉得有点儿道理。不过，徐兰爸爸对上海亲戚的劝告，不但不听，还大闹了一场，在家里摔了一个碗，一只盘子。徐兰爸爸是个乡下人，没有读过多少书，还有点认死理，更是个犟骨头。当然，他这么做，也是情有可原。孩子自出生以后，都是徐兰和我们外公外婆一手带大的，包括上幼儿园、上钢琴课、上书法课、上幼儿外语课、打防疫针，每次都是我们老两口接送。作为外公，把孩子给了赵家，他又怎么能舍得呢？不过，他对我们上海的亲戚，还是要让三分的。上海亲戚说的话，他同样也是要听三分的。上海亲戚正在做他的工作，能不能做通，还不知道。

  姚律师特别提到，你让他直接给我打个电话，做做我的工作，这是看得起我，非常感谢！我再催促一下上海的亲戚，继续做一做徐兰爸爸的工作，我也会找机会，敲一敲边鼓，看他思想会不会通。总之，我们一定会尽到自己努力的。徐兰爸爸想通了，最好。如果想不通，我们也尽力了，赵家也不能怪我们了。

  再次感谢！

徐兰母亲：余凤翔
2023年9月2日

看了一遍，琢磨了一会儿。再点开余凤翔发来的第二个微信：

徐兰关于小孩抚养权的调解意见

共有两种方案：

第一种方案：一、赵徐生由徐兰抚养；二、赵大可每月支付抚养费人民币5000元（按月打入指定银行卡内）；三、制定探视细则，列为调解书条款或附件，确保赵大可的探视权。

第二种方案：一、赵徐生由赵大可抚养；二、徐兰每月支付抚养费人民币5000元（按月打入指定银行卡内）；三、制定探视细则，列为调解书条款或附件，确保徐兰的探视权。

特别说明：

第一种方案，为徐兰的首选方案。如果赵大可不愿放弃抚养权，考虑到赵家四代单传的特殊情况，也可以采取第二种方案。

附：探视细则（双方均按此执行）。

共三条，如下：

一、法定假日间隔接回居住。

全年计有春节、清明、五一、端午、中秋、国庆、元旦七个法定假日，可按年每隔一个法定假日，由非抚养方将孩子接回家中居住。

如第一年，非抚养方可在春节、端午、中秋、元旦四个法定假日将孩子接回家中，每次居住至每次法定假日期满；第二年则为非抚养方在清明、五一、国庆三个法定假日将孩子接回家中，居住至每次法定假日期满。以此类推。

法定假日探视孩子的接送方式为：法定假日第一天上午接走，法定假日最后一天下午送回。

二、每月可探视孩子一至两次。

（一）当月有法定假日，且非抚养方在此法定假日需接回孩子，则可在本月另探视孩子一次；(二)当月无法定假日，或虽有法定假日，但非抚养方不应在此法定假日接回孩子，则可在本月探视孩子两次。

每月探视孩子的时间为星期六和星期天，接送方式为：星期六上午接走，星期天下午送回。

三、特别情况约定。

如遇特别情况，依照民间风俗赵徐生应该参加的活动，如长辈重大寿庆、重要亲属婚礼及类似事项，非抚养方可按时接走赵徐生，且无须冲减正常的探视次数。

呈交：巨州市中心区人民法院

徐兰

2023年9月2日

说明：此调解意见及方案系上海亲戚代为拟定，徐兰爸爸目前坚决不同意，正在继续做他的工作。

看了两遍，又推敲了一会儿，拨通了余凤翔的电话。

余凤翔说：

"我上午到了徐兰的单位，她正好没有事情，我们娘儿两个，就抓紧商量了起来。基本上是我根据你的提醒，说个大概意思，她用笔记下来，再整理一下文字。徐兰大学读的不是中文专业，又把弄出来的草稿，请崇问泉改了一遍。最后是这个样子，请你看一看，到底行不行。"

何寿天说：

"我看过了，除了一个地方需要斟酌一下，其他一个字都不需要改动了。我认为要斟酌的地方，是孩子抚养权方案中的每个月的抚养费，是不是要压一压？你们把握一下，到底是写成每月五千元好呢，还是改为每月三千元好呢？"

余凤翔说：

"每月抚养费五千元，不要说徐兰工资那么高，完全承担得起，就是赵大可，工资只有徐兰的一半不到，每个月拿这笔钱，也是轻轻松松。更何况，这是赵徐生的抚养费，给自己孩子的，为什么要压低每个月的抚养费呢？"

打了个顿，说：

"我明白了。赵家要这个孩子，虽说的确有值得同情的地方，但是，回过头来看，赵家人并非善茬，素质品行不是一般的差。我当然不会忘记，赵家当初气势汹汹，杀气腾腾，不但要孩子，还要赔偿金，更要砸徐兰的饭碗。直到正式开庭的时候，他们被我们打趴在地上，没有丝毫还手之力了，这才改变态度，服软求饶的。这样的人，没有信义，不可信任，不能不提高警惕。我们做出重大让步，对方难保一定心存感谢，甚至会得寸进尺。说不定到了法庭正式调解的那一天，又弄出什么幺蛾子来。我们不得不防，应该留一手的。"

又说：

"我马上让徐兰把抚养费金额改过来，再打印一份，用快递寄给韩慧存法官。再拍一张照片，发微信给姚律师。"

一二〇

何寿天第二天早起，等到八点三刻，和邵亚芳一道，拉着疆安的手，下楼去幼儿园。路上不少家长带着小朋友，往那边走。有几个小朋友，正不停哭闹。家长都在抱怨：昨天在家里说得好好的，也是自己要求上幼儿园的。没有想到，今天才走到半路，却改变了主意，不肯去了。

却听疆安说：

"这些哭的小朋友，讲话不算数。我讲话算数，不会哭的。"

等到下午三点四十分，去幼儿园接到疆安。疆安果然说话算话，不但没有哭，还嚷着明天早点来。

这天送疆安上幼儿园回来，接到余凤翔微信，点开，是法院的调解通知书：

巨州市中心区人民法院
调解通知书

徐兰：

  赵大可于 2023 年 5 月 7 日诉你之婚姻纠纷一案，法庭已于 2023 年 8 月 26 日正式开庭审理。根据法定程序，对本案做出正式判决之前，法庭可以主持双方进行调解。经征求当事人双方意见，均同意举行本次调解。现定于 2023 年 9 月 23 日上午九点整，在巨州市中心区人民法院民事审判区第三法庭，由法庭主持双方当事人调解。请准时参加。

  主办法官：韩慧存。

  书记员：张浩今。

  联系电话：32121316。

  特此通知。

2023 年 9 月 9 日
（院印）

看了一遍，随即拨通了余凤翔的电话。

余凤翔说：

"这份法院通知，是傍晚收到的。看来，韩法官为了照顾我们这边的特殊情况，把调解安排在了周末，而且是周六。我估计，她是为了保证你能到场。姚律师刚才还给我打了一个电话，说了三个原因。第一个原因，法院把案子放在周末休息时间，以前也有过。这次看来也是这样。第二个原因，法官接在手里的案件，包括像我们这次的婚姻纠纷，如果能够调解成功，比直接下判决，效果更好。法官的年终考评，也会打更高的分。第三个原因，赵家一副可怜巴巴的样子，也许让韩法官动了恻隐之心。而你是否能到现场参加，也是这次调解能否成功的关键。姚律师还说，韩法官发通知之前，还专门给过他一个电话，让他务必找我，做做工作，说服你来一趟巨州。"

晚上等邵亚芳收拾好碗筷回房间，便把事情说了一遍，跟她商量。

邵亚芳说：

"我还是那句话，'好事做到底，送佛上西天'。你再跑一趟。赵家老的和小的，都不是个东西。你坐到那里，把局势镇住，让这家人变成小泥鳅，落在阴沟里，翻不出大浪来。你这次当然也不能直说到巨州，还是用上次的借口，就说上次的事情还没有办好，需要再跑一趟，比较稳妥。"

第二天下午到幼儿园接疆安，刚走出小区后门，手机上来了余凤翔微信，说要通电话。随即拨了她的号码。

余凤翔说：

"出了一件难办的事情。我们本来打算跟上次一样，中午在兰馨大酒店订一桌饭，一个房间，调解结束以后，在那里吃完饭，你午睡以后，再往上海赶。没有想到，刚才接到姚律师电话，他主动提出来，要请我们在那儿吃中饭。这倒罢了，还说你午睡的房间，也要由他来订。我磨了大半天嘴皮子，也说服不了他。过了一会儿，就打电话告诉他，徐兰已经提前预订过了。他坚持要徐兰退掉，还说什么给他一个机会。为了这件事情，我跟姚律师通了好几次电话，说来说去，我怎么也说服不了他，他怎么也说服不了我。就像拉大锯似的，一会儿他打电话过来，一会儿我打电话过去。我的想法，姚律师当律师，挣的辛苦钱，一分一厘来得不容易，怎么可能让他花这笔钱呢？我想跟你说一声，打算说你说的，不同意他请这个客。"

何寿天说：

"兰馨大酒店中午的饭，不需要订。午睡的房间，也不需要。这次法庭主持调解，其实一切已经搞掂，是现成的事情，过个场面而已。时间不会像开庭那么长。法庭安排的是上午九点整开始，正常情况下，最快的，半个小时左右。慢一点的，一个小时差不多了。再留一点余地,最多一个半小时。到调解结束,应该是九点半,十点整,最晚十点半。我们之间,倒不是讲客气,主要是我必须往回赶,能早一点,就早一点。"

挂了电话,走到幼儿园门口,等了一会儿,时间还没有到。手机上又来了余凤翔微信,说要通电话。随即拨通了号码。

余凤翔说:

"我打电话给姚律师,说你有事情急赶回去,中午不留下吃饭,调解结束就走。姚律师只好同意了。我又跟徐兰打了电话,她说崇问泉那天还要开车过来帮忙,她准备让他先到车站接你,问你到达巨州,大致是什么时间?"

何寿天说:

"你知道的,巨州到上海的班车很多,车随到,人随上。崇问泉不用来接我,我到了以后,直接打车赶到兰馨大酒店,在大厅里等你们。你让崇问泉开车先接你们,再去接姚律师。他最好不要直接把车开到法院,还是先开到酒店那边,就坐在大厅里等候。调解结束的时候,再开车送我们。"

当天吃晚饭,何寿天说了要外出一趟,又问闻业荣的近况如何。

闻芳说:

"我隔三岔五去那边,基本正常。听我妈说,我爸出院回家以来,饭照吃,觉照睡,门照出,方方面面都很好。稍有一点不正常,就是有点瘦。我妈认为,如果好长时间不见面,一下子觉得瘦,是无所谓的。她天天和我爸住在一起,也看出我爸瘦了,就不是一般的瘦了。我倒觉得不要紧的,人们常说,'千金难买老来瘦',照这句话的意思,像我爸这种年纪,瘦一点无所谓。要是胖起来,而且是虚胖,那倒是麻烦了。我劝了我妈几句,我妈想了一想,也不担心了。"

一二一

何寿天9月23日天亮起床，吃过早饭，换了衣服，往随身小包里放了一条毛巾，一盒润肤油，一支牙刷，一支小牙膏。轻轻开了门，再轻轻关上，下楼坐地铁到长途汽车站，乘最近的班车，到了巨州，再打出租赶到兰馨大酒店，看看时间，刚刚八点十分。正要走进酒店大厅，手机响了，是弟弟寿地打来的。

何寿地说：

"我是寿地。我早上还在睡觉呢，接到爸爸打来的电话，吓了我一跳。其实没有什么事情，爸年纪大了，每天起得早，说趁着早晨空气新鲜，让杨阿姨陪着在新河堤上散步呢，突然想起来，就给我打了这个电话。说，让我有空给你打个电话，兄弟们之间，多联系。"

又说：

"我知道爸打这个电话，还有另外的意思。我从党校位置上调走，坐到冷板凳上，爸担心我过不了这一关，找借口让我跟你通通电话，排解一下心中闷气。其实爸是不用担心的。到市人大文史委员会上班以来，我每天一杯清茶，一堆报纸，倒也悠闲自在。顺便把前尘后事想了一想，也算想通了。我这个人，其实是不适合从政的。走到政界上，是走错了路。以前当常务副职，职务后面加了一个括号，跟正职平级，其实肩膀上挑的担子，跟正职差得远呢。就这样，我有时候还抱抱怨怨，觉得自己的能力，并不比正职差，甚至还比他强。可是，到了党校，成了一方诸侯，才知道，单位不论大小，只要当个独挑担子的一把手，这个活，不是谁都能干下来的。像我这种人，叫作高不成，低不就。有正职在前面挡着，自己躺在大树底下乘阴凉，有时候还觉得委屈，觉得自己没有人尽其才。到真正负起责任来，才明白其实有点吃力，自己并不是那块材料。我的个性，能力，其实最适合目前的情况。爸是不用担心的。不过，这些话，我不方便直接说。你下次跟爸通电话的时候，用你自己的方式，跟爸婉转解释一下，让爸放心得了。"

何寿天说：

"我不在上海，在外地呢。是在巨州市。上次跟你说过一次，闻芳亲妈到上海来找我，主要是为了她大女儿的婚姻纠纷。男方一开始下手很狠，搞突然袭击，告上了法庭。提的几个诉求，一个接着一个，都是往她大女儿的致命之处打。除了离婚，孩子归男方，还要女方负婚姻家庭破裂的责任，付给男方五万块赔偿金。男方更在外面扬言，拿到法院判决书以后，还要到女方单位纠缠，砸了女方的饭碗。本来正式开庭之前，有一个调解，征求双方意见时，男方竟然提出，同意调解的前提，是女方先写一份认罪书，彻底交代与别的男人在外面开房的详细情况，电脑打字还不行，还要手写。签名还不行，还要按手印。第一次调解机会，当然就泡汤了。正式开庭的时候，男方递交的关键证据，被否掉了。女方递交了大量证据，证明男方指责女方在外面跟别的男人开房的时间内，女方正在单位正常上班。局势于是彻底扭转。男方差不多崩溃了。按照法定程序，判决书下达之前，还有一次双方调解。这一次，男方不但同意调解，还恳求法官，帮他们做工作，说服女方同意调解。上次正式开庭，我有点不放心，过来了一趟。今天上午九点整，法庭主持双方调解。邵亚芳反复劝我说，'好事做到底，送佛上西天'，要我再过来一趟。今天大早，我刚刚坐长途汽车，从上海赶过来。"

挂了电话，走进酒店一楼大厅，见余凤翔、徐兰、姚律师已经等在那里。又见崇问泉远远地坐在另一个角落里。何寿天看看时间，做了一个手势，走进一楼洗手间，从包里取出牙刷，又刷了一次牙齿。再取出毛巾，洗了一把脸。往手上倒了一点润肤露，搓开了，涂在脸上。将牙刷、毛巾放在随身的包里，用手指头当作梳子，刮了几下头发，走到大厅里来。

姚律师说：

"我们三个人刚才走进来的时候，看到你站在外面打电话，就没有惊动你。今天上午的调解，有什么部署吗？"

何寿天说：

"没有部署，见机行事吧。"

姚律师说：

"调解跟开庭是不一样的。开庭的时候，只有当事人和当事人的代理人，才可以上庭。调解的时候，当事人亲戚可以坐在一起，直接说话的。今天有何老在，局面想必全在掌控之中。我已经把一只嘴巴丢在了家里，光带了两只耳朵过来。今天整个调解过程中，我不但要光听不说，而且还要一边听，一边学习。"

客气几句，四个人随即起身，步行到法院那边。进了大厅，照例要过安检。何寿天刚走过安全门，放在旁边方筐里的手机，响了起来。拿过来看了一看，是何寿地的号码。

何寿地说：

"我看了时间，离你那边的调解，还有十几分钟，就打了这个电话，主要是说一件刚刚发生的有点闹心的事情。刚才我跟你通过电话后，突然得到消息，黄家海校长明天下午赶到我们市，后天，也就是下周一，举行党校升格仪式。周五上午，省委党校办公室跟我们市委党校办公室接洽相关细节时，才得知主持工作的常务副校长换人了。黄家海随后也知道了，让了解一下为什么会有这个人事变动。省委党校办公室打电话到我们市委党校办公室，这边办公室答复说，这是市委的决定，他们也不知道为什么会有这个人事变动。事情到这里，本来也没有什么了。有点奇怪的是，黄家海这次下来，没有提到他以前的两个'不'。我们这边的市委书记成高杰听了，决定抓住机会，在举行升格仪式的前一天晚上，就是明天，安排宴请黄家海。黄家海没有拒绝，只说了一句话：应该让原任常务副校长何寿地同志参加。就在刚才，我接到了市委办的电话，是我上次说过的那个刘应初打来的。不过，电话接通以后，刘应初解释了一下，说这个电话，不是他个人打的。因为他今天在市委办值班室值班，接到了这个通知我的任务。刘应初说，成高杰书记让市委办正式通知我，明天晚上五点整，到市接待宾馆二楼第一餐厅，参加宴请省委党校黄家海校长活动。我说：'应初，你替我想想，我会参加这个宴请吗？我能参加这个宴请吗？请你帮我挡一挡，就说我说的，谢谢成书记的关爱，不过，我已经离开了党校，参加这个宴请，身份不适合，就不去了。'刘应初说：'成高杰书记特地把我叫进他的办公室，当面交代给你打电话这件事情。成高杰早就预料到你会这么说。说，你如果这样回答，就告诉你，这是他和市委的决定，请你一定参加。'我说：'本来吃一顿饭，我又并不是坐在主要位置，唱主角，无所谓的。只是场面有些尴尬。还有，我以前跟黄家海不是一次两次见过面，还算是比较熟悉的。如果黄校长问起我为什么离开市委党校，我不好回答，成高杰书记也不好回答。我要是不在现场，就不会出现这种难堪状况了。这样吧，还是要请你帮我挡一挡，你就说，我生病了，正在拉肚子，躺在床上呢，不能参加。怎么样？'刘应初说：'成高杰书记预料到你会拿生病作托词，说：如果他真的生病，病情一般的话，我会派人到他家里，扶下楼，搀上车的。如果他病情很重，我也会打电话给医院，让院长登门诊治的。'我听了这些话，就说：'应初，还是请你帮个忙。今天正好是周六，如果成高杰查问，你就说我手机关机了，打过一次，没有打通，等一会儿再打。这样，留个空间，让我想一想办法。'"

接着说：

"这个成高杰，他跟黄家海吃饭，完全不顾及我的想法。这种场面，我坐在那里，有多难受？他不会是对我有什么成见，这样安排，故意找我的碴，让我出洋相受活罪吧？等一会儿吃过早饭，我索性跑一趟菜场，买几斤猪肉，肥的多，瘦的少，浓油赤酱，做两碗红烧肉，吃进肚子里，再喝几大碗自来水，让肚子拉起来，一直拉到脱水，送到医院里抢救去。到了那个时候，他即使打电话给医院院长，看了医生诊断，也无话可说，不会再啰唆了。"

何寿天说：

"现在是周六上午，吃饭是周日晚上，还有一天带大半天时间，你不必着急，可以慢慢想办法。我已经在法院，并且过了安检，到了民事审判区域了。再走几步路，就要进双方调解的法庭里了。打好这个电话，我会关闭手机铃声，转成振动模式，而且手机会放在包里，听不见。等调解结束，才会拿出来的。"

一二二

何寿天挂了电话，将手机关了铃声，设定成振动模式，放进包里。跟姚律师、余凤翔、徐兰一起走进第三法庭，见书记员已经坐在老位置上。正面法官位置，是空着的。两侧台子上"原告""被告""委托代理人"的牌子，不见了。见右侧台子前，赵大可一个人坐着。上次见过的赵大可妈妈，仍然坐在右边旁听席上。这边何寿天、姚律师、徐兰走到左边台子后面坐好。何寿天坐在正中，姚律师坐在身边右侧，徐兰坐在身边左侧。余凤翔跟上次一样，坐在左边旁听席上。抬头看墙上挂钟，长针一跳，到了九点整。见韩慧存法官仍然从上次的那个门里，走了进来。不等书记员开口，两边的人都站了起来。韩慧存法官见了，连忙举起双手，往下按了一按。

韩法官说：

"今天是调解，不是正式开庭，就不用这个仪式了。都坐下吧，还是按照开庭的位置坐。双方当事人，包括亲戚，如果有参与意见的，可以一起坐到台上来。如果没有参与意见的，坐在旁听席上，也可以。"

接着问：

"原告代理人呢？怎么还没有到？"

赵大可说：

"我们事前给律师打过电话，她答应说今天来参加调解的。我们昨天又打了一个电话，也说来的。今天早上，我们又打了一个电话，她也没有说不来。刚才我看时间到了，还没有看到律师的影子，又给她打了一个电话，律师竟然说，刚遇到一个紧急情况，正赶往外地，不能参加今天的调解了。这个律师也真是的，收了我们的一大笔钞票，却不帮我们办事。你真不能来，为什么不主动打个电话，告诉我们呢？"

韩法官说：

"那我们就不等了。"

接着说：

"赵大可诉徐兰婚姻纠纷一案，法庭于2023年8月26日下午进行了开庭审理。双方当庭进行了举证、质证和法庭辩论，根据双方提交的证据，本案的基本事实已经清楚，法庭即将依法做出判决。按照法定程序，在本案判决正式宣布前，可以由法庭主持一次调解。本案开庭之前，也曾有一次法定的调解机会，但原告当事人表示拒绝，调解未成。开庭之后，原告当事人表示同意调解，并请法庭做被告方工作，给原告方一次调解的机会。法庭向被告方转告了原告方的请求，并请被告代理人帮助做工作。根据被告代理人反馈，最初被告方家庭意见不一致。经过努力，最后同意调解，并提出了有关孩子抚养权的两个方案。需要说明的是，这两个方案，主要是第二个方案，被告方家庭仍然有分歧，正在继续做工作。今天法庭主持双方当事人调解，主要围绕着这两个方案进行。下面调解正式开始，发言的顺序，仍然是先原告，后被告。请原告先表达意见。"

赵大可说：

"我们同意第二个抚养权方案，不接受第一个抚养权方案。"

韩法官说：

"请被告方表达意见。"

何寿天看了看坐在身边的徐兰，转头看了看坐在旁听席上的余凤翔，再看了看坐在右侧的姚律师，分别向他们把头点了一点。接着，把目光朝向了韩法官。

何寿天说：

"被告方优先考虑第一个抚养权方案。在特殊情况下，也可以适当考虑第二个抚养权方案。"

接着说：

"我是徐兰的亲戚，是我建议徐兰和徐兰父母同意这次调解的。有关孩子抚养权的两个方案，其中第二个方案，也出自我的建议。我个人的想法，如果抛开个人恩怨，即使赵大可与徐兰从此分开了，毕竟有过一段婚姻，孩子也是双方的。不看现在，看将来。不看私怨，看公义。不看大人，看小孩。巨州并不是北上广那种特大城市，从传统习俗看，赵徐生姓赵，是赵家的孩子。赵家又是四代单传，到了这一代，好不容易有了一个男孩。用现代人的眼光，这些话也许没有道理，不能成立，也是错误的。但是，在传统习俗中，这种道理，仍然有一定的存在性和合理性。不过，需要说明的是，我提的两个建议，第一个建议，是同意这次调解，徐兰爸爸最初不同意，并且举出了原告方赵家拒绝第一次调解时，所持有的那种极其罕见的恶劣态度。经过我反复做工作，徐兰爸爸算是给了我面子，同意了这次调解。可是，对于孩子抚养权方案中的第二个方案，徐兰爸爸坚决不同意。理由很简单，也是众所周知，更是经过正式开庭时，被告方列举的大量证据所证明过的，就是，赵徐生出生以后，一直跟母亲徐兰以及外公外婆共同居住，生活在一起。上幼儿园、学钢琴、学书法、学幼儿外语、打防疫疫苗，都是母亲徐兰和外公外婆接送。双方之间的感情，难以割舍。这也是可以理解的。对于第二个方案，我还会竭尽全力，继续做徐兰爸爸的工作。当然，如果最后真做不通，我也没有办法。我个人的看法，还是刚才说过的话，从传统习俗考虑，从赵家四代单传的特殊情况考虑，采用第二个方案，也是有一定道理的。"

韩法官说：

"原告方赵大可，你应该听听清楚，刚才被告方亲戚说的一段话里，所包含的意思。第二种方案，来之不易，而且还悬在半空中，可能行，也可能不行，需要继续做工作。你自己也要做好两种准备。好了，双方当事人或当事人的亲戚，都发表了看法。我们应该往好的方向努力。现在能不能把第二种方案，先定下来，有什么工作，再继续做，怎么样？"

见赵大可朝旁听席看了一看，收回了目光。

赵大可说：

"对第二个方案，我方有一点看法，就是每月支付的抚养费，太少了。起诉状上是每个月五千元。现在变成每个月三千元，这个数字，少得有点离奇了。我们认为，每个月的抚养费，应该定五千元。再提高一点，更好。我的工资不算太高，每个月拿五千元，也不算什么。徐兰的工资是我的一倍还多，拿这笔钱，更不算什么了。"

见坐在旁听席上的赵大可妈妈，把手举了一下。

赵大可妈妈说：

"请问法官，我可以说一句话吗？"

韩法官说：

"这是调解，不是开庭，你当然可以说话的。坐到下面来说，坐在旁听席上说，都是可以的。"

赵大可妈妈说：

"我就坐在旁听席上说吧。三千块钱，确实是少了一点。赵徐生虽然归我们赵家抚养，但是，徐兰仍然是当妈妈的。妈妈拿那么高的工资，给儿子那么一点儿钱，传了出去，人家也会议论的。我跟我儿子的看法是一样的，最少是起诉状上的五千元。如果再加一点，更好。"

说到这里，见余凤翔站起身，走到赵大可妈妈身边坐了下来，把头倾过去，先小声说了一句什么。赵大可妈妈小声回了一句什么。余凤翔又小声说了几句，往下，赵大可妈妈只是听着，不说话了。余凤翔又拿出一张纸，递给了赵大可妈妈。赵大可妈妈放在眼前，看了又看。余凤翔把这张纸要了回去，又拿出另一张纸，交给赵大可妈妈。赵大可妈妈看了一遍，装进了口袋里。法庭大厅里片刻安静，韩法官说话了。

韩法官说：

"现在的争议，在每月抚养费的数字上。原告当事人和当事人的母亲，都表示，每个月三千元太少了。根据徐兰的工资情况，最少应该增加到起诉状上的每月五千元。如果再提高一点，则更合理。我的看法，被告当事人家里经济条件挺不错，并不缺钱。更何况，这是妈妈给的钱，给得再多，也是给自己孩子的。双方能不能再拢一拢，靠一靠，往前走一步，把数字确定下来，今天的调解，就成功了。怎么样？"

何寿天听了，转头看了看余凤翔，回过头来，看了看右边的徐兰，看了看左边的姚律师，再侧过头去，看了看坐在正中的韩法官，做了一个手势。

何寿天说：

"如果第二个方案不能达成一致，那就采用第一个方案。对第一个方案，我们做了一些让步。具体为：赵徐生由母亲徐兰抚养，父亲赵大可每月支付的抚养费，不用三千元，只需三百元。请注意，采用第一个方案，赵大可每月只需支付三百元抚养费，就行了。"

韩法官说：

"原告当事人赵大可，现在被告当事人提出，采用第一个方案，孩子由徐兰抚养，原告方每月支付的抚养费，由三千元，下降到三百元。你同意吗？"

赵大可说：

"我不同意。我坚持第二个方案，而且，抚养费必须增加到五千元，或者五千元以上。如果不答应这个条件，我两个方案都不同意。"

韩法官说：

"赵大可，我提醒你一下，如果你两个方案都不同意，意味着这次法庭主持的最后一次调解，没有成功。那法庭就要下判决了。你们的案件，已经正式庭审过，双方历经举证、质证和法庭辩论，事实清楚，证据确凿，判决的结果，应该不是秘密了。我还要告诉你，判决书你也能猜得到，不能排除以下内容：一、判决双方解除婚姻关系；二、孩子归徐兰抚养；三、你每月支付抚养费人民币五千元；四、驳回你的赔偿金诉求；五、本案诉讼费由你承担。"

赵大可说：

"那我就上诉！"

韩法官说：

"赵大可，上诉是你的法定权利，谁也不能剥夺你上诉的权利。不过，看在你老父亲三番五次恳求的面子上，我有个建议，也是给你最后一个机会：你最好给你聘请的律师打个电话，请教一下，怎么样？"

赵大可很快打通了电话，把调解的情况，详细说了一遍。接下来像是在听律师说话，一会儿点头，一会儿摇头。听了好一会儿，正要回应什么，像是对方把电话挂了，只好挂了电话。接下来，把头直摇。

韩法官说：

"赵大可，现在你有什么话要说吗？"

赵大可说：

"律师竟然说，第二个抚养方案，是被告方对我们原告方，看在孩子的面子上，放了我们一马，对我们手下留情，格外开恩。还说，如果我不服一审判决，提起上诉，二审判决，还是刚才主审法官说的这个结果。到了那个时候，我不但鸡飞蛋打，而且还要多付一笔二审诉讼费。我花了那么多钱，怎么找了这样一个吃里爬外的律师？"

一二三

还要往下说，见赵大可的妈妈忽然从旁听席站起身，一步一晃，走到下面来。

赵大可妈妈说：

"大可，儿子，你不要再说了，一句话也不要说了。再说，孩子就没有了，我们赵家的孙子就没有啦！"

转过头来，正对着徐兰，看了一眼，把头低了一低。

赵大可妈妈说：

"徐兰，是我们赵家对不起你！是我们赵家对不起你们徐家啊！"

说着，转过身来，朝旁听席上的余凤翔看了一看，扑通跪在了地上，磕了三个头。又掉过身子，朝着徐兰这边，又磕了三个头。

赵大可妈妈说：

"是赵家对不起你们徐家！是赵家对不起徐兰！你们徐家大人大量，提出第二个方案，同意孩子归我们赵家抚养。我不能代表我儿子，我能代表我老头子，我们赵家欠你们徐家的债，这一辈子是无法还了。到了下一辈子，我和我老头子情愿当牛做马，报答你们！"

乱了一阵。韩法官让赵大可将他妈妈扶回到原来的位置，再回来坐好。大厅安静下来。韩法官清了一下喉咙，说话了。

韩法官说：

"今天法庭主持的调解，双方当事人基本达成了一致。之所以用了'基本'这个词，是被告方还需要继续做家人工作。法庭希望，也预祝，这个工作能顺利做好。现在，双方当事人对调解过程中的主要分歧事项，已经基本达成了一致。下面，法庭把本次调解的各项内容，重述一遍：一、双方同意解除婚姻关系。二、徐兰同意赵徐生由赵大可抚养，徐兰每月支付抚养费人民币三千元整，徐兰依法享有对赵徐生的探视权。三、关于双方婚姻存续期间的共同财产分割，鉴于徐兰工资收入高于赵大可，但赵徐生和赵大可跟徐兰共同生活期间，所有生活开销，均由徐兰一人承担，且目前双方名下银行存款数字接近，双方亦无其他应分割财产，故视为共同财产已经分割清楚。四、双方无其他任何争议。对以上调解达成一致的条款，双方当事人是否有异议？回答的顺序依旧，请原告方先表达意见。"

赵大可妈妈说：

"我们同意。只要孩子给我们赵家，没有不同意的。"

韩法官说：

"赵大可呢？"

赵大可说：

"我同意吧。"

韩法官说：

"下面请被告方表达意见。"

何寿天说：

"没有异议。"

韩法官说：

"徐兰呢？"

徐兰说：

"没有异议。"

韩法官打了个停顿，让书记员检查和补充记录。安静片刻，韩法官开口了。

韩法官说：

"今天法庭主持的调解，圆满成功。我另外说几句话，这次的双方婚姻纠纷，其实是不应该产生的，也是更不应该闹上法庭的。当然，由于被告方能够顾全大局，用被告方亲戚的话说，就是'不看现在，看将来。不看私怨，看公义。不看大人，看小孩'，才有现在的结果。作为主审法官，我要特别提醒原告赵大可一句话，经过调解，孩子是交给你们原告方赵家抚养了，但是，无论从法律规定，还是从司法实践上看，孩子的抚养权，并不是永远不变的。赵大可本人，包括赵大可全家，一定要找个时间，认真反思一下自己的所作所为。如果现在不及时反思，到了将来，产生了你们不希望出现的局面，承担了你们不想承担的后果，就会丧失大好良机，追悔莫及的。好了，我的话，就说到这里。下面请双方当事人分别在法庭调解记录上签字。原告方先签字。被告方后签字。调解书将在法律规定的时间内，交给双方当事人。"

说完，从刚才进来的门，走了出去。

不过片刻，书记员拿着法庭调解记录，走到赵大可面前，让赵大可签了字。书记员再拿着法庭调解记录，到这边来。徐兰先签了字。何寿天也在上面签了字。递给姚律师，姚律师也签了字。书记员把法庭调解记录拿了回去。何寿天、徐兰、姚律师走到旁听席上，跟余凤翔会合，赵大可和赵大可妈妈已经不见了。

姚律师说：

"不好意思，我前不久接了另一个案子，也是分在韩法官手里。今天正好是个空当，我要跟韩法官沟通一下。等一会儿，我自己回去，你们先走吧。"

何寿天、余凤翔、徐兰跟姚律师挥了挥手，出了法院。余凤翔让徐兰先走一步，告诉崇问泉把车子发动起来。徐兰快步走了。

余凤翔说：

"幸亏你提前做了提醒。我已经预想到赵家人素质差了，却没有想到，赵家人的素质，差到这种地步。他家果然不知感恩，还厚着脸皮，在抚养费上讨价还价。说出来的话，那样难听，说三千块钱少得离奇，还说最少是起诉状上的五千块钱，甚至还要提高。赵大可恬不知耻，倒也罢了，他妈妈竟然也大剌剌地坐在旁听席上多嘴插舌。我实在忍不住了，就走过去，坐在她旁边，告诉她，她儿子赵大可身体有严重缺陷，不能行男女之事，履夫妻之实。老太婆不服气，反驳我一句：'既然如此，那孩子是哪里来的？难道不是赵大可生的？'我就告诉她，赵大可和徐兰结婚当天晚上发生的事。后来徐兰发现身体异常，到医院检查，结果是怀孕了。但是，据医生诊断，徐兰怀孕以后，仍然是个处女。医生当时解释说，体外射精，精子是可以流进阴道，导致怀孕的。说完，我把当初的医院体检报告原件，给赵大可妈妈看了，另给了一份复印件。然后告诉她，她儿子不但不能行男女之事，而且，还承认自己的性取向出了问题。她如果不相信，回家问一问自己儿子，就明白了。最后，我又告诉赵大可妈妈，自从结婚以来，赵大可和徐兰，从来没有同过一次房，从来没有过一次夫妻之实。我的话说完，赵大可妈妈可能明白了真相，像被雷电打中了脑袋似的，完全变了一个样子。后来就自己跑下旁听席，冲着徐兰和我，不停说讨饶话，甚至磕头作揖了。"

一二四

听到这里，何寿天感觉随身带着的包里，似有嗡嗡嗡的声响，看了一看，果然是手机在振动。将手机拿了出来，拨到正常设定，铃声急促地响了起来，是弟弟何寿地的号码。正要揿下通话键，电话断了。拿眼再看，手机上一长串号码，估计有二十几个电话，都是何寿地拨过来的。

朝余凤翔做了个手势，转到一边，拨通了何寿地的电话。

何寿天说：

"寿地，是我。这边调解结束了。我才走出法院，刚把手机从包里拿出来，看到上面你拨的一长串号码。这么急，出了什么事情了？"

何寿地说：

"出事了！出大事了！寿人被带走了！今天早上家也被搜查了！这个电话不能多打，寿人跟我们的关系，外面还不知道。等知道了，我这个手机，包括你的手机，都可能会被监听的。"

何寿天说：

"你以最快速度，让魏兰娟马上找一个可靠的转弯子的亲戚，用身份证注册一个新手机卡。你和魏兰娟不要去营业厅，让亲戚去。拿到新手机以后，你往邵亚芳的手机打一下，听到线路接通了，不要说话，立即挂掉。一共打两次。我这就往回赶。到家以后，会用别的手机打你新手机的。你看到来电话，可以先听一下声音，是我，再说话。"

急步走到酒店，崇问泉车子已经发动起来，停在路边。上车直奔长途汽车站，走进大厅，举手朝余凤翔、徐兰挥了一挥，快步走过检票口，有一班往上海的车已经发动，把手招了一招，车门重新打开，跳了上去。车厢里坐满了人，走到尾部，还剩最后一个位置。坐好了，掏出手机，拨通了邵亚芳的电话。

何寿天说：

"有两件紧急事情。第一件事情，你马上赶到闻芳爸妈家里，让方慧群用自己身份证，注册一个新手机卡，另买一只手机，充足电。第二件事情，等半个小时或者一个小时，可能会有人往你手机打电话，连打两次，你不要接。我已经坐在回上海的车上了。"

何寿天下午一点四十分到家，邵亚芳说，新手机已经弄好，已经有同一号码打过她手机两次，没有接。

何寿天用新手机拨通了在邵亚芳手机上两次出现过的号码，那边传来了弟弟寿地的声音。

何寿天说：

"我已经回上海了。这个手机，是安全的。以后，就用这个号码专门联系。到底怎么回事，你说吧。"

何寿地说：

"寿人应该是前天出的事情。前天大早，寿人接到市粮食局的电话，通知他到局里开会。按照程序，寿人是三界粮站的站长，他上面还有镇乡两级粮站，不过，市粮食局直接通知基层粮站站长到局里开会，或者办其他事情，这种例子也是常有的。寿人并没有在意，临出门之前，还给贺淑贤留了一句话，说周五晚上还是按照老规矩，全家赶到青铜镇去住。可昨天到了傍晚，贺淑贤见寿人没有回来，便打了一个电话，想问一问。没有想到，手机打不通，关机了。最初以为手机没电了，过了一会儿，再打，仍然关机。接下来，打了好几次，还是关机。贺淑贤以为寿人的手机被偷了，或者丢掉了，便给青铜镇这边打了个电话。爸和杨阿姨都说，既然寿人在市里开会，偶尔一次不过来，也不要紧。贺淑贤当晚就带着无思留在了三界。没有想到，今天上午，来了两辆车，直接开进了三界粮站大院里。从车里跳下来七八个人，寿人是跟着下车的。据贺淑贤说，像是几天几夜没有睡觉了，眼皮耷拉着，走路摇摇晃晃，磕磕绊绊的，都站不稳了。寿人旁边，都有人站着。进了屋，寿人指了指五斗橱，又指了指最下面一个抽屉。来人就从里面翻出一个包，里面是准备在市里买房子用的三百二十万块现金,全部被来人拿走了。前几年买的一块金条,两块熊猫金币,另有一张十万元的五年定期银行存单,也被收走了。最后还列了一张清单,让贺淑贤在上面签了字。然后把寿人带上车,开走了。贺淑贤吓得瘫在了地上,过了好半天才爬起来。先给杨阿姨打了电话。杨阿姨吓哭了,把电话递给爸。爸倒是见过大场面的,没有惊慌,挂了贺淑贤的电话,马上用自己的手机打我电话,说了这件事情,并让我以最快速度告诉你。我接到爸的电话,就立即打你手机了。可你正在法庭里参加调解,怎么也联系不上。"

又说:

"这件事情,会不会又是成高杰?我从组织部调整到党校,虽然相比前任,安排得差了一些,毕竟是平挪到实际主持工作的岗位上,是能理解的。可是,在党校升格成功的时候,把我调整到人大内设的文史委员会,有点不能理解了。这一次,难道是知道了寿人跟我们的关系?那就更加不能理解了!"

停了半刻,说:

"我到党校之前,工作上跟成高杰并无交集。开大会的时候,他坐在台上,我坐在台下,离得远远的。你也知道,我从不会在背地里议论他人,更不用说领导层了。"

何寿天说:

"寿人这件事情,来得很突然,又非常凶险。无论如何,我们必须冷静应对。既不能慌,也不能急。首先是要把底摸到手,弄清出了什么事。与此同时,我们虽然是亲兄弟,也要画下一道底线:真有问题,不能枉法包庇;受了冤屈,必须还他清白。"

又说:

"不管与成高杰有没有关联,现在的情况,是绕不过他这一关了。这样吧,市委办不是通知你参加省委党校黄家海校长宴请吗?你马上给市委办刘应初回个电话,不要多说,就说准时参加。具体怎么做,我细想一下,再跟你通电话。你当务之急,做四件事情。第一件事情,给刘应初回电话，表示准时参加明天晚上的宴请。第二件事情，你可以通过一些可靠的朋友打听一下，寿人到底出了什么事情。你向别人了解情况的时候，千万不能透露我们跟寿人是什么关系。如果有人问，你也要打个马虎眼，把话题扯开，不要直接说是，也不要说不是。"

接着说：

"第三件事情，你回过刘应初的电话后，马上回青铜镇一趟，告诉爸和杨阿姨，说我已经知道了，并且已经从外地赶回上海。可能后天，就会赶回去。"

又说：

"第四件事情，贺淑贤和无思那边，要安排好。最好让她们请几天假。请好假以后，有两个办法：一是住到青铜镇爸和杨阿姨这边来；二是爸和杨阿姨住到三界那边去。无论哪个办法，都要注意一点，来和去，避一避，不要让别人看到。"

吃过晚饭，闻芳带疆安回房间去了。何寿天留在了客厅，把情况大致说了一遍。

何寿天说：

"无虑，你小叔叔到底犯了什么事情，现在还不清楚。不过，人被带走了，家也被搜查了，说明情况不是一般的严重。你大叔叔已经在悄悄摸底了。你小叔叔跟我们之间的关系，可能暂时还没有漏出去。这个秘密，不可能保留太久的。一旦公开了，我们作为家人，包括你爷爷，你大叔叔，也包括我，甚至包括你，手机都有可能被监听。从今天起，我们打电话时，一个字也不要提这件事情。有什么话，在家里当面说。切记。另外，我准备后天赶回去一趟。有必要的话，见一见那里的现任市委书记。我在外面可能要停留两到三天，家里的事情，必须提前安排好。"

又说：

"主要两个问题。第一个问题，我回去，是乘长途汽车，还是开家里的车。第二个问题，疆安每天上幼儿园，中午要接回家。我不在家的时候,你妈一个人,又要送孩子,又要接孩子,又要到菜场买菜,又要进厨房弄饭菜,可能转不过手来。"

无虑说:

"小叔叔这件事情,目前是我们家的第一件大事情。其他的事情,该让路的要让路。我想了一下,爸还是开家里的车为好。回到老家以后,想到什么地方,想找什么人,自己有车子,随时可动,非常方便。我还有个想法,已经很久了,一直没有机会跟爸妈商量。我想让闻芳把工作辞掉,在家专心带疆安,也给妈做家务搭一把手。这一次,不妨先请几天事假,静下心来,仔细做一个评估。方方面面都考虑好了,觉得可行,再向单位递交辞呈。"

商量已定,各回房间。何寿天刚到床上坐好,手机响了,是弟弟寿地打来的。

何寿地说:

"我在青铜镇家里呢。杨阿姨有点垮了。爸倒是还挺着。不过,也许是我好长时间没有回来了,我觉得爸稍稍瘦了一点,精神有点萎。我也拿不准,爸到底是本来身体不舒服,瘦下来了呢,还是受了这次寿人事情的打击,状态不太好。我刚才让爸先跟你说话,爸摇摇手,说你知道就行了,他就不跟你说话浪费时间了,让你该怎么做,就抓紧怎么做。杨阿姨还在哭,我一提到你的名字,她哭得更厉害了,一边哭一边说,认为给爸,也给你和我添麻烦了。我赶回青铜镇,一是告诉爸和杨阿姨,你已经知道了,后天会赶回来,让他们放心;二是按照你的交代,安排贺淑贤和无思到青铜镇这边来住,或者爸和杨阿姨到三界那边去住。不过,对于第二点,就是对贺淑贤和无思的安排,爸和杨阿姨都很担心,觉得在两难之间。第一个难:如果爸和杨阿姨回三界那边住,风声一时三刻就会传出去,寿人跟我们的关系就遮掩不住,说不定还会牵连到我们。第二个难:如果贺淑贤和无思到青铜镇这边住,杨阿姨认为,会不会有人一路追过来,把爸这边的家也一起查了,那岂不是惹祸上身吗?可是,让贺淑贤娘儿两个单独住在三界,肯定更不行。想来想去，都是一个难字。我听了他们的担心，也有点拿不定，就给你打了这个电话。"

何寿天说：

"你转告一下爸和杨阿姨，让他们不用担心。爸和杨阿姨住到三界那边，或者接贺淑贤和无思到青铜镇这边来住，都没有问题。仔细想一想就行了。如果爸和杨阿姨住到三界那边，等消息泄露出去，外面知道寿人跟我们的关系，至少需要一天。这已经足够了。过了这个时间段，再怎么遮掩，这种关系也会众所周知的。其实等我回去，这种关系就不用遮掩了。还有，贺淑贤的电话，不排除已经被监听。寿人被带走以后，贺淑贤第一个电话打给杨阿姨，肯定会调查杨阿姨是什么人。当然，这个并不用过分担心，爸当年跟杨阿姨复合，并没有办理过正式登记手续。办案方只会发现，杨阿姨是寿人的妈。这根线一时半会儿，还捋不到爸身上来。当然，过一段时间，也不用多久，杨阿姨跟爸的关系，还是会被查清楚的。如果贺淑贤和无思住到青铜镇这边来，爸这边被牵连的可能性应该说微乎其微。不要说动这边爸的家于法无据，就是有人想违规行事，爸曾经长期担任基层领导，虽然退休多年了，但如果动他也必须履行一个程序，报到市委那里。成高杰当然知道爸是谁，相信不会莽撞行事的。你跟爸和杨阿姨商量一下，商量好了，估计天也完全黑下来了，你亲自开车送一趟。如果爸和杨阿姨到三界，直接把车开到粮站院子里，人下了车，快点进屋，车子马上离开，不要多耽搁，就行了。如果贺淑贤和无思过青铜镇这边来，让杨阿姨先打个电话，让贺淑贤她们娘儿俩走出粮站大院，往前走几步路，在外面马路上找一个僻静的地方，跟你会合，也行。"

挂了电话，看了一会儿电视，正要睡觉，手机响了，是寿地打过来的。

何寿地说：

"我和爸，还有杨阿姨，商量到最后，觉得还是爸和杨阿姨住到三界好一点。他们住到那边，最坏的结果，就是暴露了寿人和我们的关系。

这种关系，反正过几天也遮掩不住了。如果让贺淑贤和无思住到青铜镇这边来，万一被人尾追过来，那就麻烦了，宁可不冒这种风险。我就趁着夜色，开车送爸和杨阿姨去了三界。到了小镇路口，爸和杨阿姨坚持下车自己走回去。我拦了一下，爸有点火了，说：'我年纪虽然大了一点，可腿脚硬朗得很呢。我们又是两个人结伴走，镇上的路很平整，两边都有路灯，一路过去到粮站，没有几步远。我们走过去，人不知，鬼不觉。你赶紧回去吧。'我劝不住他们，又不放心，把车子调了个头，往回开了一段，停在路边一个没有光线的地方，等了一会儿。爸用自己的手机，给我打了个电话，说已经到屋里了。我这才开车往回赶。现在已经到家了。"

又说：

"爸和杨阿姨在三界那边有个专门房间，以前也会偶尔过那边住一住。床上的被褥，贺淑贤三天两头都会拿到太阳底下晾晒。这一次，爸和杨阿姨虽然是临时动议回去，住在那边也是很方便的，不用担心。"

又说：

"我已经给刘应初回过电话了。另外，还托了几个可靠的朋友，问了问。我没有提到寿人，明天我再继续打探一下，有什么信息，会及时打电话给你的。"

一二五

第二天原计划是全家到郊区大棚摘草莓，因为担心寿人的事情，何寿天和邵亚芳留在了家里，让无虑和闻芳带疆安去了。

不一会儿，专门跟弟弟寿地联系的手机响了，马上揿下通话键。

何寿地说：

"今天上午，我找熟人打探的信息，都与寿人沾不上边。也许他是个基层的粮站站长，角色太小了。三界又很偏僻，若干年前，还算是一个比较有名的古镇，后来撤区并乡，变成小乡了。再后来，撤小乡并大乡，又压缩成大乡下面的办事处。到了前两年，撤乡并镇，三界成了镇下面的一个社区，连小乡和办事处都不算了。再加上陆路交通越来越发达，水路交通越来越萎缩，三界成了全市的一个边角旮旯。我花一天半将近两天时间，跟那么多人联系交谈，表面上是说闲话聊天，实际上把话题夹藏在当中。在跟这么多人说话过程中，不要说寿人的名字，连三界两个字，也没有任何人提到过。我怕你担心，就打了这个电话。"

说了一会儿，话题转到晚宴上。

何寿天说：

"今天晚上的宴请，你最好以不变应万变，尽量保持沉默。能不说的话，就不说；能简单回答的问题，就简单回答。"

何寿地说：

"好的。我自己也想过了，整个宴请过程中，我一言不发，以吃为主，以笑为辅。如果黄家海什么也不问，我就只管吃我的饭。如果黄家海问我为什么离开党校，我就笑一笑，什么话也不回答。"

何寿天中午吃了快餐面，午睡起床，洗漱好，坐在客厅里，把明天回老家以后，需要做的事情，需要找的人，静静地梳理了一遍。不一会儿，跟寿地联系的专用手机响了。

何寿地说：

"我得到了两个消息。第一个消息，略有意外，还算正常；第二个消息，不但意外，而且是爆炸性的。"

先说第一个消息：

"这是刘应初说的。黄家海下午刚刚到达，成高杰带着市委办的人迎过去，话题照例是党校升格。成高杰坦承，相比第一批试点里的兄弟市，我们市差距很大。这次顺利通过，连他自己都很意外。黄家海指出：我们市虽然在人口、面积、经济总量等方面弱一些，但是，党校升格规定的硬件和软件配备，非常到位，是别的市无法可比的。黄家海说：'原来主持工作的常务副校长何寿地，功不可没。在我的印象中，这个人思路开阔，工作扎实，很有他哥哥何寿天的风范.'听了这句话，成高杰打了一个愣，问：'黄校长认识何寿地哥哥何寿天？'黄家海摇头说：'我并不认识何寿天。不过，有一位我内心很敬重的领导老侯在两次会议上提过他.'黄家海说，第一次，是华东片党校工作会议，老侯刚调到承办会议的省担任省委书记，到会讲话时，提到了何寿天。说曾经一起下乡蹲点半年，发现这是一位非常难得的优秀干部，正准备将他提任到重要岗位时，自己突然接到了调令。老侯有意带何寿天一起走，对方婉言谢绝，说作为下属厅局班子成员，跟着过去，难免遭人所诟，给领导添本来不该有的麻烦。第二次，是全国党校工作会议，老侯已经去了北京，作为分管领导莅会作指示，又提到了何寿天。老侯说，身居高层，最担心的是跟基层脱节。自己每到岁尾年初，都会用毛笔正楷，屏神静气，给何寿天写一封贺年卡。而每次收到何寿天贺年卡的时候，心里会有一种双脚踩在坚实大地上的感觉。"

　　再说第二个消息：

　　"吉尔楼儿子吉布成，被市纪委监委正式留置了。涉嫌的案情，是向三个下属索贿，一人十万，总共三十万元。消息一出，议论纷纷，认为这是不可能的事情。依据是，吉家作为本市首富，最不缺的，就是钱。以前流行过一句话，'吉尔楼，吉尔楼，一百块钱掉地上，不回头'。吉家又只有一个独生儿子，亿万元的财产，既是老子吉尔楼的，也是儿子吉布成的。吉布成会为了区区三十万块，冒天大的风险？这件事，不要说普通老百姓，据说连市委书记成高杰，也认为其中可能出了差错。市纪委的头儿是从省里下派的，素来公事公办，铁面无私。甚至有传言，说市纪委的头儿，跟市委书记成高杰，为了这个案件，明和暗不和，私下里较着劲呢。"

　　正说着，无虑和闻芳带疆安回来了。何寿天挂了电话，接过疆安，和邵亚芳一道，帮忙给疆安换衣服，洗手。无虑和闻芳回房间换衣服出来，洗了手，全家坐下来吃晚饭。

　　刚动了两筷子，听见房间里手机的声音。何寿天放下碗筷，过去看了一看，响的是那只跟弟弟寿地联系的专用手机。

何寿地说：

"我正朝市接待宾馆那边去，还有几步路就到了。刚才在路上碰到一个熟人，说了一件不可思议的事情。据这个熟人的说法，寿人竟然是被吉布成牵连到案子里的。我遇到的这个熟人，名字叫黄兆成，市纪委的一个主任科员。黄兆成告诉我，吉尔楼儿子吉布成向下属索贿，是真的。黄兆成还特别强调说，这个案件是有人实名举报，而且，举报人还把所提供的视频证据发到了网络上，几乎众所周知。因此，他告诉我这些情节，并不是泄密，也不算违反纪律。据黄兆成说，吉布成向基层三个下属索贿三十万，一人十万，因为证据确凿，其中有两个人，已经敲实了。还有一个人，死活不承认。一个是东集镇米厂的厂长，一个是南桥乡粮站的站长，一个是三界粮站的站长。我听了他的话，吓了一跳，根本不相信自己的耳朵，就装作没有听清楚，让他又说了一遍。这一下，听得清清楚楚，黄兆成说的最后一句，正是三界粮站的站长。除了寿人，还会是谁呢？"

何寿天听到这里，不免疑惑，说：

"吉布成是市委党校副校长，寿人是三界粮站站长，两个人在不同的系统，怎么牵连在了一起？还有，另两个涉案人，一个是东集镇米厂的厂长，一个是南桥乡粮站的站长，难道吉布成调整了岗位，去市粮食局担任一把手了？"

何寿地说：

"吉布成是我离开不久，调整到市粮食局的。粮食局曾经是市里的第一实权大局，放开粮油市场后，地位一落千丈。吉布成这么调整，不排除是吉尔楼担心儿子吉布成惹出事来，从中插了一手。也可谓人算不如天算，担心有事，还真弄出天大的事来了。"

接着说：

"黄兆成只提到三界粮站，却没有说出寿人的名字，可见，他并不清楚三界粮站是谁在当站长，当然也不可能知道，寿人跟我们之间的关系。"

又说：

"送吉布成十万块钱，从吉尔楼的角度看，这十万块钱，连九牛一毛都不如。不过，放在普通老百姓身上，包括像寿人这样的基层粮站站长，十万块钱，并不是个小数。如果寿人想办什么事情，应该找我们商量。即使你离得远，他也应该找我。或者先找老爷子，再让老爷子找我，或者找你。怎么可能直接找吉布成呢？还有，他一直待在那么偏僻的地方，市直机关几乎没有熟人，吉布成到粮食局也没有几天，两个人之间，怎么挂上号的呢？"

说到这里，听到电话那头，传来了手机响声。

何寿天说：

"你先接吧，等一会儿再说。"

挂了手机，回到餐桌前，刚吃了两口，听到房间里又有电话响，还是寿地。

何寿地说：

"刚才是市委办刘应初打来的电话，说成高杰和黄家海已经到餐厅了，成高杰让刘应初打电话催一下，问我到没到，在哪里，等一会儿万一黄家海校长问起来，他心里有个数。我告诉刘应初，已经走到接待宾馆门口了，这就过去。好了，我过去了，有什么事情，晚上再联系吧。"

一二六

吃过晚饭，邵亚芳收拾好碗筷，进房间帮何寿天准备明天回老家要带的随身衣物，放在包里。何寿天自己又检查了一遍，拎到楼下，放在汽车后备厢里。上楼回到房间，打开电视，看了一会儿，跟弟弟寿地联系的专用手机响了。

何寿地说：

"宴请已经结束，我回到家里了。今天晚上的总体效果，在预想之中，应该是非常好的。"

接着说：

"晚上我跟你通过电话，刚走进接待宾馆大院，市委办刘应初就找过来了，说成高杰让他过来迎我的。进了餐厅，黄家海跟我握手招呼，然后各自坐下吃饭。黄家海一个字也没有提到我工作调整的事，成高杰当然更不会提了。自始至终，我坐在原位，一言不发。中途成高杰过来两次，主动向我敬了两杯纯净水。第一次过来的时候，说：'寿地，你帮我一个忙，请你哥哥回老家来走走，指导我们市委的工作。'说完，仰脸把水干了。又说：'按照礼节，应该是我亲自打这个邀请电话的。可是，我跟你哥哥不熟悉，直接打电话过去，难免冒昧。这个邀请电话，请你代我打吧。现在时间还不晚，现在能不能帮我打一下？'我借着成高杰的话，说：'好的，我试一试吧。'我就走到外面，转了一圈，假装去给你打电话了。过了一会儿，成高杰又端着纯净水杯子走过来，同样是仰脸干了一杯，接着问我电话打没打。我说：'打过了。说来也真是碰巧，我哥前一段时间，准备回老家看老爷子的，后来有事情，耽搁了下来。他准备明天赶回来看老爷子，估计下午到。刚才接到我的电话，就打算把计划稍作调整，明天下午到了以后，先去拜望你，再回去看老爷子。'成高杰说：'太好了！这样吧，你再打个电话，说原计划不用调整，明天下午到了以后，先回去看老爷子，晚上我请一顿便饭，说说话，请他指导工作。'"

打个停顿，又说：

"我刚才到家，正准备给你打电话，另一只手机响了，是市委办刘应初打来的。刘应初说，宴请结束后，成高杰召集市委办的人员，把明天上午党校升格仪式的程序重新理了一遍。最后，成高杰要过座席位置安排名单，拿笔做了修改，增加了一个名字，就是我。刘应初说，根据安排，成高杰和省委党校的黄家海校长坐在主席台第一排中间位置。靠黄家海一边的，是省委党校的教务长和几位中层领导。靠成高杰一边的，是市长、市人大主任、市政协主席，旁边是兼任党校校长的市委副书记，最边上是接替我担任党校常务副校长的韩其俊，也是会议主持人。第二排以中间为界，右边是省委党校验收核查组全体成员，左边是市委常务副书记、市纪委书记、组织部部长、政法委书记、宣传部部长、市委秘书长、市人大党组副书记、市政协党组副书记。第三排是市直各部委办局一把手。据刘应初说，成高杰说得很清楚，而且说了一遍，还重复了一遍，把我的位置安排在第二排最左边，紧靠着市政协党组副书记。坐在主席台前两排的每个领导，面前都放有写着姓名的席位牌。坐在第三排的人员，就不摆席位牌了。成高杰在主席台第二排就座人员添加了我的名字以后，市委办赶紧指派专人，负责补做我的姓名席位牌。我听了刘应初的话，说：'主席台第二排都是市一级的领导，我坐在那里，不但别人看了觉得不妥，连我自己，都觉得有点不伦不类的。我应该坐在第三排，这个席位牌，就不用做了吧。'刘应初说：'补做你的席位牌，市委办指派的是另一个人负责，并没有交给我。这个电话，也是我私人打给你的，主要是让你心里提前有个数。否则，明天到了会场，你没有思想准备，说不定会大吃一惊的。'"

何寿天说：

"无虑下午把车子送到4S店保养去了，明天上午九点半左右才能取回来。我明天吃个早中饭，提前午睡一下，十一点整准时出发。在十一点之前，有什么事情，可以随时打电话。过了十一点，我在开车，如果有非常紧急的事情，也可以打电话，我找最近的高速休息站停一下，跟你联系。如果是一般的事情，就不用打了，回去见面时再说吧。"

又说了几句，挂了电话，关灯休息。

何寿天第二天早起，吃过饭，去4S店取回车子，上楼到家，把回老家要带的随身物品又检查了一遍。等十点二十分，便让邵亚芳泡一碗快餐面，垫垫肚子，当作早中饭。吃好饭，照例睡了一觉。醒来，洗漱好，看看时间，正好十点四十分。这个时候，听到跟弟弟寿地联系的专用手机响了，随即揿下了通话键。

何寿地说：

"市委党校升格仪式上午八点开始，进行了一个小时，九点整结束。仪式一结束，黄家海没有留下吃中饭，带着省委党校的一帮人，赶往下一个地点去了。举行仪式前后，发生了两件事情。第一件事情，仪式开始之前，市委办有一个人，找到我，说成高杰书记安排，我坐在主席台第二排，还把放在桌上的我的席位牌，指给我看。我说：'第二排是市委领导坐的，我坐在这儿，不但别人要笑话，连我自己也会笑话我的。'我就把那个牌子悄悄拿掉，放到主席台下面的旮旯里去，然后在第三排找了一个空位置，挤了一挤。不一会儿，那个市委办的人哭丧着脸，找到我，把我拉到旁边，叫了一通苦，说成高杰刚才亲自查看席位，没有看到我的姓名牌，先问了市委秘书长，后来又把市委办这个人训斥了一顿，让他赶紧采取补救措施。我不能让市委办的这个人为难，只好把我的席位牌找给他，硬着头皮，坐在了第二排位置上。弄得前前后后的人，都拿眼睛朝我看。"

接着说：

"第二件事情，跟寿人的案子有关系。党校升格仪式即将开始时，市纪委来了一个工作人员，先找坐在台上的市纪委书记，纪委书记便起身找成高杰，到主席台边上说了几句话。成高杰听了，回头朝我望了一望，对纪委书记说了几句话。两个人的样子，都不太开心。成高杰把市委分管副书记和市委秘书长叫了过去，说了几句话。上面这些动作，最初我也没有在意。党校升格仪式结束后，我就直接回了办公室。刚刚市委办刘应初打电话来，说要到办公室来找我，跟我说是成高杰书记派他来找我，要当面核实一下，三界粮站站长何寿人是不是我的亲弟弟。据刘应初说，今天上午市委党校升格仪式即将开始时，市纪委书记要求市委同意对我的手机进行监听。成高杰吓了一跳，问为什么。纪委书记说，三界粮站站长何寿人涉嫌吉布成索贿受贿案，经过调查，何寿地和何寿人是亲兄弟，为了防止涉案人亲属之间串供，必须对相关人员的电话进行监听。成高杰让纪委书记等一等，党校升格仪式结束以后再说。接着把常务副书记和市委秘书长叫过来,让党校升格仪式结束后,立即安排纪委作一个专题案件汇报会。"

缓了一口气,继续说:

"案件汇报会总共七人,市委三人:成高杰、常务副书记和秘书长;市纪委三人:纪委书记、纪委副书记和专案组组长;市委办刘应初,做记录。原来,吉布成到任后第二天下基层视察,共去了三个地方。第一个是东集镇米厂,吉布成让米厂厂长陪他一道去附近的甲鱼养殖场。米厂厂长途中提出,妻子在城里上班,想调到城郊粮站当站长。吉布成笑着说:'找我办事,是要讲价钱的。你是我的同学,打个折,给十万元,我帮你办。'东集镇米厂厂长也笑着说:'一言为定,我明天就送到你家里去。'吉布成随后去了南桥乡粮站,那里的站长好像也是他同学,同样陪着去附近的甲鱼养殖场。途中同学提出,想调整到自己老家的乡镇粮站工作。吉布成如法炮制,笑着说:'找我办事,是要讲价钱的。你是我的同学,打个折,给十万元,我帮你办。'南桥乡粮站站长也笑着回答,说明天就送到吉布成家。吉布成当天去的第三个地方,是三界粮站。站长看样子不是吉布成的同学。这一次,吉布成让站长单独陪着他,上了高邮湖边的渔船,回来时,手里拎了一只鱼篓,里面有三只甲鱼。吉布成索贿受贿案,是有人实名举报,并提供了视频证据。经初步讯问,东集镇米厂厂长和南桥乡粮站站长,在视频证据面前,承认视频里的人是自己,对话属实。吉布成一开始态度蛮横跋扈,矢口否认。对其出示证据后,又百般狡辩,声称视频里的人确实是他,话也是他说的,但是,是同学之间开玩笑,不算数的。直到第三次提审,才改口承认,原话是,那天他去了东集镇米厂、南桥乡粮站和三界粮站三个地方,确实说了那些话。经调看吉布成住宅小区摄像头,东集镇米厂厂长和南桥乡粮站站长第二天去了吉布成家,手里拎着包。搜查吉布成家时,发现了数额巨大的现钞,且吉布成夫妻均说不清来源。汇报会结束时,成高杰提了两个疑点,第一个疑点,是吉布成的父亲吉尔楼是全市亿万首富,吉布成又是独生子,为了这点钱而公然索贿受贿触犯法律,听起来不合常理,让人难以置信。第二个疑点，是对三界粮站站长的留置，仅凭推理，没有证据支撑，失之轻率。纪委书记做了解释，说吉布成是不是亿万首富的儿子，不重要。重要的是，作为一名领导干部，公然向下属索贿受贿，就是涉嫌犯罪，必须严惩不贷。纪委书记对成高杰提的第二个疑点，没有解释。"

何寿地说到这里，停顿一下，又说：

"我听了刘应初的话，觉得我们和寿人的关系，应该公开了。我就告诉刘应初，我和何寿人确实是亲兄弟。更准确地说，是同父异母兄弟。"

一二七

何寿天挂了电话，下楼发动车子，穿过大半个城区，进入高速。却见中午车流稀疏，一路畅行了两个半小时，已经走了一大半路程，便在前方的霍岗服务区停下来，先去厕所小便，洗了手，又洗了一把脸，用随身带去的毛巾，把手、脸擦干。放松躯体，做了几个伸展动作，回到车上，看了一看手机。专用联系手机上，弟弟寿地来了一条微信，点开，上面是一行字："有新消息。如果中途在高速服务区暂停，可以通一个电话。如果不停，回家见面再说。"随即拨通了寿地的专用手机。

何寿天说：

"我已经走了一大半路程，到霍岗服务区了。我正好要休整一下，有什么新情况，说吧。"

何寿地说：

"我刚才接到纪委黄兆成的电话，说寿人涉案没有证据，已经决定放人。我随即拨打了寿人的电话号码，他立即接通了。寿人已经出来了，不过，被搜查走的钱款和贵重物品，还没有归还。我告诉寿人，马上开车过去接他。寿人坚决不同意，说已经叫了一辆出租，正在往青铜镇赶。让我直接开车先去一趟三界,接爸、杨阿姨、贺淑贤和无思回青铜镇,见面再详细说。"

何寿天下午三点过十分到达青铜镇,将车子停在通济古石桥靠旧街这一头旁边的空地上,下车转到古石桥上。却见桥上石板水色未干,想必夜里刚下过一场透雨。走到古石桥正中,停步看了一看嵌在桥栏中间位置上的那块土地庙石雕。因为雨水的冲刷,上面的刻凿勾画,格外分明。石栏中间的两行大字,尤为清晰,不免注目看了一看:

　　非赤子不闻世事
　　是真佛只说家常

略站一站,又看了一看,转身回家。

进了院门,看见父亲、杨阿姨并弟弟寿地,正把头探出来看着。上前招呼,进了屋,父亲指了指旁边的一张椅子,自己先坐了下来。何寿天请杨阿姨坐了,这才坐下。那边弟弟寿地也在身边的椅子上坐了下来。却见杨阿姨眼圈红了,举起双手,不停地揩擦着泪水。

杨阿姨说:

"寿天,害得你百里千里往回赶。寿人给你,给寿地,给你们兄弟两个,也给你们爸,添麻烦了!"

父亲说:

"寿人是他们的亲弟弟,他们是寿人的亲哥哥。他们为寿人做任何事情,都是应该的。"

又说:

"我是他爸,什么叫添麻烦?什么叫不添麻烦?"

接着说:

"都是自家人,这些客套话,以后就不要再说了。"

跟着父亲的话茬,劝了杨阿姨几句,杨阿姨情绪平复下来。何寿天这才去洗了手,从随身包里取出一套便衣,换穿在身上。又重新回到大门口的廊屋,坐下来说话。

何寿地说：

"我开车从市里赶到三界，接爸、杨阿姨、贺淑贤和无思回青铜镇，跟你也是前脚后脚，我们刚进门不到几分钟，你就到了。寿人没有回家，乘出租直接到镇上去了，说先要找一家理发店，把头顶的晦气剃剃干净。再到浴室里，把全身的晦气，也洗洗干净。贺淑贤带着无思，拿了一包换洗衣服，到浴室跟寿人会合去了。"

约略四十分钟，何寿人、贺淑贤、无思回来了。走到院门口，何寿人停住脚，身子留在外面，把头转过去，朝着外面，往地上狠啐了三口。这才转身进屋。各自打了招呼，贺淑贤带着无思，进里屋换衣服去了。寿人去厨房水龙头下，把手洗了一洗，回到大门处廊屋坐了下来。见他头发全剃光了，露出黝青的头皮。

何寿人说：

"我最初只想把头发剃短，胡子刮掉，就行了。理发师帮我理好了，让我照镜子看效果。我看见镜子里的人，头发有点长，担心里面藏着晦气，就改变主意，让理发师再拦腰一刀，剃成板寸。板寸剃好了，我一照镜子，心里还是有点不踏实，又改变主意，让理发师索性把头发剃光。再照镜子，心里舒服多了。后来进了浴室，我打了两遍沐浴露，又打了一遍肥皂，再叫一个搓背的，把全身上上下下都搓了一遍。这个时候，我心里又想，外面是弄清爽了，肚子里面还有脏东西呢。想到这里，肚子突然急胀起来，就走进浴室里的卫生间，蹲在马桶上，呼呼啦啦一阵响，把肚子里的浊物，清了一个空。又站在淋浴头下面，冲洗了好一会儿。这才觉得身上干净，心里也干净。"

接着说：

"脏衣服也全扔掉了。内衣倒无所谓，一套外衣，有点可惜了。买来以后，只穿过两次。过生日刚买到手的时候，穿过一次。皮鞋也是过生日时跟新衣服一起买的，过生日当天穿过一次，后来舍不得穿，我让贺淑贤擦了鞋油，收起来了。这一次，因为接到局里的电话，到市里开会，心里的想法，我们三界是小地方，不能穿得太寒碜，让别人看不起，就把从头到脚的这一套正规行头,都穿上了。没有想到,结果是演了这么一出戏。"

转入正题说:

"真正是'人在家中坐,祸从天上来'。那一天,我早晨起来,送无思到学校。无思就读的中学,离我们三界,有足足二十多公里。我本来打算到学校所在的镇上转一圈,看看有什么时鲜蔬菜,买一点回家。人已经走到菜场了,不知道为什么,突然改变主意,不去买菜,直接回家了。车子刚进粮站院子,手机响了,对方自称是市局刚调来的局长,名叫吉布成。我就叫了一声'吉局长好',吉布成说,他今天下基层考察,这次安排的是东集镇米厂和南桥乡粮站,没有安排三界。现在考察结束,要往市里赶了。走到岔路口的时候,突然想起来,三界濒临湖边,应该有从高邮湖现捕上来的野生甲鱼。说到这里,吉布成让我到湖边看一看,说有渔船,他就拐弯过来;没有渔船,他就回市里去了。我抬眼看到一长溜渔船,就说有。等了不到二十分钟,一辆黑色别克开进大院,下来两个人,其中一个,自称吉布成;另一个,想必是司机了。吉布成让司机守着车,跟我一道去了湖边渔船上。搜寻了一遍,总共三只甲鱼。我正想砍价,被他拦住了,原价付了款,便拎着鱼篓回到粮站,上车走了。谁又能想到,由此种下了那样大的祸根。大大前天,早上起来,我刚吃过早饭,来了一个电话,说是通知我立即到市里开会。还说,会议不在局里开,是在市接待宾馆开。让我直接赶过去,一楼大厅有人等候,还催促我快一点。我跟贺淑贤打了一个招呼,紧赶慢赶,到了市接待宾馆,一楼大厅空空荡荡的,不像是开会的样子。我正在东张西望,走过来两个人,问我是不是三界粮站的,我说是。又问我是不是叫何寿人,我说是。这两个人便说,会议不在接待宾馆开,改地点了。说着,两个人上了我的车,指着路线让我走。先是大路,后是小路,后来进了一个小巷子,拐弯抹角,到了一个院子里。我停好车,跟着两个人上了顶楼。我一边往楼上爬,一边想,这里并不像开会的样子。还没有想出个结果来,已经上到顶楼了。两个人中的一个人,敲了敲东边的一个门,里面有个跟这两个年纪差不多的人,把门打开,让我们进屋。这个时候,刚才的两个人,先拿出证件,让我看了一看。我看得清清楚楚,是市纪委的人。"

贺淑贤递一杯茶过来,何寿人抿了一口,继续说:

"接下来的这几天,问的都是吉布成来三界的情况。我说了一遍又一遍,他们不相信,说是吉布成自己招供,主动把我交代出来的。今天中午,办案人员态度变了,让我在一张纸上签了字,让我回家。临离开时,又留了个尾巴,说,目前还不能说我是清白的,一旦有新证据,还会再找我。"

父亲说:

"我的想法是,反正人已经回来了,不妨先沉住气,静观其变。包括最后留的那个尾巴,也许是办案人员顺嘴一说。寿天寿地你们兄弟俩晚上跟市委书记一起吃饭的时候,如果方便,寿天不妨做个提醒。如果不方便,不做提醒也行。另外,市里安排了宾馆房间,寿天晚上应该住在那边,不用在家里住了。上海那边家里不能脱人手。寿天明天起个大早,不用跟我们打招呼,直接赶回上海去吧。"

又说:

"你们兄弟两个,还是早一点赶到市里去吧,不要让人家久等,失了礼节。家里的一切都很好,有你们杨阿姨在,寿人全家每个周末都回来住,寿地现在不比过去,很清闲了,也有空当经常回来走走了。总之,我活得很开心。有什么事情,会随时打电话说的。"

一二八

看看时间不早,何寿天叮嘱几句,和弟弟寿地一道,开车直奔市接待宾馆。停了车,有人迎了过来。何寿地介绍说,来人就是市委办的刘应初。何寿天上前把手紧紧一握,说了几句感谢的话。刘应初回应了几句感谢的话。随后由刘应初领着，看了订好的房间，将随身的东西，放在房间里。刘应初留下房卡，退了出去。何寿天洗了手，刷了牙，洗了脸，换了衣服。何寿地也用宾馆里的牙刷毛巾，洗漱一遍。出了房间，见刘应初已经等在走廊里了。

刘应初说：

"宴请六点半开始，现在是五点三刻过一点，成高杰书记刚进那边的小会客厅，说如果这会儿有空，就请何书记过去，一起说说话，指导工作。如果现在没有空，他不着急，可以等一会儿。"

何寿天跟着刘应初，穿过院子，进了宾馆主楼旁边的一幢三层小楼。登上二层，透过走廊，看到正中是一个大厅，里面四张大桌子上，一应餐具已经放好。拐过弯去，到一个小门跟前，刘应初上前敲了一敲，里面应了一声。刘应初正要拉门，门从里面开了，一个人迎了出来，想必就是市委书记成高杰了。何寿天急步过去，双方把手紧紧一握，并不松开，手与手携着，一起到靠墙沙发那边，这才各自抽回手，并肩坐了下来。

成高杰说：

"何书记，你当年在我们市里担任过主要领导，离开以后，又在各种岗位上担任过多个不同的领导职务，我是个念旧的人，就删繁就简，只称呼你当年在我们市的老职务，喊你'何书记'吧。"

接着说：

"这一次，本来是请何书记回老家指导市委工作的，没有想到，中途出了一些意想不到的岔子。我首先要向何书记道两个歉。第一个歉，是你大弟弟寿地的岗位变动。我也实话实说，一是当时正在倡导'能上能下'，组织部门筛选到了寿地。二是出现误判，认为第一批党校升格试点，我们市差距较大，不可能过关。做出任免决定以后，党校升格意外成功。我听到议论说，何寿地立了大功。在党校升格搞定之际，突然动了他的位置，有点儿像过河拆桥，于情于理，说不过去。不过，市委常委已经开过会，做出正式决定，无法挽回了。为了安抚寿地，同时也是近距离了解他，宣布常委决定的时候，我亲自找他谈的话。没有想到，这个何寿地，跟我预想中的何寿地，截然相反。他不但没有任何怨言，反而真心诚意地接受组织安排，最后，还跟我紧紧地握了一下手，说了一声'谢谢'。在一刹那间，我突然明白了，市委变动党校主持工作的一把手，是不妥当的。前两天，我参加全省'干部能上能下'交流会议，发言时，我特地举了寿地的例子。省委分管副书记听了，印象很深刻，还特别说了一句：既要有'能上能下'，也要有'能下能上'。"

稍作停顿，继续说：

"我要道的第二个歉，是你小弟弟何寿人这件事情，完全是一场误会。吉布成索贿受贿案，是收到实名举报，举报人还把相关视频证据，发到了网络上。可是，上述证据，与你小弟弟何寿人无关。单凭吉布成当天去过三界，加上一句可以做不同解读的片面之词，就被作为疑点采取留置措施，根本经不起推敲。好在已经纠错放人了。"

说到这里，门上有人敲了两下。接着，见市委办的刘应初推门进来，说时间到了，所有参加宴请的人，都到齐了，并且已经就座了。何寿天跟成高杰起身。通往宴会厅，还有一扇大门，刘应初上前一步，把大门打开。成高杰和何寿天互相让了一让，成高杰略略往前，何寿天稍稍在后，侧并着肩，走进了大厅。见四张大桌子，差不多已经坐满了人。坐着的人，见成高杰和何寿天走过来，都站了起来。成高杰走到中间那张大桌子的中间左侧位置上，举起双手，往下按了一按，示意众人坐下。成高杰让一让，请何寿天在右侧位置先坐。何寿天也让了一让，请成高杰先坐。都让过了，成高杰稍早一点坐下，却把屁股虚搭着椅子，等何寿天也坐下来，这才在椅子上坐实。随后，咳了一声。大厅静了下来，另两张大桌上的人，都把头转过来，听他说话。

成高杰说：

"何书记在多年以前，曾经担任过我们市的主要领导。在座的各位也许知道，也许不知道，何书记对人对己，要求特别严格，无论是在任，还是退下来，一般总是谢绝宴请。因此，今天晚上这顿饭，有公有私。

公的方面，宴请何书记，是以市里的名义。私的方面，这顿饭是我个人付账，属于私人宴请。放在桌上的酒，也是我从家里拿来的。我刚才说过了，何书记对人对己，要求都很严。如果有人要敬酒，不能勉强，何书记喝，就喝，不喝，也在情理当中。不过，我也定一条规矩：谁主动敬酒，不管何书记喝不喝，喝多少，自己必须干掉。"

说到这里，改为介绍参加宴请的人员。成高杰每介绍到一个人，这个人便从座位上站起来。一圈下来，都介绍过了。

成高杰说：

"下面请何书记指导工作。"

话音落下，坐着的各人，全站了起来。何寿天急忙起身，双手往下按了一按，示意大家坐下来。各人继续站着，不肯坐。何寿天双手又按了一按，成高杰也把手按了一按。这才都坐了下来，听何寿天说话。

何寿天说：

"成高杰书记太客气了。喊我何书记，不敢当。让我指导工作，更加不敢当。我就说两句话吧。第一句话，我当年在市里工作的时候，城里最高的房子，只有二层楼。现在的房子有多高？二十层高了，而且不止一幢两幢，放眼一看，到处都是。家乡的变化，天翻地覆。这种变化，经历了一任接一任班子的努力，一代人接一代人的打拼，当然包括以成高杰书记为班长的现任班子和今天在座的各位，所付出的辛苦操劳。'长江后浪推前浪，一代更比一代强'，用在这里，倒是非常贴切。第二句话，看到成高杰书记和他的班子，看到在座的各位，年富力强，风采飞扬，我想到了自己的青春年少时光。今天有幸跟各位坐在一起，吃这顿饭，我也沾了光，得到了青春气息，觉得年轻了很多。借此机会，向成高杰书记，向市里的班子成员，向在座的各位，说一声：'谢谢！'"

何寿天在掌声中坐下来。往下成高杰招呼一声，四张桌上的人一齐吃了起来。不一会儿，嘈杂声逐渐漾了开来，犹如从水面漂过，一会儿大，一会儿小；一会儿重，一会儿轻；一会儿起，一会儿落。约略过去了一个半小时，四张大桌上的人，都吃好了。

何寿天先起身，朝四张桌子拱拱手，又跟成高杰把手握了一握，要告辞。成高杰跟着起身，送到宾馆门口。何寿天不让送了，成高杰告辞一声，往外走。何寿天又送出去。等何寿天回返，成高杰又送回来。如此三番五次，这才各不相送了。何寿天回到房间。过了一会儿，门上敲了一敲，是弟弟寿地。

何寿地说：

"你早点休息吧。老爷子已经打过招呼，让你抓紧赶回上海。明天早上我就不来送你了。对了，市委办的人已经知道你明天要起大早往回赶，特地买了点心，放在房间小冰箱里了。你早上起来，烧一壶开水泡茶，就可以当早饭吃了。"

一二九

何寿天第二天早起，烧了一壶开水，泡了一杯茶。从小冰箱里取出点心，就着热茶，吃下肚。把房卡放在前台，随即开车上路。走了两个半小时，看看前边有个高速服务区，便开进去。停车去厕所方便已毕，洗了手，回到车上。看看专用联系手机，没有任何信息。

上了高速，又走了两个半小时左右，到家上楼，换了衣服。看看时间，十一点刚过。吃了中饭，照例回房间午睡。午睡起床，洗漱好，坐到客厅里，邵亚芳过来坐下，问了寿人的情况。大致说了一遍。等到无虑下班，全家人坐下来吃晚饭，又对无虑和闻芳说了大致经过。吃过晚饭，何寿天回到房间，打开电视，又改变主意，查看常用手机和专用联系手机，依旧没有任何信息，心里不免奇怪，便拨通了寿地专用联系手机。

何寿天说：

"寿地，我已经平安到家了，是中午到的。你有空的时候，转告老爷子一声。我就不另外打电话了。今天有什么进展吗？"

何寿地说：

"我跟纪委黄兆成电话联系了，寿人身上留的那个尾巴，问题出在吉布成身上。吉布成被留置后，第一次提审，气焰特别嚣张，斥责办案人员长了猪脑子：一个亿万富豪，会向下属索贿受贿区区十万二十万元？第二次提审，看到视频证据，诡言狡辩，声称是同学之间开玩笑，不算数的。第三次提审，不知何故，态度大变，说了一番软话，接近于承认了。第四次提审，又全盘推翻，重新咬定是开玩笑。在办案实践中，吉布成第三次提审说的话，属于首次招供。也因为吉布成的首次招供，才导致了寿人被留置。"

到这里，寿地略作掂量，又说：

"寿人是我们亲兄弟，他说的话，应该是实情。吉布成第三次提审说的话，能说什么呢？他总不会无中生有，往自己头上扣屎盆子，把寿人也弄脏吧？"

何寿天说：

"昨天晚上，市纪委书记没有参加宴请，据成高杰说，外出开会去了。我的想法，为了保险起见，有关寿人的事情，还是继续用专用手机联系为好。"

又劝道：

"老爷子也说过，所谓真金不怕烈火炼，我们不妨静观其变，耐心等着吧。"

往下等了一个多月，这天送疆安去幼儿园回来，跟弟弟何寿地联系的专用手机响了，却是一个陌生号码。揿下了通话键，里面传来了小弟弟寿人的声音。

何寿人说：

"我是寿人。这个号码，是寿地告诉我的。我打你的这个手机号，是贺淑贤一个可靠的转弯子亲戚新注册的，很安全。以后我就用这个手机打给你。"

又说：

"我这边的情况依旧，那个尾巴还在。寿地跟我谈过一次，让我沉住气。爸也是这个意思。爸说：'你又没有真给那个姓吉的送过钱，怕什么呢？所谓天塌下来，自有高个子顶着。你正好趁着这个空当，过一段无拘无束的清闲日子。'爸的话，我觉得很有道理。三界是个小地方，这些年水路衰减，陆路兴旺，加上市场放开，我们粮站差不多成了无人烧香的闲庙。可我毕竟是站长，必须每天点卯到岗，离不开的。这一次正是个机会，我不用天天耗在那里，就长住在青铜镇。这样，爸也高兴，我妈也高兴。我们住在青铜镇，离无思上学的学校也近了。从三界开车到那边，要一个多小时。从青铜镇过去，半个小时多一点就到了。两条路的路况，也完全不一样。从三界过去，一路坑坑洼洼，车子像跳舞似的。从青铜镇过去，一马平川，车子像溜冰一样的。再说，贺淑贤的单位，前些时也做了调整，就在无思读书的凤城镇学校上班。前几天，寿地提到过，等无思初中读完，考进高中，索性想一想办法，把我和贺淑贤都动一动，要么到青铜镇来，跟爸和我妈一起生活。要么到市里，连爸和我妈，都一起带过去。我对寿地说，暂不考虑，等把我身上洗干净，再说下一步的事情。"

接着说：

"我名义上仍然是三界粮站的站长。吉布成出事以后，市委并没有立即免掉他的局长职务，而是让常务副局长临时主持工作。听说这位常务副局长，跟吉布成爸爸吉尔楼关系非常好。我因为一时半刻回不到原岗位，主持工作的常务副局长特地征求我的意见，看三界那边怎么办为妥。我推荐站里会计临时负责。会计是我的初中同学，为人很厚道。这段时间他临时主持工作，大事小事，鸡毛蒜皮，都要先给我打个电话。我开始有点不适应，后来想想，这样也不错，就随便他了。"

转眼又是三个月过去，这天吃过晚饭，各回房间，何寿天打开电视，正要看，常用手机上来了微信。看了一看，是余凤翔发过来的。点开，是一份法院调解书：

巨州市中心区人民法院
民事调解书

（2023）巨中民一初字第 1028 号

原告：赵大可，男，汉族，1980 年 5 月 16 日出生，巨州市统计局公务员，住巨州市东郊路 29 弄 38 号 101 室。公民身份号码：975864198005163212。

委托代理人：王红梅，锦江梅笑律师事务所律师。

被告：徐兰，女，汉族，1986 年 8 月 7 日出生，巨州市国税局公务员，住巨州市中心路 1 弄 8 号 302 室。公民身份号码：97584619860807123X。

委托代理人：姚如洲，巨州如意律师事务所律师。

赵大可与徐兰离婚纠纷一案，本院于 2023 年 5 月 7 日受理后，依法适用简易程序，公开进行了审理。

赵大可与徐兰经他人介绍相识后恋爱，2016 年 10 月 20 日登记结婚，2017 年 10 月 7 日生育一子，取名赵徐生。双方婚前及婚后初期夫妻感情尚可，近年来由于双方性格脾气等各方面存在差异，常为家庭琐事产生矛盾。现赵大可起诉至法院要求判令：一、准予原告和被告双方离婚。二、双方婚生儿子赵徐生，由原告抚养。被告每月支付抚养费五千元整，至赵徐生十八周岁止。三、被告承担损害赔偿金五万元整。四、依法分割双方婚姻存续期间的共同财产。五、本案诉讼费，由被告承担。

诉讼中，徐兰同意离婚。

本案审理过程中，经本院主持调解，双方当事人自愿达成如下协议：

一、赵大可与徐兰自愿离婚；

二、婚生子赵徐生由赵大可抚养，徐兰自愿于 2023 年 10 月起每月支付赵徐生抚养费 3000 元，至其独立生活时止；

三、徐兰享有独立探望赵徐生的权利，每月不少于两次，遇法定节假日和暑寒假期间，徐兰可将赵徐生接回自己身边照顾，具体时间由赵大可和徐兰协商确定；

四、赵大可与徐兰名下的财产归各自所有；

五、赵大可与徐兰言明无其他争议；

六、本案案件受理费 8462 元，减半收取计 4231 元，由赵大可承担。

双方当事人一致同意本调解协议的内容自双方当事人在调解协议上签名后即具有法律效力。

上述协议，符合有关法律规定，本院予以确认。

审判员：韩慧存

2023 年 9 月 24 日

（院印）

书记员：张浩今

随即拨通了那边的号码。

余凤翔说：

"这份调解书，本来一个月内就可以拿到的，听说后来主办案件的韩法官到党校学习三个月，拖了下来。等她学习回来，才把调解书弄好，交给我们。"

又说：

"这场风波，走到这一步，终于斩头断尾，剥皮剔骨，处理得干干净净，没有留下任何后患了。"

议论了几句，挂了电话。邵亚芳回房间来。何寿天说了余凤翔刚发来徐兰离婚纠纷调解书的事情，点开微信，让邵亚芳看了一遍原文。

邵亚芳说：

"我还是以前的看法，余凤翔毕竟是闻芳的亲娘，闻芳现在不认，不等于将来不认。我们还是留一个余地，比较好。所以，我建议你'送佛上西天，好事做到底'，开庭和调解都亲自跑一趟，到现场坐镇，最后算是圆满解决了。但是，也要让徐兰知道，我们帮她只是情分，她要对自己的不当行为进行反思。"

又说：

"你小弟弟寿人这件事情，已经过去这么长时间，那个尾巴还在，问题到底出在哪里呢？"

何寿天说：

"有点复杂，一言难尽。先等着，以后再说吧。"

一三〇

这天从幼儿园回来的路上，专用手机响了，是弟弟何寿地打来的。

何寿地说：

"这段时间，我听到了各种各样的信息，说什么的都有。这些信息，真真假假，鱼龙混杂，弄不清到底是谁说的，从哪里来的。我觉得，只能半听，不能全信。除此之外，还有两个听起来有点玄乎的传言。"

先说第一个传言：

"第一个传言，是关于吉布成索贿受贿案，跟上次纪委黄兆成说的大差不离。诡异的环节，在第三次提审之前。传言说，吉布成父亲吉尔楼让内线带了一只手机进去。吉尔楼亲自打电话，让儿子改口只说：'总共去了东集镇米厂、南桥乡粮站和三界粮站三个地方，确实说了那些话。'据说，吉布成最初想不通，说，前两个地方，是跟同学说玩笑话，不提防被录了视频，弄得不清不白。自己跟三界粮站站长并不熟悉，再无中生有，说这一句容易会错意思的混沌含糊话，岂不是添新麻烦，跳下黄河也洗不清了吗？吉尔楼说：'电话里不能多讲。从古至今，受冤枉被砍掉脑袋的，大有人在。我这辈子经历过各种大风大浪，在这个要命关头，你要相信我，听我的，只说这一句话，才能化险为夷，平安无事。'吉布成随即改了口。由此牵连到寿人。"

接着说：

"吉尔楼为什么让儿子改口，其中的用意，不言自明。无非是先挖一个坑，诱骗办案人员跳下去，把寿人拉下水。一方面，让案子埋下一个天大漏洞。另一方面，想借助我们的力量，最终让局面翻转，救出他儿子吉布成。"

听到这里，何寿天想了想，疑惑地说：

"寿人跟我们之间的关系，外界并不知道。吉尔楼应该也不清楚，他怎么会拉寿人下水？还有，吉布成案发，是在党校升格仪式之前。当时，党校升格了，你却被调离。这种罕见的岗位变动，从世俗眼光看，你并不讨市委领导喜欢。吉尔楼当时凭什么判断，我们有力量来反转这个案子呢？"

何寿地说：

"我也想过，按照常理，吉尔楼怎么可能知道寿人跟我们的关系呢？不过，我突然想起一件事情来。有一次，寿人去市里办事，到家里找我。魏兰娟告诉他，我在小区旁边茶馆跟别人一起喝茶。寿人就拐了一个弯，到茶馆里站了一脚。我当时在忙党校升格，正跟吉尔楼商量，请他帮忙配置硬件软件的事。寿人进来的时候，喊了我一声'寿地'，我应了一声'寿人'，就起身出去跟他说话了。我返回的时候，吉尔楼问了一句，说：'刚才来的这个人是谁呀？他喊你寿地，你喊他寿人，好像你们是亲兄弟似的。'我一来觉得不方便挑明寿人跟我们的关系，二来怕对方追问起来，这种关系，不是一句话两句话能说清楚的，就装聋作哑，笑了一笑，没有回答，把话题转移掉了。不过，吉尔楼见我没有回答，便起身上厕所去了。过了不久，寿人无意中说起，那天在茶馆见过我，他刚走几步，里面跟我坐在一起喝茶的人便追了出来，很热情地打招呼。寿人就停住脚，跟吉尔楼说了几句闲话，也没有多说。吉尔楼请他一起坐一坐喝茶，寿人说有事情，谢绝了。吉尔楼又问他在哪个单位，担任什么职务，听刚才说话口气，两人是不是亲兄弟。寿人只回答了一半，说自己在三界粮站，是那里的站长。对于吉尔楼问他跟我是不是亲兄弟，他没有回答，笑了一笑，就离开了。我想起这件往事，又朝远处想了一想。吉尔楼这个人，为人行事，有点深不可测。我跟他一道忙党校升格的时候，有一次，他曾经说过一句话，说他这一辈子从一个乡下农民，成为全市亿万首富，包括担任市政协副主席，每次办事情，不敢说百分之百成功，总有百分之九十五以上的把握，其中最大的秘诀，就是'走闲棋'。一时用不到的人，他会提前结识。一时用不着的信息，他会注意搜集。后来无数的事实证明，往往在最紧要的时刻，在最危急的关头，反而是这些原以为用不到的人，原以为用不着的信息，帮了他的大忙，起了决定性的作用。根据他说的这句话，那次寿人到茶馆找我，他极有可能也走了一步'闲棋'，事后派人了解过寿人的背景，以及与我们的真正关系。"

接着说：

"党校升格成功，我突然被调离，一般人以为我不讨市委领导喜欢。但是，吉尔楼并非寻常角色，他的眼光比一般人要深要远，别人看不到的事情，他看得到，别人望不穿的内幕，他望得穿。我们市委党校升格，直接进入第一批试点行列，别人以为是瞎猫碰见个死老鼠，侥幸而已。吉尔楼却认为事情不会这么简单，有一次说话，还露了一两句话，把我捧到天上去了。当然，其中也有一个重大巧合，吉布成下基层考察时，曾经路过三界。吉尔楼抓住这个契机，借力打力。如果没有路过三界，吉尔楼就是想拉寿人下水，也是不可能的。"

又说：

"如果这些传言是真的，如果吉尔楼真的故意拉寿人下水，把我们当作他挽救自己儿子的工具，这种行为，也太可恶了！"

何寿天说：

"吉尔楼出身低微，他当年从一个乡下农民，走到今天这一步，除了具有通天彻地的过人本领之外,还有一个特点:这种人一旦遇到麻烦,没有背景和后台,不能指望别人,只能自己救自己。为了脱身和自保,当然会不惜任何代价,采取一切手段。在吉尔楼这种人的字典里,是找不到'道义''规矩''信用'以及'对''错'这类词汇的。"

想了想,又问:

"你刚才说,还有两个传言。另一个传言,是什么呢?"

却听手机那头一阵犹豫,说:

"另一个传言,跟寿人没有关系,有点不靠谱,也不可能是真的。说不说都无所谓,下次再找机会说吧。不过,我倒突然想起爸叮嘱过的另一件事来。"

接着说:

"是关于寿人的那三百二十万块钱,爸特地叫我回去,当面做了交代,还叫转告你一声。这笔钱,是他悄悄给寿人的。寿人不肯要,爸就找了个借口,让寿人在市里买房子。或者买一套四室两厅两卫大一点的房子,爸、杨阿姨和寿人一家一起住。或者买两套两室一厅的小一点的房子,最好门对门,一套寿人住,一套爸和杨阿姨住。这个建议,最早还是我提出来的。爸听了,觉得有道理,就打算这么办了。不过,爸给寿人这笔钱,事先没有跟我们兄弟两个人打招呼。爸说:'我这么做,有两个理由。第一个理由,我已经老了,老人心软,总是偏爱最小的。寿人是我最小的儿子,加上又有那么一段背景,我塞钱给他,应该在情理之中。你们两兄弟,能够理解就理解,不能够理解,也要体谅当老子的一把年纪,做事不按常规了。第二个理由,你们兄弟三个,老大在上海浦东有一套宽敞的大房子,另外杭州那边还有单位分的房子,面积也很大。你是老二,在市里也有一套宽敞的大房子。只有老三寿人,住在三界那样偏远的几间破屋,立砖灰瓦,像个猪圈似的。青铜镇这套房子,虽说占了不少地盘,都是陈年旧月造的,连个抽水马桶都没有。我们老一辈住惯了,无所谓了。将来无思长大了,怎么住呢?所以偏了一点心,把手里的所有积蓄,一分一厘不剩,都给他,是帮他到市里买房子的,其实也是帮我自己买房子的。我还要把事情摊在桌面上,明说一下,这些钱,都不是我自己赚来的,是你们老大老二兄弟两个,隔三岔五,包括你妈在世的时候,塞给我们的。我自己有退休金,平时花不了,用不完,就把你们给我的这些钱,一笔接一笔,天长日久,日积月累,积少成多,总共三百二十万块。我今天当面告诉你这些,你有空的时候,再转告老大一声。'我随即让老爷子放心,我这边,我不会说一个'不'字,魏兰娟也不会说一个'不'字。老大那边,寿天肯定不会说一个'不'字,邵亚芳也不会说一个'不'字。"

又说:

"我倒有个担心,钱迟早是会还回来的,不过,什么时候还回来,看目前的情况,还是个未知数。这笔钱,现在在市里买房子,只要不是特别黄金地段和高档学区房,无论是买一套四室两厅两卫大一点的房子,还是买两套门对门的两室一厅一卫小一点的房子,都是足足有余的。怕只怕,过一段时间,房价上涨了,'过了这个村,没有这个店',损失就大了。"

挂了电话,关灯休息。

一三一

这天跟何寿地用专用手机通电话,照例说小弟弟寿人的事。何寿天忽然想起,上次寿地曾提到过还有一个传言,话刚要说出口,中途却咽了回去,不免问了一句。

何寿地说:

"第二个传言,跟寿人无关,跟我有关系。不过,有点不靠谱,可能性也不大。"

接着说:

"前一段时间,社会上刮过一阵风,越刮越大。大致意思是,我为党校升格出了大力,甚至还说,没有我,就没有党校升格。市委在党校升格成功之际,把我这个有功之臣调离,于情于理,都说不过去。传言说,不但社会上有舆论,班子里也有议论,连市委一把手成高杰都觉得此举不妥。因此,可能要'拨乱反正',把我本来应该得到的还给我。我刚听到这些传言时,觉得不免荒谬。按照惯例,依我现在的情况,除了坐等办退休手续,是不可能再挪到实职岗位上的。再说,按照传言的指向,我应该回到党校原来的位置上。可是,现在坐在那里的韩其俊怎么办?难道还回到原位上去?即使这样,也存在一个难题:党校升格,韩其俊到任以后,已经享受副市级待遇,如果回到原来的位置,再任市委组织部常务副部长,难道把级别降回去?怎么可能呢?我也就当作笑话,听听而已。不过,传言越传越广,越传越真。甚至连市委办的刘应初也在我耳朵边吹了这阵风,不过,刘应初也声明,他也是听到传言,并没有官方消息。后来市里搞了一次市直机关正职民意测评,从理论上讲,我也算是市直单位的正职,同样列为被测评推荐人员。也不知道为什么,到底是传言起了作用呢,还是传递了干部的真实想法,我的票数,竟然高居第一。这样一来,传言不但没有平息,反而更加来势汹汹了。往下再传,弄得有鼻子有眼睛了,先说我要回到党校老岗位,享受副市级待遇。后来,韩其俊岿然不动,而且越干越有劲,不像离开的样子。又说市政协退了一个副主席,这个位置想必是给我的。过了一段时间,市政协副主席安排给了到龄的原市委常委、统战部部长。又说市人大一位副主任要办退休手续,这个位置想必是给我的。后来,市人大副主任安排给了到龄的原市委常委、宣传部部长。又说我将直接跳升填补市委常委、统战部长空位。过了一段时间,上面派了一个人,担任了这个职务。又说我将直接跳升填补市委常委、宣传部部长空位。过了一段时间,也是上面下派人来,担任了这个职务。到了这个时候,传言打了个顿,暂时停住了。其实,我从一开始就没有相信过。其中有三个依据。第一个依据,无论是按照一般惯例,还是根据正常程序,从市人大下面委员会主任,提升市政协副主席,或者市人大副主任,至少在我们市,没有先例,是不可能的。这两个职务，一般是留给担任过市委常委或政府副市长的人，到龄以后，退居二线、三线时安排的。第二个依据，一般情况下，市委班子中的常委，多数是从已经是副市级，比如说副市长，直接转任的。当然，也有从正局级提升市委常委的，但是，这种情况极少，比较罕见。第三个依据，提拔干部，都必须经过公示。我只听到天天有人说我要被提拔，却从来没有看到过有关提拔我的公示。鉴于这三点，我上次提到这个传说的时候，就说过不太靠谱。"

挂了专用手机，却见邵亚芳拿着手机，从厨房里出来，把手机递过来，说：

"闻业荣那边有事情了，你赶紧换衣服，跑一趟。"

接过手机听了一听，是闻芳的声音。

闻芳说：

"爸，我刚才接到了我妈打来的电话，说我爸和我妈去公园转了一圈，本来好好的。刚才回家的时候，我爸走进楼道大门，突然一屁股坐在楼梯台阶上，不肯走了。嘴里哼哼唧唧，不知嘟嚷什么。我说：'你打过120没有啊？'我妈说：'你爸的样子，又不像生病，打120干什么呢？'我说：'那你就催他进门啊。'我妈说：'我催过不知多少遍了，他屁股赖在楼梯台阶上，不肯挪动。我没有办法，只好打电话给你了。'我打电话给妈，说了这件事，准备赶回去看看，妈不同意，说让爸您去一趟。"

何寿天随即叫了一辆网约车，赶了过去。到了跟前，看见楼道门开着，闻业荣坐在第一级台阶上，方慧群站在旁边，一副束手无策的样子。

何寿天说：

"我们先回家吧，有什么事情，进屋再说吧。"

说完，跟方慧群一边一个，扶着闻业荣站了起来。到了门前，何寿天换用两只手，稳住闻业荣的身子。方慧群掏出钥匙开门，返回来，依旧一边一个人，搀扶着闻业荣进屋。挪到床边，让闻业荣平躺下来。

何寿天说：

"疆安外公，你哪里不舒服？"

闻业荣说：

"我活不长了，我要死了！"

何寿天说：

"疆安外公，你哪里不舒服，告诉我们。需要的话，我们随时送你去医院，请医生治疗。"

闻业荣说：

"我活不长了，我要死了！"

让方慧群帮闻业荣盖了一床薄被单，两个人退到另一个小房间说话。

方慧群说：

"我有点弄不懂了。要说他没有犯病吧，整天人恹恹的，没精打采。要说他犯病了吧，吃饭，睡觉，走路，跟以前没有区别。唯一的不同，我就觉得他有点瘦下来了。因为天天在一起，我也看不出，他到底是瘦了很多，还是瘦了一点点。"

何寿天说：

"恐怕不是瘦了一点点，也不是瘦了很多，而是瘦了很多很多。刚才见面，我吓了一大跳，都有点不敢认了。人瘦得整个脱去了一个外壳。"

拿出手机，找出闻业荣上次住院时，一个名叫大赵的护工号码，揿下拨号键，电话通了。

何寿天说：

"大赵你好。我姓何，我亲家公以前在公利医院住院，请你当过外请陪护。我亲家公姓闻，叫闻业荣，是脑梗住院的。你想起来了吧？我想问一下，你最近有空档吗？"

大赵说：

"我正在服侍一个晚期癌症老人。老爷子是外地来的，儿子在上海工作，条件比较好，五年前把父母接过来一起住了。老爷子的病是去年查出来的，到目前为止，该用的办法都用尽了。前几天老爷子把家人叫到一起，说：'叶落归根，尘回故土。万一我在这里断了一口气，到了阴曹地府，回不了家乡，见不得爹娘。你们赶紧把我送回去吧。'家人商量到最后，也只有这个办法。这两天正在收拾东西。估计最快五天，最慢一个星期。老爷子一回去，我就空出手来，要换下家了。"

何寿天说：

"我亲家公最近情况不太好。说他犯病吧，吃饭、睡觉，包括出门走路，都是正常的。说他没有犯病吧，人一天一天瘦了下去，像被揭了一层皮似的。我个人的想法，打算要请一个住家保姆。还没有跟家人商量过。我等会儿回去说一说，如果需要，准备就请你。如果不需要，就算了。需要不需要，今天晚上会给你一个实信，不会耽误你的。"

安慰了方慧群几句，仍然叫网约车回家。等到下班，把无虑、闻芳和邵亚芳都叫到客厅里来商量。

何寿天说：

"听疆安外婆说，疆安外公吃饭、睡觉、出门走路，跟以前都没有区别，只是觉得人瘦了一点。我的感觉并不是这样。疆安外公不是有一点瘦，而是瘦了很多。刚才见面，我吓了一跳，人像剥掉了一层外壳，要不是疆安外婆在旁边，要是在别的地方，我都不敢认了。这段时间，我们这边也是七忙八忙，有点顾不上那边了。疆安外婆一个人，又要照顾病人，又要买汰烧，肯定吃不消的。我看她的样子，也有些憔悴。我的想法，那边光靠疆安外婆一个人，肯定支撑不下去了，不如雇一个住家保姆。这样一来，大事小事全交在保姆手里，疆安外婆站在旁边，问一问。有力气呢，帮一把手。没有力气呢，连手都不要动。每天吃个现成饭，就行了。回来之前，我还给上次那个外请陪护大赵打过电话，她正在一个人家做着呢，差不多到期了。快则五天，慢则七天，就可以腾出身子来了。这个人选，是比较合适的。你们看看，怎么样？"

见无虑、闻芳、邵亚芳同意，随即给大赵打电话，把事情敲定。又让方慧群给大赵通一下电话，双方接上头，大赵一旦有空脱了身，便过那边去。

一三二

不到一个星期，大赵那边脱了手，住到了闻业荣家里。平静了几个月，这一天，寿天的手机响了，看了一看，正是大赵的号码，随即揿下了通话键。

大赵说：

"何家爷叔，你亲家公不行了。我怕来不及，就让你亲家母先打了120，准备先送到医院去。你要是有空，能不能过来一趟，好当面说话？"

何寿天赶到医院，大赵和方慧群已经顺利办好住院手续了。进病房看了一看，见闻业荣躺在床上，相比以前，差不多又瘦掉了两层外壳，真正不敢认了。叫了两声，不见应答。招呼大赵和方慧群出来，到走廊上说话。

大赵说：

"何家爷叔，前一阶段的情况，你都了解的。我过来当住家保姆的时候，你亲家公吃饭、睡觉、出门去公园，跟以前还看不出多大差别，只是人有点瘦得离奇。过了一段时间，你亲家公吃饭、睡觉还正常，出门去公园，有点吃力了。每次出门，都要我跟你亲家母一边一个，搀扶着他下台阶。到公园里转两个圈子，抵挡不住了，要回家去。再后来，吃饭、睡觉都不如以前，出门去公园，两个人搀扶着也不行了。再后来，整天呼呼大睡，米饭不能吃了，只能喂一点流食。翻身和洗澡，十分艰难了。好在这种活我是做惯了的，每天帮他翻四次身，上午两次，下午两次。每次除了翻身，还用热毛巾把身子上上下下抹一抹。承你们情,这个时候,说我每天做的活,比以前要累,把我工资往上提了一大截。再后来,你亲家公状态更不行了。相比植物人,好不了多少,也差不了多少。我看过他的脸色和身上的肌肉,还没有到灯枯油尽的时候,可能还得消耗一段时间,有些话,就没有提前说。这一段时间过来,就在这两天,我看他的神色,有点不好。你知道的,我在公利医院做了二十多年,从我手里经过的病人,数也数不清。在我眼前走掉的老人,同样数也数不清。凭着直觉,按照老经验,我的判定,你亲家公不但挨不到春节,恐怕半个月都支撑不下来。说长一点,也就十天。说短一点,三至五天,甚至今天明天,都有可能。病人这种情况,是不能再留在家里的。我上次已经提醒过一次,人在家里走,有些后续事宜,办起来十分麻烦。一口气断了,不说别的,要想拿到死亡证明,你要请居委会出材料,还要到派出所找辖区民警,各种各样的事情,忙得你晕头转向。其中有一个环节出了问题,你叫天天不应,叫地地不灵。何况,这些本来都是不应该有的麻烦。如果人在医院,就不一样了。这边一口气没有了,人送到太平间,医院里的死亡证明也就开出来了,不知道要省多少事情呢。所以,我就擅自做了一个主,来了个先斩后奏,让你亲家母打了120,先把人送到医院里来,等于进了保险箱了。还有,我上次也提醒过,像你亲家公这种病人,医院有个约定俗成的规矩,一般在一家医院住满一个月,就不能再往下住了。如果再想住,可以,必须打一个转折,另找一家医院过渡一下。过一段时间,再打120送回来。不过,看你亲家公这种样子,应该支撑不到一个月的,就不用考虑那么多了。"

这才转入正题,说:

"你亲家公接下来的这些天,一切照旧,医院由我守着,你亲家母仍然早出晚归。何家爷叔,刚才打电话请你过来,并不是要你守在医院,主要是提醒一下,除了医院这边,有一些相关的后续事项,你们必须抓紧商量和安排了。"

何寿天回家,让邵亚芳陪着疆安,抽出空当,把闻业荣的情况,以及大赵说的话，对闻芳说了一遍。

闻芳说：

"爸，疆安已经大了，我的想法，商量我爸这件事情的时候，最好不要在场。吃过晚饭以后，我带疆安回房间，你和无虑，还有妈，先商量起来。商量好了，无虑转告我一声。我有什么想法，也会直接提出来的。"

晚上无虑下班，吃过晚饭，收拾好碗筷，闻芳带疆安回主卧室去了，这边何寿天、何无虑、邵亚芳到客厅沙发上坐下来，一起商量。

何无虑说：

"闻芳爸爸的后事，大致有这么几件事情：墓地、殡仪馆、参加告别仪式的人员、闻芳妈妈以后的生活安排。"

接着说：

"先说墓地：今天下午我在电脑上查了一下，离海边不远有一家'安魂园'，占地面积特别大，档次从高到低都有，大致有五个等级。第一个等级，也是最低的等级，是现在倡导的水葬、树葬、草坪葬之类。举行过死者安葬仪式后，骨灰不保存了，今后也不用去祭拜了。这种等级，收费低廉，很受经济条件差、生活相对困难的底层老百姓的欢迎。第二个等级，略高一点，也是现在倡导的，是壁葬。死者骨灰安放在墙壁上的一个小匣子里，有点像寸土寸金的港澳地区的做法。地方虽小，骨灰还在，并不影响祭拜。这种等级，价格不高，经济条件不太好的老百姓也能承受得起。第三个等级，又高一点，是普通的墓地，有墓碑，有安放骨灰盒的地穴，但是，占地狭小，墓碑尺寸有限，墓碑与墓碑紧靠在一起，几乎没有祭拜的空间。这种等级，多为经济条件还可以，但也不是非常宽裕的家庭所选择。第四个等级，又高了一点。占地面积多，墓碑高大。选择这种墓地，家庭条件应该是相对宽裕的。第五个等级，属于最高等级，也是象征性的，是在墓园中央部位辟开的一片空地，专门安葬社会名人的。也是这块墓园的招牌。不过，进入第五个等级，死者必须具有广泛的社会影响和知名度，还必须提交相关证据来证明，不是普通人能进得去的。比较下来，第四个等级，实际上才是这家墓园的最高等级。我的想法，就在第四个等级里，替闻芳爸爸选择一个位置比较好的墓地。"

又说：

"再说殡仪馆：上海的殡仪馆很多，各区都有。属于市一级的，只有三家。当然，级别不同，收费悬殊。市级三家殡仪馆分别是：龙华殡仪馆，地址在徐汇区漕溪路210号；宝兴殡仪馆，地址在虹口区宝兴路833号；益善殡仪馆，地址在闵行区老沪闵路1500号。其中前两家，不仅是市一级，还是几百年的老牌子。比较起来，宝兴殡仪馆近一些，从杨浦大桥走，来去也很方便。我的想法，遗体告别和火化，就放在宝兴殡仪馆。"

接着说：

"再说参加告别仪式的人员，包括几个层面：第一个层面，当然是我们这边。第二个层面，单位来人。这个不用考虑，现在各单位都设立一个安退办，专门有人做这件事情。第三个层面，亲属。闻芳爸爸妈妈都没有直系亲属了。闻芳爸爸有两个名义上的亲属，就是那两位没有血缘关系的姐姐和弟弟。第四个层面，邻居。主要是指过去金银桥的邻居。我们知道的，一个是我们去吃过她儿子喜酒的金小曼，一个是原来在豆香园当管理员的李二妹，还有，就是我舅舅、姨妈了。我的想法，我们这边，不用全部去。闻芳，我，必须去的。爸妈两个人中去一个，留一个在家带疆安。本来爸不去，妈去，也行。考虑到那两个没有血缘关系的亲戚可能也会去，也要防止他们临时添乱，找什么麻烦。因此，我觉得爸去，现场坐镇一下，比较稳妥。妈在家看着疆安。闻芳爸爸的那两位没有血缘关系的亲戚，还是要通知一下。说不说，是我们的事情。去不去，是他们的事情。金银桥老邻居，金小曼是应该说一声的。毕竟是吃她儿子的喜酒，我和闻芳才认识的。李二妹更是不能漏掉。这两个人，都打个招呼。同样，去不去，随她们自己。舅舅、姨妈以前就不喜欢跟人打交道，跟邻居都不熟悉，不去也罢。按照风俗，告别仪式和遗体火化后，要吃一顿豆腐饭，单位来的人，是不参加的。这样算下来，安排一张大桌，把饭菜的档次往上提一提，就可以了。"

邵亚芳说：

"闻芳亲妈那边，要不要通知一下呢？"

何无虑说：

"我们最好不主动提这件事情。闻芳如果想告诉她亲妈，自然会说。如果不想告诉她亲妈，就不会说。这个决定权，还是交给闻芳吧。"

接着说：

"闻芳妈妈的今后生活安排，先让大赵再留两个月，做个伴。这段时间，可以试探一下，看看闻芳妈妈自己有什么想法。无非三个可能：第一，过来跟我们一起住；第二，她一个人住，请一个保姆，照顾她生活；第三，她一个人住，不请保姆。"

商量已定，何无虑回主卧室，带着疆安到客厅来，自己回去了。又过了一会儿，何无虑和闻芳都出来了，闻芳带疆安回主卧室去了。

何无虑说：

"我说过了，闻芳全部同意。她没有提自己亲妈的事情，看来，是不准备告诉了。我们听她的，尊重她的决定吧。"

又说：

"我下午跟'安魂园'的销售人员有过电话联系。正常情况下，墓园每天八点整开大门。不过，如果预约，可以提前从小门进去。我问六点半行不行，对方回答说，只要预约，什么时间都可以。我刚才跟闻芳说了一下，我们明天想起个大早，争取六点半之前赶到，现场看一看。有满意的，就定下来。疆安喜欢睡懒觉，大人不叫，是不会醒的。爸妈明天大早帮着看一看，就行了。"

一三三

何寿天和邵亚芳第二天五点起床，做好早饭。无虑和闻芳起来洗漱好，吃了早饭，赶着看墓地去了。何寿天和邵亚芳吃了早饭，让主卧室的门敞着，坐在客厅沙发里，听着疆安的动静。过了一会儿，蹑着脚步过去，把头伸了一伸，见睡得很香。等到八点半，闻芳一个人回来了。

闻芳说：

"无虑直接去单位上班了。"

见闻芳换了衣服出来，洗了手，看了看疆安，走到客厅这边坐下。

闻芳说：

"我们转了大半个墓园，最后在东南方向的位置，看中了一个地方。是新开辟出来的新园区，周围很空旷，视野也很开阔。无虑和我都认为不错，选了一个编号为 186868 的，已经预交了款。"

听到这里，专用手机上有微信响声。闻芳见状，起身回房间忙孩子去了。

这边何寿天点开微信，是一份干部任前公示：

拟提拔干部任前公示

根据《党政领导干部选拔任用工作条例》规定，经省委研究决定，对下列同志进行任职前公示：

何寿地，男，1975 年 6 月出生，汉族，籍贯本省高游，全日制大学，文学学士，2000 年 7 月参加工作，1996 年 10 月入党。现任高游市人大文史委员会主任。拟担任高游市副市级领导干部。

公示时间为 2024 年 2 月 3 日至 2024 年 2 月 9 日。如对公示对象有情况反映的，可在公示期间向省委组织部反映。联系电话：12380，24021442（传真）；联系地址：顺安路 19 号省委组织部干部监督室。

我们将严格遵守党的纪律，履行保密义务。为便于对反映的问题进行调查核实，请在反映问题时，提供具体事实或线索，并请提供联系方式，以便我们将核实情况作反馈。

中共中州省委组织部（公章）

2024 年 2 月 3 日

拨通了弟弟寿地的专用手机号码。

何寿天说：

"无虑的岳父情况不太好，我们正在提前忙后事安排。刚刚看到你的任前公示了，说明前一阶段的传言，不是空穴来风，是真的。"

何寿地说：

"看了公示，我既有点儿困惑，又有点儿担心。上次电话里说过，市里的二线位置市人大，副主任已经满了，短期内又没有人到龄退休，我是不可能去那儿的。市里的三线位置市政协，副主席也已经满了，短期内同样没有人到龄退休，我也是不可能去那儿的。那么，剩下来一个副市，就是市委党校主持工作的常务副校长，接替我的韩其俊，干得好好的。最近好多人问过他，是不是会被调走，他每次都很自信地说，至少在这一届内，他是不会离开党校的。除此之外，剩下来的，就是市里的一线位置了。总共两个地方，一个地方是市政府。虽然有过从正局级干部直接提任副市长的先例，但是，被提拔的人，年纪很轻，具有很大的年龄优势。像我这样的年纪，不前不后，不上不下，干一届嫌多，干两届不够，再提任副市长，可能性应该是非常小的。何况，副市长的职数已满，我怎么能挤得进去呢？另一个地方是市委常委。这个比副市长还要难，除了刚才说过的，没有先例，以及年龄上的限制，常委的职数也是满的，我又怎么能挤得进去呢？我的困惑就在这里：所有的位置都满了，提拔我的任前公示也公布了，是不是会采用一个变通的办法，让我享受副市级待遇，没有实际职务，不进入具体岗位呢？"

接着说：

"除了我的困惑，魏兰娟还有一个担心。既然我们高游市没有空位置，会不会把我交流到外地去呢？如果是这样的话，依她的想法，我已经到了这个年龄，还要夫妻分居两地，或者带着老婆孩子远走他乡，折腾不起了，倒不如不提拔，原地踏步，安居乐业，更好呢。"

又说：

"我今天出去办事，路上遇到市委办刘应初到外面送材料，两个人停住脚，说了一会儿话。刘应初向我道喜的时候，因为是自己人，我就实话实说，讲了自己的困惑和担心。刘应初听了，把头摇了几摇，又点了几点。说，他看到我的任前公示，第一时间也有过跟我一样的困惑和担心。不过，反复想了几遍，把有的地方想通了。刘应初认为，我的担心，其实是没有必要的。不过，对于困惑，他只想通了一半，另一半依旧存在。刘应初提醒说，公示里有一句非常重要的话，'拟担任高游市副市级领导干部'，这句话里包含了两个关键词。第一个关键词，'高游市'，说明提拔任用的地点，是高游，因此，肯定不会交流到外地去的。第二个关键词，'副市级领导干部'。据刘应初反复查对，以前老资格正局级干部提拔安排到市人大当副主任，或者提拔安排到市政协当副主席，任前公示的时候，用的都是'副市级干部'，没有'领导'两个字。而公示里用的是'副市级领导干部'，多了'领导'两个字，分量绝对是不一样的。不过，从目前高游市的班子情况看，市人大、市政协、市政府、市委常委，都处于满额状态，现在增加了我这个'副市级领导干部'，会放在哪里呢？这就是刘应初的半个困惑。"

劝了几句，挂了电话。专用手机又响了，还是弟弟何寿地打来的。

何寿地说：

"我又想起一件事，有关寿人的案子。跟刘应初分手后，我刚回到办公室，接到市纪委黄兆成的电话，他先说几句祝贺的话，后来又问我在不在办公室。我听出了其中的意思，告诉他，我一个人待着，请他过来坐坐，聊聊天。过一会儿，黄兆成就过来了，反身把门关好，这才坐下来说话。黄兆成说：'人们都是报喜不报忧。我们是自己人，应该坦诚相待，既报喜，又报忧。刚才我已经祝贺过你了，下面说一点不是太好的消息。你弟弟何寿人的尾巴，可能一时半会割不掉。主要是办案人员内部起了争议。有人依旧咬定，吉布成第三次提审时说的话，属于首次招供，可信度最强。据此推理，何寿人并不能洗清嫌疑。还有，从何寿人家里找出了三百二十万元现金，另有十万元银行存单和贵重物品。他一个三界粮站站长，一个月工资才几个钱？哪来这么大一笔巨款？是不是涉嫌巨额财产来历不明，需要多一个问号。纪委书记是从省里下派来的，年纪轻，背景硬，资格老，禀性公正不阿，也有点儿认死理。有的时候，连市委书记成高杰，也不放在眼里。'"

何寿天说：

"黄兆成的提醒，很有道理。这段时间，你有空多往青铜镇走一走，在老爷子耳边吹吹风。不能一下子全说出来，要一点一点说，让老爷子有个逐步适应的心理准备。往下，要密切关注新动向，随时通报才行。"

约略过去一周，这天坐在餐桌上吃晚饭，房间里有手机响。进去一看，是平常手机，闻业荣的陪护大赵从医院打来的。

何寿天说：

"你上次的提醒，关于各项后事安排，已经准备得差不多了。你那边情况怎么样？"

大赵说：

"据我估计，也就在一两天内。这个电话，是让你们思想有个准备。"

回到餐桌上，吃了一会儿，手机又响。这次是专用手机，弟弟何寿地的号码。

何寿地说：

"牵连寿人的吉布成索贿受贿案，出现了惊天大反转。只是无法判定，这个反转，到底是福是祸。"

何寿天说：

"寿地，我在吃饭，还剩几口，你稍等片刻，让我把碗里扒拉完，喝一口汤,就行了。一会儿我打给你,再慢慢说吧。"

吃好饭,回房间掩上门,拨通了那边的专用手机。

何寿地说:

"吉布成索贿受贿案实名举报人,是那天送吉布成下基层的市粮食局小车司机。三天前,举报人声称错怪了人,要求撤销举报。原来,吉布成下基层那天,司机迟到了三分钟。吉布成绷着脸,宣布司机被除名,让他明天等在家里,人事处有正式通知。司机三十年工龄,因为迟到三分钟,一切归零,越想越气。途中,听到吉布成向东集镇米厂厂长和南桥乡粮站站长公然索贿,决心跟姓吉的拼个鱼死网破。随即向市纪委实名举报,并提供了两份车载视频证据。事后,司机并没有接到人事处除名通知,还以为是吉布成出事的原因。一次偶然交谈,人事处处长说,吉布成来粮食局后,从未说过要将任何一个人除名。还说,吉布成是个富二代,不适合当领导,因为他管不住自己的嘴,说话不用脑子过滤,想到哪儿说哪儿,想到什么说什么,还经常绷着脸,一本正经说玩笑话。只有他自己觉得幽默,别人听了,往往以假当真,闹出了不少误会。司机这才明白,自己错怪了人。再将当天下基层经过重新过滤了一遍,恍然大悟,吉布成跟两位同学在车上说的话,纯属开玩笑。可是,已经实名举报,说出口的话,泼下地的水,收不回来了。往下,随着时间的推移,司机的良心压力越来越大,每天吃不下饭,睡不好觉。到了后来,竟然彻夜难眠。实在忍不住煎熬,于是找市纪委说明真相,要求撤销举报。"

听到这里,何寿天说:

"举报人不懂法律,如果是民事案件,应该可以撤销,这是刑事案件,不可以随便撤销的。"

何寿地说:

"我刚才说过,这个反转难定福祸,就是这个意思。纪委怀疑举报人改口,是被收买了,让专案组把人控制起来。经过反复审讯,找不出破绽。司机脱身后,直接向市委递了材料。成高杰安排会议听案件汇报,纪委书记的判断，跟成高杰的判断，截然相反。成高杰指出，举报人说的情况，对照吉布成提审时说的话，还有东集镇米厂厂长和南桥乡粮站站长提审时说的话，基本相符，说明案件存在漏洞和疑点，有必要对所有环节，重新过滤筛查。纪委书记则认定，举报人所述，当天早晨迟到三分钟被除名的情节，听起来显然是一个蓄意虚构的故事。目的所在，是为撤销举报找借口，做铺垫，帮吉布成脱罪。双方弄得很僵，几乎不欢而散。"

略作思索，何寿天说：

"按常理推断，举报人被收买而改口，为脱罪而编造故事，有一定的合理性。不过，现在是信息社会，如果有客观证据，比如说，能够还原现场情况的视频，纪委书记也许会转换思维，改变看法的。"

一三四

当天晚上，或许是受弟弟何寿地所说之事影响，辗转很久，难以入睡。折腾到后半夜，感觉蒙眬睡着了，却被一阵手机铃声惊醒。抬头看窗外，天色已亮。看了看，是常用手机，陪护大赵打来的。

大赵说：

"何爷叔，你亲家公走了，是夜里两点半钟走的。因为是在后半夜，就没有惊动你。我打你电话，并不是让你赶到医院来。人已经送进太平间了，家人没有必要再过来。我已经给你亲家母打过电话，让她今天不要到医院来了。我打这个电话，第一是通报一声，第二是有关的后事。我上次有过两次提醒，你答复过一次，说准备好了，不知道详细情况怎么样了？"

正要回答，专用手机响了，是弟弟何寿地的电话。

何寿地说：

"我刚才去了吉尔楼每天晨练的地方跑步，擦肩而过时，撂了一句话，就是你提醒的，'还原现场视频'。这句话，他接没有接住，听没有听懂，并不知道。"

挂了专用手机，转接大赵这边的电话。

何寿天说：

"墓地已经买好了。告别仪式和遗体火化，准备放在宝兴殡仪馆。参加告别的人员，都是亲属和邻居，不是很多，可能十个人都不到。豆腐饭准备一个大桌，饭菜档次提高一点。还有，我们还想再留你两到三个月，照顾亲家母生活，仍然是住家保姆，报酬不变。"

大赵说：

"按照常规，往下，你们要请一个一条龙操办丧事的人。上海这边的丧葬行业已经放开很多年了，竞争很激烈，因为生意不好做，很多人的眼睛，提前盯到医院里来了，免不了要跟我们这种人挂钩，请我们当内线。我的意思是，如果你们已经定好了，就算了。如果没有定好，我可以推荐一个人。我也说在明处，我推荐的这个人，会按照惯例给我一点回扣，也不是很多。我和这个人已经有过多次合作，比较下来，一是市面价格，公平合理。二是态度很好，服务做得也很到位，很不错的。"

何寿天说：

"我们还没有找呢，就用你推荐的这个吧。你联系好以后，接下来怎么做，转告我们就行了。"

稍过片刻，电话来了。

大赵说：

"已经说定了。我给了你的号码，等一会儿，他会跟你联系的。具体细节，你们再商量吧。这个人姓秦，你叫他小秦就行了。"

又说：

"医院还有一些手续要办，本来你亲家母要赶过来办的，我让她不要过来，我替她办一下就行了。等办好了，我就赶到你亲家母那边去。有什么事情，直接打我电话吧。"

何寿天挂了电话，有个号码打了进来，接通了，来电人自称是小秦。

小秦说：

"何爷叔，我是小秦，公利医院大赵介绍的。接下来的事情，我一样一样说。我说的时候，你有什么疑问，可以随时插断我的话头，提出来。第一件事情，是选个黄道吉日。一般情况下，死者最好在三天之内安葬。今天和后天，都不行，只有明天是黄道吉道，宜祭祀丧葬。我想，遗体告别和火化，就定在明天，争取放在上午。第二件事情，豆腐饭分好几种规格，小桌坐十个人，大桌坐十二个人。具体价格，有五百的，有八百的，有一千的，有一千二的，有一千五的，有两千的。再往上，一般没有了。一分价钱，一分货色。我们有一个固定菜单，可以选择。第三件事情，豆腐饭的用餐地点。我们有好几处。大赵给了我你亲家母的地址，可以考虑两个地方。一个地方就在宝兴殡仪馆旁边，从大门出来，几步路就到了。如果放在那儿，用好餐以后，我们可以安排车子把你亲家母送回家。另一个地方，是在你亲家母家附近，只隔一条马路。如果放在那儿，用餐以后，你亲家母走几步路，就到家了。第四件事情，殡仪馆告别厅，分大厅、中厅和小厅三种。你们的情况，大厅肯定用不着，中厅其实也不需要。我的想法，租一个小厅就足够了。我还要说一下，租告别厅，是有时间限制的，时间一到，下一拨子人就要进来了。你通知参加告别的亲戚邻居，最好提醒一下，只能提前，不能迟到。我要说的，就是这些。至于我们的具体报酬，我们也是明码标价，提前公布在墙上的，非常详细。你们的这种情况，也包括在内。我发一张过去，你看一看，就行了。可能你也知道，现在这个行业竞争非常厉害，大家都是薄利。一般情况下，客户是不还价的。"

何寿天说：

"我跟家人商量一下，等一会儿给你答复吧。"

拨通了无虑的电话，说了一遍。

何无虑说：

"一、告别仪式和遗体告别，就放在明天。二、豆腐饭订一个大桌，价格选最高的，两千，或者往上再加一点，两千五，把菜的档次提上来就行了。三、用餐地点，放在宝兴殡仪馆旁边最好。吃完饭就散了，各回各家。如果放在闻芳妈妈家旁边，万一用餐以后，有人提出到家里坐一坐，怎么办？闻芳妈妈这段时间，已经撑不住，再陪人说话，可能没有这个精神了。还有，别人去还好，如果是闻芳爸爸那两个没有血缘关系的人登门，他们之间相处得本来就不好，到家里面对面坐着，大眼瞪着小眼，话不投机半句多，怎么办？四、告别厅就租个小的。倒不是在乎钱，就那么几个人，厅大了，空荡荡的，反而很难看。何况只用那么一会儿时间。五、服务费，就按照标准价格，不用还价了。没有意思，也没有必要。再说，大赵推荐的，应该算是好的。六、参加告别的人，分头通知。闻芳爸爸的两个亲戚，就让闻芳妈妈打电话。李二妹这边，让妈打电话。妈没有金小曼的联系方式，就请李二妹代为转告一下。七、闻芳爸爸的两个亲戚，不排除会找借口不来。我的想法，最好他们能来一下。有血缘关系也罢，没有血缘关系也罢，都是最后一次，今后也没有机会再打交道了。闻芳妈妈打电话给他们的时候，可以说一声，请他们打出租过来，费用我们出。金小曼也是这样，妈给李二妹打电话的时候，也请她转告一下金小曼，可以打出租，费用我们出。另外，我还想提个建议，每个参加告别的人，给一点钱，每个人一千元，可以用'车马费'的名义。"

跟邵亚芳、闻芳通报了无虑的意见，都同意。随即拨通了小秦的号码。

何寿天说：

"我们商量过，定下来了：告别和火化时间，定在明天。豆腐饭订一个大桌，价格在最高的两千上再加五百，两千五，这个价位应该上什么菜，你根据行规，不用告诉我们，自己酌定就行了。用餐地点放在宝兴殡仪馆旁边。用好餐，如果方便，请你用车送一下我们的亲家母和大赵。如果不方便，她和大赵自己打出租也行。告别厅就按你说的，租个小的。服务费，就按照你们的标准，不还价了。你抓紧去办，告别的时间确定好,以最快速度告诉我们,我们好通知参加告别仪式的亲友。"

小秦说:

"已经定好了,明天上午九点半。你们通知亲友的时候,最好留一个余地,九点二十分之前,必须赶到那里。另外,用好餐,我们会派车送你亲家母和大赵回家,很方便的。"

何寿天说:

"现在要打钱给你吗?"

小秦说:

"不用。大赵介绍的,当然不会有问题。明天把事情办妥了,再结账不迟。"

一三五

何寿天午睡起床,洗漱好,邵亚芳、闻芳随即坐到客厅里来说话。

邵亚芳说:

"我跟李二妹联系过了,话还没有说完,她一叠声说,肯定会让女婿开车送她过去,参加告别仪式的。我又请她转告一下金小曼,她应了一声,有点犹豫。我就说:'你顺便说一下,请她打出租过去,费用我们出。另外,参加告别的人,我们还会给一点车马费,不多,一千块钱。'她马上说:'一千块钱在别人眼睛里,不算什么。在金小曼那里,可不是一笔小数,至少可以救一救她的急。有这一千块钱,她肯定会来的。'过了一会儿,李二妹就给我回了电话,说跟金小曼联系过了,明天一定到的。"

闻芳说:

"我给我妈打了电话,我妈接到以后,马上给我爸的那两位亲戚打了电话。我爸上次住院,我妈就给他们打过电话了,结果都找了理由。一个说在老家,赶不回来。一个说在外面旅游,一时半会赶不回来。这次我爸住院当天，我妈也给他们打过电话，还是这个借口，那个理由。刚才我妈电话过去，是先打给那个姐姐的，据说电话一接，嘴里吞吞吐吐，又在推诿。不等对方把理由说完，我妈就告诉她，请她打出租过来，费用我们出。告别仪式结束以后，请大家吃个豆腐饭。还详细说了豆腐饭，我们在最高的档次上又加了五百，两千五百块，菜的档次会上去一点。说到这里，那个姐姐改口了，说一定参加。我妈又说，除了吃豆腐饭，还会给一点车马费，也不多，一千块钱。那个姐姐更是一叠声说要参加了。还说不用给她弟弟另打电话，她转告一声，肯定都去的。"

无虑下班回家，带回一个大包，打开，里面是八个盒子，四个是装衣服的，四个是装鞋子的。

何无虑说：

"我从廉价商店买了四套衣服，四双鞋子，两男两女，都是黑色的。爸，我，闻芳，闻芳妈妈，每人一套。我另外在宝兴殡仪馆旁边的一家酒店，预订了两间钟点房。明天上午我们先把车子开到酒店停好，在那里换好衣服，步行去殡仪馆。仪式完毕以后，我们把客人送到用餐地点，让闻芳妈妈和大赵在那里陪着，顺便照应着。我，爸，闻芳，就不在那里吃饭，回到酒店，把身上的衣服脱下来扔掉，再洗个澡，换上原来的衣服，回家吃饭。"

说完，这才换衣服洗手，坐下来吃饭。

第二天上午何无虑开车，闻芳坐在副驾驶，何寿天坐在后排驾驶座后面，八点半出发，先到闻芳妈妈家。闻芳下车揿按门铃，不一会儿，方慧群出门上车，坐在后排何寿天的旁边。车子直接开到宝兴殡仪馆旁边预订好的酒店，拿了两张房卡，闻芳和方慧群一间，何寿天和无虑一间，换好衣服和鞋子。看看时间，刚过九点。出了酒店，转到殡仪馆大门这边，沿着台阶登上二层，顺右边走廊走过去，看见大赵和一个三十出头的男子站着。上前招呼，原来这个人就是小秦。小秦引大家到了租用的告别厅门前，各找了椅子坐下。不一会儿，见李二妹跟一个女的走过来，一张脸依稀熟悉，认出是上次吃喜酒时见过的金小曼。上前招呼，说了邵亚芳要在家看两个孩子，不能过来。请两人在椅子上坐下。又见闻业荣没有血缘关系的姐姐和弟弟，也来了。上次无虑和闻芳结婚，请亲戚吃饭，也见过的。方慧群和闻芳上前打了招呼。

略过片刻，又见一个女的，年纪四十出头，走过来打听"谁是闻业荣的家属"。方慧群看了一看，把头摇摇，说不认识这个人。闻芳、何无虑也不认识。何寿天迎上去，原来是闻业荣单位安退办的人员，自我介绍姓郑，让称呼她"郑大姐"。

郑大姐说：

"谁是家属中能做主的？我有重要事情商量。"

说着，拿出一张打满字的纸，递在何寿天手里。仔细看了一看，是以单位名义，在告别仪式上的讲话。

郑大姐说：

"这是马上要读的，你看看，特别是评价方面，是不是很到位？有没有漏掉的地方？如果有，我可以拿笔添加上去，时间还来得及的。"

何寿天快速扫了一眼，把头摇了一摇，说：

"据我所知，闻业荣是一个普通职工，这上面的有些评价，是不是高了一点？如果删掉一些，是不是更加妥当？"

郑大姐说：

"不行，这是经过单位领导班子集体研究，定下来的材料，专门用于去世的普通职工的，一个字也不能随便删掉。当然，增加是可以的。这方面，我们是有过沉痛教训的。前几年，有一个职工去世，我们安退办的一个同志读这份材料的时候，眼睛花了，漏掉一行字没有读，被家属发现了，告到了上面。结果，单位一把手亲自登门道歉。这还没有完，我们安退办的那位经办同志，还因此被扣了年终奖金。"

何寿天说：

"既然如此，不用添加了，就用这个吧。"

正说着，见租用的告别厅的大门打开，一拨子人走了出来。有人朝外面招了招手。小秦起身过去，说了几句话，随后把身转过来，说告别厅已经腾空,可以进去了。

何寿天跟着走过去,专用手机响了。看了一看,是弟弟何寿地打来的,马上揿下了通话键。

何寿地说:

"果然有了新的惊天反转……"

说到这里,话头被何寿天截断了。

何寿天说:

"寿地,我在殡仪馆呢,闻芳爸爸去世了,正要举行告别仪式。等忙好了,我再找空当,主动打给你吧。"

挂了电话,走进租用的告别厅,见里面空荡荡的。厅的那头,旁边有一扇门。正面墙上,设有一道电子屏幕,上面已经打出"闻业荣先生遗体告别仪式"字样。屏幕的下面,放着一个小台子,上面放着话筒。见小秦走到台子跟前,原来他就是主持人。听他咳了一声,清空喉咙,又试了试话筒。随后,再咳了两声,把手朝站在厅里的人,打了一个手势。顿时安静下来了。

小秦说:

"闻业荣先生遗体告别仪式,现在开始。请放哀乐。请全体默哀三分钟。好的,三分钟到了,默哀毕,哀乐停。下面请单位领导讲话。"

做了个手势,请郑大姐走上来,把话筒递在她手里。

郑大姐说:

"各位领导、来宾、亲朋好友:今天,我们怀着十分沉痛的心情,在这里举行遗体告别仪式,深切悼念我厂职工闻业荣同志。在此,我首先代表上海沪东轴承厂全体员工,对闻业荣同志的离去,表示最沉痛的哀悼,对其亲属表示最诚挚的慰问,对前来参加遗体告别仪式的亲朋好友表示最衷心的感谢。闻业荣同志生于1951年4月6日,1970年3月招工进入上海沪东轴承厂,先任学徒工,一年后转正。曾担任机床工、车床工等职务,直至退休。闻业荣同志在工作岗位上,吃苦耐劳,任劳任怨,他勤于探索,精益求精,积极钻研,在工作上取得了丰硕成果。

闻业荣同志在工作中是我们的表率，在单位和邻里关系的和谐相处上也为我们树立了榜样。他的一生，是以德为重、关爱他人的一生。他心胸宽广、为人正直、待人诚恳。在同事面前，他是一位平易近人、和蔼可亲的好师傅。一位和蔼可亲的长者，却多年遭受无情病痛的折磨。于今，又不幸因病永远地离开了我们。闻业荣同志，您放心地走吧！愿您在天堂不再有病痛！闻业荣同志，安息吧！"

读完，把话筒还给小秦，快速走到了何寿天跟前，打了一个停顿。

郑大姐说：

"很抱歉，我还要赶另一个告别仪式，就先走了。"

说完，拉开告别厅的大门，迅速离去了。

见小秦朝闻芳招了招手，请她上去。

小秦说：

"下面请亲友致答谢辞。"

说完，把话筒递在了闻芳手里。

闻芳说：

"各位亲戚，各位邻居：谢谢你们参加我父亲闻业荣的遗体告别仪式……"

说了这一句，不免哽咽。拼命忍住了，继续说。好在所说的话不长，很快说完了，把话筒还给小秦，回到了原来站立的地方。

小秦说：

"下面是最后一个仪式，向遗体告别。请工作人员把遗体推上来。请家属先开始，各位亲友紧跟，按逆时针方向，从右向左，向遗体告别。"

哀乐再次响起。有人把遗体推在了屏幕的下方。见小秦把手招了一招。方慧群、闻芳、何无虑先走上去，看了看遗体，分别鞠了一个躬。按照小秦的手势，站在旁边。随后，两位亲戚走过去。接着，李二妹、金小曼相继走过去。接着，大赵走了过去。最后，何寿天走了过去。

小秦说：

"闻业荣先生遗体告别仪式，到此结束。请各位亲友在告别厅门前集合，跟着我一道去用餐。"

见有人把遗体从旁边的那个门，重新推了出去。小秦放下话筒，招了招手，走出了告别厅。到了门口，又打了个手势，示意跟他走。众人跟在后面，出了殡仪馆大门，往右侧一拐，穿过一条马路。再拐了一个弯，来到了一家饭店门口。小秦走进去，领众人上了二楼。见中间靠窗的一张大桌子上，已经放好了餐具。小秦先请方慧群在桌子中间坐好，大赵陪在旁边。又请李二妹、金小曼在方慧群右侧坐下，请两位亲戚在方慧群左侧坐下。有人陆续端菜上楼，依次摆放在桌子上。何寿天朝闻芳和无虑示意了一下，何无虑从随身包里，取出四个信封，交在闻芳手里。闻芳走过去，将信封分别交给李二妹、金小曼、没有血缘关系的姑妈和叔叔。另外又分别给了一张百元票子，当作出租车费用。

何寿天说：

"我们有点事情，要赶回去，请方慧群陪你们。不好意思，抱歉了！"

说完，拱一拱手，领着无虑和闻芳下了楼。

走出饭店，回到预订的酒店，无虑闻芳进了一个房间，何寿天独自进了一个房间，脱了衣服，扔在酒店卫生间的垃圾桶里，把鞋子也放进去。拧开淋浴头，调准水温，将身子冲了一遍。打了两遍沐浴液，冲洗干净。又打了一遍沐浴液，冲洗干净。擦干身体，进房间换好原来的衣服。坐着等了一会儿，房间门被敲了两记，原来无虑和闻芳已经洗了澡，换好衣服了。于是交了房卡，上车回家。

一三六

何寿天到家再换衣服，洗了手，拨通了弟弟寿地的专用手机。

何寿地说：

"吉布成索贿受贿案，果然有了新的惊天反转。我昨天早晨擦肩而过时撂下的那句话,吉尔楼接住了,也听懂了。他不愧是个手脚麻利的老江湖,以最快速度向社会公开悬赏,吉布成那天扬言将司机除名的过程,如能提供现场视频,奖励一百万元人民币。所谓重赏之下,必有奇迹。那天早晨,还真有一个在侧旁发动车子的目击者。与此同时,近处一幢住宅楼有一家孩子复习迎考,想放松一下,拿手机对着窗外乱拍,恰巧也录下了当时的情景。"

接着说:

"纪委书记看了可以互相印证的车载视频和手机录像,冷静下来,调集人手,组成一个新的专案组。两个专案组相互隔离,背靠着背,重新梳理了案件的各个环节,结论完全一致:吉布成让东集镇米厂厂长和南桥乡粮站站长陪着去甲鱼养殖场,是买野生甲鱼。老板承诺去别处弄,由吉布成同学隔天送到市里。吉布成两次都当场用手机提前付了款。当天返回途中,吉布成担心养殖场老板的野生甲鱼不靠谱,突然想到,三界濒临高邮湖边,渔船每天去大湖里捕捞捉到的甲鱼,才是正宗野生的。于是临时起意去了三界。从渔船上找到的三只野生甲鱼,吉布成同样用手机付了款。两个专案组同时发现,原先认定铁打不宕的证据,其实经不起仔细推敲。比如,吉布成即使有贪心,通常情况下,应该会把当事人拉到僻静处,面对面说话。不可能愚蠢到坐在车上,当着司机的面,大剌剌地公开索要十万元。综合起来看,吉布成出发之前绷着脸声称将司机除名,两次当众让同学付十万元,符合他平时的一贯做派,即,嘴敲锣,舌打鼓,一本正经乱开玩笑。说话不用脑子过滤,想到哪儿说哪儿,想到什么说什么。"

何寿地略作停顿,说了结果:

"纪委书记第一时间主动向市委做了案件汇报。接着,以最快速度,内部履行程序,正式撤销了案件。吉布成、东集镇米厂厂长、南桥乡粮站站长三个涉案留置人员,已经恢复原岗原职。寿人身上的尾巴自动消失了,那三百二十万元购房款、十万元定期存款等,都如数归还了。"

听到这里，何寿天松了一口气。话题转到小弟弟寿人在市里买房子的事上。

何寿地说：

"前一段时间，我和寿人一直在进行前期操作。纪委那边钱刚打出，寿人这边随即付款签约，一应手续已经办好，拿到了钥匙。是两个门对门的中套，位置很好，价格不算很高。精装修，还是大半新的。已经找人检测过，室内空气符合相关环保标准。两套房子都放在了寿人、贺淑贤的名下，是爸做的决定，让我有机会跟你通报一下。"

正要挂电话，何寿地又想起了一件事。

何寿地说：

"市红白总会即将换届，由市民政局牵头的换届小组，组织总会、分会和基层小会负责人，对下届班子做了一个候选人无记名测评推荐，东乡小表舅得票最高。换届小组尊重民意，准备让东乡小表舅出任总会驻会常务副会长。谈话时，东乡小表舅态度坚决，婉言谢绝。民政局局长赵重举专程过来，请我做小表舅工作。我想了想，你跟小表舅说，应该更好一些。"

何寿天用常用手机，拨通了东乡小表舅电话。

小表舅说：

"寿天，一家人，说真话。我知道自己几斤几两重，一个乡下农民，属相是鸡，土里刨食，爪子刨一口，吃一口，刨到什么，吃什么，心里才踏实。驻会常务副会长那个位置，多少人眼睛瞪直了盯着呢。我坐上去，德不配位，只会缩了我的寿，减了我的禄，早晚一个倒栽葱跌下来，鼻青脸肿，头破血流。再说，寿地正在提拔公示期间，难免有人嚼舌头根子，说一人得道，鸡犬升天，反而无事生非，给你和寿地添麻烦。我还是守在东乡一亩三分地上，连副会长也不要做，继续当我的小会会长，安稳一点吧。"

打弟弟寿地电话，让他把小表舅的意思，转告给市民政局赵重举局长。

挂了电话,将一应情况通报全家。又转问方慧群那边的安置情况。原来,闻芳刚接过电话,方慧群不肯要住家保姆。

闻芳说:

"我妈原话是:'你们的好意,我心领了。可是,我有自己的想法。我跟你爸闻业荣不一样,无病无痛,身体好好的,年纪又不是很大,有手有脚。走路不比别人慢,做事不比别人差。我一个人照顾自己就行了,白花那个钱干什么呢?况且,大赵又不是我的三亲六戚,虽然她人很好,毕竟是个陌生人。我整天弄个陌生人戗在家里,脸对脸,头对头,大眼对着小眼,心里很不舒服。还不如自己一个人待着,想吃什么,就吃什么。想干什么,就干什么。逍遥自在得很呢。'"

又说:

"我妈说她跟大赵谈过。本来,这个月的住家保姆费付过了。今天上午,大赵接到电话,有一个非常难得的活儿,我妈就说:'你索性应了人家,马上就过去吧。万一过了十天半个月,正好没有活,不是耽误你了吗?'大赵同意了,把东西收拾好,已经离开了。"

听到这里,觉得有道理,也只能随她了。

周日上午,无虑去方慧群家安装家用摄像头,不到一个小时,全部安装完毕。随即打来电话,试一试。从闻芳的手机屏幕上,看到了无虑和方慧群。原来双方还可以直接对话。何寿天、邵亚芳、闻芳分别跟方慧群打了招呼,疆安也看着屏幕,喊了外婆。

疆安说:

"外婆,你以后可要当心了,我从妈妈的手机上,可以看到你的一举一动。你干什么事情,我都知道。你如果干得对,就算了。如果干得不对,我看到了,随时会批评你的哦!"

一阵大笑。热闹了一会儿,何寿天听到专用手机上来了微信,弟弟寿地发来的。点开,是一份任命文件:

中共中州省委组织部文件

中组干〔2024〕6号

关于何寿地等同志任免的通知

各市、区：

省委常委会议研究决定：

何寿地同志任高游市委委员、常委、副书记，兼任高游市委党校（市行政学校）校长；

免去吴公民同志高游市委副书记、常委、委员、高游市委党校（市行政学校）校长职务，另有任用。

中共中州省委组织部（公章）

2024年2月10日

随即拨通了弟弟寿地的专用手机。

何寿地说：

"省委组织部来了一位分管副部长，先谈话，后在干部大会上正式宣布。副部长离开后，成高杰找我单独聊了一会儿。成高杰说，市里向省里报送材料时，考虑到我从正局提任副市，一步到位接替吴公民，担心不合程序。建议分两步走，第一步，先担任市委常委兼任市委党校校长。过渡一段时间，再提任空置的市委副书记。省委正式研究的时候，分管副书记说，当初曾经'能上能下'，现在也应该'能下能上'。结果，就做出了现在的决定，直接担任市委副书记兼任市委党校校长。"

停顿片刻，又说：

"成高杰离开之前，又说了一件事情：让我给你打个电话，请你抓紧回来一趟。是他个人的私事，遇到了一点难题，想请你代为把握、帮忙。"

略作盘算，何寿天说：

"明天是周一，我赶回去，正好看看老爷子和杨阿姨吧。"

不一会儿，何寿地回电话说：

"成高杰非常高兴，非常感谢，说，还像上次一样，你先回家看望老人。傍晚到市里，两个人吃个便饭，说说话。"

第二天九点半，何寿天把放在4S店保养的车子取回家，一应随身物品，放进包里。吃了早中饭，午睡起床，洗漱好，下楼开车，穿过小半个上海城区，上了高速。走了两个半小时，到了霍岗服务区，照例停车，去厕所小便，洗了手。回到车上，把两只手机都看了一看，没有微信和电话。随即发动车子，又走了一个多小时，原来一条新开通的高速从青铜镇地面上穿过，并在此地设立了上下匝道，比上次回来，节省了近半个小时。进入青铜古镇，沿青石板小街开到古石桥，将车子停在旁边空地上，转回身子，却见弟弟何寿地迎站在通济桥上。

何寿地说：

"家里说话不方便，我等在这里，有事要说。今天大早，吉尔楼约我去上次去过的渔船喝早茶，还是两个人，面对面。从头至尾，吉尔楼说的，都是可有可无、可说可不说的闲话。离开时，跟我紧紧握了一下手。"

接着说：

"吉尔楼走后，我心里怦然一动，突然想到寿人买的那两个门对门中套，位置好，面积大，价格低。不知何故，我的直觉中，总有点儿不对劲。于是，我悄悄查了一下，两套房子原来的产权人，跟吉尔楼名下企业绕了好几个弯子的子公司，竟然有关联。而且，经手这两套房子的中介，也是如此。当然，这种关系，如果不是有心一步接着一步，坚持不懈地追查，是不可能发现的。我往深处想了一下，如果是真的，那么，说明吉尔楼在吉布成出事以后，指使儿子在第三次受审时，说了一句包含歧义、容易误解的话，牵连到寿人，埋下一个漏洞，把水搅浑，再寻找机会，彻底反转案件。而且，他可能也预料到我们事后会拒绝他的谢礼，预先做了一个局，将两个中套提前半年，用比较低的价格挂在网上。同时，在附近开设了一家房屋中介，等着寿人，其实也是等着我们，过来咨询和接洽房屋买卖。这样布局深远的事情，也只有吉尔楼这种老谋深算的人才能干得出来。当然，我也推演过了，即使将来有什么事情，寿人走的也是非常正规的买房渠道，不应该承担任何责任的。为以防万一，我已经让寿人把相关原始资料，包括两个中套半年前就挂在网上、标明了的价格，全部保存下来。一旦发生什么事情，也能说清楚，证明我们事前毫不知情。"

听到这里，看见一个人顺着青石板街巷，朝这边走过来。模样依稀熟悉，有点像市委办的刘应初。让何寿地看，真是刘应初。把手招了一招，看着刘应初一步接着一步，走到通济古石桥上来。

刘应初说：

"成高杰书记晚上宴请，我本来要服务的。只因这边一个直系亲属突然出事，需要紧急处置，我只好临时请假，赶过来了。"

听到这里，见刘应初拿眼四处望了一望，问：

"这座古石桥，应该是通衢要道，怎么静悄悄的，一个人影也没有？"

何寿地回答说：

"人们都搬到镇北新开发区了。这儿的古街旧巷，少有人住。这座古石桥，几乎无人行走，变成一个僻静的场所了。"

刘应初把头点了一点，说：

"既然如此，我听到一个传言，就在这儿说了。接替寿地书记，先担任组织部副部长，后担任党校常务副校长的韩其俊，外出开会期间突然失去行踪。今天中午开始，传得沸沸扬扬，说韩其俊曾经负责市政广场工程，涉及巨额钱款，东窗事发了。到了下午，说韩其俊的背后，是成高杰书记。不过，我想告诉寿天寿地两位书记的，并不是这个传言。我要说的传言是，说明天上午，或者今天吃晚饭的时候，将对成高杰书记采取措施。"

语气一顿，声腔回转，说：

"既然是传言，可能是遥遥领先的预言，也可能是无中生有的谣言，一时难辨真假。通报给寿天寿地两位书记，仅供参考吧。"

说完，把手挥了挥，径自走了。

愣怔片刻，何寿地说：

"市委办是中枢所在，信息超前。刘应初出言谨慎，做事留有余地。我俩打过几次交道，从他嘴里说出来的话，事后无一例外，都得到了印证。看来，今天晚上这个饭，恐怕不能去吃了。"

何寿天说：

"现在下午两点刚过，不妨先看老爷子和杨阿姨。吃晚饭的事，再说吧。"

说完，跟弟弟何寿地一道，从那座通济古石桥上，转身回家。

2024年3月11日，定稿于上海浦东源水新墅57号